06/2500

Über 40 Jahre
Heyne Science Fiction
& Fantasy
2500 Bände
Das Gesamt-Programm

SCIENCE FICTION

Herausgegeben
von Wolfgang Jeschke

In gleicher Aufmachung erschienen in der Reihe
HEYNE SCIENCE FICTION & FANTASY
herausgegeben von Wolfgang Jeschke:

Heyne Science Fiction Jahresband 1980 · 06/3729
Heyne Science Fiction Jahresband 1981 · 06/3790
Heyne Science Fiction Jahresband 1982 · 06/3870
Heyne Science Fiction Jahresband 1983 · 06/3962
Heyne Science Fiction Jahresband 1984 · 06/4060
Heyne Science Fiction Jahresband 1985 · 06/4183
Heyne Science Fiction Jahresband 1986 · 06/4262
Heyne Science Fiction Jahresband 1987 · 06/4385
Heyne Science Fiction Jahresband 1988 · 06/4477
Heyne Science Fiction Jahresband 1989 · 06/4570
Heyne Science Fiction Jahresband 1990 · 06/4650
Heyne Science Fiction Jahresband 1991 · 06/4770
Heyne Science Fiction Jahresband 1992 · 06/4865
Heyne Science Fiction Jahresband 1993 · 06/4991
Heyne Science Fiction Jahresband 1994 · 06/5100
Heyne Science Fiction Jahresband 1995 · 06/5250
Heyne Science Fiction Jahresband 1996 · 06/5398
Heyne Science Fiction Jahresband 1997 · 06/5648
Heyne Science Fiction Jahresband 1998 · 06/5935
Heyne Science Fiction Jahresband 1999 · 06/6301
Heyne Science Fiction Jahresband 2000 · 06/6342 (in Vorb.)

HEYNE SCIENCE FICTION JAHRESBAND 1999

zusammengestellt und herausgegeben
von
Wolfgang Jeschke

Originalausgabe

WILHELM HEYNE VERLAG
MÜNCHEN

HEYNE SCIENCE FICTION & FANTASY
Band 06/6301

Das Umschlagbild malte John Harris
Übersetzungen:
Aus dem Amerikanischen und Englischen von
Birgit Reß-Bohusch, Jürgen Langowski,
Christian Mähr und Olaf Schröter
Aus dem Französischen von
Gabrielle und Georges Hausemer

Umwelthinweis:
Dieses Buch wurde auf chlor- und
säurefreiem Papier gedruckt

Redaktion: Wolfgang Jeschke

http://www.heyne.de
Printed in Germany März 1999
Umschlaggestaltung: Atelier Ingrid Schütz, München
Technische Betreuung: M. Spinola
Satz: Schaber Satz- und Datentechnik, Wels
Druck und Bindung: Presse-Druck, Augsburg

ISBN 3-453-14899-1

INHALT

INHALT

Arthur C. Clarke

EINFÜHRUNG

Die Erforschung der Zeit

Es ist Sonnabend, der 15. Januar 1994, und ich versuche gerade, den ganz alltäglichen riesigen Berg Post abzutragen, der heute sogar noch etwas größer ist als sonst, weil gestern ein Feiertag war: Thai Pongal, das Neujahrsfest der Hindu. Zwei Sendungen, die in engem Zusammenhang stehen, obwohl sie von ganz verschiedenen Absendern kommen, sind von besonderem Interesse.

Die erste ist ein Brief von meinem Freund Dr. Charles Pellegrino, dem Wissenschaftler, der die Idee entwickelte, auf der *Jurassic Park* im Grunde beruht – es ist der Gedanke, daß es möglich sei, Dinosaurier aus DNA zu klonen, die man blutsaugenden Insekten entnommen hat, die beispielsweise in Bernstein erhalten geblieben sind. Charlies Brief lag ein ›Far Side‹-Cartoon von Gary Larson bei: Ein Parkplatz voller Autos, zwischen denen eine Handvoll (soweit dieser Begriff in diesem Zusammenhang überhaupt paßt) Dinosaurier herumläuft. Wahrscheinlich können Sie sich schon denken, wie der Titel der Zeichnung lautet ...

Wie auch immer, mit der gleichen Zustellung, mit der ich Charlies Brief bekommen habe, erhielt ich auch eine Nachricht von der H. G. Wells Society mit einer Ankündigung: Im Juli 1995 soll in H. G. Wells' Alma Mater, dem Kensington Imperial College of Science and Technology, ein Symposion stattfinden, das dem einhundertjährigen Jubiläum der Erstveröffentlichung des Romans *Die Zeitmaschine* gewidmet sein soll. Verbunden ist die Nachricht mit der Anfrage, ob ich die Eröffnungsansprache halten könnte. Aber leider sind die Tage, da ich regelmäßig von Sri Lanka in den amerikanischen Westen fuhr, schon lange vorbei, und so hatte ich gerade eine bedauernde Absage verfaßt, als der Briefträger mit einer Eilzustellung kam.

Es war ein dünner, mit Schreibmaschine geschriebener Stoß Papier, der den eher abschreckenden Titel *Sam Magruders Dechronisation* trug. Es war das dritte Manuskript, das innerhalb von vierundzwanzig Stunden eingetroffen war, und ich griff automatisch nach dem Formbrief, den ich schon seit Jahren in solchen Fällen benutze: eine höfliche Erklärung, weshalb ich grundsätzlich keine unverlangt eingeschickten Manuskripte mehr lese.

Dann bemerkte ich den Namen des Autors auf der Titelseite, und endlich fiel der Groschen. Dem Begleitbrief von Joan Simpson Burns konnte ich dann die Details entnehmen:

Lieber Dr. Clarke,

ich lege Ihnen die Kopie einer kurzen Zeitreise-Geschichte bei, die mein Vater, der inzwischen verstorbene Evolutionsforscher George Gaylord Simpson, geschrieben hat. Außerdem schicke ich die Kopien zweier Briefe von Stephen Jay Gould mit. Wir würden uns sehr freuen, wenn Sie bereit wären, als Ergänzung ein Vorwort für die Novelle zu schreiben. Professor Gould hat eingewilligt, ein Nachwort zu verfassen, und auch er würde sich freuen, wenn Sie sich an dem Projekt beteiligen könnten.

Da ich Simpsons und Goulds guten Ruf kannte, fühlte ich mich durch dieses Angebot natürlich geschmeichelt, doch zugleich war mir die Sache auch etwas peinlich. Ich hatte mich bereits auf mehrere größere Projekte eingelassen, und mir blieb wohl nichts anderes übrig, als das Angebot so höflich wie möglich abzulehnen. Andererseits war das Manuskript nicht sehr lang, höchstens 25 000 Worte …

Ich begann zu lesen, und ich las mich sofort fest. Professor Simpson hatte – absichtlich, da war ich ganz sicher – eine Idee von Wells übernommen. Seine Akteure hatten keine Namen, sondern waren nach ihren Funktionen benannt: Da gab es den Universalhistoriker, den Pragmatiker, den Ethnologen, den Mann von der Straße (während bei Wells ein Arzt, ein Bürgermeister aus der Provinz, ein Herausgeber und natürlich der Zeitreisende vorkommen). Aber in mancher Hinsicht war Simpson weit über H. G. Wells hinausgegangen. Wells brauchte als Rahmen für seine Geschichte nur die zeitgenössische Umgebung des Jahres 1895. Doch wie man den letzten CNN-Nachrichten entnehmen kann, hat bisher noch niemand eine Zeitmaschine erfunden, und so mußte Simpson seine Geschichte in unserer eigenen Zukunft ansiedeln, und er vermittelt durch subtile Hinweise und häufig auf ganz überraschende Art und Weise, daß es eine Zukunft ist, die sich von unserer gegenwärtigen Welt stark unterscheidet.

Je länger ich las, desto stärker war ich beeindruckt und bewegt vom Leiden, den Triumphen und dem unausweichlichen Schicksal des unerschütterlichen Helden in Simpsons Geschichte, und ich erinnerte mich unwillkürlich an den zauberhaften Nachspann des Romans *Die Zeitmaschine:*

Vielleicht ist er in die Vergangenheit zurückgewirbelt und unter die blutdürstigen behaarten Wilden der frühen Steinzeit gefallen, in die Tiefen des Kreidemeers, oder unter die grotesken Saurier, die riesigen Echsenungetüme der Jurazeit. Vielleicht wandert er eben jetzt - wenn ich mir diese Vermutung gestatten darf - auf einem von Plesiosauriern bevölkerten Korallenriff des Oolithikums oder am Ufer eines einsamen Salzsees der Triasperiode.

In diesem Augenblick! Die Paradoxie dieser Wendung war mir nie mehr aus dem Kopf gegangen, seit ich sie, mindestens vor einem halben Jahrhundert, zum ersten Mal gelesen hatte. Offensichtlich steckte in diesem fiktiven Text auch ein gutes Stück Wunschdenken des Autors Simpson, denn wie sollte ein Paläontologe nicht davon träumen, einmal in die Vergangenheit reisen zu können?

Wie es der Zufall wollte, hatte ich meinem Agenten Russell Galen gerade ein ironisch-drohendes Fax geschickt, in dem ich erklärt hatte, nach dem Erfolg von ›Jurassic Park‹ würde mein nächstes Projekt ›Triassic Zoo‹ heißen. Doch als ich nun Simpsons Manuskript las, mußte ich zugeben, daß mich mein eigener Scherz wie ein Bumerang getroffen hatte. Ich würde mich tatsächlich noch einmal mit Dinosauriern beschäftigen müssen, ob ich wollte oder nicht. Immerhin hatten sie mein eigenes Interesse für die Wissenschaft geweckt.

Obwohl es fast siebzig Jahre her ist, erinnere ich mich noch heute lebhaft an den Tag, an dem mein Vater mir ein Kärtchen aus einer Zigarettenschachtel gab. Wir machten mit einem kleinen, zweirädrigen Wagen, vor den eins unserer Farmponys gespannt war, eine Ausfahrt, und wenn mich meine Erinnerung nicht trügt, dann weiß ich sogar noch die genaue Stelle, an der es geschehen ist.

Auf dem Kärtchen war ein wahrhaft außergewöhnliches Tier zu sehen: eine Art Eidechse mit einem riesigen, stachligen Fächer auf dem Rücken. Es war, wie ich darunter lesen konnte, ein Stegosaurus. Ich bewahrte das Kärtchen wie einen Schatz auf und benutzte das Bild als Anregung für kleine Geschichten, die ich einem zwar gefesselten, aber vermutlich recht unruhigen Publikum erzählte, das sich aus meinen Klassenkameraden in der Dorfschule rekrutierte. Die Tatsache, daß ich mich nach so langer Zeit noch so lebhaft an dieses Ereignis erinnern konnte, beweist, wie wichtig es für meine geistige Entwicklung war.

Mehrere Jahre lang blieb die Paläontologie mein liebstes Steckenpferd. Ich sammelte Fossilien und stöberte im Museum des Ortes herum. Aus Gründen, an die ich mich jetzt nicht mehr erinnern kann, verlegte ich mich dann auf die Astronomie. Die Dinosaurier mußten Raumschiffen weichen, aber ich besitze heute noch eine bemerkenswerte Sammlung von schwarzweißen Stereo-Photographien, die damals den Zigarettenschachteln beigelegt wurden. Obwohl schon in den zwanziger Jahren dieses Jahrhunderts gedruckt, sind sie absolut überzeugend – so gekonnt gemacht wie die Standfotos aus *Jurassic Park*. Einen Maßstab für den Größenvergleich gibt es nicht, und ich habe mich oft gefragt, wie groß die Modelle wohl waren und welches längst vergessene Genie sie erfunden haben mochte. Sie hätten ohne weiteres mit dem gleichen Kompliment bedacht werden können, das ein Filmkritiker *Jurassic Park* gemacht hat: »Man kann die echten Dinosaurier nicht von den falschen unterscheiden.«

Vielleicht wurde das Projekt auch durch die Verfilmung von Arthur Conan Doyles Klassiker *Die verlorene Welt* inspiriert. Der Film wurde 1925 uraufgeführt, und es war, glaube ich, der erste Film, den ich überhaupt im Leben gesehen habe. Der Roman ist und bleibt ein perfektes Beispiel für das ganze Genre. Im Film wurde Professor Challenger von Wallace Beery dargestellt (der sonst eher Rollen übernahm, für die er keinen sehr hohen Intelligenzquotienten brauchte), und die Dinosaurier wurden von Willis O'Brien geschaffen, dem Pionier der Stop-Motion-Technik. Diese zeitraubende Technik, deren berühmtester Vertreter Ray Harryhausen war, ist heute, dank der Zaubereien aus dem Silicon Valley, veraltet.

Nachdem all diese Erinnerungen auf mich eingestürmt waren, wollte mir kein Vorwand mehr einfallen, unter dem ich Ms. Burns' Angebot hätte ablehnen können. Ich mußte es einfach annehmen.

Natürlich hatte die Paläontologie seit Professor Simpsons Tod im Jahre 1984 große Fortschritte gemacht, und ich bin froh, daß Stephen Jay Gould uns in dieser Hinsicht auf den neuesten Stand bringt. Allerdings war ich etwas überrascht, daß in Sam Magruders Spekulationen über die – aus seiner Sicht zukünftige – Ausrottung der Dinosaurier die bekannteste aller Theorien zu diesem Thema nicht vorgekommen ist, nämlich die Hypothese, die Ursache der Ausrottung sei der Einschlag eines Asteroiden gewesen. Vielleicht ist das Manuskript aber auch vor dem berühmten Aufsatz von Luis und Walter Alvarez entstanden, der 1980 unter dem Titel ›Extraterrestrial Cause for the Cretaceous-Tertiary Extinction‹ in der Zeitschrift *Science* erschien.

Ich habe mich gefreut, als ich von Ms. Burns erfuhr, daß ihr Vater ein Bewunderer meiner Werke war, und ich fragte mich sofort, ob er auch auf meinen kurzen Flirt mit Zeitreisen gestoßen war. Ich hatte mittlerweile meine Kurzgeschichte mit dem Titel ›Time's Arrow‹ fast vergessen – immerhin hatte ich sie bereits im Jahre

1946 geschrieben, also in einer inzwischen fast als prähistorisch anzusehenden Zeit. Als ich Simpsons Novelle las, begann ich mich jedoch von neuem zu fragen, ob Zeitreisen wirklich möglich wären. Oder mußten sie, wie ich früher geschrieben hatte, auf das Reich der Fantasie beschränkt bleiben? Der klassische Einwand gegen Zeitreisen ist der, daß dadurch ein Mensch in die Lage versetzt würde, in die Vergangenheit zu reisen und einen seiner direkten Vorfahren zu töten, woraufhin nicht nur er selbst, sondern auch ein beträchtlicher Teil der Menschheit zu existieren aufhören würde.

Einige findige Autoren wie Robert Heinlein und Fritz Leiber haben diese Herausforderung akzeptiert und im Grunde erwidert: Nun gut, dann nehmen wir mal an, solche Paradoxien könnten sich tatsächlich ereignen. Was folgt daraus? Eine ihrer Antworten war das Konzept der parallel verlaufenden Zeitstränge. Sie nehmen an, die Vergangenheit sei nicht unveränderlich, und man könnte beispielsweise in das Jahr 1865 zurückreisen, um John Wilkes Booth im Ford's Theater von seinem Attentat abzuhalten. Dadurch würde man unsere Welt zerstören, aber gleichzeitig eine andere schaffen, deren Geschichte so sehr von unserer historischen Entwicklung abweichen dürfte, daß es sich im Grunde um eine völlig fremde Welt handeln würde.

Vielleicht existieren in gewisser Weise sogar alle Universen, die überhaupt möglich sind, gleichzeitig nebeneinander – ähnlich den Gleisen in einem unendlich großen Rangierbahnhof, wobei wir uns jedoch immer nur auf einem Gleis bewegen dürfen. Könnten wir in der Zeit zurückreisen und wichtige Ereignisse verändern, dann würden wir damit im Grund zu einer Weiche zurückkehren und auf ein anderes Gleis wechseln.

Aber vielleicht ist es doch nicht ganz so einfach.

Andere Autoren haben die Theorie entwickelt, die Trägheit der Geschichte sei zu gewaltig, und es sei nicht möglich, sie einfach dadurch auf einen neuen Kurs zu bringen, indem wir in die Vergangenheit zurückreisen und einzelne Ereignisse verändern. So könnte es sein, daß wir zwar Lincoln vor Booths Kugel retten, daß aber dann ein zweiter Sympathisant der Konföderierten im Foyer mit einer Bombe wartet. Es gibt da unendlich viele Möglichkeiten.

Das überzeugendste Argument gegen Zeitreisen ist die bemerkenswerte Seltenheit von Zeitreisenden. So unangenehm unser Zeitalter der Zukunft auch erscheinen mag, man könnte doch wenigstens erwarten, daß Gelehrte und Studenten uns aufsuchen, falls so etwas möglich ist oder eines Tages möglich sein wird. Sie könnten zwar versuchen, sich zu verkleiden, aber früher oder später müßte sich ein Unfall ereignen – denn das gleiche würde ja auch passieren, wenn wir mit Kameras und Bandgeräten unter Togas aus Nylon das alte Rom besuchten. Zeitreisen ließen sich nicht lange geheimhalten, und im Laufe der Geschichte hätten sich die Zeitargonauten, wie sie in *Die Zeitmaschine* genannt wurden, zwangsläufig immer wieder verraten müssen. Doch wie es aussieht, scheinen die einzigen Hinweise auf ein Sicherheitsleck in der Zukunft die Notizbücher des Leonardo da Vinci zu sein. Diese Parade von Erfindungen aus nachfolgenden Jahrhunderten ist zwar ein erstaunliches Dokument, aber kaum ein schlüssiger Beweis dafür, daß das Italien des fünfzehnten Jahrhunderts Besucher von irgendwann gehabt hätte.

Manche Science-Fiction-Autoren haben versucht, diese Schwierigkeit zu umgehen, indem sie die Zeit als Spirale auffaßten. Wir sind wahrscheinlich nicht fähig, uns auf ihr entlang zu bewegen, könnten aber vielleicht von Wicklung zu Wicklung springen und Punkte besuchen, die Millionen Jahre auseinander liegen, wobei nicht die Gefahr bestünde, daß es zu Kollisionen zwischen verschiedenen Kulturen kommt. Großwildjäger aus der Zukunft haben womöglich die Dinosaurier ausgerottet, aber das Zeitalter des Homo sapiens könnte in einem blinden Fleck liegen, den sie nicht zu erreichen vermögen.

Sie können meinen Ausführungen entnehmen, daß ich Zeitreisen für äußerst unwahrscheinlich halte, und ich vermute, daß es bei den meisten Autoren, die mit viel Fleiß und Erfindungsreichtum darüber geschrieben haben, nicht anders aussieht. Aber das Thema ist eins der faszinierendsten und manchmal das erschütterndste in der gesamten Literatur, denn es hat Werke wie James Branch Cabells *Jurgen* und John Lloyd Balderstons *Berkeley Square* inspiriert.

Manchmal wurde auch vermutet, daß wir zwar nicht in die Vergangenheit reisen, wohl aber in sie hineinspähen könnten. Genaugenommen tun wir das auch jetzt schon, da die Lichtgeschwindigkeit nicht unendlich groß ist. Das Bild, das diese Worte jetzt gerade auf Ihrer Netzhaut erzeugen, wurde eine Nanosekunde vorher – das ist der tausendmillionste Teil einer Sekunde – von der Seite abgestrahlt.

Erst wenn wir in den Weltraum hinausblicken, sehen wir Ereignisse, die vor Jahrhunderten oder gar vor Millionen von Jahren geschehen sind. Dies ist natürlich ein sehr beschränkter Weg, in die Vergangenheit vorzudringen, und vor allem bietet er uns nicht die Möglichkeit, unsere eigene Vergangenheit zu sehen. Wir können nicht darauf hoffen, eines Tages die nächst gelegenen Sterne zu erreichen und dort eine fortgeschrittene Zivilisation zu finden, die unsere eigene, uns unbekannte Geschichte mit Superteleskopen beobachtet hat. Die Lichtwellen, die von den Ereignissen auf der Erde ausgegangen sind, wurden auf ihrem Weg durch die Atmosphäre stark verzerrt, falls sie überhaupt durch die Wolkendecke dringen konnten. Danach werden

Lichtwellen mit zunehmender Entfernung so schnell schwächer, daß es nicht einmal in der Theorie möglich ist, ein Teleskop zu bauen, das irdische Ereignisse aus der Ferne im Detail auffangen kann.

Es ist ausgeschlossen, daß irgendwelche Wesen in einem mehr als neunhundert Lichtjahre entfernten Sonnensystem gerade die Schlacht von Hastings beobachten. Die Strahlen, die im Jahre 1066 von der Erde ausgegangen sind, sind inzwischen viel zu schwach, um die Ereignisse noch darstellen zu können. Denn für die Verstärkung des sichtbaren Lichts gibt es eine Grenze, die in der Natur der Lichtwellen selbst begründet ist, und diese Grenze kann kein wissenschaftlicher Fortschritt überwinden.

Falls es je eine Möglichkeit geben sollte, die Vergangenheit zu beobachten, dann muß die entsprechende Technik auf Verfahren beruhen, die noch nicht erfunden sind und die sich heute noch niemand ausmalen kann. Aber andererseits führt diese Idee nicht zu logischen Widersprüchen oder wissenschaftlich absurden Aussagen, und angesichts der Dinge, die in der archäologischen Forschung bereits geschehen sind, würde nur ein sehr dummer Mensch behaupten, es sei unmöglich. Wir besitzen heute Wissen über die Vergangenheit, von dem es einst hieß, es sei unwiederbringlich verloren. Wir wissen, wohin Kompaßnadeln vor zehntausend Jahren gezeigt hätten, wir kennen die Temperatur längst ausgetrockneter Meere, und wir wissen, wie lang ein Tag im Präkambrium war.

Vor gar nicht so langer Zeit hätte man bei solchen Informationen über die Vergangenheit an Hellseherei und nicht an Wissenschaft gedacht. Dieses Wissen konnten wir erwerben, weil wir empfindliche Meßinstrumente entwickelt haben, mit denen wir unendlich feine Spuren erfassen können, die auf verschiedenen Gegenständen im Laufe ihrer Geschichte zurückgeblieben sind. Niemand kann derzeit sagen, wie weit solche Techniken noch entwickelt werden können. Vielleicht hinterlassen in gewisser Weise sogar alle Ereignisse ihre Spuren im Universum, wenn auch auf einer Ebene, die von unseren Instrumenten noch nicht erfaßt werden kann (wohl aber möglicherweise unter sehr speziellen Bedingungen von unseren Sinnen; vielleicht ist dies eine Erklärung für Geistererscheinungen.) Die Zeit mag kommen, da wir solche Spuren lesen können, wie ein Indianer oder ein Aboriginee die Fährte eines wilden Tiers zu verfolgen vermag. Und dann wird der Vorhang von der Vergangenheit gelüftet werden.

In dem umfangreichen Nachschlagewerk *Encyclopedia of Science Fiction* (1993) finde ich den folgenden klugen Hinweis: »Gewisse Perioden der Vergangenheit schienen interessanter als andere und haben deshalb immer wieder Zeitreisende angelockt.« Die Zeit der Dinosaurier hatte zweifellos die größte Anziehungskraft – selbst auf Menschen, die nichts weiter tun als herumzustehen und zu gaffen wie die Benutzer des Zeitsehers in John Taines *Before the Dawn* (1934). Erst später wurde diese Zeit, wie in Ray Bradburys *A Sound of Thunder* (1952; dt. *Ferner Donner,* in: *Geh nicht zu Fuß durch die Straßen,* Heyne SF 3292) und L. Sprague de Camps *A Gun for Dinosaur* (1956; dt. *Ein Yankee bei Aristoteles,* Heyne SF 3719) ein beliebtes Jagdrevier. Eine ironische Randnotiz ist die Kurzgeschichte *Poor Little Warrior* von Brian Aldiss (dt. *Armer kleiner Krieger,* in: *30 Jahre The Magazine of Fantasy and Science Fiction,* hrsg. von Ed Ferman, Heyne SF 3763), in der ein tapferer Sportsmann, der stolz seine Trophäe betrachtet, von den Parasiten in ihr aufs Korn genommen und erlegt wird. Haben Sie sich schon einmal gefragt, welches Ungeziefer auf einem Tyrannosaurus rex leben könnte? Die Viecher dürften erheblich unangenehmer und deutlich aggressiver sein als jene, die Wale heimsuchen.* *Before the Dawn* habe ich nie gelesen, und daher bin ich John Taines Biographen für den Hinweis dankbar, daß »durch die Erfindung des ›Televisors‹ eine kleine Gruppe von Männern fähig ist, die Zeit des Mesozoikum und damit die letzten Tage der Dinosaurier auf der Erde zu beobachten«. Taine verleiht den Dinosauriern, was mir nicht recht einleuchten will, »menschliche Charakterzüge und Wertvorstellungen«. »Der Held Belshazzar ist treu, mutig und erfinderisch … trotz gewisser Schwächen enthält *Before the Dawn* so viele großartige, ja ehrfurchteinflößende Szenen, daß es bis auf den heutigen Tag die Leser zu fesseln vermag.«

Vor kurzem ist aufgrund gewisser Entwicklungen in der Kosmologie das Interesse an den Zeitreisen von neuem erwacht, und inzwischen haben sogar einige Wissenschaftler angedeutet, es könnte theoretisch möglich sein, in die Vergangenheit zu reisen. Allerdings kann man aufgrund der extremen – oder gar bizarren Bedingungen –, die dazu notwendig sind, wohl davon ausgehen, daß nicht einmal eine galaktische Superzivilisation die Mittel für so ein Projekt bewilligen würde. Man brauchte nämlich dazu exotische Zutaten wie äußerst präzise Navigationsinstrumente, die selbst am Rande eines Schwarzen Lochs noch funktionieren, oder man müßte einen Neutronenstern zu einem langen Zylinder strecken und die Außenwand mit Lichtgeschwindigkeit rotieren lassen. Und selbst dann könnte höchstens etwas von der Masse eines

---

* *A Sound of Thunder* ist, was dieses Thema angeht, ein Klassiker, doch wird die Idee in David Gerrolds 1978 erschienenem Roman *Deathbeast* (dt. *Die Bestie,* Heyne SF 3663) auf geradezu erschreckende Weise weitergesponnen. Sehr empfehlenswert ist auch Allen Steeles Geschichte *Trembling Earth* aus dem Jahre 1990, die eine Art *Jurassic Park* in Kurzform ist – übrigens ein klarer Fall eines telepathischen Plagiats, denn die beiden Werke sind gleichzeitig erschienen.

Atomkerns in der Zeit versetzt werden. Daher könnte wohl nicht einmal eine Amöbe in der Zeit zurückspringen, um ihre – wie soll man es nennen? – um ihre Ahnenzelle umzubringen.

C. S. Lewis hat einmal gemeint, Zeitreisen blieben hoffentlich aufgrund göttlicher Quarantänebestimmungen verboten. Auch wenn es solche Bestimmungen nicht gibt, könnten Zeitreisen – zumindest in die Vergangenheit – aus anderen Gründen unmöglich sein. Andererseits steht einer Reise in die entgegengesetzte Richtung nichts entgegen. Immerhin bewegen wir uns mit einer Geschwindigkeit von sechzig Sekunden pro Minute in die Zukunft, und mit Hilfe von Zeitrafferaufnahmen ließe sich das ohne weiteres beschleunigen. Allerdings wird, wer ›zurück in die Zukunft‹ geht, wohl auch dort bleiben müssen.

Auch wenn ich diese Ausführungen, die ja eigentlich nichts weiter sein sollen als eine Einführung in das Werk eines anderen, schon viel zu weit getrieben habe, möchte ich eine letzte persönliche Bemerkung anschließen. Das Schreiben ist ein einsames Handwerk, und nach ein paar Jahrzehnten sehnt sich selbst der erbittertste Eigenbrötler nach etwas Gesellschaft. Doch die Zusammenarbeit mit anderen Menschen ist gerade bei künstlerischen Werken immer mit einem Risiko verbunden, und je mehr Leute sich beteiligen, desto geringer werden die Erfolgsaussichten. Können Sie sich einen *Moby Dick* vorstellen, der von Herman Melville und Nat Hawthorne geschrieben wurde? Oder ein *Krieg und Frieden* von Leo Tolstoi und Fjodor Dostojewski auf der Grundlage von Anregungen von Iwan Turgenjew?

Aber als man mir vorschlug, diese Einführung zu schreiben, bekam ich doch das Gefühl, an einer solchen Gemeinschaftsarbeit beteiligt zu werden, und wenn schon nicht mit H. G. Wells, dann doch immerhin mit George Gaylord Simpson. Ich muß sagen, daß ich wirklich traurig bin, keinem der beiden von Angesicht zu Angesicht begegnet zu sein.

Wie auch immer, vor diesem Hintergrund bin ich jedenfalls sehr gern bereit, Ms. Burns' Wünschen zu entsprechen und ein Vorwort beizusteuern. Vor Ihnen liegt nun also *Sam Magruders Dechronisation* oder, wie ich die Geschichte ihres Vaters bei mir genannt habe, ›Der Robinson Crusoe der Kreidezeit‹, denn dies beschreibt genau die Thematik, die in der Geschichte behandelt wird.

George Gaylord Simpson

SAM MAGRUDERS DECHRONISATION

1 Die Schwierigkeit, wirklich allein zu sein

»Was würden Sie tun«, fragte der Universalhistoriker, »und was könnten Sie überhaupt noch machen, wenn Sie wüßten, daß Sie für den Rest Ihres Lebens ganz allein sein werden?«

»Das«, erwiderte der Pragmatiker, »werde ich wohl nie erfahren, weil es einfach nicht passieren wird.«

»Ach, ich weiß nicht«, wandte der Ethnologe ein. »In Tibet gab es bis vor kurzem immer noch einige eingemauerte Einsiedler.«

»Davon habe ich gehört«, sagte der Mann von der Straße. »Sie sind in Höhlen gekrochen, die gerade weit genug waren, daß sie sich darin herumdrehen konnten, und dann haben sie Erde zusammengerafft und den Eingang vermauert. Ist das Menschengeschlecht denn immer noch nicht über so etwas hinaus?«

»Die Menschheit wächst niemals über irgend etwas hinaus«, erklärte der Universalhistoriker weise. »Die Beliebtheit gewisser Praktiken verändert sich von Jahrzehnt zu Jahrzehnt oder von Jahrhundert zu Jahrhundert, aber es gibt immer Leute, die an alten Überzeugungen oder Verhaltensweisen festhalten, wie unbeliebt sie inzwischen auch geworden sind. Mag sein, daß es noch ein paar eingemauerte Einsiedler im Himalaya gibt, doch falls dies zutrifft, sind sie nicht wirklich allein.«

»Was soll das heißen, sie wären nicht wirklich allein?« fragte der Ethnologe empört. »Sobald sie in die Höhle gekrochen sind und den Eingang vermauert haben, sprechen und sehen sie keine Menschenseele mehr.«

»Und wovon leben sie?«

Der Ethnologie erwiderte: »In der Wand befindet sich ein kleiner, L-förmiger Durchlaß, nur ein paar Zentimeter breit. Alle ein oder zwei Tage schiebt jemand eine Schale Mehlsuppe in den äußeren Winkel des Gangs, so weit sein Arm reichen will. Später greift der Einsiedler in den inneren Teil der Durchreiche, wo er die Schale gerade eben fassen kann. Aber er kann nicht hinausschauen und weiß nicht, ob und wann jemand draußen vor der Höhle ist. Er bemerkt es nur, wenn irgendwann die Schale da ist.«

»Trotzdem ist er nicht allein«, wandte der Universalhistoriker ein. »Er hat Kontakt zu anderen Menschen. Einen indirekten zwar, aber es ist ein Kontakt. Und seine Einsamkeit ist nicht unwiderruflich. Er könnte jederzeit eine Nachricht in die Durchreiche stecken, daß man ihn wieder herausholen soll. Die Versuchung, diese Bitte auszusprechen, ist vielleicht gerade deshalb nicht sehr groß, weil er weiß, daß er sie jederzeit vorbringen könnte. Er ist aus freien Stücken allein.«

»Genau das meinte ich«, erwiderte der Pragmatiker listig. »Es ist einfach nicht denkbar, daß ein Mensch völlig allein ist und keine Hoffnung hat, jemals wieder in Kontakt mit seinen Mitmenschen zu kommen.«

Doch der Mann von der Straße widersprach: »Aber es gibt doch Schiffbrüchige, die auf einsamen Inseln gesessen haben und niemals gerettet wurden, und es gab einsame Piloten in Raketen, die den Kontakt mit der Erde verloren haben und auf Nimmerwiedersehen ins Weltall davongeflogen sind. Diese Leute waren doch für den Rest ihres Lebens ganz und gar allein.«

»Das könnte man so sehen«, gab der Universalhistoriker zu. »In physischem Sinne waren sie allein. Und es ist auch wahr, daß sie für den Rest ihres Lebens allein geblieben sind. Aber ich dachte eher an die psychologische oder emotionale Ebene. Wenn Sie wüßten, wenn Sie mit absoluter Sicherheit sagen könnten, daß nichts, was Sie tun, von irgendeinem anderen Menschen wahrgenommen werden kann, würde es sich dann noch lohnen, überhaupt etwas zu tun? Wenn es sicher wäre, daß kein anderes Menschenwesen jemals wieder mit Ihnen in Berührung kommt, würden Sie dann Ihr Leben noch für lebenswert halten? Solche Situationen meine ich. Dagegen bin ich sicher, daß die Schiffbrüchigen immer in der Hoffnung gelebt haben, eines Tages aufgelesen zu werden, und auch einige der Raketenpiloten konnten ja eingefangen werden oder fanden einen Rückweg, und sie sagten, sie wären nur am Leben geblieben und hätten ihren Mut nicht verloren, weil sie irgendwie wußten, daß man nach ihnen suchen würde. Sie wagten zu hoffen, eines Tages wieder die Gesichter anderer Menschen zu sehen. Sie waren nicht davon überzeugt, für ewig und alle Zeit verloren zu sein. Das gleiche muß wohl auch für diejenigen gelten, die nicht gerettet wurden und die nicht zurückgekehrt sind. Sie sind nicht davon ausgegangen, daß sie unwiderruflich allein waren, sie haben sich nicht mit ihrer Situation abgefunden. Mich interessieren in diesem Zusammenhang vor allem die Reaktionen eines Menschen, der in der Überzeugung leben muß, daß er nie wieder in die Welt der Menschen zurückkehren und nie wieder ein Wort aus ihr vernehmen wird.«

Der Pragmatiker sagte: »Es ist sicher interessant, darüber zu spekulieren, aber es bleibt doch eine müßige Spekulation. Keiner von uns konnte sich bis jetzt eine Situation vorstellen, in der man völlig verzweifeln und jede Hoffnung auf Wiederherstellung des Kontakts ganz und gar aufgeben müßte. Vielleicht würde das für einen Menschen gelten, der stirbt und weiß, daß er im Sterben liegt und dabei allein ist, aber das ist ein sehr spezieller Einzelfall, und wir hätten damit immer noch kein Beispiel für jemanden, der über längere Zeit unter besagten Bedingungen allein lebt. Ich gehe also davon aus, daß die emotionale Situation, für die Sie sich so interessieren, eine Situation ist, die noch nie eingetreten ist und die niemals eintreten wird. Und ich muß hinzufügen, daß eine Situation, die nicht entstehen kann, für mich nicht von Belang ist.«

»Da irren Sie sich aber«, warf der Universalhistoriker ein. »In der Hinsicht jedenfalls, daß so eine Situation ganz und gar unmöglich wäre. Ich muß Ihnen jetzt gestehen, daß ich Sie, als ich das Thema zur Sprache brachte, ein wenig zum Narren gehalten habe. Ich habe noch etwas im Ärmel. Die Situation eines Menschen, der hoffnungslos allein ist, hat sich bereits ergeben. Es gab einen Mann, der absolut und realistischerweise davon ausgehen mußte, daß er nie wieder in bewußten Kontakt mit irgendeinem Menschen kommen würde. Er hatte recht damit, und er hat seine letzten Lebensjahre allein und im Wissen um sein Schicksal verbracht. Ich weiß, was mit ihm geschehen ist, und ich weiß einiges darüber, wie er auf diese Situation reagiert hat.«

Der Pragmatiker lachte. »Ich dachte mir doch gleich, daß Sie eine interessante Geschichte zu erzählen haben. Ihnen fällt ja immer etwas Passendes ein, und manchmal sind Ihre Geschichten sogar wahr. Ich bin dankbar für die Warnung, daß es sich dieses Mal nicht um eine wahre Geschichte handelt.«

»Mein Herr!« entrüstete sich der Universalhistoriker. »Sie könnten wenigstens so entgegenkommend sein, die Geschichte erst zu beurteilen, nachdem Sie sie gehört haben.«

»Ach, hören Sie doch auf«, rief der Pragmatiker. »Was Sie sagen, erinnert mich an die angeblich wahre Geschichte eines Mannes, der einen Herzanfall hatte und im Schlaf starb, weil er träumte, er würde enthauptet. Nur ein ausgemachter Dummkopf würde es versäumen zu fragen, woher wir denn wissen, was er geträumt hat, da er doch gestorben ist, ohne es uns zu verraten. Geschichten wie diese führen sich selbst ad absurdum. Man kann der Geschichte selbst entnehmen, daß sie nicht wahr sein kann. Sie haben doch mit der Behauptung begonnen, der Held Ihrer Geschichte hätte mit keinem anderen Menschen mehr Kontakt gehabt, und niemand sei greifbar gewesen, als ihn sein Schicksal ereilte.«

Der Universalhistoriker hatte eine ganze Reihe archaischer Eigenheiten und Angewohnheiten. Wahrscheinlich hatte er sie erworben, weil er sich so intensiv mit alten Geschichten beschäftigt hatte. In diesem Augenblick zog er schweigsam und bedächtig eine Tabakspfeife hervor und stopfte Tabak hinein. Wie ich bei einer anderen Gelegenheit in Erfahrung brachte, bezog er den Tabak aus einem botanischen Garten in Indien. Er zündete das Rauchgerät an und begann zu paffen, bis der Mann von der Straße zu husten begann. Uns allen wurde beinahe schlecht, doch erst nach dieser unangenehmen Operation ließ er sich herab, auf die überhebliche Bemerkung des Pragmatikers zu antworten.

»Mein lieber Kollege«, sagte er, »ich hatte ja schon oft Gelegenheit, Ihnen Ihren nachlässigen Umgang mit der Sprache und Ihre mangelhafte Aufmerksamkeit für den Inhalt von Mitteilungen vorzuhalten. Ich habe mitnichten gesagt, daß unser Held, wie Sie ihn nennen, seine Erlebnisse nicht mitteilen konnte oder nicht mitgeteilt hätte. Ich sagte, daß er ganz allein war und völlig zu recht annehmen mußte, daß er auch allein bleiben würde, ohne jemals wieder bewußten Kontakt zu anderen Menschen zu bekommen. Allerdings hinterließ er in der Hoffnung, irgend jemand könnte sie später finden, eine Mitteilung. Diese Mitteilung wurde tatsächlich gefunden, jedoch erst zu einem Zeitpunkt, da die Kommunikation mit ihm schon nicht mehr möglich war. Ich bin übrigens gerade dabei, diese Mitteilung für die Presse vorzubereiten.«

Der Pragmatiker wollte sich nicht geschlagen geben und erhob allerhand Einwände, aber wir anderen brachten ihn zum Schweigen. Unsere Neugierde war geweckt, und wir wollten die Geschichte hören.

»Wer war er?«

»Wie kam es, daß er hoffnungslos allein war?«

»Wo war er?«

»Was hat er getan?«

»Sein Name«, begann der Universalhistoriker, »war Sam Magruder. Was ihn unwiderruflich von seinen Mitmenschen trennte, war die Zeit. Ganz einfach die Zeit. Er lebte ungefähr achtzig Millionen Jahre, bevor sich die Menschheit entwickelt hat. Sein Leben war von durchschnittlicher Länge. Die Rückkehr in die Zeit der Menschen war, wie er sehr genau wußte, unmöglich. Die Wahrscheinlichkeit, auf einen zweiten Menschen zu treffen, war so unendlich gering, daß er damit vernünftigerweise nicht rechnen konnte, und Sam Magruder war ein sehr vernünftiger Mann. Daher war er unwiderruflich vom Rest der Menschheit getrennt, wie es unseres Wissens noch kein anderer Mensch war.«

»Aber was ist geschehen?«

»Er wurde das Opfer eines Vorgangs, der von den Fachleuten Dechronisation genannt wird. Umgangssprachlich ausgedrückt, fiel er einem Zeitsprung zum Opfer.«

Daraufhin sah der Universalhistoriker auf seine Armbanduhr, ebenfalls eines seiner altmodischen Spielzeuge, und verkündete, es sei zu spät, um die Geschichte an diesem Abend noch zu Ende zu erzählen. Wir wußten, daß ihn keine Macht der Welt dazu bringen konnte, sich anders zu besinnen, und mußten daher seine Entscheidung wohl oder übel akzeptieren. Er schlug uns vor, wir sollten uns einige Tage später am Abend in seinen Räumen im Institut treffen, und er versprach, das Versäumte bei dieser Gelegenheit nachzuholen.

2 Die Dechronisation

An diesem Punkt bin ich versucht, unmittelbar mit Magruders Geschichte zu beginnen, aber ich glaube, ich sollte es Ihnen lieber in der Reihenfolge erzählen, in der wir selbst davon erfahren haben. Man braucht etwas Hintergrundwissen, um das, was geschehen ist, einigermaßen verstehen zu können. Der Universalhistoriker informierte uns bei unserem zweiten Treffen über die entsprechenden Hintergründe, und ich will Ihnen diese Informationen hier nicht verschweigen. Diese Vorgehensweise bringt zudem den Vorteil mit sich, daß ich aus Magruders eigenem Bericht die langen, erklärenden Einschübe herauskürzen kann, die der Universalhistoriker eingefügt hat. Der Universalhistoriker ist schon im normalen Gespräch recht langatmig, doch wenn er spricht, bleibt er immerhin halbwegs menschlich. Geht es aber um das Schreiben von Fußnoten, dann ist seine Weitschweifigkeit schier unerträglich.

Ich fahre also mit unserem Treffen in den Räumen des Universalhistorikers fort. Es war klar, daß uns ein längerer Vortrag bevorstand, dem wir mit recht gemischten Gefühlen entgegensahen, doch der Universalhistoriker bot uns bequeme Lehnstühle an und schlug vor, uns mit einem Drink zu entspannen, bevor wir zur Sache kämen. Auch seine Vorliebe, Getränke, die Äthylalkohol enthalten, zu konsumieren und seinen Gästen anzubieten, ist eine seiner altmodischen Angewohnheiten. Diese Substanz, heutzutage eine Kuriosität, die man nur noch im Chemielabor findet, wurde früher in großen Mengen genossen. Anfangs ähnelt die Wirkung einem unserer synthetischen Rauschmittel, doch führt der anhaltende Konsum nicht zu einer Verlängerung der Euphorie. Vielmehr löst Äthylalkohol, in großen Mengen genossen, Depressionen aus und führt schließlich sogar zum Koma. Dieses Koma ist gewöhnlich nach einigen Stunden vorbei, doch es hinterläßt unangenehme Nachwirkungen in Kopf und Verdauungstrakt. Wie der Universalhistoriker mir verriet, wurde dieser Zustand früher als ›Kater‹ bezeichnet.

Durch frühere Erfahrungen mit dieser heimtückischen Substanz vorgewarnt, hatte ich einige Tabletten Rauschmittel mitgebracht, die ich mir selbst in meine Getränkte mischte. Die anderen nahmen ahnungslos das Gebräu des Universalhistorikers entgegen, das er, wenn ich mich richtig erinnere, als ›Mar-Tinni‹ bezeichnete. Ich habe einigen Grund zu der Annahme, daß ich nach der vierten oder fünften Runde der einzige war, der die Anmerkungen des Universalhistorikers noch mit halbwegs klarem Verstand verfolgen konnte.

Als wir uns niedergelassen hatten, begann unser Gastgeber mit der Erzählung.

»Die Theorie der Dechronisation oder der Zeitsprünge, wenn Sie es so nennen wollen, ist für entsprechend vorgebildete Studenten ohne weiteres zu verstehen. Sam Magruder selbst war es, der die groben Umrisse der Theorie entwickelt hat, denn er hat auf dem Gebiet der Chronologie geforscht und war einer der führenden Experten in diesem Fach. In der Praxis dürften Zeitsprünge nur äußerst selten vorkommen. Es gibt, genauer gesagt, außer dem Fall des Sam Magruder keine Berichte über weitere gesicherte Fälle. Eine gewisse Ironie liegt sicher darin, daß er das einzige Opfer eines natürlichen Prinzips werden sollte, das er selbst entdeckt hatte.

Ich denke, ich würde Sie mit den technischen Einzelheiten dieser Theorie überfordern. Die Mathematik geht sicherlich über Ihren Horizont, und ich muß sogar gestehen, daß nicht einmal ich alle Aspekte nachvollziehen kann, obwohl mein Beruf ein mehr als nur flüchtiges Wissen über die Chronologie voraussetzt. Ich möchte aber noch anmerken, daß ich die Gelegenheit hatte, mich eingehend über die Paläontologie zu informieren. Diese Qualifikationen führten dazu, daß mir die redaktionelle Bearbeitung der Mitteilungen von Magruder übertragen wurde. Die Verbindung zwischen der Universalgeschichte und der Chronologie dürfte inzwischen klar sein, und die Verbindung zur Paläontologie wird rasch deutlich, sobald man Magruders Geschichte liest.

Die technischen und mathematischen Aspekte der Chronologie sind hier in unserer Runde allerdings nicht von großer Bedeutung. Einige der notwendigen Grundvoraussetzungen sind Ihnen möglicherweise schon aus meinen Büchern *Timeliness and Timelessness* und *Ten Years per Second* und meinen anderen Werken bekannt. Ich gehe jedenfalls davon aus, daß Sie die allgemein akzeptierte Ansicht nachvollziehen können, daß es zwei Zeituniversen gibt. Eines kennt die Bewegung, aber es gibt dort keine Dimensionen der Zeit und kein Wachstum. Das andere ist bewegungslos, besitzt nur eine einzige Dimension und wächst gleichmäßig in die einzige in dieser Dimension mögliche Richtung.

Das Universum, in dem es Zeit *und* Bewegung gibt, ist ganz einfach die Gegenwart. Dieses Universum kennt keine Dimensionen, weil es keine irgendwie geartete Ausdehnung besitzt. Offensichtlich ist die Gegenwart ein Punkt in der Zeit, in den nichts von der Vergangenheit eingehen kann, und sei es auch nur eine Milliardstel Sekunde vorher geschehen. Aber dieser Punkt ist in ständiger Bewegung. Die Gegenwart findet gewissermaßen niemals an ein und demselben Ort ihre Fortsetzung, und seien die veranschlagten Zeitspannen noch so gering. Alles, was ist und was im Universum von Zeit und Bewegung existiert, muß notwendigerweise in der Gegenwart existieren, also zu einem ganz bestimmten Zeitpunkt. Dieser Zeitpunkt aber springt unablässig und blitzschnell immer wieder aus dieser Realität und diesem Zeituniversum heraus, um ins nächste zu gelangen.

Jenes andere Universum, in dem es nur eine, nämlich die zeitliche Dimension gibt, besteht gewissermaßen aus der Vergangenheit, auch wenn dies eine sehr ungenaue Art und Weise ist, die Sache zu beschreiben. Die Gegenwart können wir nicht messen, sie hat keine Dauer. Die Sekunden, Minuten, Stunden, Zehntagesspannen und Jahre sind Maßeinheiten, mit denen wir die Vergangenheit unterteilen. Die Vergangenheit ist linear. Sie hat nur eine Dimension und nur zwei Richtungen: fort von der Gegenwart und hin zur Gegenwart. Sie wächst beständig, aber sie wächst nur in eine Richtung, nämlich in Richtung der Gegenwart. Man könnte die Gegenwart sogar als die Wachstumszone der Vergangenheit auffassen, ganz ähnlich der Spitze einer sprießenden Pflanze, die sich immer weiter vom Boden entfernt.

Viel eher als über die Gegenwart könnte man über die Vergangenheit sagen, daß sie eine Realität besitzt, eine objektive und ewige Existenz. Sie bringt die Gegenwart hervor. Das Wachstum der Vergangenheit wird von der Gesamtheit der Vergangenheit bis zu einem bestimmten Punkt in einer beliebig angenommenen Gegenwart geprägt und bestimmt. Wir wissen intuitiv, daß Existenz und Realität nur möglich sind, wo es Dauerhaftigkeit gibt. Aber die Welt unserer Sinne, in der wir als subjektive Wesen existieren, ist die Gegenwart, die keine Dauer hat. Dauer setzt die ewige Existenz in jenem anderen Universum der Zeitdimension voraus – in der Vergangenheit, um es umgangssprachlich auszudrücken. Daraus folgt natürlich, daß die Zukunft nicht existiert und keine Realität besitzen kann.«

Bis zu diesem Punkt hatten wir seine Einführung in die Chronologie mit respektvollem Schweigen hingenommen. Nun aber hielt es der Mann von der Straße, der gerade seinen dritten Mar-Tinni in Angriff genommen hatte, für notwendig, eine Anmerkung zu machen.

»Aber was ist mit all den Geschichten über Zeitreisen?« fragte er. »Ich meine damit nicht nur die Science-Fiction-Geschichten, obwohl ich denke, daß auch sie eine gewisse Grundlage haben müssen. Erst vor wenigen Tagen habe ich in den TeleNews eine Meldung über einen Chronologen gesehen, der eine Maschine gebaut hat, mit der man in die Zukunft reisen könne. Es hieß da, die erste Probefahrt stehe unmittelbar bevor.«

»Ein Unsinn ist das!« rief der Universalhistoriker aufgebracht. »Das ist Herr von Schrecklich. Er ist ein Dummkopf, wenn nicht sogar ein Betrüger. Das mindeste, was man über ihn sagen muß, ist, daß er sich etwas vormacht. Wer weniger milde gestimmt ist als ich, könnte sogar behaupten, daß er die Universal Research Foundation ausnimmt. Die Science-Fiction-Geschichten – die ich übrigens grundsätzlich nicht lese – sind natürlich nichts weiter als Märchen. Die Nichtexistenz der Zukunft ist eine notwendige Schlußfolgerung aus der modernen chronologischen Theorie, und in etwas Nichtexistentes kann man nicht reisen. Jedenfalls nicht in der Realität.«

Der Mann von der Straße war wirkungsvoll zum Schweigen gebracht.

»Wo war ich stehengeblieben?« fuhr der Universalhistoriker fort. »Oh, richtig. Es gibt in Zusammenhang mit der Chronologie noch einen weiteren erwähnenswerten Punkt. Sobald etwas im Universum der Zeitdimension existiert, sobald es materialisiert und durch das Wachstum an der Spitze des sich bewegenden Jetzt integriert worden ist, muß es natürlich für immer und ewig existieren. Alles, was jemals geschehen ist, kann man in der Vergangenheit finden, dort ist gewissermaßen alles gespeichert. Es ist schwer, dies in allgemeinverständlichen Begriffen zu erklären. Man kann nicht sagen, daß dort alles gleichzeitig existiert – das wäre eine falsche Auslegung des Begriffs. Aber es ist jedenfalls alles dort, und es bleibt dort. Verschiedene Ereignisse existieren allerdings an verschiedenen Orten in der Zeit, genau wie Chicago, Urania und Los Angeles gemeinsam an der Central South Rocket Route liegen; allerdings befinden sie sich an verschiedenen Punkten des Verkehrsweges.

Das soll als Einführung in die allgemeine Theorie reichen. Diese Zusammenhänge wurden ja bekanntlich schon vor Jahren von Saha'a, Uhr und Day erforscht und sind heute Teil der Allgemeinbildung. Lassen Sie uns jetzt zu Magruder kommen ...«

»Wird auch S-seit«, sagte der Ethnologe, der eine ausgesprochen gesunde Gesichtsfarbe bekommen hatte und lebhaft mit dem Glas herumfuchtelte. »Der gudde alde Magruder. Auf Magruder, sum Wohl.« Er trank einen Schluck und schloß die Augen.

Wie zu erwarten, ignorierte der Universalhistoriker die Unterbrechung.

»Magruder setzte die Forschungen fort. Er ging von der Tatsache aus, daß die beiden Zeituniversen existieren und die Eigenschaften besitzen, die ich Ihnen geschildert habe. Er erkannte, daß normalerweise alles und jedes mit beiden Universen in Kontakt ist und fragte: ›Was würde geschehen, wenn sich ein

Mensch auf das eine oder das andere konzentriert?‹ Seine Antworten auf diese Frage waren zugegebenermaßen rein spekulativer Natur, aber sie sind dennoch vernünftig. Ich habe hier eine Akte mit seinen Papieren, und ich könnte Ihnen die Schlußfolgerungen vorlesen, aber ich nehme an, Sie würden diese Verzögerung nur ungern …«

»Hicks!« machte der Pragmatiker. Oder jedenfalls klang es so.

Der Universalhistoriker sprach eilig weiter.

»Magruder kam zu der Ansicht, daß man sich selbst in dem Augenblick auslöschen würde, in dem man sich auf das Universum der Bewegung konzentrierte, oder auf die Gegenwart, wie Sie es ausdrücken würden. Die Vergangenheit produziert die Gegenwart, und wenn man den Kontakt zur Vergangenheit abreißen läßt, dann wird die Produktion eingestellt – Sie existieren nicht mehr. Aber was wäre, wenn man sich auf das Universum des Wachstums konzentrierte? Dann würde man natürlich aus der Gegenwart verschwinden, und man würde sich in einem Universum wiederfinden, in dem alles, die ganze Zeit bis zum Heute, alles, was je geschehen ist, bereits vorhanden ist. Dennoch würde dieses Universum fortfahren, irgendwo auf der Zeitlinie ein Jetzt, eine Gegenwart, zu erzeugen. So spekulierte Magruder, daß man wahrscheinlich zu einem Jetzt zurückspringen könnte, daß aber dieses Jetzt jederzeit sein könnte. Man könnte nur eine Sekunde zurückgehen und würde vielleicht gar nicht bemerken, was passiert ist. Oder man könnte eine Million oder eine Milliarde Jahre zurückspringen.

Die Chronologen sind sich weitgehend einig darin, daß die Zeit vor ungefähr zehn Millionen Jahren begonnen hat. Magruder hielt alle Zeitpunkte, zu denen man in der Zeit zurückspringen würde, für gleich wahrscheinliche Zielpunkte. Das bedeutet natürlich, daß es sehr unwahrscheinlich ist, irgendwann in der

Nähe unserer eigenen Zeit herauszukommen. Man würde mit ziemlicher Sicherheit vor langer, langer Zeit ankommen, und dort würde man kleben bleiben.« Ich glaube, inzwischen spürte selbst der Universalhistoriker die Wirkung des Äthylalkohols, denn sonst hätte er kaum einen so uneleganten Ausdruck benutzt.

»Festkleben, wassolln das heißen?« fragte der Ethnologie. »Surückschpringen, vorwärschpringen.«

»Haben Sie denn nicht zugehört?« sagte der Universalhistoriker vorwurfsvoll. »Man kann nicht in die Zukunft springen. Die Zukunft existiert in keinem der Universen. Wenn Sie eine Million Jahre in die Vergangenheit springen, dann würde das Jetzt, das unsere Gegenwart ist, für Sie nicht mehr existieren. Sie könnten nicht zurückkehren. Wenn Sie noch einmal springen würden, dann würden Sie noch weiter rückwärts versetzt. Magruder hat dieses Problem erkannt. Als er sprang, wußte er, daß er für den Rest seines Lebens dort bleiben würde, wo er herauskam. Er konnte nicht mehr zur Menschheit zurückkehren, weil dort, wo er – nein, weil dort, *wann* er sich befand, die Menschheit in keinem der Universen existierte.«

»Trossdem nich allein«, bemerkte der Pragmatiker angriffslustig. Er schüttelte leicht den Kopf. »Magruder is geschp-prungen. Alscho, schoweit er weiß, kann auch jemand anders schpringen. Gesellschaft, verstehen Sie? Er hat s-sicher gedacht, er kriegt noch Gesellschaft.«

»Das ist ein verständlicher Einwand«, gab der Universalhistoriker großmütig zu, »aber es ist leider kein sehr guter Einwand. Bisher gibt es zehn Milliarden Jahre Zeit, in die man springen kann, und jeder Zeitpunkt hätte die gleiche Wahrscheinlichkeit. Solche Sprünge geschehen nur äußerst selten. Wenn das anders wäre, dann hätten wir schon von anderen Fällen gehört. Magruder hat übrigens dazu selbst eine Anmerkung gemacht, wie wir noch sehen werden. Wenn es aber nur sehr wenige Sprünge gab, und wenn sie zu irgendeinem Punkt in diesen zehn Milliarden führen konnten, wie groß ist dann die Wahrscheinlichkeit, daß zwei Menschen am gleichen Zeitpunkt herauskommen? Ganz zu schweigen vom gleichen Ort! Nein, es bestand praktisch überhaupt keine Chance, und Magruder wußte das. Er hat es akzeptiert. Er war allein, und das wußte er ganz genau. Es gab keine Chance, jemals wieder andere Menschen zu sehen.«

»Alscho gut«, stimmte der Pragmatiker zu. »Alscho gut. Kann kein Mensch m-mehr hinschp-pringen. Ich bin jess müde, muß nach Hause.«

»Ich bin ehmfass müde«, erklärte unser Gastgeber. Dann gab er sich einen Ruck und sah uns scharf an. »Ich bin ebenfalls müde, wollte ich sagen. Also dann, gute Nacht, meine Herren. Bis näschte – hupps – nächste Woche dann.«

3 TeleNews

Als wir uns das nächste Mal trafen, kam ein neuer Gast dazu. Ich sah sofort, daß er den Universalhistoriker bereits kannte, denn er hatte sich Rauschmittel mitgebracht und lehnte höflich die Drinks mit Äthylalkohol ab, was wir ebenfalls taten. Meine Gefährten hatte die Lektion gelernt. Der neue Gast wurde uns als Pierre Précieux vorgestellt. Ich nahm an, seine Anwesenheit müsse etwas mit Magruders Geschichte zu tun haben, und dies stellte sich später in der Tat als zutreffend heraus.

»Schauen Sie«, sagte der Pragmatiker, sobald wir uns niedergelassen hatten, »ich habe mich ziemlich über diesen Magruder aufgeregt. Ich will jetzt seine Geschichte hören und nichts anderes. Ich will sie von Anfang bis Ende hören. Keine Vorlesungen mehr, keine weitschweifigen Einleitungen mehr. Wenn Sie etwas zu sagen haben, dann sagen Sie es.«

Er und der Universalhistoriker zankten sich öfter. Ich rechnete schon mit einem Streit, aber der Universalhistoriker schien ausnahmsweise versöhnlich gestimmt und beschränkte sich auf ein nachsichtiges Lächeln.

Er sagte: »Von jetzt an wird jemand anders die Geschichte erzählen. Hier ist der erste Teil.«

Er legte uns einen Ausdruck der TeleNews vor. Es war ein altes Dokument, das auf den 30. Februar 2162 datiert war, aber es war gut erhalten. Die Schlagzeile lautete:

CHRONOLOGE VERSCHWUNDEN

Darunter ein Bild mit der Unterschrift:

Samuel TM12SC48 Magruder AChA3*

Das Bild, dessen Farben trotz des Alters noch recht lebhaft waren, zeigte einen eher unauffälligen, vielleicht vierzig oder fünfundvierzig Jahre alten Mann. Glattes schwarzes Haar, gebräuntes Gesicht, ein kurzer Bart, aber kein Schnurrbart. Große, hellbraune Augen. Kein Epikanthus. Leicht abgeplattete Nase. Die Nase und das Haar mochten das Fünftel asiatischen Einschlags verkörpern, das durch die Zeichen zwischen Vor- und Nachname angedeutet wurde, aber die europäischen Anlagen dominierten eindeutig. Zu seinen Vorfahren zählten Techniker und Wissenschaftler. Er hatte in der Bürgerschule und auf der Chronologischen Akademie hervorragende Noten erzielt. Drei Auszeichnungen für besondere Leistungen. Ein hervorragender Mann, wie es kaum einen zweiten gegeben hatte. Unsereins wäre schon froh gewesen, wenn er sich ein A-A3* hätte hinter den Namen setzen dürfen.

Der Artikel der TeleNews war auf den ersten Blick einfach und leicht verständlich geschrieben. Doch selbst mit dem Wissen, das wir inzwischen über die Hintergründe hatten, kam uns einiges daran ausgesprochen seltsam vor.

> Der bekannte Chronologe Samuel Magruder, 42½, zuletzt wohnhaft in 1038 Upper Harlem, Zone 2A, S13, und angestellt beim Chronologischen Institut, ist gestern um 1504:16 EST verschwunden. Bis zu diesem Zeitpunkt hat er in seinem Labor M14, Rampe J, im Institut gearbeitet. Seine beiden Assistenten waren zu dieser Zeit anwesend. Es handelt sich um Hsuan Hsi, 28, S4, und um Mary Lamb, 22, T6. Magruder arbeitete an einem Experiment, das mit der Quantentheorie der zeitlichen Bewegung zu tun hatte. Er befand sich an seinem Arbeitsplatz in der Mitte des Labors. Hsi saß im hinteren Teil des Raums an seinem Schreibtisch und las in einer technischen Zeitschrift. Lamb hatte von Magruder soeben den Auftrag bekommen, den Ventilator in der Nähe des Vordereingangs einzuschalten. Die beiden Türen sind der einzige Ausgang aus dem fensterlosen Raum, und zu diesem Zeitpunkt waren beide Türen versperrt, um Störungen des Experiments zu verhindern. In der Nähe der beiden Türen befand sich also jeweils einer der Assistenten, und beide beschwören, daß niemand

ohne ihr Wissen hätte hinausgelangen können. Die Schlüssel steckten in Magruders Tasche. Sie wurden später, nachdem die Beamten die Tür aufgebrochen hatten, von der Polizei in Magruders Kleidung gefunden.

Hsi sagte aus, seine Aufmerksamkeit sei geweckt worden, als Magruder etwas gerufen habe: »Es sind wirklich Sprünge!« Dies habe sich exakt um 1504:11 EST ereignet. (Beide Assistenten haben, ihrer Ausbildung in chronologischen Techniken entsprechend, auch dieses Ereignis exakt registriert.) Hsi drehte sich um und beobachtete Magruder, der jedoch nichts weiter sagte. Lamb stimmt darin überein, daß um 1504:11 EST etwas gerufen worden sei, doch sie ist unsicher über den Wortlaut des Rufs. Ihrer Meinung nach könnte es auch wie »Jetzt wird es Zeit!« geklungen haben. Auch sie drehte sich zu Magruder um, und sie fügte noch hinzu, daß Magruder die rechte Hand gesenkt habe - anscheinend, um einen Schalter umzulegen, der den Versuchsaufbau aktivieren sollte.

Die beiden Zeugen stimmen darin überein, daß Magruder um 1504:16 EST zu Boden gestürzt und in sich zusammengesunken sei. Beide eilten sofort zu ihm, um ihm zu helfen. Hsi, der den Chronologen als erster erreichte, bekam einen Ärmel von Magruders Laborkittel zu fassen, doch der Ärmel war leer. Lamb sagte aus, Hsi habe den Ärmel genau 1.2 Sekunden lang geschüttelt und dann gerufen: »Mein Gott, Mary, der Alte hat's geschafft!« Um eine Erklärung für seine Bemerkung gebeten, sagte Hsi aus, er könne sich nicht erinnern, denn er sei viel zu schockiert gewesen, um die Ereignisse richtig begreifen zu können.

Die beiden Assistenten stellten rasch fest, daß Magruders Kleidung in einem Haufen auf dem Boden lag, während Magruder selbst verschwunden war. Um 1506:43 benutzte Lamb die Sprechanlage des Labors, um über die Telefonzentrale des Instituts die Polizei zu verständigen. Der zuständige Streifenbeamte Adrian Sherlock, 36, Po4, traf um 1512:01 ein, stellte fest, daß die Türen verschlossen waren, und brach eine Tür auf. Sherlock sagt aus, er habe trotz gründlicher Suche im ganzen Raum keine Spur von Magruder finden können. Magruders gesamte Kleidung lag dort, wo er vorher gestanden hatte. Sämtliche Reißverschlüsse waren zugezogen, und die Kleidung war exakt so angeordnet, wie er sie am Körper getragen hatte. Die Elastosocken steckten noch in den Schuhen, die Schuhe waren zugebunden, und so weiter.

Die Assistenten wurden befragt und machten die oben zusammengefaßten Aussagen. Ein Wahrtest ergab, daß sie die Wahrheit berichtet hatten, wie sie sie sahen, und ein Bluttest ergab keinerlei Hinweise auf Rauschmittel und Hypnotika. Auf die Frage, was ihrer Meinung nach geschehen sei, erklärte Lamb, es sei ihr unheimlich, und sie wolle in die bioelektronische Abteilung versetzt werden. Hsi erklärte, seiner Ansicht nach sei Magruder dechronisiert. Er wies auf neuere Publikationen von Magruder hin. Daniel Judgement, 53, S12, ein Kollege von Magruder, erklärte, seiner Meinung nach sie die Theorie der Dechronisation fehlerhaft, und man solle im Labor nach protoplasmatischen Lösungsmitteln suchen. Eine entsprechende Durchsuchung wurde angeordnet, verlief jedoch ergebnislos.

Der Direktor des Instituts, Kto Znayet, 62, SA15, sagte aus, Magruders Ruf als Wissenschaftler sei makellos, und auf dem Gebiet der abstrakten Chronologie gelte Magruder als die führende Kapazität. Znayet deutete die Möglichkeit an, Magruder könne aufgrund von Überarbeitung einen Schwächeanfall erlitten haben, vermochte jedoch nicht zu sagen, ob und wie Magruder gegebenenfalls den Raum verlassen hätte. Falls Magruder nicht binnen eines Monats zurückkehrte, würde man eine Trauerfeier abhalten, und er persönlich würde Magruders Witwe informieren und ihr Magruders Trennungsgeld überweisen.

Magruder war jedoch unverheiratet. Er hinterläßt eine Schwester, Kathleen Yuan, 40, HW1, sowie ein Adoptivkind, Fatima Magruder, 18, A2, und einen Hund namens Caesar, 3½, Pe5. Magruder war AChA3* und Mitglied zahlreicher wissenschaftlicher, ziviler und gesellschaftlicher Vereinigungen, darunter der National Academy of Chronologists, der Society for Systematic Rectification und der Harlem Hotshots.

Diesem Bericht beigefügt war ein weiterer Ausdruck, der einen Monat später datiert war. Ganz unten auf dem Blatt war eine kleine Meldung markiert.

TRAUERFEIER FÜR CHRONOLOGEN

Heute wurde im Chronologischen Institut die Trauerfeier für den 42jährigen Samuel Magruder, S13, abgehalten, der am 29. Februar unter mysteriösen Umständen verschwunden ist. Die Andacht wurde angesetzt, nachdem das zuständige Gericht entschieden hatte, daß Magruder nicht mehr lebt und sein Vermögen auf seine Adoptivtochter Fatima und seinen Hund Caesar übergehen kann. Kto Znayet CChD1*, 62, SA15, der Direktor des Instituts, hob in der Trauerrede noch einmal Magruders berufliche Leistungen hervor. Znayet brachte die Ansicht zum Ausdruck, Magruder sei das Opfer eines üblen Spiels geworden und regte an, zum Gedenken an diesen Märtyrer der Wissenschaft ein Mahnmal zu errichten. Im Institut wurde mit einer halbstündigen Arbeitspause des Toten gedacht.

4 Entdeckung in der Wüste

Nachdem wir die Ausdrucke gelesen hatten, rief der Pragmatiker:

»Aber seht euch das doch mal an! Wir nehmen einfach hin, daß Magruder verschwunden sein soll. Aber das ist doch gar nicht bewiesen. Es gibt in diesen Berichten hier sogar Hinweise, daß womöglich etwas vertuscht wurde und daß Magruder, statt durch einen Zeitsprung zu verschwinden, absichtlich oder aus Versehen in einem Lösungsmittel aufgelöst worden ist. Diese Geschichten haben überhaupt keinen Wert, solange man nicht eine Mitteilung von ihm selbst bekommt, die er nach seinem Verschwinden geschrieben hat.«

»Wie ich bereits erwähnt habe, besitzen wir eine solche Mitteilung«, sagte der Universalhistoriker streng. »Sie wurde von seinem Standpunkt aus nach seinem Verschwinden geschrieben. Aus unserer Sicht natürlich lange davor.«

»Rabulistik!« sagte der Pragmatiker grob. »Lassen Sie uns die Mitteilung sehen.«

Der Mann von der Straße stimmte sofort ein: »Ja, lassen Sie es uns sehen.«

Recht mürrisch geworden, sagte der Universalhistoriker: »Ich werde sie Ihnen schon noch vorlegen, wenn der richtige Augenblick gekommen ist. Die ganze Sache ist so außergewöhnlich, daß es schwierig werden wird, sie der Öffentlichkeit glaubhaft zu erklären. Ich führe mit Ihnen gewissermaßen einen Probelauf durch, und deshalb werde ich die Angelegenheit behutsam und auf die Art und Weise vortragen, die ich für die angemessene halte. Der nächste Punkt ist vielleicht der wichtigste überhaupt, wenn es um die Glaubwürdigkeit von Magruders Geschichte geht. Ich habe daher Pierre Précieux gebeten, uns Gesellschaft zu leisten und Ihnen zu berichten. Er hat die entscheidende Entdeckung gemacht.

Um ihm die Verlegenheit zu nehmen, sich mit seinen eigenen Leistungen brüsten zu müssen, möchte ich Ihnen vorher noch erklären, daß Précieux einer unserer führenden Geologen ist. Er ist BG1A12* und war früher Präsident der National Academy of Stratigraphy. Seine Spezialgebiete sind die Chronologie, Sedimentologie und Stratigraphie der Lancian Stage. Anders ausgedrückt, studiert er das Alter, die Natur und den Aufbau von Gesteinsschichten, die im westlichen Nordamerika im Zeitalter der großen Reptilien abgelagert worden sind. Aber das kann er Ihnen vielleicht am besten selbst erläutern.«

»Vielen Dank. Ich möchte Ihnen über meine Arbeit nur das erzählen, was Sie in diesem Augenblick unbedingt wissen müssen«, begann Précieux seinen trockenen Vortrag. Er verschluckte manchmal die Endsilben der Worte. Wir sprachen natürlich Interlingual Swahili, aber ich glaubte in seiner Aussprache einen ungewöhnlichen Zungenschlag zu entdecken. Ich vermutete, daß er aus einer isolierten arktischen Kolonie stammen mochte. Später sollte ich erfahren, daß meine Vermutung korrekt war, denn er kam aus einer kleinen Bergbausiedlung ungefähr zwanzig Kilometer nördlich der Permafrost Rocket Base.

»Wie bereits gesagt wurde«, fuhr Précieux fort, »interessiere ich mich vor allem für die Erdgeschichte in der Zeit, als noch riesige, groteske Reptilien herumliefen. Ich persönlich untersuche allerdings nicht die Reptilien selbst. Das muß meinen paläontologischen Kollegen und besonders meinem Kollegen Saurier überlassen bleiben, meinem Stellvertreter in der Lancian-Forschungsgruppe. Abgesehen von der allgemeinen Überwachung der Arbeit in dieser Abteilung besteht meine Aufgabe vor allem darin, die Felsen zu untersuchen, in denen die letzten Dinosaurier und ihre bizarren Zeitgenossen begraben wurden. Diese Felsen sind eine Art Zeituhr für die Geschichte der Dinosaurier, und sie sind die Grundlage, um die Umgebung zu rekonstruieren, in der diese Ungeheuer leben konnten.

Derartige Felsen findet man im allgemeinen in der Region der Rocky Mountains, und in diesem riesigen Gebiet spielt sich praktisch unsere gesamte Feldforschung ab. In den Bergen selbst hat die Erosion die meisten Spuren zerstört. Die besten Fundorte sind für uns die Hochebenen direkt zu Füßen der Berge oder die breiteren Täler und Becken, die zwischen den Bergketten und Höhenzügen liegen. Vor zwanzig Jahren, als die Lancian-Gruppe eingerichtet wurde, begannen wir ganz im Norden an den Ufern des Nordpolarmeeres, wo die Ausläufer der Rocky Mountains von eiskaltem Wasser umspült werden. Seitdem haben wir uns systematisch nach Süden vorgearbeitet, und vor zwei Jahren haben wir das Gebiet von New Mexico und Arizona erreicht.

Es ist schon lange bekannt, daß die Felsen, die für unsere Arbeit am meisten hergeben, vor allem in einer Wüstengegend zu finden sind, die man als San Juan-Becken bezeichnet. In der Erwartung, mehrere Jahre in dieser Gegend verbringen zu müssen, haben wir einen dauerhaften Stützpunkt eingerichtet, den wir Ojo Alamo genannt haben. ›Ojo Alamo‹ ist ein alter Name, der aus dem Spanischen überliefert ist, einer jener Sprachen, die früher in dieser Gegend gesprochen wurden. Der Name bedeutet ›Pappelquelle‹. Wahrscheinlich hat der Name früher einmal gestimmt, aber heute gibt es dort weder Pappeln noch eine Quelle. Es gibt dort allerdings Spuren alter menschlicher Behausungen, doch ist die Gegend heute das Zentrum eines Eingeborenenreservats, das nur mit Sondererlaubnis und zu Forschungszwecken besucht werden darf.

Unser Lager war – nein, es ›ist‹, muß ich sagen, denn es befindet sich noch dort – im Schutz einer gelben Sandsteinklippe etwa sechs Meter über dem Talgrund untergebracht. Wir haben Plastikkuppeln errichtet, um die Laboratorien und die Wohnquartiere unterzubringen. Kondensatoranlagen sicherten die Wasserversorgung, und Biochemietanks haben nichtsynthetische Nahrungsmittel geliefert, so daß sich die kleine Ansiedlung mehr oder weniger selbst versorgen konnte. Hubschrauber mit Nuklearantrieb wurden benutzt, um das Umland in einem Radius von einhundert Meilen zu erforschen.

Der Tonschiefer unter der Sandsteinschicht, die sich über unserem Lager erhebt, erstreckt sich weit nach Nordwesten und Südosten. Seit dem zwanzigsten Jahrhundert ist bekannt, daß in dieser Region die letzte Episode des Zeitalters der Reptilien verewigt ist. Dort gibt es viele versteinerte Überreste der Dinosaurier. Über dieser Schicht findet man Sedimente, in denen es keine Dinosaurierknochen mehr gibt. Dafür findet man dort die ersten, seltenen Hinweise auf die frühesten Säugetiere.

Das Wasser floß von unserem Lager aus in Richtung Südwesten ab. In dieser Richtung liegt ein breites, trostloses Wüstengebiet. Man findet dort so gut wie keine Vegetation, und durch die phantastischen Formen, die aufgrund der Erosion entstanden sind, erinnert die Gegend beinahe an eine Mondlandschaft; ein Vergleich, den ich aus eigener Anschauung sehr treffend finde. Es gibt dort Säulen und Zinnen, tiefe, steile Schluchten und zerklüftete Labyrinthe, gezackte Hügelkämme, die vom Wind herausgeschliffen worden sind, und Sandsteinablagerungen, die als die Kirtland- und Fruitland-Formationen bezeichnet werden, angelehnt an frühere Siedlungen am San Juan River im Norden. Es ist eine eher schaurige als farbenfrohe Umgebung. In vielen Einöden kommt es zu lebhaften Farbspielen, aber diese Gegend ist grau oder blaßgelb. Als dieses Bild geschaffen wurde, gab es auf der Palette der Erde nur deprimierende Schlammtöne.

Dennoch findet der Eingeweihte in diesem trockenen, einsamen Ödland zahlreiche Spuren untergegangener Lebensformen. Die Ablagerungen sind vor ungefähr achtzig Millionen Jahren in alten Sümpfen und Flüssen entstanden, wo riesige Dinosaurier herumgetrampelt und unförmige, ungeschickt flatternde Vögel, die Zähne besaßen, herumgeflogen sind. Winzige, warmblütige Pelztiere haben aus ihren Verstecken im Schilf ängstlich zugesehen. Die Rekonstruktion dieser Szene und ihre Integration in die lange, lange Geschichte der Erde und des Lebens auf der Erde waren die Ziele unserer Forschungen.

Ich habe Ihnen jetzt erklärt, was wir in dieser einsamen und gespenstischen Gegend zu suchen hatten, und ich habe Ihnen in allgemeinverständlichen Begriffen die Szenerie beschrieben, in der sich meine Entdeckung abgespielt hat. Zu der Entdeckung selbst kam es vor ungefähr sechs Monaten an einem heißen Nachmittag. Ich war gerade damit beschäftigt, aus einer besonders haltbaren, gleichförmigen Schicht von grauem Schiefer Proben für die Analyse zu nehmen. Es gab dort praktisch keine anderen Gesteinsarten, und so war ich sehr überrascht, in dieser Fläche eine zerbrochene Platte von hartem, fast zu Quarz verdichtetem Sandstein zu finden. Ich hob die Platte hoch und stellte fest, daß sie mit eingemeißelten Buchstaben bedeckt war. Zunächst schien das Geheimnis damit gelüftet. Man stößt in jener Gegend, die ja früher einmal bewohnt war, gar nicht so selten auf historische und archäologische Überreste. Zweifellos hatte ein amerikanischer Forscher oder ein ansässiger Indianer seine Eindrücke auf diese Weise festhalten wollen.

Doch es dauerte nicht lange, bis mich zwei Faktoren von dieser allzu einfachen Erklärung Abstand nehmen ließen. Der erste war die Natur der eingeritzten Botschaft. Durch Verwitterung war die Schrift zwar nicht mehr gut leserlich, und einige Teile waren herausgebrochen, aber ich konnte genug erkennen, um zu sehen, daß ich nicht etwa irgendwelche alten Kritzeleien vor mir hatte, sondern eine Schriftsprache, die ich lesen konnte. Die zweite Überraschung war, daß sich im ansonsten gleichförmigen Schiefer eine zweite, unbeschädigte Platte abzuzeichnen schien. Keine mir bekannte natürliche Kraft hätte einen solchen Fremdkörper in eine so homogene Schieferschicht einbringen können. Ich befreite die Platte rasch mit meinem Hammer aus dem Schiefer und stellte fest, daß auch sie mit eingeritzten Schriftzeichen bedeckt war. Die Platte mußte zu einer Zeit in diese Schicht gekommen sein, als der Schiefer noch zähflüssiger Schlamm war. Anders ausgedrückt, mußte die Platte vor sage und schreibe achtzig Millionen Jahren in den Schlamm gedrückt worden sein!

Ich bedauerte es sofort, dieses erstaunliche Relikt voreilig freigelegt zu haben, ohne Anwesenheit eines Zeugen, der bestätigen konnte, daß das Objekt tatsächlich seit der Kreidezeit in der Erde geruht hatte. Ich rief mit meinem Porticom die anderen Wissenschaftler der Gruppe herbei. Wir gruben weiter und legten im Laufe des Nachmittags sechs weitere Platten frei. Sie waren in eine völlig unbeschädigte Schicht eingelagert und völlig von anderem Material bedeckt. Zeugen dieses Vorgangs wurden acht Personen von allerbestem Leumund, die aufgrund ihrer Ausbildung ohne weiteres ursprüngliche von sekundären Ablagerungen unterscheiden können. Wir sind im Besitz ihrer eidesstattlichen Versicherungen, die im Anhang von Magruders Bericht veröffentlicht werden sollen.

Trotz intensiver Suche konnten keine weiteren Platten zutage gefördert werden, und eine rasche Überprüfung des Textes auf den bereits gefundenen Tafeln legte die Vermutung nahe, daß wir in der Tat die gesamte Serie sichergestellt hatten. Eine der Tafeln enthielt eindeutig den Beginn der Botschaft. Die anderen schlossen daran an und setzten den Text fort, und wie es aussah, stellte die erste Tafel, die ich gefunden hatte, das Ende des Berichts dar. Nach einer behutsamen Reinigung der Oberfläche war der Text auf den Tafeln leicht zu entziffern. Die letzte verwitterte Tafel war teilweise nicht lesbar, doch konnte die Inschrift bis auf wenige unsichere Stellen rekonstruiert werden.

Ein Fund wie dieser fiel nicht in das Fachgebiet, mit dem wir im Rahmen unserer Forschungen beschäftigt waren. Nach einer Beratung innerhalb der Gruppe, mit dem Geologischen Institut und der Scientific Coordinating Authority kam man überein, daß der Universalhistoriker am ehesten in der Lage sei, die Tafeln genau zu untersuchen und einen endgültigen, mit Anmerkungen versehenen Text für die Veröffentlichung vorzubereiten. Im Rahmen dieser Arbeit, die inzwischen so gut wie abgeschlossen ist, wurde er natürlich von mir und anderen Spezialisten, vor allem von Saurier, dort unterstützt, wo es um die Lebensformen jener Zeit ging, oder von paläographischen Fachleuten, soweit die Schrift selbst betroffen war.«

Précieux' flüssiger und durchdachter Bericht über seinen Anteil an dieser erstaunlichen Geschichte fesselte uns. Nachdem er geendet hatte, ging eine leichte Unruhe durch unsere Gruppe. Füße scharrten, einige Teilnehmer räusperten sich. Unser Gastgeber hob seine Pfeife und stieß eine stinkende Wolke Tabaksqualm aus. Der Ethnologe kippte sein Glas mit Rauschmittel (Zitronengeschmack) in einem Zug hinunter. Der Pragmatiker lehnte sich lässig zurück und war, wie zu erwarten, als erster von uns imstande, das Wort zu ergreifen.

»Die Tafeln«, sagte er. »Lassen Sie uns die Tafeln sehen.«

Der Universalhistoriker, anscheinend endlich einverstanden, das Geheimnis ganz und gar zu lüften, öffnete einen Durostahlschrank, der hinten im Raum an einer Wand stand. Innen war der Schrank mit acht herausziehbaren Einschüben bestückt, und auf jedem lag eine dünne Platte aus rötlichem, feinkörnigem Sandstein.

»Sie können sie ruhig in die Hand nehmen«, versicherte uns der Universalhistoriker. »Sie wurden behandelt und sind unzerstörbar. Sie können nicht mehr verkratzt werden.«

Wir gaben sie herum und bestaunten die winzigen, deutlichen Buchstaben, die eingeritzt waren. Der Pragmatiker wollte die Tafeln festhalten und den Text lesen, aber der Universalhistoriker nahm sie ihm rasch wieder weg.

»Ich habe den Text für Sie übertragen«, erklärte der Universalhistoriker, »und für jeden von Ihnen eine Kopie anfertigen lassen. Sie dürfen sich natürlich jederzeit vergewissern, ob mein Text eine korrekte Übertragung des Textes auf den Tafeln ist, aber Sie werden es wahrscheinlich angenehmer finden, den Bericht zunächst anhand Ihrer Kopien zu lesen. Ich habe bis jetzt nur die ersten sechs Tafeln für Sie kopiert. Die Kopien der restlichen beiden werden ich später nachreichen.«

Der Text wird im folgenden wiedergegeben. Wie angekündigt, habe ich die meisten ebenso gelehrten wie ermüdenden Anmerkungen des Universalhistorikers herausgenommen. Ebenfalls gekürzt habe ich Précieux' offiziellen Bericht über die Entdeckung, sowie Sauriers Aufsatz ›Das Leben am Ende der Kreidezeit unter besonderer Berücksichtigung der Beobachtungen von Sam Magruder‹, und die sechs Anhänge. Wo Magruders Bemerkungen eine Wiederholung früherer Ausführungen waren, oder wo sie anstößig oder für den Fortgang des Berichts überflüssig zu sein schienen, habe ich den Text ebenfalls gestrafft. Ansonsten aber ist das, was ich im folgenden wiedergebe, der vollständige, offizielle Text, wie er von der Universal Historical Society veröffentlicht werden wird. Abgesehen von Ergänzungen in eckigen Klammern und dem 11. Kapitel besteht der nun folgende Abschnitt ausschließlich aus Magruders eigenen Worten.

5 Magruders Bericht

1. Tafel: Der Zeitsprung

Mein Name ist Samuel TM12SC48 Magruder AChA3*. Kurz gesagt, der gute alte Sam Magruder. Seltsam, daß ich hier als erstes meinen Namen und meinen Titel aufschreiben muß, oder daß ich dies überhaupt notieren muß. Namen dienen dazu, einen Menschen vom anderen Menschen zu unterscheiden, doch ich bin der einzige Mensch, der existiert und je existiert hat. Titel sollen ja unsere Fähigkeiten erkennen lassen, damit wir unsere Kollegen gebührend beeindrucken können. Die Qualifikationen, die durch AChA3* zum Ausdruck kommen, haben jedoch in meinem jetzigen Leben keine große Bedeutung, und meine Gefährten hier sind von meinen Titeln ganz bestimmt nicht beeindruckt. Aber so ist das nun einmal: Ich klammere mich dennoch daran, daß ich Sam Magruder bin. Ich will mir immer wieder vor Augen halten können, daß ich immer noch ich selbst bin, daß ich dasselbe Wesen bin, das in 80 Millionen Jahren geboren werden und als Samuel TM12SC48 Magruder AChA3* registriert sein wird. Doch jene Person existiert in diesem Augenblick in keiner zeitlichen

Dimension und in keinem Universum. Diese Person wird erst später existieren.

Zweifellos hat man mein Verschwinden bemerkt – oder sollte ich sagen, man wird es bemerken? Es wird eine Untersuchung geben, und Hsi könnte inzwischen genug wissen, um die Ermittler auf die richtige Fährte zu bringen. Nicht, daß es mir oder sonst jemandem noch irgend etwas nützen würde, wenn man erfährt, daß ich aufgrund einer Dechronisation verschwunden bin. Aber immerhin ist dadurch meine Theorie bewiesen worden, und das verschafft mir eine Art bitterer Genugtuung.

Nach dem ersten Schreck und nach dem ersten Staunen erkannte ich sofort, was geschehen war. Wenigstens dieses Rätsel konnte ich sofort lösen, da die Dechronisation mein Fachgebiet ist. Außer mir wäre kaum jemand in der Lage gewesen, den Vorgang zu verstehen, aber vielleicht ist es mir ja auch gerade deshalb passiert, weil ich mich so intensiv mit der Materie beschäftigt habe. Ich werde das an dieser Stelle jedoch nicht weiter vertiefen, auch wenn ich mich mit dem Gedanken selbst auf den Arm nehme, dies hier könnte eines Tages wirklich einmal gelesen werden und ich könnte tatsächlich für menschliche Augen schreiben. Falls diese Aufzeichnungen lange vor 2162 A.D. gefunden werden, dann werden Sie (die Leser) noch nicht genug über die Zeit wissen, um meine Erklärungen zu verstehen. Wenn die Tafeln nach 2162 entdeckt werden, dann können Sie fast alles, was ich zu sagen hätte, in meinen Veröffentlichungen nachlesen. Wenn die Tafeln viel später gefunden werden, wissen Sie vermutlich erheblich mehr über das Thema als ich; obwohl ich gewisse Gründe habe, daran zu zweifeln.

[An diesem Punkt hatte der Universalhistoriker eine sieben Seiten lange Fußnote in kleiner Schrift eingefügt. Sie enthält eine komplette Biographie von Magruders wissenschaftlichen Publikationen und eine zugegebenermaßen ›beinahe populärwissenschaftliche‹ Erläuterung des Zeit-Universums und der Theorie der Dechronisation.]

Sie werden aber vermutlich wissen wollen, woran ich gearbeitet habe, als ich gesprungen bin. Ich denke, dies könnte wichtig sein, und deshalb will ich kurz darauf eingehen. Ich habe versucht zu bestimmen, ob die Gegenwart, jener sich bewegende Punkt im Zeituniversum, seine Position gleichmäßig oder in kleinen Sprüngen verändert. Er scheint sich kontinuierlich zu bewegen, aber wir wissen ja, wie wertlos unsere Wahrnehmungen in solchen Fällen sein können. Die Quantentheorie lehrte uns, daß das Licht und andere Energieformen nicht kontinuierlich sind. Ich dachte mir daher, daß vielleicht auch die Zeit nicht kontinuierlich verläuft, sondern aus einer Serie von Zeitquanten bestehen könnte, zwischen denen zeitlose Diskontinuitäten liegen. Natürlich müßten die Sprünge so klein sein (so kurz würde man sagen, wären sie nicht zeitlos), daß die Schwelle, an der unsere Wahrnehmung der Zeit einsetzt, nicht überschritten wird.

Meine Technik bestand also darin, die Zeit wie unter Zeitlupe zu vergrößern und die Wahrnehmung zu verlangsamen, bis diese äußerst kurzen Intervalle aufgespürt werden konnten. Ich habe dazu eine Zeitbremse von Langsam benutzt, an der ich gewisse Modifikationen vorgenommen hatte. Unter anderem hatte ich die Leistungsfähigkeit stark erhöht. Als der Zeitsprung geschah, hatte ich gerade einen Probelauf gestartet, mit dem ich eine Millionstel Sekunde so weit abbremsen wollte, daß sie als fünf Stunden wahrgenommen werden konnte – also eine achtzehnmilliardenfache Verstärkung. Ich habe die Bremswirkung langsam verstärkt und war ungefähr bei 100 Millionen angelangt, als ich ein seltsames, rasches Flackern bemerkte. Diese Wahrnehmung versetzte mich in Freude, denn ich war sicher, den diskontinuierlichen, sprunghaften Fluß der

Zeit wahrzunehmen. Ich geriet in Aufregung und schob den Regler auf volle Leistung, und plötzlich war das Labor verschwunden, und ich stand bis zur Hüfte in schlammigem Wasser.

Ich glaube, die Bremswirkung war so stark, daß die Zeit beinahe angehalten wurde, und der Sprung hat sich ereignet, als ich zwischen zwei Zeitquanten geriet, wo es für mich keine Gegenwart mehr gab, in der ich existieren konnte. Dadurch wurde ich in das andere Universum transportiert, in dem es nur die Zeitdimension gibt. Aus diesem sprang ich natürlich sofort wieder heraus, aber nicht an den gleichen Ort, und außerdem um ungefähr achtzig Millionen Jahre in die Vergangenheit zurückversetzt.

In Wirklichkeit muß die Angelegenheit jedoch erheblich komplizierter sein. Es gibt da noch eine weitere Schwierigkeit, über die ich jedoch nichts weiß und die kein Mensch je aufdecken wird. Wenn es nur darum ginge, im richtigen Augenblick stark zu bremsen, dann könnte, nachdem ich die modifizierte Langsam-Zeitbremse entwickelt habe, was im Jahre 2162 oder dort in der Nähe geschehen wird, jeder Mensch nach Belieben Zeitsprünge machen. Es ist natürlich ein Weg ohne Wiederkehr, aber es gibt ja immer genügend Leute, die bereit sind, sich auf aufregende, außergewöhnliche Abenteuer einzulassen. Ich vermute, wenn es solche Möglichkeiten zu Zeitsprüngen gäbe, würden die Leute Schlange stehen, und wir hätten im Jahr 2162 alle möglichen Beweise für ihre Existenz sowie Botschaften aus allen Phasen der Erdgeschichte gefunden. Die Tatsache, daß es bis zum Jahre 2162 keine derartigen Beweise gab, bedeutet, daß die Zeitsprünge keine weite Verbreitung finden werden oder nicht gezielt vorgenommen werden können. Möglicherweise bin ich sogar der einzige Mensch in der ganzen Geschichte, dem so etwas zugestoßen ist.

Ich habe nach meinem Sprung lange über diese Idee

nachgedacht. Ich wollte mir natürlich einreden, es gäbe irgendeine Möglichkeit, daß doch noch einmal ein Mensch hier auftaucht. Ehrlich, das dachte ich. Aber es ist absolut sicher, daß ich jetzt, am Ende der Kreidezeit, der einzige verdammte Mensch im ganzen Universum bin.

[An dieser Stelle hatte der Universalhistoriker eine weitere lange Fußnote eingefügt, die mir nicht nur humorlos, sondern geradezu pedantisch vorkam. Er entschuldigt sich für etwas, das er als »Magruders umgangssprachliche Lässigkeit« bezeichnet, »die einem Wissenschaftler seines Formats gewiß nicht gut zu Gesicht steht«. Dann zitiert er einige von Magruders Bekannten dahingehend, daß es bei Magruder »nichts zu sagen hätte«, wenn seine Sprache etwas derber wird, weil dies immer geschehe, wenn Magruder aufgeregt sei. Um diesen Punkt zu illustrieren, fügte er Ausschnitte aus dreiundzwanzig persönlichen Briefen von Magruder hinzu.]

Wie ich schon sagte, stand ich auf einmal bis zur Hüfte in schlammigem Wasser. Ich war nackt wie ein Neugeborenes. Der Zeitsprung hatte weder meine Kleidung noch irgend etwas anderes meiner gewohnten Umgebung erfaßt. Es hätte mir auch sowieso nichts genützt, denn ich hatte ohnehin nur ein paar Schlüssel und etwas Geld in den Taschen, was mir in der Kreidezeit nicht viel genützt hätte. Die Kleidung selbst wäre eine Weile nützlich gewesen, aber sie hätte nicht lange gehalten.

Ich stieß einen Überraschungsschrei aus. Hinter dem Schilf in der Nähe hörte ich ein lautes Spritzen und Platschen. Ich watete hinüber; teils weil ich neugierig war, und teils auch, weil mir nichts Besseres einfiel und weil ich mir albern vorkam, wie ich da nackt im Wasser stand. Der Boden bestand aus zähem, schwarzem Schlamm, und stellenweise sank ich sogar ein, so daß ich befürchten mußte, ich würde in den Morast hinabgezogen. Deshalb schwamm ich, bis ich das Schilf erreichte. Ich tastete mit nackten Füßen und fand eine Stelle mit relativ festem Untergrund. Dort teilte ich die Pflanzen, wobei mir die gezackten Ränder der Blätter die Hände aufrissen.

Vor mir im Wasser erhob sich etwas, das auf den ersten Blick aussah wie ein riesiger grüner Feuerwehrschlauch. Direkt über dem Wasserspiegel war es etwa einen halben Meter dick, dann verjüngte es sich auf einer Länge von fünf Metern bis auf den halben Durchmesser. Es lief nicht in einer Düse aus, wie ich es schon fast erwartete, sondern in einer Art Kopf. Der Kopf war keilförmig, und ganz oben funkelte ein hellrotes Auge. Hinter dem Auge und etwas tiefer saß ein kleines Loch, offenbar das Ohr. Im Maul, das zu einem blöden Grinsen geöffnet war, konnte ich zahlreiche weiße Zähne erkennen, ungefähr so groß wie Bleistiftstummel.

Ich konnte diese Erscheinung nicht sofort einordnen. Eigentlich hätte ich dazu in der Lage sein müssen, denn im Rahmen meiner chronologischen Ausbildung habe ich auch ein paar vertiefende Kurse in Paläontologie absolviert, doch ich wurde durch zwei Faktoren behindert. Zunächst hatte ich noch nicht einmal annähernd bestimmt, in welcher Periode ich gelandet war. Ein Sumpf konnte jederzeit entstehen, wenn es Regen gab. Ich wußte inzwischen, daß ich in meine eigene Vergangenheit zu einem Zeitpunkt zurückversetzt worden war, der irgendwann vor dem 29. Februar 2162 lag, aber ich wußte nicht, wie weit ich gesprungen war. Es hätten nur einige Monate sein können, ich hätte aber auch in der dunklen, leblosen Zeit des Archäozoikums landen können. Ich mußte mit allem rechnen, und ich hatte keinen Bezugspunkt, um meinen Standort zu bestimmen.

Das zweite Problem ist in den Grenzen der paläontologischen Rekonstruktion begründet. Die Farben der prähistorischen Tiere sind unbekannt. Da sie auf Nummer sicher gehen wollten, haben es die Künstler nicht gewagt, die Tiere beispielsweise in einem so leuchtenden Smaragdgrün zu bemalen, wie ich es jetzt vor mir sah. Die Augen werden im allgemeinen braun oder schwarz dargestellt und haben nicht den strahlenden rötlichen Ton wie beim lebendigen Wesen, das ich nun sah. Ich hatte in meinem Studium also die falschen Farben gelernt. Würden Sie auf den ersten Blick einen hellroten, streifenlosen Tiger oder ein purpurn geflecktes Eichhörnchen erkennen?

Das Biest sah mir eine Zeitspanne, die mir sehr lange vorkam, unverwandt in die Augen. Es konnte mich natürlich nicht identifizieren, aber ich konnte es nach einer Weile unterbringen. Es war ein Dinosaurier. Unter den zahlreichen großen und kleinen Sauriern, die es gegeben hatte, war ich ausgerechnet auf einen Sauropoden gestoßen. Keine anderen Tiere erreichten die gewaltigen Körpermaße, die durch den langen, aus dem Wasser ragenden Hals des Ungeheuers angedeutet wurden. Kein anderes Tier hatte einen so langen, an einen Schlauch erinnernden Hals, diesen kleinen Kopf, der winzig aussah im Vergleich zum Körper, und diese vergleichsweise winzigen Zähne.

Ich hatte überhaupt keine Angst. Ich bin natürlich kein Held, aber der Anblick war so interessant, daß ich an Gefahr überhaupt nicht dachte. Dann erinnerte ich mich, daß die Sauropoden Pflanzenfresser waren (ich bin nie sicher, welche Zeitform ich jeweils anwenden soll.) Zweifellos würde mein neuer Bekannter sich wehren, wenn er sich angegriffen fühlte, aber wenigstens betrachtete er mich nicht als potentiellen Imbiß. Ich stieß versuchsweise einen Schrei aus, und richtig, das Tier erschrak und floh unter lautem Platschen, wobei es erschrocken mit dem langen Hals wackelte.

Auf mich wirkte diese Begegnung sehr beruhigend. Sie glauben ja gar nicht, wie verwirrt man ist, wenn man nicht einmal annähernd weiß, wann man lebt. Ich hatte bezüglich der Zeit, in die ich gesprungen war, bereits die schlimmsten Befürchtungen, und der Anblick dieses Geschöpfes erlaubte es mir nun, eine ziemlich genaue Schätzung vorzunehmen. Wenigstens glaubte ich das in diesem Augenblick. Später wurde mir dann klar, daß ich mich um ein paar Dutzend Millionen Jahre geirrt haben mußte. Ich war einem großen Sauropoden begegnet, wahrscheinlich einem Diplodocus. Ihre Blütezeit hatten diese Tiere im Jura erlebt, schätzungsweise 140 Millionen Jahre vor 2162. Daher dachte ich mir, ich müßte mehr oder weniger in dieser Zeit gelandet sein. Später sah ich dann viele weitere Tierarten und erkannte, daß meine erste Zeitbestimmung nicht zutraf. Ich paßte meine Schätzung entsprechend an und entschied schließlich, daß ich am Ende der Kreidezeit und nicht im späten Jura gelandet war, also nur 80 Millionen und nicht 150 Millionen Jahre vor der Zeit, aus der ich herausgesprungen war. Offenbar hatten die Sauropoden viel länger überlebt, als ich es aus den Schulbüchern gelernt hatte, und die Paläontologen des Jahres 2162 hatten in diesem Punkt schlampig gearbeitet.

[Hier folgt eine Fußnote von Saurier, die ich viel informativer fand als die meisten Erklärungen des Universalhistorikers. Saurier erklärt, bei Magruders Sauropoden müsse es sich zweifellos um einen Alamosaurus aus der Kreidezeit und nicht um einen Diplodocus aus dem Jura gehandelt haben. Die ersten Paläontologen haben in der Tat geglaubt, die Sauropoden wären bald nach Ende des Jura ausgestorben. Doch bereits im zwanzigsten Jahrhundert hat man entdeckt, daß sie in südlicheren und wahrscheinlich wärmeren Gegenden mindestens bis zum Ende der Kreidezeit überlebt haben. Der erste Alamosaurus wurde in der Nähe des Ortes Alamo gefunden, der dem Tier seinen Namen gab. Dort hatte sich Précieux' Lager befunden, und dort dürfte Magruder den Rest seines Lebens in der Kreidezeit verbracht haben. Magruders Kurs in Paläontologie hatte diese Details wohl unterschlagen, oder er hatte es einfach vergessen.]

Als der Sauropode davongestampft war, begann ich, ernsthaft über meine Situation nachzudenken. Ich war verzweifelt, aber ich fühlte mich nicht ganz und gar hoffnungslos. Ich schob die allerschlimmsten Vorahnungen beiseite und sah zu, daß ich als erstes auf trockenes Land kam. Eine große Lagune erstreckte sich bis zum Horizont, aber zu meiner Linken konnte ich in der Ferne die Wipfel von Palmen erkennen. Ich hatte die Vorstellung, daß diese Bäume normalerweise auf dem Land wuchsen, und ich hatte ohnehin keine große Auswahl. Also beschloß ich, in diese Richtung zu gehen und zu schwimmen.

Es war ein langer, beschwerlicher Weg für einen Körper, der eher ans Labor als an körperliche Aktivitäten gewöhnt ist. Es waren sicherlich vier oder fünf Meilen, die ich auf diese Weise zurücklegen mußte. Jetzt, da ich die Lagune besser kenne und einige ihrer blutrünstigen Bewohner gesehen habe, kann ich kaum glauben, wie ich diese Wanderung lebendig überstanden habe. Zum Ausgleich für den unglücklichen Zeitsprung war nun wohl doch eine Zeitlang das Glück auf meiner Seite. Jedenfalls ist mir, nachdem der Sauropode vor mir geflohen war, kein weiteres Lebewesen begegnet, bis ich erschöpft, aber unverletzt auf das flache Land unter den Palmen stolperte.

6 Magruders Bericht

2. Tafel: Der erste Tag

Warum ich es vom ersten Tag an für wichtig hielt zu überleben? Warum ich auch jetzt noch, nachdem ich mehrere Jahre allein war, ums Überleben kämpfe? In jener anderen Zeit, die ich unter Menschen verbracht habe, wäre ich nie auf die Idee gekommen, daß das Überleben selbst schon irgendeinen Wert hätte. Der Wert des Lebens hat sich für mich an vielerlei Dingen festgemacht. Zuerst einmal am Lernen und Forschen. Ich wollte die Geheimnisse der Natur erkunden und ihr Wirken zum Wohl der Menschheit aufdecken. Das war der Sinn meines Lebens. Außerdem gab es natürlich noch eine ganze Reihe weiterer großartiger, aber nicht ganz so wichtiger Faktoren. Vor allem das Lesen. Die Musik. Die Gesellschaft anderer Menschen, die Gespräche mit ihnen. Gutes Essen. Reisen.

Was habe ich jetzt in diesem Leben, und was werde ich haben, wenn ich weiter hier lebe? Lesen, Musik, Gefährten – ich muß lachen, wenn ich nur daran denke. Wissenschaftliche Studien? Ich habe mir das sehr gründlich überlegt und versucht, irgendeine Ausdrucksform oder einen Anreiz zu finden. Aber wenn man so lebt wie ich jetzt, dann hat man nicht viel Zeit zur Kontemplation. Ich besitze keine Meßgeräte und kein Labor, keine Bibliothek und nichts, was man für echte Forschungsarbeiten benötigen würde. Ich bin auf das einfache Beobachten beschränkt. Natürlich wird das, was ich hier sehe, kein anderer Mensch je sehen oder gesehen haben. Aber ich kann es nicht weitergeben. Es nützt niemandem. Oh, ich kann natürlich einige meiner Beobachtungen auf diesen Tafeln notieren und so tun, als wollte ich damit jemandem etwas mitteilen, aber ich weiß, daß ich mir damit nur etwas vormache. Es besteht eine Chance von vielleicht eins zu einer Million, daß irgend jemand eines Tages diese Aufzeichnungen liest. Ich werde es jedenfalls nicht erfahren, und ich habe hier gelernt, daß das Bemühen um das Wohl der Menschheit zugleich eine soziale und eine selbstsüchtige Beschäftigung ist. Sie nützt überhaupt nichts, wenn man nicht die Ergebnisse sieht und eine Art von Lob dafür erfährt. Wenn ich es mir recht überlege, habe ich eigentlich auch nicht sehr viel gesehen, was die Paläontologen nicht Ende des zweiundzwanzigsten Jahrhunderts ohnehin wissen werden. Meine Beobachtungen dürften für sie keine große Hilfe sein. Nein, die Wissenschaft ist kein Grund, unter diesen Umständen am Leben zu bleiben.

Reisen? Ein Witz. Ich habe eine Reise gemacht, wie sie noch nie ein Mensch gemacht hat, und nun stellt sich heraus, daß ich früher nicht um des Reisens willen gereist bin. Es kam mir darauf an, mit jemandem zusammen irgendwo hinzufahren, ich wollte neue Menschen kennenlernen und zurückkehren und davon erzählen können. Nein, das Reisen selbst hat mir nie sehr großen Spaß gemacht, und dieser Ausflug hier gefällt mir überhaupt nicht.

Das Essen? Igitt. Sie kennen ja den alten Scherz, in dem es darum geht, ob man frißt oder gefressen wird. Ich muß hier fressen, um zu überleben, und das meine ich so, wie ich es sage. Man muß wirklich dem Verhungern nahe sein, wenn man die Geschmacklosigkeiten schlucken will, von denen ich mich hier ernähre. Dabei ist es für mich fast schon ein Glücksfall, wenn ich nur die halbe Zeit am Verhungern bin. Blut und Eingeweide! Blätter, damit mir der Magen anschwillt und zu knurren aufhört, aber sie rutschen viel zu schnell durch, und danach bin ich hungriger denn je.

[Magruder fährt über mehrere Absätze in dieser Weise fort. Die heftigsten Gefühle scheint er zu entwickeln, wenn es ums Essen geht. In diesem Abschnitt gibt es Wiederholungen, und einiges ist sogar mir auf den Magen geschlagen. Wenn Sie das alles lesen wollen und eine hochmütige, mißbilligende Fußnote vom Universalhistoriker dazu, dann sollten Sie zur offiziellen Edition greifen. Ich springe weiter bis zu dem Punkt, an dem Magruder seine Erzählung fortsetzt.]

Der erste Tag war entsetzlich. Ein Glück, daß ich das nicht noch einmal durchmachen muß.

Ich erreichte also die Palmen und legte mich unter ihnen flach auf den Rücken. Ich war fix und fertig. Ich dachte, ich würde gleich an Ort und Stelle sterben, und das war mir in diesem Augenblick ganz egal. So erschöpft war ich, daß ich vor Selbstmitleid zu heulen begann. Ich hatte seit meiner Kindheit nicht mehr geweint, und aus alter Gewohnheit hielt ich auch jetzt die Tränen zurück. Dann rief ich laut: »Los doch, nun weine doch, Sam! Guter alter Sam! Wen kümmert es, wenn du heulst? Bist du immer noch zu stolz, um zu weinen? Der Stolz ist die Maske, die du vor anderen Menschen aufsetzt. Sieh dich um! Siehst du all die anderen Menschen hier? Laß sie ja nicht merken, daß du weinst, Sam!« Ich muß mich etwa eine Stunde oder so in diesen Gefühlen gesuhlt haben, dann war mir etwas besser.

Und dann wurde ich hungrig, und der uralte Drang zu überleben wurde in mir wach.

Ich dachte: Also gut, Sam, paß auf. Du hast immer geglaubt, daß die Menschheit sich entwickeln konnte, weil die Tüchtigsten überlebt haben. Du hast mehr Grips als jeder andere in diesem Universum, und deine Spezies ist Weltmeister im Fach Überleben. Also los, Sam, dann zeige uns mal, wie du überleben kannst!

Wie ich im Laufe der Zeit erkennen mußte, hatte die Sache einen Haken. Die Menschheit hat überlebt, aber auf den einzelnen Menschen ist es dabei nicht angekommen. Die Tüchtigkeit der Menschheit hängt von sozialer Organisation, Kooperation und Arbeitsteilung ab. Wissen wird ebenso erworben und weitergegeben wie Werkzeuge und Methoden. Bei den meisten erfolgreichen höheren Tieren beruht das Überleben vor allem darauf, daß es eine Gruppe, eine Familie oder eine Herde gibt. Das einzelne Individuum hat ohne die Gruppe kaum eine Chance. Ich bin von meiner Gruppe vollständig abgeschnitten. Ich bin nicht mehr in der Welt, in der meine Spezies so tüchtig ist, sondern ich bin von hungrigen Tieren umgeben, die in dieser Welt die Tüchtigsten sind. Ich bin hier nackt und nur mit meinem Verstand bewaffnet angekommen. Doch mein Verstand ist auf eine Gesellschaft ausgerichtet, die es erst in 80 Millionen Jahren geben wird, und ich bin daran gewöhnt, mit Geräten zu arbeiten, die mir in dieser Welt nicht zur Verfügung stehen.

So haderte ich mit mir selbst. Ich habe mir das im Laufe der Zeit angewöhnt. Inzwischen spreche ich fast ununterbrochen mit mir selbst. Warum auch nicht? Es ist ein Trost, und sonst ist ja niemand da, mit dem ich reden könnte.

»Also los, Sam«, sagte ich. »Der Mensch ist das anpassungsfähigste Tier, das es gibt. An eine Situation wie diese hat sich noch kein Mensch anpassen müssen, aber wir können es ja wenigstens versuchen. Nun gräme dich nicht, weil in dieser Situation nicht unbedingt das Gehirn eines AChA3* am besten funktioniert. Du hast dein Köpfchen, und das muß doch zu etwas nütze sein.«

Die Palmen trugen keine Früchte. Ein Stück vom Wasser entfernt war ein Wäldchen. Ich bin kein Botaniker, und die Pflanzenart muß sich von dem unterschieden haben, was im Jahre 2162 wuchs, aber sie kamen mir vor wie Magnolien. Sie hatten Knospen, die aber nicht sehr gut schmeckten, und so weit, daß ich schlecht schmeckende Dinge essen wollte, nur um irgend etwas im Magen zu haben, war ich noch nicht heruntergekommen. Unter den Bäumen gab es keine Büsche und Gräser. Dort war rein gar nichts. Einfach nackte Erde.

Die pflanzliche Nahrung sah nicht sehr vielversprechend aus, also begann ich, über tierische Nahrung nachzudenken. Ich würde Tiere töten müssen, aber der Sauropode war das einzige Tier, das ich bisher gesehen hatte, und ein Biest von diesen Ausmaßen würde ich unmöglich erlegen können. (Ich habe es auch später nicht versucht, aber ich denke jetzt, daß ich es könnte, wenn ich es wirklich darauf anlegen würde.) Wenn ich ein Tier töten wollte, brauchte ich eine Waffe. Ich beschloß also, mir Pfeil und Bogen zu machen. Das war eine Dummheit, aber ich mußte noch viel lernen und war nach meinem Zeitsprung noch sehr verwirrt und durcheinander.

Für den Bogen brauchte ich eine Sehne. Ich versuchte, Gräser vom Rand der Lagune zu flechten und zu verzwirbeln, aber sie waren nicht stark genug. Ich kletterte eine Palme hinauf, riß mir die Arme und Beine und den Bauch auf und schaffte es endlich, ein paar tote Wedel abzureißen, die unter der Krone saßen. Ich sprang auf den Boden und verknackste mir den Knöchel. Ich zog Fasern aus den Palmwedeln und riß mir die Fingernägel bis aufs rohe Fleisch ab. Ich bastelte mir eine Art Schnur. Ich brach einen Ast von den Magnolien ab, wenn es denn welche waren, bog ihn ein wenig zurecht und band die Schnur daran. Dann brach ich einen kleineren, mehr oder weniger geraden Zweig ab und kaute darauf herum, bis er einigermaßen spitz war. Dabei brach mir die Krone von einem Schneidezahn ab. Mein Zahnarzttermin wäre am 30. Februar 2162 gewesen, einen Tag nach meinem Zeitsprung. Ich setzte das stumpfe Ende des kleinen Stocks auf die Sehne, zog vorsichtig an und ließ los. Der Pfeil flog ungefähr drei Meter weit und blieb im Schlamm stecken. Ich hatte mir Pfeil und Bogen gemacht! Ich fühlte mich gut.

Ein kleines, eidechsenähnliches Geschöpf wanderte vorbei. Essen! Aufgeregt spannte ich meinen Bogen, so weit es gehen wollte, und ließ los. Die Sehne riß. Der Bogen zerbrach. Der Pfeil schlug ungefähr einen halben Meter neben der Eidechse ein und zerbrach ebenfalls. Die Eidechse huschte zwischen den Wurzeln in ein Loch. Ich legte mich hin und heulte.

Während ich weinte, ging die Sonne unter. Die Luft,

die vorher lau gewesen war, wurde kühl. Ich lag auf dem Boden, blutend, mit Schmerzen und schaudernd. Ich schluchzte, bis ich irgendwann endlich einschlafen konnte.

7 Magruders Bericht

3. Tafel: Erste Erfolge

Man könnte meinen, ich hätte in der ungewöhnlichen Situation, in der ich mich befand, den größten Teil meiner Zeit damit verbracht, über Menschen nachzudenken, die ich vor dem Zeitsprung gekannt hatte: über Freunde, Verwandte und Geliebte, die ich nun nie wieder sehen würde. Zuerst tat ich das auch. In der ersten Nacht sah ich in meinen wirren Träumen viele Menschen, und ich wachte immer wieder auf und dachte an sie. Ich hinterließ keine Frau, aber ich hatte einmal ein Mädchen geliebt, mit dem ich eine glückliche Zeit verbracht hatte. Irgendwie waren wir aber nicht so weit gekommen, daß wir hätten heiraten wollen. Wir entfremdeten uns schließlich wieder und trennten uns als Freunde. Im Rückblick – oder im Vorausblick, aus meiner Sicht in der Kreidezeit – versuchte ich, jedoch ohne großen Erfolg, mich über diese Tatsache zu freuen. Sie wäre sicher sehr bekümmert gewesen, wenn wir geheiratet hätten, bevor ich auf diese Weise verschwunden war. Ich hatte eine Adoptivtochter, die ich sehr ins Herz geschlossen hatte. Ich denke, sie mochte mich auch, aber sie würde mich wohl nicht sehr vermissen, und wenn ich ehrlich war, vermißte ich sie auch nicht so sehr wie meine Freunde. Sie war die meiste Zeit ohnehin auf Internaten, und ich war für sie nur jemand, der die Rechnungen bezahlte und ihre Launen zu ertragen hatte, wenn sie in den Ferien nach Hause kam. Als der Zeitsprung geschah, war sie alt genug, um sich vor allem für Jungen zu interessieren.

Für mich hatte sie kaum noch Zeit. Das ist normal, und ebenso normal war es, daß für mich andere Dinge wichtiger wurden, als sie sich von mir löste. Ich vermisse meine Kollegen und meine Freunde. Ich vermisse sie sogar sehr, und der Schmerz ist im Laufe der Jahre nicht geringer geworden, aber ich denke nicht mehr oft über sie nach. Den größten Teil meiner Aufmerksamkeit muß ich auf die alltäglichen Gefahren des Lebens richten, und ich habe mich sorgfältig dazu erzogen, möglichst wenig über Dinge zu trauern, die ich ohnehin nicht ändern kann.

An meinem ersten Morgen in der Kreidezeit war ich allerdings noch nicht so weit. Meine Tochter, meine Schwester, mein Hund, mein Direktor, meine Assistenten, meine Kumpel – alle standen so lebhaft vor meinem inneren Auge, daß sie mir fast wie schmerzliche Halluzinationen erschienen. Alle Muskeln taten mir weh. Ich war mit getrocknetem Blut und halb gehärteten Schorfen bedeckt. In der Nacht waren Scharen hungriger Insekten aus dem Sumpf über mich hergefallen und hatten meine ungeschützte Haut vom Kopf bis zu den Füßen malträtiert. Mir tat jede Faser meines Körpers weh, und ich konnte mich kaum bewegen.

In gewisser Weise war der folgende Morgen sogar noch schlimmer als der Nachmittag, an dem ich angekommen war, aber ich kann mich kaum noch daran erinnern. Ich glaube, ich dachte überhaupt nicht mehr daran, wie verzweifelt meine Situation war. Mir schwindelte, und ich wurde hysterisch. Ich glaube, ich war stundenlang außer mir. Ich erinnere mich noch, wie ich ein zweites Mal, genauso mühsam wie beim ersten Versuch, einen Pfeil und einen Bogen angefertigt habe. Auch dieser brach, genau wie der erste. Ich glaube mich zu erinnern, daß ich wie ein Irrer gelacht und das Experiment einfach wiederholt habe. Bogen auf Bogen habe ich gebastelt und absichtlich wieder zerbrochen, als sie fertig waren.

Es war ein schöner Tag, aber gegen Mittag wurde mir ziemlich elend. Ich hatte einen schlimmen Sonnenbrand. Teilweise entwickelten sich sogar Blasen, und ich muß hohes Fieber bekommen haben. Als ich wieder zu mir kam, machten mir die Insektenstiche und der Sonnenbrand rasch klar, daß für einen bleichen, dünnhäutigen und pelzlosen Säuger die Kleidung zum Überleben genauso wichtig ist wie das Essen.

Kaum daß ich wieder bei Sinnen war, traf mich der nächste Schock. Im Laufe des Nachmittags begegnete ich am Ufer der Lagune meinem ersten Tyrannosaurus, dem ich nur mit knapper Not entkam. Im Rückblick, da sich meine Erinnerung jetzt geklärt hat, kann ich berichten, daß ich zwischen den Magnolien stand und das Ungetüm beobachtete, das sich zwischen mir und dem See bewegte. Es war eine riesige Echse, ein fünf Meter hoher Dinosaurier, wenn er sich auf die mächtigen Hinterläufe stellte. Von der fürchterlichen Schnauze bis zum Ende des spitz zulaufenden Schwanzes war das Biest zehn Meter lang. Das war kein klobiger, unbeholfener Pflanzenfresser wie der Sauropode. Es war ein Fleischfresser, der eine Beute witterte. Die beiden kleinen, zweifingrigen Vorderpfoten, die er beinahe zierlich-affektiert unter die mächtigen Kiefer hob, hätten lächerlich wirken können, wäre die Geste nicht ebenso eindeutig wie gefährlich gewesen. Die Zähne waren fünfzehn Zentimeter lange, weiß funkelnde Dolche. Er schwenkte den riesigen Kopf zu mir herum. Ich war wie gelähmt, und ich dachte unwillkürlich: »Aber deine Zähne müßten doch dunkelbraun sein!« Die Zähne im Schädel des Tyrannosaurus, den ich oft im Universal Natural History Museum besichtigt hatte, waren dunkel gewesen. Ich war nie auf die Idee gekommen, daß die dunkle Färbung eine Folge der Versteinerung war und daß die Zähne beim lebenden Tier, wie ich jetzt erkannte, weiß waren.

Mein erster Impuls war der, einfach wegzurennen.

Aber glücklicherweise führte das Adrenalin, das in meinen Kreislauf ausgeschüttet wurde, dazu, daß meine gequälten Muskeln sich einfach nur verkrampften. Ich stand da wie angewurzelt. In diesem Augenblick konnte ich nicht rennen, und wenn mein Leben davon abgehangen hätte – was ja, wie ich in diesem Augenblick sicher glaubte, sogar der Fall war. Das gräßliche Ungeheuer begann seinen Angriff, und ich stand da und konnte mich nicht rühren. Erst als es direkt vor mir aufragte und sein pfeifender Atem in meinen Ohren klang wie die Posaunen des Jüngsten Gerichts, bekam ich mich so weit unter Kontrolle, daß ich zur Seite springen konnte. Unfähig, sein riesiges Gewicht schnell herumzuwerfen, donnerte der Tyrannosaurus an mir vorbei und entwurzelte ein paar kleine Bäume, als wären es bloße Kräuter. Zwanzig Meter hinter mir kam das Untier dann endlich schlitternd zum Stehen.

Meine Schwäche hatte mich, ohne daß ich es beabsichtigt hatte, auf die einzige Taktik gebracht, mit der ein Mensch einem Tyrannosaurus entgehen kann. Wegzulaufen hätte den sicheren Tod bedeutet, denn wer konnte so einem Ungetüm entkommen? Aber dank der Gesetze der Physik kann ein zweihundert Pfund schwerer Mensch behende ausweichen, während der Tyrannosaurus mit seinen fünf Tonnen Lebendgewicht weiter geradeaus stürmt und seinen Kurs nur langsam ändern kann. Wenn man von einem Tyrannosaurus angegriffen wird, dann braucht man nur einen Schritt zur Seite zu treten und das Gebirge aus Fleisch vorbeitrampeln zu lassen. Mir läuft es immer noch kalt den Rücken hinunter, wenn eines dieser garstigen Biester in der Nähe auftaucht, aber seit diesem ersten Angriff sind sie für mich ungefährlicher als Fliegen. Ich brauche mir ihretwegen nicht einmal im Schlaf Sorgen zu machen, denn wie bei allen Dinosauriern braucht ihr träger reptilischer Stoffwechsel äußere Wärme, damit das Tier in Bewegung kommt. In der kühlen Nachtluft werden sie ruhig und rühren sich kaum noch, bis sie von der Morgensonne erwärmt werden.

Verstehen Sie jetzt, warum ich Ihnen als Wissenschaftler nicht viel nützen kann? Ich bin der einzige Mensch, der weiß, wie man mit einem Tyrannosaurus rex fertig wird, aber ich bin auch der einzige Mensch, der jemals in die Verlegenheit kommen wird, dieses Wissen zu gebrauchen.

Nach dem ersten Angriff erwartete ich, völlig zu Recht, wie sich herausstellte, einen zweiten. Doch ich hatte inzwischen das Geheimnis der Verteidigung gegen diese Ungetüme begriffen. Ich hatte mich jetzt wieder unter Kontrolle, und so blieb ich einfach stehen, bis der Berg hungrigen Fleisches fast schon über mir war. Dann wich ich seitlich aus und sah zu, wie das Biest in die Lagune hineinplatschte. Als es endlich stehenblieb, hatte ich mich längst zwischen den Bäumen versteckt, die stehengeblieben waren. Der Saurier sah sich unsicher um. Offenbar hatte sein winziges Reptilhirn längst vergessen, warum er überhaupt so erregt gewesen war. Er wanderte noch ein paar Minuten ziellos herum, dann trampelte er am Ufer entlang und verschwand. Ich freute mich, ein Homo sapiens zu sein und schrieb einen Punkt für unsere Seite gut.

Es gab Großwildjäger, die sind von einer einzigen Tsetsefliege getötet worden. Es wäre dumm, wollte man glauben, daß der größte Feind zugleich auch der gefährlichste sei. Ich sollte bald lernen, daß ich Fleischfresser, die von meiner Größe oder sogar noch kleiner waren, weit mehr zu fürchten hatte. Meine erste Lektion lernte ich direkt nach meinem Sieg über den Tyrannosaurus, und sie war geeignet, mein Selbstvertrauen erheblich zu dämpfen.

Als der Tyrannosaurus verschwunden war und mein Herz wieder normal schlug, ging ich ans Ufer der Lagune, um zu trinken und meine Wunden auszuwaschen. Das Ufer war ein langer, sumpfiger Abhang, bei dem man kaum feststellen konnte, wo der feuchte Morast in schlammiges Wasser überging. Doch ich fand schließlich eine verkrüppelte Weide, die an etwas tieferem Wasser stand und wo ich einen sicheren Halt finden konnte. Ich hielt mich an den Zweigen fest und tauchte die andere Hand ins Wasser, um die Temperatur zu prüfen.

Plötzlich erschien vor mir ein Wirbel, etwas knackte, und etwas riß an mir. Ich spürte einen entsetzlichen Schmerz, so scharf und so unmittelbar, daß ich die verschiedenen Eindrücke in meiner Wahrnehmung nicht voneinander trennen konnte, sondern den ganzen Ablauf als ein einziges, blitzschnell ablaufendes Ereignis wahrnahm. Die Weidenzweige hielten, und das erschreckende Erlebnis fand durch meinen Schmerzensschrei und einen Sprung, mit dem ich mich in Sicherheit brachte, seinen Abschluß. Als die Zeit wieder verlief wie gewohnt, stand ich hinter der Weide, und ein paar Schritte vom Ufer entfernt und starrte ungläubig meine rechte Hand an. Wo der kleine Finger gewesen war, sah ich nur noch einen blutenden Stummel.

Glücklicherweise lag eine meiner albernen Bogensehnen noch in der Nähe herum. Sie war gut geeignet, um mir den Finger abzubinden. Einen anderen Nutzen konnte ich für Palmfasern bisher nicht finden. Für Bogensehnen benutze ich inzwischen die Sehnen von Dinosauriern. Wie auch immer, die Schnur konnte verhindern, daß ich verblutete. Alles in allem hatte ich für die Lektion keinen zu hohen Preis bezahlt. Der Stummel tat noch ein paar Tage lang sehr weh, aber ich bekam keine Infektion, und schließlich verheilte er einwandfrei. Auch das unangenehme Gefühl ist irgendwann verschwunden, und nach einem Monat oder so bemerkte ich kaum noch, daß mir ein Finger fehlte.

Ich kroch langsam ans Ufer zurück, bis ich den enttäuschten Angreifer im trüben Wasser ausmachen konnte. Es war ein Krokodil, höchstens zwei Meter lang, aber auf jeden Fall groß genug, um mich unter Wasser zu ziehen, hätte es nicht wie durch ein Wunder bloß einen Finger statt der ganzen Hand erwischt. Es sah, soweit ich das bestimmen konnte, genauso aus wie die Krokodile in den zoologischen Gärten im Jahre 2162. Eine Art, die sich so lange nicht verändert hat, muß wirklich sehr erfolgreich sein. Die Krokodile hatten sich bereits Millionen Jahre vor meiner derzeitigen Gegenwart in der Kreidezeit entwickelt, und sie hatten sich bis in unsere Tage – oder bis in Ihre Tage, sollte ich wohl sagen – kaum verändert.

Manche Theoretiker behaupten, ein Tier wie das Krokodil, das sich seit mindestens 100 Millionen Jahren nicht mehr verändert hat, sei in Wirklichkeit ein Fehlschlag der Evolution, eine Sackgasse oder ein Irrweg, der irgendwann im Sande verlaufen würde. Doch als ich meinen Gegner betrachtete, wurde mir klar, wie falsch dieses Urteil ist. Was ich sah, war kein Fehlschlag, sondern eine so erfolgreiche Anpassung und ein so perfektes Geschöpf, daß eine Weiterentwicklung einfach nicht nötig war. Vielleicht sind gar nicht die Erfolge der Anpassung, sondern vielmehr deren Fehlschläge jener Faktor, der zu einer Entwicklung des Lebens bis zu dem geführt hat, was wir als höhere Ebenen betrachten. Das Krokodil hat sich in einer Umgebung, die sich nicht verändert hat, in diesen trüben Gewässern, mühelos behaupten können. Keine Herausforderungen waren zu überwinden. Unsere Vorfahren haben in einer sich rasch verändernden Welt gelebt, wo eine einstmals erfolgreiche Anpassung nach hunderttausend, einer Million oder zehn Millionen Jahren eine die Entwicklung hemmende Bürde wurde. Anpassung war für sie nötig, weil sie ums Überleben kämpften, weil sie sich neuen Bedingungen stellen und neue Chancen ergreifen mußten. Diesen Herausforderungen sind nur Arten gewachsen, die sich verändern können.

Unter den Geschöpfen, denen der Zufall die Fähigkeit nahm, sich anzupassen, wurden die unglücklichen ausgerottet, während die glücklichen, wie das Krokodil, eine Nische fanden, in der es keine Schwierigkeiten mehr gab. Sie mußten sich keinen Herausforderungen mehr stellen, und die Entwicklung ist stagniert.

Auf diese eher philosophischen Gedanken bin ich natürlich erst später gekommen, als ich Zeit und Muße hatte, über verschiedene Dinge nachzudenken. Aber ein paar Splitter dieser Ideen gingen mir auch in diesem Augenblick, als ich verzweifelt war und mich elend fühlte, durch den Kopf. Der Schock und vielleicht auch alte Gewohnheiten schienen meine Aufmerksamkeit vorübergehend von den augenblicklichen Geschehnissen abzulenken und auf deren Hintergrund zu richten. Doch bald ließen mich meine Triebe und meine Bedürfnisse jede Philosophie vergessen.

Wieder ging ich zum Ufer, doch dieses Mal wählte ich eine Stelle, wo die Böschung flacher war, so daß sich drunten kein Krokodil oder ein anderer unsichtbarer Feind verbergen konnte. Das Wasser war schlammig und stank ein wenig, aber es war trinkbar, und so löschte ich meinen Durst. Hier fand ich auch meine erste Nahrung. Eine Pflanze, die einer Wasserlilie ähnelte, möglicherweise von einem grasenden Sauropoden entwurzelt, war in der Nähe angespült worden. Sie hatte saftige Knollen. Die Knollen sind hart und schwer zu kauen und schmecken nicht sehr gut, aber sie sättigen.

Es schien, das Schicksal (an das ich eigentlich nicht glaube und das ich eher als Symbol für etwas ansehe, das wir nicht verstehen) hatte beschlossen, mein Elend habe jetzt lange genug seinen Fortgang genommen, oder es solle mit Hilfe erträglicher Pausen endlos verlängert werden. Jedenfalls kam weitere und bessere Nahrung in Reichweite, während ich die Knollen der Wasserlilien hinunterwürgte. In der Nähe kroch eine kleine Schildkröte aus dem Wasser. Es war kein Problem, sie zu fangen. Ich tötete sie, indem ich die Spitze eines meiner zerbrochenen Pfeile durch die Öffnung neben dem Kopf in den Körper trieb. Das Tier blutete stark, und in meinem früheren Leben wäre mir wahrscheinlich schlecht geworden. Jetzt regte der Anblick meinen Appetit an. Ich brach den Panzer auf, indem ich ihn gegen einen Baumstamm schlug. Das zähe, kaltblütige Tier war nur schwer zu töten. Das durchbohrte Herz zuckte immer noch, als ich es herauszog und verschlang. Es war köstlich.

[An dieser Stelle hat der Universalhistoriker eine entschuldigende Anmerkung eingefügt. Ich war in Versuchung, diesen Abschnitt aus der Ihnen vorliegenden Version gänzlich zu entfernen, doch ich darf die Brutalität der Welt, in der Magruder nun lebte, nicht völlig verschweigen. Zudem halte ich es für wichtig, daran zu erinnern, daß auch ein zivilisierter Mensch sich solcher Brutalität anpassen kann.]

Nachdem mein Hunger und mein Durst fürs erste gestillt waren, richtete sich mein Erfindungsgeist auf neue Ziele. Mir fiel ein, daß das Schilf, das für Schnüre untauglich war, als Matte gute Dienste leisten mochte. Ich sammelte ein dickes Bündel ein, und nachdem ich mein Gedächtnis etwas angestrengt und etwas herumgefummelt hatte, schaffte ich es, zwei Matten zu weben. Eine war knapp drei Meter lang und einen Meter breit. Ich riß in der Mitte einen Schlitz hinein, und als ich mir die Matte dann über den Kopf zog, hing sie vor mir und hinter mir herab und schützte den größten Teil meines Körpers, während die Arme frei und die Beine unbehindert blieben. Die zweite, kleinere Matte verwandelte ich in einen Hut, den ich mir mit den losen Enden der Gräser auf dem Kopf festbinden konnte.

Ich hatte mich erfolgreich gegen die beiden gefährlichsten Fleischfresser der Kreidezeit verteidigt – oder vielmehr, ich war ihnen entkommen und hatte dabei nicht mehr als einen Finger verloren. Ich hatte Nahrung beschafft und mich gesättigt. Ich hatte eine Art von Kleidung gefunden. Es schien so, als würde ich überleben können. Mir tat immer noch alles weh, und meine verletzte Hand schmerzte höllisch, aber alles in allem fühlte ich mich recht gut.

8 Magruders Bericht

4. Tafel: Werkzeuge und Feuer

Ich will nicht über jeden Tag meines langen Aufenthalts hier berichten. Ich habe kein Tagebuch geführt und im ersten Jahr nicht einmal die Tage gezählt. Inzwischen besitze ich einen recht gut funktionierenden Kalender und kann anhand meiner Zeitmessungen das Datum bestimmen. Aufgrund meiner langen Ausbildung als Chronologe konnte ich wahrscheinlich nicht anders, aber ein Kalender ist in der Tat recht nützlich. Ich weiß jetzt, wann ich im Frühling und Herbst in die Berge umziehen muß, bevor in den Niederungen die Überschwemmungen beginnen. Ich weiß, wann im Pentaceratops-Tal die ersten Feigen reif sind, wann die Schildkröten Eier legen, wann die jährliche Wanderung der Coelurosaurier über den Gebirgspaß stattfindet und so weiter. Ich kenne mich jetzt aus, und ich habe mir das Leben ganz gut eingeteilt. Abgesehen von den jährlichen Rhythmen sind die Tage einander jedoch ziemlich ähnlich, und ich sehe keinen Grund, all die kleinen, alltäglichen Abenteuer aufzuzeichnen.

Die ersten beiden Tage waren die entscheidenden, weshalb ich sie etwas ausführlicher dargestellt habe. In der zweiten Nacht war ich bereits über das Schlimmste hinweg. Ich wußte, daß ich mindestens eine Zeitlang würde überleben können. Natürlich kam es immer wieder zu Krisen. Auch heute noch bin ich oft hungrig.

Viel zu oft sogar. Immer wieder kann ich gefährlichen Situationen nur mit Mühe und Not entkommen. Aber nach dem zweiten Tag bin ich nie wieder in Panik geraten. Ich war überzeugt, alles bewältigen zu können, was mir passieren würde – abgesehen von plötzlichen, tödlichen Unfällen, bei denen es natürlich nichts mehr zu verhindern gab. Seitdem fühle ich mich relativ zuversichtlich, und ich wurde nicht mehr von blinder Furcht vor meiner neuen Umgebung geplagt.

Die ersten paar Jahre waren ein langer Lernprozeß in der härtesten Schule, die es auf der Erde gibt. Ich machte viele Fehler, aber ich lernte schnell und vergaß nichts, was ich gelernt hatte.

Mehrere Tage lang trieb ich mich in der Nähe des Ufers herum, an dem ich gelandet war. Mir wurde jedoch bald klar, daß es hier nicht viel zu holen gab und daß es kein Ort war, an dem ich mich dauerhaft einrichten konnte. Doch bevor ich mich auf den Weg machte, wollte ich mich ein wenig vorbereiten und versuchen, für meine Forschungsreise Vorräte anzulegen. Der Nachschub an Schildkröten und Lilienknollen war einigermaßen gesichert, und gelegentlich gelang es mir sogar, mit einem scharfen Stock einen Fisch aufzuspießen. Ich stellte fest, daß Fisch und Schildkrötenfleisch mehrere Tage genießbar blieben, wenn ich es in kleine Fetzen riß und in der Sonne trocknete.

Vor allem brauchte ich nun Feuer. Ich wollte mir mein Essen kochen und mich nachts wärmen können. Ich wollte Tontöpfe brennen, damit ich Wasser tragen konnte. Ich wollte die freundliche Glut und den Schutz eines Lagerfeuers genießen. Wie nutzlos doch meine ganze Ausbildung in dieser Hinsicht war! Streichhölzer, über die ich jetzt sehr froh gewesen wäre, hatte ich früher als altmodisch empfunden und nur benutzt, wenn es überhaupt nicht zu vermeiden war. Was praktischere Methoden anging, so wollte mir nichts einfallen außer dem alten Witz, man solle zwei Pfadfinder aneinander reiben. Ich versuchte es mit Stöcken und rieb und rieb fast den ganzen Tag lang. Die Stöcke wurden warm, aber mehr passierte nicht.

Da ich kein Feuer machen konnte und im Augenblick keine andere Idee hatte, gab ich es vorerst auf und rückte Steine auf den ersten Platz meiner Prioritätenliste. Vom Feuer abgesehen, waren Werkzeuge und Waffen das wichtigste. Stöcke, die ich mit bloßen Händen abgebrochen hatte, waren nur höchst primitive und unzulängliche Werkzeuge. Wenn ich meinen Lebensstandard heben und hoffen wollte, längere Zeit zu überleben, dann brauchte ich bessere Geräte, und das bedeutete, daß ich Steine finden mußte. Hier an der Lagune bestand der Untergrund aus feinem Schlick und Lehm. Das Ziel meiner ersten Erkundungsreise war es also, guten, harten Stein zu finden.

Ich weiß inzwischen, daß man hier Wochen oder sogar Monate in beliebige Richtungen wandern kann, ohne auch nur einen einzigen Stein zu sehen. Die ganze Region ist flach, anscheinend erst vor kurzem aus dem Meer aufgetaucht. Es ist ein Gebiet voller Sümpfe und voller Schlamm; höchstens, daß man einmal einen Flecken mit Sand stößt. Ich hatte Glück, daß bereits mein erster Versuch, Steine zu finden, von Erfolg gekrönt war, doch handelte es sich um die Art Glück, die sich einstellt, wenn man ein Problem rational angeht. Ich mußte einfach einem Wasserlauf folgen, weil ich nichts hatte, um Wasser zu tragen. Die Lagune wurde von zahlreichen Strömen gespeist. Ich sah mich auf einer Länge von mehreren Meilen am Ufer entlang um. Einer der Wasserläufe war kühler als die anderen, und auf dem Boden war mehr Sand als anderswo. Außerdem stellte ich fest, daß er mehrmals Hochwasser führte, während sich die anderen Bäche nicht veränderten. Ich vermutete, daß ein Strom wie dieser aus höherem Gelände kam als die anderen, und höheres Gelände bedeutete, daß es dort Felsen gab.

Die Reise dauerte sechs Tage. Ich legte dabei nur fünfundsiebzig Meilen zurück, weil ich nicht sehr schnell vorwärts kam. Ich mußte mehrmals einige Stunden lang anhalten, um einen Fisch aufzuspießen oder andere Nahrung zu finden, mit der ich meinen kümmerlichen Vorrat an getrocknetem Fleisch strecken konnte. Mir taten die Füße weh, was mich ebenfalls zwang, häufig zu rasten. Schilfmatten waren als Sandalen völlig ungeeignet. Ich hatte noch kein Leder und keine Möglichkeit, Holz zu bearbeiten. Außerdem wurde ich auf meiner Wanderung mehrmals aufgehalten, dreimal allein durch Angriffe von Tyrannosauriern. Einer war besonders hartnäckig. Ich mußte ihm eine Stunde lang immer wieder ausweichen, bis er endlich aufgab. Zwei weitere sah ich bereits aus größerer Entfernung. Ich ging in Deckung und blieb still liegen, bis sie sich wieder entfernt hatten. Dann begegnete ich zum ersten Mal einem der wirklich gefährlichen fleischfressenden Dinosaurier, und diese Art ist bis auf den heutigen Tag mein gefährlichster Gegner geblieben. Meiner Ansicht nach handelt es sich um eine kleine Unterart des Gorgosaurus. Die Tiere sind nicht viel größer als ein Mensch und fast genauso wendig. Ihnen auszuweichen, ist viel schwieriger und gefährlicher als bei den Tyrannosauriern, denen sie im Körperbau ähneln: Sie laufen auf den Hinterbeinen, haben einen langen Schwanz und winzige Vorderbeine, mit denen sie kaum mehr tun können, als die Beute zu packen und ruhig zu halten, während sie sie mit den riesigen Zähnen zerfleischen. Sie sind schlanker und beweglicher als Tyrannosaurier, auch wenn man die unterschiedliche Größe berücksichtigt, und der Kopf ist zwar recht groß, aber nicht ganz so klobig.

Glücklicherweise war ein Baum in der Nähe, als dieses Geschöpf mir nachzustellen begann. Ich war seit dreißig Jahren nicht mehr auf einen Baum geklettert, aber auf diesen kam ich erstaunlich schnell und gerade noch rechtzeitig hinauf. Das Biest konnte nicht klettern, doch es griff mehrmals den Baumstamm an und hockte sich schließlich darunter, wobei es immer wieder mit ausdruckslosen, erbarmungslosen gelben Augen zu mir heraufstarrte. Es wartete wohl, daß ich herunterfiele wie eine reife Frucht, damit es mich zerfetzen konnte. Ich rührte mich nicht, und schließlich vergaß es, daß ich in der Nähe war, und machte sich auf die Suche nach einer leichteren Beute. An dieser Stelle wurde mir ein Grundprinzip der Psychologie der Dinosaurier deutlich: Sie besaßen praktisch kein Gedächtnis. Ausgedehnte Verfolgungen gibt es bei ihnen nicht, weil sie rasch wieder vergessen, was sie verfolgt haben. Einmal sah ich einen Dinosaurier, der von Nahrung umgeben war und eifrig fraß, bis er einfach vergaß, was er eigentlich dort wollte. Er wanderte eine Weile ziellos herum, stolperte zufällig wieder über das Fressen, das er zurückgelassen hatte, und fraß heißhungrig weiter, als hätte er endlich eine lange, systematische Suche erfolgreich abschließen können. Wenn man sie lange genug aufhalten kann, dann brechen sie den Angriff ab und vergessen, daß man da ist und lassen das Opfer in Ruhe, falls dieses sich nicht zu früh bewegt und einen neuen Angriffszyklus in Gang setzt. Das ist eines der Dinge, die ich bereits auf meiner ersten längeren Wanderung lernte.

Da fällt mir ein, daß ich die Hadrosaurier noch nicht erwähnt habe. Sie sind für mich inzwischen ein so alltäglicher Anblick geworden, daß ich kaum noch darüber nachdenke. Sie treten in Herden auf, paddeln durch die Flüsse oder stampfen am Ufer durchs Schilf. Es sind groteske, unförmige Tiere, die aber überhaupt nicht angriffslustig sind. Sie sind Zweibeiner wie die fleischfressenden Dinosaurier, und die größten erreichen oft die Größe eines Tyrannosaurus. Doch ihr Körperbau und ihr Verhalten sind völlig anders. Die langen, spitz zulaufenden Schwänze sind seitlich abgeflacht und nicht rund wie bei Tyrannosauriern und Gorgosauriern. Die mächtigen Hinterläufe haben keine Klauen, sondern laufen in Hufen oder Nägeln aus. Zwischen den Zehen sind Schwimmhäute gespannt. Die Vorderbeine, die ebenfalls Schwimmhäute haben, sind viel größer als bei den fleischfressenden Arten. Die Hadrosaurier verbringen mehr Zeit ihres Lebens im Wasser als an Land. Wenn sie schwimmen, benutzen sie alle vier Beine als Paddel. Wenn sie es eilig haben, können sie mit mächtigen seitlichen Schwüngen des flachen Schwanzes zusätzlich beschleunigen.

Die Köpfe der Hadrosaurier laufen in einem flachen, löffelähnlichen Schnabel aus, der dazu führen wird, daß sie eines Tages als Entenschnabelsaurier bezeichnet werden. Doch ist dieser Schnabel mit einer schuppigen Haut überzogen und nicht aus Horn, so daß die Tiere, wenn sie noch leben, überhaupt nicht an Enten erinnern. Sie sind Vegetarier, und sie nehmen große Mengen an Wasserpflanzen und Schilf mit dem Schnabel auf. Mit einer Reihe scharfer Mahlzähne an der Seite und hinten im Kiefer zerreißen sie die Nahrung und schlucken sie hinunter. Beim Fressen ist stets ein lautes Schmatzen zu hören. Einen Trupp Hadrosaurier kann man schon aus großer Ferne hören.

Es gibt in dieser Region mindestens ein halbes Dutzend verschiedene Arten von Hadrosauriern. In den feuchten Sumpfniederungen gehören sie zu den häufigsten Reptilien – oder wenigstens zu den am deutlichsten sichtbaren. Es mag auch große Mengen der kleinen Eidechsen und Schildkröten geben, aber wegen ihrer geringeren Größe sind sie weniger auffällig. Die verschiedenen Arten von Hadrosauriern unterscheiden sich etwas in ihrer Größe und ihrer Farbe, aber die wichtigsten Unterschiede betreffen den Kopf. Bei manchen ist das Schädeldach platt, während andere eine Art gezackten Kamm tragen. Wieder andere haben

Knochenvorsprünge, die sich nach oben und nach hinten verjüngen.

[An dieser Stelle hat Saurier eine Anmerkung in den offiziellen Text eingefügt. Er weist darauf hin, daß die Funktion dieser Kämme unter modernen Paläontologen umstritten ist und der Gegenstand langer Kontroversen war. Er ist äußerst ungehalten darüber, daß der einzige Mensch, der jemals einen lebendigen Hadrosaurier gesehen hat, kein Wort über die Funktion der Kämme verliert und es versäumt, sie ausführlich zu beschreiben. Doch er deutet an, die Funktion dieser Kämme könnte sich anhand von zwei kurzen Bemerkungen Magruders erschließen. Magruder schrieb, die Kämme seien für ihn das deutlichste Merkmal, um die verschiedenen Arten voneinander zu unterscheiden. Saurier spekuliert, daß dies möglicherweise in der Tat ihre Hauptfunktion ist, es sich bei den Kämmen also um Zeichen handelt, an denen die Hadrosaurier ihre Artgenossen erkennen konnten.]

In der Nähe der Lagune wand sich der Strom träge durch das flache, sumpfige Marschland. Am zweiten Tag meiner Reise gelangte ich in ein breites, flaches Tal. Der Wasserlauf war hier gerader, und der Strom floß eindeutig schneller. Danach wurde das Tal allmählich tiefer und hob sich als deutlich sichtbarer Einschnitt von der Umgebung ab. Am vierten und fünften Tag wanderte ich bereits durch niedrige Hügel, die mit Büschen bestanden waren. Auf dem Grund des Flusses konnte ich sogar schon Kiesel erkennen. Sie waren nicht groß genug, um zu etwas nütze zu sein, aber ich fühlte mich doch ermutigt und nahm an, ich würde mich einer Gegend nähern, in der es soliden Fels geben mußte. Am Morgen des sechsten Tages erreichte ich eine Schlucht. Hier hatte der Fluß einen tiefen, schmalen Durchbruch in eine konturlose, glatte Steinwand geschliffen.

[Précieux merkt hier an, daß es sich möglicherweise

um eine Basaltwand gehandelt haben könne. Er glaubt, Magruder habe sich mehr oder weniger nach Norden bewegt und sich dem höher gelegenen Gelände namens San-Juan-Aufwölbung genähert. Es handelt sich dabei um die Bergregion im Südwesten Colorados. Diese über 4000 Meter hohen Berge sind zwar entstanden, nachdem Magruder sich dort aufgehalten hatte, doch es gibt Hinweise darauf, daß diese Gegend auch zu seiner Zeit schon höher lag als das Umland.]

Ich hatte große Mühe, mich durch diese Klamm vorzuarbeiten. Stellenweise war sie so eng, daß die gesamte Öffnung vom Strom eingenommen wurde. Dort mußte ich unter Schmerzen durch das eiskalte, schnell strömende Wasser waten, wo ich ständig in Gefahr war, auszugleiten und gegen die Felsen geworfen zu werden. Später lernte ich, daß der Durchgang meistens unbezwingbar ist, denn außer bei extremem Niedrigwasser ist die Strömung viel zu reißend und das Wasser zu tief, als daß man hindurchwaten könnte. Ich mußte mir deshalb einen anderen, noch mühsameren Weg suchen und ein paar Meilen östlich des Schwarzen Tors, wie ich die Klamm nannte, über die Berge steigen.

Als ich die Barriere endlich überwunden hatte, lag ein weites, schönes Tal vor mir. Später sollte ich auf der Suche nach Nahrung ein Gebiet von etwa hundert Quadratmeilen oder mehr durchstreifen. Vom flachen Strand, wo ich am Anfang gelandet war, bis zu dem Paß über dem Pentaceratops-Tal habe ich mir innerhalb dieses Gebietes an strategisch günstigen Punkten ein Dutzend Unterkünfte eingerichtet. Dieses Tal ist mir jedoch die liebste Gegend, es ist mir zur Heimat geworden. Die anderen, erzwungenen Reisen zu den anderen Unterkünften sind immer nur Ausflüge, die ich von der Heimat weg und hinein in fremde Landschaften unternehme.

Ich glaube nicht, daß ich das Tal mit Worten beschreiben kann, die der Realität auch nur annähernd gerecht werden. Es erstreckt sich vom Schwarzen Tor bis zum Coelurosaurus-Paß, etwa zehn Meilen weit. Der niedrigste Punkt des Tals liegt ungefähr dreihundert Meter tiefer als der höchste Punkt. Mitten durch das Tal strömt der schnelle, kühle Fluß, der außer bei Hochwasser kristallklar ist. Das Wasser fließt zu rasch und ist zu kalt und auch zu flach für Hadrosaurier und Krokodile, und daher sind diese Tiere oberhalb des Schwarzen Tors auch nicht zu beobachten. Da es hier keine Krokodile gibt, kann ich im Wasser ohne weiteres baden, und das ist ein Luxus, über den ich mich in diesem Tal immer wieder freue. Es gibt zahlreiche Fische, die Barschen ähneln, und ein paar kleine Schildkröten, die mir als Nahrung sehr willkommen sind. Auch gibt es hier wohlschmeckende Süßwassermuscheln, die ich jedoch unklugerweise beinahe ausgerottet habe.

Begrenzt wird das Tal rundherum von hohen Hügeln. Die Black Ridge schließt das untere Ende ab, wo das unwegsame Schwarze Tor den einzigen Ausgang bildet. Am oberen Ende erheben sich die Coelurosaurus-Berge, die bei entsprechendem Licht purpurn erstrahlen. An den Seiten liegt leicht gewelltes Hügelland mit einem Baumbestand, der mich an Mammutbäume und Eichen erinnert. Die breite Talsohle zwischen den Hügeln und dem Strom ist übersichtlich, doch gibt es hier und dort Haine mit Palmen und Feigenbäumen, die mir in der entsprechenden Jahreszeit weitere wohlschmeckende und sättigende Nahrung liefern.

In der Nähe der unteren Grenze des Tals, höchstens eine Meile oberhalb des Schwarzen Tors, nähern sich von Westen einige Felsen bis auf dreißig Meter dem Wasserlauf. Dort fand ich, was ich gesucht hatte, und sogar noch mehr. Zwischen diesen Felsen entdeckte ich eine Stelle mit hartem, brüchigem Gestein, das meiner

Ansicht nach Quarzit ist. Im Flußbett selbst fand ich an diesem Punkt und ein Stückchen oberhalb Kieselsteine und Felsblöcke, die extrem hart und feinkörnig sind. Die unterschiedlichen Farben lassen mich vermuten, daß es sich um Jaspis handelt.

[Précieux verbürgt sich in einer Fußnote dafür, daß die Bestimmungen mit großer Wahrscheinlichkeit richtig sind.]

Damit hatte ich einen großen Vorrat des Rohmaterials gefunden, das ich gesucht hatte, und ich fand sogar noch eine willkommene Zugabe: Am Ende der Kette der Felsen entdeckte ich einen Überhang, unter dem sich eine trockene, nicht sehr tiefe Höhle befand. Ein idealer Schutz vor Wind und Regen. Ich ergriff sofort Besitz von dieser Zufluchtsstätte, die ich seitdem als mein Heim betrachte. Im Laufe der Jahre habe ich sie sehr verbessert. Inzwischen gibt es eine Schutzmauer aus getrocknetem Schlamm und Steinen, eine Feuerstelle und ein Lager für Schalen, Werkzeuge, Waffen, Kleidung und getrocknete Speisen. Schon in der ersten Nacht im Tal, als die Höhle kaum mehr war als ein kahles Loch, wurde sie mein Heim.

Am nächsten Morgen wachte ich beim ersten Morgengrauen auf. In der Nähe der Felsen wäre ich fast über einen Coelurosaurus gestolpert, der zusammengerollt auf dem Boden lag, noch benommen von der nächtlichen Kälte. Das Tier regte sich nicht, als ich zum Wasser rannte, einen großen Stein aufhob und wieder zurückschlich. Ich knallte dem Biest den Stein auf den Kopf, und es starb unter wilden Zuckungen der kräftigen Beine. Dieser Triumph, mein erster größerer Fang, versorgte mich mehrere Tage lang mit Nahrung, und außerdem bekam ich drei weitere wichtige Rohmaterialien in die Hand: Haut, Sehnen und Knochen.

Nachdem ich mich mit rohem Fleisch gesättigt hatte, trug ich in meiner Behausung einen Stapel Quarzitbrocken und Jaspis zusammen und versuchte, die

Steine mit gezielten Schlägen in nützliche Geräte zu verwandeln. Zuerst war ich darin so unerfahren, daß es reiner Zufall war, wenn etwas Brauchbares herauskam. Nach und nach bin ich aber durch Übung geschickter geworden, und bereits nach einem Monat konnte ich binnen fünfzehn Minuten brauchbare Pfeilspitzen, Speerspitzen oder Messer herstellen, und nur selten verdarb ich ein Werkzeug. Meine ersten Versuche waren schrecklich unbeholfen, und nicht einmal heute können sich meine Produkte neben den schön gearbeiteten Speerspitzen aus der Steinzeit sehen lassen, die man in archäologischen Museen des zweiundzwanzigsten Jahrhunderts betrachten kann.

Es würde mich und etwaige Leser, falls sich überhaupt Leser finden werden, vermutlich sehr langweilen, wenn ich detailliert beschreiben wollte, wie ich langsam die Kunst des Werkzeugmachens erlernte und wie ich mir schließlich im Laufe der Monate und Jahre eine komplette Rüstung zulegte. Ich will hier nur einige der wichtigsten Gegenstände erwähnen, die ich im Laufe der Zeit herzustellen gelernt habe: Äxte, die mir als Werkzeug und als Waffe immer am liebsten waren, entstanden aus Holzgriffen, an die ich mit Sehnen von Ceolurosauriern Köpfe aus Stein band. Pfeil und Bogen, die Pfeile waren mit Spitzen aus Stein oder Knochen und mit Federn am Schaft versehen. (Ich muß allerdings zugeben, daß Pfeil und Bogen für mich eher ein Zeitvertreib blieben. Als Waffe benutze ich sie nur selten. Hin und wieder töte ich damit ein Tier, aber im allgemeinen greife ich lieber zu Axt oder Speer.) Speere in mehreren Ausführungen, je nach Anwendungszweck: schwer und mit Steinspitzen für harte Kämpfe, lange und schlanke Versionen mit Widerhaken für Fische, gut ausbalancierte Wurfspeere ohne aufgesetzte Spitzen, deren Enden jedoch zugespitzt und im Feuer gehärtet sind, für kleines Wild. Steinmesser. Schaber für die Holzbearbeitung, etwa zum Glätten von Speerschäften, und zum Reinigen von Fellen. Ahlen aus Knochen für die Verarbeitung von Leder und Fellen. Die Fellstücke werden durchstochen und danach mit Sehnen vernäht. Holzlöffel, um Brühe umzurühren und zu essen. Töpfe aus gebranntem Lehm zum Kochen und zum Wasserholen und als Lagergefäße. Holzschlegel und feine harte Steingriffel, um meine Aufzeichnungen in Tafeln aus weichem Stein zu ritzen.

Auch meine Kleidung ist gegenüber meinen ersten Gewändern aus Pflanzenfasern viel praktischer und durchdachter geworden. Ich benutze nach wie vor Hüte aus Schilfrohr oder Palmwedeln, aber inzwischen habe ich mir mehrere weiche, warme Gewänder aus Pelz und gefiederten Vogelhäuten gemacht, außerdem eine leichte Lederjacke und eine Hose aus dünnem Leder, die ich in einer Maische aus frischem Hirn gefärbt habe. Ich habe Mokassins aus fester Dinosaurierhaut und für felsiges Gelände Sandalen mit Holzsohlen, die ich mir mit Lederbändern an die Füße schnallen kann.

Aus dem, was ich gerade erklärt habe, geht hervor, daß es mir tatsächlich gelungen ist, Feuer zu machen. Das erste Feuer wurde mir geschenkt, nachdem ich etwa einen Monat im Tal verbracht hatte. Ganz in der Nähe meiner Behausung schlug der Blitz ein und entzündete einen Baum. Ich riß einen brennenden Ast ab und trug ihn rasch zu meinem Unterschlupf, wo ich das Feuer, indem ich sorgfältig achtgab, mehrere Wochen am Leben erhielt. Dann machte ich eines Tages einen etwas zu ausgedehnten Ausflug und blieb über Nacht aus. Als ich zurückkehrte, mußte ich zu meiner großen Enttäuschung feststellen, daß das Feuer ausgegangen war. Das war ein wirklich schlimmer Moment.

Wenn ich Steine gegeneinander schlug, entstanden manchmal Funken, und so versuchte ich mehrere Tage lang, auf diese Weise Feuer zu machen, doch es gelang mir nicht. Schließlich kehrte ich wieder zum Reiben von Holz zurück und versuchte ein Dutzend unterschiedliche Verfahren. Das Gerät, auf das ich am Ende kam, könnte meine eigene Erfindung, möglicherweise aber auch eine unbewußte Erinnerung an etwas sein, das ich einmal im Museum gesehen habe.

[Der Universalhistoriker bemerkt an dieser Stelle, daß das Gerät, das Magruder im folgenden beschreibt, den primitiven Menschen gut bekannt war, so daß vermutlich Magruders zweite Hypothese zutrifft.]

Mein Feuerzeug besteht aus vier Teilen: eine Platte aus ziemlich weichem Holz, ein Pflock aus Hartholz mit stumpfer Spitze, ein runder Stein mit einer Einbuchtung an einer Seite und ein kurzer Bogen mit einer lockeren Sehne aus Leder. Die Sehne wird zweimal um den Holzpflock gewickelt, dann wird er senkrecht mit der Spitze nach unten in eine Kerbe in der Platte gesteckt, die auf dem Boden liegt. Der Stein kommt auf das obere Ende des Pflocks und dient dazu, ihn mit der linken Hand festzuhalten, während die rechte Hand den Bogen rasch hin und her zieht. Dadurch dreht sich der Pflock sehr schnell. Die Reibungswärme bringt schließlich etwas Zunder zum Glühen, der an die richtige Stelle gelegt worden ist. Mit diesem Gerät kann ich jetzt binnen vier oder fünf Minuten Feuer machen, wann immer ich es will.

Während ich diesen letzten Abschnitt geschrieben habe, mußte ich daran denken, daß ich ausgesprochen klug bin. »Nicht übel, dieser Sam«, sagte ich mir, als mir im Rückblick klarwurde, daß ich mir nach und nach alles geschaffen habe, was der Mensch braucht. Aber nun fallen mir all die Dinge ein, die im zweiundzwanzigsten Jahrhundert als ›absolute Notwendigkeiten‹ gelten, und ich erkenne, daß ich kein einziges davon besitze, nicht eines. Ich habe skurrile Ersatzkonstruktionen, die tatsächlich nicht mehr als das absolut Lebensnotwendige abdecken. Komfort in dem Sinne, wie er für die Menschen der Zukunft selbstverständlich sein wird, habe ich nicht und hatte ich keine Sekunde lang, seit ich in die Kreidezeit versetzt worden bin.

9 Magruders Bericht
5. Tafel: Dinosaurier

Als Kind war ich geradezu verrückt nach Dinosauriern. Ich glaube, so geht es allen Jungen in einem bestimmten Alter. Ich bin durch die Dinosaurier-Ausstellungen des Universal Natural History Museums gezogen und habe stundenlang voller Ehrfurcht das beeindruckende Skelett eines Brontosaurus oder die schrecklichen Zähne eines Tyrannosaurus oder die grotesken Triceratops bestaunt. Ich habe Comics verschlungen, in denen Dinosaurier aufgetaucht sind, und ich habe mir eine kleine Science-Fiction-Bibliothek mit Büchern zugelegt, die in der Blütezeit der Dinosaurier spielten: Trias, Jura und Kreidezeit.

Dieses halb vergessene Hobby meiner Kindheit und die fast vergessene berufsbedingte Ausbildung in Paläontologie haben mir geholfen, mich in der Kreidezeit, in der ich nun lebte, einigermaßen zurechtzufinden. Viele Dinge kamen mir irgendwie bekannt und im Detail dann doch ganz anders vor als das, was ich gelernt hatte. Ich sah eine Realität, von der ich früher nur geträumt hatte. Ich glaube, diese Vorkenntnisse haben meine Anpassung an das Leben in einer so bizarren und gefährlichen Umgebung beschleunigt.

Die meisten Comics und Science-Fiction-Geschichten, in denen es um Dinosaurier geht, drehen sich im allgemeinen um Konflikte. In ihnen wird das Leben unter den Dinosauriern so dargestellt, als wäre es, wann immer sich zwei solcher Ungeheuer getroffen haben, zu einem schnellen, blutigen Kampf gekommen – und natürlich sind alle Dinosaurier grundsätzlich Ungeheuer. Jeder Dinosaurier, von dem ich in diesen Geschichten gelesen hatte, griff ohne Vorwarnung menschliche Wesen an. Ich konnte nun feststellen, daß die Realität ganz anders aussah. Natürlich gab es blutige Kämpfe und Angriffe, aber das waren Randerscheinungen. Im wirklichen Leben verbringen die meisten Dinosaurier ihre Zeit wie die meisten anderen Tiere in erster Linie mit Fressen, Schlafen und der Paarung. In der Mehrzahl sind sie Pflanzenfresser, die nicht angreifen, solange sie sich nicht bedroht fühlen. Manche Dinosaurier sind wahre Ungeheuer, wie ich bereits berichtet habe, aber diese sind im Grunde für den Menschen harmlos. Viele Dinosaurier sind dagegen recht klein. Der Coelurosaurus ist im Durchschnitt sogar leichter als ich, und es gibt eine Art, bei der selbst die stärksten und ältesten Bullen kaum schwerer als fünfzig Pfund werden.

Soviel also zum Unterschied zwischen sensationslüsterner Science Fiction und dem Leben unter echten Dinosauriern. Es ist allerdings wahr, daß manche Dinosaurier durchaus gefährlich sind und daß ich alle ungeheuer faszinierend finde.

Zwei Arten, die in meinem Heimattal häufig vorkommen und die für mich sehr wichtig sind, habe ich zwar erwähnt, aber noch nicht beschrieben. Ich meine den Pentaceratops und den Coelurosaurus. Ich nenne mein Tal das Pentaceratops-Tal, weil hier besonders viele dieser Geschöpfe leben. Es sind bullige, vierbeinige Wesen, die von den Schnäbeln bis zu den Spitzen ihrer ziemlich kräftigen Schwänze bis zu sechseinhalb Meter lang werden können. Der Körper und die Beine erinnern an Elefanten. Die Köpfe sind ziemlich groß und gut zwei Meter lang, wobei aber ein sattelförmiger Knochensaum mitgerechnet ist, der, bedeckt von dicker Haut, bis über den kurzen, kräftigen Hals ragt. Vorn läuft der Kopf in einem scharfen, zahnlosen Schnabel aus, der ein wenig wie der Schnabel eines

Falken oder Adlers gekrümmt ist. Die Mahlzähne, mit denen die ausschließlich pflanzliche Nahrung zerkleinert wird, sitzen weiter hinten im Maul. Über den Augen wachsen zwei spitze Hörner, und ein drittes, kürzeres und kräftigeres Horn sitzt über der Nase. Der Pentaceratops ist in dieser Hinsicht dem Triceratops, der häufig in Büchern abgebildet wird oder als Nachbildung in Museen auftaucht, recht ähnlich. Der Unterschied ist jedoch, daß seitlich am Kopf zwei weitere Hörner oder scharfe Dorne wachsen.

Der Pentaceratops ist Vegetarier, kann aber trotzdem ein recht ungemütlicher Nachbar sein. Er ist für ein so großes Tier überraschend wendig und neigt dazu, wenn er ungewöhnliche Geräusche hört, mit gesenktem Kopf und vorgestreckten Hörnern alles anzugreifen, was er für einen Feind hält. Diese Verteidigung durch Angriff ist sicher ein nützlicher Reflex, wenn er es mit Tyrannosauriern und großen Gorgosauriern zu tun bekommt, die ihm gelegentlich nachstellen. Für mich ist diese Angewohnheit ausgesprochen lästig. Es kommt nicht selten vor, daß ich im Tal meinen Angelegenheiten nachgehe, bis ich auf einmal hinter mir schwere Füße poltern und Atem rasseln höre. Und richtig, ein Pentaceratops hat einen Stein klappern gehört, den ich losgetreten habe, und geht in blinder Wut zum Angriff über. Man kann ihnen so leicht ausweichen wie Tyrannosauriern, aber es ist lästig, ständig darauf gefaßt zu sein, zur Seite springen zu müssen.

Die Pentaceratops leben das ganze Jahr über in Herden im Tal. Die kleineren Coelurosaurier kommen dagegen nur in bestimmten Jahreszeiten zu Besuch. Sie verbringen den Winter hier und den Sommer im Hochland hinter dem Coelurosaurus-Paß, den ich nach ihnen benannt habe. Jedes Jahr im Frühling wandern sie durch den Paß wieder hinauf, und jedes Jahr im Herbst kehren sie zurück. Es ist ein großartiger Anblick, den ganzen Talboden mit den nach Tausenden zählenden Körpern bedeckt zu sehen, die alle in die gleiche Richtung ziehen. Diese Wanderungen sind zwei Fixpunkte in meinem jährlichen Kalender. Unter den Dinosauriern sind mir die Coelurosaurier die liebste Beute, denn ihr Fleisch ist ungewöhnlich wohlschmeckend. Die Häute sind leicht und fein, was man von Dinosaurierhäuten im allgemeinen nicht sagen kann, denn die meisten Arten haben Häute wie Panzerplatten. Die Sehnen sind kräftig und lassen sich leicht verarbeiten und eignen sich daher gut für Schnüre.

Die Coelurosaurier sind Zweibeiner. Sie können auf ihren langen, schlanken Hinterbeinen schnell laufen, wobei sie die dünnen Schwänze heben und hinter sich pendeln lassen. Sie haben kleine Köpfe und große, glänzende Augen. Die kurzen Vorderbeine, die sie zum Greifen benutzen, haben Krallen und erinnern an einen Gorgosaurier. Das Maul, das normalerweise offen steht, was den Tieren ein etwas dümmliches Aussehen gibt, ist mit kleinen oder überhaupt keinen Zähnen besetzt. Ihre einzige Verteidigung ist die Flucht. Sie sind selbst für Dinosaurier ausgesprochen dumm, und es ist für einen geschickten Jäger recht einfach, sie zu erlegen. Solange der Jäger nicht zu sehen ist, glauben sie, sie wären in Sicherheit, und mit etwas Glück und einem gut gezielten Wurf mit dem Jagdspeer kann man sie leicht überwältigen. Da sie sehr schlank sind und einen langsamen Stoffwechsel haben, sind sie gegenüber kalter Luft sogar noch empfindlicher als andere Dinosaurier, und an einem kühlen Morgen sind sie gewöhnlich träge und schläfrig. Deshalb konnte ich auch den ersten ihrer Art so leicht erbeuten. Sie sind für die Gorgosaurier genau wie für mich eine leichte Beute, und sie bilden sogar die wichtigste Nahrungsquelle der Gorgosaurier. Jedes Jahr werden Tausende verspeist, aber sie vermehren sich rasch, die Lücken werden rasch von neuen Scharen geschlossen.

Da wir gerade über die Fortpflanzung sprechen: Ich sollte vielleicht erwähnen, daß die Eier von Coelurosauriern, die jedes Frühjahr im sandigen Hochland direkt vor dem Coelurosaurus-Paß gelegt werden, in frischem Zustand köstlich schmecken. Die meisten anderen Dinosauriereier haben einen etwas muffigen, unangenehmen Geruch und stehen ganz unten auf meinem Speiseplan. Schildkröteneier sind, wenn ich sie bekommen kann, viel besser. Rührei aus Schildkrötenei ist meine Lieblingsspeise, die ich aber normalerweise nur wenige Wochen im Jahr genießen kann.

Dies sind also die Herren der Kreidezeit. Es gibt hier natürlich noch andere Arten von Dinosauriern, aber ich habe jetzt die wichtigsten und auffälligsten erwähnt. Außer Dinosauriern leben hier noch eine ganze Reihe weiterer Tiere, über die ich zu einem späteren Zeitpunkt ausführlich berichten werde. Aber die Dinosaurier sind eindeutig die Herren dieser Zeit. Sie dominieren in den meisten Gegenden, in denen ich mich bewege.

Ein wichtiger Streitpunkt in der paläontologischen Diskussion des zweiundzwanzigsten Jahrhunderts war die Frage – oder wird die Frage sein –, wie die Dinosaurier ausgerottet wurden. »Sam, du hast jetzt«, sagte ich mir selbst, »eine wundervolle Gelegenheit, einen wertvollen Beitrag für die Wissenschaft zu leisten. Du weißt, daß diese Schwärme von Dinosauriern bald ausgerottet sein werden. Die Kreidezeit nähert sich ihrem Ende, und wenn sie zu Ende geht, werden all diese Reptilien von der Erde verschwinden. Du kennst das Schicksal, das ihnen bevorsteht. Und nun lebst du mitten unter ihnen. Wenn es dir nicht gelingt, die Gründe ihrer Ausrottung zu finden, dann bist du ein Dummkopf.«

Es sieht aus, als wäre ich tatsächlich ein Dummkopf. Ich studiere die Dinosaurier jetzt seit Jahren, und ich habe oft über ihr kommendes Ende nachgedacht, aber ich kann keine Vorboten des Untergangs erkennen und vermag mir keinen Grund dafür vorzustellen. Manche der Gelehrten sagen (oder werden weit in der Zukunft im zweiundzwanzigsten Jahrhundert sagen), daß die Dinosaurier ausgerottet wurden, weil es zu kalt wurde. Es ist richtig, daß die Nächte hier kühl sind und daß die Dinosaurier von der Kühle behindert werden. Ohne Ausnahme bewegen sie sich nachts recht träge und sind nicht aktiv, aber sobald die Sonne am Horizont aufsteigt, sind sie wieder da. In all den Jahren, die ich hier bin, gab es keine Nacht, in der es Frost gegeben hätte. Ich würde sagen, die niedrigste Temperatur, der ich je ausgesetzt gewesen bin, muß bei etwa 7° C gelegen haben. Das ist empfindlich kühl, vor allem nach einem warmen Tag, an dem die Temperaturen bis auf 30° C oder sogar noch höher gestiegen sind, aber das ist auch für einen Dinosaurier mit Sicherheit nicht tödlich. Es scheint sogar, als würden die großen Dinosaurier durch die nächtliche Kälte weniger behindert als die kleinen. Der Grund könnte ihre größere Masse sein, die dafür sorgt, daß sie nachts nicht so schnell auskühlen wie die kleineren Tiere.

Damit komme ich auf einen Punkt, den ich für die Paläontologen klären könnte, wenn ich mich mit ihnen in Verbindung zu setzen in der Lage wäre. Ende des zwanzigsten Jahrhunderts kam einer von ihnen auf die Idee – oder einer von ihnen wird auf die Idee kommen –, daß die Dinosaurier möglicherweise warmblütig waren wie Vögel und Säugetiere und nicht etwa kaltblütig wie ihre engsten Verwandten im zwanzigsten Jahrhundert, die Krokodile und Alligatoren und die anderen Reptilien. Die Begriffe ›Warmblüter‹ und ›Kaltblüter‹ sind etwas irreführend, weil der entscheidende Punkt der ist, daß die Tiere, die man als warmblütig bezeichnet, eine innere Temperaturkontrolle besitzen und fähig sind, ihre Körpertemperatur bei einer großen Bandbreite von Außentemperaturen stets auf gleichem Niveau zu halten. Den anderen Tieren, die man korrekt eigentlich ›Wechselwarmblüter‹ nennen müßte, fehlt diese Kontrolle, und solange sie sich nicht bewegen, wird ihre Temperatur ausschließlich von der Außentemperatur gesteuert. Die letzteren sind die ›Kaltblüter‹, obwohl ihr Blut an heißen Tagen sogar wärmer werden kann als das eines ›warmblütigen‹ Tiers. Da ich schon lange unter Dinosauriern lebe, weiß ich inzwischen, daß sie im üblichen Sinne des Wortes Kaltblüter sind – oder poikilotherme Tiere, um den Fachausdruck zu benutzen. Die Idee, sie könnten warmblütig (homoiotherm) sein oder gewesen sein, hat eine Zeitlang (wird eine Zeitlang) für Aufregung sorgen, weil es eine sensationelle Hypothese war (sein wird). Aber es gibt keine Beweise dafür, und diese Geschichte wird kommentarlos wieder aus den Schlagzeilen verschwinden.

Manche Paläontologen, die – zu Recht, wie ich jetzt weiß – davon ausgingen, daß die Dinosaurier kaltblütige oder poikilotherme Tiere waren, hatten eine andere Hypothese für ihre Ausrottung. Sie meinten nicht, die Tiere wären wegen der Kälte ausgestorben, sondern sie sagen (oder werden sagen – ich habe aufgrund meines eigenartigen Standortes in der Zeit immer noch Schwierigkeiten mit den Zeitformen) ganz im Gegenteil, daß die Dinosaurier ausgestorben wären, weil es ihnen am Ende der Kreidezeit zu warm wurde. Die Theorie geht dahin, daß die Wärme sich in ihren Körpern gestaut hätte, und dadurch seien sie unter anderem unfruchtbar geworden und hätten sich nicht mehr fortpflanzen können. Auch für diese Annahme sehe ich keine Indizien. Das Klima ist nicht übermäßig heiß, es ist im besten Falle subtropisch. Meine Nachbarn, die Dinosaurier, sind alles andere als unfruchtbar. Sie haben viele Nachkommen, und praktisch alle ihrer zahlreichen Eier entwickeln sich zu ausgewachsenen Tieren.

Eine weitere Hypothese geht dahin, daß die kleinen, pelztragenden, warmblütigen Säugetiere (später mehr darüber) die Dinosaurier ausgerottet hätten, indem sie deren Eier fraßen. Wenigstens an diesem Punkt kann ich einen eindeutigen Beitrag zur Forschung leisten. Säugetiere fressen keine Dinosauriereier. Punktum. Coelurosaurier fressen manchmal die Eier anderer Dinosaurier oder sogar ihre eigenen, aber das hat auf ihren Bestand keine sichtbare Wirkung.

Natürlich könnten auch Krankheiten die Ursache des Aussterbens sein (oder gewesen sein), aber wenn das zutrifft, dann liegt die schreckliche Epidemie noch weit in meiner jetzigen Zukunft. Die Dinosaurier sind bemerkenswert gesund. Sie sterben eines gewaltsamen Todes oder an Altersschwäche, aber kranke Tiere sehe ich nur selten. Einmal gab es eine Epidemie, von denen die Coelurosaurier kurz nach ihrer Herbstwanderung heimgesucht wurden. Ungefähr ein Drittel oder ein Viertel der Population starb. Sie starben überall, sie zuckten in Krämpfen und brachen in einer Art Starre zusammen, die sich nicht mehr lösen wollte. Aber im nächsten Herbst, als sie wieder aus dem Hochland herunterkamen, waren sie so zahlreich wie zuvor. Es hatten mehr Junge als in normalen Jahren überlebt.

Die Dinosaurier vermehren sich also rasch und sind vital, und sie scheinen auf der Höhe ihrer Macht. Es gibt keine Hinweise, daß ihre Ausrottung unmittelbar bevorstehen könnte. Kurz und gut, ich weiß nicht mehr über ihr Verschwinden als jemand anders, der noch nie einen leibhaftigen Dinosaurier gesehen hat.

Was kann ich aufzeichnen, um den Paläontologen der Zukunft zu helfen, falls sie diesen Bericht wirklich in die Hände bekommen sollten? Wenig oder nichts, außer der Bestätigung, daß die Dinosaurier tatsächlich Kaltblüter sind. Vielleicht kann ich den Künstlern etwas helfen, die an der Restaurierung dieser Tiere arbeiten. Wenigstens kenne ich jetzt ihre Farben.

[Nun folgt eine erschöpfende Liste aller Dinosaurier, die Magruder kennt, einschließlich einer Beschreibung ihrer Farben. Die Liste scheint mir nicht von allgemeinem Interesse zu sein, und wer sich aus beruflichen Gründen dafür interessiert, kann den vollständigen, offiziellen Text des Universalhistorikers zu Rate ziehen.]

10 Magruders Bericht

6. Tafel: Nachdenken

Meine wichtigste Absicht, wenn ich diese Tafeln bekritzle, ist es, Verständnis zu finden. Vor allem natürlich in meinem eigenen Interesse. Ich will verstehen, was mit mir passiert ist und warum ich mich so und nicht anders verhalten habe. Ich erforsche mein eigenes Wesen und in gewisser Weise vielleicht auch das Wesen aller Menschen – jener einzigartigen Spezies, die ich hier allein vertrete. Zweitens will ich die Hoffnung nicht völlig aufgeben, daß diese Worte eines Tages doch noch von einem anderen Menschen gelesen werden könnten, auch wenn ich weiß, wie gering die Wahrscheinlichkeit dafür ist. Ich erkenne auch, daß ich nie erfahren werde, ob diese Botschaft wirklich einmal andere Menschen erreichen wird. Aber ich ziehe einen kleinen, irrationalen Trost aus der verschwindend geringen Wahrscheinlichkeit, daß irgendwann einmal irgend jemand von einem gewissen Sam Magruder hören und vielleicht etwas wie Interesse oder gar Mitgefühl für ihn entwickeln wird.

Ich habe gerade noch einmal meine letzten beiden Tafeln gelesen, und es scheint mir, als würden sie meinen Absichten nicht wirklich gerecht. Die Texte sind für das Verständnis notwendig, aber sie tragen unmittelbar nichts dazu bei. Was ich getan und gesehen habe, gehört natürlich unbedingt zu meiner Geschichte, aber das wirklich Wichtige ist das, was ich gefühlt und gedacht habe. Diese Ebenen sind viel schwieriger zu vermitteln, aber sie bilden im Grunde den Kern meines Berichts.

Ich sprach bereits über die Verzweiflung, die ich in den ersten beiden Tagen empfand. Danach kam eine Phase, in der ich körperlich viel arbeiten mußte und kaum noch Zeit hatte, über andere Dinge als die unmittelbar notwendigen nachzudenken. In dieser Zeit blieb mir nicht viel Platz für Furcht oder Verzweiflung. Diese Stimmung hielt sich einige Monate, und dann entwickelte sich nach und nach ein komplexer emotionaler Zustand, der inzwischen mein ständiger Begleiter geworden ist. Im Hintergrund liegt eine Melancholie oder eine Art dumpfer Schmerz oder eine Trauer, für die es keine Heilung gibt außer dem Tod. Die Melancholie ist aber auch mit Staunen durchmischt, und immer wieder versuche ich, in meinem Leben einen Sinn zu finden. Gelegentlich falle ich auch in tiefe Verzweiflung und Angst. Während die Jahre vergehen, finde ich immer seltener zu der Stimmung zurück, die meine relativ unbeschwerten ersten Monate geprägt hat, denn ich hatte mich damals um sehr naheliegende Dinge zu kümmern, die mir keine Zeit ließen, über Vergangenheit und Zukunft nachzudenken. Es war ein Gefühl wie in einem Kampf oder auf der Jagd. Gelegentlich habe ich diese Art des Vergessens auch bewußt gesucht, indem ich mich auf unnötige Kämpfe mit einigen blutrünstigen Nachbarn einließ. Einmal habe ich mir sogar einen Tyrannosaurus vorgenommen und ihn schließlich sogar getötet. Es war ein heldenhafter Kampf. Ich berichte jetzt nicht darüber, weil es nichts dazu beitragen würde, meine Existenz besser zu verstehen. Es war im Grunde nichts weiter als eine Flucht aus der emotionalen Realität meines Lebens.

Die meisten anderen Fluchtmöglichkeiten und selbst die einfachsten Zerstreuungen stehen mir hier natürlich nicht zur Verfügung. Der liebste Zeitvertreib des zweiundzwanzigsten Jahrhunderts, die TeleShows, sind für mich jetzt nur noch eine eher schmerzliche Erinnerung. An Lesestoff, Kunst und Musik habe ich nur das, was ich mir selbst erschaffe. Diese Tafeln sind zur Zeit der einzige Lesestoff auf der Erde, wahrscheinlich sogar im ganzen Universum. Manchmal versuche ich, mich an die großen Klassiker der Literatur zu erinnern und sie im Kopf wieder aufleben zu lassen, aber ich bin darin nicht sehr erfolgreich. In dieser bizarren Umgebung ist es schmerzlich und mühsam, meine Aufmerksamkeit auf die zukünftigen Klassiker zu richten. Das Malen und die Bildhauerei nützen mir überhaupt nichts. Ich bin für beides nicht begabt, und an die Meisterwerke, die ich gesehen habe, vermag ich mich kaum zu erinnern. Musik ist besser. Ich habe eine gute akustische Erinnerung, und manchmal vor dem Einschlafen stelle ich mir vor, die majestätischen Klänge eines Sinfonieorchesters zu hören. Ich habe mir sogar einige Instrumente gebaut: Flöten aus Schilfrohr, Panflöten und sogar ein primitives Saiteninstrument, ein Brett mit einer straff gespannten Saite aus Dinosaurierdarm, die ich mit der Kralle eines Gorgosauriers anreiße.

Einen wichtigen Zeitvertreib habe ich, und es ist der einfachste von allen. Ich sehe mir die Landschaft an. Ich wußte die Schönheiten der Natur schon immer zu schätzen, und Natur habe ich wirklich genug in dieser Welt. Die Sonnenuntergänge sind phantastisch, besonders wenn einer der Vulkane nördlich des Coelurosaurus-Passes kurz vorher ausgebrochen ist und die Asche noch in der Luft schwebt. Das Ego greift nach jedem Strohhalm, und so ziehe ich sogar eine gewisse Befriedigung aus dem Gedanken, daß kein anderer Mensch jemals diese Landschaften in ihren unterschiedlichen Stimmungen gesehen hat oder sehen wird.

Es ist allerdings eine recht melancholische Zufriedenheit. Melancholie! Sie liegt viel zu dicht hinter meinen wenigen Zerstreuungen, als daß ich sie für längere Zeit völlig unterdrücken könnte.

Mein Stimmungswandel, diese ausgedehnte Traurigkeit, begann mit dem Großen Delirium. Im allgemeinen war ich bemerkenswert gesund. Keine Erkältungen, keine Grippe, keine der vorübergehenden kleinen, aber lästigen Krankheiten, die uns trotz der wundervollen Fortschritte der Medizin und obwohl wir die ernsthaften, chronischen Krankheiten fast völlig ausrotten konnten, immer noch heimsuchen. Ich glaube, die meisten Viren und Mikroben, die die Menschheit anfallen, hatten sich in der Kreidezeit noch nicht entwickelt. Ihr Gastgeber, der Homo sapiens, auf den sie ausgerichtet sind, existierte noch nicht. Aber das Protoplasma ist in Menschen und in Dinosauriern das gleiche, und manche Krankheitserreger sind nicht wählerisch. Ich hatte nur eine ernste Krankheit, an die ich mich voller Schrecken erinnere. Es war das Große Delirium.

Es ereignete sich in meinem ersten Winter in der Kreidezeit. Ich hatte mich im Pentaceratops-Tal niedergelassen. Eines Morgens wachte ich in meinem Unterschlupf mit entsetzlichen Kopfschmerzen und der vagen Erinnerung an einen scheußlichen Traum auf. Ich warf etwas Holz aufs Feuer, briet mir eine Ceolurosaurus-Keule und versuchte, etwas Essen hinunterzuwürgen. Doch was ich herunterschlang, mußte ich sofort wieder ausspeien. Mir taten alle Muskeln weh, und bald hatte ich hohes Fieber. Ich schleppte mich zum Wasserlauf. (Ich hatte damals noch keine Töpferwaren oder Wasserbehälter.) Dort brach ich zusammen und verlor das Bewußtsein.

Die nächste wirre Erinnerung ist die, daß ich in meiner Behausung saß. Es war Nacht. Mein Feuer war bis auf eine kleine Glut heruntergebrannt. Ich dachte, daß ich eigentlich Brennstoff nachlegen müßte, aber es schien mir nicht der Mühe wert. Plötzlich hörte ich einen Ruf. Es war nicht der heisere Schrei eines benommenen Pentaceratops oder der klagende Schrei eines Urvogels, sondern ein menschlicher Ruf. Mein Herz tat einen Sprung, und ich versuchte zu antworten, aber es gelang mir nicht.

Als ich das nächste Mal wieder zu mir kam, hatte ich das Gefühl, von starken Armen gehalten zu werden. Eine Stimme sagte: »Hier, alter Mann, trink das.« Eine Flasche wurde mir an die Lippen gesetzt, und eine brennende Flüssigkeit rann mir die Kehle hinunter.

»Ich muß schon sagen, Sam«, fuhr die Stimme fort, die mir immer vertrauter vorkam, »du bist wirklich in schlechter Verfassung. Aber keine Sorge, jetzt ist alles gut. Ich bringe dich wieder auf die Beine.«

»Oh«, sagte ich voller Freude. »Jetzt erkenne ich dich. Du bist mein Vater. Du bist mein Dad, nicht wahr?«

»Natürlich, Sam«, sagte er.

»Gott sei Dank«, erwiderte ich. »Gott sei Dank! Ich war so einsam, so allein.«

Ich schlief.

Und immer, wenn ich halbwegs zu mir kam, hörte ich die liebe, vertraute Stimme.

»Sam, erinnerst du dich an unsere Hütte in den Bergen, wo wir zusammen angeln waren?«

»Sam, deine Mutter ist deinetwegen etwas besorgt. Du solltest dir die Zeit nehmen und ihr etwas öfter schreiben, Sam.«

»Sam, erinnerst du dich noch an unser Haus in Des Moines? An das kleine Mädchen mit den blonden Locken, das nebenan gewohnt hat?«

»Sam, wo hast du deine Kappe und den Mantel? Wir müssen doch das Protokoll für die Abschlußfeier am College einüben.«

»Sam, deine Freundin Lilian ist zu Besuch gekommen.«

»Sam …«
»Sam …«
»Sam …«

Und ich verlor wieder das Bewußtsein und versank in Träumen, die noch wirrer waren als die vorher, und schließlich kam eine tiefe Schwärze, die der Tod selbst hätte sein können.

Ich weiß nicht, wie lange es so ging. Endlich kam aber ein Morgen, an dem ich wieder völlig bei Sinnen war.

»Dad«, rief ich. »Ich fühle mich jetzt viel besser. Ich glaube, ich werde wieder gesund. Dad …« Und da erkannte ich, daß mein Vater nicht da war und nie bei mir gewesen war. Ich befand mich in der Kreidezeit, und mein Vater würde erst in achtzig Millionen Jahren geboren werden. Im zweiundzwanzigsten Jahrhundert sollte er dann zehn Jahre vor meinem Zeitsprung sterben. Er war verloren, unwiderruflich und ein für allemal verloren wie alle anderen Menschen.

Ich würde ihn oder meine Mutter, meine Schwester, Lilian oder Fatima oder irgendeinen anderen Menschen, außer in Fieberträumen, niemals wiedersehen.

Ich war allein. Ich war endgültig, unwiderruflich allein. Und allein mußte ich bleiben, bis ich starb.

In diesem Augenblick wollte ich sterben, aber ich konnte nicht. Das Fieber war vorbei. Ich war lebendig, und ich mußte die Bürde des Lebens wieder auf mich nehmen.

»Warum?« fragte ich mich. »Warum muß ich das tun? Es wäre ein leichter, schmerzloser Tod, wenn ich einfach hier liegenbleibe, bis ich verhungert bin. Ich bin ja nicht einmal hungrig, nur geschwächt. Warum sollte ich jemals wieder etwas essen?«

»Aber nein, Sam«, widersprach ich mir selbst. »Du weißt genau, daß du das nicht machen kannst. Du bist das einzige menschliche Wesen im ganzen Universum, und du mußt so lange überleben, wie du kannst.«

Ich kroch wieder zum Fluß und trank. Ich schleppte mich in meine Behausung und aß ein paar meiner dürftigen, stinkenden Vorräte. Ich haßte mich, weil ich die Mühe auf mich nahm und mich nicht einfach sterben ließ, aber ich pflegte mich und kam wieder zu Kräften. Ich mußte weiterleben.

Es gab Dinge, die ich tun mußte. Ich mußte Nahrung finden und zu mir nehmen. Ich mußte Geräte erfinden und herstellen. Feuer anzünden. Angreifern ausweichen oder sie besiegen. Nein, es ist im Grunde nicht der Mühe wert, weil niemand hier ist, der es sehen könnte. Niemand ist hier, dem ich von meiner alltäglichen Arbeit und von meinen Abenteuern erzählen kann, wenn ich abends in meinen Unterschlupf zurückkehre. Es ist einfach albern, wenn ich mich um mich selbst kümmere, während niemand da ist, der Wert darauf legt, daß ich es tue. Aber es muß getan werden.

Einsamkeit hat viele Aspekte. Man kann es sich nicht wirklich vorstellen, wenn man es nicht selbst erlebt hat. Denken Sie beispielsweise nur an den Sex. Ich bin im ganzen Universum der einzige Angehörige meiner bisexuellen Art. Ich bin ein Mann, für den es keine Frau geben wird. Die ersten Frauen werden in vielen Millionen Jahren geboren werden, wenn ich längst nicht mehr existiere. Die meiste Zeit bin ich so müde, schwach und hungrig, daß mich der Sexualtrieb ohnehin nicht plagt. Gelegentlich fühle ich mich gut, und dann könnte Sex zur Besessenheit werden, die um so schärfer schmerzt, weil die früher so selbstverständliche Befriedigung unter diesen Umständen nicht möglich ist.

[An diesem Punkt muß ich leider eine längere Passage unterschlagen. Magruders Erörterung dieses Themas ist derart freimütig, daß ich sie keinesfalls hier wiedergeben kann. Magruder schrieb, ohne sich die höfliche, allgemein übliche Selbstbeschränkung aufzuerlegen, die er vor einem menschlichen Publikum gezeigt hätte. Wir Menschen sind als soziale Wesen immer wieder gezwungen, manche Gedanken nicht zu äußern und gewisse Handlungen geheimzuhalten. Auch der Universalhistoriker war sehr in Versuchung, diese Passage aus dem offiziellen Text zu streichen oder sie zumindest durch Übersetzung ins Lateinische oder eine andere tote Sprache zu verschleiern. Doch das wissenschaftliche Gewissen triumphierte letzten Endes über den Abscheu, und der Text wurde in der Version des Universalhistorikers ungekürzt veröffentlicht. Allerdings wird die offizielle Ausgabe nicht in den Handel kommen, sondern nur Studenten zugänglich sein. Nach einer ausführlichen Behandlung der Sexualität fährt Magruder dann fort:]

Ich glaube, ich war oft dem Irrsinn nahe, aber abgesehen vom Großen Delirium bin ich rational und so normal geblieben, wie man es unter diesen Umständen überhaupt sein kann. Die moderne Psychiatrie (ich meine die des zweiundzwanzigsten Jahrhunderts) geht davon aus, daß Geisteskrankheit etwas Vorsätzliches sei, ein bewußter Rückzug aus einer Realität, die einem unerträglich scheint. Meine Realität ist unerträglich, oder jedenfalls kommt sie mir oft so vor, aber ich habe diesen Rückzug nicht geschafft. Es ist sehr verlockend, in einen Tagtraum zu stürzen und mir Bilder einer Gefährtin und von Freunden zu erschaffen, aber diesen einfachen Ausweg kann ich nicht gehen. Ich rede ständig mit mir selbst, aber diese kleine Konzession ist keine Flucht aus der Realität; denn immerhin bin ich selbst, also der, mit dem ich rede, ja anwesend. Nein, ich habe etwaige kindische Ausflüge in eine Traumwelt energisch zurückgedrängt. So bleibe ich bei Sinnen und zahle für meine geistige Gesundheit den schrecklichen Preis, unendlich einsam zu sein.

[An dieser Stelle endet Magruders Bericht, soweit wir es den Kopien entnehmen konnten, die uns der

Universalhistoriker gegeben hatte. Zwei Tafeln blieben noch, deren Inhalt ich später schildern will. Zuerst aber möchte ich über unser nächstes Treffen in den Räumen des Universalhistorikers berichten. Das folgende Kapitel ist also ein Zwischenspiel, nach welchem Magruders Geschichte fortgesetzt werden soll.]

11 Diskussion mit dem Universalhistoriker

Wir waren wieder versammelt: der Universalhistoriker, der Pragmatiker, der Ethnologe, der Mann von der Straße und ich. Auch Précieux war wieder anwesend. Er hatte sich in unseren Kreis gut eingefügt und war herzlich aufgenommen worden. Wir hatten die ersten sechs Tafeln von Magruder gelesen und waren gekommen, um Kopien der letzten beiden in Empfang zu nehmen, mit denen die Geschichte fortgesetzt werden sollte.

Der Universalhistoriker beschäftigte sich natürlich wie üblich mit seinen absurden Präliminarien: Er bot uns alkoholische Getränke an, die wir ausnahmslos ablehnten, er wies uns Stühle an, wie es seinen Vorstellungen von Symmetrie und Protokoll entsprach, er zündete sich seine ekelhafte Tabakspfeife an. Wir sahen diesem Ritual an diesem Abend sehr ungeduldig zu, aber wir hatten keine Wahl. Wir alle standen unter Magruders Bann. Er schien uns so real, als hätte er sich unserer Gruppe angeschlossen. Und wir alle waren traurig, weil Magruder sich keiner Gruppe anschließen konnte, unserer nicht und keiner anderen. Das war ja gerade die Tragik seiner Geschichte. Noch bevor der Universalhistoriker hoheitsvoll den Vorsitz der Konferenz übernehmen konnte, waren der Mann von der Straße und der Pragmatiker bereits in eine angeregte Diskussion vertieft.

»Ich finde es unerträglich pathetisch«, faßte der Mann von der Straße seine Eindrücke zusammen.

»Ich dagegen finde es überhaupt nicht pathetisch«, erklärte der Pragmatiker. »Einen Menschen pathetisch finden, das bedeutet, ihn als irgendwie minderwertig oder unterlegen anzusehen und anzunehmen, einem selbst wäre sein Mißgeschick erspart geblieben, weil man auf irgendeine Weise besser oder klüger oder geschickter gewesen wäre als er. Wenn man von Pathos spricht, dann schwingt immer etwas Herablassendes mit. Nein, das Wort ›pathetisch‹ wird Magruder nicht gerecht. Er ist eher eine tragische Figur. Das unverdiente und tapfer getragene Unglück ist ein Element der Tragödie, nicht des Pathos.«

»Ihr Vortrag über die Nuancen des Wortes gründen sich, wie gewöhnlich, unzulässigerweise mehr auf Ihr Gefühl denn auf die wirkliche Bedeutung«, wandte der Universalhistoriker ein, indem er wie gewohnt die Gesprächsführung übernahm. »Es gibt natürlich in Magruders Geschichte sowohl Pathos als auch Tragik. Sie machen den Fehler, eine komplexe, beispiellose Erfahrung, durch welche eine sehr vielschichtige Persönlichkeit beeinflußt und verändert worden ist, in einem einzigen Wort zusammenfassen zu wollen.«

»Ich bin nicht sicher, ob ich Ihnen beiden in diesem Punkt zustimmen kann«, warf der Ethnologe ein. »Es scheint mir, als hätte Magruder außergewöhnliches Glück gehabt. Ich wüßte keinen anderen Menschen, der ein solches Glück gehabt hätte. Ich würde ihm geradezu vorwerfen, daß er seine Lage nicht in diesem Licht gesehen hat. Statt sich über sein Glück zu freuen, ist er dort herumgelaufen und hat sich selbst bemitleidet.«

»Wollen Sie damit etwa sagen, Sie hätten mit Magruder tauschen wollen?« fragte der Mann von der Straße erstaunt.

»Natürlich hätte ich getauscht«, erwiderte der Ethnologe, »und das hätte sicherlich jeder gemacht, der nur etwas Mumm in den Knochen hat – jedenfalls jeder Wissenschaftler, muß ich einschränkend sagen. Magruder war kein großer Wissenschaftler. Denken Sie nur, welche Möglichkeiten er hatte! Und er hat sie alle ausgelassen oder wußte sie nicht zu schätzen.«

»Welche Möglichkeiten meinen Sie?«

»Halten Sie es denn nicht für eine einzigartige Gelegenheit, der erste Mensch und einzige Mensch auf Erden zu sein?« konterte der Ethnologe. »Magruder hatte eine wissenschaftliche Ausbildung und das Gehirn eines Menschen des zweiundzwanzigsten Jahrhunderts. In groben Zügen wußte er, was in den nächsten achtzig Millionen Jahren geschehen würde, und er kannte die Prinzipien der historischen Entwicklung. Er hätte diese Geschichte verändern, sie lenken und kontrollieren können, weil er um sie wußte und ein menschliches, wissenschaftlich geschultes Gehirn besaß. Anscheinend ist ihm das überhaupt nicht in den Sinn gekommen. Er hat an nichts anderes gedacht als an sein Überleben und daran, daß er bei Verstand bliebe und wie er sich von seinen unbedeutenden persönlichen Emotionen ablenken konnte. Er hätte Gott spielen können, aber statt dessen hat er nichts weiter getan, als eine Zeitlang zu überleben. Anscheinend war er sogar stolz auf diese alberne Leistung, daß er auf einer Ebene überleben konnte, die selbst einem Indio aus dem oberen Amazonasbecken primitiv vorgekommen wäre. Nein, Magruder war ein unbedeutender Mann, der die Tragweite seiner Erfahrung nicht zu erfassen wußte.«

»Ich glaube«, brachte der Universalhistoriker vor, »daß er seine Erlebnisse sogar sehr zu schätzen wußte. Die Gründe dieser Wertschätzung mögen Ihnen vielleicht nicht einleuchten, aber das bedeutet nicht, daß es keine guten Gründe waren oder daß es ein Zeichen von Charakterschwäche war, wenn er der Versuchung, Gott zu spielen, nicht erlegen ist. Ein wirkliches Verständnis für Magruders Leben und ein tieferer Einblick in seine Reaktionen und Bedürfnisse schließt die Möglichkeit, daß er wie ein Gott der Kreidezeit die Welt nach seinem Bilde veränderte, sogar eindeutig aus.«

»Was waren diese Gründe?« fragte der Ethnologe. »Und warum wußte Magruder seine Erfahrung zu schätzen?«

»Haben Sie irgendwann schon einmal darüber nachgedacht – wirklich nachgedacht –, meine ich, was Sie sind? Und warum Sie es sind?« fragte der Universalhistoriker.

Der Ethnologe und der Pragmatiker antworteten gleichzeitig: »Das sind zwei neue Fragen, aber keine Antworten.«

»Jeder weiß, was er ist, und auf die Frage nach dem Warum gibt es ein Dutzend Antworten, von denen ich vier oder fünf kenne und ein Großhirnträger wie Sie immerhin noch eine oder zwei.«

Der Ethnologe machte eine bissige Bemerkung, der Pragmatiker stieß einen empörten Ruf aus. Doch der Universalhistoriker ließ sich nicht beirren.

»Die Fragen sind zugleich die Antworten«, fuhr er fort. »Und bisher war noch niemand in der Lage, so klar über das Was und Warum nachzudenken wie Sam Magruder. Und deshalb wußte er sein Erlebnis zu schätzen.«

»Ich verstehe es nicht«, erwiderte der Mann von der Straße mit jener typischen Verwirrung, die sich stets bei ihm einstellte, wenn Pedanten sich stritten. »Sam war ein Mensch, das beantwortet die Frage nach dem Was. Er war in der Kreidezeit nicht mehr oder weniger Mensch, als ich es heute bin. Und er konnte die Antwort auf die Frage nach dem Warum von den lebendigen Dinosauriern so wenig erfahren, wie wir sie ein paar Millionen Jahre später von den Knochen der gleichen Tiere erfahren konnten.«

»Sie haben da nicht ganz unrecht«, räumte der Universalhistoriker mit ungewöhnlicher Milde ein. Mit dem Mann von der Straße stritt er sich längst nicht so häufig wie mit seinen gelehrten Kollegen. »Auf Ihre eigene Weise sind Sie möglicherweise zu den gleichen Schlußfolgerungen gekommen wie Sam Magruder, auch wenn er sie besser formuliert und vernünftiger begründet hat.«

Wir waren angesichts dieser kleinkarierten Auseinandersetzung mittlerweile ziemlich entnervt und warteten darauf, endlich den letzten Teil von Magruders Geschichte zu hören. Selbst der Historiker war jetzt der Meinung, es sei der Präliminarien genug. Er verteilte Kopien der letzten beiden Tafeln, deren Inhalt ich im folgenden wiedergebe.

12 Magruders Bericht

7. Tafel: Urgroßvater

Ich lasse mir Zeit mit diesen Tafeln. So habe ich etwas zu tun und etwas, über das ich nachdenken kann. Einem Pentaceratops auszuweichen oder einen Ceolurosaurus zu erlegen, das ist inzwischen zur Routine geworden. Das können die Dinosaurier so gut wie ich. Jetzt, da mein Überleben auf Dauer gesichert ist, muß ich kaum noch über solche Dinge nachdenken. Aber ich kann versuchen zu verstehen, und ich kann meine Reaktionen auf diese Welt beschreiben. Es besteht immerhin eine Chance von eins zu einer Million, daß irgendwann einmal jemand meine Aufzeichnungen findet. Und Aufzeichnungen zu hinterlassen, das ist schließlich etwas, das nur ein Mensch tun kann.

Ich habe inzwischen besseres Schreibmaterial. Das einfachste ist es, meine Gedanken in große, flache Palmwedel zu ritzen. Auf diese Weise führte ich meinen Kalender und eine Art Tagebuch. Eigentlich sind meine alltäglichen Erlebnisse nicht sonderlich wichtig, und ich sehe keinen Grund, viel von diesen Notizen auf die Steintafeln zu übertragen. Ich schreibe Entwürfe der Texte auf Palmwedel und feile etwas an den Formulierungen, ehe ich sie in Stein verewige. Die Chance, daß ein beschriebener Palmwedel die Zeit überdauert, dürfte bei einer Milliarde zu eins liegen oder noch darunter.

[In der offiziellen Ausgabe wurde hier eine Fußnote von Précieux eingefügt. Er erwähnt, daß in der Kirtland-Schicht mitunter konservierte Palmwedel gefunden werden. Unter seiner Anleitung wurde eine intensive Suche durchgeführt, bei der man auf Hunderte solcher Versteinerungen stieß, doch auf keinem einzigen Palmwedel waren Schriftzeichen zu entdecken. Die Universal Research Foundation hat beschlossen, für Magruders beschriebene Blätter eine hohe Belohnung auszusetzen, aber es scheint hoffnungslos.]

Es dauert ziemlich lange, die Steintafeln zu beschriften. Ich arbeite jetzt seit drei Jahren daran und habe erst sechs Tafeln fertiggestellt. Natürlich arbeite ich jedes Jahr nur ein paar Monate an den Tafeln, und pro Tag auch jeweils nur einige Stunden.

Das geht sehr langsam, Sam, sagte ich mir eines Tages. Du solltest besser zum Thema kommen. Es wird mindestens achtzig Millionen Jahre dauern, bis jemand deine Inschriften liest, aber du als Autor hast keine achtzig Millionen Jahre mehr Zeit.

Also gut, antwortete ich mir selbst. Was ist denn das Thema, auf das ich kommen soll?

Noch vor ein paar Jahren hätte ich keine Antwort auf diese Frage gewußt. Ich wußte sie auch noch nicht, als ich mit dem Beschreiben der Tafeln begonnen habe. Aber ich denke, jetzt weiß ich eine Antwort.

Ich habe bereits am Rande erwähnt, daß ich hier Pelztiere entdeckt habe, bin jedoch nicht weiter darauf eingegangen. Doch es gibt einiges darüber zu sagen, und genau dies bringt mich auf das entscheidende Thema.

Nicht lange, nachdem ich mich im Pentaceratops-Tal häuslich eingerichtet hatte, bemerkte ich Unregelmäßigkeiten in meinem Lebensmittellager. Ich hatte Samen, Früchte, Knollen und getrocknetes Fleisch in einer Art Holzkrippe gelagert, deren Stäbe eng genug saßen, um die kleinen Dinosaurier abzuhalten. Dennoch verschwanden immer wieder Lebensmittel. Ich sah mich gründlich um, und dann wußte ich es.

Sam, sagte ich mir, du hast Mäuse.

Ich nahm einen tiefen Topf und füllte ihn zur Hälfte mit Wasser. Auf den Rand legte ich einen Stock, und auf das Ende, das über das Wasser ragte, legte ich einige Samen. Dann stellte ich die Vorrichtung in der Nähe meiner Vorräte auf. Und richtig, am nächsten Tag lag eine tote Maus im Wasser. Oder besser, das Tier sah aus wie eine Maus und war so groß wie eine Maus, aber bei näherer Betrachtung sah ich, daß es keine Maus war. Die Nase war zu spitz, der Schwanz zu stark behaart, und das Tier hatte viele spitze Zähne, aber nicht die Nagezähne oder Mahlzähne, wie man sie bei Mäusen findet.

[Ich erspare Ihnen in dieser Version eine schnippische Bemerkung von Saurier, Magruder hätte doch wissen müssen, daß sich Nagetiere erst zwanzig Millionen Jahre später entwickeln würden. Diese Erläuterung wird wie üblich von einer pedantischen Auflistung von Daten und Quellenangaben begleitet.]

Als ich diese Entdeckung machte, mußte ich mich noch fast ausschließlich um sehr praktische Notwendigkeiten kümmern. Die Philosophie, wenn man es so nennen will, mußte bis später warten. Was mich an diesem Geschöpf vor allem beeindruckte, war die Tatsache, daß es einen weichen, braunen Pelz hatte, der viel wärmer und bequemer war als Matten aus Schilf oder Palmfasern. Es war dumm, daß diese Tiere so klein waren, aber ich brauchte ja nur genügend von ihnen zu fangen und die Felle mit einer Knochenahle und Sehnen zusammenzunähen. Die kleinen Biester durchschauten meine Wasserfalle sehr schnell, aber ich war ihnen immer einen Schritt voraus und erfand immer neue Fallen. Es dauerte nicht lange, bis ich genügend Tiere gefangen hatte, um mir drei schöne, warme Umhänge zu machen. Nachts schlief ich zwischen ihnen, und an kühlen Tagen legte ich mir einen Umhang über die Schultern.

Gegen Ende dieses Projekts konnte ich sogar einige der kleinen Pelztiere lebendig fangen. Ich steckte ein paar in einen Käfig, den ich aus kleinen Ästen geflochten hatte. Sie waren ja keine Nagetiere und konnten sich nicht durch Nagen befreien. Sie fraßen fast alles, aber am liebsten anscheinend Würmer. Ich hatte die Vorstellung, ich könnte mir vielleicht meine Pelze selbst züchten, so daß ich die Tiere nicht mehr fangen mußte.

Aber eines Tages, ich weiß es noch ganz genau, kam ich auf eine völlig andere Idee. Heute frage ich mich, warum ich nicht gleich bei der ersten Begegnung mit diesen Tieren darauf gekommen bin, aber wenn man auf verlorenem Posten ums nackte Überleben kämpft, hat man nicht viel Zeit für philosophische Gedanken. Der Kampf ist bis heute nicht vorbei, aber nach einer Weile stand ich wenigstens auf der Seite der Sieger. Eines Tages betrachtete ich also die kleinen Biester in ihrem Käfig und hörte ihrem Quietschen zu.

»Mensch, Sam«, rief ich plötzlich. »Das dort im Käfig ist dein Urgroßvater!«

Ich mußte lachen. Ich steckte einen Finger in den Käfig und wollte ihm die Hand geben. »Wie geht's dir, Uropa?« sagte ich. Uropa hat mich gebissen, und mein Finger begann zu bluten. Er war zu dumm, um seinen Millionen Jahre später geborenen Enkel zu erkennen.

Man stelle sich nur diesen kleinen Teufel vor, dieses winzige, warme Pelzknäuel! Ein Säugetier im Zeitalter der Dinosaurier. Ein winziges, unbedeutendes Wesen, das irgendwie in einer Umgebung überleben konnte, die von Horden schuppiger Reptilien beherrscht wurde. Ich wußte, daß auch seine Vorfahren Reptilien gewesen waren. Aber irgendwann im Laufe ihrer Entwicklung hatten sie neue Tricks gelernt, um ihr Überleben zu sichern. Sie begannen, ihre Jungen lebendig zur Welt zu bringen, statt Eier zu legen. Mama gab den Jungen ihre Milch und beschützte sie in dem Lebensabschnitt, in dem die meisten Reptilien sterben. Sie wurden warmblütig und konnten an kälteren Orten überleben und nachts aktiv sein, wenn die meisten Reptilien schliefen.

Ich würde gern fortfahren und erklären, daß dies ein Triumph des Gehirns über die Muskelkraft war, aber das wäre falsch. Für die Kreidezeit gilt dies nicht. Es ist schlicht und ergreifend so, daß Uropa eines der dümmsten Viecher war, die ich je gesehen habe. Ich konnte ihm keine Tricks beibringen und ihn so wenig zähmen wie einen Dinosaurier. Was die Intelligenz an Vorteilen bringen mochte, lag in der Zukunft.

Und was für eine Zukunft es war! So unbedeutend und häßlich (um ehrlich zu sein) dieses kleine Biest auch war, es war doch der Vorfahr der späteren Herren der Erde. Sein Blut floß in meinen Adern. Seine Nachkommen würden einen Funken von ihm erben und sich im langen Kampf ums Überleben bewähren. Sie würden lange nach dem Untergang der großen Dinosaurier zu den Herren der Erde werden. Und war dies nicht sogar aufgrund des gleichen Triebes geschehen, der auch mich am Leben hielt? Das war der wahre Grund dafür, daß ich hier, als Schiffbrüchiger in der Kreidezeit, überhaupt noch lebte. Mein persönliches Leben spielt dabei natürlich keine große Rolle, ich halte es nicht einmal mehr selbst für sonderlich wichtig. Auch für Sie, meine Leser (falls ich wider Erwarten tatsächlich Leser finden sollte), ist das Wichtigste nicht mein Überleben, sondern das Überleben des wilden kleinen Pelztieres, das ich jetzt ansehe. Sie mit Ihrer Kultur und Zivilisation sind das, was aus seinen Kämpfen und aus der Verwirklichung seiner Möglichkeiten hervorgegangen ist.

Entschuldigen Sie diesen kurzen, eher literarisch gefärbten Exkurs. Ich war auch beim Verfassen wissenschaftlicher Aufsätze kein guter Autor (oder ich werde es nicht sein). Es ist mir nicht möglich, mein Gefühl der Ehrfurcht aber auch der Belustigung und, ja, auch der Angst in Worte zu kleiden. Ich kann nicht beschreiben, was ich empfand, als ich diesem winzigen Vorfahren der Menschheit in die Augen blickte.

Während meines Studiums und bevor ich mich auf die Chronologie spezialisierte, habe ich einiges über Genetik und Tierhaltung gelernt. Ich habe lange mit der Idee gespielt, diese kleinen Säugetiere durch Zucht zu verändern. Ich wußte um ihre ungeheuren Möglichkeiten, und ich zweifle nicht, daß ich ihre Evolution um einige Millionen Jahre hätte beschleunigen können. Aber was hätte das genützt? Sie tragen den Funken in sich. Sie werden es aus eigener Kraft schaffen. Ihre Nachkommen werden die Menschen sein, und sie werden diesen Weg aus eigener Kraft beschreiten. Der Eingriff eines ihrer Nachkommen, auch wenn er die Entwicklung beschleunigen würde, ist nicht notwendig. Es wäre genaugenommen sogar ein Sakrileg. Das Heilige an diesem kleinen Vieh ist ja gerade, daß sich die Menschheit ohne äußeren Eingriff aus ihm heraus selbst erschaffen hat.

[»An dieser Stelle«, erklärte der Universalhistoriker später, als wir über diesen Abschnitt sprachen, »hat Magruder sich geweigert, Gott zu spielen, und dort sieht er auch das Was und das Warum seiner eigenen, Ihrer und meiner Existenz.«

»Es kommt mir eher so vor, als hätte er geglaubt, daß wir Gott *sind*«, sagte der Ethnologe. »Nein, ich denke nicht, daß er das gemeint hat«, erklärte der

Mann von der Straße ein wenig befangen. »Und ich denke, ich stimme mit ihm überein.«]

Also öffnete ich den Käfig und sagte: »Geh mit Gott, Uropa!« Und das sagte ich mit vollem Ernst.

13 Magruders Bericht
8. Tafel: Das Ende

Anfangs habe ich ein wenig die Übersicht verloren, aber ich muß inzwischen über sechzig Jahre alt sein, wenn ich meine beiden voneinander getrennten Lebensabschnitte zusammenrechne. Auch ohne meinen Unfall habe ich in der Kreidezeit bereits länger gelebt als die meisten anderen Wesen hier. Mir bleibt nicht mehr viel Kraft und auch nicht mehr viel Zeit, um die letzten Tafeln zu beschriften und dort zu vergraben, wo sie eine Chance haben, so gering sie auch sein mag, zu überdauern und eines Tages gefunden zu werden.

Ich habe meistens im Pentaceratops-Tal geschrieben, aber das ist nicht der richtige Ort für die Tafeln. Das Tal ist erodiert, und was dort vergraben wird, dürfte in den nächsten paar Millionen Jahren herausgewaschen und zu Sand zermahlen werden. Der Sumpf ist der richtige Ort, denn alles, was dort liegt, wird mit jeder Überflutung tiefer vergraben. Die Erde stöhnt und wellt sich unter der Last, aber was dort ist, wird bewahrt werden. Ich bin jetzt am Sumpf, ganz in der Nähe der Stelle, an der ich in der Kreidezeit angekommen bin. Die Steintafeln habe ich mitgenommen. Ich habe die anderen schon im letzten Jahr hergeschafft, und dieses Jahr habe ich die letzte, noch leere Tafel mitgenommen, auf die ich meine letzten Worte kratzen werde. Sobald die Tafel vollendet ist, werde ich auch sie tief im Schlamm vergraben.

Der Unfall – nun ja, früher oder später mußte es einmal geschehen. Ich glaube, ich bin langsamer geworden, und vielleicht auch zu sorglos. Ich bin so vielen Dinosauriern ausgewichen, daß ich leichtsinnig geworden bin. Das Biest – es war ein Tyrannosaurus – hat mich am Bein erwischt. Glücklicherweise, könnte man sagen, hat er sich geschüttelt und mich befreit. Das Bein ist am Knie abgerissen, und er sah nicht, wohin ich stürzte. Ich habe den Stumpf abgebunden und bin fortgekrochen, aber ich bin am Ende. Das ist gestern geschehen, und ich kann mich wahrscheinlich nicht mehr länger als einen Tag halten.

So, die ersten sieben Tafeln sind gut verwahrt. Jedenfalls so gut, wie ich es jetzt noch schaffe.

Es gibt nicht mehr viel zu sagen. Eine große Freude war dieses Leben nicht, auch wenn ich es mit einer gewissen Befriedigung beschließen kann. Ich habe mich oft gefragt, warum ich überhaupt weitergemacht habe. Wenigstens darauf habe ich jetzt, am Ende, eine Antwort gefunden. Es gab in diesem Leben für mich keine Hoffnungen und keine Belohnungen. Die bittere Wahrheit war mir immer bewußt. Aber ich bin ein Mensch, und als Mensch bin ich für mein Leben verantwortlich.

[»Möge er in Frieden ruhen«, sagte der Mann von der Straße. So ungewöhnlich dies auch war, aber in diesem Augenblick wußte niemand sonst etwas zu sagen.]

Stephen Jay Gould

NACHWORT

Die Wahrheit fiktiver Werke: Eine Exegese von G. G. Simpsons Dinosauriergeschichte

I. Die Bedeutung fiktiver Werke für die Wissenschaft

Wenn der Mensch, wie Protagoras sagte, das Maß aller Dinge ist, dann muß jedes fiktive Werk, und wenn es noch stark verschlüsselt sein mag, eine Aufzeichnung des Lebens des Autors sein. Wir sollten uns Havelock Ellis' Bemerkung vor Augen halten, daß jeder Künstler seine eigene Autobiographie schreibt. George Gaylord Simpson war ein körperlich kleiner Mann, doch wenn ich seinen Einfluß auf mein Fachgebiet, die Paläontologie, nachzeichnen will, dann muß ich zu Cassius' Beschreibung von Cäsar greifen: »Einem Riesen gleich schreitet er durch diese kleine Welt, und wir geringen Menschen laufen zwischen seinen riesigen Beinen hindurch und lugen dahinter hervor.«

Die Science Fiction ist seit jeher ein äußerst intellektueller Zweig der Literatur. Wenn ein Wissenschaftler mit so einem mächtigen Verstand und einer solchen Persönlichkeit sich auf diesem Gebiet versucht (vor allem, wenn es nur zu seinem eigenen Vergnügen geschieht und sein Werk nicht ausdrücklich für die Veröffentlichung gedacht ist), dann müssen wir uns fragen, ob er unter dem Vorwand des Vergnügens nicht in

Wirklichkeit einen Schlüsselroman geschrieben hat – und wir müssen Sam Magruders Geschichte dahingehend prüfen, ob sie uns nicht einen Schlüssel für George Gaylord Simpsons Leben und seine rastlose, brillante Psyche in die Hand gibt.

In einem weiteren kommentierenden Anhang stellt Simpsons Tochter Joan Burns einige verwunderte Fragen. Ich muß das gleiche tun, denn Simpsons Anregungen brachten mich zur Paläontologie, und unsere von Ehrgeiz geprägte persönliche Beziehung (ich glaube nicht, daß Simpson jemals andere Beziehungen zu seinen Kollegen hatte) formte meine Karriere und meine Gedanken. Außerdem und vor allem aber will ich eine Exegese versuchen, die über das Persönliche hinausgeht, denn *Sam Magruder* ist auch ein Roman über einen wundervollen Beruf und birgt ein ganzes Bündel wissenschaftlicher Theorien in sich – denn es geht hier um die Paläontologie und ihr bekanntestes Thema, dic Dinosaurier, sowie um die Evolutionstheorie, einen Grundbaustein der Biologie.

Ironischerweise kann die Fiktion oft einen tieferen und eher der Wirklichkeit entsprechenden Aufschluß über empirische Forschungsgebiete geben als die Genres, die angeblich in erster Linie für die Vermittlung von Fakten zur Verfügung stehen. Der Grund dafür ist, daß viele Spielarten der nichtfiktiven Werke (in den meisten Fällen unbeabsichtigt) Beschränkungen und Traditionen entwickeln, die jeden Versuch, der Wirklichkeit gerecht zu werden, nachhaltig unterbinden – während die Fiktion unter dem Vorwand, sie wolle ohnehin nur eine Geschichte erzählen, von solchen Beschränkungen frei bleibt. Als ich zum Beispiel vor kurzem einen Artikel über die Geschichte der Baseballbiographien schrieb, erkannte ich, daß die Zwänge der hagiographischen Tradition – die Notwendigkeit, jeden Spieler im Privatleben als moralisches Musterbeispiel und auf dem Spielfeld als hingebungsvollen, selbstlosen Menschen zu porträtieren – die sogenannten ›echten‹ Biographien zu rein fiktiven Werken gemacht haben. Die Berichte über die Wirklichkeit, über Glücksspiel, Frauengeschichten und alle möglichen Entgleisungen blieben den Autoren fiktiver Werke wie Ring Lardner überlassen.

Wissenschaftliche Werke leiden zwar nicht unter solch mühsamen, die Wahrheit verzerrenden Beschränkungen, doch verhindert eine Reihe anderer Traditionen das Offenlegen der ganzen Bandbreite aller Ideen eines Wissenschaftlers. Insbesondere die Notwendigkeit, nüchtern und vorsichtig zu schreiben und sich an das zu halten, was man »berechtigterweise aus bekannten Fakten schließen kann«, verhindert vernünftige Spekulationen und die möglicherweise sehr lohnenden Flüge der Fantasie, die alle schöpferischen Geist brauchen. Jeder gute Wissenschaftler wirkt in seiner eigenen, hermeneutisch abgeleiteten Welt, aber keiner von ihnen darf in den konventionellen Medien über das schreiben, was er wirklich denkt. Wenn aber ein Wissenschaftler begabt genug ist, um fiktive Werke zu schreiben, dann wird er von diesen Behinderungen befreit – und ironischerweise kann dadurch eine realistische Schilderung der ganzen Bandbreite seiner wissenschaftlichen Überlegungen eher in einem fiktiven Werk als in einer nüchternen, auf Fakten beruhenden Monographie erscheinen.

Diese paradoxe Situation wurde mir bewußt, als ich die in der Eiszeit spielenden Romane des großen finnischen Paläontologen Björn Kurtén vorgestellt habe.* Kurtén beschwor eine Welt herauf, in der sich Cromagnon und Neanderthaler begegnet sind, und konnte in seinen Romanen Spekulationen und wundervolle Ein-

---

* Björn Kurtén, DER TANZ DES TIGERS (*Den Svartra Tigern*), HEYNE SF # 4104

sichten über diese Begegnung formulieren, während rein wissenschaftliche Bücher eine solche Herangehensweise nicht zugelassen hätten, weil es keine fossilischen Hinweise auf derartige Begegnungen gibt. Aufgrund gewisser Annahmen muß man jedoch unterstellen, daß solche Kontakte existiert haben, und das Thema ist zudem oft von Romanautoren behandelt worden – beispielsweise von William Golding in *Die Erben* und von Jean Auel in ihrer Trilogie über den Clan der Bären.*

Die Erzählung *Sam Magruders Dechronisation* folgt dieser schönen Tradition, als fiktives Werk gute Einblicke in das Wesen und die Seele eines Berufes ebenso zu bieten wie in die Psyche des Autors. Deshalb möchte ich dieses Nachwort in drei Abschnitte unterteilen. Ich werde aufzeichnen, was Sam Magruder uns lehrt über 1. Dinosaurier im besonderen; 2. die Evolutionstheorie im allgemeinen; und 3. philosophische Einsichten, wie das Leben beschaffen sei, und was uns George Gaylord Simpson mit seinem Werk über das Leben an sich vermitteln will. So bewegen wir uns vom Konkreten (Dinosaurier) zum Allgemeinen, wobei wir den Einsichten eines außergewöhnlichen Menschen folgen werden – denn der Mensch ist in der Tat das Maß aller Dinge.

II. Über Dinosaurier

Sam Magruder ist, wie es seiner eigenen Theorie entsprach, an einem zufällig bestimmten Punkt unserer geologischen Vergangenheit herausgekommen, doch Simpson hat in seiner Erzählung einen äußerst interessanten Zeitpunkt gewählt – die letzte Phase der Ära der Dinosaurier. Simpsons Umgang mit den großen

---

* Jean M. Auel, AYLA UND DER CLAN DER BÄREN (*The Clan of the Cave Bear*), HEYNE AR # 6734 u. a.

Stars der Paläontologie verrät uns viel über die Einstellung der Menschen und die Verfahren der Forschung in Hinblick auf diese entscheidenden Phänomene der Vorgeschichte.

Viele seiner kommentierenden Bemerkungen sind paläontologische Insider-Scherze und subtile Anspielungen auf die professionelle Praxis, was den Gedanken nahelegt, daß Simpson wirklich nur zum eigenen Vergnügen geschrieben hat, oder höchstens, um sein Werk seinen Kollegen zu zeigen, und nicht, um es zu veröffentlichen. Doch erkennt man bei näherer Betrachtung, daß er viele seiner fachspezifischen Bemerkungen in laienhaften Begriffen notiert hat, so daß er eine Veröffentlichung für ein breiteres Publikum vielleicht doch nicht für völlig ausgeschlossen hielt. Beispielsweise hatte Sam Magruder Schwierigkeiten, den ersten Dinosaurier, dem er begegnet, richtig einzuordnen, weil das, was er anhand von Restaurierungen wußte, nicht dem entsprach, was er nun als lebendiges Tier vor sich sah:

> Das zweite Problem ist in den Grenzen der paläontologischen Rekonstruktion begründet. Die Farben der prähistorischen Tiere sind unbekannt. Da sie auf Nummer sicher gehen wollten, haben es die Künstler nicht gewagt, die Tiere beispielsweise in einem so leuchtenden Smaragdgrün zu bemalen, wie ich es jetzt vor mir sah. Die Augen werden im allgemeinen braun oder schwarz dargestellt und haben nicht den strahlenden rötlichen Ton wie beim lebendigen Wesen, das ich nun sah. Ich hatte in meinem Studium also die falschen Farben gelernt. Würden Sie auf den ersten Blick einen hellroten, streifenlosen Tiger oder ein purpurn geflecktes Eichhörnchen erkennen?

Interessanterweise war Simpson mit seinen Spekulationen über die Farben recht konservativ. Er hielt sich an konventionelles Grün, auch wenn er die Schattierung von trüb bis strahlend abwandelte. Zeitgenössische Ikonoklasten, die viele der Hautfalten, Höcker und Hörner der Dinosaurier als Hilfsmittel für die Balz und den Kampf betrachten, spekulieren über eine erstaunliche Vielfalt leuchtender, auffälliger Farben und ziehen Vergleiche zu den Schwänzen der Pfauen und anderen Organen, die bei den heute bekannten Tieren eine ähnliche Funktion haben.

Ein weiteres gefährliches Versehen, das ebenfalls auf unzutreffenden Erwartungen beruhte, führte dazu, daß Magruder beinahe die weißen Zähne eines sich nähernden Tyrannosauriers übersehen hätte:

> Ich war wie gelähmt, und ich dachte unwillkürlich: »Aber deine Zähne müßten doch dunkelbraun sein!« Die Zähne im Schädel des Tyrannosaurus, den ich oft im Universal Natural History Museum besichtigt hatte, waren dunkel gewesen. Ich war nie auf die Idee gekommen, daß die dunkle Färbung eine Folge der Versteinerung war und daß die Zähne beim lebenden Tier, wie ich jetzt erkannte, weiß waren.

Vielsagend ist auch, daß Simpson sich große Mühe gibt, in einem Ausmaß, das den Fluß der Erzählung sicherlich stark hemmt, die weit verbreitete falsche Vorstellung zu korrigieren, die riesigen Sauropoden wären im Jura ausgestorben und hätten nicht bis in die Kreidezeit überlebt. Diese Vorstellung trifft man bei Laien, die sich für Dinosaurier interessieren, häufig an, obwohl die Fachleute natürlich die wirklichen Daten kennen. Ich mußte schon oft den gleichen Irrtum bei Studenten ausräumen, doch ist dies kein sehr entscheidender Punkt, solange man es nicht darauf anlegt, mit Vorurteilen aufzuräumen und ein paar alte Rechnungen zu begleichen. Jedenfalls kann ich aus eigener Erfahrung bestätigen, wie nervtötend solche kleinen Irrtümer, die auf nichts als Unwissenheit beruhen, für einen nach Perfektion strebenden Fachmann sind. Magruder sieht also einen Sauropoden und denkt, er sei im Jura, doch dann besinnt er sich:

> Später sah ich dann viele weitere Tierarten und erkannte, daß meine erste Zeitbestimmung nicht zutraf. Ich paßte meine Schätzung entsprechend an und entschied schließlich, daß ich am Ende der Kreidezeit und nicht im späten Jura gelandet war, also nur 80 Millionen und nicht 150 Millionen Jahre vor der Zeit, aus der ich herausgesprungen war. Offenbar hatten die Sauropoden viel länger überlebt, als ich es aus den Schulbüchern gelernt hatte, und die Paläontologen des Jahres 2162 hatten in diesem Punkt schlampig gearbeitet.

Simpson vertieft diese Ausführungen dann mit einem didaktischen Hinweis, den er einem von Magruders Übersetzern im Jahre 2162 in den Mund legt (es ist ein raffinierter literarischer Kunstgriff, Magruders Erzählung mit Hilfe von Tafeln zu überliefern, die in einer Schicht der Kreidezeit vergraben sind und deren Texte ergänzt werden durch die Kommentare von Kollegen, die im Jahre 2162 die Tafeln finden).

> Die ersten Paläontologen haben in der Tat geglaubt, die Sauropoden wären bald nach Ende des Jura ausgestorben. Doch bereits im zwanzigsten Jahrhundert hat man entdeckt, daß sie in südlicheren und wahr-

scheinlich wärmeren Gegenden mindestens bis zum Ende der Kreidezeit überlebt haben. Der erste Alamosaurus wurde in der Nähe des Ortes Alamo gefunden, der dem Tier seinen Namen gab. Dort hatte sich Précieux' Lager befunden, und dort dürfte Magruder den Rest seines Lebens in der Kreidezeit verbracht haben. Magruders Kurs in Paläontologie hatte diese Details wohl unterschlagen, oder er hatte es einfach vergessen.

Besonders interessant ist auch Simpsons Einstellung zu der großen Neuinterpretation der Dinosaurier, die von Ende der sechziger bis in die siebziger Jahre stattgefunden hat. Nachdem man sie zunächst für langsame, unbeholfene, dumme und kaltblütige Fleischberge gehalten hatte, die einen raschen Tod sterben mußten, sobald die gewandteren Säugetiere auf der Bühne erschienen, hielt man sie nun für anatomisch elegante, kraftvolle, schnelle Geschöpfe von adäquater Intelligenz, die möglicherweise sogar selbst warmblütig waren und die kleinen Säugetiere für mindestens 100 Millionen Jahre in Schach halten konnten, und die wahrscheinlich immer noch die Erde beherrschen würden, wären sie nicht durch ein unerwartetes, wahrscheinlich katastrophales Ereignis ausgerottet worden. Simpson schlägt sich nicht ganz und gar auf die Seite derjenigen, die die Dinosaurier geringschätzig betrachtet haben, aber was er zum Ausdruck bringt, ist eindeutig ein Standpunkt der alten Schule. Das entsprach seiner Ausbildung, und offenbar hielt er es für nötig, ein Wort gegen die jungen Hitzköpfe zu sagen, die es auch in seinem Fachgebiet gab. Die Dinosaurier, denen Magruder begegnet, sind kaltblütig und dumm, so daß er nachts friedlich ruhen kann: »Wie bei allen Dinosauriern braucht ihr träger reptilischer Stoffwechsel äußere Wärme, damit das Tier in Bewegung kommt. In der kühlen Nachtluft werden sie ruhig und rühren sich kaum noch, bis sie von der Morgensonne erwärmt werden.«

Magruder beschreibt den Triceratops als groteskes, ungeschicktes Geschöpf, doch moderne Rekonstruktionen stellen diese Saurier eher als schlanke, geschmeidige Tiere dar, die Nashörnern ähneln. Die Coelurosaurier, die in neueren Rekonstruktionen als kluge, geschickte und bewegliche Hüpfer dargestellt werden, sind in Magruders Welt einfältige Tolpatsche: »Das Maul, das normalerweise offen steht, was den Tieren ein etwas dümmliches Aussehen gibt, ist mit kleinen oder überhaupt keinen Zähnen besetzt. Ihre einzige Verteidigung ist die Flucht. Sie sind selbst für Dinosaurier ausgesprochen dumm.«

Es fällt auf, wie häufig Simpson die Dinosaurier als dumm darstellt. Magruder kann ihnen entkommen, indem er sich versteckt, sobald sie ihn bemerkt haben, denn die Dinosaurier seiner Welt sind zu dumm, um sich zu erinnern, was sie gerade noch verfolgt haben. Magruder schildert seine Methode, einem Tyrannosaurus zu entkommen: Man läßt ihn herankommen und springt im letzten Augenblick zur Seite, denn das Tier ist nicht sehr beweglich. Es ist nicht fähig, rasch die Richtung zu wechseln und stürmt weiter geradeaus. Dann versteckt man sich, und das dumme Vieh vergißt, was es gerade noch gejagt hat:

> Als es endlich stehenblieb, hatte ich mich längst zwischen den Bäumen versteckt, die stehengeblieben waren. Der Saurier sah sich unsicher um. Offenbar hatte sein winziges Reptilhirn längst vergessen, warum er überhaupt so erregt gewesen war. Er wanderte noch ein paar Minuten ziellos herum, dann trampelte er am Ufer entlang und verschwand. Ich freute mich, ein Homo sapiens zu sein und schrieb einen Punkt für unsere Seite gut.

Um einem kleineren Fleischfresser zu entkommen, klettert Magruder auf einen Baum:

> Ich rührte mich nicht, und schließlich vergaß es, daß ich in der Nähe war, und machte sich auf die Suche nach einer leichteren Beute. An dieser Stelle wurde mir ein Grundprinzip der Psychologie der Dinosaurier deutlich: Sie besaßen praktisch kein Gedächtnis. Ausgedehnte Verfolgungen gibt es bei ihnen nicht, weil sie rasch wieder vergessen, was sie verfolgt haben.

Simpsons konservative Ansichten über Dinosaurier helfen uns, die Frage zu beantworten, wann Sam Magruders Bericht tatsächlich entstanden ist. Simpsons Abneigung gegen die jungen Wilden in seinem Fach, besonders gegen Leute wie Bob Bakker, der vorbrachte, die Dinosaurier wären Warmblüter gewesen – was zu Simpsons großem Mißvergnügen von der Presse bereitwillig aufgegriffen wurde –, kommt in einem besonders bissigen Abschnitt sehr deutlich zum Ausdruck. Diese Passage kann erst nach 1970 geschrieben worden sein, und so können wir das ganze Manuskript oder wenigstens diesen Abschnitt zeitlich einordnen:

> Damit komme ich auf einen Punkt, den ich für die Paläontologen klären könnte, wenn ich mich mit ihnen in Verbindung zu setzen in der Lage wäre. Ende des zwanzigsten Jahrhunderts kam einer von ihnen auf die Idee - oder einer von ihnen wird auf die Idee kommen -, daß die Dinosaurier möglicherweise warmblütig waren wie Vögel und Säugetiere und nicht etwa kaltblütig wie ihre engsten Verwandten im zwanzig-

sten Jahrhundert, die Krokodile und Alligatoren und die anderen Reptilien. Die Begriffe ›Warmblüter‹ und ›Kaltblüter‹ sind etwas irreführend, weil der entscheidende Punkt der ist, daß die Tiere, die man als warmblütig bezeichnet, eine innere Temperaturkontrolle besitzen und fähig sind, ihre Körpertemperatur bei einer großen Bandbreite von Außentemperaturen stets auf gleichem Niveau zu halten. Den anderen Tieren, die man korrekt eigentlich ›Wechselwarmblüter‹ nennen müßte, fehlt diese Kontrolle, und solange sie sich nicht bewegen, wird ihre Temperatur ausschließlich von der Außentemperatur gesteuert. Die letzteren sind die ›Kaltblüter‹, obwohl ihr Blut an heißen Tagen sogar wärmer werden kann als das eines ›warmblütigen‹ Tiers. Da ich schon lange unter Dinosauriern lebe, weiß ich inzwischen, daß sie im üblichen Sinne des Wortes Kaltblüter sind – oder poikilotherme Tiere, um den Fachausdruck zu benutzen. Die Idee, sie könnten warmblütig (homoiotherm) sein oder gewesen sein, hat eine Zeitlang (wird eine Zeitlang) für Aufregung sorgen, weil es eine sensationelle Hypothese war (sein wird). Aber es gibt keine Beweise dafür, und diese Geschichte wird kommentarlos wieder aus den Schlagzeilen verschwinden.

Simpson, der Magruder aus der Vorzeit zu uns sprechen ließ, war kein guter Prophet, denn das Thema ist nach wie vor umstritten und bietet genügend Stoff für interessante Debatten in der Fachliteratur.

George Gaylord Simpson war fraglos der größte auf Wirbeltiere spezialisierte Paläontologe des zwanzigsten Jahrhunderts, vielleicht sogar der größte aller Zeiten (möglicherweise mit Ausnahme von Cuvier, der in der Gründerzeit des beginnenden neunzehnten Jahrhunderts gearbeitet hat). Er beherrschte meisterhaft die Grundfertigkeiten dieses Gewerbes: das Sammeln und die möglichst genaue Beschreibung der Objekte; und dank seiner frühen Spezialisierung wurde er der weltweit führende Experte für die ältesten Säugetiere, die bereits zur Zeit der Dinosaurier gelebt haben. Doch Simpson ist nicht nur ein Vorbild, weil er hervorragende empirische Arbeit geleistet hat; das haben auch andere auf diesem Gebiet in gleicher Weise getan. Simpson war vielmehr ein brillanter Theoretiker, der ein üblicherweise auf Vergangenes gerichtetes Forschungsgebiet wie die Paläontologie mit dem neodarwinistischen Konsens in Einklang brachte, der in der Biologie in den dreißiger Jahren etabliert wurde. Wenn nun *Sam Magruders Dechronisation* wenigstens zum Teil auch ein autobiographisches Werk ist, dann sollten wir darin auch interessante Diskussionsbeiträge zur Evolutionstheorie und nicht nur zum Thema der Dinosaurier finden können.

Von Anfang an, beginnend mit dem bemerkenswert klugen Gerät, mit dem Magruder seine Zeitreise unternimmt, ziehen sich theoretische Überlegungen durch den gesamten Text. Kein Thema hat in der Science Fiction auch nur annähernd so viele Anstöße zu Spekulationen gegeben wie die Frage, auf welche Weise man sich in der Zeit vorwärts oder rückwärts bewegen könne. Doch Magruders Methode, die auf einer alten philosophischen Problemstellung beruht, die man bis in die Zeit des klassischen Griechenlands zurückverfolgen kann – die Frage, ob die Welt als beständiger

Strom existiert oder sich in Form einer Serie diskreter Zustände sprunghaft entwickelt (das ist beispielsweise der Kern von Zenos Paradoxon) –, ist hervorragend ausgedacht. Magruder glaubt, die Zeit entwickle sich in Form von Quantensprüngen, sei also als Serie von Punkten statt als Fluß darstellbar. Doch wir können die diskrete Natur der zeitlichen Bewegung nicht wahrnehmen, weil die Punkte, ähnlich den Einzelbildern eines Films, sich zu schnell an uns vorbei bewegen. Magruder liebte das Experiment, und so fand er einen Weg, den Fluß der Zeit zu verlangsamen, bis die Zwischenräume fühlbar wurden. Sein Experiment verlief erfolgreich, doch er hatte das Pech, in das Loch zwischen zwei Zeitpunkten zu fallen – und wurde aufs Geratewohl zu irgendeinem Punkt in der Vergangenheit zurückversetzt.

Sam Magruders Dechronisation enthält zahlreiche Hinweise auf Themen, die im Rahmen der Evolutionstheorie diskutiert werden. Da hier nicht genug Raum für einen Exkurs über den Darwinismus ist (für den Sie vermutlich ohnehin nicht die nötige Geduld aufbringen würden), möchte ich Ihnen nur zwei Beispiele nennen, um aufzuzeigen, welche Andeutungen im Text versteckt sind. Ein wichtiger Schritt in Simpsons Karriere war die Tatsache, daß er eine ganze Reihe älterer paläontologischer Theorien widerlegt hat, die von einer sich nicht anpassenden evolutionären ›Lebenskraft‹ ausgingen, von inneren, unveränderlichen Impulsen. Früher vertraten die Theoretiker beispielsweise die Ansicht, die Abstammungslinien hätten geologische Lebenszyklen, ähnlich dem Zyklus eines Individuums, der sich von der Geburt über die Reife bis zum hohen Alter erstreckt. So könnte, besagte die Theorie, beispielsweise eine Abstammungslinie stagnieren und sich nicht mehr verändern, weil die Art ein hohes Alter erreicht habe. Als überzeugter Darwinist glaubte Simpson an die Anpassungsfähigkeit aller Formen und Strukturen, die von der Evolution hervorgebracht wurden. Diese Idee geht selbstverständlich aus der Überzeugung hervor, daß die Evolution auf natürlicher Auslese beruht. Simpson verwarf die älteren Ansichten, indem er eigene Interpretationen für angebliche Beispiele von Strömungen vorlegte, die unabhängig von oder womöglich sogar entgegen der natürlichen Auslese verliefen. Simpson brachte dieses Thema sowohl in seinen populärwissenschaftlichen Büchern wie *The Meaning of Evolution* als auch in seinen fachspezifischen Beiträgen wie *Tempo and Mode in Evolution* zum Ausdruck.

An seinem zweiten Tag in der Kreidezeit entkommt Sam Magruder einem Dinosaurier und wird kurz danach beinahe das Opfer eines Krokodils. Er verliert dabei einen Finger. Auch in Lebensgefahr stets der nüchterne Wissenschaftler, fällt Sam die Ähnlichkeit des Kreidezeit-Krokodils mit den zeitgenössischen Varianten auf, die er aus dem Zoo kennt. Er beginnt dann einen bemerkenswerten Monolog und stellt den alten ›Lebenskraft‹-Theorien seine darwinistische Ansicht gegenüber, daß die Krokodile unverändert bleiben konnten, weil sie bereits eine ausgezeichnete Anpassung an eine sich nicht verändernde Umgebung erreicht hatten. Schließlich trägt er die darwinistische Erklärung für den Erfolg der Menschheit vor. Der Grund sei nicht der innere Drang, die bereits als Keim vorhandene Überlegenheit zu verwirklichen (wie es die vordarwinistischen Theorien möglicherweise gedeutet hätten), sondern das Glück unserer Vorfahren, in einer ständig herausfordernden und sich verändernden Umgebung zu leben, die beständige evolutionäre Anpassungen erfordert hat:

> Es war ein Krokodil ... Es sah, soweit ich das bestimmen konnte, genauso aus wie die Krokodile in den zoologischen Gärten im Jahre

2162. Eine Art, die sich so lange nicht verändert hat, muß wirklich sehr erfolgreich sein. Manche Theoretiker behaupten, ein Tier wie das Krokodil, das sich seit mindestens 100 Millionen Jahren nicht mehr verändert hat, sei in Wirklichkeit ein Fehlschlag der Evolution, eine Sackgasse oder ein Irrweg, der irgendwann im Sande verlaufen würde. Doch als ich meinen Gegner betrachtete, wurde mir klar, wie falsch dieses Urteil ist. Was ich sah, war kein Fehlschlag, sondern eine so erfolgreiche Anpassung und ein so perfektes Geschöpf, daß eine Weiterentwicklung einfach nicht nötig war. Vielleicht sind gar nicht die Erfolge der Anpassung, sondern vielmehr deren Fehlschläge jener Faktor, der zu einer Entwicklung des Lebens bis zu dem geführt hat, was wir als höhere Ebenen betrachten. Das Krokodil hat sich in einer Umgebung, die sich nicht verändert hat, in diesen trüben Gewässern, mühelos behaupten können. Keine Herausforderungen waren zu überwinden. Unsere Vorfahren haben in einer sich rasch verändernden Welt gelebt, wo eine einstmals erfolgreiche Anpassung nach hunderttausend, einer Million oder zehn Millionen Jahren eine die Entwicklung hemmende Bürde wurde. Anpassung war für sie nötig, weil sie ums Überleben kämpften, weil sie sich neuen Bedingungen stellen und neue Chancen ergreifen mußten.

Als zweites Beispiel möchte ich erwähnen, daß Simpson sich gegen Ende seiner Karriere sehr für die Geschichtswissenschaft interessiert hat, die sich dem Studium und der Deutung einzigartiger und komplexer Ereignisse widmet, während sein Interesse an wiederholbaren, vorhersagbaren und überschaubaren Phänomenen, die auf unveränderlichen physikalischen Gesetzen beruhen, nachließ. Er bezeichnete den Kontrast zwischen historischen und vorhersagbaren Ereignissen als ›konfigurative‹ beziehungsweise ›immanente‹ Qualität. In einem seiner berühmten Aufsätze mit dem Titel ›On the Non-prevalence of Humanoids‹ vertrat Simpson die Meinung, wenn wirklich irgendwo im Universum anderes intelligentes Leben existierte, dann könne es uns äußerlich nicht ähnlich sein, denn wir wurden durch eine Abfolge evolutionärer Ereignisse geformt, die so zahlreich und in ihrer Kompliziertheit so einzigartig waren, daß sich die gleiche Abfolge keinesfalls noch einmal an anderer Stelle wiederholen könne – nicht einmal auf unserem eigenen Planeten, wenn das Leben noch einmal mit den primitivsten Einzellern von vorn beginnen sollte. Anders ausgedrückt, sind Humanoiden keine vorhersagbare Konsequenz der Naturgesetze, sondern willkürliche Resultate der spezifischen Entwicklung auf diesem spezifischen Planeten. Sam Magruder spielt auf dieses Thema an, wenn er gegen Ende seines Lebens in der Kreidezeit über seine Tafeln nachdenkt und sagt: »An Lesestoff, Kunst und Musik habe ich nur das, was ich mir selbst erschaffe. Diese Tafeln sind zur Zeit der einzige Lesestoff auf der Erde, wahrscheinlich sogar im ganzen Universum.«

IV. Allgemeine philosophische Ideen in Simpsons Text

Wer George Gaylord Simpson persönlich kannte, wird in seinem Text über Sam Magruder einige Anspielungen auf seine Interessen, Vorlieben und Gedanken wiederfinden. Beispielsweise liebte Simpson Fremdsprachen, und er beherrschte mehrere recht gut. Die Namen seiner Charaktere haben in den Sprachen, die er beherrschte, mitunter einen ironischen Unterton – beispielsweise der unausstehliche deutsche Theoretiker von Schrecklich, der französische Geologe Pierre Précieux (›Edelstein‹) und der russische Institutsdirektor Kto Znayet (»Wer weiß?«). In seiner multikulturellen Besetzungsliste, die heute beinahe anachronistisch anmutet, wird nicht Englisch als Sprache der internationalen Verständigung benutzt, sondern das Interlingual Swahili. Simpson wußte, daß das Suaheli, eine Bantusprache mit deutlichen arabischen Einschlägen, einen afrikanischen Kern hatte, jedoch auch als *Lingua franca* im afrikanischen Handel benutzt wurde. Daher auch die arabischen Einschläge.

Simpson liebte auch das Trinken und Rauchen. Ich habe ihn nie entspannt oder glücklich gesehen, ohne daß er entsprechend versorgt gewesen wäre. In einer Ausführlichkeit, die ich etwas aufdringlich finde und sich an einem Humor versuchend, der meiner Ansicht nach nicht funktioniert, spricht Simpson detailliert über die anachronistischen Rauch- und Trinkgewohnheiten des Erzählers im Jahre 2162, der sich nicht an die modernen Angewohnheiten seiner Zeitgenossen anpassen und Rauschpillen schlucken mag.

Doch dies sind nur die oberflächlichsten Hinweise auf Simpsons Anwesenheit im Text selbst. George Gaylord Simpson hat Sam Magruder noch auf einer viel tieferen Ebene nach seinem eigenen Bild geschaffen, indem er die Geschichte um seine eigenen, tiefsten Ängste herum entwickelte. Ich will hier nicht den drittklassigen freudianischen Quacksalber spielen, aber Sam Magruders Geschichte ist vor allem deshalb ein so verblüffender Text, weil Simpson uns hier einige Einblicke in seine eigenen Ängste gewährt – in die kleinen, alltäglichen wie in die tiefen, bedrohlichen.

Ich habe Simpson in den letzten fünfzehn Jahren seines Lebens persönlich gekannt. Er war der berühmteste und anerkannteste Paläontologe der Welt. Doch mir ist noch nie ein Mensch begegnet, der so einsam war (abgesehen vielleicht von dem Trost, den er im engsten Familienkreis finden konnte), so unzufrieden, so begierig auf Anerkennung und doch so unfähig, echte Befriedigung zu empfinden. Ich hätte ihn manchmal am liebsten geschüttelt (oder ihn umarmt, falls er mir das erlaubt hätte), und ihm erklärt, wie sehr wir ihn alle geliebt und wie sehr wir uns über seine inspirierenden Arbeiten gefreut haben. Doch niemand konnte es ihm recht machen. Entweder, man sagte die Wahrheit und mußte deshalb mindestens hin und wieder einmal kritisch mit ihm umgehen, was er keinesfalls ertragen konnte. Oder man spielte den Speichellecker und stimmte mit allem überein, was er sagte; doch dies konnte er noch viel weniger ertragen, denn seine unerbittliche intellektuelle Ehrlichkeit wollte unangemessene Schmeichelei nicht hinnehmen. Und so war dieser herausragende Wissenschaftler von einer Aura aus Zweifel und Zorn umgeben, immer in der Furcht, spätere Generationen könnten ihn ignorieren und seine ganze Arbeit zunichte machen.

Dieses Thema der Einsamkeit und der intellektuellen Wirkungslosigkeit (die Furcht, man könnte ihn nicht anhören, man könnte ihn vergessen, ihm nicht mehr glauben oder ihn nicht mehr verehren) durchzieht den ganzen Text und die Handlung von Sam Magruders Geschichte. Dies erhebt die Erzählung von einer lehrreichen Fabel über die Frühgeschichte der Erde zu einem tiefgründigen Werk über den Sinn und die Bedeutung des menschlichen Lebens. In diesem Sinne ist Sam Magruder meiner Ansicht nach ohne Frage identisch mit George Gaylord Simpson, und Magruders Gefangenschaft in der Kreidezeit erinnert sicherlich an die Art und Weise, wie Simpson sein eigenes Leben sah. Ich habe sogar einige kabbalistische Spiele mit den Namen gespielt, um herauszufinden, ob der Name Samuel Magruder irgendeine codierte Abwandlung von George Gaylord Simpson ist, aber dabei ist nichts herausgekommen.

Denken Sie noch einmal an die beeindruckende Szene am Beginn der Novelle – das ist so gut wie irgend etwas, das Sartre oder irgendein anderer französischer Existentialist über die Unausweichlichkeit des Alleinseins und über die Verantwortung für das eigene Leben geschrieben hat. Eine Gruppe von Kollegen, die nicht mit ihren Namen, sondern mit ihren Titeln bzw. Funktionen vorgestellt werden, führt eine anscheinend rein theoretische Diskussion:

> »Was würden Sie tun«, fragte der Universalhistoriker, »und was könnten Sie überhaupt noch machen, wenn Sie wüßten, daß Sie für den Rest Ihres Lebens ganz allein sein werden?«
>
> »Das«, erwiderte der Pragmatiker, »werde ich wohl nie erfahren, weil es einfach nicht passieren wird.«

Der Ethnologe erinnert daraufhin an tibetische Einsiedler, die sich in ihren Höhlen einmauern lassen, und der Mann von der Straße erwähnt Schiffbrüchige auf einsamen Inseln. Aber sie stimmen schließlich darin überein, daß keines der Beispiele die Kriterien wirklich erfüllt, denn der Einsiedler muß gespeist werden, und er könnte denen, die ihn versorgen, eine Nachricht zukommen lassen, wenn er wieder befreit werden will. Der Schiffbrüchige lebt in der Hoffnung, so gering sie auch sein mag, eines Tages gerettet zu werden. Schließlich kommen sie zu dem Schluß, daß niemand völlig allein und ohne Hoffnung, je wieder in Kontakt mit anderen Menschen zu kommen, sein kann – doch dann berichtet der Historiker von Sam Magruder.

Da ihm nichts anderes übrigbleibt, erfindet und entwickelt Sam Magruder die Fertigkeiten, die er zum

Überleben braucht und die er in seiner städtischen Umgebung nie erlernen konnte. Es sind recht beachtliche Fähigkeiten, denn es gelingt ihm, Feuer zu machen, Waffen herzustellen und die Jahreszeiten und Nahrungsquellen zu notieren.

Doch da Magruder mit Simpson identisch ist, quält ihn das Wissen, daß er keine unmittelbare Anerkennung finden wird, ebenso wie die fast sichere Gewißheit, daß kein Mensch seine Leistungen jemals wird würdigen können (denn er weiß, daß die Chancen für eine spätere Entdeckung seiner vergrabenen Tafeln bei einer Million zu eins liegen, und auch wenn der Leser erfährt, daß es tatsächlich dazu kommt, kann Sam Magruder diesem Glücksfall keine Freude abgewinnen.) Dies ist ein übertriebenes, aber sicherlich treffendes Bild für Simpsons ureigenste Ängste in seinem wirklichen Leben. Magruder schreibt auf seine Tafeln:

> Es besteht eine Chance von vielleicht eins zu einer Million, daß irgend jemand eines Tages diese Aufzeichnungen liest. Ich werde es jedenfalls nicht erfahren, und ich habe hier gelernt, daß das Bemühen um das Wohl der Menschheit zugleich eine soziale und eine selbstsüchtige Beschäftigung ist. Sie nützt überhaupt nichts, wenn man nicht die Ergebnisse sieht und eine Art von Lob dafür erfährt.

Magruder erfreut sich immerhin daran, recht behalten zu haben, auch wenn er nicht in den Genuß der Anerkennung anderer Menschen kommt. Sein Sturz in die Vergangenheit beweist die Richtigkeit seiner Quantentheorie der Zeit: »Nicht, daß es mir oder sonst jemandem noch irgend etwas nützen würde, wenn man erfährt, daß ich aufgrund einer Dechronisation verschwunden bin. Aber immerhin ist dadurch meine

Theorie bewiesen worden, und das verschafft mir eine Art bitterer Genugtuung.«

Vor allem aber, und dies paßt gut zu Simpsons eigenen Befürchtungen, sein Wissen könnte bedeutungslos werden, ist Magruder frustriert, weil er so wenig aus der Tatsache lernen kann, daß er der einzige Mensch ist, der jemals lebendige Dinosaurier gesehen hat. Er kann späteren Paläontologen überhaupt nicht helfen. Er hat nichts über die bevorstehende Ausrottung der Dinosaurier in Erfahrung bringen können, und er konnte nicht einmal die anatomischen Beschreibungen durch wichtige Details ergänzen:

> Kurz und gut, ich weiß nicht mehr über ihr Verschwinden als jemand anders, der noch nie einen leibhaftigen Dinosaurier gesehen hat.
>
> Was kann ich aufzeichnen, um den Paläontologen der Zukunft zu helfen, falls sie diesen Bericht wirklich in die Hände bekommen sollten? Wenig oder nichts, außer der Bestätigung, daß die Dinosaurier tatsächlich Kaltblüter sind ... Wenigstens kenne ich jetzt ihre Farben.

Doch dann, als wir schon zu fürchten beginnen, Simpsons Novelle könnte voller Bitterkeit und Enttäuschung enden, erwacht der große, warmherzige und großmütige Humanist in ihm – der Sonnenstrahl, der ihn stets gerettet hat und der ihm in allen seinen Schriften hilft, sein persönliches Elend zu überwinden –, und erlöst Sam Magruder, indem er ihm echten Weitblick verleiht.

Gegen Ende der Geschichte, als die Teilnehmer der Runde sechs der acht von Magruder beschrifteten Tafeln gelesen haben, trifft sich der Universalhistoriker wieder mit seinen Kollegen, und sie beginnen über

Magruders Wert zu streiten. War er ein pathetischer Mann, der aus der größten Chance, die je ein Wissenschaftler hatte, nichts zu machen wußte? Hat er nicht nur nichts gelernt, sondern auch die Gelegenheit versäumt, die zukünftigen Zeiten zu beeinflussen, während er in der Vergangenheit lebte? Der Ethnologe spricht ein äußerst negatives Urteil:

> Magruder war kein großer Wissenschaftler. Denken Sie nur, welche Möglichkeiten er hatte! Und er hat sie alle ausgelassen oder wußte sie nicht zu schätzen. [...] Magruder hatte eine wissenschaftliche Ausbildung und das Gehirn eines Menschen des zweiundzwanzigsten Jahrhunderts. In groben Zügen wußte er, was in den nächsten achtzig Millionen Jahren geschehen würde, und er kannte die Prinzipien der historischen Entwicklung. Er hätte diese Geschichte verändern, sie lenken und kontrollieren können, weil er um sie wußte und ein menschliches, wissenschaftlich geschultes Gehirn besaß. Anscheinend ist ihm das überhaupt nicht in den Sinn gekommen. Er hat an nichts anderes gedacht als an sein Überleben und daran, daß er bei Verstand bliebe und wie er sich von seinen unbedeutenden persönlichen Emotionen ablenken konnte.

Doch der Universalhistoriker verteidigt Magruder als tiefgründigen, mitfühlenden Menschen. Er antwortet dem Ethnologen:

> Ich glaube, daß er seine Erlebnisse sogar sehr zu schätzen wußte. Die Gründe dieser Wertschätzung mögen Ihnen vielleicht nicht einleuchten, aber das bedeutet nicht, daß es

keine guten Gründe waren oder daß es ein Zeichen von Charakterschwäche war, wenn er der Versuchung, Gott zu spielen, nicht erlegen ist. Ein wirkliches Verständnis für Magruders Leben und ein tieferer Einblick in seine Reaktionen und Bedürfnisse schließt die Möglichkeit, daß er wie ein Gott der Kreidezeit die Welt nach seinem Bilde veränderte, sogar eindeutig aus.

Auf der siebten Tafel bestätigt Magruders eigenes Zeugnis den Universalhistoriker und rundet die Geschichte ab. Vergessen Sie nicht, daß es bei dem so oft behandelten Thema der Zeitreisen in die Vergangenheit zwangsläufig auch um die Macht geht, die Zukunft verändern zu können – was natürlich zum Paradoxa führt, daß die Gegenwart, von der aus man in die Vergangenheit vorgestoßen ist, nach der Veränderung nicht mehr existiert. Die Filmtrilogie *Zurück in die Zukunft* ist ein sehr eingängiges Beispiel aus der populären Kultur. Selbst wenn der Fluß der Vergangenheit zu stark ist, um von einem Individuum verändert zu werden – wie es in dem bemerkenswert originellen und weit unterschätzten Film *Und täglich grüßt das Murmeltier* zum Ausdruck kommt –, so bleibt das zentrale Thema doch dieses: Wie kann ein Mensch mit dem Wissen um eine tatsächlich bereits eingetretene Zukunft eben diese Zukunft beeinflussen, indem er die Vergangenheit verändert?

In diesem Kontext und vor dieser Tradition tut Sam Magruder etwas wirklich Heldenhaftes und erhebt seine Erzählung in den Bereich echter Literatur. Nachdem er sich so viele Jahre so ohnmächtig fühlte, nachdem er so wenig gelernt und einen so geringen Einfluß auf seine Welt ausüben konnte, findet Magruder eine Möglichkeit, in Hinblick auf die Zukunft der Erde Gott zu spielen. Er stellt den Tieren, die seine Nahrungsmittelvorräte plündern, eine Falle und fängt kleine Säugetiere, die unsere eigenen Vorfahren sein müssen. Er hält sie in einem Käfig. Er denkt über sie nach und erkennt, daß er in diesem Augenblick große Macht über den ganzen Planeten haben könnte:

> Während meines Studiums und bevor ich mich auf die Chronologie spezialisierte, habe ich einiges über Genetik und Tierhaltung gelernt. Ich habe lange mit der Idee gespielt, diese kleinen Säugetiere durch Zucht zu verändern. Ich wußte um ihre ungeheuren Möglichkeiten, und ich zweifle nicht, daß ich ihre Evolution um einige Millionen Jahre hätte beschleunigen können.

Doch er nimmt davon Abstand, und zwar aufgrund moralischer Leitsätze und nicht aus Desinteresse, Unentschlossenheit oder Zynismus:

> Aber was hätte das genützt? Sie tragen den Funken in sich. Sie werden es aus eigener Kraft schaffen. Ihre Nachkommen werden die Menschen sein, und sie werden diesen Weg aus eigener Kraft beschreiten. Der Eingriff eines ihrer Nachkommen, auch wenn er die Entwicklung beschleunigen würde, ist nicht notwendig. Es wäre genaugenommen sogar ein Sakrileg. Das Heilige an diesem kleinen Vieh ist ja gerade, daß sich die Menschheit ohne äußeren Eingriff aus ihm heraus selbst erschaffen hat ... Also öffnete ich den Käfig und sagte: »Geh mit Gott, Uropa!« Und das sagte ich mit vollem Ernst.

George Gaylord Simpson war dank seiner wissenschaftlichen Ausbildung der weltweit führende Experte für die Säugetiere jener Ära. Der Sam Magruder seiner Geschichte hat vielleicht nicht viel über Dinosaurier gelernt, aber die kleinen Säugetiere hat er wirklich verstanden. Er läßt der Zeit ihren Lauf, überwindet seine Verzweiflung und hofft. Er überträgt die Lektion auf sein einsames und doch heldenhaftes Leben, und er findet seinen Frieden – was vielleicht alles ist, was ein ehrlicher Mann überhaupt erwarten kann –, als er seine letzten Worte in die letzte Tafel ritzt:

> Eine große Freude war dieses Leben nicht, auch wenn ich es mit einer gewissen Befriedigung beschließen kann. Ich habe mich oft gefragt, warum ich überhaupt weitergemacht habe. Wenigstens darauf habe ich jetzt, am Ende, eine Antwort gefunden. Es gab in diesem Leben für mich keine Hoffnungen und keine Belohnungen. Die bittere Wahrheit war mir immer bewußt. Aber ich bin ein Mensch, und als Mensch bin ich für mein Leben verantwortlich.

Joan Simpson Burns

EINE ERINNERUNG

Als meine Stiefmutter Anne Roe einige Jahre nach G. G. Simpson starb, wäre *Magruder* um ein Haar auf Nimmerwiedersehen verschollen. Nachdem auch sie gestorben war, blieben nur ein paar Akten im Seniorenpark in Tucson, Arizona, übrig, wo sie die letzten Jahre ihres Lebens verbracht hatte. Niemand schien sich für die Unterlagen zu interessieren. Der größte Teil der Papiere meines Vaters war bereits der American Philosophical Society zur Verfügung gestellt worden.

Als ich an Annes Schreibtisch saß – sie hatte einen Alkoven ihres Apartments als Büro benutzt –, fiel mir auf, wie wenig von den Bergen von Material geblieben war, das Anne und George im Laufe ihres Lebens gesammelt hatten. Es war eine gewaltige Aufgabe gewesen, alles, was sie und ihr Anwalt für wissenschaftlich bedeutsam oder historisch interessant hielten, an Bibliotheken und Archive zu versenden. Als Verwalter beider Nachlässe hatte Richard Duffield alle Papiere, die er brauchte, um diese Aufgabe zu bewältigen, bereits in Verwahrung genommen. Meine Schwestern Helen Vishniac und Elizabeth Simpson Wurr, die kein Interesse hatten, irgendwelche Andenken aufzuheben, hatten das Apartment durchgesehen und waren schon drauf und dran, die Überreste auf den Müll zu werfen. Ich bot mich an, alles, was nicht mehr von anderen gebraucht wurde, in meinen Besitz zu nehmen. Ich fragte mich, weshalb *Sam Magruders Dechronisation* nicht längst ein neues Heim gefunden hatte.

Was übriggeblieben war, wurde zu mir nach Hause nach Massachusetts gebracht. Als die letzten Hinterlassenschaften von George Gaylord Simpson in ein neues Heim gebracht wurden, schien es fast, als wäre ihnen ein neues Leben eingehaucht worden. An diese Möglichkeit hatte ich gar nicht gedacht, als ich sie auf die Reise schickte, denn ich hatte einfach getan, was ich für nötig gehalten hatte. Erst als ich mir die Dinge ohne die bedrückende Gegenwart des Verstorbenen ansehen konnte, begann ich, ihren Wert zu begreifen. Das gleiche war nach dem Tod von George Gaylords Schwester geschehen. Sie war eine begabte Malerin, die ihre Ausbildung im kulturellen Schmelztiegel des Paris der zwanziger Jahre erhalten hatte, und viele ihrer Gemälde waren als Erinnerungsstücke auf die gleiche Weise auf mich gekommen. Nachdem sie neu gerahmt waren, erregten sie sofort die Aufmerksamkeit meiner Schwestern, und Künstler und Kunsthändler wurden neugierig und suchten mich auf.

Es blieb jedoch die Frage, wo in dem System, in das alle Hinterlassenschaften meiner Eltern eingeordnet worden waren, *Magruder* unterzubringen sei. Wie so viele andere Dinge war auch dieses Manuskript sorgsam aufbewahrt worden, aber offenbar abseits von George Gaylord Simpsons wissenschaftlichen Arbeiten und Notizen. Aber wenn sie ihn nicht ernst genommen hatten, warum hatten meine Eltern den Text überhaupt aufbewahrt?

Irgendwann fand ich dann endlich die Zeit, mich zu setzen und die Geschichte ganz zu lesen. Mir fiel sofort auf, daß sie aus zwei Gründen eine ganz besondere Qualität hatte. Einmal offenbarte sie viel über den Charakter des außergewöhnlichen Wissenschaftlers, der sie verfaßt hatte, und zum zweiten war sie gut geschrieben.

Ich dachte: »Das sollte eigentlich veröffentlicht werden, und zwar auf eine Art und Weise, die es dem Leser ermöglicht, die biographischen und chronographischen Seiten der Erzählung zu erkennen.« Um das zu gewährleisten, mußte eine Art Kommentar hinzugefügt werden. Das Problem war natürlich, Autoren zu finden, die einerseits über das Genre der Science Fiction und andererseits über die Wissenschaft der Paläontologie gut informiert waren. Die Berührungspunkte zwischen Wissenschaft und Fiktion sind seit Edgar Allan Poe immer deutlicher geworden, und ich wollte *Magruder* in diesen Trend gestellt sehen. Arthur C. Clarke fiel mir als erster ein. Ich schrieb ihm, erzählte ihm von meinem Plan und bat ihn, eine Einleitung zu dieser Erzählung zu schreiben. Zu meiner großen Freude stimmte er zu.

Abgesehen von einer großen Menge akademischer Schriften hat George Gaylord Simpson abends vor dem Einschlafen gern Kriminalromane oder Science Fiction gelesen. Anscheinend hatte er als Jugendlicher davon geträumt, Schriftsteller zu werden, doch später hatte dieser Wunsch anderen Plänen weichen müssen, die sich leichter verwirklichen ließen. Ich glaube nicht, daß er außer den genannten noch viele weitere fiktive Werke anderer Literaturgattungen gelesen hat. Aus meiner eigenen Jugend erinnere ich mich, daß er am Weihnachtstag oft allein saß und das neueste Oz-Buch las. Er brachte die Bücher immer als Geschenke mit nach Washington, D.C., wo ich bei meinen Großeltern lebte. Wenn er fiktive Werke las, dann bevorzugte er die Bücher von Arthur C. Clarke, Isaac Asimov und Dorothy Sayers, und deshalb war ich besonders erfreut, als Clarke sich einverstanden erklärte, das Vorwort zu schreiben.

George Gaylord Simpson hat in seinen Werken vor allem die Geschichte des Lebens auf der Erde behandelt. Dieses Motiv taucht auch in der Erzählung *Magruder* auf, und daher wollte ich dem Leser einige wissenschaftliche Anmerkungen an die Hand geben. Auch in diesem Fall war es relativ leicht, den richtigen Autor zu finden. Sie kennen Stephen Jay Gould sicherlich als zeitgenössischen Schriftsteller, der es wie kein zweiter versteht, wissenschaftliche Themen lebendig darzustellen. Außerdem wußte ich, daß er ein Schüler meines Vaters gewesen war. Als er sich bereiterklärte, den wissenschaftlichen Kontext der Erzählung aufzuarbeiten, war ich zuversichtlich, den angemessenen Rahmen für *Magruder* gefunden zu haben.

Man mag sich fragen, wieso ein ungeheuer erfolgreicher Wissenschaftler wie George Gaylord Simpson überhaupt Science Fiction schrieb. Abgesehen von seinen akademischen Schriften hat er eine ganze Reihe von Büchern veröffentlicht, die auf dem Höhepunkt seiner Karriere, in den Jahrzehnten nach dem Krieg, sehr populär waren. In Büchern wie *The Meaning of Evolution* und *This View of Life* beschränkte er sich nicht auf die rein wissenschaftliche Schilderung und entsprechende Theorien, sondern er gestattete sich auch einige Spekulationen über die Bedeutung der Wissenschaft und ihrer Entdeckungen. Mitunter hatten seine Werke sogar einen explizit autobiographischen Charakter und enthielten bisweilen ausführliche Berichte über seine Reisen (*Attending Marvels: A Patagonian Journal* oder *Penguins*), oder sie vermittelten dem Leser, wie der Autor sein Leben sah (*Concession to the Improbable*). Daher war das Bedürfnis, sein Leben und seine Philosophie bekannt zu machen, nicht unbedingt die wichtigste treibende Kraft, als er *Magruder* schrieb. Aber wenn es dies nicht war, was war es dann?

Vielleicht hat es ihm einfach Spaß gemacht, die Erzählung zu schreiben, auch wenn er womöglich beunruhigt gewesen wäre, wenn er erkannt hätte, wieviel von seiner Persönlichkeit er unwillkürlich in ihr enthüllt. Ich bin ziemlich sicher, daß er glaubte, alles tun und alles sein zu können, einschließlich eines erfolgreichen Romanautors. Sein einziger anderer bedeutender Prosatext, den er zusammen mit meiner Stiefmutter geschrieben hat, war ein Kriminalroman, der *Trouble in the Tropics* hieß. Vielleicht glaubte er, diese kurzen Ausflüge ins Reich der Fiktion könnten ihm etwas Geld verschaffen; tatsächlich hat er seine Familie nicht selten daran erinnert, daß er unbeirrt auf einem vergleichsweise schlecht bezahlten Gebiet (als Wissenschaftler) gearbeitet hatte, obwohl er ohne weiteres ein Vermögen hätte verdienen können, wenn er sich für einen Beruf in der Finanzwelt entschieden hätte. Den Familienlegenden zufolge hat er als junger Mann kurze Zeit als Laufbursche an der Chicagoer Börse gearbeitet.

Zahlreiche Berührungspunkte zwischen ihm und Magruder liegen auf der Hand. Beispielsweise liebte er das Reisen, und er interessierte sich sehr für die Biogeographie. Das Reisen fiel ihm schwer (genau wie Sam Magruder), aber es war eine Herausforderung, der er sich nicht entziehen mochte (auch dies erinnert an Sam Magruder). Er war sehr enttäuscht, daß er es in seinem ganzen Leben nicht geschafft hat, die Mongolei zu besuchen. Wie bei Magruder wurde auch sein Bein auf einer Reise schwer verletzt. Es gibt Facetten seiner selbst, die in *Magruder* deutlicher zum Ausdruck kommen als in jeder anderen der mehr als sechshundert Veröffentlichungen, für die er im Laufe seines Lebens verantwortlich zeichnete.

Das zentrale Thema der Geschichte ist Magruders Isolation. Wie viele sehr erfolgreiche Menschen verkannte auch mein Vater das Ausmaß, in dem er von anderen Menschen abhängig war. Beispielsweise wäre hier George Whitaker zu erwähnen, der Labor- und Feldassistent, der vor der Berufung meines Vaters nach Harvard am American Museum of Natural History mit ihm zusammengearbeitet und der ihm bei einem Unfall am oberen Amazonas das Leben gerettet hat. Zu nennen ist hier auch mein Großvater, der ihm von Kindesbeinen an beigebracht hat, wie einzigartig er war. Dann die bedingungslose Bewunderung seiner Frau Anne Roe und seiner Schwester Martha Simpson Eastlake. Die Frauen waren ihm sein Leben lang zweifellos eine wichtige Stütze. Es gibt in dieser Hinsicht in *Magruder* einige weiße Flecken.

Splendid Isolation war der Titel eines seiner Bücher, doch hat die Isolation zwei Seiten. So sehr er auch mit Ehrungen überhäuft wurde, George Gaylord Simpson blieb einsam. Sein Biograph Léo F. Laporte betrachtete die Distanziertheit von anderen Menschen als wesentliche Facette seiner Persönlichkeit. Ich halte das nicht für ganz richtig. Ich glaube, er empfand sich genau wie Magruder als anders als andere Menschen, und als fähiger. Es gibt auch Hinweise darauf, daß er sich in seinen letzten Lebensjahren über die Zukunft seiner Arbeit Gedanken gemacht hat, und es waren in der Tat die neuen Ideen von Stephen Jay Gould und anderen, die diese Unsicherheit ausgelöst haben. Die Erzählung *Sam Magruders Dechronisation* dreht sich um gewaltige Entdeckungen und um das Bewußtsein, daß diese Entdeckungen anderen Menschen in der Zukunft möglicherweise verborgen bleiben müssen. Magruder macht seine Entdeckungen und versucht, sie so gut wie möglich weiterzugeben, und genau dies tat auch George Gaylord Simpson.

Trotz aller edlen Bemühungen haben Magruder und Simpson sich Sorgen gemacht, daß alle ihre Bemühungen möglicherweise umsonst waren. Der größte Ehrgeiz, der soviel erreichen und soviel verändern will, bringt auch die größten Ängste mit sich. Ich glaube, hier finden wir die beste Erklärung für *Magruder*. Es ist ein Werk der Dichtung, das die Ängste um die Dauerhaftigkeit der eigenen Arbeit und den Wert der eigenen Leistungen zum Thema hat. In anderen Werken hat mein Vater sich mit dem Sinn des Lebens beschäftigt. In *Magruder* hält der Wissenschaftler sich selbst einen Spiegel vor das Gesicht und fragt nach dem Sinn, den sein konkretes, persönliches Leben haben mag. Viele Menschen bringen nie den Mut auf, sich mit dieser Frage zu konfrontieren. George Gaylord Simpson fand diese Kraft, als er dieses Werk schrieb.

Danksagungen

Zuerst und vor allem möchte ich Stephen Jay Gould und Arthur C. Clarke für ihre wertvollen Beiträge zu diesem kleinen Werk danken.

Ein paar echte Glücksfälle haben dazu beigetragen, daß es überhaupt veröffentlicht werden konnte, und einer dieser Glücksfälle war die Entdeckung, daß William B. Goodman, ein Redakteur, mit dem ich früher bei Harcourt Brace zusammengearbeitet hatte, inzwischen als literarischer Agent tätig war. Seine Zusammenarbeit mit dem Agenten Russell Galen führte letzten Endes dazu, daß dieser Text gedruckt werden konnte. Ich bin beiden für ihre Unterstützung und ihre Ermutigungen dankbar. Mein Dank gilt auch Robert Weil, dem verantwortlichen Lektor bei St. Martin's Press, der sofort von Magruders Erzählung angetan war. Ich danke auch ihm für seine ansteckende Begeisterung.

Léo F. Laporte, George Gaylord Simpsons offizieller Biograph, war außerordentlich entgegenkommend und hilfsbereit.

Ein ganz besonderes Dankeschön geht an einen von Simpsons Enkelsöhnen, der zufällig mein eigener Sohn ist. Peter Alexander Meyers, eigentlich vollauf mit seiner eigenen Arbeit als Politologe beschäftigt, hat ein gut Teil zu dem beigetragen, was er großzügigerweise als allein meine Arbeit bezeichnen möchte.

Alan Brennert

DAS REFUGIUM

Der Winter schrie seine Unzufriedenheit heraus. Ein weiterer Stoß eiskalten Windes und gefrierenden Regens traf den Mann. Er stapfte durch knietiefe Schneewehen; der Eisregen, spitz wie Stecknadeln, zerrte an ihm und nahm ihm die Sicht – wie lange eigentlich schon? Er wußte es nicht. Er konnte nicht sagen, seit wann er schon hier gewesen war, verloren unter einem Himmel ohne Sonne, in dem kalten, grausamen Herzen des Sturms. Der stahlgraue Schimmer der Wolken ließ auf Tageslicht schließen, aber er verriet ihm nicht, wie viele Stunden er sich schon durch den Schnee gekämpft hatte, der wie ein Leichentuch über den Sarg, den der Waldboden bildete, gebreitet war. Auch konnte er ihm nicht sagen, wie er hierher gekommen war, oder wo er sich befand; sein Geist schien genauso bewölkt und undurchdringlich zu sein wie der Himmel.

Ein paar Dinge wußte er: Er wußte, daß er Raymond Bava hieß; er konnte das Gesicht seiner Mutter vor sich sehen, das rauhe Kitzeln von Vaters Bart spüren, wenn er den kleinen Ray auf die Arme nahm. Er konnte Gesichter sehen, Stimmen hören, sich an die Namen von Geliebten und Familienmitgliedern und Freunden erinnern … aber die Bilder hatten keine Reihenfolge, kein System, aus dem man ein Leben, oder die Erinnerung an ein Leben, hätte zusammenstellen können. Und im Augenblick war es auch kaum von großer Bedeutung. Er konnte sich vage daran erinnern, mit solchen Wintern aufgewachsen zu sein; er kannte die Anzeichen von Erfrierungen, von Frostbeulen, so gut wie jeder andere. Er wußte, daß er bald tot sein würde, wenn er nicht irgendwo Schutz fand – und dann würde es keine Rolle mehr spielen, wer er war, oder wo er aufgewachsen war, welche Arbeit er getan und welche Geliebte er gehabt hatte. Und so stolperte er weiter, während er das Schicksal verfluchte, das ihn so schlecht vorbereitet an diesen Ort verschlagen hatte: die Straßenschuhe, die tief im Schnee versanken, die dünne Baumwolljacke, vom Regen durchgeweicht; seine erfrorenen Finger, die immer kälter, steifer, weißer wurden.

Plötzlich wurde er erneut von einer Windbö erfaßt, die ihn in eine Schneewehe warf, wodurch er wieder etwas von seinem hart erkämpften Boden verlor. Er fluchte laut, aber bedauerte es sofort, als ihm dadurch nur eine eiskalte Klinge aus Luft in die Lungen fuhr. Einen Augenblick lang übermannten ihn sein Schmerz und seine Verzweiflung – wie schwer würde es schon sein, fragte er sich, einfach nur die Augen zuzumachen und den Kampf aufzugeben? Aber das beginnende Delirium erwies sich als seine Rettung. Immer mehr betrachtete er den Sturm als ein Lebewesen – das *ihn* umzubringen versuchte und dem sein langsamer und schmerzvoller Tod große Freude bereiten würde. Du kannst mich mal, flüsterte er, wobei er wieder einen Schwall eiskalte Luft in den Mund bekam, die ihn jetzt aber belebte, ich werde es dir aber nicht so einfach machen. Durch diesen irrationalen, wahnhaften Haß angestachelt, rappelte er sich auf und stolperte weiter.

Der Wald voller Baumskelette ging in eine flache Erhebung über. Ohne nachzudenken machte er sich an den Aufstieg, wobei er immer wieder auf den vereisten Schneewehen ausrutschte, und erreichte schließlich den Gipfel der Anhöhe. Er hatte nicht erwartet, irgend etwas zu sehen außer nackten Bäumen, eisigem Regen und jeder Menge Schnee.

Er hatte sich geirrt.

Unter ihm, auf einer Lichtung von mindestens hundert Metern Durchmesser … stand ein Haus.

Sprachlos starrte Ray es an: ein gewaltiges, zweistöckiges Haus im Kolonialstil der Südstaaten, mit Säulen vor dem Eingang und einem Giebeldach, das die weiße Holzfassade krönte … Den Balustraden und geschlossenen Fensterläden schien der wütende Sturm wie durch ein Wunder nichts anhaben zu können.

Die freudige Erregung schlug schnell in Zweifel um. Das konnte doch nicht wirklich sein. Nichts, das so zerbrechlich, so wunderschön war, hätte diesen mörderischen Sturm schadlos überstehen können. Es mußte ein Teil seines Wahns sein: eine Halluzination, eine Fata Morgana des Winters.

Er wandte sich voller Abscheu ab.

Dabei erblickte er flüchtig etwas in einem Fenster.

Es war ein großes, dreiflügeliges Fenster im Erdgeschoß, das von innen hell erleuchtet war. Er betrachtete es aus einem spitzen Winkel, aber darin blitzte eine Bewegung auf, fiel ein Schatten auf das Fensterglas. Er änderte seinen Blickwinkel, um besser sehen zu können.

Drinnen waren Leute. Wenigstens zwei Männer; mindestens eine Frau. Die Frau hielt ein Champagnerglas in der Hand; einer der Männer nahmen einen Zug von einer dicken Zigarre; ein anderer schlang ein Canapé mit einem Bissen hinunter. Sie lachten, aßen, tranken. Im Kamin brannte einladend ein Feuer.

Die veranstalteten da eine *Party,* um Himmels willen.

Ein Lachen überkam Ray. Es war so absurd, so unwahrscheinlich, daß es entweder wirklich war … oder ein verdammt gutes Delirium. Wie auch immer, er entschloß sich, die Gelegenheit zu ergreifen. Wenn er vor der Wahl stand, mit Hoffnung zu sterben oder ohne, dann entschied er sich lieber für die Hoffnung. Er krabbelte den Abhang hinunter auf die Lichtung zu, bereit, sich der Illusion hinzugeben – sich davon verschlingen zu lassen. Aber merkwürdigerweise erschien das Herrenhaus immer realer zu werden, je näher er kam: Er konnte die Gesichter hinter den Scheiben erkennen, sah, welche hors d'œuvres die Partygäste knabberten, konnte fast den Wein in ihren Gläsern schmecken. Jetzt hatte er es fast geschafft, nur noch ein Dutzend Meter bis zur hinteren Veranda ...

Da schrie plötzlich jemand, und er merkte, daß er selbst es war. Zuerst dachte er, daß ihn ein weiterer Windstoß mit gefrorenem Regen und Schnee getroffen hätte – aber nein. Dies war anders. Es war schlimmer. Keine nasse Gewalt, sondern trockene; nicht kalt, aber auch nicht heiß. So als hätte er die Finger in eine Steckdose gesteckt, nur hundertmal intensiver. Durch all den Schmerz hindurch war ihm undeutlich bewußt, daß er schwebte, einen halben Meter über dem Boden – aufgespießt von der Luft selbst –, während die Atmosphäre um ihn herum knisterte und brannte, von etwas, das nicht wirklich Elektrizität, aber doch sehr ähnlich war. Sein Körper zitterte wie eine Lumpenpuppe, die sich in den Speichen eines Fahrrads verfangen hat; seine Kleider begannen zu qualmen und zu schwelen; er schrie, lauter als jeder Schrei, den ihm der Sturm abgerungen hatte, und er wußte, daß er einen weiteren Feind hatte, einen weitaus schrecklicheren.

Urplötzlich warf ihn dieser Gegner zurück, und er landete brennend und frierend, in einer Schneewehe.

Er versuchte verzweifelt, nicht das Bewußtsein zu verlieren und wieder auf die Füße zu kommen. Aber sein krampfartig zuckender Körper gehorchte ihm nicht. Er blickte zu dem Haus hinüber. Seine Sicht war wie durch eine regennasse Windschutzscheibe getrübt, und die Partygäste waren kaum zu erkennen – sie wußten nichts von seiner Notlage, und ihr Gelächter schien ihn zu verspotten.

Er wollte ihnen etwas zurufen, aber es kam kaum ein Laut dabei heraus. Sein Kopf fiel auf ein kaltes Kissen aus Schnee zurück, und endlich ergab er sich seinen alten und neuen Feinden.

Das erste, was er spürte, als er langsam wieder ins Bewußtsein zurückdriftete, war Wärme. Er konnte sich nicht daran erinnern, daß er etwas getan hätte, weswegen man ihn in die Hölle geschickt haben könnte, aber so vieles fiel ihm nicht mehr ein, daß er diese Möglichkeit nicht völlig ausschließen konnte. Trotzdem, es war eine feuchte Wärme, sanft und tröstlich – ja, wenn überhaupt, dann himmlisch –, und langsam öffnete er seine Augen.

Er lag nackt in einer Metallwanne voll warmen Wassers. Kleine Strudel und Wirbel bewegten sich an seinen Gliedmaßen auf und ab – er vermutete, daß es Nanomaschinen waren, die das Wasser zirkulieren ließen und die Körperteile massierten, die es am nötigsten hatten. Er veränderte leicht seine Position und spürte dann eine sanfte Berührung an seiner Schulter.

»Ganz ruhig«, sagte eine Frauenstimme. »Versuchen Sie nicht, sich aufzusetzen.«

Er blickte auf und sah eine Frau in einer Schwesterntracht, die neben ihm saß: Eine Brünette, mit schulterlangem, glänzendem Haar und einem hübschen, sensiblen Gesicht, in dem er Sorge, Mitgefühl und Erleichterung erkannte.

Er versuchte, etwas zu sagen, aber seine Stimme war nur ein heiseres Röcheln. Sie langte zu einem Tisch hinüber und reichte ihm etwas Wasser; es schmeckte süß, wie Glucose, und durstig trank er es aus. Er sah sie wieder an, und es gelang ihm zu lächeln. »Was denn«, sagte er, wobei seine Stimme kaum mehr als ein Krächzen war, »kein Sprudelbad?«

Sie erwiderte sein Lächeln. »Ob Sie es glauben oder nicht«, und ihre Stimme war ebenso süß wie ihr Gesicht, »bei Unterkühlung ist ein Sprudelbad optional.«

Er versuchte zu lachen, aber daran würde er noch arbeiten müssen. Sie gab ihm noch mehr von der Mineralstofflösung, und während er trank, sah er sich seine Umgebung zum ersten Mal genauer an. Er schien auf einer kleinen Krankenstation zu sein: drei Betten, ein Untersuchungstisch, an einer Wand medizinische Telemetriegeräte. Auf der gegenüberliegenden Seite des Raums waren zwei Türen, von denen eine die Aufschrift RADIOLOGIE, die andere CHIRURGIE trug. Auf dieser Seite stand ein älterer Mann in einem weißen Arztkittel in einer offenen Tür, die in irgendeine Art von Vorraum zu führen schien.

»Gina?« Ray vermutete, daß er etwa Ende fünfzig sein mußte, sein Gesicht voller Falten – ein kleines nervöses Männlein. »Kann ich mal mit Ihnen sprechen?«

Die Frau – Gina? – warf ihm einen kurzen Blick mit einer Spur von Verachtung zu, riß sich dann aber schnell zusammen. Ihre Stimme klang sachlich, professionell. »Aber natürlich, Doktor. Lassen Sie mich ihn nur schnell aus dem Tauchbad holen.«

Der Mann nickte und zog sich in den Vorraum zurück. Gina wandte sich wieder Ray zu. »Glauben Sie, daß Sie aufstehen können?«

Ray nickte. Während er aufstand, wurden die Wirbel und Strudel zu kleinen Wellen, die sich von ihm fortbewegten, als sich die Nanos wie ein Schwarm unsichtbarer Fische in eine Ecke der Wanne zurückzogen. Als Gina ihn abtrocknete, fühlte er plötzlich ein Gefühl von Scham in sich aufsteigen; im Wasser hatte er sich, so irrational das klingen mag, irgendwie weniger exponiert gefühlt.

Sie fragte ihn nach seinem Namen.

Er sagte ihn ihr und lächelte etwas verlegen. »Normalerweise ... äh ... zeige ich jemandem nicht soviel von mir, bevor wir uns nicht miteinander bekannt gemacht haben.«

Sie erwiderte sein Lächeln. »Nicht? Sind Sie sich da sicher?«

Er lachte, aber er war sich wirklich nicht ganz sicher. Und jetzt, wo er nicht mehr in akuter Lebensgefahr schwebte, gewannen die Lücken in seiner Erinnerung zunehmend an Bedeutung – und sie waren auch ziemlich furchteinflößend. Er fühlte sich plötzlich wackelig auf den Beinen.

Gina hielt ihn. »Stützen Sie sich auf mich.« Ihr Griff war stark und fest, und sie führte ihn die vier oder fünf Schritte zu einem der Betten. »Sie haben Glück gehabt, Mister Bava. Der größte Teil der Erfrierungen war nur oberflächlich, Sie werden ein paar Blasen bekommen, aber das ist alles. Wie lange waren Sie denn da draußen?«

Ray schob seine Beine unter die Decke. »Ich … ich weiß es nicht …«

»Wo sind Sie hergekommen? Aus einer anderen Enklave?«

Je mehr er sich zu erinnern versuchte, desto unsicherer wurde er, aber er unterdrückte einen Schwall von Panik und sagte ruhig: »Das … das weiß ich auch nicht. Ich habe Schwierigkeiten … mich an Dinge zu erinnern …«

Sie nickte und schien nicht überrascht. »Das ist ein Nebeneffekt von der Infektion. Das haben wir alle in unterschiedlichem Maße.«

»Von welcher Infektion?«

»Die Bakterien? Erinnern Sie sich daran?«

Er sah sie ziemlich verdutzt an, wie er sich vorstellte. »Nein, sagte er, ich erinnere mich nicht.«

»Machen Sie sich im Moment deswegen keine Gedanken.« Sie drückte eine stumpfe Injektionsnadel gegen seine Schulter; er spürte einen Stich und dann das gewohnte und merkwürdig erotische Gefühl, wenn ein

Nanochip in die Blutbahn eintritt. Er erinnerte sich dunkel daran, irgendwo gelesen zu haben, daß ungefähr achtzig Prozent der Männer und Frauen es als merkwürdig sinnlich empfanden, wenn sich ein winziges fremdes Wesen in ihnen bewegte …

Gina sagte: »Der Chip produziert ein Antibiotikum, um eine Infektion des geschädigten Gewebes abzuwehren, und außerdem ein leichtes Sedativum. Sie sahen so aus, als könnten Sie es gebrauchen.« Wieder berührte sie seinen Arm. »Es sollte auch Ihrem Elektrolytausgleich helfen. Jetzt bleiben Sie schön hier, ich werde gleich wieder zurück sein.«

Als sie gehen wollte, rief Ray: »Sie haben mir Ihren Namen noch nicht gesagt.«

Sie lächelte. »Gina. Gina Beaumont.« Sie schloß die Tür hinter sich. Ray lehnte sich zurück, machte die Augen zu und genoß die Wärme der Laken auf seiner Haut. Das Beruhigungsmittel begann zu wirken, und er entspannte sich zum ersten Mal seit wer weiß wie langer Zeit – aber er war doch noch wach genug, um wenige Augenblicke später die lauten Stimmen aus dem Zimmer nebenan zu vernehmen:

»Was, in Gottes Namen, haben Sie sich denn nur dabei gedacht?« Die Stimme des älteren Mannes. Dünn, quäkend und schrill vor Angst.

»Ich habe daran *gedacht,* sein Leben zu retten.« Gina. Wütend. »Noch zehn Minuten da draußen, und er wäre jetzt wahrscheinlich tot.«

»Er hätte das gesamte Refugium anstecken können …«

»Ich habe in der Luftschleuse die Dekontaminationsprotokolle ablaufen lassen. Es hat nie auch nur das geringste Risiko bestanden, und das wissen Sie auch …«

Ray versuchte, das restliche Gespräch zu verfolgen, aber das Beruhigungsmittel und seine völlige Erschöpfung ließen ihn in den Schlaf sinken. Er träumte eigentlich nicht wirklich, aber er dachte, daß er wieder Stimmen hören konnte – wieder die von Gina und die von jemand anderem, eine tiefere männliche Stimme, mit einem verhaltenen, harten Unterton, wie Stahl in Seide verpackt:

...hätten Sie zu mir kommen müssen, bevor Sie ihn hereingelassen haben, Miss Beaumont ... Wir müssen bestimmte Vorschriften einhalten ...

Da draußen stand ein Mann kurz vor dem Erfrieren. Erfrierungen, Unterkühlung. Ich mußte *etwas tun ...*

Und dann die Stimme des alten Arztes: *Ich habe ihr gesagt, daß sie es nicht tun soll. Ich habe ihr befohlen, es nicht ...*

Oh, halten Sie den Mund, Franklin. Wieder die seidigstählerne Stimme. Franklin verstummte augenblicklich ...

Nach einer Weile verschwanden die Stimmen; als er erwachte, hatte er nicht die geringste Ahnung, wieviel Zeit vergangen war, aber Gina stand sanft lächelnd über ihn gebeugt, und Ray merkte, daß das im Moment das einzig Wichtige war. »Geht es Ihnen besser?« fragte sie.

Rays Körper tat nicht mehr so weh, und zum ersten Mal, so lange er sich erinnern konnte, fühlte er sich ausgeruht. Er nickte. »Wie lange habe ich denn geschlafen?«

»Sie haben ein Nickerchen von zehn Stunden gemacht«, hörte er eine vertraute Stimme neben ihr sagen. Ray blickte zu dem großen, kräftig gebauten Mann auf, der über seinem Bett aufragte. »Plus minus ein paar Tage«, fügte er mit einem Lachen hinzu. Er war ein robuster, gutaussehender Mann von etwa sechzig Jahren. In seinem Gesicht sah man kaum Falten, sein Haar war voll und silbrig-weiß. Er trug einen gut geschnittenen dreiteiligen grauen Anzug. Er lächelte und streckte die Hand aus. »Ich heiße Sanford Valle. Willkommen im Refugium.«

Ray nahm die Hand. Valle hatte diesen zu kräftigen Händedruck, den starke Männer oft benutzen, um

Fremde auf die Probe zu stellen, oder um sie einzuschüchtern. Ray war immer noch zu schwach, um dieses Spiel mitzuspielen, obwohl er sich schon fragte, was für eine Art von Mann das war, der es bei jemandem, der in einem Krankenhausbett lag, ausprobierte.

»Refugium?« sagte Ray. Selbst in seinem verwirrten Zustand hatte er an Valles Stimme erkennen können, daß das ein Name und nicht nur ein Wort sein sollte.

»Ich habe es gebaut«, sagte Valle stolz. »Vor dem Zusammenbruch. Es ist völlig abgeschlossen und autark. Vor den Elementen wird es von dieser Teilchensperre geschützt, mit der Sie Bekanntschaft gemacht haben.«

Ray blickte ungläubig und versuchte etwas in seiner Erinnerung zu finden, das mit dem bisher Gehörten oder Gesehenen übereinstimmte. »Was meinen Sie mit – Zusammenbruch?«

Valle blickte Franklin und Gina an. »Sein Gedächtnisverlust ist besonders schlimm, oder?«

»Hören Sie«, sagte Ray, jetzt eher ärgerlich als ängstlich, »wo, zum Teufel, bin ich denn hier eigentlich? In Alaska?«

Valle, Gina und Franklin tauschten traurige Blicke.

»Nicht ganz«, erwiderte Valle knapp. »Eher Florida.«

Alles hatte auf einer Bohrinsel vor Feuerland angefangen – und trotz des Namens hatte die Welt nicht im Feuer geendet. Der Vibrationsbohrer, den man dort verwendete, wäre der OPEC veraltet vorgekommen, aber für die Besitzer der Bohrinsel – einer kleinen chilenischen Ölgesellschaft – war er modernste Technik und ihr ganzer Stolz. Sie bohrten in größerer Tiefe, als es in dieser Region je vorher unternommen worden war – mehr als siebenhundert Meter unter der Meeresoberfläche. Die Stelle lag sogar schon so weit draußen am Festlandsockel, daß sie – als sie auf das präkambrische Grundgestein stießen – unabsichtlich Bakterien freisetzten, die seit Millionen von Jahren nicht mehr ans Tageslicht gekommen waren.

Nur wußte das anfangs niemand. Die ersten Anzeichen von Schwierigkeiten zeigten sich erst eine Woche später, als die Arbeiter auf der Bohrinsel eines Morgens das Wasser um sich herum seltsam verändert vorfanden – in eine gallertartige Masse verwandelt, die sich in jede Richtung hundert Meter und bis in eine Tiefe von zweihundert Metern, bis auf den Meeresgrund erstreckte (und dabei alle Meereslebewesen erstickte, die darin gefangen wurden).

Eine gallertartige Masse, die sich außerdem mit besorgniserregender Geschwindigkeit auszubreiten schien …

Tests zeigten schnell, daß diese Substanz eigentlich nichts anderes als Wasser war – nur eine neue Art von Wasser. Die Bakterien hatten das Meerwasser offensichtlich polymerisiert, seine molekulare Struktur verändert und so einen neuen Aggregatzustand des Wassers geschaffen: nicht fest, flüssig oder gasförmig, sondern irgendwo dazwischen. Seine Eigenschaften waren denen von herkömmlichem Wasser ähnlich – mit einem gravierenden Unterschied:

Während normales Wasser bei null Grad zu Eis wurde, ›gefror‹ polymerisiertes Wasser schon bei vergleichsweise milden zehn Grad – das heißt, es wurde hart – und begann erst bei 15 Grad wieder zu ›tauen‹ – sich also wieder in seinen gallertartigen Zustand zurückzuverwandeln.

Innerhalb von drei Tagen schwammen riesige ›Eisschollen‹ in der Magellanstraße. Nach einer Woche hatten sich die Bakterien durch die Meerenge bis in den Atlantik ausgebreitet; nach zwei Wochen hatte sie der Brasilienstrom in den Golfstrom getragen, und von dort aus gelangten sie in den Nordatlantischen Strom. Jeder Tropfen Wasser, mit dem sie in Berührung kamen, verwandelte sich in Polywasser, wie man es jetzt nannte, und sofern die Ozeane und Flüsse nicht *sehr* warm waren, ›gefroren‹ sie augenblicklich.

Es war Sommer, und in den tropischen Breiten war es warm genug, um das Polywasser nicht gefrieren zu lassen. Stellenweise war es sogar so warm, daß das Polywasser verdunstete und die urzeitlichen Bakterien so von den Passatwinden bis in den Jetstream getragen und von dort aus auch über das Land verbreitet wurden – wo sie ihren Weg in die Seen, Flüsse und Staubecken fanden. Innerhalb von sechs Monaten waren die Hälfte der Weltmeere und fast alle Süßwasservorräte in Nordamerika, Europa und Asien polymerisiert worden.

Natürlich war es kein ›Eis‹ im herkömmlichen Sinne – bei zehn Grad war es höchstens warmes Eis. Und so schlimm diese Verwandlung für die Ökosphäre auch sein mochte, es war keine Katastrophe. Noch nicht.

Wolken, die von den Bakterien ›befallen‹ wurden, verwandelten sich in ›Eiskristalle‹. Schnee – die Medien nannten ihn ›heißen Schnee‹ – begann in weiten Teilen der Welt zu fallen und bedeckte sowohl das Land als auch die fest gewordenen Ozeane mit einer dichten Decke von weißem ›heißen‹ Schnee.

Schnee, der nur noch in warmen Klimazonen schmolz. Schnee, der – in nie vorher dagewesenen Mengen – das Licht und die Wärmestrahlung der Sonne ins All reflektierte und das Rückstrahlvermögen der Erde von dreißig auf über *siebzig* Prozent erhöhte. Und da es für die Menschheit keine Möglichkeit gab, mehr als nur einen Bruchteil des Schnees zu schmelzen, schlitterte die Welt in eine neue Eiszeit.

Im Verlauf der nächsten Jahre fielen die Temperaturen weltweit um über fünfzehn Grad. Kraftwerke fielen aus; es gab eine Mißernte nach der anderen; diejenigen, die nicht erfroren, verhungerten.

Ein langer, endloser Winter. »Die Erde«, sagte Valle nüchtern, »sollte nie wieder einen Frühling erleben.«

Ray hörte sich Valles Geschichte mit einer Mischung aus Schrecken und Ungläubigkeit an. Die beiden Männer standen im Wintergarten des Refugiums, einem elegant möblierten Raum von der Größe eines Fußballplatzes, mit einer hohen, gewölbten Zimmerdecke und riesigen Fenstern, und sahen dem ewigen Sturm zu, der draußen wütete.

»Ich hatte den Ernst der Lage begriffen«, sagte Valle, obwohl Ray zu sehr unter Schock stand, um ihm wirklich zuzuhören. »Ich habe mein Winterquartier in eine Art Zufluchtsstätte umgewandelt. Wir arbeiten hier mit geothermischer Energie und beziehen unser Wasser aus einem Brunnen, der so tief liegt, daß er noch nicht mit den Polymeren in Berührung gekommen ist.« Er wandte sich Ray zu. »Der Schnee da draußen – der Eisregen – das ist alles kontaminiert. Sie waren es auch. Glücklicherweise produziert der menschliche Organismus Antikörper, die die Bakterien abtöten und das Polywasser in normales zurückverwandeln, was allerdings nicht ohne Nebenwirkungen bleibt – Erkältungen, Fieber, Gedächtnisverlust.«

Ray versuchte verzweifelt, alles zu verarbeiten, was er gerade gehört hatte. »Wenn die Antikörper sie abtöten können«, sagte er nachdenklich, »könnte man dann nicht irgendwie …«

»Den Prozeß umkehren?« Valle schüttelte den Kopf. »Zuviel Eis, und es sind nicht mehr genug Menschen übrig, um ausreichend Antikörper zu produzieren.«

Ray erschauderte bei dem, was das zu implizieren schien.

»Herr im Himmel«, sagte er leise. »Wie … wie viele haben denn noch … überlebt?«

»Weltweit? Das ist schwer zu sagen. Die Atmosphäre ist so gestört, daß der Funkempfang, wenn überhaupt möglich, nur sehr schlecht ist, aber ich habe Berichte gehört, daß es in Ländern wie Island und Japan, wo man die geothermische Energie schon seit längerem genutzt hatte, noch Bevölkerungsreste gibt. In den Vereinigten Staaten und anderen Industrienationen gab es das nötige Geld und die Technik, um rasch Schutzräume zu bauen, aber trotzdem, ich kann mir nicht vorstellen, daß in Nordamerika noch mehr als hunderttausend Menschen leben.«

Plötzlich sah Ray wieder die traurige Versammlung von Gesichtern vor sich, die das einzige waren, was so etwas wie eine persönliche Vergangenheit für ihn darstellte: Freunde, Familie, Geliebte, eine High-School-Freundin, ein Zimmergenosse vom College. Sie alle existierten in einem Vakuum, losgelöst von Zeit oder Chronologie, aber jedes rief ein ganz bestimmtes Gefühl hervor, jedes verursachte einen jähen Schmerz von Liebe oder Zuneigung, Wut oder Verlangen. Und jetzt – waren sie alle nicht mehr da. Schon lange tot; verschollen im Sturm. Die Tränen schossen ihm in die Augen; lieber wollte auch er tot sein, als das zu wissen, was er jetzt wußte …

Valle legte mit überraschender Sanftheit die Hand auf Rays Arm. »Ich weiß, was Sie jetzt gerade durchmachen. Wir haben alle viel verloren … Freunde, Familie, Karrieren. Ich war Geschäftsmann, das war mein ganzes Leben, vielleicht sogar zu sehr. Das ist jetzt natürlich alles weit weg. Aber der größte Teil der Befriedigung besteht darin, Hindernisse zu überwinden, zu kämpfen. Und genau darum geht es auch hier bei uns im Refugium. Um Widerstand. Darum, dem Tod zu widerstehen. Nicht nur unserem eigenen, sondern auch dem Tod der Menschheit, dem Tod des Kampfes selbst. Können Sie das verstehen?«

Ray dachte daran, wie er den Sturm überlebt hatte, und nickte. Valle lächelte. »Sie haben einen schrecklich anstrengenden Tag hinter sich. Ich werde Sie auf Ihr Zimmer bringen.«

Auf dem Weg dorthin erkannte Ray, daß das Refugium wirklich so perfekt war, wie Valle behauptet hatte. Es gab einen Hydrokultur-Garten, in dem Obst und Gemüse wuchsen. Valle versicherte ihm, daß es auch riesige Vorräte an anderen Lebensmitteln gab, alles vom Filet Mignon bis zu Schokoriegeln. Es gab einen Fitneßraum, ein Spielezimmer, einen Swimmingpool – alles mit Sonnenlampen ausgestattet, damit die Bewohner ihre tägliche Dosis an Vitamin D bekamen. Die Einrichtung war luxuriös, aber nicht protzig: antike Möbel und viel dunkles Holz; Kunstwerke, die von Picasso bis zu Andrew Wyeth reichten. Seltsamerweise sah Ray keine Hausangestellten, aber er vermutete, daß es welche geben mußte; immerhin war es doch ein großes Haus.

Schließlich führte ihn Valle in sein Zimmer – eine gemütliche Suite, von deren Fenster aus man auf den kleinen Abhang blickte, den Ray erst vor kurzem so verzweifelt heruntergestolpert war …

»Ich habe mir erlaubt, Ihnen ein paar Sachen hochbringen zu lassen.« Valle öffnete einen Kleiderschrank. Darin befanden sich ein halbes Dutzend Hosen, Hemden, verschiedene Socken und Unterwäsche sowie zwei Sakkos. »Sie haben ungefähr die gleiche Größe und Figur wie mein Sohn; er hat Ihnen freundlicherweise ein paar von seinen Sachen zur Verfügung gestellt.«

»Ihr Sohn?« Es war das erste Mal, daß Valle von ihm sprach. »Wie viele leben hier denn noch? Im Refugium?«

»Mit Ihnen sind wir acht. Sie werden sie alle bald kennenlernen – um sieben gibt es Abendessen. Zwanglose Kleidung.« Er lächelte melancholisch. »Wir betrachten das hier gerne als eine *informelle* Apokalypse.«

»Ich … weiß Ihre Gastfreundschaft zu schätzen«, sagte Ray ein wenig verlegen. »Mir ist klar, daß ich hier nicht gerade ein geladener Gast bin.«

Valle lächelte. »Unfug. Wir brauchen frisches Blut. Ich sehe Sie dann beim Abendessen.« Er ging und ließ

Ray allein, der über die Dinge nachdenken mußte, die sein Gastgeber gesagt hatte – und auch über die, die er nicht gesagt hatte. Frisches Blut? Meinte er das wörtlich? Wohl kaum; die Genbasis von acht Leuten reichte nicht einmal im entferntesten dazu aus, den Planeten wiederzubevölkern. Und warum waren nur acht Personen in einem so großen Haus?

Ray rieb sich die Augen und spürte, wie ihn Erschöpfung und Melancholie übermannten. Ein paar Stunden lang versuchte er unruhig, noch ein wenig zu schlafen; aber selbst als er auf dem bequemen Doppelbett lag, verfolgten ihn die Gesichter seiner Vergangenheit, der Vergangenheit, an die er sich vielleicht nie wieder vollständig erinnern würde. Er hoffte eigentlich sogar, daß ihm nicht noch mehr einfiele – noch mehr aus seinem Leben, das jetzt tot war …

Um halb sieben duschte und rasierte er sich, wählte Hose, Hemd und Sakko aus und ging den Flur entlang zur Treppe, die ins Erdgeschoß führte. Unterwegs hörte er eine Frauenstimme – sie klang etwas blechern, wie ein Aufnahme –, die aus einer der Suiten drang, die vor ihm lagen. Eine Stimme, die ab und zu von – Applaus? – unterbrochen wurde.

Er blieb am Ende des Flurs vor einer halb geöffneten Tür stehen und spähte vorsichtig hinein. In der Mitte eines großen Wohnzimmers stand ein Fernseher, auf dem ein Video lief. Auf dem Bildschirm war eine hübsche junge Frau Ende dreißig zu sehen – mit kastanienbraunem Haar, sanften Augen, freundlichem Blick und einem ansteckendem Lächeln. Sie stand mit einem Mikrofon in der Hand auf einer Bühne und sprach zu einem großen, begeisterten Publikum.

»Wunder geschehen *wirklich*«, sagte sie und merkwürdigerweise klang das bei ihr gar nicht schwülstig. »Wunder leben in Ihren Herzen.« Das Publikum applaudierte. »Jedesmal, wenn Sie jemand anderem etwas Gutes tun«, fuhr sie fort, »ist das ein Wunder.

Jedesmal, wenn Sie ein bißchen Licht in ein dunkles Zimmer bringen, ist das ein Wunder …«

Von der leichten Art und der starken Ausstrahlung der Frau fasziniert, trat Ray einen Schritt vor, um besser sehen zu können …

Plötzlich stand eine Frau vor ihm in der Tür. Eine hagere Frau mit strähnigem Haar und wirrem Blick, den Mund vor Wut zu einer dünnen Linie zusammengepreßt. Sie starrte Ray verärgert an, als wäre er in ihre Privatsphäre eingebrochen – was er ja wohl auch getan hatte,

»Es … es tut mir leid«, stammelte er, »ich wollte nicht …«

Es dauerte einen Augenblick, bis er sie erkannte: Es war die Frau aus dem Video … aber völlig verändert. Sie war nur noch ein Schatten ihrer selbst, ein Gespenst aus Fleisch und Blut – die Freundlichkeit war aus ihren Augen verschwunden, das Lächeln erstorben. Ihre ruhige und entspannte Art wirkte jetzt verkrampft und fast schon – paranoid.

Er wollte sich noch einmal entschuldigen – aber sie knallte ihm die Tür vor der Nase zu, bevor er es aussprechen konnte. Mein Gott, dachte er: Was war denn mit ihr geschehen? Als er kurz darüber nachdachte, wurde ihm bewußt, daß er es lieber gar nicht wissen wollte. Erschüttert ging er weiter.

Er stieg eine gotische Wendeltreppe zum Hauptspeisezimmer hinab – einem großen, etwas protzigen Bankettsaal. An der langen Tafel saßen bereits fünf der sieben Bewohner des Refugiums; ein üppiges Mahl, das aus Fasan, Kartoffeljulienne, Pastete und einem Salat bestand, war schon aufgetragen worden. Noch aß jedoch niemand, weil man wahrscheinlich noch auf Ray wartete – und auf diese Frau dort oben? Und auf wen noch?

Valle erhob sich und winkte ihn zu sich. »Mister Bava. Lassen Sie mich Ihnen die anderen vorstellen. Unseren

Hausarzt Franklin Dreeden kennen Sie schon … und natürlich auch Schwester Beaumont …«

Ray lächelte und nickte den beiden freundlich zu. Gina erwiderte sein Lächeln, aber Franklin blickte ihn nur kühl an und nickte, offensichtlich immer noch wegen der Umstände von Rays Ankunft verstimmt. Als nächstes wies Valle auf ein modisch gekleidetes Paar auf der anderen Seite des Tisches: ein junger Mann, Anfang dreißig, mit rotblondem Haar und jungenhaftem, guten Aussehen, aber mit einem hochnäsigen Lächeln und eng beieinanderstehenden Augen, der einen dunklen Blazer trug. Neben ihm saß eine wunderschöne Frau, ebenfalls um die dreißig Jahre alt, die ein schickes Kleid an ihrem modelhaft schlanken Körper und die dunkelblonden Haare zu einem lockeren Knoten aufgetürmt trug. Die Frisur unterstrich ihre scharfen, kantigen, aber trotzdem höchst anziehenden Gesichtszüge. »Mein Sohn Thomas und seine reizende Frau Justine …«

Ray streckte dem jungen Mann die Hand entgegen. »Ich schätze, Sie sind derjenige, dem ich dafür danken muß«, sagte er, »daß er mir sein letztes Hemd gegeben hat.«

Thomas lächelte nicht und brauchte auch ein wenig zu lange, um Rays Hand zu ergreifen. »Ja. Na ja«, erwiderte er, »danken Sie meinem Vater. Er ist der Quell aller guten Dinge.«

Justine seufzte. »Ich fürchte, Freundlichkeit gehört nicht gerade zu den Tugenden meines Mannes«, entschuldigte sie sich. »Willkommen in unserem kleinen Refugium, Mister Bava.«

Sie bot ihm den freien Platz neben sich an, auf den er sich auch setzte; ihr Blick schien ein bißchen länger auf ihm zu verweilen, als es nötig gewesen wäre. Zuerst dachte Ray, daß er sich das nur eingebildet hätte, aber auch Thomas hatte es offensichtlich bemerkt, denn seine Miene verfinsterte sich noch mehr.

Der sechste Gast kehrte an den Tisch zurück: eine umwerfend hübsche junge Frau mit toupiertem, honigblondem Haar, die auf hochhackigen Schuhen herein stolzierte. Ihr eindrucksvolles Dekolleté wurde von einem engen, tief ausgeschnittenen Minikleid zur vollen Wirkung gebracht. Sie blickte Ray mit einem merkwürdig süßen Lächeln an. »Entschuldigung«, hauchte sie. »Ich war mal für kleine Mädchen.«

Als sie sich neben Valle setzte, legte er mit gebieterischer Geste eine Hand auf ihre Schulter. »Meine Verlobte Debi.«

Debi kicherte. »Ein B und ein I.«

Justine beugte sich zu Ray hinüber und flüsterte gerade laut genug zu, daß es alle hören konnten: »Eins für jede Gehirnzelle.« Debi versuchte sich nicht anmerken zu lassen, daß sie verletzt war. Valle hatte es entweder nicht gehört, was unwahrscheinlich war, oder es war ihm egal. Er blickte auf. »Und falls wir nicht noch einen Besucher haben, von dem ich nichts weiß, müßten wir jetzt alle hier sein …«

Die hagere Frau kam mit versteinertem Gesichtsausdruck die Treppe hinab; nur ihre Augen – in denen die Glut irgendeiner unbekannten Wut schwelte – verrieten etwa von ihrem Innenleben. Sie trug ein langes, graues Kleid, das an ein Totenhemd erinnerte, und war ohne Make-up. Ihr Haar hatte sie flüchtig nach hinten gesteckt. Sie ging langsam und mechanisch, so als würde sie sich in ihrem eigenen Körper nicht wohl fühlen – sich vielleicht über ihn ärgern. Als sie sich dem Tisch näherte, wies Valle mit der Hand auf Ray. »Schwester Angelique, darf ich Ihnen …«

»Wir kennen uns schon«, sagte Angelique mit ausdrucksloser Stimme. Sie blickte nicht einmal in Rays Richtung, während sie sich gegenüber von Valle und seiner Verlobten niederließ. Dann blickte sie plötzlich Debi an und sagte: »Sie sind angezogen wie eine Nutte.«

Rings um den Tisch erklang Stöhnen – es kam in erster Linie von Thomas, Justine und Franklin; Gina blickte bloß verlegen und schmerzerfüllt vor sich hin. Rays riß staunend die Augen auf.

Debi setzte sich auf, ihr Gesicht nahm einen pikierten Ausdruck an: »Also, vielen herzlichen Dank für Ihre Modetips, Miss Sack-und-Asche …«

Valle sagte warnend: »Angelique, bitte, nehmen Sie sich etwas zusammen. Wir haben einen neuen Gast …«

Thomas zündete sich eine Zigarette an und lachte düster. »Ja, Mister Bava«, sagte er, »sind Sie nicht glücklich, daß Sie zu uns gefunden haben?«

Ray stand vor Überraschung über das Wortgefecht, das um ihn herum ausgebrochen war, der Mund offen. Und es schien noch keineswegs vorbei zu sein.

Valle blickte seinen Sohn an und seufzte. »Wer hat doch gleich gesagt: ›Undankbarkeit ist unausweichlich der Fluch derer, die neue Dinge tun‹?«

Thomas blickte seinen Vater scharf an. »Ich sollte also dankbar sein?« sagte er mit einem bitteren Leuchten in den Augen. »So nach dem Motto ›Eines Tages wird das alles mir gehören‹?« Er blickte sich um und sah nicht nur den Raum, sondern die gesamte eingeengte Welt, in der er sich wiederfand. »Mein Gott«, sagte er mit gespielter Überraschung, »natürlich! Das ist doch so viel besser als eine erfolgreiche Firma zu besitzen.«

Valle starrte ihn kalt an. »Thomas, du machst dich lächerlich.«

»Er hat recht, Thomas«, pflichtete ihm Justine bei. »Hör auf, mich so bloßzustellen.«

Thomas blickte zuerst sie, dann seinen Vater an und erhob sich langsam. Er warf seine Serviette auf den Tisch.

»Leckt mich doch alle beide im Arsch«, sagte er. Er drehte sich um, ging die Treppe hinauf und verschwand.

Ray blickte verblüfft Gina an, in deren Gesicht sich Ekel, Verlegenheit und – Hilflosigkeit? – spiegelte.

»Mister Bava, ich muß mich für das ungehobelte Benehmen meines Sohnes entschuldigen …«

Schwester Angelique mischte sich ein, wobei ihre Stimme vor selbstgerechter Frömmelei triefte: »Wenigstens gibt Thomas seine Gier und seinen Neid zu«, sagte sie. »Wie viele von Ihnen bekennen denn schon so bereitwillig ihre *eigenen* Sünden?«

Justine und Debi antworteten darauf mit ein paar saftigen Flüchen. Angeliques Tonfall wurde schrill, ihre Predigt zur Tirade: »Bekennen Sie Ihre Sünden! Nur dann können Sie Vergebung erlangen. Lassen Sie mich helfen! Wie lange ist es her, seit wir das letzte Mal gemeinsam in uns gegangen sind …«

»Noch nicht lange genug«, konterte Justine.

»Ruhe!«

Valles Stimme hatte sich plötzlich in das harte und unmißverständliche Instrument des Willens verwandelt, das Ray in seinem Halbschlaf gehört hatte; mehr Stahl als Seide. Seine Gäste – selbst Angelique – verstummten. Sein starrer Blick traf sie alle, als er sagte: »Zeigen Sie etwas Respekt. Vor dem Zusammenbruch war die gute Schwester eine Inspiration für Millionen. Eine Bestsellerautorin. Ich glaube, daß wir alle von ihrem Rat profitieren könnten.«

Am Tisch herrschte tiefes Schweigen. Niemand war von dem Gang der Dinge mehr überrascht worden als Angelique, die Valle vorsichtig anblickte, weil sie nicht wußte, wie sie sich weiter verhalten sollte. Das war offensichtlich nicht die Art von Reaktion, die ihre Schmähreden für gewöhnlich hervorriefen.

Valle wandte sich ihr andächtig zu. »Was hatten Sie sich denn vorgestellt, Angelique? Eine Art von … religiöser Zeremonie?«

Ein zufriedenes kleines Lächeln breitete sich auf ihrem Gesicht aus, und für einen Augenblick meinte

Ray, eine gewisse Ähnlichkeit mit der Frau auf dem Videoband erkennen zu können.

»Ja«, sagte sie eifrig. »Genau …«

»Ich denke, daß es uns allen sehr gut tun würde, wenn wir uns mal wieder um unsere Seele kümmern würden«, verkündete Valle. Er blickte alle am Tisch an, als wolle er sehen, ob jemand zu widersprechen wagen würde. Daß es niemand tat, war keine große Überraschung. Ray, der nicht einmal unbedingt einen Pfennig darauf hätte wetten wollen, daß Valle überhaupt eine Seele hatte, geschweige denn den Wunsch verspürte, diese zu finden, wunderte sich über den Gang, den die Dinge nahmen.

Valle wandte sich wieder an Angelique. »Was halten Sie von morgen nachmittag um fünf? Im Wintergarten?«

»Ich werde mein Gebetbuch mitbringen«, murmelte Justine kaum vernehmlich, aber andere Einwände gab es nicht.

Der Rest des Abendessens verlief ungefähr genauso harmonisch. Ray versuchte, sich mit Gina zu unterhalten, aber Justine, die zuviel trank, warf sich buchstäblich körperlich zwischen die beiden – sie mischte sich bei jeder Gelegenheit mit anzüglichen Witzen ein, legte ihre Hand frech auf sein Knie, wobei ihre langen Fingernägel kleine Kreisbewegungen auf der Innenseite seiner Oberschenkel vollführten. Gina verließ die Runde früh, und kurz danach entschuldigte sich auch Ray, indem er die Erschöpfung nach seiner Tortur vorschob.

Als er, wieder in seinem Zimmer, ohne Hemd auf seinem Bett lag, ließ das graue Licht draußen keinerlei Rückschlüsse darauf zu, ob es Tag oder Nacht war. Er war gerade dabei einzuschlafen, als ihn ein Klopfen an der Tür aufschreckte. Er öffnete und sah Justine vor sich, die ziemlich betrunken war und wankte.

Sie hielt ihr Glas wie zu einem Trinkspruch hoch.

»Lasset ihn, der ohne Sünde ist … das Versäumte nachholen.«

Ray lächelte gequält. »Ich … äh … glaube, daß Ihnen die Schwester bei Ihren Bibelstudien eher behilflich sein könnte.«

Justine lachte auf und spazierte uneingeladen ins Zimmer. »*Schwester?* Um Himmels willen, sie hat sich doch nur selbst geweiht – es war eine von diesen kosmologischen Schwachsinns-New-Age-Sekten. Lassen Sie mich damit in Ruhe.«

Ray seufzte. »Mrs. Valle … ist Ihnen klar, daß Sie nicht ganz nüchtern sind?«

Sie quittierte das mit einem Achselzucken. »Wenn Sie hier seit fünf Jahren leben würden«, entgegnete sie ihm, »wären Sie es dann noch?«

Da konnte sie durchaus recht haben. Justine lächelte verführerisch und stellte ihr Glas ab. »Obwohl ich zugeben muß, daß sich die Lage gebessert hat …«

Sie schlang ihre Arme um seinen Hals, beugte sich vor, um ihn zu küssen – aber er schob sie sanft von sich. Sie sah überrascht und gekränkt aus. »Warum nicht?«

»Aus zwei Gründen. Sie sind betrunken und Sie sind verheiratet. Und ich möchte bezweifeln, daß noch viele Scheidungsanwälte am Leben sind.«

Sie lächelte schief. »Sehen Sie? So schlecht ist die Welt doch gar nicht.« Ray mußte lachen. Sie zuckte die Achseln. »Selber schuld.«

Ray geleitete sie zur Tür hinaus … und als er aufblickte, sah er Gina, die anscheinend auf dem Weg zur Treppe war. Sie starrte die beiden an, zunächst überrascht, dann angewidert – als sie ihre falsche, wenn auch verständliche Schlußfolgerung zog. Rays Verlegenheit mußte offensichtlich gewesen sein – so offensichtlich wie sein Interesse an Gina –, weil Justine ihre Gelegenheit erkannte, ein wenig Unheil zu stiften. Plötzlich umschlang sie Ray und gab ihm einen leidenschaftlichen Kuß, wobei ihre Zunge ihm in den Mund schoß. Sie schmeckte nach Gin.

Ray schob die Frau hastig von sich – aber es war schon zu spät. Als er sich umdrehte, sah er gerade noch, wie Gina die Treppe hinuntereilte. »Gina!« rief er ihr hinterher, aber sie lief daraufhin nur noch schneller. Als er zur Treppe kam, war sie bereits verschwunden, und er hatte keine Ahnung, welches Zimmer ihres war. Verdammt!

Er blickte die grinsende Justine an und fühlte, wie die Wut in ihm aufstieg.

»Was ist denn mit Ihnen allen bloß los?« zischte er sie wütend an. »Sie benehmen sich alle wie verzogene Kinder – wie eingesperrte Tiere! Sind das die Bakterien? Können Sie sich nicht mehr daran erinnern, wie sich ein zivilisierter Mensch benimmt? Haben Sie denn allen Anstand, den Sie je besaßen, vergessen?«

Seine Worte schienen Eindruck auf sie zu machen; plötzlich sah sie betroffen und verstört aus. Einen Augenblick lang zeigte sich in ihren Augen etwas, das Schamgefühl und Verlegenheit sein mochte …

Und genauso schnell war es auch wieder verschwunden. Das Grinsen kehrte in ihr Gesicht zurück und sie lachte auf. »Wenn es so sein sollte«, sagte sie, »dann geht es mir jetzt auf jeden Fall besser als vorher.« Sie drehte sich um, lief unsicher den Flur entlang und verschwand um die Ecke.

Ray, der plötzlich am liebsten weiß Gott wo gewesen wäre, streifte sich ein Hemd über und lief los. Er wanderte im Refugium umher und versuchte, sich auf all das, was er an diesem Abend gehört und gesehen hatte, einen Reim zu machen. Er stieg die Wendeltreppe hinab, ging am Trainingsraum vorbei und blieb beim Hydrokultur-Labor stehen. Wie alle Gemeinschaftsräume stand es offen und wirkte friedlich, was Ray im Augenblick noch wichtiger war. Er ging hinein. Der Raum war ein Durcheinander vertrauter Gerüche:

süße Früchte, Orangenblüten, der satte Geruch von Lehm. An die meisten von ihnen konnte er sich deutlich erinnern, aber als er zwischen den Obst- und Gemüsebeeten umherging, entdeckte er doch die eine oder andere Gedächtnislücke. Waren Melonen so weich? Gab es Rosen in blauen Farbtönen? Er pflückte eine Cherry-Tomate ab und biß hinein; sie schmeckte gut, herb und süß, aber schmeckte sie wie eine Tomate? Wie konnte er sich da sicher sein?

Verwirrt wandte er sich zum Gehen. Die Wand nach Westen hin bestand ganz aus Glas, und als er zufällig hinausblickte, erwartete er nichts anderes als Dunkelheit und Schnee zu sehen.

Aber da draußen stand jemand.

Ray erschrak. Zuerst dachte er, daß es noch ein Fremder sein könnte – dann sah er, daß es Thomas war. Er stand ungefähr drei Meter vom Haus entfernt und warf mit Steinen, die aufblitzten und herabfielen, wenn sie auf das Teilchenfeld stießen, das das Haus umgab.

Thomas drehte sich um, und als er Ray erblickte, bedeutete er ihm, daß er zu ihm kommen solle. »Es ist okay«, rief er, wobei seine Stimme von der Doppelverglasung gedämpft wurde. »Hier drin ist ein steriler Bereich.« Er deutete mit dem Kopf auf eine Tür am anderen Ende des Hydrokulturlabors. Ray zuckte die Achseln und ging hindurch.

Draußen zeigte Thomas auf die sie umgebende schützende Halbkugel des Teilchenfeldes. »Hübsch, nicht wahr?« sagte er und sah dabei entspannter aus, als ihn Ray bisher gesehen hatte. »Wie eine von diesen alten Schneekugeln, nur daß der Schnee draußen ist und nicht drinnen.«

Er reichte Ray einen kleinen flachen Stein. »Machen Sie nur«, sagte er.

Ray warf den Stein. Er traf auf das Feld, hing einen Moment lang regungslos in einem Funkenregen und fiel dann zu Boden, nachdem er seinen Schwung verloren hatte. Beiläufig fragte er sich, was mit den Luftmolekülen von draußen geschah: Wurden sie abgestoßen oder irgendwie dekontaminiert?

Thomas wies mit dem Kopf auf den toten Wald in der Ferne. »Das waren früher alles Mangrovenbäume«, sagte er mit einer Spur von Traurigkeit in der Stimme. »Meine Eltern und ich kamen jeden Winter hierher, bis ich achtzehn war. Ungefähr drei Kilometer von hier im Süden liegt ein Stück Tundra, das früher ein Golfplatz war. Nach Disneyworld sind es ungefähr 150 Kilometer in dieser Richtung – das sieht jetzt aus wie eine mittelalterliche Stadt, Burgmauern im Schnee.« Er sah fast so aus, als ob er sie von hier aus sehen könne.

Ray musterte ihn prüfend und sagte dann zögernd: »Sind Sie und Ihr Vater immer so …«

»Ohhh ja«, sagte Thomas lachend. Er blickte Ray an, während er einen Stein warf, der sein Ziel um einen guten halben Meter verfehlte. Wir befinden uns seit dem Tag, an dem ich geboren wurde, in einem ständigen Wettstreit. Zuerst ging es um die Liebe meiner Mutter, schätze ich. Da hab' ich gewonnen – ich glaube, das hat er mir nie verziehen.« Er zuckte die Achseln. »Es war das erste und das letzte Mal, daß ich gewonnen habe. Dummerweise versuche ich immer wieder, ihn zu seinen Bedingungen zu schlagen, und alles, was ich dabei vorzuweisen habe, sind gescheiterte Geschäfte und besonders schlechte Investitionen.« Seine Stimme klang wieder angespannt. »Aber das ist jetzt ohne Belang. Das Spiel ist zu Ende. Das Spielfeld wurde dem Erdboden gleichgemacht. Er mag vielleicht sein Imperium verloren haben, aber sein Sohn ist jetzt für alle Zeiten ein Versager. Kein schlechter Tausch, oder?«

Ray versuchte, sich seine Bestürzung und sein Mitleid nicht anmerken zu lassen. »Ach kommen Sie. In Ihrem Leben kann es doch nicht nur darum gehen …«

Thomas dachte einen Moment lang darüber nach. »Aber so ist es«, sagte er leise. »Vielleicht war es einmal anders. Aber jetzt ist es so.« Er schnappte sich einen größeren Stein und schmiß ihn in Richtung Barriere. Das Feld krachte und blitzte wie ein Feuerwerk. »Dieser verdammte Bazillus«, sagte er. »Diese Bakterien. Ich habe das Gefühl …« Er sah Ray an, und wirkte zugleich wütend und gehetzt. »Ich habe das Gefühl, daß mehr als das in mir steckt. Mehr als einfach nur Hunger. Und Neid. Und Wut. Aber ich weiß nicht …«

Er wandte sich ab und starrte hinaus in den ewigen Sturm. »Scheiß drauf«, sagte er ruhig. »Scheiß einfach drauf.«

Damit drehte er sich um, fegte an Ray vorbei, als würde er nicht mehr existieren, und ging wieder ins Haus.

Erschüttert und verwirrt folgte ihm Ray. Himmel – sah seine eigene Zukunft auch so aus? Würde auch er sich früher oder später wie die anderen nicht mehr an seine besten Eigenschaften erinnern können? Gina konnte es anscheinend noch, aber wer wollte das schon wissen? War das Überleben es wert, auf diese Art zu existieren?

Er stieg die Treppe zum ersten Stock hinauf. Er war so in Gedanken versunken, daß er Justine, die vor ihm ging, erst bemerkte, als er um die Ecke bog. Als er ihrer gewahr wurde, machte er sofort kehrt, weil er keinerlei Verlangen nach einer neuerlichen Vorstellung hatte. Während er hinter der Ecke wartete, hörte er, wie an eine Tür geklopft wurde, die sich kurz danach öffnete. Er lauerte ungefähr dreißig Sekunden, um ihr genug Zeit zum Eintreten zu lassen, und bog dann selbst wieder um Ecke.

Wie angewurzelt blieb er stehen.

Justine und Valle standen vor einer offenen Tür und küßten sich leidenschaftlich. Es schien ihnen egal zu sein, ob sie jemand dabei beobachtete – Valles Hände streichelten ihr über den Rücken und bewegten sich dann hinab, um ihren Hintern zu drücken und zu streicheln …

Bevor sich Ray rühren konnte, blickte Valle auf.

Ihre Blicke begegneten sich. Er lächelte kurz und liebkoste mit den Lippen die Brüste seiner Schwiegertochter.

Ray ging wortlos an den beiden vorbei, wobei er Justines Stöhnen und Valles Schnaufen zu ignorieren versuchte. Als er ungefähr auf halbem Wege zu seinem Zimmer war, hörte er, wie hinter ihm eine Tür ins Schloß fiel und dann noch schwach frivoles Gelächter. Er betrat sein Zimmer, machte die Tür zu und wollte sie abschließen.

Erst da bemerkte er, daß es, wie bei den Gemeinschaftsräumen, an keiner Tür im Refugium Schlösser gab.

Am nächsten Morgen beim Frühstück versuchte Ray, mit Gina unter vier Augen zu sprechen, aber sie wich ihm aus und nahm sich auf dem Weg zur Krankenstation nur ein Brötchen und einen Orangensaft. Als Ray sagte, daß er später vielleicht vorbeischauen würde, sah sie ihn abweisend an. »Oh, ich glaube, Sie sind völlig wiederhergestellt«, sagte sie. »Sie haben sich sehr schnell eingelebt, Mister Bava.«

Als Gina ging, stolperte Justine gerade herein. Nur Angelique fehlte noch. Debi musterte Justine mit finsterem Blick. Aber Thomas blickte kaum von seinem Kaffee auf, als seine Frau sich neben ihn setzte. »Wir haben uns heute nacht wohl ein bißchen verlaufen, was, mein Liebling?«

Justine lächelte kühl und spießte ein Stück Melone mit der Gabel auf. »Oh, ich wußte *ganz genau,* wo ich war, Thomas. Aber nett von dir, daß du dir Sorgen machst.«

Valle, der ihnen gegenüber saß, betrachtete seinen Sohn mit gespielter Sorge. »Thomas, du siehst müde aus. Schläfst du auch genug?«

»Ich habe … unruhig geschlafen«, erwiderte er knapp.

Valle nahm einen Schluck Kaffee und nickte mitfühlend. »Mm, das Problem habe ich auch manchmal. Meistens jedoch nur, wenn ich alleine schlafe. Heute nacht habe ich wie ein Stein geschlafen.« Er warf der Frau seines Sohnes einen kurzen Blick zu und lächelte. »Justine, du siehst heute morgen besonders reizend aus …«

Justine erwiderte das Lächeln mit all seinen nicht gerade subtilen Andeutungen; Thomas, der so aussah, als würde ihm gleich der Kragen platzen, konzentrierte sich darauf, sein Brötchen mit Butter zu bestreichen. Auch Debi schien nicht so vergnügt zu sein wie sonst. Rays Widerwillen wuchs mit jeder Minute.

»Also«, sagte Justine munter, »wo steckt denn unser Quell des Psychogeschwätzes heute?«

»Falls du damit Angelique meinst«, erwiderte Valle, »so vermute ich, daß sie die geistliche Zeremonie für heute nachmittag vorbereiten wird.«

Debi erklärte gereizt: »Ich werde nicht hingehen.«

Valle blickte sie streng an. »Oh doch, das wirst du.«

»Warum sollte ich? Sie hält mich für einen Nutte, warum sollte es mich da interessieren, was sie zu sagen hat?«

Valle zuckte die Achseln. »Vielleicht *bist* du eine Nutte.«

Die Stille war so schneidend wie Glas.

»Vielleicht sind wir das alle«, fuhr Valle fort. »Vielleicht kann uns die gute Schwester von unseren Einbildungen befreien.«

Ray hatte genug. Er erhob sich, warf seine Serviette hin und ließ sein Frühstück stehen, ohne auch nur einen Happen gegessen zu haben. »Entschuldigen Sie mich.«

Als er das Zimmer verließ, hörte er Valles Stimme mit gespielter Unschuld sagen: »Habe ich etwas Falsches gesagt?«

Ray ging direkt zur Krankenstation, wo Gina gerade damit beschäftigt war, eine Bestandsaufnahme der Vorräte und Medikamente zu machen. Er blieb in der Tür stehen, bis sie ihn bemerkte und sagte dann leise: »Ich habe nicht mit Justine geschlafen. Da ziehe ich etwas warmblütigere Geschöpfe vor, wie zum Beispiel eine Klapperschlange.«

Gina seufzte. »Warum interessiert es Sie, was *ich* denke?«

»Weil«, sagte Ray ruhig, »Sie der einzige Mensch hier sind – vielleicht sogar der einzige Mensch auf der ganzen Welt –, vor dem ich Respekt empfinden kann. Und weil ich auch gerne Ihren gewinnen würde.«

Ihr Gesicht entspannte sich. Sie lächelte traurig. »Das ist nicht gerade eine Durchschnittsfamilie, nicht wahr?«

Er trat einen Schritt ins Zimmer. »Ich will mich ja nicht beschweren, aber ... was haben Sie denn in dieser Gruppe verloren?«

Achselzuckend sagte sie: »Ich habe für Valle gearbeitet. Ich schätze, das tue ich immer noch.«

»Wo? In einer seiner Firmen?«

Sie seufzte, als ob sie die Antwort auf die Frage selbst nicht so genau wüßte. »Ich glaube schon. Allerdings gibt es auch bei mir Lücken, so wie bei Ihnen.« Sie rieb sich den Arm, als ob ihr plötzlich kalt wäre. »Manchmal denke ich über mein altes Leben nach ... über die Schule, über meine Freunde, sogar über meine Familie ... und ich frage mich, ob das alles wirklich passiert ist. Ob die Sonne wirklich jemals am Himmel geschienen hat ... ob es wirklich so etwas wie Sommer am Strand, oder heiße Juninächte, oder warmen Frühlingsregen gegeben hat ...«

Sie kämpfte gegen die Tränen an. Ray legte ihr sanft

die Hand auf die Schulter. »Die hat es gegeben«, sagte er. »Ich erinnere mich auch daran.«

»Wirklich?« sagte sie. Sie sah ihn an. »Ray … wer *bist* du? Weißt du das selber überhaupt?«

Er versuchte verzweifelt, die Verwirrung, die er empfand, in Worte zu fassen und sagte: »Ich … ich fühle mich ein bißchen wie ein Puzzle, das immer noch in der Schachtel liegt. Viele verschiedene Teile, aber ich habe keine Ahnung, was sie zusammengesetzt ergeben.« Sie mußte lachen, und lächelnd fuhr er fort: »Ich meine mich erinnern zu können … daß ich viel herumgezogen bin. Von Arbeit zu Arbeit. Von Stadt zu Stadt. Nirgendwo lange genug war, um Wurzeln zu schlagen. Aber ich weiß das nicht mit Bestimmtheit. Das einzige, was ich sicher weiß …« – er zögerte, entschloß sich dann aber doch, es auszusprechen –, »ist, was ich jetzt fühle. Nur darauf kann ich mich wirklich verlassen.«

Sie wandte schüchtern den Blick ab und wechselte das Thema.

Sie unterhielten sich, so gut das unter den haßerfüllten Blicken Franklins möglich war, bis es Zeit für Angeliques ›spirituelle Zeremonie‹ wurde und sie gemeinsam den Wintergarten betraten (was Justine natürlich nicht entging, die sie dafür mit einem bösen Blick bedachte). Die anderen Gäste hatten auf Klappstühlen Platz genommen. Vor den großen Fenstern, hinter denen der Schneesturm tobte, hatte man ein improvisiertes Rednerpult aufgebaut.

Wenige Augenblicke, nachdem sich Ray und Gina gesetzt hatten, kam Angelique herein. Sie trug überraschenderweise ein modisches lavendelfarbenes Kleid, und ihr Auftreten konnte Ray nur als betont würdevoll bezeichnen – als ob sie auf rohen Eiern liefe. Sie schenkte ihrer winzigen Gemeinde ein Lächeln und sah sie nicht grimmig, sondern mit einer gewissen Milde an. »Vielen Dank«, sagte sie sanft, »daß Sie heute gekommen sind …«

Da Ray das Video ihrer früheren Predigt gesehen hatte, konnte er sehr deutlich erkennen, wie sehr sie sich bemühte, etwas von dem Glanz der Frau, die sie einmal gewesen war, wiederzuerlangen. Sie räusperte sich; blickte auf ihre Notizen; dann lächelte sie und sagte mit leicht zitternder Stimme: »Wunder geschehen wirklich. Sie … sie leben ihn Ihren Herzen …«

»Schwester?« hörte Ray eine Stimme hinter sich sagen. Valles Stimme. Rays Magen krampfte sich augenblicklich zusammen.

Angelique blickte erschrocken auf. »Ich … ja?«

»Könnte das hier ein Wunder sein?« fragte er sachlich.

Angelique sah verwirrt aus. »Das hier?«

»Daß wir hier sind. Und leben. Während so viele andere sterben mußten. Ist das ein Wunder?«

»In … gewisser Weise, ja, schätze ich. Aber …«

»Die anderen, die gestorben sind«, sagte Valle, »sie hatten also alle kein Wunder verdient?«

Darauf war Angelique nicht vorbereitet. Ray sah, wie sie verzweifelt versuchte, den Rhythmus ihrer Gedanken wiederzufinden: »Jedesmal, wenn man jemand anderem … etwas Gutes tut«, sagte sie und verfiel damit wieder auf das auswendig Gelernte, um die Situation in den Griff zu bekommen, »ist das ein … ein Wunder …«

Aber inzwischen hatten die anderen mitbekommen, was Valle vorhatte, und wußten, daß sie sich gerne anschließen durften: »Oh«, meldete sich Thomas zu Wort, »daß Sie mein Vater zum Beispiel hier reingelassen hat, meinen Sie?«

»O ja«, sagte Justine, *»dafür* sei der Herr gepriesen.«

Ray und Gina tauschten beunruhigte Blicke, während Angelique sich verzweifelt bemühte, das Treffen wieder unter Kontrolle zu bekommen. »Bitte … lassen Sie mich doch ausreden …«

»Komm, komm«, sagte Valle zu Thomas, »ich hätte

doch gar nichts anderes tun können. Die arme Frau wußte doch nicht, an wen sie sich sonst hätte wenden können.«

Debi, die ihre Chance, sich zu rächen, nutzen wollte, lehnte sich vor und sagte mit messerscharfer Stimme: »Weil ihr Ehemann, der Kongreßabgeordnete, eine andere mit in den Regierungsbunker genommen hat!«

Ray zuckte zusammen. Angelique sah aus, als hätte man sie geschlagen. »Nein«, sagte sie, wobei das Wort mehr nach einem Ausatmen als nach einer Verneinung klang, »das ist nicht …«

»War sie jung?« höhnte Debi. »Hat Sie sich auch wie eine Nutte gekleidet?«

»Hören Sie auf!« schrie Ray. »Sie haben nicht das Recht …«

Mit fest zusammengepreßten Augenlidern versuchte Angelique, nichts an sich heranzulassen, indem sie die vertrauten Worte wie einen Rosenkranz herunterbetete: »Jedes … mal … wenn Sie ein bißchen Licht … in ein dunkles Zimmer bringen …«

Thomas sprang auf wie bei einer Erweckungspredigt: »Es ist ein Wunder!« rief er. »Preiset den Herrn!«

Thomas, Justine, Debi und Franklin lachten vergnügt; Valle, der das sichtlich zu genießen schien, verzog nur den Mund zu einem Reptilienlächeln. Ray und Gina liefen auf Angelique zu, die jetzt schluchzend zusammenbrach und sich an dem Pult festhielt, als ob es das letzte Überbleibsel einer entschwundenen, geliebten Welt wäre …

Ray erreichte sie als erster; er legte einen Arm um sie. »Es ist in Ordnung … kommen Sie … kommen Sie mit …«

Valle gefiel das nicht. »Mister Bava«, sagte er kalt, »der Gottesdienst ist noch nicht zu Ende.«

Ray blickte ihn an. »Ich glaube schon.«

Angelique vergrub ihr Gesicht in Rays Schulter und schluchzte hemmungslos; er und Gina geleiteten sie durch das behelfsmäßige Mittelschiff zum nächsten Ausgang. Valle war schrecklich wütend; als Ray an ihm vorbeilief, starrte dieser ihn giftig an, und Ray tat sein Bestes, den Blick zu erwidern.

Sie brachten Angelique zur Krankenstation, wo Ray dabei zusah, wie Gina die arg mitgenommene Frau zu Bett brachte und ihr dann ein paar Pillen und ein Glas Wasser reichte. »Hier«, sagte sie. »Das wird Ihnen beim Einschlafen helfen.«

Angelique starrte die Pillen in ihrer Hand mit glasigen Augen an. »Die hätte ich nehmen sollen … als er mich verlassen hat«, sagte sie leise …

Gina legte ihr sanft die Hand auf den Arm. »Sagen Sie so etwas nicht.« Angelique schluckte die Pillen ohne Wasser und schloß die Augen. Gina wartete geduldig, bis sie eingeschlafen war und zog sich dann mit Ray leise in den Vorraum zurück.

Als sie die Tür hinter ihnen schloß, sagte Gina: »Ich weiß, was du denkst. Aber man kann nirgendwo hin abhauen.«

»Valle sagte, daß es weitere Enklaven gäbe – weitere Refugien …«

Gina schüttelte den Kopf. »Das sind nur Gerüchte. Manchmal glaube ich, daß er sie sich ausdenkt, nur um uns zu ärgern und falsche Hoffnungen in uns zu wecken. Aber selbst wenn es eine andere Enklave geben würde, und wir wüßten, wo sie liegt – wie sollten wir denn da hinkommen? Eine Strecke von Hunderten, vielleicht sogar Tausenden von Kilometern zu Fuß zurücklegen?« Ihre Stimme versagte und sie senkte den Blick. »Nein«, sagte sie leise. »Es gibt keine anderen Refugien. Nicht für uns.«

Ray streckte den Arm aus, nahm ihr Kinn zart in seine Handfläche und zwang sie sanft dazu, ihn anzusehen.

»Eines gibt es«, sagte er.

Während sie sich in der Wärme und der Dunkelheit seines Zimmers liebten, konnten sie sich einen Augenblick lang vorstellen, daß sie sich in einer anderen Zeit und an einem anderen Ort befanden; daß der Schnee, der draußen vor den Fenstern in der Finsternis herumwirbelte, nur Teil eines Wintersturms war, der vorbeigehen würde; daß sie morgens beim Aufwachen eine dünne Schneedecke auf dem Rasen und eine kräftige, alles wegtauende Sonne am Himmel vorfinden würden. Einen Moment lang war es möglich, an Jahreszeiten zu glauben.

Der Schrei einer Frau beendete diese Träume.

»Thomas! Um Himmels willen!« Justines Stimme, voller Schrecken und Angst. Ray und Gina kletterten aus dem Bett, warfen sich Bademäntel über und rannten auf Valles Zimmer zu, aus dem Justines Stimme drang: »*Verdammt,* Tom, nein!«

Sie drängten durch Valles Tür und eilten durch das Wohnzimmer in das palastartige Schlafzimmer dahinter. Dort fanden sie Thomas Valle, zerzaust, mit wilden Augen und sturzbetrunken, der anderthalb Meter von dem Bett entfernt stand, auf dem sein Vater und seine Frau nackt lagen. Er hatte eine 45er auf Justine gerichtet, die gegen das Kopfbrett des Bettes gelehnt dasaß und keineswegs so überlegen wirkte wie sonst. Valle, der, teilweise von der Satinbettwäsche bedeckt, neben ihr saß, war viel gelassener; er zeigte nicht einmal Anzeichen von Angst.

Ray und Gina blieben wie angewurzelt in der Tür stehen.

Thomas wandte sich ihnen nur kurz zu. »Kommen Sie nicht näher«, warnte er sie und fuchtelte drohend mit der Pistole herum.

Ray rührte sich nicht vom Fleck und überlegte, wie er Thomas entwaffnen könne, ohne dabei jemand anderen zu gefährden. Thomas wandte seine Aufmerksamkeit wieder seiner Frau zu.

»Du Schlampe«, sagte er, als würde er das Wort ausspucken. »Wie lange hast du das schon getrieben? Von Anfang an? Seit wir hier eingezogen sind?« Als Justine nicht antwortete, hob er die Pistole und richtete sie auf ihren Kopf. Seine Hand zitterte. »*Antworte* mir, verdammt nochmal!«

»Eigentlich«, erwiderte Valle ruhig und gelassen, »hatte es schon angefangen, lange bevor ihr hier eingezogen seid. Das stimmt doch, oder, Justine?«

Justine sah ihn an, als hätte er jetzt völlig den Verstand verloren. Einen Augenblick lang sah Ray in Thomas' Augen den Schock, schlimmer betrogen worden zu sein, als er es je erwartet hätte – als er es je hätte hören wollen –, der Schock verwandelte sich in Resignation, und dann die Resignation in Wut …

Aber Valle sagte bloß ruhig: »Hör auf, mit dem Ding auf deine Frau zu zielen, Thomas. Eigentlich willst du es doch auf mich richten, oder?« Er lächelte. »Komm schon. Mach doch.«

Thomas hielt die Pistole einen Moment lang still … dann bewegte er die Mündung langsam ein paar Zentimeter nach links … bis er genau auf das Herz seines Vaters zielte.

»Du Arschloch«, sagte er. »Das hätte ich schon vor Jahren machen sollen. Als du Mutter krankenhausreif geprügelt hast, das erste Mal.«

Valle lachte. »Du hattest nicht den Mut dazu. Und das hast du immer noch nicht.«

»Und wie würdest du das hier bezeichnen?«

»Das würde ich den starken Mann spielen nennen. Das sieht man oft bei Versagern.«

»Halt die Klappe!«

Aber Valle hörte nicht auf. »Du bist dein ganzes Leben lang ein Versager und ein Feigling gewesen, und das wirst du jetzt auch nicht mehr ändern können.«

»Valle, um Himmels willen …«, brach es aus Ray hervor.

»Verdammt noch mal«, schrie Thomas, »zwing mich nicht dazu!«

Valle lächelte. »Spürst du deinen Finger am Abzug, Thomas? Kannst du die Spannung dort spüren? Das ist Macht. Das ist es, wovor du dein ganzes Leben lang Angst gehabt hast. Du hast sie verschmäht, sie abgelehnt, bist vor ihr davongelaufen. Was wirst du denn jetzt machen, wo du sie hast? Wieder vor ihr davonlaufen? Oder sie nutzen?«

Thomas' Hand hörte plötzlich auf zu zittern.

Er hob die Waffe an und zielte zwischen die Augen seines Vaters.

»Du Bastard«, flüsterte er.

Ein Schuß krachte … aber nicht aus Thomas' Pistole.

Ray sah mit Entsetzen, wie sich Blut auf Thomas' Hemd ausbreitete, erst zu einem Flecken so groß wie ein Geldstück wurde und sich dann über die gesamte Brust verteilte – als würde ihn der Rote Tod Edgar Allan Poes holen kommen.

Ray wirbelte herum und blickte Valle an. In der Satinbettwäsche, die Valles Arm bedeckte, war ein qualmendes Loch. Er warf die Bettdecke beiseite, und die Pistole in seiner rechten Hand war zu sehen.

Thomas brach zusammen, so als würde ihn das Gewicht des Blutes nach unten ziehen, und verlor das Bewußtsein.

Ray stürzte sich auf Valle und griff nach der Pistole. Sie rangen darum, ein weiterer Schuß löste sich – der Gott sei Dank nur harmlos in die Luft ging –, bevor Ray die Waffe aus Valles Hand lösen konnte, indem er ein paarmal auf dessen Handgelenk schlug. Sie rollten vom Bett herunter und versuchten beide, die Oberhand zu gewinnen. Valle packte Ray am Hals und drückte mörderisch fest zu. Für einen Mann in seinem Alter war er erstaunlich kräftig. Ray stach mit beiden Mittelfingern in Valles Kehle, in das weiche Gewebe neben dem Kehlkopf. Valle schrie auf und ließ Rays

Hals los. Ray packte Valles Arme, und es gelang ihm, ihn zu Boden zu drücken. Ray ließ seine Arme angespannt, ohne nachzugeben, in der Erwartung eines wahrscheinlich heftigen Gegenangriffs …

Aber plötzlich gab Valle nach; sein Körper erschlaffte und er leistete keinen Widerstand mehr. Er blickt zu Ray auf und grinste ihn wölfisch an.

Auf einmal wurde es sehr hell im Zimmer. Das Licht schien durch Valles Gesicht *hindurch* zu leuchten.

Und Ray war kalt. So kalt wie der Sturm, so kalt, wie ihm gewesen war, als er in die Schneewehe fiel.

Er ließ Valle los. Der Raum war von blendendweißem Licht erfüllt; Gina war nur noch eine weiße Silhouette vor einem weißen Hintergrund, die sich langsam auflöste. Ray rief nach ihr, aber seine Stimme klang unglaublich schwach.

Wenige Augenblicke später gab es kein Zimmer mehr, kein Haus, keine Gina, oder Valle, oder den armen sterbenden Thomas; nur noch Vergessen.

Und dann war er genauso plötzlich wieder im Eßzimmer.

Ein Feuer brannte im Kamin; auf dem Tisch hatte man eine kräftiges Frühstück aufgefahren. Der Raum war warm und, bis auf Ray, verlassen. Er saß, vollständig angezogen, am Tisch … und er hatte keine Ahnung, wie er hierhergekommen war oder sich angezogen hatte. Was, zum Teufel, war bloß los? Wo steckte Valle? Und Gina? Und …

»Sie sehen aus, als hätten Sie irgendwelche Schwierigkeiten«, sagte rechts von ihm jemand. Ray drehte sich um und sah Franklin, der, adrett in Blazer und Anzugshosen gekleidet, nicht weit von ihm entfernt stand und eine Flasche Wein öffnete.

Aber der Franklin, der den Korkenzieher kräftig herumdrehte, war ein völlig anderer: Er war kein nervöses, fünfzig Jahre altes Männlein mehr – sondern ein gutaussehender etwa *dreißig Jahre* alter Mann. Und noch etwas fiel ihm auf: ein unangenehmer Zug um seinen Mund, etwas Reserviertes in seinen eng beieinander stehenden Augen …

»Meiner Erfahrung nach gibt es nur sehr wenig«, sagte er, während er den Korken herauszog, »das man nicht mit einen Drink kurieren kann.« Er goß einen Schluck Chablis in Rays Wasserglas. »Ein 1997er Mélinots. Mein Vater hat einen sehr guten Geschmack, was Weine angeht …«

Vater? Ray starrte ihn ungläubig an. »Doktor … was, zum Teufel, ist denn hier los?«

Franklin lachte. »Doktor? Himmel, ich habe gerade mal meinen Magister gemacht. Er sah nach links. Hier kommt gerade der einzige Doktor in *diesem* Haus …«

Ray blickte auf.

Thomas betrat den Raum. Gesund und munter. Ohne den kleinsten Kratzer.

Und zwanzig Jahre älter.

Das Gesicht voller Falten, Tränensäcke unter den Augen. Er lief mit dem nervösen, zögerlichen Schlurfen eines noch älteren Mannes. *Franklins* Gang. Er erblickte Ray, sah ihn kalt an, so wie es Franklin immer getan hatte, und setzte sich an den Tisch.

»Doktor Dreeden«, sagte Franklin. »Möchten Sie etwas Wein?«

»Um diese Tageszeit? Ich glaube nicht.« Auch seine Stimme war anders: Es war immer noch die Stimme von Thomas, aber dünner, quäkender, von der finsteren Vitalität entleert, die ihr die Wut verliehen hatte. Er klang müde, resigniert.

Die Dinge wurden immer seltsamer.

Justine kam die Treppe herunter – sie trug Ginas weiße Schwesterntracht. Ihr Haar fiel ihr auf die Schultern, wodurch ihr Gesicht weicher wirkte, und selbst ihre Augen waren nicht mehr hart und glitzernd, sondern ihr Blick war offen und warmherzig.

Sie lächelte, als sie Ray sah. »Mister Bava« – auch ihre Stimme klang warm –, »wie geht es Ihnen?«

Ray, der völlig verwirrt war, konnte nur stammeln: »Ich … ich glaube, daß ich gerade einen Rückfall bekomme.«

Justine sah ihn besorgt an. »Es tut mir leid, das zu hören. Vielleicht sollten Sie nach dem Frühstück mal in die Krankenstation kommen …«

Und dann betrat Debi das Zimmer. Debi, deren honigblonde Haare zu einem Knoten aufgetürmt waren. Die eines von Justines schicken Kleidern und Justines Schmuck trug. Die sich mit Justines langsamen, aufreizenden Schritten dem Tisch näherte.

Franklin würdigte sie kaum eines Blickes, als sie sich neben ihn setzte. »Wir haben uns heute nacht wohl ein bißchen verlaufen, was, mein Liebling?« sagte er bissig.

Debi spießte ein Stück Melone mit der Gabel auf. »Oh, ich wußte *ganz genau,* wo ich war, Franklin. Aber nett von dir, daß du dir Sorgen machst.«

In Rays Kopf wirbelte es durcheinander. Es war alles genau gleich, und doch war alles ganz anders. Was, zum Teufel, war bloß los? Eine weitere Nebenwirkung der bakteriellen Infektion? Aber das konnte kaum die Anwesenheit von Thomas erklären, seine wundersame Heilung von der Schußwunde …

»Guten Morgen, alle zusammen.«

Valle trat unverändert, soweit Ray das feststellen konnte, ins Zimmer; aber an seinem Arm hing jetzt – Angelique. Eine Angelique mit toupiertem Haar, die ein enges Minikleid trug und mit den Hüften wackelte, als sie hereinstolzierte. Valle sah, wie Ray sie anstarrte, und wieder grinste er wölfisch. »Mister Bava, Sie erinnern sich doch an meine Verlobte – Angelique?«

Angelique kicherte. »Nennen Sie mich ruhig Angel.«

»Und natürlich«, fuhr Valle fort, »kennen Sie auch unsere gute Schwester.«

Plötzliche Angst erfüllte Ray. Er wußte, wer das nur sein konnte.

Er blickte auf – und sah Gina die Treppe herunterkommen. Sie trug das graue, totenhemdartige Kleid, aber das war noch die geringste der Veränderungen, von denen sie heimgesucht worden war: Ihr Gesicht, das einmal offen und zugänglich gewesen war, war nun hart und verschlossen, und in ihren Augen glühten kaum verhehlte Wut und Paranoia …

Gina nahm gegenüber von Angelique Platz und bemerkte: »Sie sind wie eine Nutte angezogen.«

Wie zuvor erklangen entlang des Tisches Stöhnen und Beleidigungen. Rays Herz schlug ihm bis zum Hals. Es erfüllte ihn mit hilfloser Wut, Gina aus irgendeinem Grund, den er nicht begriff, so verdreht und verdorben zu sehen.

»Der einzige Weg, seine Sünden loszuwerden, ist, sie *zu bekennen*«, schrie Gina mit der gleichen schrillen Stimme wie ursprünglich Angelique. »Lassen Sie mich Ihnen dabei helfen …«

»Vielleicht hat die gute Schwester ja recht damit«, sagte Valle. Bildete sich Ray das nur ein, oder sah er ihn dabei an, hatte seine Stimme einen Unterton, der nur für ihn bestimmt war? »Ich glaube, daß wir alle von ihrem Rat profitieren könnten. Vielleicht wäre eine Art von … spiritueller Zeremonie …«

»Nein!« schrie Ray reflexartig. Er sprang auf und kippte dabei seinen Wein um.

»Mister Bava, was ist denn los?« Valles wissendes Lächeln strafte seine eigene Frage Lügen.

Er wollte nicht zulassen, daß Valle es wieder tat; nicht mit Gina. Er ging zu ihr hinüber und ergriff ihre Hand. »Gina, komm mit …«

Aber Gina riß ihre Hand zurück und ihre Augen blitzten vor Entrüstung. »Wie können Sie es wagen!« fuhr sie ihn an.

»Gina, bitte …«

»Fassen Sie mich nicht an!«

Debi lächelte grimmig. »Ja, Ray, haben Sie das nicht gewußt? Sie ist die verdammte Jungfrau Maria – wenn der Sex, den Sie ihr bieten können, nicht *vollkommen rein* ist, hat sie kein Interesse daran.«

»Gotteslästerin!« schrie Gina. Ihr wilder Blick wanderte von einem Gast zum nächsten. »Sie alle, Sie *suhlen* sich im Bösen, sie *sonnen* sich in ihrer eigenen Verworfenheit!«

Alle außer Justine und Ray lachten laut. »Ich muß schon sagen«, sprach Debi zu niemandem im besonderen, »wer vermißt bei einem solchen Unterhaltungsprogramm noch das Fernsehen?«

Die Seele tat Ray weh wegen Gina, wegen dem, was aus ihr geworden war. Erneut berührte er sie. »Gina ...«

Sie stieß seine Hand weg, ihr Tonfall wurde wild. *»Lassen Sie mich in Ruhe!«* Sie rannte davon, als wäre der Teufel hinter ihr her und stapfte inmitten des Gelächters und Beifalls der anderen die Treppe hinauf.

Ray sah sie verschwinden, überwältigt von Schrekken, Trauer, Verlust – und einer immer stärker werdenden Wut.

»Ehrlich gesagt«, meinte Debi in einem gespielt vertraulichen Tonfall, »ich glaube, unsere Heilige der ewigen Abstinenz könnte wirklich davon profitieren, wenn sie sich mal richtig durchvögeln lassen würde ...«

Wütend drehte sich Ray zu Valle um.

Valle blickte ihn an und lächelte.

Plötzlich brach in Rays Bewußtsein eine Erinnerung an die Oberfläche, als hätte er sie lange unterdrückt und sie sich jetzt gerade erst bewußt gemacht: Er sah plötzlich ein erschütterndes Bild von sich selbst vor sich, wie er jemanden schlug, auf diesen Menschen einprügelte ohne zu zögern, ohne Schuldgefühle, ohne jede Regung.

Valles Blick war ruhig und fest.

Ray wurde von den Erinnerungen überwältigt, die auf ihn einstürzten:

Ray, wie er jemandem berechnend und systematisch den Arm brach; er hörte das Krachen der Knochen so deutlich, als würde es hier in diesem Zimmer passieren. Es machte ihm nicht mehr aus, als bräche er einen Bleistift entzwei.

Ray, wie er, ohne sich dabei seinen grauen Anzug zu zerknittern, jemanden in Valles Büro zu Boden warf und ihm in den Magen trat, während Valle zustimmend nickte.

Ray, den ein Gefühl von Stolz und Freude überkam, als er Valles Zustimmung sah.

Nein, sagte er zu sich selbst. *Das ist nicht wahr!* Valle tat das. Er versuchte, aus ihm etwas zu machen, das er nicht war. Er blickte auf, um Valle gegenüberzutreten.

Valle grinste in wölfisch an.

Rays Wut verpuffte. Plötzlich fühlte er nur noch ... Bewunderung für Valle. Die Art von Bewunderung, die ein Raubtier dem anderen entgegenbringt. Er spürte, wie sich ein Grinsen, Valles Grinsen, über sein Gesicht zog, wie eine Schlange unter der Haut, kalt und giftig und willkommen. Plötzlich war Valles Zustimmung das einzige, was er im Leben wollte, seinen kalten Segen.

»Ray«, sagte Valle wie nebenbei, »ich habe gerade erfahren, daß mein Sohn plant, mich zu ermorden. Halten Sie ihn davon ab.«

Franklin wurde bleich. Zitternd erhob er sich. »Was zum Teufel ...:«

Ray hatte sich schon auf ihn gestürzt, ehe er den Tisch verlassen konnte. Er packte ihn am Kragen und hob ihn halb von den Füßen. Ray verschwendete keinen Gedanken an seine plötzliche Stärke; er genoß sie lediglich. *Ruhende Macht ist sinnlos,* sagte eine Stimme in ihm. *Ausgeübte Macht ist Genuß.* Ray lachte, versessen darauf, seine Macht auszuüben.

Franklins Gesicht war leichenblaß. »Bitte«, seine Stimme zitterte vor Angst, »bitte nicht …«

Statt Verachtung spürte Ray ein leichtes Gefühl von Mitleid, von Mitgefühl. Er kämpfte dagegen an, versuchte es zu ignorieren. Valle würde sich für ihn schämen, wenn er von diesen Gefühlen wüßte; Valle würde das niemals gutheißen.

Aber es ließ ihn nicht in Frieden. Er starrte in Franklins entsetzte Augen … und langsam kam er wieder zu Bewußtsein.

Die falschen Erinnerungen zerfielen wie altes Gebäck – bröckelig und bitter im Geschmack.

Ray ließ Franklin los. Er drehte sich zu Valle um und fühlte keinerlei Bewunderung mehr, nur noch Wut – noch mehr als zuvor, jetzt, da er etwas von dem Mißbrauch gespürt hatte, den die anderen erlebten. »Sie Arschloch«, sagte er.

Valle schien überrascht und ziemlich fasziniert zu sein. Auch Franklin war über Rays Kehrtwendung verblüfft – und erleichtert. Debi sah ein wenig enttäuscht aus.

Valle erhob sich. »Ich glaube, Mister Bava«, sagte er, »wir müssen uns mal unterhalten.« Er lächelte den anderen Gästen zu. »Wenn Sie uns bitte entschuldigen würden?«

Im Wintergarten fanden sie ein ungestörtes Plätzchen. Bis auf den Sturm, der vor den Fenstern wütete, waren sie hier allein. Valle zündete sich eine Zigarre an und betrachtete Ray genauer. »Ich muß zugeben, daß Sie mich neugierig gemacht haben. Keiner der anderen war in der Lage, sich meinen – ›Veränderungen‹ zu widersetzen. Warum gelang es Ihnen?«

»Das müssen Sie mir sagen. Diese ›Infektion‹ – haben Sie sie geschaffen? Benutzen Sie sie irgendwie? Wie, zum Teufel, *machen* sie das?«

Valle zuckte die Achseln. »Sagen wir nur, daß ich es kann, und belassen es dabei.«

Nach einem Augenblick sagte Ray: »Okay. Behalten Sie Ihr kleines Geheimnis ruhig für sich. Aber verwandeln Sie Gina wieder in das zurück, was Sie war. Geben Sie ihr ihre wahre Persönlichkeit wieder.«

Valle lachte. »Und woher wollen Sie wissen, daß das ihre wahre Persönlichkeit war? Vielleicht haben Sie sich in eine Fassade verliebt – eine Maske –, die ich geschaffen habe. Vielleicht ist Gina in Wirklichkeit so kalt und berechnend wie die Frau von meinem Sohn.«

»Das glaube ich nicht.«

»Aber Sie wissen es auch nicht mit Sicherheit, oder? Sie wissen *überhaupt nichts* mit Sicherheit.«

Ray kochte vor Wut, weil er wußte, daß er recht hatte. Valles Stimme wurde noch härter. »Ich weiß nicht, warum Sie sich nicht meinem Willen beugen, Mister Bava. Aber die Realität – die einzige Realität, die für Sie von Bedeutung ist – ist die, daß ich der Herr in diesem Haus bin. Und wenn Sie hierbleiben wollen, müssen Sie sich an die Hausordnung halten.«

»Falls Sie damit meinen, daß ich einfach nur dabei zusehen soll, wie Sie die Leute wie Marionetten herumschieben«, fuhr ihn Ray an, »dann können Sie das getrost vergessen.«

Valle dachte einen Moment lang nach. »In dem Fall«, sagte er ruhig, »finden Sie unten, neben dem Hydrokultur-Labor, einen Vorratsraum. Da drin sind mehrere beheizbare Parkas, Skibrillen, ein Verbandskasten, Proviant, ein elektronisches Navigationssystem – sogar eine Pistole. Nehmen Sie sich ruhig davon, was Sie wollen – und alles, was Sie brauchen werden.«

»Sie wollen mich rausschmeißen?«

»Ich biete Ihnen die Möglichkeit, uns zu verlassen. Wenn Sie der Anblick meiner Manipulationen so stört, dann können Sie sich auf die Suche nach einem anderen Refugium begeben. Obwohl ich ernsthaft bezweifeln möchte, daß Sie eins finden werden.« Sein verschlagenes Lächeln schien auf ein Wissen hinzudeuten, über das Ray nur Vermutungen anstellen konnte. »Die Luftschleuse befindet sich auf der Rasenfläche südlich des Hauses; sobald Sie darin sind, befolgen Sie die Anweisungen, die an der Wand hängen. Die Zugangstür wird sich hinter Ihnen schließen, das Teilchenfeld wird an der Stelle Ihres Austritts neutralisiert und dann nach dreißig Sekunden wieder aktiviert werden. Falls Sie sich entschließen sollten, wieder zurückzukehren, dann können Sie das – allerdings nur zu *meinen* Bedingungen.«

Er lächelte und verließ den Wintergarten. Ray blickte ihm nach und zweifelte keinen Augenblick daran, daß er es ernst gemeint hatte. Dann sah er hinaus in den gnadenlosen Sturm. Einen Moment lang konnte er ihn sogar spüren – die eiskalte Umarmung einer verschmähten Geliebten, die ihn sich wiederholen wollte –, aber trotzdem brauchte er nicht lange, um sich zu entscheiden.

Er fand Gina in der Bibliothek im ersten Stock, wo sie auf den Knien betete; obwohl ihre Augen geschlossen waren und auf eine innere Ruhe hätten hindeuten sollen, konnte Ray die Qualen in ihrem Gesicht erkennen, den Schmerz und die Trauer der Verlassenheit, des Verlustes von Liebe und Glauben. Und nichts daran war echt. Alles war ihr irgendwie von Valle eingeprägt worden, und ihre wahre Vergangenheit lag wie eine vergessene Schrift unter dieser Lüge von Erinnerung verborgen.

Er blieb in der Tür stehen und räusperte sich.

Sie drehte sich um. In ihren Augen zeigte sich Angst, als sie ihn erblickte.

»Entschuldigen Sie bitte, Schwester«, sagte er sanft, so sanft er nur konnte. Ihr Körper war angespannt, als würde sie sich auf einen Angriff vorbereiten. »Ich wollte mich nur entschuldigen. Es war … ungehörig von mir.«

Die Anspannung in ihrem Körper ließ etwas nach,

aber sie betrachtete ihn trotzdem argwöhnisch. »Na ja, Sie … Sie kamen mir nie wie ein Mann mit bösen Absichten vor, Mister Bava«, sagte sie leise.

»Das bin ich auch nicht.«

Sie nickte und blickte ihn wohlwollend an, als wäre er ein Büßer, der um Vergebung bat. »Wenn Gott uns unsere Taktlosigkeiten vergeben kann«, sagte sie, vor Frömmigkeit triefend, »dann kann ich es auch. Ich nehme Ihre Entschuldigung an.«

Sie sah so gebrochen aus, so vertrauensvoll. Er hoffte, daß er für das, was er plante, nicht eines Tages wirklich würde büßen müssen.

»Vielen Dank«, sagte Ray und griff in seine Tasche.

»Ich hoffe nur, daß Gott hierfür genauso viel Verständnis aufbringen wird.«

Er zog die automatische Pistole, die er aus dem Lagerraum mitgenommen hatte, aus der Tasche und richtete sie auf sie. Entsetzt wich Gina einen Schritt zurück und warf dabei aus Versehen einen kleinen Tisch um.

»Ich werde Ihnen nicht weh tun«, versprach er. »Aber Sie müssen mit mir mitkommen.«

Unglaublicherweise spürte er die Kälte sogar durch das Wärmefeld hindurch, das der Parka erzeugte. Das Feld ließ sogar den Eisregen schmelzen und verwandelte ihn in nassen Matsch, bevor er ihn ins Gesicht traf, aber anscheinend konnte nichts den rauhen, beißenden Wind mildern, der durch ihren Wärmeschutz hindurchfuhr wie ein Messer. Ohne die Parkas wäre es noch viel schlimmer gewesen, aber selbst so drang ihnen die Kälte bis in die Knochen.

Schwester Gina watete ein paar Schritte vor ihm durch die Schneewehen. Da sie weniger an die Kälte gewöhnt war, empfand sie sie wahrscheinlich noch stärker. Wieder überkamen ihn Schuldgefühle, nicht zum ersten Mal während der letzten halben Stunde – aber er wußte, daß er es versuchen mußte. Wenn Valles

Haus die Grundlage für seine Macht war, würde sein Einfluß auf Gina vielleicht geringer werden, je weiter sie sich davon entfernten. Wenn nicht – nun, dann er hatte immer noch das Navigationsgerät in seinem Gepäck; sie konnten immer noch umkehren.

Und was wäre dann? fragte er sich. Sollten sie ihr restliches Leben der Gnade Valles ausgeliefert verbringen? Als Schachfiguren in Valles Machtspielchen? Und wie lange würde es dauern, bis es Valle gelänge, ihn genauso unter seine Kontrolle zu bringen, wie er es bei den anderen getan hatte – bis er wirklich Valles unbarmherziger, brutaler Gehilfe wurde? Falls er nicht das Glück hatte, die Waffe auf sich selbst richten zu können, bevor das geschah?

Plötzlich stolperte Gina und fiel mit einem kleinen Aufschrei in eine Schneewehe. Ray konnte sehen, wie ihr hinter der Skibrille die Tränen in die Augen schossen. »Bitte – ich muß anhalten – eine Pause machen …«

Er haßte es, er haßte die Furcht in ihren Augen, wenn sie ihn ansah, nachdem sie ihn schon einmal mit den ersten Spuren von Liebe im Blick betrachtet hatte. »In Ordnung«, sagte er. Vielleicht wäre es besser gewesen, das nicht zu sagen, aber er hätte es nicht ertragen können, wenn sich bei einem Nein die Furcht in Haß verwandelte. »Aber nur ein paar Minuten.«

Er grub als improvisierten Windschutz eine kleine Kuhle in die Schneewehe. Als sie sich hineinzwängten, zog Ray eine Thermosflasche aus der Tasche. »Möchten Sie etwas Kaffee?«

Sie nickte. Er schraubte die Flasche auf und goß ihr einen dampfenden Kaffee ein. Sie nahm einen Schluck und schloß die Augen. »Gott im Himmel«, flüsterte sie, »mir ist in meinem ganzen Leben noch nie so kalt gewesen.« Sie öffnete die Augen und sah ihn flehend an. »Bitte bringen Sie mich zurück.«

Ray wollte sie berühren – ihr zeigen, er würde es nicht zulassen, daß ihr etwas zustieße –, aber er wußte, daß er es nicht wagen konnte. »Noch nicht«, sagte er nur. »Es tut mir leid.«

Sie blickte weg und trank noch einen Schluck Kaffee.

»Geht es Ihnen besser?« fragte er hoffnungsvoll.

Sie nickte zögernd. »Ein bißchen.« Sie blickte in den eintönigen, mit grauen Wolken gefleckten Himmel. »Keine Sonne«, sagte sie leise. »Nie scheint die Sonne.« Sie schüttelte den Kopf. »Manchmal frage ich mich, ob sie jemals wirklich geschienen hat … Es ist so lange her, ich frage mich …«

Mit urplötzlicher Erregung führte Ray den Gedanken für sie zu Ende. »Ob es wirklich jemals Sommer am Strand gab«, sagte er, »oder heiße Juninächte, oder … warmen Frühlingsregen …«

Sie blickte ihn überrascht an. »Woher wissen Sie das?«

Er nahm seinen Mut zusammen und ihre Hände in seine. Sie zuckte zurück, aber er ließ sie nicht los. Er sah ihr in die Augen. »Gina – sieh mich an. Versuche, dich zu erinnern. Wir fingen gerade an, uns gegenseitig etwas zu bedeuten. Spürst du das? Spürst du etwas davon, wenn du mich ansiehst?«

Gina starrte ihn forschend an. Zunächst war ihr Gesichtsausdruck so bedeckt und ohne Sonne wie der Himmel über ihnen … dann erschien langsam eine Art von schwachem Licht in ihren Augen.

Aus einer Erinnerung heraus, die sie selbst nicht zu verstehen schien, sagte sie: »Es gibt kein anderes Refugium …«

Rays Herz raste.

»Eins gibt es«, sagte er leise.

Er beugte sich vor und küßte sie. Sanft; kurz; zärtlich. Sie erwiderte den Kuß nicht gerade, aber sie wehrte sich auch nicht, und als er zurückwich, leuchtete in ihren Augen ein Wiedererkennen auf.

»Ray …?« sagte sie sanft.

Sie *sah* ihn; sie *erkannte* ihn. »Himmel!« sagte er lachend. *»Gina …«*

Und in dem Moment wurde alles plötzlich weiß.

Zuerst dachte er, daß es der Sturm sei – Schnee, der ihm die Sicht raubte. Zu spät erkannte er, daß es das gleiche gleißende Licht war, das ihn in Valles Schlafzimmer erwischt hatte. Und wieder schrie er »Gina!«, aber sie war verschwunden, und auch er war verschwunden und trieb in einer viel zu hellen Leere …

Und er war wieder im Refugium.

Er saß auf dem gleichen Stuhl am Eßtisch, auf dem er sich auch das letzte Mal wiedergefunden hatte – während Valles höhnisches Gelächter durch das Zimmer hallte.

Ray sprang auf. Valle stand nur ein kleines Stück von ihm entfernt und amüsierte sich königlich. »Rührend! Wirklich rührend, ich bin anscheinend ein besserer Dramatiker, als ich je gedacht hätte.«

»Sie Arschloch, ich bin zu ihr durchgedrungen!«

»Ich habe es Ihnen *gestattet*, zu ihr durchzudringen«, sagte er barsch. »Es gibt hier nichts, was ich nicht kontrollieren kann, Bava. *Nichts*. Soll ich es Ihnen beweisen?«

Valle streckte die Hand aus.

Eine Frau ging hinter Ray vorbei, er konnte nur ihren Rücken sehen. Sie hatte toupiertes Haar, war in ein Minikleid gezwängt und stolzierte auf hochhackigen Schuhen an Valles Seite. Zuerst dachte Ray, daß es Debi sei, oder Angelique – dann bemerkte er, daß ihr Haar nicht blond war, oder kastanienrot, sondern braun …

Sie drehte sich um, ein leeres Lächeln im Gesicht.

Valle grinste. »Ray, darf ich Ihnen meine Verlobte vorstellen – Gina?«

Gina hakte sich kichernd bei Valle ein. »Gina mit einem ›G‹.«

Ray starrte die Frau an, die er liebte und die abermals verdreht und verdorben worden war … und verlor die Kontrolle über sich. Mit einem Wutschrei warf er sich auf Valle. Er wußte, daß der ihn mit Leichtigkeit umbringen konnte, aber es war ihm völlig egal.

Doch nach wenigen Schritten wurde aus Rays Wutschrei ein … Schmerzensschrei. In seinem Kopf explodierte ein Schmerz, der schlimmer war als ein Dutzend Migränen gleichzeitig. Ein kaltes Feuer, das alles hinter seinen Augen zu vernichten schien. Seine Hände gingen reflexartig zum Kopf. Er verlor sein Gleichgewicht und sank in die Knie.

Durch rote Schleier des Schmerzes sah er zu Valle hinauf. »*Verdammt* noch mal! Was *machen* Sie mit mir?«

Aber durch den Schleier konnte er auch sehen, daß Valle dieses Mal genauso überrascht – und verblüfft – war wie Ray.

Diesmal erschien das blendende weiße Licht nicht.

Diesmal war nur Dunkelheit. Dunkelheit und Schmerz.

Und dann hörte er aus der Ferne Stimmen, die aber mit jedem Wort näherkamen:

– *Blutdruck 110 zu 70 …*

– *Puls auf sechzig, steigend …*

– *Atmung stabilisiert sich …*

Ray erwachte in der Kälte. Aber es war nicht die Kälte des Sturms.

Er war nackt; das merkte er sofort. Kühle Luft wehte über seine Beine, seinen Körper, sein Gesicht.

Er öffnete die Augen.

Die Erinnerung an sein Leben kehrte schlagartig zurück.

Er hieß Raymond Bava. Geboren in Detroit, Michigan; nach Chicago gezogen, als er fünf war. Seine Eltern hießen Salvatore und Donna Bava; er hatte eine Schwester, Lorraine, und einen Bruder, Joseph …

Er blickte an sich hinunter. Er lag nackt auf einer Krankentrage. Elektroden klebten auf seiner Brust, an seinem Hals, praktisch an jeder Stelle seines Körpers. Er war mit einem Plastikgurt quer über dem Bauch auf der Trage festgeschnallt.

Er hatte 2022 seinen Abschluß in Journalismus an der Northwestern University gemacht. Zwei Jahre lang war er bei der Online-Ausgabe der *Chicago Sun Times* gewesen; anderthalb Jahre beim Radiosender WABC in New York; drei Jahre als Redakteur vom Dienst im Bostoner Büro der *Global Online News* …

Eine Frau in der weißen Uniform der Medizintechniker lächelte auf ihn herab. Ihre Stimme klang sanft und beruhigend. »Es ist alles in Ordnung, Mister Bava. Wir haben ein Heilverfahren gefunden, Sie werden wieder gesund werden.« Sie blickte zu einem anderen Medizintechniker. »Sein Blutdruck stabilisiert sich. Ich glaube, wir können ihn jetzt verlegen.«

Jetzt erinnerte er sich; an alles. Erinnerte sich daran, wie zuerst seine Arbeit darunter gelitten hatte, an die Konzentrationsschwierigkeiten, denen mangelnde Motivation folgte – ein völliges Fehlen an Arbeitswillen. Dann, und das war noch beängstigender, die langsam einsetzende Aphasie, die Unfähigkeit, Worte zu erkennen – und Worte waren doch der Mittelpunkt seines Lebens gewesen. Und schließlich die Diagnose: ein Gliom – ein Tumor von der Größe eines Golfballs an einem seiner Stirnlappen – bösartig, wachsend und so tief in das Gewebe der Gefäße eingedrungen, daß eine operative Entfernung unmöglich war, selbst mit Verflüssigung oder Laser …

Die Trage fuhr auf ihren magnetischen Rollen dahin, und in der Mitte dieses metallenen Raums sah Ray die Reflexe von Licht auf Glas. Der Sicherheitsgurt scheuerte, als er den Hals drehte, um besser sehen zu können.

Er erblickte genau das, was er erwartet hatte: eine Glasröhre, kurz über zwei Meter hoch und mit einem Meter Durchmesser, auf der Innenseite teilweise von Eiskristallen bedeckt. Daneben standen Computermonitore, die die kaum wahrnehmbaren EKG- und EEG-Kurven anzeigten, aber Ray bemerkte sie kaum;

er interessierte sich mehr für das, was sich in der Röhre befand.

Es war der Körper eines Mannes – höchstwahrscheinlich nackt, aber an der Innenseite der Röhre war soviel Frost, daß ein großer Teil von ihm nur ein verschwommenes Rosa war. Das Gesicht jedoch – das war äußerst deutlich zu erkennen. Ein Gesicht in entspannter Ruhe, die Augen geschlossen.

Valles Gesicht.

Kaum hatte er es erkannt, da war die Trage schon daran vorbei; nun befand er sich neben einer weiteren Röhre, einem weiteren Körper, einem weiteren Gesicht.

Das Gesicht einer Frau. Schön, heiter – wenigstens von außen.

Angelique.

Sie tauchten einer nach dem anderen vor ihm auf, wie Fleisch gewordene Gespenster: Thomas. Debi. Franklin. Justine …

Gina.

Plötzlich fiel ihm seine letzte Erinnerung an sie ein – wie glücklich sie als Valles persönliches Sexspielzeug gewirkt hatte. Er erinnerte sich lebhaft an jedes schreckliche Detail. Er sah, wie sie freudig ihren Arm bei Valle einhakte, und Ray versuchte verzweifelt zu reden, seine so lange unbenutzte Stimme zu verwenden; ein trockenes Krächzen, das entfernt nach dem Wort ›Halt!‹ klang, war das einzige Ergebnis seiner Bemühungen.

Die Medizintechnikerin lächelte ihn an, versicherte ihm, das alles gut werden würde – und jagte ihm eine Spritze in die Schulter. Er spürte den kalten Kuß des Metalls, einen scharfen Stich, das vertraute Eintreten eines Nanochips in seine Blutbahn … und als der Chip genau die richtige Dosis an Betäubungsmitteln produzierte, die man für eine Operation brauchte, glitt Ray aus seinem eben wiedergefundenen Leben und seinen Erinnerungen wieder in die Dunkelheit. Für eine Zeitlang.

Sein Kälteschlaf hatte weniger als zwei Jahre gedauert.

Die rekonstruktive Technik, die man benötigte, um die von dem Geschwür befallenen Venen zu retten, war schon fast perfektioniert worden, als man ihn in den Kälteschlaf brachte. Er hatte es gewußt; man hatte ihm gesagt, daß man ihn würde wohl schon bald wieder aufwecken können. Er wußte, daß er Glück gehabt hatte – einige dieser armen Schweine waren schon seit Jahrzehnten hier und würden noch Jahrzehnte bleiben müssen.

Er fühlte sich aber nicht wie ein Glückspilz.

Sobald er wieder sprechen und mehr als zwei Wörter sinnvoll zusammensetzen konnte, erzählte er allen, die ihm zuhörten, davon, daß etwas mit den Kryonik-Geräten nicht stimmte. Er erzählte ihnen von Valle; von der Alptraumlandschaft, in der sich Ray und die anderen Schläfer wiedergefunden hätten; davon, wie Valle den Alptraum und die anderen manipulierte.

Man sagte ihm, daß er geträumt habe. Daß Menschen im Kälteschlaf nicht nur träumten, sondern längerfristig sogar träumen mußten, aus Gründen der psychischen Gesundheit, und daß man deshalb Biofeedback-Regler verwendete, um Serotonin in die Blutbahn abzugeben und dadurch eine REM-Schlafphase auszulösen.

Er erzählte ihnen, daß es mehr gewesen war als ein Traum: Daß die Schläfer miteinander verbunden waren, vielleicht durch die gleichen Biofeedback-Apparaturen, die die Hirnstrom-Muster veränderten, um Träume zu erzeugen.

Sie versicherten ihm, daß das nicht möglich sei.

»Ich kann Ihnen ihre Namen nennen!« schrie er, womit er nur ihre Meinung, daß er von irgendwelchen Wahnvorstellungen besessen sei, noch bestätigte. Franklin Dreeden, Thomas Valle, Justine Valle …

Thomas *Lindley,* berichtigten sie ihn. Justine *Lyons.* Das brachte ihn aus der Fassung; auf den Gedanken, daß Thomas nicht wirklich Valles Sohn und Justine nicht wirklich seine Schwiegertochter war, war er von sich aus einfach nicht gekommen. Sie zeigten ihm, daß die Kammern der Schläfer mit Namensschildern versehen waren. Offensichtlich hatte er sie vor dem Einschlafen gesehen und sie dann im Traum durcheinandergebracht.

Sie erzählten ihm, daß Patienten von Träumen während des Kälteschlafs berichtet hätten, die viel lebendiger gewesen seien als alle, was sie vorher erlebt hatten – trotz des Umstands, daß das Traumvermögen genauso verlangsamt worden war wie alle anderen Körperfunktionen. Und selbst wenn das, was Ray da berichtete, möglich *wäre* – wie, so hielten sie ihm entgegen, sollte ein einzelner in der Lage sein, diesen gemeinsamen Traum zu kontrollieren?

Nachdem er ungefähr einen Tag lang verschiedene Bezugsdaten über Träume im WorldNet eingesehen hatte, kehrte Ray mit einer Theorie zurück: Vielleicht *wußte* Valle, daß er träumte. ›Bewußtes Träumen‹ nannte man das – die Fähigkeit, einen Traum zu kontrollieren, indem man sich der Tatsache bewußt wurde, daß man sich in einem befand. Weil Valle das wußte – und die anderen nicht – konnte er ihre Erinnerungen auslöschen (hatte er das bei Ray vielleicht wegen des Tumors in seinem Gehirn nicht gekonnt?) und ihren Psychen andere Persönlichkeiten, andere Vergangenheiten aufdrängen.

Die Ärzte tauschten besorgte Blicke und sprachen von einem »durch Kryonik hervorgerufenen Syndrom von Wahnvorstellungen«.

»Dann wecken Sie doch nur *einen* von ihnen auf, verdammt!« beschwor sie Ray. »Nur lange genug, damit Sie es selbst herausfinden!«

Man sagte ihm sehr bestimmt, daß das völlig unmöglich sei. Es dauerte einen ganzen Tag, um einen Menschen aus dem Kälteschlaf zu wecken, und neben der Beschleunigung der Körperfunktionen würden auch ihre Krankheiten wieder aktiviert werden. Solange es keine Heilmethoden für diese gab, konnten die Ärzte das Risiko einfach nicht eingehen.

Man schickte ihn zu einem Psychotherapeuten, so wie man es bei allen Schläfern machte, um ihm den Übergang zurück in die Gesellschaft zu erleichtern. Nach einer Woche in der Welt der Wachen schien der Traum nicht mehr ganz so greifbar zu sein; selbst Ginas Gesicht wurde undeutlich und ließ sich nur noch schwer wachrufen.

Nach einer Weile begann er sich zu fragen, ob es nicht wirklich nur eine Wahnvorstellung gewesen war.

Kurz danach wurde er entlassen.

Seine Anwälte hatten sein Vermögen in den zwei Jahren, die er verschlafen hatte, gut verwaltet; sein Aktienbesitz und seine Sparguthaben waren im Wert um vierzig Prozent gestiegen – nach dem Gesetz steuerfrei für alle, die sich im Kälteschlaf befanden. Ray verließ die Kryonikklinik in Maryland, nahm die Magnetschwebebahn nach Boston, suchte sich eine Wohnung in einem Haus, das nur zwei Querstraßen von seinem alten Apartment in der Beacon Street entfernt war und ging dann seine persönlichen Gegenstände aus dem Lagerhaus holen.

Er besaß nicht viel. Einen Computer; einen Schrank voll Kleidung; ungefähr eintausend Cyberbücher und noch einmal so viele aus Papier. All das hatte er während der letzten fünfzehn Jahre von einer Stadt zur anderen, von einem möblierten Apartment zum nächsten mit sich herumgeschleppt. Als er die Sachen jetzt ansah, wie sie gerade drei mal fünf Meter Platz in einem Lagerhaus in Watertown brauchten, zuckte er innerlich zusammen. Es war eine armselige Zusammenfassung seines Lebens. Natürlich hatte er Beziehungen gehabt – er war ja kein Mönch –, aber jede hatte unausweichlich mit einem neuen Job in einer neuen Stadt geendet. Er hatte nie Wurzeln geschlagen und es wohl auch nie wirklich gewollt.

Aber jetzt wollte er es. Trotz allem, trotz seiner Ungewißheit, ob das alles überhaupt wirklich passiert war … wollte er jetzt Wurzeln schlagen … in einem Traum.

Er hätte sich nach einer Arbeit umsehen und versuchen sollen, sein Leben wieder in Gang zu bringen. Statt dessen fand er sich im WorldNet auf der Suche nach Daten wieder, wo er seine Fähigkeiten, die er besser für seinen Broterwerb genutzt hätte, zur Jagd auf einen Geist einsetzte. Oder besser gesagt, um einen auszutreiben: um sich zu beweisen, daß die Frau in seinem Traum keinerlei Ähnlichkeiten mit der wirklichen Frau hatte, die in der Kryonikklinik von Westland im Kälteschlaf lag. Um mit seinem Leben weitermachen zu können.

Er kannte nur ihren Namen. Alles andere, die Einzelheiten aus ihrem Leben, ihre Familiengeschichte, war wahrscheinlich nur Erfindung – seine eigene, oder (falls es wirklich so gewesen war) die von Valle. Aber trotzdem loggte er sich in der aktuellen Ausgabe von *Who is Who der amerikanischen Medizin* ein. Er startete die Suchfunktion und gab ihren Namen ein.

Zu seiner großen Überraschung erschien nach wenigen Sekunden ein Eintrag auf dem Bildschirm:

BEAUMONT, GINA FRANCES, Immunologin. G: Harrisburg, Pa., 2. Nov. 2003; T. v. William Charles und Eve (Madison) Beaumont. Magister, LaSalle College, Pa. 2024.
Dr. med. Harvard Medical School, 2028. Assistenzärztin am Presbyterian Hospital, Pa., 2028–2030 …

Herr im Himmel, dachte er; eine Ärztin? Wie groß war denn die Wahrscheinlichkeit, daß sie in seinem Traum auch einen medizinischen Beruf hatte, selbst wenn es nur der einer Krankenschwester war? Von einem plötzlichen Gefühl der Hoffnung angetrieben, rief er das Telefonbuch von Harrisburg, Pennsylvania auf und suchte nach *Beaumont, William James* oder *Beaumont, Eve.* Erfolglos. Er weitete die Suche auf ganz Pennsylvania aus, aber auch ohne Ergebnis. New Jersey, New York, auch nichts. Ihm wurde klar, wie sinnlos das wahrscheinlich war; sie konnten genauso gut eine Geheimnummer haben.

Er dachte kurz darüber nach und versuchte dann etwas anderes. Er ging wieder zurück zum *Who is Who der amerikanischen Medizin* und gab diesmal die Namen der Eltern ein. Nach einem Augenblick wurde seine Suche belohnt:

BEAUMONT, WILLIAM J(AMES), Endokrinologe,
G: Hartford, Ct., 3. Juli 1973, Verh. M. Eve Madison,
2. Februar 1998, T: Gina Frances, 2. November 2003,
S: Louis James, 1. Dezember 2005 ...

Aufgeregt druckte er den Eintrag aus, einschließlich der Information, daß Dr. Beaumont im Augenblick ein Forschungsstipendium am New York Hospital hatte. Er rief dort an und hinterließ eine Nachricht bei Dr. Beaumonts Sekretärin. Dann ging er wieder online und fuhr mit seinen Recherchen fort. Die ganze Zeit wartete er angespannt, bis zwei Stunden später das Telefon klingelte.

»Hier spricht Dr. Beaumont«, sagte eine angenehme Stimme. »Wie kann ich Ihnen behilflich sein?«

Ray holte tief Luft und spulte in seinem besten Journalistenton seine Referenzen herunter. Er sagte (wobei seine Stimme ein wenig zitterte), daß er für einen Artikel, den er schrieb, einige Informationen über Beaumonts Tochter Gina bräuchte. Er führte das nicht weiter aus; sein Gesprächspartner würde entweder nachfragen oder seine eigenen Schlüsse ziehen.

Er zog seine eigenen Schlüsse. »Hat es mit ihrer Arbeit in Thailand zu tun?« fragte Beaumont.

»Ja, genau«, sagte Ray. »Wann ist ihre Tochter denn zum ersten Mal nach Thailand gefahren?«

Aus Beaumonts Stimme klang Müdigkeit, aber auch ein gewisser Stolz. »Kurz nach dem ersten Ausbruch der Osaka-Virus-Epidemie«, sagte er. »Sie war Immunologin und glaubte, daß eine bestimmte Kombination von antiviralen Medikamenten das Immunsystem der Osakaopfer stärken könnte. Was wissen Sie denn über das Virus, Mister Bava?«

»Ich weiß nur, daß es in jedem Fall tödlich ist«, sagte Ray wahrheitsgemäß, »und daß es selbst nach zehn Jahren kaum gelungen ist, es in Asien unter Kontrolle zu bringen.«

»Ich will nicht behaupten, daß meine Tochter eine bedingungslose Altruistin, eine Heilige war« – er korrigierte sich – »*ist.* Ich glaube, ihre Hingabe für ihre Arbeit besteht zu gleichen Teilen aus Mitgefühl und reinem Starrsinn – einer Unfähigkeit, sich Niederlagen einzugestehen. Aber es stimmt schon, daß sie die Leiden der Opfer tief bewegten und daß sie länger blieb, als es für ihre Forschungen nötig gewesen wäre. Schließlich hat sie sich dann, wie Sie wissen, selbst angesteckt.

Trotzdem kehrte sie erst in die Vereinigten Staaten zurück, als sie unmißverständlich davon in Kenntnis gesetzt wurde – von mir übrigens –, daß, wenn Sie sich nicht sofort in den Kälteschlaf versetzen lassen würde, die Schäden an ihren Körper zu weit fortgeschritten wären, um noch eine Chance auf Wiederbelebung zu bieten. Offen gesagt, ich glaube, sie fühlte sich schuldig, daß sie wegging; sie hatte das Geld, sie konnte sich in den Schlaf versetzen lassen. Aber jeden Tag sah sie Hunderte von Menschen, die diese Möglichkeit nicht hatten, und das schmerzte sie.«

Der Schmerz war auch in Beaumonts Stimme deutlich zu hören. Ray sagte leise: »Sie müssen sehr stolz auf sie sein«, und Beaumonts Stimme bebte ein wenig, als er das bejahte. Sie sprachen noch ein wenig über Ginas Kindheit, lustige Geschichten, die nur ein Vater wissen konnte. Als Beaumont ihn zum Schluß fragte, wann der Artikel denn erschienen würde und sich Ray schnell ein Datum ausdenken mußte, hatte er ein mieses Gefühl wegen dieser List und brachte das Interview schnell zu Ende.

Aber seine Schuldgefühle verblaßten gegenüber seiner freudigen Erregung. *Das* war die Gina, die er kannte! Es mochte schon sein, daß keine der Einzelheiten aus ihrem Leben mit denen übereinstimmte, die Valle für sie ›erfunden‹ hatte – aber das Wesentliche an ihrer Persönlichkeit, ihr Mut und ihr Charakter … das war das Gleiche. Die Frau, die nach Thailand gegangen war, war die gleiche Gina, die sich Valle widersetzt hatte, die ein Risiko eingegangen war, um sein Leben zu retten; daran gab es für ihn keinen Zweifel.

Es war alles in Wirklichkeit passiert. Da war er sich jetzt ganz sicher.

Und er mußte sie aus Valles Klauen retten.

Er hatte den größten Teil der Woche auf der Suche nach Daten über die anderen Schläfer im WorldNet zugebracht, aber an die kam man nicht so leicht heran wie an die von Gina. Er sprach mit Thomas' Ehefrau; tauschte E-Mails mit Debis Eltern aus; hatte einen kurzen Termin bei Franklins Doktor. Er griff auf alle Daten zu, die er über Valle finden konnte, der im wahren Leben genauso wie im Traum der Eigentümer einer erfolgreichen Biotechnikfirma gewesen war. Er hatte sogar eine kurze Unterhaltung mit Moira Valle, die durch den Kälteschlaf vorübergehend zur ›Witwe‹ geworden war. Nach dreißig Jahren Ehe – langen Jahren, wie man aus dem Klang ihrer Stimme entnehmen konnte – schien sich nicht übermäßig traurig zu sein, daß ihr Mann wegen einem stark ausstrahlenden Lymphdrüsenkrebs im Augenblick auf Eis lag.

Als er glaubte, daß er genug Material beisammen

hatte, suchte er seine Anwälte auf und erzählte ihnen von seinem Plan.

Sie sagten ihm, daß er verrückt sei. Er erwiderte, daß das gut sein könne, aber daß an seiner Bitte nicht Unmoralisches sei und daß er, wenn sie nicht mit ihm zusammenarbeiten wollten, sich eben andere Anwälte suchen würde. Schließlich willigten sie ein und vereinbarten das von ihm gewünschte Treffen mit John Cumberlin, dem Cheftechniker von Westland Cryonics, einem etwa sechzig Jahre alten mürrischen Mann, und Westlands Rechtsberater, einem energischen jungen Mann namens Haas.

Ray hörte schweigend zu, während David Chang, der ihn vertretende Anwalt, seine Geschichte wiederholte. Als er geendet hatte, seufzte Cumberlin nachsichtig und versicherte ihm, daß man nach Mister Bavas Beschwerde alle Systeme sorgfältig überprüft habe und alles fehlerfrei funktioniert hätte.

»Das mag ja sein«, erwiderte Chang. »Aber diese Technik ist noch sehr neu. Es gibt immer noch so viel im menschlichen Bewußtsein, von dem wir nicht wissen, wie es funktioniert – können Sie die Möglichkeit völlig ausschließen, daß die Technik die Schläfer auf eine Art und Weise beeinflußt, die die Wissenschaft nicht vorhergesehen hat?

»Das sind ziemlich Spekulationen, Sir«, sagte Cumberlin mit einer Spur von Ärger in der Stimme.

»Und wie erklären Sie sich dann die Erlebnisse meines Klienten?«

»Mister Bava hat offensichtlich einen Traum gehabt. Einen sehr lebendigen und sehr verwirrenden Traum.«

»Ja«, sagte Chang vorsichtig, »ich glaube, Sie haben ihm gesagt, es gäbe Grund zu der Annahme, daß Kaltschläfer lebhafter träumen als normale …«

»Genau«, sagte Cumberlin. »Mister Bava leidet unter einer Art von Wahnvorstellungen, die durch Kryonik hervorgerufen werden, nichts weiter.«

Haas Antennen richteten sich auf, aber es war schon zu spät. Rays Anwalt ging zum Angriff über:

»Sie geben also zu«, sagte er, »daß diese durch Kryonik hervorgerufene Wahnvorstellung ein Resultat Ihrer Fahrlässigkeit ist?«

»Das hat er nicht gesagt«, wandte Haas schnell ein.

Ray lächelte.

Chang redete weiter: »Sie wußten, daß für die Schläfer die Gefahr solcher Alpträume bestand, und trotzdem haben Sie keinerlei Maßnahmen ergriffen, um sie davor zu schützen. Für mich klingt das nach Fahrlässigkeit.«

»Sie haben dafür doch keinerlei Beweise, Mister Chang.«

»Ganz egal, ob wir die haben oder nicht«, erwiderte Chang, »ich hoffe nur, daß Ihre Publicity-Experten darauf vorbereitet sind, sich mit dem öffentlichen Aufschrei auseinanderzusetzen, wenn die Medien Wind von der Sache bekommen. Eine Menge Leute trauen der ganzen Sache mit dem Kälteschlaf noch immer nicht so recht.«

Haas und Cumberlin tauschten frustrierte Blicke. Schließlich nickte Cumberlin Haas kaum wahrnehmbar zu, und der Anwalt wandte sich wieder an Chang. Er seufzte. »Und was würde es kosten, Mister Chang, Ihren Klienten wieder … ›ganz‹ zu machen?«

Ray lächelte wieder. Jetzt sprach er zum ersten Mal.

»Eigentlich nicht viel«, sagte er ruhig. »Ich möchte nur zurück in den Kälteschlaf gebracht werden.«

Das war nun überhaupt nicht die Antwort, mir der sie gerechnet hatten.

Es dauerte keine Woche, neue Vereinbarungen für seine Vermögensverwaltung zu treffen, die ein paar sehr spezifische und (für alle außer Ray) verblüffende Anweisungen enthielten, aber schon bald fand sich Ray nackt auf einer Rolltrage wieder. Man klebte Elektroden auf seinen Körper und dann kletterte er wieder in die gleiche Schlafkammer, aus der man ihn erst vor kurzem herausgeholt hatte. Er sah, wie sich der Glasdeckel schloß, und hörte, wie das Betäubungsmittel und der flüssige Stickstoff hereingepumpt wurden. Vor Kälte zitternd schloß er die Augen, und das Licht hinter seinen geschlossenen Lidern wechselte von Rot zu Weiß.

Lange Zeit, so schien es ihm, war ihm nichts bewußt außer dem Weiß, dem Vergessen und dem Gefühl, ziellos dahin zu schweben. Er geriet ein wenig in Panik: Würde es wieder funktionieren? Was wäre, wenn nicht? Was, wenn er sie nicht finden könnte? Was …

Er hörte das Heulen des Windes in der Ferne.

Spürte die bittere Kälte des Sturms.

Er öffnete die Augen.

Er stand vor dem Refugium – der verkehrten ›Schneekugel‹, wie Thomas es ausgedrückt hatte. Um ihn herum wütete der Sturm; und die Kälte war so bitter und fühlbar wie eh und je. Aber jetzt fürchtete er sich nicht mehr vor ihr. Er war nur wenige Meter von der Luftschleuse entfernt. Das Teilchenfeld neutralisierte sich und Ray trat ruhig ein; hinter ihm wurde das Feld wieder aktiviert und vor ihm öffnete sich die Zugangstür.

Die Tür zum Hydrokulturlabor stand offen. Ray durchquerte den Garten des Anwesens, trat ein und lief durch das Labor in den Hauptgang. Der Flur war leer, und außer dem fernen Stöhnen des Windes war kein Geräusch zu hören. Valle und sein verdammter Sinn für Theatralik. Er betrat den Speisesaal; auch er lag verlassen da. Er wollte gerade die Treppe hinaufsteigen, um im Wintergarten nachzusehen, als er hinter sich die vertraute seidig-stählerne Stimme hörte:

»Mister Bava. Willkommen daheim.«

Valle stand mit einen Glas in der Hand an der Tür; er hob es, als wollte er einen Toast aussprechen. »Ein Dom Perignon 2018. Möchten Sie auch ein Glas?«

Ray schüttelte den Kopf. »Wozu? Es ist doch sowieso alles nicht real.«

»Oh, für meinen Geschmack ist es real genug.« Valle lächelte und trank einen Schluck Champagner.

Ohne Furcht trat Ray einen Schritt auf ihn zu. »Ich habe mich über Sie erkundigt, Valle: eine der führenden Firmen des Landes, ein Milliardenvermögen ... kommt Ihnen das alles hier im Vergleich dazu nicht ziemlich schäbig vor?«

Valle zuckte die Achseln. »Ich bin nicht ganz freiwillig hier, Mister Bava, genauso wie Sie es damals waren. Aber es hat auch seine Vorteile. Es stimmt schon, daß in der realen Welt das Vergnügen der Macht darin besteht, Widerstände zu brechen. Aber es stimmt auch, daß man seine Macht oft indirekt ausübt – wenn überhaupt; sie wird durch so viele Ebenen, so viele Menschen gefiltert. Hier kann ich meine Macht *direkt* ausüben. Keine Variablen, keine Zwischenglieder. Die Anwendung von reiner, brutaler Stärke – totale und absolute Kontrolle über ein anderes menschliches Wesen. Das ist nicht ohne Reiz.«

»Beschäftigungstherapie für Psychopathen«, erwiderte Ray bissig.

Valle seufzte. »Wissen Sie, anfangs fand ich Sie anregend; ein unberechenbares Element in einem Spiel, das ein bißchen zu sehr unter meiner Kontrolle stand. Deshalb billige ich auch meistens einem der Spieler einen Rest von Moral zu – sonst würde es doch keinen Spaß machen, oder?«

Er trank seinen Champagner aus und warf dann das Glas achtlos beiseite; es zerschellte an der Wand.

»Aber, um ehrlich zu sein, Mister Bava, Sie fangen an, mich zu Tode zu langweilen.« Bei dem Wort ›Tode‹ – als wolle Valle damit seine absolute Herrschaft über diese Welt demonstrieren – fand sich Ray plötzlich inmitten einer ausgedörrten Wüstenlandschaft wieder. So weit das Auge reichte, gab es hier nichts außer Felsformationen. Eine riesige, aufgeblähte Sonne stand an einem orangebraunen Himmel. Ein brennendheißer Wind zerrte an ihm und nahm ihm fast den Atem, bis er sich bewußt machte, daß die Hitze genauso unwirklich war wie die Kälte des Sturms.

Er hörte ein Geräusch hinter sich und drehte sich um. Dort standen die anderen ›Gäste‹ – alle sechs – ein paar Meter weit von ihm entfernt, mit seltsam leerem Gesichtsausdruck und glasigen Augen.

»Wenn jemand in einem Traum stirbt«, sagte Valle nachdenklich, »stirbt er dann auch in Wirklichkeit? Was meinen *Sie,* Ray?«

Er blickte zu seinen Gästen hinüber.

Die begannen sich plötzlich zu verändern.

Es war eine viel drastischere Veränderung, als Ray sie bisher gesehen hatte: ihre Körper wurden von Wellen durchlaufen und dehnten sich aus; ihre Muskeln vergrößerten sich so, daß ihre Kleidung in Fetzen zerriß. Ihre Haut wurde leuchtendrot und lederig; ihre Hände wurden zu Klauen und ihnen wuchsen riesige, echsenartige Schwänze. Die Gesichter, die noch halb menschlich aussahen, waren trotz der roten geschlitzten Augen, der Hörner, die ihnen aus der Stirn schwollen, und dem breiten satanischen Grinsen weiterhin zu erkennen …

Valle wandte sich an den Dämon, der einmal Thomas gewesen war, und sagte mit ausdrucksloser Stimme: »Töte ihn!«

Thomas grinste teuflisch und machte sich daran, den Befehl zu erfüllen. Mit einem aufgeregten Zischen warf er sich mit unglaublicher Schnelligkeit auf Ray. Ray entkam ihm nur knapp, indem er auf einen flachen Felsen sprang und damit kurzzeitig die Oberhand gewann.

Thomas schlug mit seiner Klaue nach ihm und fügte ihm eine blutende Wunde zu. Die anderen – Justine, Franklin, Debi, Angelique, selbst Gina zischten und spuckten anerkennend.

Ray trat Thomas gegen seine massige Brust, erreichte damit aber nur, daß er noch wilder wurde: Er brüllte vor Wut und schlug erneut nach ihm, der dem Schlag nur durch einen Sprung vom Felsen hinunter entging.

Der Wüstensand schien plötzlich heißer zu sein; er spürte, wie sich trotz der Schuhe Blasen an seinen Füßen bildeten.

»Thomas, Sie hatten recht, in Ihnen *steckt* mehr als das hier«, sagte Ray. »Das hier ist nur ein Traum, *sein* Traum – verstehen Sie?«

Thomas fauchte ihn an und ging von neuem auf ihn los; Ray, der wußte, daß er sich mit dieser dämonischen Kraft niemals messen konnte, wich zurück …

»Sie sind kein Dämon! Sie sind nicht sein Sohn! Sie heißen Thomas Lindley – Sie sind Lehrer …«

»Er lügt!« schrie Valle. »Du bist Moloch, der Greuel der Ammoniter! Töte ihn!«

Thomas schlug Ray mit seiner Klaue ins Gesicht: Ray stürzte zu Boden. Der Sand versengte ihm die Haut, und seine Wange platzte auf wie ein matschiger Pfirsich; beim Sturz verstauchte er sich den Knöchel.

Thomas kam wieder auf ihn zu.

Ray versuchte, sich von neuem aufzuraffen, aber der Schmerz in seinem Knöchel schoß sein Bein hoch. »Sie haben eine Frau und drei Kinder!« rief Ray ihm entgegen. »Ihre Frau heißt Anne, Ihre Kinder Dennis, Kimberley und Michelle!«

Thomas zögerte; irgendeine schwache Erinnerung schien sich in seinem benebelten Bewußtsein zu rühren. »Sie *sind* mehr als Hunger, und Wut, und Neid. Sie sind ein *guter Mann*, Thomas. Versuchen Sie, sich zu erinnern!«

Valle, der sich Sorgen zu machen schien, brüllte: »Du bist *Moloch!* Du bringst die Plagen, du schlachtest die Menschen ab!«

»Anne«, konterte Ray, *»Dennis, Kimberley. Michelle!«*

Thomas hielt inne. Erinnerung begann in seinen Augen aufzuglimmen …

Erschüttert blickte Valle zu den anderen hinüber. »Schnappt ihn euch! *Schnappt* ihn euch!«

Sie kamen auf Ray zu. Justine zischte und stürzte sich auf ihn; Ray entging ihrem Angriff nur um Haaresbreite. Franklin hob einen riesigen Felsen hoch und schleuderte ihn brüllend nach ihm. Ray fiel zu Boden, rollte beiseite, wollte wieder auf die Füße …

Da stand plötzlich Gina vor ihm. Ein dämonisches Lächeln verzerrte ihr sonst so hübsches Gesicht. Sie holte mit ihrem Reptilienschwanz aus und schlug damit nach ihm. Sie fauchte vor Vergnügen, als er von neuem zu Boden ging.

Die Dämonen kamen gemeinsam auf ihn zu.

Ray holte Luft, so gut er konnte, und rief: »Justine! Sie sind – Sie sind die Älteste von drei Geschwistern – ihr Bruder heißt Howard, Ihre Schwester starb, als sie fünf war – sie wurde von einem betrunkenen Autofahrer getötet! Sie hieß – sie hieß …«

Justine hielt an.

Ihre Stimme klang verzerrt, aber sanft. »*Marie* …« sagte sie.

Ray stand auf. »Franklin, Ihre Frau besucht Sie jede Woche an Ihrer Schlafkammer. Angelique – Sie sind Schriftstellerin, Sie haben den Menschen Hoffnung gegeben und sie inspiriert. Sie sind keine Mörderin! Gina …«

Er zwang sich dazu, in ihr entstelltes Gesicht zu blicken. »Sie haben versucht … Tausende vor dem Osaka-Virus zu retten …«

Sie alle standen jetzt regungslos da; die Schleier ihrer Erinnerungen begannen sich zu lüften und die Tatsache, daß das alles nur ein Traum war, sickerte langsam in ihr Bewußtsein. »Sie haben alle Ihr eigenes Bewußtsein und Ihre eigene Seele! Versuchen Sie, sich zu erinnern. Erinnern Sie sich an die Menschen, die Sie geliebt haben ...« Er blickte Gina an, und seine Stimme wurde fester: »Die Menschen, die Sie lieben ...«

Valle mußte wohl verzweifelt versucht haben, seine Kontrolle wiederzuerlangen, denn die höllische Wüstenlandschaft verschwand plötzlich, und Ray fand sich mit den anderen im Refugium wieder.

»Nein!« schrie Valle. »Ihr seid Belial, Lilith, Aschtoret und Ischtar!«

Aber seine Gäste schienen das offensichtlich nicht mehr länger zu glauben, denn sie verwandelten sich allmählich wieder in ihre menschliche Gestalt zurück: Aus den lederigen Körpern wurde wieder menschliches Fleisch, die Augenschlitze erweiterten sich, die Reptilienschwänze verschwanden. In wenigen Augenblicken waren sie wieder Menschen und keine Dämonen mehr – aber genauso wenig waren sie die gleichen Menschen, die Ray gekannt hatte. Von Valles Einfluß befreit, kamen ihre wirklichen Persönlichkeiten wieder zum Vorschein, was man an ihren Gesichtern und an der Kleidung erkennen konnte, die sie sich für sich selbst vorstellten.

Thomas war ganz offensichtlich der gleiche, immer noch jung und hübsch – aber das unangenehme Grinsen und der hämische Ausdruck waren verschwunden. Er hatte ein freundliches, offenes Gesicht – und in seinem Lächeln fand sich keine Spur mehr von Hohn oder Bitterkeit.

Auch Justines Gesicht hatte seine harten Züge verloren; um ihre Augen und ihren Mund herum sah man kleine Lachfältchen. Angelique, nun nicht mehr hager und paranoid, glich mehr der Frau, die Ray auf dem Videoband gesehen hatte – ihre Körperhaltung zeugte von Selbstvertrauen und Stolz. Debi war weit davon entfernt, das Dummchen zu sein, als die Valle sie dargestellt hatte, und erschien als ernste Geschäftsfrau in einem maßgeschneiderten Geschäftskostüm. Franklin sah ein wenig säuerlich und bärbeißig aus, vielleicht nicht gerade wie jemand, den Ray gerne kennenlernen würde, aber er war ganz gewiß nicht der rückgratlose Feigling aus Valles Fantasie. Und Gina …

Ray traute sich fast nicht, sie anzusehen. Aber, Gott sei dank, sie war immer noch die gleiche Frau, in die er sich verliebt hatte – ihr Haar war kürzer, ihre Kleidung modischer, aber sie war doch eindeutig der gleiche Mensch.

Ray wandte den Kopf, um Valles Reaktion zu beobachten – aber Valle war verschwunden.

Wenige Augenblicke später waren auch das Eßzimmer, das Haus, das Refugium verschwunden.

Einen Augenblick lang standen sie alle inmitten des eisigen Sturms – aber dann war auch der *Sturm* verschwunden.

Die toten Bäume flackerten und verschwanden. An ihre Stelle trat das weiße Nichts, das Ray so gut kannte.

Angelique lächelte Ray in stiller Dankbarkeit an und verschwand dahin wie eine Schneeskulptur im wärmenden Licht der Sonne.

Franklin folgte ihr. Dann Debi und Justine.

Ray konnte leicht erraten, was geschah: Jetzt, wo den einzelnen Schläfern bewußt war, daß sie in der Tat nur schliefen, kehrten sie wieder in ihre eigenen Träume zurück – und die gemeinsame Traumlandschaft, in der sie gemeinsam gelebt hatten, löste sich nun auf.

Ray ergriff Ginas Hand. »Laß nicht los. Wir können immer noch zusammenbleiben.« Aber schon konnte er das Licht durch das blasse Oval ihres Gesichts schimmern sehen, und er wußte, daß sie im Begriff war, zu verschwinden.

»Ray, als du uns verlassen hast, lag das daran, weil man eine Heilmethode für dich gefunden hatte?« Ihre Stimme klang schwach, obwohl sie direkt vor ihm stand.

»Ja, aber ich werde nicht mehr weggehen. Ich habe

Vorkehrungen getroffen, ehe ich zurückgekommen bin. Sie werden mich erst auftauen, wenn sie dich auftauen – wenn sie eine Heilmethode für das Osaka-Virus gefunden haben.«

Das Licht schien inzwischen auch durch ihre Augen.

»Das kann ich nicht zulassen«, sagte sie bestürzt. »Die Jahre verschlafen – vielleicht sogar Jahrzehnte …?«

Ihre Stimme wurde schwächer.

Sie legte die Hand, die so durchscheinend wie Milchglas war, auf seine Wange. »Ich … ich liebe dich, Ray, aber … wenn du *mich* wirklich liebst … bitte, kehr zurück in dein eigenes Leben.«

Ray nahm ihre Hand – die sich trotz allem immer noch warm anfühlte – und umschloß sie mit seinen beiden Händen. »Du verstehst das nicht«, sagte er sanft. »Das Leben da draußen – ohne dich – das ist der Traum. *Dies hier* ist wirklich.«

Sie blickte ihn verwundert an. »Ray … ich … ich sehe … wie das Licht durch deine Augen scheint.«

Tränen traten ihr in die Augen, und das Licht dahinter ließ sie wie Diamanten glänzen.

»Träume von mir«, sagte er zu ihr. »Träume mich zurück an deine Seite, so wie ich von dir träumen werde. Wir können es.«

Sie küßte ihn – sanft und zärtlich – auf die Lippen. »Und wenn wir es nicht können?« Ihre Stimme klang, als wäre sie eine Million Kilometer weit entfernt.

Er lächelte. »Ob wir nun zusammen sind oder nicht … ich werde dich nie verlassen.«

Dann brach das Licht voll durch den Umriß ihres Gesichts, und sie war verschwunden.

Nachts, wenn keine Geräusche mehr aus dem Forschungsbereich ein Stockwerk höher dringen und das sanfte Pfeifen der Herzmonitore und das tiefe Seufzen der Beatmungsgeräte die einzigen Laute auf der

Kryonikebene Sieben sind, treffen sich die Medizintechniker der Nachtschicht beim Kaffee, um zu plaudern. Manchmal diskutieren sie darüber, welche Gedanken – falls überhaupt welche – wohl durch die Köpfe ihrer schlafenden Patienten geistern. Hören sie die Geräusche? Spüren sie die Kälte? Wie lange dauert es, bis ein Nervenreiz eine Synapse durchlaufen hat? Bis er von einer Hirnhälfte zur anderen gelangt? Wenn sie denken, bewegen sich die Bilder und Ideen dann so langsam wie Gletscher durch die Landschaft ihres Bewußtseins – dauert es Tage, Monate oder gar Jahre, um einen einzigen Gedanken zu Ende zu führen? Träumen sie?

Vor vielen Jahren – lange bevor irgendeiner der augenblicklich Beschäftigten des Zentrums hier schon gearbeitet hatte – berichtete ein Mann, den man aus dem Kälteschlaf geholt hatte, daß er im Schlaf nicht nur geträumt, sondern diesen Traum auch mit anderen geteilt hätte. Seine Geschichte wäre wohl schon lange in das Reich der Märchen, in die Mythologie der Kryonik eingegangen, wenn – er nicht noch hier gewesen wäre. Manchmal, in den dunklen Stunden am frühen Morgen, spekulieren die Medizintechniker darüber, was einen gesunden jungen Mann dazu bewegt haben mochte, freiwillig in den Kälteschlaf zurückzukehren. Von Zeit zu Zeit geht dann der eine oder andere von ihnen – obwohl das gegen alle Bestimmungen verstößt – rüber zur Abteilung fünf, Gang J, sehen ihn sich an und versuchen, es zu verstehen. Neben ihm ruht eine Frau, die auch schon ebenso lange im Kälteschlaf liegt wie er. Die Medizintechniker starren sie dann an, so wie Ägyptologen die Überreste der Pharaonen studieren mögen, mit Staunen und einer gewissen Ehrfurcht. Die meisten von ihnen gehen wieder, ohne etwas wahrgenommen zu haben. Manche behaupten, daß sie etwas sehen. Manche bestehen darauf, daß sie auf den Gesichtern sowohl des Mannes als auch der Frau eine Spur von einem Lächeln erkennen können. Und sie fragen sich dann, ob irgendeiner von ihnen wohl lange genug leben wird, um des Rätsels Lösung zu erfahren.

Michael Bishop

CRI DE CŒUR

Warum nur versenkten Motten ihre Flügel in Kerzenflammen? Warum nur regten uns die aschebeladenen Fallschirme von Feuerwerken so auf? Und, noch mal, warum übergossen sich Verrückte einer bestimmten Sorte – Narren oder Heilige – mit Benzin und verbrannten sich selbst zu einem Klotz schierer Kohle?

Kurz: Warum nur sehnen wir uns danach, aufzulodern?

Seit ich zwölf wurde, wußte ich, warum. Nur ein sehr kleiner Teil der Masse im Universum leuchtet. Der Rest, der übergroße Rest, treibt in der Dunkelheit, ankerlos, grob hin und her gezerrt. Die kalte, weite Schwärze der interstellaren Nacht verbirgt diese Masse vor unseren Blicken, Teleskopen, unserer schabenflinken Suche. Wir gehören zu dem Teil, der nicht leuchtet. zum alles verschlingenden Dunkel.

Was Wunder, daß uns ein Sehnen, in den Feuerofen zu springen, im Feuer zum Gott umzuschaffen, auf Maschinen sternenwärts treibt wie ein stummer cri de cœur?

»Wooo geehn wir hiin?« fragte Dean.

»Eine Überraschung. Hab ein wenig Geduld.«

»Haab einweenich …« – er grinste Lily an – »Geduuld.«

Aufgeregt packte ich eine von Deans roly-poly-Händen. Lily Aloise-Stark, Mutter meines Sohnes, Systemspezialistin, hielt die andere. Dean pendelte wie ein Baby-Orang-Utan zwischen uns, ein Geschöpf, schon *in utero* an die sterilen Plätze eines Sternenschiffs gewöhnt, durch Bioingenieurskunst für ein Leben an Bord einer Raumarche geschaffen.

Nur war das nicht der Fall. Nach einer Reise von mehr als einem Jahrhundert nach Erdstandard, vibrierten die U.N.S. *Annie Jump Cannon* und die anderen beiden großen Radschiffe unserer Kolonisierungsarmada einem Rendezvous mit dem Epsilon Eridani-System entgegen. Knappe drei Jahre noch. Die Bremsen waren schon angezogen.

Zusammen mit der U.N.S. *Fritz Zwicky* und der U.N.S. *Subrahmanyan Chandrasekhar* verlangsamte die *Annie* die Fahrt, um nicht über unser Ziel hinauszuschießen, eine Welt, der sich Dean vielleicht nicht gewachsen fühlen würde. Ich mußte mir natürlich eingestehen, daß dies möglicherweise auf uns alle zutraf.

Ich führte Dean und Lily eine Rampe hoch und schaltete mit Daumendruck das Panel des obersten Raums im G-Turm von *Annies* Rotationsachse an – das war ein so riesenhaftes Gebilde, daß der Anblick auch nur eines Teils davon mich jedesmal mit Ehrfurcht erfüllte.

Wir betraten das Observatorium. Über unseren Köpfen ragte das Stützgerüst für das emailleglänzende Rohr des ArkBoard Visual Telescope (ABVT) empor.

Wir fuhren im Lift durch dieses Gerüst nach oben und kamen auf eine teppichbelegte Plattform mit Sesseln, Handläufen und einer großen, geschützten Beobachtungsbucht. Am anderen Ende der Plattform standen zwei Männer am Fuß einer Leiter, die zu den Sichtvorrichtungen des ABVTs hinaufführte. Einen kannte ich nur als Treibstoffexperten, dessen Wachphasen selten mit den meinen zusammenfielen. Der andere war jedoch mein Freund Thich Ngoc Bao, leitender Astrophysiker unserer Mission.

Bao kletterte die Leiter hinauf. Der Treibstoffmann drehte sich zu uns um und bürstete unsichtbare Fuseln von seiner Uniformbluse. Dean, der seine ganze Aufmerksamkeit auf Bao und den elfenbeinschimmernden Tubus des ABVTs gerichtet hatte, schenkte ihm keine Beachtung.

»Wooo sind wir?« fragte Dean.

»Im Observatorium«, sagte Lily.

»Ich geh … da rrauuf!« Dean zeigte auf das ABVT.

»Nein. Setz dich.« Ich ließ ihn vor der abgeschirmten Aussichtsbucht hinsitzen. Dean verkroch sich in seinem Stuhl und rollte den Kopf übers Kissen; seine Blicke hungerten nach neuen Wundern. Dieser Ort erregte ihn, klar.

»Paß auf«, sagte ich.

Die Schutzschilde vor der Aussichtsbucht wurden zurückgezogen und gaben ein Fenster in den Raum hinaus frei, zwei Meter hoch und mindestens zweimal so breit. Dean begann zu zittern. Mit offenem Mund zog er sich nach vorn, seine plumpen Beine bumsten ans Untergestell des Stuhls, die plumpen Hände schlugen auf seine Knie.

»Heiliges Kanoon'rohr!« rief er. »Heiliges Kanoon'rohr!«

Lily legte ihm die Hand auf die Schulter. »Alles Gute zum Geburtstag, DeBoy! Alles, alles Gute!«

»Wooo is Neuheimat!« Angestrengt spähte er hinaus.

»Dort.« Ich deutete mit einem Nicken durchs Fenster. »Direkt voraus. Mitten in den zerfaserten Streichholzflammen und Halos da.«

Tatsächlich lag zwischen der *Annie Jump* und dem Epsilon Eridani-Planetensystem ein Bogen von interstellarem Dreck – dahintaumelnde Brocken aus schmutzigem Eis, gefrorenem Gas, ein Chaos bunt zusammengewürfelter, nomadisierender Felsbrocken – etwa wie die Oortsche Wolke jenseits der Plutobahn.

Die Astronomen unserer Armada hatten den Gürtel mit Radioteleskopen und ABVTs erst vor fünf Jahren entdeckt. Wir nennen ihn nun den Barrikadenstrom. Bei der Ausdehnung der Schattenregion sahen allerdings Commander Odenwald und seine Kollegen auf *Zwicky* und *Chandrasekhar* keine Probleme darin, unsere erstaunlichen Archen mitten durch die ausgedehnten Gefahren direkt ins Herz des Systems zu bringen.

Der Techniker, der mit Bao gesprochen hatte, schlenderte zu uns herüber und machte direkt vor Dean Halt. Von seinem neuen Standplatz aus starrte er Dean an. Dieses mitleidlose, offene Gaffen ärgerte mich so, daß ich zurückstarrte.

»Hello, Mr …?« begann ich.

»Mikol. Kazimierz Mikol. Kinder haben hier oben nichts verloren.«

»Sagt wer?« fragte Lily.

»Regeln, tut mir leid. Fragen Sie Heraklit.« Er hakte den Daumen in die nächste Computerstuhleinheit. »Können Sie selber nachprüfen.«

Ich sah, wie sich die Muskelstränge unter Lilys Kiefer kurz spannten und sagte: »Dean ist eben aus einem Winterschlaf aufgewacht. Er ist sechs. Das ist sein erster Besuch in einem Observatorium. Warum sollten wir ihm die Freude verderben?«

Mikol zuckte die Achseln.

»Das ist sein Geburtstagsgeschenk«, sagte Lily. »Abel wollte ihm …« Sie stockte.

Mikol zog voller Geringschätzung eine Braue hoch.

»… die Sterne geben«, schloß Lily in ziemlicher Verwirrung.

»Oh? Tatsächlich? Und wer ist Abel?«

»Das bin ich«, sagte ich. »Abel Gwiazda. Als ich zwölf war, hat mir mein Adoptivvater die Sterne geschenkt – zu Weihnachten, auf meiner ersten Reise zum Mars.«

Mikol stemmte die Hände in die Hüften und lächelte. »Ah. Die Neuinszenierung einer Familienszene. Wie nett!«

Lily und ich sahen uns an.

»Natürlich hat die besagte Regel ihre Begründung in der völlig legitimen Sorge um die Effizienz des Unternehmens«, sagte Mikol. »Außerdem – als wenn das hier noch eine Rolle spielen würde – bedeutet es einfach, unsere Jüngsten vor den verderblichen Effekten der kosmischen Strahlung oder der Übererregung zu schützen; welche genau, hab' ich vergessen.«

Dean starrte weiterhin auf die Sterne, ich aber starrte auf Mikol. Ich hatte eine solche Unhöflichkeit überhaupt noch nie erlebt, auch nicht unter dem Vorwand einer Aufrechterhaltung der Schiffsdisziplin, seit ich 2022 vom Mond auf die *Annie Jump Cannon* gekommen war. Die UN-Planer hatten doch angeblich so krasse Sozialversager wie Mikol vorher aussortiert. Wie hatte er es dann fertig gebracht, an Bord zu kommen?

Dean zeigte mit dem Finger, schrie plötzlich: »Ich seh … Neuheimat!«

»Nein«, sagte ich. »Die Sonne von Neuheimat vielleicht. Wir sind noch zu weit weg, um Planeten ausmachen zu können.«

»Oder auch nur die größten Brocken im Barrikadenstrom«, sagte Mikol mit zähneknirschender Erwachsenenfreundlichkeit in Richtung Dean.

Dean merkte von der Beleidigung so gut wie gar nichts. Er grinste Kazimierz Mikol freundlich an.

Mikol wandte sich an Lily. »Mag der Junge Felsen? Dann bringen Sie ihn doch runter zum Strandgarten in der Hydroponik.«

»Das hat Abel schon gemacht«, sagte Lily. »Dean hat es gefallen.«

»Er mag also wirklich Felsen? Gut. Vielleicht fangen wir einen mit dem Colomboseil ein, wenn wir den Barrikadenstrom passieren.«

»Wozu denn?« fragte Lily.

»Dann kann er damit spielen«, sagte Mikol als Schlußaffront. Er schlenderte zum Gerüst hinüber, bevor Lily oder ich auch nur blinzeln, geschweige denn eine Erwiderung formulieren konnten.

Dean saß achtlos wie ein Gnom in seinem Stuhl. Das Licht der Sterne, durch unser Abbremsen leicht farbverschoben, trieb wie ein Strom geschmolzener Diamanten über sein Gesicht.

Ich war außer mir. Ich starrte Mikol nach, dankbar nur dafür, daß Lily und ich unserem Sohn die Sterne schenken konnten.

Ich? Wie ich schon zu Mikol sagte, heiße ich Abel Gwiazda. Meine Adoptiveltern kamen in der vierten Dekade des einundzwanzigsten Jahrhunderts aus Polen in die Vereinigten Staaten. Mein Vater, ein in Krakau ausgebildeter Physiker, und meine Mutter, jene Wissenschaftsjournalistin, die Polens sogenannten ›Coca Cola/Cyclotron Skandal‹ in den späten Zwanzigern aufgedeckt hatte, bekamen Stellungen bei der ISCA (International Space & Colonization Authorithy) in Hutchinson, Kansas. Als sich herausstellte, daß sie keine eigenen Kinder bekommen konnten, adoptierten sie mich, ein namenloses Kind aus Tansania, in der letzten der Dürreunruhen verwaist und von professionellen Babyschmugglern nach Puerto Rico gebracht.

Ich wuchs geliebt und behütet auf, aber ziellos und entwurzelt. Ich verbrachte drei Jahre als Teenager in einer Kuppelgemeinschaft am großen Abhang von Mons Olympus auf dem Mars, wo ich, mehr durch Zufall als durch bewußte Anstrengung, jene agrogeologischen Fähigkeiten erwarb, die ich dann nach unserem Rückflug auf die Erde 2056 in Oran in Algerien auch formal zum Abschluß brachte. Mit dem Doktorat und Empfehlungen meiner einflußreichen Eltern in der Hand, war ich ausreichend qualifiziert und bekam auch leicht einen Platz bei der Epsilon Eridani-Expedition – deren Planung, Finanzierung und Ausrüstung in der Mondbahn die ganze Welt während der turbulenten Fünfziger beschäftigte. Du kannst nicht mehr nach Hause, aber du kannst versuchen, ein Zuhause im Irgendwo zu gründen, und für mich standen die drei Es in Epsilon Eridani-Expedition für diese Hoffnung.

Teil eines jeden Zuhauses ist die Familie. Ich kann mir nicht helfen: Ich habe einen intensiven Drang zur Familie. Dieses Verlangen war vor der Geburt meines Sohnes Dean so stark, daß ich (höflich) Fortpflanzungsverträge mit einem halben Dutzend Frauen im G-Turm anstrebte – einschließlich Etsuko Endo, Nita Sistrunk und sogar der Physikerin Indira Sescharchari, die in der Menopause war – bevor Lily Aliosi-Stark, eine freundliche Endzwanzigerin, endlich zustimmte. Ihre einzige Bedingung war, daß ich von ihr beim Aufziehen des Kindes nur sehr beschränkte Hilfe erwarten und verlangen durfte. Um ein Kind im Habitatturm einer Arche aufzuziehen, muß mindestens ein Elternteil dem Balsam des winterschlafähnlichen Schlummers entsagen und die gnadenlosen Verheerungen des Alterns auf sich nehmen, um auf das betreffende Kind aufzupassen, es zu unterrichten und zu erziehen.

»Das ist das, was *du* willst«, sagte Lily. »Ich will mich für Neuheimat aufbewahren. Ich will nicht alt und leidend meinen Fuß dorthin setzen. Verstanden?«

Hatte ich. Also ist Dean *mein* Kind. Ich zeugte den Jungen mit Down-Syndrom während einiger feuriger Runden mit Lily. Später, in einem Anfall von Selbstironie und Partner-Hänseln, der mich erst erschreckte, dann erheiterte, nannte Lily unsere wilden Sitzungen ein ›Vögloläum‹. An Bord der *Annie* haftet mir der Ruch eines recht strammen Stoizismus an, was von meinem Reformkatholizismus und meinen beiden Betätigungen auf der Arche herrührt, Agrogeologie und Dichtkunst. Erstere betreibe ich beruflich (letzten

Endes ist es der Beruf des Überlebens), letztere zum Vergnügen – ebenso, wie ich vorausschauend Lily überredet habe, ein Kind zu empfangen und dann von der medizinischen Abteilung die Bewilligung erschwindelt habe, es auch auszutragen.

Als wir uns verlustierten, sagte Lily: »Egal, ob Junge oder Mädchen, gib ihm deinen Namen. Ich werd' dem armen Kind nicht noch einen Bindestrich anhängen.«

»Gwiazda-Aliosi-Stark?«

»Kommt nicht in Frage. Schmeiß noch einen Doppelvornamen dazu, wie Claude-Mark oder Julia-Cerise, und das arme Ding geht unter wie ein Schwimmer mit Titanschutzanzug.«

Also verzichtete Lily schon Monate vor der Geburt auf jeden Anspruch, dem Kind ihren Familiennamen zu geben. Diese Tatsache tröstete mich. Was wäre wohl gewesen, wenn sie gewartet hätte, bis der Photoamnioscan am Ende des ersten Schwangerschaftsdrittels die Trisomie 21 des Embryos ans Licht brachte? (Was er natürlich tat.) Zu diesem Zeitpunkt hätte der unvollkommene Fötus ihre Motive für immer im Schatten des Zweifels gelassen. Denn ich hätte mich gefragt, ob sie die Namensgebung nicht aus ihrem Wunsch, sich von den Anforderungen der Elternschaft freizumachen, auf mich abgeschoben hatte, sondern eher aus Hohn auf unseren verpfuschten Sprößling.

Masoud Nasdeq, der Chefarzt im G-Turm, zeigte uns die Ergebnisse des Photoamnioscan und zählte die möglichen Optionen auf, nämlich abzutreiben, ohne Versuch zur Genreparatur auszutragen, oder auf dem Niveau der Chromosomen mit den hochgradig beschränkten Verfahren zu intervenieren, die an Bord verfügbar waren. Während der letzten sieben Erdjahre waren allein an Bord der *Annie Jump Cannon* fast zweihundert Kinder zur Welt gekommen, und Nadeqs Aufzeichnungen bewiesen, daß nur ein anderes Paar – abgesehen von kosmischen Strahlen, variabler Schwerkraft und sonstigen genschädigenden Aspekten einer Reise nahe Lichtgeschwindigkeit – ein Kind mit Down-Syndrom empfangen hatte.

Lily: »Was haben die gemacht?«

Dr. Nadeq: »Sie haben sich entschlossen, die Schwangerschaft zu beenden.«

»Haben Sie ihnen das geraten?« fragte ich.

Dr. Nadeq: »Aus einer Reihe sehr guter Gründe befürworten die Expeditionsrichtlinien diese Option mit allem Nachdruck. In Fällen wie dem Ihren existiert allerdings keine unabweisbare Direktive zum Abbruch.«

Ich sagte: »Für so eine Direktive müßte unser Fötus zwei Köpfe haben oder kein Gehirn. Oder?«

Dr. Nadeq: »In gewisser Weise, ja.«

Lily: »Dann ist unser Baby also begnadigt.«

Dr. Nadeq: »Stimmen Sie dem zu, Dr. Gwiazda?«

Ich sagte: »Natürlich. Hab' ich denn nicht die Dame überredet, mit mir den Geist des kleinen Wesens herzurufen, der noch im Dunkeln wartet voller Ungeduld?«

Dr. Nadeq: »Das ist ... sehr poetisch ausgedrückt.«

»Meine Nebenbeschäftigung. Hab' ich nicht unsren Antrag cybernetisch durch jeden Winkel, jede Bahn gejagt der Innereien unsres Heraklit?«

Dr. Nadeq: »Dann akzeptieren Sie die Rolle des Vormunds wie die des leiblichen Vaters?«

Lily: »Macht er.«

»Mach' ich«, sagte ich.

Dr. Nadeq: »Vorzüglich. Unterschreiben Sie nun diese Verzichtserklärung.«

»Was für eine Verzichtserklärung.«

Dr. Nadeq: »Auf echte Gemeinschaftsunterstützung – einmal, wenn Ihr Kind geboren wird und später, wenn wir anfangen, Neuheimat zu kolonisieren.«

Ich verachtete die Drohung dieses Wischs, uns vorsätzlich aufzugeben, aber ich unterschrieb ihn. Wie konnte ich auch eine Gesellschaft unter extremer umweltbedingter und psychologischer Belastung verurteilen, wenn sie es ablehnte, mit offenen Armen ein behindertes Kind aufzunehmen?

Dennoch ärgerte mich die Verzichtserklärung. Ich unterschrieb sie mit zitternder Hand.

Die meisten Reisenden behandeln Dean sehr freundlich. Bis jetzt bildet dieser Lümmel Kazimierz Mikol die Minderheit eines einzigen Mannes. Trotz Recycling und anderen genialen Wiedergewinnungstechniken sind unsere Hilfsquellen begrenzt, uns sobald wir auf einem Planeten landen, wird jeder mit einer geistigen oder körperlichen Behinderung ganz einfach ein Hindernis beim Kolonisieren darstellen, sonst nichts.

Mikol denkt wahrscheinlich, Dean wäre besser totgeboren worden. Oder würde jetzt besser durch ein Ejektorrohr in die Dunkelheit expediert werden.

Ich denke zu viel über Mikols Feindseligkeit nach. Die meisten Leute sind, wie gesagt, ganz freundlich.

Zum Beispiel: Etsuko Endo, eine Biologin, die ihre Wachphase mit Justierungsberatung verbringt, hat neulich vier Stunden lang Dean dabei geholfen, aus hingeworfenen, verschieden langen Stäbchen, gewisse erzieherisch wertvolle Muster zu legen.

»Rhomm-buss!« sagte er, als Etsuko ihn zurückbrachte. »Daddy, ich kahn einen *Rhomm-buss* machen!« So stolz war er drauf. Auch wenn das, was er gemacht hatte, kein Rhombus war, sondern ein Dreieck, dessen ungleich lange Seiten sich nicht einmal richtig berührten.

Zum Beispiel: Commander Odenwald besuchte Lily nur zwei Stunden nach Deans Geburt. Diesen Besuch hat er seitdem öfter wiederholt, kurze Abschnitte seiner langen Wachphasen (trotz Enzymcocktails und Zellreparatur in der Ruhezeit ist sein Haar cayennesilbrig geworden) dazu genutzt, Deans Schlaftrips zu überwachen oder ihn durch die verschiedenen Einrichtungen im G-Turm zu führen. Wenn ich ihn nicht gebeten hätte. Lily und mir das Observatorium zu überlassen, hätte es Odenwald Dean in der Tat schon längst selber gezeigt. Ich glaube also, daß ich mit einer simplen Bitte an Odenwald Mikol ordentlich hätte zusammenstauchen, wenn nicht gleich in sein Biogestell hätte runterschicken können.

Wozu die Aufregung? Wenn Dean irgendwas von Mikols Beleidigung im Observatorium verstanden oder auch nur den leisesten Anflug von Verachtung in seinem Gesicht gelesen hätte, würde ich es tun. Aber Dean glaubt, alle lieben ihn. In einem Universum alles verschlingender Finsternis und trotz Verfinsterung seines Verstandes bei seiner Empfängnis, verbreitet er ein etwas – so ähnlich dem Licht, daß meine Augen geblendet sind.

Bis vor weniger als einem Jahrzehnt ein paar von uns begannen, Kinder in die Welt zu setzen, hätte man zu jeder beliebigen Zeit in irgendeinem einzelnen Wohnturm in den ewig kreisenden Rädern unserer Schiffe selten mehr als zwanzig Leute wach angetroffen. Zehn Prozent des Expeditionspersonals überwachten die Fahrt der Armada, verfolgten die Sterne, hielten die Kommunikation von Schiff zu Schiff aufrecht, studierten wie arbeitssüchtige Affen ihre Spezialgebiete und bedienten die Quasi-Leichname, die in den Biogestellen jeder Arche steckten.

Nur ein paar Tage in diesem Wachphasen – und Einsamkeit breitete sich aus. Eine unsägliche Fremdheit durchzog die Labors und Korridore der *Annie*, als sei eine geflügelte Fee mit Lichtgeschwindigkeit herbeigereist und hätte ihren Bann auf meine schlafenden Kameraden geworfen, einen düsteren Zauber auf jeden Arbeitsraum, Kriechraum, jedes Versorgungsdeck. Ich konnte diese unerbittliche Verwünschung im Wasserstoffsummen der Sterne hören; im weißen Rauschen der Generatoren, den Kühlventilatoren der Computer und verborgenen Luftaufbereiter.

Ich kam als frischgebackener Ph.D. an Bord der U.N.S. *Annie Jump Cannon*. Also hat die Reise zu Epsilon Eridani bis jetzt gute 109 Jahre gedauert – relativ zu den Archen unserer Flotte. Hätte ich bei meinen Eltern in Algerien ein kleines Kind zurückgelassen, es wäre längst zum Tattergreis geworden – wenn es überhaupt noch am Leben wäre.

Was mich betrifft, bin ich unter Berücksichtigung der regelmäßigen Metabolismusunterbrechungen des W-Schlafs rein physiologisch nur um dreizehn Jahre gealtert (sagt Dr. Nadeq). Kurz: Ich bin ein fünfunddreißig Jahre alter Hundertjähriger. Aber niemand bleibt pro Schiffsjahr länger als einen Monat wach (mit Ausnahme von Commander Odenwald, Roosenno und Joplin und ein paar wenigen Spezialisten für überraschend auftauchende Probleme), so daß unter uns künftigen Kolonialisten jugendlich wirkende Hundertjährige – mit vielen verschiedenen numerischen ›Alten‹ – ganz normal sind, keine Mißbildungen.

Natürlich machte sich in der letzten Dekade unserer Annäherung an Epsilon Eridani die Expeditionspolitik, die nun Empfängnis, *in utero* Entstehung und natürliche Geburt von Kindern erlaubte, bei jedem ausgesuchten Personal bemerkbar, das jung genug war, auf Neuheimat seinen elterlichen Pflichten nachzukommen. Sechs Jahre nachdem Lily und ich Dean gezeugt hatten, lief diese Duldungsperiode ab, weil »Kinder unter vier einen negativen Einfluß auf eine effektive Besiedlung der Zielwelt haben würden, die wir hoffnungsvoll ›Neuheimat‹ nennen«.

Warum erlaubt man dann überhaupt die Ankunft von Kindern? Oder wenigstens die Ankunft eines Sprößlings unter einem Tauglichkeitsalter von, sagen wir, sechzehn?

Nun, die damaligen UN-Planer glaubten, daß »auf lange Sicht eine Generation von Kolonisten, die auf der Oberfläche des Zielplaneten von der mittleren Kindheit an aufgewachsen ist, für die Gründung einer ständigen menschlichen Basis in einem fremden Sonnensystem einen unschätzbaren Vorteil bedeuten würde.« Natürlich hatte niemand Dean in solche Überlegungen einbezogen.

Jedenfalls glichen die Wohntürme unserer drei Radschiffe seit der Ankunft der Kinder weniger Mausoleen und mehr Atrien oder Vogelhäusern voll Geschnatter. Seit Deans Geburt war ich dauernd in der Wachphase gewesen (im Gegensatz zu Lily, die sich schon bald für die Hibernation entschied und nur zu seinem Geburtstag in die Wachphase eintrat). Obwohl Dean genau überwachte ›Nickerchen‹ macht – um das Zellwachstum anzuregen, unsere verschiedenen Trockengutläden zu versorgen und den Rezirkulationssystemen die Arbeit zu erleichtern –, habe ich keine Sehnsucht nach der Schlafphase, nur um meinen Schlafrhythmus an seinen anzugleichen. Ich schlafe, wenn ich muß, ohne Drogen, und suche nach Methoden, die (vermutlich) unirdischen Lehme, Mergel und Humussorten der Neuen Heimat zu sammeln, zu testen und zu bepflanzen.

Zu anderen Zeiten arbeite ich natürlich im Polyped des G-Turms, wo Dean zum gehätschelten Liebling seiner Spielkameraden geworden ist; fast zu einer Art Maskottchen. Sein klotzartiger Schädel, die flache Nase, die schwammige Zunge, die kurzen, dicken Hände haben ihn in der Gruppe eher beliebt gemacht als entfremdet. Die Neugier, der Altruismus behüteter und geliebter Kinder hat eine seltsame Dynamik. Das erstaunt, richtet einen moralisch auf. Es lindert. Wie kann ich also die beinahe sechs Extrajahre bereuen, die ich in der Wachphase für Dean gealtert bin?

Einfach: Ich kann es nicht.

Inzwischen haben die metaphorischen Samenschoten in den Türmen der *Annie* begonnen zu rascheln und aufzuspringen. Unsere Korridore hallen wider. Die Kinder tanzen, staunen, machen Entdeckungen, raufen und singen. Kazimierz Mikol, da bin ich sicher, hat eine Doppeldosis von jenem Pulver aus gereinigtem und verstärkten Bärenblut mitgekriegt: Winterschlafmedizin.

Die Messe in unserem G-Turm ist mit Acetantransparenten festlich geschmückt. Ein Duft nach heißem Ozon liegt in der Luft und die eingespeisten Klänge eines alten Liedes – wenn die Wiederholung eines einzelnen Ausdrucks etwas bedeutet, hieß es wohl: »Ich bin so schwindlig.«

Thich Ngoc Bao, der Astrophotograph Nita Sistrunk und ich saßen an einem Tisch vor unseren Tabletts. Dean kauerte in einem veralteten VidPed an der Tür, drehte die Kontrollkugel in der Handfläche. (Virtuglotzen wollte er nicht benutzen; ihre simulierten Umgebungen schnitten ihn allzu gründlich von mir ab, das erschreckte ihn.) Hiller Nevels, Pilot und Wartungstechniker, stolzierte vom Automaten zu uns herüber.

»… Eppies Heliopause festgestellt«, sagte Bao eben. »Also werden wir *tatsächlich* ins System eindringen.«

»Haben Sie daran gezweifelt?« fragte Nita.

»Eppies Heliopause?« sagte Hiller. »Was ist denn das?«

»Haben Sie nie gezweifelt, Nita?« Bao nahm einen Bissen von seiner dampfenden Austerschalenpasta mit Knoblauch-Spinat-Füllung. Er schluckte. »In einer Schlafphase hatte ich einen sechs Monate dauernden Alptraum, komplett mit Ton, Bewegung und allem. *Annie* fiel wie ein altbackener Schmalzkringel in eine Kerr-Singularität und wirbelte zwölf Ewigkeiten um das glühende Maul. Schleppte den Raum mit sich, wißt ihr. Ich mumifiziert in meinem Biogestell. Die anderen auch alle.«

»Wunderbares Gesprächsthema«, sagte Hiller.

»Eppies Heliopause ist der eigentliche Rand des Epsilon Eridani-Systems«, sagte Nita zu Hiller. »Wo der Sternenwind auf die geladenen Partikel des interstellaren Vakuums trifft.«

»Ist denn nicht der Barrikadenstrom der Rand?« wollte Hiller wissen.

Der Einfluß eines Sterns, erklärte Bao, erstreckt sich weit über seinen entferntesten Planeten oder die Kometenwolke hinaus. Niederfrequente Radiowellen breiten sich Dutzende Milliarden Kilometer in die obsidianschwarze Leere des umgebenden Raums aus.

Als Bao sprach, beobachtete ich Dean, der im VidPed schaukelte, auf den Kontrollball einschlug. Ich konnte sein virtuelles Selbst sehen – eine gedrungene zweidimensionale Gestalt mit einem gefiederten Speer, wie sie einer Herde elektronischer Strauße nachpirschte – auf einem ›Veldt‹, dessen Entsprechung in der realen Welt längst von Touristenhotels, Tennis- und Golfplätzen bedeckt war.

Dean störte das nicht. Der Kontrollball ließ sich leicht drehen; die Figuren auf dem Schirm ließen ihn auflachen. Sein Kichern, die Art, wie sein Kopf frohlockend hin und her taumelte, wärmten mir das Herz, fast so, als ob Lily meine Brust mit einer thermotherapeutischen Salbe eingerieben hätte.

Ohne die anderen zu stören, zog ich eine Computertastatur aus der Außentasche meiner Uniformbluse und begann, ein paar Verse zu verfassen. Ich hatte zu kämpfen, mußte jede Strophe drei, viermal umarbeiten, bevor ich weitermachen konnte. Währenddessen hörten *Annie* und meine Freunde auf, für mich zu existieren.

Am Ende hatte ich ein Ergebnis, das fast, wenn auch nicht ganz meinen Wünschen entsprach.

A starchild in a VidPed cage
Unwraps himself, with deadpan glee.
Such fragile tissues disengage,
Such guileless beauty in debris.

Bafflingly, he molts and fledges,
Unwrapping in order to dress.
By this divestment, he pledges
To put on a scarecrow success.

Never has he touched a bird:
A maypop, an eggling, a flame.
In the beginning cracked a word,
The broken promise of his name.

I hear lark song where my fellows
Discern but babble, vocal cheats.
Take away your amped-up cellos,
Leave me only DeBoy's bleats.

With no ulterior intent,
He cocks and grins at every sign:
Litmus test or test-tube infant,
Telescope or Colombo twine.

So watch his palm atop the ball,
A misfit's flesh on spinning chrome:
Just now a shade on spectral veldt,
*But next my son on our New Home.**

---

* Eine Sternenkind im Vidped-Käfig
packt sich selber aus mit ausdrucklosem Frohlocken.
So zerbrechliche Gewebe machen sich los,
so listenlose Schönheit in Trümmern.

Erstaunlich; er schmilzt und wird flügge
packt sich aus, um sich anzuziehen.
Bei dieser Entkleidung verspricht er,
den Erfolg einer Vogelscheuche zu haben.

Ich schaute auf und bemerkte die amüsierten Blicke meiner Freunde. Wie lang hatte ich mich mit dem Gedicht beschäftigt? Sogar Hiller, der sich als letzter zu uns gesetzt hatte, war schon mit dem Essen fertig und starrte auf meine Computertastatur.

»Wieder ein Gedicht?« sagte Bao. »Nun, dann mußt du es uns zeigen. Wenn es schon von schlechter Kinderstube zeugt, bei seinen Tischgenossen Geheimnisse herumzuerzählen, dann ist es genau so unhöflich, ein Gedicht zu verstecken, das man am Tisch verfaßt hat. Sicher.«

»Unhöflich ist es, vor uns zu schreiben«, sagte Nita. »Er hätte genau so hier sitzen und in der Nase bohren können.«

Hiller lachte schallend. »Das hängt vom Gedicht ab. Oder von der Nase.«

Bao langte über den Tisch. »Gib her.«

Ich übergab ihm die Tastatur. Ich hatte keine Bedenken, das Ergebnis meines schöpferischen Rückzugs herumzuzeigen. Keats braucht deswegen keine auch nur teilweise Verdunklung seines unsterblichen Glan-

Nie hat er einen Vogel berührt:
eine Passionsblume, ein Eiling, eine Flamme.
Am Anfang zerbrach ein Wort.
Das gebrochene Versprechen seines Namens.

Ich höre eine Lerche singen, wo meine Kameraden
nur Geplapper hören, vokalen Schwindel.
Werft eure hochgezüchteten Cellos weg,
laßt mir DeBoys Blöken.

Ohne Hintergedanken
spitzt er die Ohren und grinst bei jedem Eindruck:
Lackmustest oder Reagenzglas,
Teleskop oder Colombozwilling.

So wache seine Hand über dem Ball,
Fleisch eines Außenseiters über wirbelndem Chrom,
jetzt noch ein Schatten aus spektralem Feld,
bald schon mein Sohn in unsrer Neuen Heimat.

zes zu fürchten, aber hier, so weit von zu Hause, kann keine andere lebende Seele mit meinen Fähigkeiten als Verseschmied konkurrieren – mit der selbsternannten Ausnahme des pakistanischen Sfericspezialisten Ghulam Sharif auf der U.N.S. *Fritz Zwicky*. Andere Expeditionsteilnehmer mögen bekennende, belehrende oder Gelegenheitsgedichte zusammenkritzeln (wenn man richtig schaut, kann man die Ergebnisse ihrer dichterischen Aktivität überall auf den Computerstuhleinheiten finden), aber ich betrachte meine Konkurrenten (humorvoll) als Amateure oder Schreiberlinge.

»Macht euch gefaßt, mir in Anbetung zu Füßen zu liegen!«

»Donnerwetter!« sagte Nita. »Eigenlob stinkt.«

»Ich stimme Ihnen ohne Einschränkung zu, Ms. Sistrunk«, sagte ich.

»Tatsächlich?«

»Ja doch. Aber *gar kein Lob* stinkt erst recht. Ich blase nur in mein eigenes Horn, um das Schweigen ein bißchen zu verzieren.«

Bao ließ den Bildschirm laufen. Er las den anderen jede Strophe laut vor. Er tat es mit einem für mich demütigenden Feingefühl: Ich konnte die Stockungen im Fluß des Gedichtes förmlich *hören*, die Tempofehler, das verpfuschte Versmaß hie und da – Stockungen, die durch Baos einfühlsames Vorlesen fast kompensiert wurden.

»Was ist ein Eiling?« fragte Hiller.

»Ein kleines Ei«, wagte Nita sich vor. »Was denn sonst?«

Ich sagte: »Ich weiß es nicht. Etwas, das hart ist wie ein Stein, dicht wie ein schwarzes Loch und gleichzeitig voller Leben, voller Möglichkeiten, wie ein Eizelle. Verstehen Sie? – Eiling.«

»Aber was bedeutet es?« wollte Hiller wissen. »Nicht nur ›Eiling‹, sondern das ganze Gedicht?«

»Daß er seinen Sohn liebt«, sagte Bao. »Und daß er

sich darauf freut, ihn auf einer ›Schönen Neuen Welt‹ aufzuziehen.«

Dem konnte ich nichts hinzufügen, und als mir Bao die Tastatur zurückgab, begann Nita wieder über die Heliopause zu sprechen und die erfreulich nahe Landung auf einem Planeten.

Unsere Flotte stieß rhythmisch vor, glitt mit einem bescheidenen Bruchteil der Lichtgeschwindigkeit über die einander durchdringenden Membranen der Raumzeit. Der Barrikadenstrom – innerhalb der schwer meßbaren Heliopause, aber außerhalb der Sphäre der planetaren Eisbälle – stürzte auf uns zu.

Bis zum Ende des zwanzigsten Jahrhunderts hatten Störungen in Epsilon Eridanis Eigenbewegung enthüllt, daß er höchstwahrscheinlich Planeten, wenn nicht sogar eine Schwerkraftsenke um sich kreisen ließ. Beobachtungen mit dem Infrared Lunar Astronomical Telescope (IRLAT) von der Dunkelseite in den 2030igern, weiters die Emission eines Infrarotsignals von Eppie – deutlicher Hinweis auf einen protoplanetaren Brocken – all dies ließ die Wissenschaftler fünf Planeten postulieren, einer davon in der bewohnbaren Zone, und einen möglichen äußeren Staubgürtel. Wir schickten eine unbemannte Sonde hin, um diese Annahmen zu überprüfen, aber unsere Armada – fast dreißig Jahre später gestartet, als die Ju-Tong-Technologie, multinationale Finanzmittel und eine Verschlechterung der Umwelt und der sozialen Bedingungen zusammenkamen und den Start durchführbar, wenn nicht zwingend notwendig erscheinen ließen – diese unsere Armada hatte die UN-Sonde schon längst hinter sich gelassen.

Glücklicherweise haben die Bordteleskope und Thich Ngoc Baos relativistische Berechnungen die Existenz dieser Welten bestätigt. Noch überzeugender war eine Sonde, die wir vor der Bremsphase seitlich von der *Zwicky* aussetzten; als unsere Archen langsamer wurden, flog diese Sonde mit unverminderter Geschwindigkeit weiter durch das ganze System hindurch und entdeckte dabei die Kometenmaterie des Barrikadenstroms durch Radarechos.

Jedenfalls existierte Neuheimat, dazu ein feuriger innerer Planet, dem ein Spaßvogel von uns das Etikett Red Hot umhängte. Drei äußere Planeten bekamen ähnlich blöde Namen: Jelly Belly, Jawbreaker und Cold Cock. Außerdem wiesen Spektralanalysen, die auf der *Chandrasekhar* durchgeführt wurden, auf die Existenz von Wasser auf Neuheimat hin.

Weil Dean besondere Mühe und Aufmerksamkeit erforderte, wenn er all seine Möglichkeiten ausschöpfen sollte, hatte ich ihn vor ein paar Tagen in die Geologiebucht unter dem Observatoriumsdeck der *Annie* gebracht. Ich hatte vor, ihm nicht nur einen elementaren Überblick zu geben, sondern ihm auch einen Überraschungsbeutel mit Mineralproben zu zeigen: einen Quarzkristall, ein Stück Obsidian, ein Kalksteinblatt, einen Fossilabdruck, eine Druse. Estsuko Endo hatte schließlich zuviel zu tun, als daß sie jede wache Minute dazu hätte verwenden können, Dean zu unterhalten oder therapeutische Spiele mit ihm zu machen.

Ich nicht. Meine richtige Arbeit begann erst, wenn unsere wissenschaftliche Vorhut auf Epsilon Eridani II gelandet war (sogar das abgedroschene ›Neuheimat‹ klingt besser) –, um dort die Landschaft zu kartieren, Proben zu nehmen, Tests durchzuführen und alles akribisch aufzuzeichnen. Nebenbei: Ich bin Deans Vater. Ich bestand darauf, daß ihm diese Expedition das Dasein erlaubt.

Dean behandelte die Proben mit linkischem Vergnügen. Mit der einzigen Ausnahme der Druse waren die Stücke in der Sammlung von fast lächerlicher Winzigkeit. Tatsächlich existierten viele Boden- und Mineralproben auf der *Annie nur* als Dünnschliffpräparate für das Mikroskop.

Ich fürchtete halb und halb, Dean könnte sich an dem Kristall verletzen. (Seine Finger haben die Gewandtheit von Porzellan.) Oder den zerbrechlichen Trilobitenabdruck in ordovizischem Ton fallenlassen. Oder die Stalagmitenspitze verlieren, die auf seiner einmal gefurchten Handfläche wie ein liliputanischer Dolch herausstand.

Aber fröhlich glucksend, mit großen Augen, brachte es Dean fertig, jedes Stück in der Hand zu behalten, es zu untersuchen und mir zurückzugeben. Er war diesen Dingen so voll Ehrfurcht wie an seinem sechsten Geburtstag in der Aussichtsbucht des Observatoriums dem Glitzern der Sterne gegenüber.

»Waas is das?«

»Schist.«

»Dreckijes Wort?«

»Nein. *Schist*. Ein blättriges, durch Druck verformtes Gestein. Sei vorsichtig, sonst schälst du eine Glimmerschicht davon ab!«

»Sch-schid?«

Ich wollte eben wieder sagen: »Nein, *schist*«, als ich hinter mir direkt am Eingang jemanden lachen hörte. Ich sah über die Schulter zurück und entdeckte (das erste Mal seit Deans Besuch im Observatorium) – Kazimierz Mikol.

Meine Eingeweide zogen sich zusammen, ein *Deja-vu*-Krampf. Was tat Mikol in einem Forschungslabor, das, wenn nicht ausdrücklich beschränkt, so doch für die Geologen der *Annie* reserviert war? Würde er wieder davon anfangen, daß mein zurückgebliebener Sechsjähriger hier nichts verloren hatte? Und was das betraf, überhaupt nirgends was verloren hatte?

»Er mag Felsen also *wirklich*, stimmt's?« sagte Mikol.

Diese Bemerkung vergiftete sofort den Blick, den ich ihm zuwarf. »Mein süßer Jesus«, murmelte ich.

»Da verwechseln Sie mich mit jemand«, sagte er. »Hören Sie, ich bin auf Bitte von Ms. Endo hier. Sie bat mich, ich solle einem Mann hier drin – wer das war, wußte ich nicht – mitteilen, daß sein Sohn – ditto – morgen um zehn-hundert eine Therapiesitzung bei ihr hat.«

»Warum benutzt sie nicht das Intercom?«

»Ein ganzer Stamm kleiner Fratzen hat sie in Trab gehalten. Außerdem lag Ihr Heiligtum sowieso am Weg. Ich muß die Harfensaiten unter die Lupe nehmen, die vom anderen G-Turm rüberschwingen. Alles in Ordnung mit Ihnen?«

Harfensaiten bedeutete Treibstoffspeichen. Ich starrte Mikol herausfordernd an.

»Betrachten Sie sich jetzt als rechtzeitig benachrichtigt, Dr ...«

»Gwiazda.«

»Von mir aus.« Er machte auf dem Absatz kehrt.

»Waate«, sagte Dean. Er meinte *warte,* und Mikol drehte sich um und sah ihn an.

Dean hielt die Druse aus der Sammlung hoch. Er neigte diesen seltsamen, gespalteten Stein so, daß Mikol direkt in die kristallüberzogene Höhlung schauen mußte. Der Hohlraum glitzerte wie ein hineingefallenes Spinnennetz in einem einzelnen Sonnenstrahl, und Mikol starrte wie hypnotisiert hinein.

»Speichen«, sagte Dean. »Feurige Speichen.«

Diese Worte schienen Mikol zu betäuben. Er schaute von der reflektierenden Höhlung der Druse auf das geistlose, flache Gesicht des Jungen, den Lily und ich, nach seiner Ansicht selbstsüchtig, den begrenzten Ressourcen unserer Arche aufgebürdet hatten.

»Er meint die Kristalle«, sagte ich. »Sie müssen ihn an die Speichen unserer Materie-Antimaterie-Rakete erinnern.«

»Ich *weiß,* was er meint.«

»Er hat diese Speichen erst einmal gesehen«, beharrte ich. »An dem Tag, als Lily und ich ihm die Sterne zeigten.«

»Von der *Annie* gibt's ein Mobile im Polyped. Das hat er sicher schon ein Dutzend Mal gesehen.«

»Aber die Speichen dort leuchten nicht wie die wirklichen – im gleißenden Licht des Abstroms sind die wirklichen … magisch.«

»Deswegen ist es noch kein Weltwunder, wenn er die beiden *gleichsetzt.*«

Mikol weigerte sich, den Blick von mir zu wenden. Und wegen einer Art atavistischem Machismo oder auch aus wissenschaftlicher Neugier konnte auch ich nicht den Blick von ihm lösen. »Aber er ist ebenso wie Sie, ein Treibstoffsystemspezialist, an die ›Speichen‹ in der Druse angeschlossen.«

»Er hat ja Ohren. Er hat gehört, wie ich von den Treibstoffspeichen gesprochen habe. Also hat er einen nacktarschigen Hauch von Mutterwitz. Hallelujah.«

»Und der assoziative Sprung, den er dabei gemacht hat? Nämlich nicht von Ihren Worten zu seinen, sondern von den Kristallen der Druse zu den netzartigen Triebstofflinien der *Annie*?«

Dean hielt die Druse weiter hocherhoben. Die Art, wie er sie hielt, erinnerte mich an irgendeine exotische Waffe. Ich stellte mir einen Energiestrahl vor, der daraus hervorbrach und Mikols Brustkorb aufriß, um … was zu enthüllen? Die diamantengleiche Undurchdringlichkeit seines Herzens? Den rubinroten Blutstrom? Das hartkantige Gitterwerk seines Herzmuskels?

»Und nun glauben Sie, ich sollte das Kind auf dieser Basis zum Genie erklären?« fragte er mich.

»Zu einem menschlichen Wesen. Einfach zu einem menschlichen Wesen.«

»Tiglatpileser war angeblich ein menschliches Wesen. Und Caligula. Auch ein ganzer Haufen der Tyrannen aus dem zwanzigsten Jahrhundert. Vermutlich auch die hirnlosen Idioten, die die Erde in ein baumloses Straflager verwandelt haben. Ich fürchte, ein menschliches Wesen zu sein, macht noch niemandem automatisch zu einem Halbgott.«

»Menschen haben diese Arche gebaut.«

»Preiset Noah für diese unwiderlegbare Einsicht! Welches Bordsystem hat denn Ihr genialer Sprößling erfunden?«

Darauf wußte ich nichts zu erwidern; auch für Dean war es ein Dämpfer. Er ließ die Druse sinken. Tief aus seiner Kehle kam ein merkwürdig gurgelndes Stöhnen.

Mikol war nicht mehr im Banne der Druse und verließ den Raum. Ich folgte ihm.

Im Korridor hielt Mikol mich mit ausgestrecktem Zeigefinger auf Abstand. »Schon zwei Zusammenstöße mit Gwiazda und seinem haarlosen Pavian«, sagte er. »Nun, der zweite war bedeutend weniger amüsant als der erste. Beim dritten Mal ist mein ganzes Antifeindschaftstraining wahrscheinlich total im Eimer, die tägliche Serenotildosis schlicht und einfach neutralisiert!«

»Was ist eigentlich mit Ihnen los?«

»Gar nichts. Ich mag nur keine Mongoloiden. Von meinem Standpunkt aus ein völlig rationales Vorurteil.«

»Da haben Sie Ihre Kompetenzen überschritten«, sagte ich.

»Na und? Wenn ich dieses Wasserstoffproblem gelöst hab, geh ich wieder in die Schlafphase. Bis die *Annie* in den Barrikadenstrom eintaucht, bleib ich zugedröhnt. Mit ein bißchen Glück begegne ich Gwiazda und Sohn überhaupt nie mehr, weder an Bord dieser Arche noch unten auf Neuheimat, wo ich mich auf einer kleinen Farm niederlassen werde, die für fette, kleine Mongoloide und ihre selbstsüchtigen Bimbo-Väter gesperrt ist!«

»Du Bastard!« sagte ich.

»Kümmern Sie sich lieber um den kleinen Bastard

im Labor«, antwortete Mikol. »Höchstwahrscheinlich frißt er grade einen von den Felsbrocken auf.«

Und wieder entfernte er sich, ehe ich ihn am Arm packen oder auch nur etwas erwidern konnte. »Weißarsch« murmelte ich halblaut; ich wußte nicht, wo das Wort plötzlich herkam – einfach so. Es schien krasser Verrat an den Gwiazdas zu sein, die unschuldig und voller Liebe mein Leben gerettet und mich aufgezogen hatten.

»Wooo is Lily?« fragte Dean.

»Das weißt du so gut wie ich. Sie schläft. Sie schläft immer. Das ist ihre Berufung.«

»Ich will sie sehen.«

»Mm-mm. Das glaubst du bloß. Das haben wir alles schon hinter uns, Dean. Die verdammten Bioregale machen dir nur Angst.«

»Ich *will* sie aber sehen«, sagte Dean, hörbar um deutliche Aussprache bemüht.

»Willst du nicht.«

»Doch. Will ich doch. Bring mich zu ihr!«

Dean und ich hatten uns schon längst in unser Quartier auf der Mezzanin-Ebene zurückgezogen. Es war fast Mitternacht (als ob man das nicht mit jedem Recht von jeder anderen Stunde dieser Reise auf der Arche hätte sagen können), und ich wünschte mir nur noch, Dean möge bald so geräuschlos schlafen wie seine Mutter. Aber eine Geburtstagsparty im Polyped und ein Abend mit restaurierten und kolorierten Folgen von *Our Gang* im Vidfile-Kanal von Heraklit hatten ihn richtig aufgedreht und störrisch gemacht. Mir war klar, daß nun eine ›totale‹ Schlacht meine brüchige Selbstkontrolle schneller zum Erliegen bringen würde als Beschwichtigungspolitik – auch wenn sie für Dean mit einer völlig ungerechtfertigten Beute erkauft war: einem Besuch bei den Bioregalen.

(Beute. Bei dem Wort werden Erinnerungen wach.)

Tatsächlich versucht Dean selten seinen Willen gegen mich oder sonst wen durchzusetzen. Nachgiebigkeit und Versöhnlichkeit sind ihm so zu eigen wie Stolz und Neugier einer Katze eigen sind. Um des lieben Friedens willen überlegte ich, war es besser, diesem unüblichen Anfall von Starrsinn nachzugeben, als dadurch, daß ich den Tyrannen markierte, meinen Seelenfrieden – welchen Seelenfrieden? – zu zerstören.

Zehn Minuten nach Mitternacht fuhren wir also zur untersten Ebene im G-Turm, ein fluoreszierendes Verlies von Computermonitoren und in Isolierschaum eingepackten Hibernationshülsen, und baten die Sicherheitstechnikerin Greta Agostos, uns durch den abgeschrankten Eingang ins Hibernakulum der *Annie* zu lassen.

»Wozu?« fragte Greta.

»Raten Sie mal. Dean will seine Mutter sehen.«

Greta ließ ihr Fingerknöcheln rasch – aber nicht fest – über Deans Kopf fahren.

»Sie wird aber nicht sehr gesprächig sein, DeBoy. Und du und dein Vater, ihr müßt euch einer Untersuchung unterziehen. Du weißt schon, ein wahnsinnig kitzliges Abtasten.«

»Nur deswegen sind wir ja hier«, sagte ich.

Aber das ›wahnsinnig kitzlige Abtasten‹ war nur ein Standardscherz der Sicherheitstechniker. Tatsächlich ließ Greta, ohne uns überhaupt zu berühren, einen Dunst-FOD – Fremd-Objekt-Detektor – über unsere Körper laufen; mit jener unpersönlichen Geschicklichkeit, die das genaue Gegenteil jeder sinnlichen Intention ist. Ihr FOD sprach uns übrigens vom Verdacht frei, irgendwelche Waffen, Drogen oder Limonaden in IV-Infusionsflaschen ins Hibernakulum zu schmuggeln.

Die Schranke ging auf, Dean und ich traten ins gespenstisch zwielichtige Mausoleum der Bioregale ein. Die Luft in diesem kreisrunden Hibernakulum roch leicht nach Winter und war beißend kalt. Man kann die Quasi-Leichen durch Lesen der Namensschilder identifizieren; man kann aber auch durch die eisblumengeschmückten Sichtscheiben direkt in die Kokons hineinschauen.

Wir gingen die Umgrenzung des Hibernakulums entlang – immer schön tap-tap-tap auf dem Metallboden –, bis wir das Biogestell von Lily Aliosi-Stark erreicht hatten. Ihr Kokon lag in der dritten Schicht von unten, in knapp zwei Metern Höhe, und ich mußte Dean immer hochheben, so daß er durch die mit Reif fein kraquelierte Frontscheibe auf das bleiche, schöne Antlitz seiner Mutter schauen konnte.

»Schleft schön«, flüsterte er voll Ehrfurcht. »Meine Mama schleft wiklich schön.«

»Ich würd' sie ja mit einem Kuß aufwecken, DeBoy, aber meine Lippen frieren immer an der Scheibe fest.«

»Lustig.«

»Nicht, wenn's dir selber passiert, mein Lieber. Können wir jetzt heim?«

Dean legte die Fingerspitzen an Lilys Frontscheibe. Er kicherte, als sie nicht daran festklebten. Statt dessen hinterließen sie milchige Abdrücke, die allmählich verschwanden, als er die Hand wieder wegnahm.

»Laaß mich runter.«

Ich ließ Dean runter. Er schlenderte an den beiden unteren Biogestellschichten vorbei zum Eingang des Hibernakulums, bis er an einen leeren Kokon kam, auf dessen Namensschild zu lesen stand: *Abel Walter Gwiazda*. Dean rieb mit seinem wurstförmigen Zeigefinger über die Buchstaben unseres Familiennamens. Dann, wie ich befürchtet hatte – als ob ich's nicht *gewußt* hätte, was passieren würde –, schluckte er krächzend in der kalten Winterluft, die Augen traten ihm wie bei einem Würgeopfer hervor. Warum hatte ich bloß angenommen, dieser Besuch würde besser laufen als all die anderen?

»Tot«, sagte Dean. »Heiliges Kanoonrohr, Daddy ist tot!«

»Ich bin doch hier, Sohn. Anders als deine ewig dösende Mama kannst du von mir nicht erwarten, daß ich an zwei Orten gleichzeitig bin.«

Kurz vorm Heulen wiederholte Dean »Tot« mindestens ein Dutzend mal und dann begann er loszuplärren: Die sich brechende Klage einer Totenfee erfüllte diese seltsame Krypta für Lebende wie eine Armee zorniger Wespen.

Ich hielt mich selber an den Schultern fest, hielt mir die Ohren zu, packte wieder meine Schultern. Deans Geheul fuhr an den Enden meiner völlig bloßliegenden Nerven auf und ab.

»Verdammt noch mal, du Idiot, halt's Maul!«

Deans Augen weiteten sich. Er hörte auf zu heulen und zog sich zurück. Ich schubste ihn mehrmals mit den Knöcheln in den Rücken und trieb ihn zum Ausgang des Mausoleums. Beim fünften oder sechsten Schubser, stolperte er und fiel zu Boden. Ich zerrte ihn sofort wieder hoch.

»Der einzige Ort, wo du's nicht mal kurze drei Minuten aushältst, ist auch der einzige, wo du unbedingt hinwillst? Du hast nicht mal so viel Verstand wie ein Vollidiot, weißt du das?«

Aus dem kalten indigoblauen Nebel hinter Deans Kopf erschien Greta. Sie kniete nieder und umarmte ihn von hinten. Er schwang herum und klammerte sich seinerseits an sie wie an die geflügelte Retterin in einem Märchen – schaltete im Kopf auf einen privaten Kanal um. Der Anblick seiner Furcht – als sie mir allmählich klar wurde – erschütterte mich.

»Sie haben Lily darum gebeten, Abel«, sagte Greta. »Genau darum, was Sie heute abend so enorm satt haben.«

»Ich … ich hab' es nicht gewußt«, versuchte ich mich zu verteidigen. »Nicht wirklich.«

»Ich nehm' Dean jetzt zu mir raus. Er wird schon wieder. Gehen Sie zu Lily. Reden Sie mit ihr. Bleiben Sie solange wie nötig.«

Greta nahm Dean auf und trug ihn, der sich in ihren Armen völlig entspannte, um den Rundlauf des Hibernakulums. Ich stand da, schämte mich der Rüge Gretas, während die beiden im dichter werdenden blauen Nebel verschwanden.

Ich kehrte zu Lilys Biogestell zurück. Unsere Unterhaltung berührte viele Themen, einschließlich der notwendigen Einsamkeit der Sternenreise. Später, beim Eingang, begrüßte mich Dean, als ob ich seine Mutter nie verhöhnt und ihn nie feige beschimpft hätte – kurz, als ob ich seine Achtung *verdiente*.

Jedes unserer Schiffe trägt rund sechzehnhundert Menschen, zweihundert pro Wohnturm. Die meisten reisen in der Schlafphase in langen Reihen computerüberwachter Biogestelle. In den letzten beiden Jahren haben wir uns jedoch absichtlich bemüht, Kinder in unsere raumreisende Gemeinschaft zu bringen und unsere Zahl um fast zwanzig junge Menschen pro Turm erhöht. Ich nehme an, daß sich *Zwicky* und *Chandrasekhar* eines ähnlich hohen Bevölkerungszuwachses rühmen, aber ich habe mich nie wirklich darum bemüht, mit ihren Zahlen auf dem laufenden zu bleiben; Dean beansprucht mich fast ausschließlich.

Nach meinem häßlichen Wutausbruch im Hibernakulum beschloß ich, Dean, soviel ich nur konnte, über unser Schiff, die Flotte, unsere Ziele und mystischen Hoffnungen beizubringen. Er weiß nun, daß aus den Treibstofftanks auf dem dreißig Meilen langen Rad der *Annie* Wasserstoff zu den Behältern mit Antiwasserstoffeis in der Rakete fließt, die uns hinter sich herzieht wie einen riesengroßen starren Fallschirm. Er weiß auch, wenn wir die Neue Heimat erreichen, haben wir das letzte Fitzelchen Treibstoff aufgebraucht, und er versteht auch, glaube ich, daß eine Rückkehr zur Erde oder die Reise zu einem anderen Sonnensystem (sagen wir, nach Tau Ceti oder zum Sirius) die Aufbereitung und Ladung eines Volumens Wasserstoff und Antiwasserstoffeis erfordert, das jenem entspricht, mit dem wir den Mond verlassen haben. Er weiß ...

Aber ich belüge mich natürlich selbst. Dean hat schwere körperliche und geistige Behinderungen; und Liebe, letztendlich einziger väterlicher Segensspruch und letzte Torheit, kann seinem Gehirn keine Zellen hinzufügen und auch nicht die, die er hat, mit befreiendem Wissen vollstopfen.

Im Polypedabschnitt der Kinderabteilung im Schwerkraftturm saßen Dean und ich hinter einer Trennwand, die mit einem großen Plakat mit der lokalen Galaxiengruppe geschmückt war, zu der unsere Milchstraße gehört. Mit Maus und Daumen ließ ich ein gyroskopisches Interphasenmodell der *Annie Jump Cannon*, das als Mobile über uns hing, durch ein Dutzend verschiedene Manöver laufen. Eingespannt ins Netzwerk kaum sichtbarer Fäden, kippte die winzige Arche, drehte und verformte sich.

Dean war der Übungen und Demonstrationen müde; ertrug sie mit schoßtierhafter Loyalität. Tatsächlich beschlich mich das Gefühl, im Verlauf dieser Stunde hätten sich unsere Rollen – Vater und Sohn, Lehrer und Schüler – irgendwie vertauscht.

»Wiee weid?« fragte Dean.

»Was?«

»Wie weid nach Neuheimat?«

»Ich weiß nicht. Wir bremsen immer noch. Commander Odenwald hat es vielleicht auf die Nanosekunde genau berechnet.«

Etsuko kam herein und setzte sich Dean gegenüber in einen Kinderstuhl, der ihr fast zu klein war. »Egal, wann wir in den Orbit um Neuheimat einschwenken«, sagte sie zu Dean, »du bist auf jeden Fall schon acht oder neun, wenn du den Planeten das erste Mal betrittst.«

Dean lebte sichtlich auf – nicht auf Grund ihrer Worte, sondern auf Grund ihrer schlichten Gegenwart.

»Warum?« wollte er wissen.

»Wir werden eine Menge Dinge erledigen müssen, bevor wir euch Kinder auf die Oberfläche lassen. Überwachung, Photos, Landkarten herstellen, eine ganze Menge Dinge testen. Verstehst du?«

»Sind doord auch Monster?«

»Monster?«

Der Keil seiner Zunge erschien zwischen den Lippen. Dann sagte er *Din-o-saurier*, als verkörpere das Wort eine irgendwie essigsaure Art echsenhafter Stärke.

»Das bezweifle ich«, sagte Etsuko.

»Was dann? Leu-the?«

»Auch da hab' ich Zweifel.«

»Und wenn es dort Leute gäbe, intelligente Wesen, würden die *uns* als die Monster ansehen«, sagte ich. »Eindringlinge aus dem Weltraum, ihre schlimmsten gabelbeinigen Alpträume.«

Deans Miene verdüsterte sich. Seine Zunge füllte den Mund wie ein Knebel.

»Abel, jetzt haben Sie ihn erschreckt.«

»Fiel mir leicht.« Für gewöhnlich vermeide ich jeden Sarkasmus – mein Sohn hat kein Gespür dafür – aber ich hatte über fünfzig Stunden nicht geschlafen (nicht einmal ein kleines Nickerchen), und Deans widerspenstige Unschuld hatte ein paar Löcher in meine dickhäutige Heiterkeit gebrannt. »Aber nehmen Sie doch einmal an, Etsuko, wir landen da unten auf der Neuen Heimat und sind mit einer Spezies sanfter Weiser konfrontiert.«

»Das glauben Sie?«

Ich sagte ihr, die eingeborenen Weisen von Neuheimat würden uns unweigerlich als reine Plage betrachten. Später schrieb ich,

wir
fallen
hinab
deformierter Feind
eindringend
mitten unter ihnen.
so daß sie
bei unsrer Ankunft
sich überfallen fühlend
aus der Luft, entsetzt
zu Mißgebilden beten.

in ihren Blicken
unsre Schnabelschnauzen
und glibberglänzenden Augen
die Reihen schimmernden Gebeins
in unsren Schmollmündchen –
und dann die Art, wie unsere Finger
wie Fadennudeln sprießen,
mit halbmondförmigen Plektren
in ihren ausgebeulten Schädeln dröhnen.

und sie wissen
daß ihr heiß-rosa Rasen,
die glasumhüllten Bäume
spiralig wirbelnde Geysire
und Hundemaskengötter,
die feurige Opale
auf Wellenkämmen zermahlen,
ein Schicksal haben werden
im bleichen Schein der Sterne.

für immer unterworfen sein
den Aufrechten –
wem, wenn nicht uns –
die wir herunterschwärmen,
wer weiß, woher,

wer weiß, warum,
und könnten sie
nicht einfach sterben?

das hoffen wir doch,
klar hoffen wir das,
nicht wahr, Ms. Etsuko?

Noch später, Dean trieb sich sonstwo herum, zeigte ich Etsuko das Ergebnis meiner Bemühung. Den letzten, kleinen Dreizeiler faßte sie als Beleidigung auf.

Ohne die Wohltat des Winterschlafs träumte ich von Neuheimat und der dort herrschenden Spezies: Humanoide Geschöpfe, die keine Ahnung hatten, daß Eindringlinge aus dem Weltraum ihre Welt im Visier hatten. Die Landung in der Hauptstadt ihrer am weitesten fortgeschrittenen Nation führte zum Landgang der ersten UN-Gruppe (zu der seltsamerweise außer mir auch Kazimierz Mikol gehörte). Es stellte sich heraus, daß jedes einzelne Exemplar dieser Rasse in etwa meinem behinderten Sohn glich.

»Jetzt weiß ich, wie wir diesen Ort nennen sollten«, sagte Mikol zu mir. »Special Olympica.«

Auf einer Gruppenreise von einem Jahrhundert Dauer oder länger darf man nicht erwarten, das Ziel ohne gewisse personelle Verluste zu erreichen, auch wenn die große Mehrheit der Expeditionsteilnehmer die meiste Zeit in einem überwachtem Schlaf verbringt. Von der ursprünglichen Besatzung von sechzehnhundert Leuten waren auf der Reise sieben verstorben, als letzte die einzige Frau im A-Turm, die eine Geburt nicht überlebte, obwohl das Kind, eine Tochter, Gott sei Dank durchkam und immer noch in der Kinderstation des A-Turms lebte.

Begräbnisse an Bord einer Arche dauern nur ein

paar Minuten; nur wenige von uns nehmen daran teil. Jeder Turm hat einen Geistlichen, der mit den Ritualen der verschiedenen Bekenntnisse vertraut ist – denen der Weltreligionen und denen kleiner lokaler Kulte. Wenn der Verschiedene sich zu einem bestimmten Glaubenssystem bekannt und eindeutige Instruktionen hinterlassen hat, führt der Geistliche die entsprechenden Rituale während des Gedenkgottesdienstes und der anschließenden Ausstoßung des Leichnams durch. (Aus leicht begreifbaren Gründen verbieten unsere Regeln Verbrennung wie Erdbestattung).

Selbstverständlich haben sich die meisten Leute, die hier oder auf unseren Schwesterschiffen gestorben sind, zu einer Abart des Agnostizismus oder wissenschaftszentriertem, mystischen Atheismus bekannt (wie oxymoronisch letzteres auch klingen mag), aber ein Mann an Bord der *Chandrasekhar* bat um und bekam auch ein Voodoo-Begräbnis, komplett mit Gesängen und Verspritzen von (symbolischem) Hahnenblut. Nach Aussage seiner Glaubensbrüder glaubte er, daß in der fernen Zukunft des Expansions/Kontraktionszyklus unseres Kosmos ein anderes Sternenschiff seinen mumifizierten Körper wiederfinden werde. Technospirituell wiederbelebt, werde er dann über die Decks wandeln – als untoter Prophet des nächsten systolischen Aufblühens des Universums.

Meines Erachtens liegt die Schmach dieses bravourösen Credos nicht im darin verkörperten Aberglauben, sondern in der einfachen Tatsache, daß nur vier der Bordgenossen dieses Mannes an seinem Leichenbegängnis teilnahmen. Natürlich können die, die selber schlafen, den Schläfer nicht auf die Reise schikken.

Worauf ich hinauswill? Einige Wochen nach Deans Besuch bei seiner schlafenden Mutter starb eine Frau namens Helena Brodkorb, eine Blumengenetikerin im D-Turm, in ihrem Biogestell. Trotz eines komplizierten

Sicherheitssystems hatten ihre Monitore das medizinische Personal ihres Turms nicht von ihrem meßbaren physischen Abbau im Winterschlaf alarmiert. Als man das merkte, war sie schon hinüber.

Es gab einen kleinen Skandal. Odenwald suspendierte zwei Wachphasentechniker vom Dienst und ordnete eine Untersuchung an. Er wollte keinen einzigen Schläfer mehr wegen eines kaputten Biogestells verlieren.

Dieser Tod hätte mir wenig bedeutet und Dean schon gar nichts, wenn ich ein paar Stunden später nicht erfahren hätte, daß Helena Brodkorb Kazimierz Mikols Tante war – gewesen war; eine Tante zwei Jahre jünger als er selbst. Außerdem hatte Ms. Brodkorb keine anderen Verwandten auf der *Annie* oder einem Schwesterschiff. (Ein Übersetzen von Passagieren zwischen zwei riesigen Räderschiffen ist beim Nullkommaeinfachen der Lichtgeschwindigkeit ein machbares, aber riskantes Unterfangen.) Mit Ausnahme der Ehepartner und der Kinder, die auf unserer jahrzehntelangen Annäherung an Epsilon Eridani geboren wurden, haben auf unseren Archen nur wenige Menschen irgendwelche Verwandte. Odenwald fand daher, Mikol, der sich im G-Turm in der Schlafphase befand, müsse wissen, daß Ms. Brodkorb gestorben war, auch wenn ihr Tod – ja, *besonders* weil ihr Tod ein schlechtes Licht auf die Sicherheitssysteme der Arche warf. Mikol könnte ja den Wunsch haben, bei ihrer Verabschiedung anwesend zu sein.

Also wurde Mikol schnell aufgeweckt und Odenwald persönlich brachte ihm die Nachricht vom Hinscheiden seiner Tante.

Mikol, noch benommen vom Winterschlaf und der plötzlichen Neutralisierung, begann zu weinen. (Ich habe das von den Medizintechnikern, die ihn wiederbelebt haben.) Er hatte Helena Brodkorb geliebt. Die übliche Desorientierung der frisch Aufgeweckten mag dazu beigetragen haben, aber Mikols Tränen hatten doch eine stark emotionale, keine rein physiologische Ursache.

Ich konnte den Bericht natürlich erst nicht glauben, aber dann hat er mich eher gefreut als verwundert. Ich wollte es glauben – nicht, daß eine kluge und produktive Frau gestorben war, sondern daß Mikol auf ihr Hinscheiden weniger wie ein auf zynische Effizienz programmierter Automat reagiert hatte, sondern wie ein …nun, wie ein normaler, warmherziger Neffe.

Kazimierz Mikols Aktivitäten am Tag vor Helena Brodkorbs Beisetzung habe ich nach einem Bericht rekonstruiert, den er mir später selber gab. Das Überraschendste bei dieser Wendung der Dinge war natürlich, daß er Dean und mich freiwillig in versöhnlichem Geist aufsuchte und daß er und ich tatsächlich zu einem vorsichtigen Einverständnis kamen.

An jenem Morgen zog Mikol also einen Papieroverall und Plastikslipper an. Dann noch eine taubengraue Wegwerfuniformbluse. Jedes Stück dieser Art Notgarderobe leuchtete in sanftem Grau. Taubengrau. Das Taubengrau der Trauer. Die Farbe zivilisierten Schmerzes, eines gramgebeugten Gentleman würdig.

Der Geistliche im D-Turm hatte Helenas Beisetzung auf 0900 am nächsten Tag festgelegt – nach einer nichtinvasiven Autopsie und medizinisch-technischer Analyse. Sie hatten Mikol versichert, er werde nicht behaupten können, man habe Helena auch nur das Augenlid zurückgezogen oder ihren Ellbogen berührt. Er würde sie feierlich aufgebahrt vorfinden – auf der ausziehbaren Lingula oder Zunge eines Abfallbeseitigungsejektors.

Morgen.

Bis dahin mußte Mikol noch eine kleine Aufgabe erfüllen. Er versuchte sich daran zu erinnern, welche Vergnügungen – Spiele, Spielzeuge, Bilder – kleinen

Jungen gefallen und welche *ihm*, als Erwachsenen, immer noch gefielen. Also einmal keine Felsen. Keine falschen Strände in der Hydroponikabteilung. Keine glitzernden Edel- oder Halbedelsteine. Keine Druse. Auf jeden Fall nichts, was zur Geologie gehörte, dem Reich von Dean Gwiazdas Vater.

Mikol dachte lange nach. Dann nahm er den Lift von der Transphasen-Lounge ins Mezzanin in das Kabuff eines Piloten und Wartungstechnikers. Der war – nicht ganz zufällig – eine Sammelratte namens Hiller Nevels. Hiller gab ihm die Sachen, die er als eine Art Trostgeschenk verwenden wollte.

Mit dem Geschenk in der Hand ging Mikol zurück und durchquerte das G-Turm-Atrium, einen hochragenden Zylinder mit einer Einrichtung aus Vitroschaumbänken, einem Gemüsegarten, exotischen Farnen, papageienfarbenen Orchideen und Bromelien und einer regulierten Population von Purpurfinken. Mikol achtete nicht auf die Pflanzen und Vögel, sondern wanderte durch die Westentaschenwildnis zum Katzensteig außerhalb des Polyped.

Er fand Dean und mich beim Kartenspielen (Go Fish, wenn ich mich recht erinnere) an einer Computerstuhleinheit in einiger Entfernung von den anderen Kindern. Ich warf ihm einen Blick zu, dem er sehr wohl entnehmen konnte, wie aufgebracht und mißtrauisch ich war.

»Ja?«

»Ich bin gekommen« – Mikol erzählte mir später, diese Worte hätten sich in seiner Kehle angefühlt wie eine rostige Schwertklinge – »ich bin gekommen, um Frieden zu machen.«

»Warum?« fragte ich.

»Sie brauchen einen Grund dafür?«

»Wenn ich's nicht für einen schäbigen Trick halten soll, schon.«

»Wie großmütig!«

Die Karten auf Deans Bildschirm entfalteten sich vor ihm wie ebenso viele entwertete Fahrkarten, und er begrüßte Mikol mit einem zähneblitzenden, breiten Lächeln.

»Dr. Gwiazda, die Wahrheit ist die, ich hatte einen …«

»Gesinnungswandel?«

»Vielleicht.«

»Weil Ihre Tante eben gestorben ist?«

»Es hat sich also schon verbreitet.«

»Ja, hat sich. Mit einem ansehnlichen Bruchteil der Lichtgeschwindigkeit.«

Dean stieß sich von seiner Konsole ab. *»Haalloo!«* schrie er. *»Mistah Mickle!«*

Mikol kniete neben Dean hin und zog eine kleine, in Schaum gefaßte Schachtel aus der Tasche. Er schob mit dem Daumen den Deckel zurück und hielt sie so, daß Dean die facetierten Samen darin sehen konnte. Sie sahen wie vier funkelnde Kieselsteine aus. Das war aber nur ein Zufall im Erscheinungsbild und keine Anspielung auf das beleidigende Thema – *Steine im Kopf, draußen an einem Felsen* – das bisher seine Zusammenstöße mit Dean und mir bestimmt hatte.

»Waas …waas sind das?«

»Aug-Augen«, sagte Mikol. »Schnell Aufblasbare.«

»Sie sind so … glein.«

»Um so besser kann man sie an Bord eines Schiffes bringen, wo es wenig Stauraum gibt. Berühr mal eins!«

»Nein!« sagte ich. »Mr. Mikol, diese Dinge sind an Bord der *Annie* illegal.«

»Aber woher denn«, sagte Mikol, immer noch in der Hocke. »Glauben Sie, ich würde unser Schiff gefährden? Oder Ihren Sohn terrorisieren? Verstehen Sie, *diese* Aug-Augen werden ebenso schnell zu tragbarem Sand zusammenschnurren wie sie in ihre volle Größe explodieren – die neueste Entwicklung auf dem Unterhaltungssektor vor unserem Start.«

Dean hielt einen Finger über die Schachtel: erwartungsvoll, unsicher, bereit für Anweisungen. Sein psychisches Engagement für Go Fish war schon längst am Nullpunkt.

»Nein«, sagte ich ihm.

»Jetzt machen Sie mal halblang, Dr. Gwiazda«, sagte Mikol. »Was ich hier versuche, ist Wiedergutmachung, und nicht den Jungen wegen eines blöden Unfugs ins Biogestell runterzuschicken!«

Ich war skeptisch und überlegte eine Zeitlang. Dann nickte ich Dean zu. »Also gut. Nimm eins. Aber nur eins.«

Deans Hand zitterte über der Schachtel. Mikol nahm sie und führte den Zeigefinger zu einem der Aug-Augen. Schweiß und Oberflächenspannung ließen das Aug-Auge klar werden. Dean starrte mit einem Ausdruck glotzäugiger Verblüffung auf den Kiesel unter seiner Fingerspitze.

»Jetzt roll ihn zwischen Daumen und Zeigefinger«, sagte Mikol. »Und dann wirfst du ihn auf den Boden oder gegen die Wand.« Er trat zur Seite, um Dean Platz zu machen.

Dean schnippte mir das Aug-Auge mit schwächlicher Geste am Kopf vorbei. Es fiel aufs Polyped-Deck, kollerte ein Stück und begann ein feines, melodisches Zischen von sich zu geben.

Als Mikol das Ding aufhob, war es wieder still. »Fester!« riet er. »Probier's noch einmal.« Er gab das Aug-Auge an Dean zurück, der mich fragend anblickte.

»Nun mach schon. Wirf es fort. Aber fest!«

Dean gehorchte und warf das Aug-Auge mit einer so ungeschickten Schulterdrehung, daß ich ihn schon wochenlang über den anhaltenden Schmerz jammern hörte. Das heftige Ausatmen durch die Nase klang schon sehr nach Wimmern.

Aber das Aug-Auge traf die Wand hinter mir und blies sich beim Abprallen explosionsartig auf.

Wahm! Was da ins Polyped reinrollte, war die Fabrilon-Kopie eines Allosaurus – so groß wie Kazimierz Mikol. Er stürzte herein und zischte dabei, dieses blautürkise Ebenbild einer Riesenechse, und er zischte lauter als das Aug-Auge, aus dem er hervorgebrochen war. Er richtete sich der Länge nach auf und ließ sich mit den Hinterbeinen auf dem Deck nieder.

Dean wollte nicht mehr aufhören zu schreien.

Mikol hätte sich ja vorstellen können, daß ein ins Blickfeld hineinexplodierender Dinosaurier ein Kind von Dean Zuschnitt traumatisieren mußte, aber er hatte sich natürlich gar nichts vorgestellt. Er packte die Statue und schob sie auf die eine Seite – als ob Verschiebung um ein paar Zentimeter Dean beruhigen könnte. Es beruhigte ihn nicht. Dean heulte weiter, die Hände in Brusthöhe; zufällige Parodie der Vorderklauen des Allosaurus.

»Es ist nichts passiert, Dean«, sagte Mikol. »Schau. Es ist okay. Nur eine nachgemachte Echse. Sieh doch. Ein Spielzeug.«

Der Gefahr eines bleibenden Hörschadens trotzend nahm ich Dean hoch.

Inzwischen kamen Etsuko Endo, Zhom Koon und Sidonie Montoya vom Hauptpolyped hereingestürzt. Eine Kinderschar in hellen Blusen, Muu-Muus, Dhotis oder einteiligen Anzügen drängte sich hinter den Erwachsenen, um ihre Neugier zu befriedigen. Ein kleines Mädchen tätschelte Deans Hinterteil und versuchte ihn genau wie ich mit »Schsch … schsch« zum Schweigen zu bringen, aber die anderen versammelten sich entweder um den Dinosaurier oder hielten sich die Ohren zu.

»Heiliges Kanoonrohr!« brüllte Dean. *»Monstärrr!«*

»Er meint wahrscheinlich Sie!« sagte ich zu Kazimierz Mikol.

Mikol wedelte mit der Hand, um die Kinder vom Fabrillon wegzuscheuchen. »Das tut mir leid, Gwiazda. Sie können nicht ernsthaft glauben, daß das hier *Absicht* von mir war. Ich hab' mir vorgestellt, die plötzliche Manifestation eines Dinosauriers würde ihm … nun, also … Spaß machen.« Er packte die Knöchel von Danny Chung-Barnett, der sich wie ein Wiesel so nah herangeschlichen hatte, daß er nach dem türkisblauen Skrotum des Ebenbilds grapschen konnte.

»Können Sie's nicht wieder verschwinden lassen?« fragte Etsuko über Deans gespenstisch modulierendes Geheul hinweg.

»Natürlich. Schauen Sie her.« Mikol zeigte auf einen marineblauen Fleck hinter dem linken Auge der Figur. »Passen Sie auf.«

Er drückte auf den Fleck. Mit furzartigem Klagelaut stürzte der Allosaurier in sich zusammen, kernte sich wieder ein und begann zu zischen – so daß man ihn leicht finden konnte. Mikol hob das winzige Aug-Auge auf, bevor sich Klein Chung-Barnett darauf stürzen und damit abhauen konnte.

Dean hörte auf zu heulen. Verärgert erzählte Mikol Etsuko, Thom und Sidonia, was passiert war. Die Kinder vor sich hertreibend, kehrten sie zum Hauptspielplatz des Polypeds zurück und überließen Mikol dem inneren Kampf, sich bei Dean entschuldigen zu müssen. Es gereicht ihm zur Ehre, daß er das auch tat.

Was meine Wahrnehmung Mikols als Feind betraf, so hörte er in den nächsten Augenblicken einfach auf zu existieren. Der Zyniker, der meinen Sohn als tödliches Hindernis unserer Kolonisierungsmission auf Epsilon Eridani betrachtet hatte, verschwand so plötzlich wie sein Aug-Auge-Dinosaurier und ließ nicht einmal ein Stäubchen zurück, woraus man seine feindselige *Persona* hätte rekonstruieren können.

»Wenn fleischfressende Echsen also out sind«, sagte er, »was *wäre* denn dann ein gutes Geschenk für Dean?«

»Sterne«, sagte ich. »Versuchen Sie's mit Sternen.«

Nach dem Debakel im Polyped entschloß sich Mikol tatsächlich zu tun, was ich ihm geraten hatte. Er würde Dean mit einem Sternengeschenk bedenken – nicht dadurch, daß er ihn zur Aussichtsbucht des Observatoriums begleitete, sondern dadurch, daß er ihn zu Helena Brodkorbs Verabschiedung in den D-Turm mitnahm. Diese Fahrt über einen fünfzehn Meilen langen Bogen auf der Oberseite von *Annies* Rad würde eine gute halbe Stunde dauern und Dean all den Sternen aussetzen, die in die überwältigende Schale des Raums ausgeschüttet waren. Von der Kuppel an der Spitze des Perimeterfahrzeugs aus gesehen, würden diese Sterne aufprickeln, lodern, strahlen, trübe werden und wieder erlöschen; ein unaufhörliches Lichtfest. Dean würde das alles wie verzaubert beobachten.

»Ich weiß nicht recht«, sagte ich. »Eine Fahrt im Perimeterwagen kann ihn vielleicht noch mehr erschrecken als ...«

»Ein Fabriloon aus der späten Kreidezeit?«

»Genau.«

»Aber er hat die Sterne doch schon vorher gesehen. Sie und seine Mutter haben sich doch an seinem Geburtstag davon überzeugt.«

»Aber er hat noch nie einen Schritt aus dem G-Turm heraus gemacht.«

Mikol wandte sich an Dean. »Du willst doch nicht dein ganzes Leben im G-Turm verbringen. Wenn wir in die Parkbahn um Neuheimat einschwenken, dann wirst du dich doch nicht im Polyped einnisten, während jeder andere runtergeht, um den Planeten zu erforschen? Oder?«

»Sicha nich.« Überraschung und Schmerz spiegelte sich in seiner Miene. »Nich, wenn ich ... auch was tuun kann.«

»Gut für dich. Also: hättest du Lust auf eine kleine Fahrt auf Peeter?«

Peeter war der Name, den ich dem offiziell den Türmen G bis H zugeteilten Perimeterfahrzeug gegeben hatte. Man nehme *rim* aus dem Wort *Perimeter* und hat schon den Spitznamen des Magnetfahrzeugs. Es ist nur ein blöder Witz. Wir nennen die anderen drei Perimeterfahrzeuge der *Annie* Pauli, MARE (Magnetic Arc-Ranging Elevated) und Albertina. Jedenfalls hat Mikol den Namen Peeter absichtlich verwendet – um mir zu schmeicheln? –, obwohl er, wie er mir später gestand, nicht sagen konnte, ob dies nur von gewöhnlicher Klugheit oder nicht doch von fast unerträglicher Schlauheit zeugte.

»Ja«, sagte Dean. »Ich würde gean faahn.«

»Aber er will nicht bei der Abschiedsfeier dabei sein«, sagte ich. »Der bloße Anblick der Schläfer in den Biogestellen …«

»Muß er ja auch nicht«, unterbrach Mikol. »Er kann zum Polyped gehen und sich mit den anderen Rangen virchen.«

»Dann werd' ich mitfahren.«

»Master Gwiazda, willst du, daß dein silberzüngiger alter Herr uns zum D-Turm rüber begleitet?«

Dean nickte schweigend.

»Abgemacht«, sagte Mikol. »Wir fahren um 0750, da haben wir noch jede Menge Zeit.«

Peeter, unsere magnetische Kuppel, zog an der Vorderkante von *Annie Jumps* atemberaubendem Rad untergehängter Wasserstofftanks entlang. Von unseren Sitzen konnten wir *Fritz Zwicky* parallel zu uns fliegen sehen, einen Ring von Diamanten, die über dem silbernen Möbiusband unserer eigenen Arche funkelten. *Subramanyan Chandrasekhar* war ein opaleszierendes Leuchten irgendwo abseits. Die beiden anderen Archen waren für uns natürlich kaum sichtbar, nur an ihren Lichterketten und dem sich spiegelnden Glühen der Abgasstrahlen ihrer Bremsraketen erkennbar.

Drei bestimmte Bewegungen hatten ihre Vektorkomponenten in unserem Perimeterfahrzeug: das schildkrötenartige Kriechen der Kuppel zum D-Turm, die schwerkrafterzeugende Drehung des Treibstoffrings der *Annie* und die sternwärts gerichtete Fahrt unserer Arche mit Null-Komma-Einsfacher Lichtgeschwindkeit. Mir schien, diese widerstreitenden Kräfte hätten uns zerreißen, unsere Hirne und Eingeweide wie loses Fleisch in einer Zentrifuge hinausschleudern sollen. Statt dessen reisten wir ohne Zwischenfälle, drei Gelegenheitsreisende, die am Augenrand eines Hurrikans mit Hochgeschwindigkeit auf die Unendlichkeit zutaperten.

Dean konnte die Augen nicht vom Himmel lösen. Sternenlicht übergoß uns wie Chininwasser und Guavenpunsch. Ein fremdartiger Anblick der Milchstraße, vertraut, aber von ungezähmter Kraft erfüllt. Wirbel von Gas und Staub, eine Fahne aus gesponnenem Zucker. Einzelne Sterne verströmten funkelndes Licht, blitzten und strahlten. Etwas näher, uns gegenüber leuchtete die Unterseite von *Annies* Treibstoffrad wie das Gleis einer Erzengeleisenbahn.

»Alles in Ordnung, Cowboy«, sagte Mikol. »Na, was denkste denn jetzt?«

Dean starrte mit weit geöffneten Augen in Gottes ausgebreiteten Kandelaber.

»Mr. Mikol hat dich was gefragt, Dean.«

»Meine Freunde nennen mich Kaz«, sagte Mikol.

»Also gut, *Kaz*«, sagte ich.

(Es wunderte mich, daß er irgendwelche Freunde hatte. Bao hatte von ihm nur als Arbeitskollegen gesprochen, einem, was das betraf, auf ärgerliche Art frostigen dazu.)

»Sicha?« fragte Dean verwirrt.

»Mr. Mikol – Kaz – will wissen, was du von all dem hier hältst.«

Nach ein, zwei Sekunden hatte Dean die Worte, die er brauchte.

»Toll. Donnawedda, sehr toll.«

Kaz tätschelte Deans Knie und lachte.

Peeter kroch voran – in einem tiefen, strahlenden Schweigen, das uns drei wie prähistorische Wasserwanderer in einer durchsichtigen Kunstharzblase gefangen hielt. Das Rad drehte sich, Peeter kroch dahin, *Annie* übersprang Schlucht auf Schlucht des interstellaren Abgrunds.

Dann begann Kaz – unsere alte Nemesis, Kazimierz Mikol – zu sprechen, Hände in den Schoß gelegt, das methodische Schöpfrad seines Verstandes trug die Erinnerungen in kleinen Portionen aus dem Mühlbach seiner Kinderjahre herauf.

»Mein Großvater war ein Einwanderer aus den befreiten Warschauer-Pakt-Staaten Osteuropas. Er ließ sich im neuerdings demokratischen Kuba nieder und baute eine Fabrik in den Vorbergen der Sierra Maestra auf, wo er ein Fahrzeug herstellte, das er selber erfunden hatte – es fuhr mit einem erneuerbaren, umweltfreundlichen Treibstoff, der aus Schweinescheiße und Zuckerrohrfaser destilliert wurde. Kuba hat jede Menge Schweinescheiße und Zuckerrohr. Großvater Alexejs ältester Sohn, Milan, der in den Zwanzigzwanzigern in Polen die Universität besuchte, entwickelte den Mikol-Prozeß weiter, führte eine Art Nanomechanisierung ein, die den Preis des Sabio, unseres beliebtesten Modells so weit senkte, daß es sich sogar ein Straßenkehrer in Havanna leisten konnte, einen zu kaufen und zu fahren. Tatsächlich war Milan Mikol, mein Vater, im Jahrhundert meiner Geburt in Kuba mindestens das, was Henry Ford im zwanzigsten Jahrhundert in Nordamerika gewesen war.«

Kaz hatte seine Worte offensichtlich an mich gerichtet, denn Dean hatte nach der zweiten Erwähnung der Schweinescheiße abgeschaltet. Dean hing in unserer Kuppel unter den Sternen wie ein Erdenkind in seiner Schaukel an einem Sommertag.

»Ich wuchs mit meiner Schwester Marisa auf, die mit einer solchen Unzahl von Schwächen geschlagen war, daß meine Mutter sich ihr wie eine Krankenschwester widmen mußte. Sie oder ich würden sagen, daß Marisa an zerebraler Paralyse litt, mit schwerer halbseitiger Lähmung und Bewegungsstörungen. Mama leugnete das und sagte, die körperlichen Behinderungen kämen nicht von einem Hirntrauma bei der Geburt, sondern von einem speziellen, in den Staaten hergestellten Toxin, das schonungslos über den Zuckerrohrplantagen unserer Provinz abgerieselt wurde. Wie auch immer. Marisa hatte viele Behinderungen; vor allem lernte sie trotz ständiger Zuwendung, trotz unausgesetzter Bemühungen nie sprechen.«

Kaz' Geschichte bereitete mir allmählich Unbehagen. Ich sah ihn über Dean hinweg an, der zwischen uns saß, und fragte: »Warum erzählen Sie mir das alles?«

»Hören Sie einfach zu, okay?« Verärgert fuhr er fort. »In jenem Jahr war ich dreizehn, Marisa wurde acht und die jüngste Schwester meiner Mutter, Helena, war damals gerade zehn oder elf und kam mit den Brodkorbs von Posen herübergejettet – zu Besuch, zu einem Familientreffen. Helena bedeutete Mutter für Marisa. Das bedeutete sie auch für mich, weil ich mich nun öfter in der Rolle des Aufpassers fand; ich haßte diese Aufgabe. Ich mag Klein-Helena in Ciudad Sabio noch stürmischer als meine Mutter willkommen geheißen haben, weil ihre Anwesenheit mir nun die Freiheit zum Schwimmen, Wandern und *beisbol*-Spielen gab.

In jenem Herbst baute eine Filmgesellschaft aus Florida einen Vergnügungspark am Pico Torquino, Kubas größtem Berg, nur ein paar Kilometer von unserer Sabio Fabrik entfernt. Das Glanzstück der Anlage war ein Riesenrad, das die Filmemacher so nahe am Gipfel des Torquino aufgestellt hatten, wie das sicherheitstechnisch möglich war. Dann, als die Produktion abgedreht war, ließ die Abteilung für Öffentlichkeitsarbeit in der Sierra Maestra und Umgebung verlauten, die Einheimischen könnten für fünfzehn Dollar an den letzten drei Tagen im Oktober auf dem Riesenrad fahren. Danach würde die Firma das Ding abmontieren und den Torquino in einen mehr oder weniger natürlichen Zustand zurückversetzen, wie er vor den Dreharbeiten gewesen war.

Marisa hörte von dem Riesenrad. Zu jener Zeit hatte sie schon einen Computer, der ihr eine Stimme verlieh – eine trällernde Kleinmädchenstimme – und sie sagte Mama, sie wolle auf dem großartigen Reklameding der Vireo Film fahren. Sie wünschte sich das zum Geburtstag, bevor die Arbeiter von Vireo das Rad abbrachen und nach Florida verschifften. Aber natürlich, wenn meine Eltern Marisa diesen Wunsch erfüllten, konnten sie ihr doch nicht erlauben, allein in der Gondel des Riesenrads zu fahren.

Ich würde also mitmüssen. Ich verachtete Filme aus Nordamerika und den schwindelerregenden Rummel, der immer damit einherging. Tatsächlich hatte ich perverse nostalgische Gefühle für die Tage Fidel Castros – jene Art sozialistischer Idealismus, dem anzuhängen sich allerdings nur ein gutgestellter Millionärssohn leisten kann. Ich wollte da nicht hin. Und ich wollte Marisa nicht mitnehmen.

Helena mischte sich ein. Sie sagte, *sie* würde mitgehen, wenn Diego, unser Majordomus sie beide zum Pico Torquino fahren würde, wo sich der vorgebliche Vergnügungspark der Firma Vireo befand. (*vorgeblich* – sogar mit dreizehn war mir dieser Ausdruck krasse Tautologie für die Bourgoisie.) Sie sagte, ich solle doch besser daheim bleiben, denn durch die kombinierten Höhen von Berg und Riesenrad würde meine Rotznase anfangen zu bluten. Diese Beleidigung – paradoxe Intention? – funktionierte, und voller Zorn bot ich mich auf der Expedition als Aufpasser für Marisa an. Zwei Tage später fuhr Diego Marisa, Helena und mich zum Berg hinauf, so daß wir nun alle drei in einer der hellen Gondeln des Riesenrads der Filmfirma zusammen fahren konnten.«

Langsam dämmerte mir, worauf Kaz mit dieser Geschichte hinauswollte.

»Wir fuhren auf dem Rad – Marisa, Helena und ich. Wir fuhren eine Stunde nach Sonnenuntergang. Marisa saß zwischen mir und ihrer hübschen, jungen Tante aus Posen. Was soll ich sagen? Nasenbluten bekam ich keins, aber die kombinierte Höhe von Torquino und prächtig illuminiertem Riesenrad ließen mich erzittern wie ein Palmblatt im salzigen Oktoberwind. Glauben Sie mir, ich habe unkontrollierbar gezittert. Marisa hat es genossen.

Als die Gondel am höchsten Punkt anhielt und in ihrer Aufhängung vor und zurück schwang, als die Südküste Kubas und der rauchige Spiegel der See wie eine leuchtende Infrarotphotographie vor uns ausgebreitet lagen, da bellte Marisa ihre Zustimmung hinaus – ein scharfer Laut der Erregung war das; ein Ruf aus der Mitte ihres Herzens. Das Rad selber leuchtete, und die Sterne am Herbsthimmel … *Dios mio*, manche von denen schienen im Blickfeld zu schwimmen, rein und raus, scheu, wie bronze- oder zinnfarbene Zierkarpfen.«

Kaz schwieg.

Ich lachte nervös. »Auf einen Gleichniswettbewerb mit Ihnen darf ich mich jedenfalls nicht einlassen!«

»Was ich jetzt erst verstehe«, fuhr er schließlich fort, »ist die einfache Tatsache, daß ich in jener Riesenradgondel über der dunklen Insel schwebend Marisa liebte, Helena liebte, die ganz gewöhnlichen, alltäglichen Wunder des Lebens liebte. Als wir vom Pico Torquino wieder unten waren, schien sich die Welt –

meine Welt, wie auch immer – zu verändern. Die Brodkorbs gingen nach Polen zurück. Meine Mutter fing wieder an, sich mit Marisa aufzureiben und uns andere völlig zu ignorieren.

Im Februar des nächsten Jahres ließen sich meine Eltern scheiden. Mama kehrte zu ihrer Familie in Posen zurück und nahm Marisa mit, mein Vater vergrub sich in Konstruktionsänderungen, Produktionsziele und Marketingstrategien. Er starb vier Jahre später auf einer Geschäftsreise in New York, als Sashimi, Mitglieder einer militanten japanischen Walfängergruppe in einem U-Bahntunnel unter der Grand Central Station eine Miniatombombe hochgehen ließen. Ich war in meinem ersten Jahr an der Havanna Tech, und hatte eben angefangen Teilchenphysik und Vakuumantriebssysteme zu studieren.«

Obwohl es schien, daß er eben eine neue Geschichte angefangen hatte, verstummte Kaz.

»Ist das alles?« fragte ich.

»Mein ganzes Leben lang hab' ich Marisa für den Verlust meiner Eltern verantwortlich gemacht. Vor zwei Tagen, als ich eben von Helenas Tod erfahren hatte, erinnerte ich mich an etwas; aber ich konnte mich nicht vollständig erinnern. Bitte, lachen Sie nicht. Sehen Sie, diese unvollständige Erinnerung hat mich weich gemacht. Erst als wir jetzt in Peeter eingestiegen und zum D-Turm rübergekrochen sind, kam die ganze Erinnerung zurück. Ich hab' sie Ihnen eben erzählt, Dr. Gwiazda.«

»Abel.«

»Abel also.«

Peeter dockte am Observatoriumskomplex an der Spitze des D-Turms an. Dean hatte vom Himmelwärtsstarren während der Überfahrt einen steifen Hals – als wir durch den Verbindungsgang schritten, rieb er sich gedankenverloren das Genick.

Im D-Turm glaube ich, befriedigte es Kaz – seltsamerweise –, als Dean – trotz *meiner* Befürchtungen – darauf bestand, mit uns zu Helenas Abschiedsfeier zu gehen: zur Leerung. (Dieser Ausdruck beleidigt mich fast noch mehr als *Ausstoßung*, aber im letzten Vierteljahrhundert unserer Reise hat er eine gewisse Gebräuchlichkeit und Anerkennung gewonnen; das damit einhergehende Wortspiel ist, wenn schon sonst nichts, so doch lebendig und ausdrucksvoll.) Kaz begriff wohl, daß Dean eigentlich eher ihn, seinen neugewonnenen Freund, in Sichtweite behalten, als an der Totenfeier einer völlig Fremden teilhaben wollte, aber ich schob meine Einwände beiseite, und wir stiegen zu dritt zu jenem Teil des Observatoriumsdecks hinauf, das für, nun ja, Leerungen reserviert war.

Kaz war offensichtlich überrascht, dreizehn Leute vorzufinden, einschließlich unserer Gruppe vom G-Turm, die wir gekommen waren, Helena die letzte Ehre zu erweisen. Die lag, wie versprochen, auf der Zunge des Ejektionsrohrs.

Die distinguierte, hagere Gestalt von Commander Stefan Odenwald selber führte diese Gruppe an, die sonst aus der Ehrwürdigen Mutter Sevier und acht von Helenas Kollegen und Freunden bestand. Der Gottesdienst, den ich mir würdevoll und schmerzlich bewegend vorgestellt hatte, umfaßte das Lesen kurzer Gebete durch Odenwald und Ehrwürdige Mutter Sevier, eine kurze Rede eines Genetikerkollegen und ein Holovideo der fünfzehnjährigen Helena, die *›Dona nobis pacem‹* sang. Ihr Sopran war klar und kalt wie Eiswasser.

Das Holovideo erschreckte Dean, brachte ihn aber nicht dazu, die Feier zu fliehen. Er packte meinen Arm, hielt ihn fest wie Quasimodo sein Glockenseil und ließ den Blick zwischen dem leuchtenden Bild der jungen Helena, die schmalzig wie ein Engel sang, und ihrem gealterten Leichnam schweifen, in dem

Dean eine veränderte, aber schweigende Version der schönen holographischen Erscheinung erkennen konnte. Zur Unheimlichkeit der Erfahrung trug bei, daß die junge Helena von einem verborgenen Orpianoogla und einem unsichtbaren gemischten Chor begleitet wurde. Der Choral verfolgte einen über das ganze Deck.

Als er geendet hatte, sagte Odenwald: »Mr. Mikol, als einziger lebender Verwandter an Bord der *Annie Jump Cannon,* haben Sie das Recht – wenn Sie wollen –, die Totenrede zu halten.«

Kaz ging zur Bahre hinüber und stand fast genau an derselben Stelle, wo eben noch der Hologeist gesungen hatte. Er beugte sich zu Helena hinab und küßte ihre kalte Stirn.

»Vom Pico Torquino bis zu Epsilon Eridani«, sagte er, als er sich wieder aufgerichtet hatte, »kannte Helena Brodkorb keine Furcht vor großen Höhen. Sie wohnte auf ihnen. Und wie Harry Martinson wußte sie, daß der Raum ›grausamer sein kann als der Mensch / worin ihn der noch übertrifft, ist Mangel an Gefühl‹. Und in diesem Sinne war sie im Gegensatz zu mir niemals grausam.«

Mehr brachte Kaz nicht heraus. Er legte die Hand auf den Mund und starrte auf Helenas eingesunkene Augen und ihr liebliches Antlitz. Inzwischen bahnte sich Dean einen Weg durch die anderen Trauernden und stellte sich neben Kaz. So brachte er schweigend sein Beileid zum Ausdruck.

Odenwald sagte: »Sollen wir sie nun zu den Sternen senden?«

Kaz nickte.

Die Zunge, auf der Helena Brodkorb lag, fuhr in die Röhre zurück. Einer der Trauergäste, ein Wartungstechniker, versiegelte das Rohr mit der Fernbedienung und aktivierte den Ausstoßkolben. Niemand an Deck konnte es sehen; aber die tote Tante von Kaz schoß wie ein Torpedo hinaus – weit über die Gravitationsanziehung eines der Räderschiffe der Armada hinaus.

»Weil wir im Verzögerungsflug sind«, bemerkte Commander Odenwald, »wird Helena Brodkorb Epsilon Eridani vor uns erreichen.«

»Und vielleicht das System durchqueren und wieder in den interstellaren Raum hinausfliegen«, sagte ein Kollege.

Wieder senkte sich Schweigen auf die Versammlung. Niemand schien gehen zu wollen.

Nach einer Weile sagte ich: »Darf ich sprechen?«

Als die Ehrwürdige Mutter Sevier nickte, rezitierte ich:

»Ein Mensch wie wir war sie,
zu betrauern, zu bestatten.
Brennende Leidenschaft
verbrennen wir nun im Kalten.
Nicht fähig mehr, sie fernzuhalten
von ihrer Heimat im Raum.«

»Amen«, sagte die Ehrwürdige Mutter Sevier und bekreuzigte sich.

Endlich brachen wir Trauergäste auf und gingen.

Im G-Turm entschied sich Kaz dafür, den Rest der Reise wach zu verbringen. Er hatte für mich und Dean nun die Bedeutung angenommen, die Helena Brodkorb vor vielen Jahren für ihn, seine Mutter und seine behinderte Schwester Marisa gehabt hatte.

Wir haben den Barrikadenstrom erreicht, eine Region bedeutend weniger mit Material vollgestopft als ein paar von unseren Astronomen früher angenommen hatten. Die von der *Zwicky* ausgeschickte Sonde hatte vor kurzem festgestellt, daß der Strom in einem Raumbereich, den etwa die Erdbahn um die Sonne einschließt, im wesentlichen nur eine Kometenmasse beherbergte. Gute Neuigkeiten. Sehr gute Neuigkeiten.

»Es gibt kaum eine Chance auf einen Kometen zu treffen«, sagte Nita Sistrunk gestern in der Messe des G-Turms.

Aber Bao fügte hinzu: »Vor den Brocken von Kometengröße müssen wir uns nicht fürchten. Bedenken Sie aber, wenn es hier *große* Körper gibt, dann mag es auch kleinere, aber heimtückischere geben, die auf die Entfernung unmöglich aufzuspüren sind.«

»Was meinen Sie damit?« fragte ich.

»Das wollen Sie nicht wirklich wissen.« Und Bao wechselte geschickt die Richtung unseres Gesprächs.

Auf jeden Fall kam an Bord unserer drei Räderschiffe mehr und mehr Personal in die Wachphase. Wir haben immer noch eine weite Reise bis nach Neuheimat vor uns, mindestens noch ein Standardjahr, aber die Aufregung wächst. Das gestaffelte Erwachen der Erwachsenen aus der Verzauberung des Winterschlafs hat die Kinder entzückt; jeder Puls unserer Materie-Antimaterie-Maschinen erscheint uns als schneller werdender Herzschlag. Eine spezielle Atmosphäre, eine Mischung aus Seminar und Karneval, hatte die *Annie* erfaßt; auch *Chandrasekhar* und *Zwicky*.

Ich frage mich, ob der oberste Architekt des Pharao nicht ein ähnliches Gefühl überwältigender nahender Vollendung verspürt hat, wenn er sah, daß nur noch wenige Blöcke nötig waren, die Pyramide seines Herrn zu vollenden.

Lily ist auch in die Wachphase heraufgekommen. Sie kann immer noch nicht glauben, daß der ekelhafte Kazimierz Mikol sich bei Dean – wenn auch vollkommen aufrichtig – als eine Art Onkel eingeschmeichelt hat. Daß Kaz und ich Freunde geworden sind, glaubt sie auch nicht. Und tatsächlich ziehe ich Thich Ngos Baos Gesellschaft der seinen vor; oder die von Nita Sistrunk oder Matthew Rashad, unter den Geologen ein Landsmann von mir. Unsere Charaktere (soll heißen, meiner und der von Kaz) reiben sich mehr aneinander, als sich zu ergänzen.

Dennoch haben wir es zu einer Art zerknittertem gegenseitigem Respekt gebracht. Lily kann sich das nicht vorstellen. Ich habe ihr von Helena Brodkorbs Tod und unserer Reise zum D-Turm und zurück erzählt, aber da sie diese Dinge nicht selbst erlebt hat, bleibt sie bei allem, was Kaz betrifft, skeptisch – ausgenommen seine klare, wenn auch verblüffende Zuneigung zu Dean.

»Das ist ja wie Tiger und Lamm auf demselben Strohlager«, sagt sie. »Eine furchterregende Symmetrie, deren Balance ich nicht recht begreifen kann.«

»Versuch's gar nicht«, sage ich ihr. »Freu dich einfach darüber.«

Lily schüttelt einfach nur den Kopf und lacht; ein rauhes Glucksen ist das, dem von Dean so ähnlich, daß ich sie angaffe. Mein Blick erzeugt noch mehr Gelächter und einen raschen Kniff in die Backe.

»Ich mag dich jetzt mehr als früher«, sagt sie. »Sogar mehr als bei DeBoys letztem Geburtstag.«

»Wie das?«

»Du wirst langsam grau«, sagt Lily zu mir. »Ich bin immer schon auf ältere Männer gestanden.«

Commander Stefan Odenwald stand in der Pilotenkanzel der *Annie* und überwachte die computerunterstütze Durchquerung des Barrikadenstroms. Unsere beiden anderen Archen liefen backbord und steuerbord parallel zum Kurs der *Annie* in etwa siebzig Kilometern Entfernung. Dennoch blieb jedes der Schiffe jedem in der Pilotenkanzel schwach sichtbar; entweder auf TV-Bildschirmen oder durch die geschützten Aussichtsbuchten der kuppelartigen Brücke. Der gleichzeitige Blick auf die beiden Fahrzeuge hing natürlich von der Rotation der Pilotenknzel ab, die sich entweder oberhalb oder unterhalb des Treibstoffrades gegenüber der Vorwärtsbewegung der anderen Schiffe befand, aber das geschah oft genug, um Dean und mich in Erregung zu versetzen, aber doch selten genug, unsere Erwartung zu steigern.

Ich nehme an, Odenwald hatte schon seit langem begriffen, daß es Dean genauso gefiel, die Sterne zu beobachten wie jedem anderen an Bord; daher hatte er uns in die Pilotenkanzel eingeladen, eine Konstruktion in der Mitte zwischen den Türmen A-B und G-H auf dem ewig sich drehenden Treibstoffring. Er hatte Dean dort auf dem thronartigen Sessel plaziert, den wir natürlich – mit spöttischem Unterton – das ›Ruder‹ nannten, als ob der, der darauf saß, nolens volens Autorität und navigatorischen Grips hätte.

Fast verschwand Dean im ›Ruder‹. Seine Füße baumelten einen halben Meter über dem Boden und sein gedrungener kleiner Körper erinnerte an eine Bauchrednerpuppe. Zum Glück nahm er von der Größe des Sessels keine Notiz, sondern drehte den halslosen Kopf unablässig von einer Seite auf die andere, um das Universum zu bewundern.

»Du siehst aus wie ...«, sagte Odenwald. Dann drehte er sich zu den anderen Offizieren in der Pilotenkanzel um. »Wie wer? Sie wissen schon, dieser Raumforscher aus dem Holovideo, wie heißt der noch gleich?«

»Ich hab' von dieser Art Unterhaltung fast überhaupt keine Ahnung«, gestand ich – mit einem Unterton von Stolz, der Odenwald allerdings nicht zu stören schien. Die Bemerkung sollte nur ausdrücken, daß ich Besseres zu tun hatte.

Auf der anderen Seite hatte ich Odenwald oft darum gebeten, daß mein behinderter Sohn einmal hier in *Annies* Kontrollzentrum zuschauen dürfe, und diese Bitte sagte ihm sicher mehr über meine Person als billige Kritik am Holovideo-Ramsch.

»Kaan ich?« fragte Dean. »Kaan ich stoian?«

»Beherrschst du Astronavigation, Räderschiffsteuern und die Rechte und Pflichten des cybernetischen Kommandos?«

»Sicha nich«, sagte Dean verlegen.

»Nun, dann darfst du auch nicht steuern. Aber du bist abgesehen von mir die einzige Person auf diesem Sessel, seit wir die Mondbahn in unserem Sonnensystem verlassen haben.«

»So weit Sie wissen«, warf ich ein.

Odenwald lachte. »Ja, so weit ich weiß.«

Auf dem TV-Bildschirm lief eben eine Übertragung von der *Subrahmanyan Chandrasekhar;* es erschien das Gesicht eines verstörten Europäers. Ich erkannte darin einen von Commander Joplins Leutnants, Wolfgang Krieg.

»*Achtung!* Commander Odenwald und Roosenno, *Achtung!*« sagte das wilde Gesicht. »Wir sind anscheinend auf Kollisionskurs mit einem Strom von Eispartikeln – so was wie Kies –, der ursprünglich einen einzigen Körper von zwei Meter Umfang gebildet hat. Dieser Teilchenstrom …«

Odenwald nahm das Mikrophon. »*Ursprünglich?*« sagte er. »Was soll das heißen, ursprünglich? Was ist damit passiert?«

»Beim ersten Radarkontakt konnten wir schon sehen, daß es uns treffen würde«, sagte Krieg. »Zum Ausweichen blieb keine Zeit, also haben wir versucht, es mit dem Laser abzulenken.«

»Eine Seite zu verdampfen und es dadurch in die andere Richtung zu stoßen?« mutmaßte Odenwald.

»Jawohl, Sir«, sagte Krieg.

»Aber statt auszuweichen, ist das Objekt auseinandergebrochen?«

»Jawohl, Sir. Der Materialstrom wird uns in zwei Minuten und fünfunddreißig Sekunden treffen.«

Odenwald sagte. »Wie können wir helfen?«

»Macht euch davon«, antwortete Krieg. »Vielleicht wollt ihr auch beten.«

Odenwald gab Befehl, die Siphone zu aktivieren, um Treibstoff aus den C-D- und E-F-Wasserstofftanks zum Materie-Antimaterie-Antriebssystem zu pumpen. Kaz erschien aus dem Nichts, um genau das auszuführen, während Odenwald das Zündprogramm laufen ließ. Die Brückenoffiziere der *Zwicky* taten genau dasselbe. Trotz ihrer Größe schossen beide Räderschiffe flink davon, weit jenseits der energiesparenden Leerlaufflugweise, die den letzten Abschnitt unseres jahrelangen Bremsmanövers bestimmte.

»Schau nicht in den Abgasstrom!« sagte ich zu Dean.

Aber Dean *schaute* genau dorthin, auf eine magnesiumweiß glühende Höhlung, die den gegenüberliegenden inneren Bogen unseres Rades schon in einen blendenden Spiegel verwandelt hatte. Wenn er weiter darauf schaute, würde es ihm die Netzhaut verbrennen. Zum Glück wendete er schon den Blick, als ich vorsprang, um ihm den Kopf in den Schoß zu drücken.

In diesem Augenblick füllte sich der Bildschirm, der die Übertragung von der *Chandrasekhar* zeigte, mit weißem Rauschen. *Chandrasekhar* selber, noch eben ein Platinring auf schwarzem, mit Ziermünzen gesäumtem Samtkissen, blitzte auf wie eine Miniaturnova, riß eine Strahlungswunde, heller noch als der Abgasstrahl der *Annie,* in den schwarzen Himmel. Dann, nach dem Ausbruch, genau dort, wo eben noch die Raumarche gewesen war: Schwärze, nichts als Schwärze. Alles Licht auf dem Rand, alle Lichter in den Wohntürmen – alles war erloschen.

Sofort brach jedoch auf dem Rad eine erstaunliche Reihe von Explosionen los; das glich einem verspäteten Vierter-Juli-Fest mit Lichtkugeln, Phosphorbomben und sich selbst zerfetzenden Lichtfallschirmen. Der Anblick dieses entfernten Feuerwerks bannte mich an den Ort, wo ich stand, denn, wie das Ausmaß des Desasters bewies, gab es nichts, was irgend jemand auf einer der Schwesterarchen tun konnte – außer sich den Schrecken und die Agonie unserer Kameraden auf dem zersplitternden Schiff vorzustellen.

Später stellten Bao und andere die These auf, der größte Brocken des zerteilten Felsens habe die *Chandrasekhar* am Rand getroffen. Gleichzeitig hätten die Kiesel von Kriegs mißglücktem Ablenkungsversuch die Treibstoffspeichen samt den gespannten Kabelträgern zerrissen. Die Fliehkraft gewann die Oberhand und riß das Fahrzeug auseinander. Zerbrochene, wie mit Diamanten besetzte Tentakel krümmten sich in die Schwärze des Raums. Die elektromagnetischen Blasentanks, die das Antiwasserstoffeis von der gewöhnlichen Materie isolierten und so die von der eigentlichen Arche getrennte Antriebseinheit darstellten, prallten aufeinander und verursachten dadurch derartige Strahlungsausbrüche, daß der Himmel wieder aufglühte und viele der verborgenen Trümmer tatsächlich zu schmelzen begannen.

Die Katastrophe betäubte mich. Ich konnte mich an nichts Vergleichbares in der Geschichte der Raumfahrt erinnern. Das *Challenger*-Unglück mag einem einfallen oder das Schicksal des chinesischen Schiffs *Wuer Kaixi* Ende 2057, aber diese Ereignisse erschienen so fern, und was ihre Opferzahl betraf, glücklicherweise so begrenzt, daß mich die Leere auf der Steuerbordseite, das Nachglühen so vieler verlorener Leben nach irgendeiner vernünftigen oder menschlichen Antwort tasten ließ.

»Waas?« murmelte Dean. »Waas passiert?«

Odenwald schaute ihn an. Dean wiederum blickte zurück, hoffte auf Wiederherstellung der Ordnung aus jenem Chaos, das über den Himmel außerhalb unserer Blase hereingebrochen war.

Das Aufglühen, dann die Kälte.

Das kaleidoskopische Lichtgewitter, dann die Dunkelheit.

»Bitte, sagen Sie es ihm, Sir«, sagte ich. »Und beschönigen Sie's nicht.«

Stimmen von der *Fritz Zwicky* hallten durch die Pilotenkanzel. Die Funkoffiziere widmeten sich ihren Aufgaben. Zwei von Odenwald Leutnants stürzten aus dem nebenan gelegenen Tagesraum herein. Ihre Sorge – ihre Aktivität – konnte das Schicksal der *Chandrasekhar* nicht wenden, oder auch nur einen einzigen Menschen aus ihren hart verstrahlten Wohntürmen retten. Alles war wie die Daten in einem unrettbar zerstörten Programm dahin und verloren, war schon fast nichts mehr anderes als eine Reihe von Nullen.

Aber es war Kaz, nicht Odenwald, der schließlich vor Deans Sessel niederkniete. »Sie haben was getroffen oder etwas hat sie getroffen. Ein Eisbrocken – etwa so groß.« Kaz machte beschrieb einen Kreis mit den Armen. »Vielleicht sogar ein bißchen kleiner. Der zersprang dann, als die Leute auf der *Chandry* ihn aus dem Weg räumen wollten.«

»Aber wie …?«

»So schnell, wie wir unterwegs sind, macht ein Zusammenstoß mit so einem Ding einen Knall wie eine Atombombe.« Kaz schaute auf mich. »Tut mir leid. Er hat nie was von Hiroshima gehört, oder? Oder von den Sashimi-Angriffen auf New York und L.A.?«

»Könde das auch uns passiern?«

Kaz sah mich um Erlaubnis an. Ich nickte.

»Ja, das könnte es«, sagte Kaz. »Im Moment überholen wir grade die Explosionswolke. Wenn überhaupt etwas hilft, Dean, sollten wir uns hübsch davonmachen, wenn wir auf etwas treffen.«

Dean fing an zu weinen. »Das tuud mir leid, was passiert is«, heulte er. »Das tut mir leeiid!«

»Mir auch«, sagte Kaz.

Odenwald kam zu uns herüber und sagte, er wolle, daß Dean und ich jetzt die Brücke verlassen. Ich nahm

Dean auf, Odenwald riet, wir sollten uns in den Tagesraum zurückziehen, während er mit Roosenno und einigen seiner Leutnants über die moralischen und logistischen Implikationen der Katastrophe sprach.

Wir gingen.

Zwei Stunden später schien es Odenwald und seinen engsten Beratern, auch Bao, daß wir den verfolgenden Trümmern entkommen waren; unsere Schiffe schalteten die Maschinen ab, wir fielen in den Leerlauf zurück – ins langsame Vorrücken auf Epsilon Eridani II.

Wenn wir den Strom überleben, wird niemand von uns je vergessen, was dort draußen passiert war. Niemals.

Bloßer Zufall hatte Dean zum Zeugen der Zerstörung des anderen Räderschiffs gemacht. Dennoch werfe ich mir vor, ihn an einen Ort gebracht zu haben, von wo er das spektakuläre Schmelzen und Verdampfen von sechzehnhundert menschlichen Wesen mit ansehen konnte.

Und Dean? Er verstand, daß die *Chandrasekhar* mit all ihren Passagieren der physischen Vernichtung anheim gefallen war. Kaz und ich erzählten ihm beide, es sei möglich, daß Gott ihre Seelen gerettet hatte, aber trotz meiner Religion habe ich in diesem Punkt massive Zweifel, und Dean fragt nun nicht mehr, ob die Opfer des Unglücks in den Himmel gekommen sind. Er grämt sich, und er ist es leid, mich immer nur sagen zu hören: »Dean, ich weiß es nicht.«

Er kapiert übrigens auch, wie gefährlich eine Reise auch mit nur einem kleinen Bruchteil der Lichtgeschwindigkeit ist. Er weiß, daß *Annie Jump* oder *Fritz Zwicky* wie eine Nova aufleuchten kann, wie das Commander Joplins Räderschiff getan hat. Dieses Wissen hat sein Bewußtsein so tief, wenn nicht viel tiefer durchdrungen als sonst etwas, das er je gelernt hat.

Manchmal (für mich in roten Buchstaben leuchtende Anlässe für Schuld und Verdruß) erinnert er sich an die Katastrophe, setzt sich kerzengerade auf und fängt an zu zittern und zu schwitzen.

»Warum?« sagt er dann. »Warum?«

Die grundlegende existentielle Frage.

Und ich frage mich, ob Lily und ich uns gegen Dean versündigt haben – oder gegen das unaufhörliche Gekeife der Lebenskraft: Dadurch, daß wir ihn in diese unsichere Blechbüchse gesetzt haben.

Kaz sagt zu Eis das Verderben-Sterben, die Selbstbestreitung, das ontologische Meckern.

Fazit? Nicht bei *diesem* Zielpublikum: Dafür komm' ich nicht in Frage.

Ein Archenmonat ist vergangen. Wir haben den Barrikadenstrom ohne Zweifel durchquert – wenn schon nicht in unseren Herzen, so doch rechnerisch. Unsere studierten Astronomen teilen uns mit, daß wir jetzt noch eine weite Fahrt vor uns haben, ungehindertes Gleiten auf Neuheimat zu. Natürlich nur ein schwacher Trost für die Toten und ein schwacher Trost für Dean und mich.

Mehr als einmal habe ich versucht, eine Eloge auf die Opfer dieser beispiellosen Katastrophe zu verfassen. Aber meine Worte wenden sich gegen mich, meine Reime, sogar die freien, passen nicht recht zusammen; meine Rhythmen, eingesprungen oder nicht, kommen wie bedröhnte Anacephalen in Knobelbechern daher. Schließlich schrieb ich das hier:

> Die Chandrasekhar, die sich munter drehte,
> blitzt mit des Zufalls schierer Plötzlichkeit,
> die ganze Arche wohl, in tiefes Dunkel,
> abtrudelt sie und wird zu weniger
> als einem hitzetoten, stummen Stern:
> Nova und Aura, und ein schwach Aroma

von lichtschnell brutzelnden Gedanken,
gebratne Hirne, Haut geröstet, das Geheimnis
vollständiger Zerspaltung in Atome,
durch reine Strahlung ewig sabotiert
die blinde Arroganz, die uns zu eigen
mit unsrer Hardware, Software, Seelenstärke
des immer vorwärtsdrängenden
High-Tech-Erfolgs.

Gestern fragte Bao, ob ich bei dem Gedicht, von dem jeder annahm, daß ich es schreiben würde, irgendwelche Fortschritte mache. Zögernd zeigte ich ihm das Ergebnis. »Lies es laut vor«, sagte er. Dort in der Messe des G-Turms, senkte ich also Haupt und Stimme und las vor.

Gott sei Dank konnte mich nur Bao hören. Kaz hätte mir wohl die Tastatur beiseite gewischt und wäre abgehauen, um sich im finkenschwirrenden Atrium bessere Gesellschaft zu suchen.

»Das ist hübsch«, sagte Bao. Das saß.

»So wie das kleine Mißgeschick, das der Anlaß dafür war.«

»Stimmt. Aber ich hätte dich, mein Freund, nie für einen Hopkinsanhänger gehalten.«

Diese Bemerkung überraschte mich. Bao hatte von der Machart her erkannt, daß das zugrundeliegende Muster ein Gedicht von Gerard Manley Hopkins war. Ich setzte mich und starrte ihn an.

»Und ich dich auch nicht«, sagte ich.

Bao lachte. Und dann rezitierte er ohne die kleinste physikalischen Gedächtnishilfen:

Mit einer Gnade, die alle Wasser
weit übertrifft, eine Arche für den Lauscher;
denn der mit einer Liebe Zögernde
gleitet tiefer als Tod und Dunkel hinab;
eine Ader, vergangnes Gebet aufzusuchen

gefangen die sündigen, allerletzten Geister –
das äußerste Zeichen
unser leidengetränkte Gigant
der Christus des mitleidigen Vaters
in den Sturm seiner Schritte geworfen.

»Wie machst du das?« sagte ich. »Sich das alles zu merken?« Bao lachte wieder. »Nummer dreiunddreißig. Ich hatte sie Heraklitus seit dem Unfall dauernd wiederholen lassen. Balsam von einem längst verstorbenen Jesuiten.«

»Ich hätte dich nie für einen Inkarnationisten gehalten, Bao, und für einen mit päpstlichem Stempel schon gar nicht.«

Nichts berührte Baos hohlwangige Freundlichkeit. »Die Weisen holen sich Trost, wo immer sie können.«

»Die Weisen würgen selten so einen Blödsinn runter.«

Bao grunzte und kratzte sich den Brustkorb, als ob ich ihm da eben ein Messer ins Herz gestoßen hätte. Plötzlich faßte er sich; ein schiefes Lächeln auf den Lippen. »Dein Gedicht klappert, wo das des Jesuiten singt, mein lieber, unfähiger Abel.«

»Dann soll ich's also besser löschen.«

»Ah, der Mann ist weiser, als ich dachte!« Er legte mir die Hand aufs Handgelenk. »Lösch es trotzdem nicht. Behalt es auf, als Schutz gegen gefrorene Trümmer.« Er ließ mich los, aß seine pflanzenbasierte Muschel auf und entschuldigte sich dann mit einem Lächeln und einem schlechten Abschiedsscherz. Keine von Baos Beobachtungen hatten meine Anschauungen revidiert; weder, was Weisheit betraf, noch das Gewinnen von Trost; dennoch hatte mich das Beieinandersein und Reden gefreut. Ich behielt die einsamen Verse meiner verunglückten Elegie, versuchte aber keine weiteren.

Später saß ich in einer Lesenische der Geologieabteilung, ließ Heraklitus' ›Der Untergang der *Deutschland*‹ aufrufen und las es zweimal von Anfang bis Ende durch. Wenn bloße Sprache von einem Unglück erlösen kann, dann, glaube ich, wurde Hopkins von dem seinen erlöst.

Mit Treibstoffrädern, die sich wie berghohe Riesenräder drehten, haben *Annie Jump* und *Fritz Zwicky* den Barrikadenstrom zur Gänze durchquert. Wir sind schon innerhalb der Bahn von Epsilon Eridani V, des äußersten Planeten des Systems. Ein Eisball, jedem Mitglied unserer Expedition als Cold Cock bekannt. Neuheimat liegt fast 5.7 Milliarden Kilometer weiter innen, in Richtung Eppie; und dahin fliegt auch unsere Flotte, auf tragische Weise einer Arche beraubt, mit einem kaum nennenswerten Bruchteil der Lichtgeschwindigkeit. Eine Million Kilometer pro Stunde. Vorausgesetzt, Schleichfahrt ist auch weiterhin nötig, wird es bei diesem Tempo noch fast ein Jahr dauern, unser Ziel zu erreichen.

Die Wasserstofffernter, die wir kurz nach dem Eintritt in den Barrikadenstrom verteilt haben, große Trichter aus molekular verstärktem Mylar, werden unsere Verzögerung um ein genau bekanntes Maß verstärken und außerdem die leeren Tanks am Rand der Archen zwischen den Wohntürmen auffüllen. Vom Observatorium des G-Turms hat es manchmal den Anschein, wir zögen die irrisierenden Blasen einer ungeheuren portugiesischen Galeere hinter uns her. Flossen oder Schwingen? Niemand scheint zu wissen, wie man sie bezeichnen soll. Manchmal können wir gar nicht alle sehen. In jeden Fall hat es wenig Sinn, Wasserstoff einzusammeln, wenn man annimmt, daß unsere Schiffe beim Erreichen der Neuheimat das Antiwasserstoffeis für die Materie-Antimaterie-Antriebe für eine weitere Reise fast völlig aufgebraucht haben werden.

Uns steht es nicht zu, Schlüsse daraus zu ziehen …

Die Tage (oder Archenstunden, die ihnen entsprechen) gehen vorüber. Unsere beiden verbliebenen Fahrzeuge stürzen drehend durch das fremde System. Wissenschaftler in der Wachphase, Techniker, Ingenieure und Wartungspersonal bereiten die Landung und die Kolonisierung von Neuheimat methodisch vor. Viel von dieser Vorbereitung – Plänevergleich, logistische Projektionen, Computersimulationen – hat damit zu tun, den Verlust an lebenswichtigen Techniken und Laboreinheiten auszugleichen, die mit Commander Joplins *Subramanyan Chandrasekhar* zerstört wurden. Andererseits haben die Expeditionsplaner auch eine alles aufwiegende Redundanz eingebaut: Die Besatzung jeder beliebigen Arche kann die Umweltherausforderungen unserer Zielwelt auch für sich allein annehmen und bestehen. Wenn auch noch die *Zwicky* ein Unglück ereilen sollte, hat die *Annie* alles nötige zum Überleben.

Und natürlich vice versa.

Wir hatten noch nicht die Hälfte des Weges zum riesigen ›Plombenzieher‹ zurückgelegt (er hieß einerseits wegen der bonbonfarbenen Bänderung seiner Atmosphäre so – umbra, lakritz und kirsch – andererseits, weil er mehr als doppelte Jupitermasse hatte), als sich eine Astronomiegruppe mit Odenwald im Observatorium traf. Diese Gruppe (wie mir Thich Ngoc Bao später am selben Abend erzählte) bestand aus Nita Sistrunk, Indira Seschachari, Pete Ohanessian und Bao selbst.

Nachdem ich Dean in unserem Kubikulus im Mezzanin ins Bett gebracht hatte, nahm ich den Lift zum Observatorium, um mich dort privat ein wenig zu erholen, und traf auf Bao, der nicht weit vom ABVT zusammengesunken in einem Drehstuhl in einer Konsultationsbucht hockte. Die Tür zu dieser Bucht stand offen, und als ich Bao dort sitzen sah, der sich in den letzten zweiundsiebzig Stunden ganz gegen seine sonstige Art rar gemacht hatte, schlüpfte ich hinein und begrüßte ihn.

»Hey.«

Bao sprang auf, als hätte ich genau vor ihm ein Aug-Auge hochgehen lassen. Er erkannte mich, faßte sich wieder und lächelte matt. Seine Haut sah straff gespannt und blaß aus.

»Doktor«, sagte ich, »was ist los?«

»Das Spiel«, sagte Bao. »Das Spiel ist aus. Unser Hoffnungen sind passé. Zumindest ein ordentlicher Teil davon.«

Ich setzte mich Bao gegenüber in einen Drehstuhl vor einem türhohen HD-Bildschirm. »Wir sind, glaub' ich, auf verschiedenen Wellenlängen, alter Freund.«

»Heute abend«, sagte Bao, »haben wir Odenwald die radioastronomischen, spektroskopischen und visuellen Beweise überbracht, daß Neuheimat für menschliche Wesen nicht bewohnbar ist.«

Meine Eingeweide drehten sich ineinander wie Korkenzieher. »Jetzt mach aber halblang.«

»Wir haben das – Indira, Nita, Pete und ich – so gemacht, als ob wir über Mutationsraten bei Fruchtfliegen diskutierten. Sehr professionell. Als ob unsere Befunde für unsere Archengefährten und die auf der *Zwicky* nur hypothetische Bedeutung hätten. In Wahrheit fühlten wir uns ins Nichts zerstäubt, Abel, atomisiert, könnte man sagen.«

Ich beugte mich vor. »Bao, verletzt du nicht die Geheimhaltungsvorschriften, wenn du mir das erzählst?«

»Das glaub' ich kaum. Bis morgen früh hat sich die Neuigkeit über beide Schiffe verbreitet.«

»Dann mach weiter. Erzähl.«

Bao lehnte sich zurück, legte die Beine übereinander. »Also schön. Nita zeigte Odenwald eine Photoserie – computerverstärkt und im Kontrast verbessert – worauf zu erkennen war, daß Neuheimat eine häßliche Murmel, ein harter, kleiner Ball ist, der unter einer Schale von rötlich braunem Auswurfmaterial und Staub rotiert. Das Wasser, das wir noch jenseits des Barrikadenstroms entdeckt hatten, liegt unter alles verhüllendem Staub. Odenwald hat uns angestarrt – seine Weisen aus dem Morgenland sozusagen –, als ob wir Herodes direkt zu ihm geführt hätten.«

»*Auswurfmaterial?*« sagte ich. »Was ist da los? Vulkanausbrüche? Eine globaler Staubsturm?«

»Odenwald stellte dieselbe Frage und Nita sagte: ›Der Staubsturm allein reicht schon; Bao macht sich mehr Sorgen über die Ursachen.‹

›Was glauben Sie, was da passiert ist?‹ fragte mich Odenwald.

Ich sagte ihm, daß vor kurzem – vielleicht, kurz bevor wir den Orbit des fünften Planeten durchstießen – ein Asteroid von der Größe Mexico Citys durch Neuheimats Atmosphäre gebrannt und auf ihrer Oberfläche aufgeschlagen ist. Der atmosphärische Sturm, der den Planeten nun einhüllt, stammt aus dem Einschlagkrater – von diesem herumvagabundierenden Himmelskörper hochgeschleudert.

Odenwald drehte eines von Nitas so hübsch düsteren Photos um, als ob die Rückseite meine Worte annullieren würde. Als das nicht geschah, legte er es gedankenverloren wieder an seinen Platz zurück.

›Was bedeutet das für uns?‹ fragte er. ›Für uns als Flüchtlinge auf der Suche nach einer bewohnbaren Welt?‹

›Nichts Gutes‹, sagte Pete Ohanessian.

›Führen Sie das bitte, näher aus‹, sagte Odenwald.

Nita langte hinüber und berührte sein Handgelenk – verstehst du, sie wollte ihn trösten. Dabei sagte sie ihm aber, Infrarotabsorptionsspektroskopie würde uns am besten über die gegenwärtigen Bedingungen auf diesem Planeten informieren.

›Dr. Seschachari hat die Ergebnisse‹, sagte sie. ›Indira?‹

Nun zeigte ihm Indira ein Dia. Also drückte Bao auf einen Knopf und das betreffende Dia leuchtete auf dem HD-Schirm hinter mir auf. Als ich mich in meinem Stuhl eben umdrehte, um es anzuschauen, sprang auf dem Bildschirm ein Pfeil über das neueste IR-Spektrum von Neuheimat.«

Bao faßte die Geschichte zusammen:

»Indira sagte: ›Dieses Dia vergleicht Daten, die wir von weit draußen aufgenommen hatten, mit jüngsten Messungen. Dieser Peak bei etwa zehn Mikron‹« – der Pfeil landete auf dem Peak – »›ist Kohlendioxid, und aus dem entsprechenden Peak hier‹« – der Pfeil landete wieder – »›können Sie ersehen, daß der Kohlendioxidgehalt der Atmosphäre als Folge der Kollision dramatisch angestiegen ist. Wir nehmen an, daß die Verdampfung einer ziemlich großen Menge karbonatischen Materials – nämlich Kalkstein – hervorgerufen durch den Asteroideneinschlag, diesen Sprung beim CO_2-Gehalt ausgelöst hat. Man kann sich auch noch das CO_2 dazudenken, das durch die Verbrennung von Biomasse im Feuersturm entsteht – Gräser, Bäume, wer weiß, was sonst noch alles. Aber noch alarmierender ist der Befund, daß der Kohlendioxidgehalt weiter ansteigt.‹

›Warum?‹ wollte Odenwald wissen.

Indira sagte ihm, sie würde gleich darauf zurückkommen und wies darauf hin, daß der zweite Peak im Spektrum die Absorption des NO-Moleküls repräsentiere, also Stickoxid. Bao bezog sich auf Dr. Seschachari, als er sagte, diese Stickoxiddämpfe seien für zukünftige Kolonisten in zweifacher Hinsicht ein Problem. Erstens sei die Säure ziemlich scharf. Nur Idioten würden versuchen, in einer so verseuchten Atmosphäre zu landen. Zweitens, und das sei noch schlimmer, habe die Salpetersäure offenbar schon begonnen, aus dem Kalkstein von Neuheimat weiteres Kohlendioxid freizusetzen. Man könne sich das ungefähr wie Natriumkarbonat vorstellen – gewöhnliches Backsoda – in einem Essigbad. Es sprudelt einfach dahin.«

»Jetzt machen Sie einen Punkt, Bao, Sie nehmen uns doch auf den Arm!«

»Ich wünschte, es wäre so.« Er stand auf und ging auf und ab. »Pete Ohanessian übernahm von Indira und sagte Odenwald, daß der effizienteste natürliche Mechanismus, CO_2 aus der Atmosphäre eines Planeten zu entfernen, wahrscheinlich die Photosynthese ist. Leider, Abel, müssen wir annehmen, daß Asteroideneinschlag und Feuersturm die gesamte Vegetation von Neuheimat bis auf einen Rest von vielleicht fünf Prozent ausgelöscht haben. Gott – oder das Schicksal – hat den Thermostaten des Planeten zertrümmert. Wenn Neuheimat aus seinem eiszeitlichen Zustand herauskommt – gekennzeichnet durch weltweite Temperaturen unter Null als Folge der alles umhüllenden Staubwolken – dann, so glaubt Pete, könnte der Planet einem progressiven Treibhauseffekt zum Opfer fallen.«

»In diesem Szenario«, erklärte mir Bao, »erzeugt CO_2 durch normalen Treibhauseffekt eine Erwärmung. Der Kohlendioxidgehalt des Wassers nimmt aber mit steigender Temperatur ab, es gast mehr CO_2 aus, als sich früher in den polaren Ozeanen gelöst hat. Daher wird die Erwärmung noch stärker. Wenn die Temperaturen weiter ansteigen, fangen die Ozeane an, zu verdampfen, und H_2O ist ein viel wirksameres Treibhausgas als CO_2. Wasserdampf und Kohlendioxid erschweren beide zusammen das Abstrahlen der Infrarotenergie in den Weltraum. Je heißer es nun auf Neuheimat wird, desto mehr Wasserdampf gelangt in die Atmosphäre: Der Treibhauseffekt nimmt also noch mehr zu. Viele dicke Schichten wickeln den Planeten ein wie Leintücher, lassen die Sonnenstrahlen hinein, aber halten die Wärme, die unten erzeugt wird, fest. Vielleicht fangen Neuheimats äquatoriale Ozeane sogar an zu kochen.«

»Neuheimat scheint irgendwie der falsche Name zu sein«, sagte ich.

Bao kicherte humorlos. »Nun, vielleicht auch nicht. Wir haben ein paar Modelle sehr sorgfältig durchgerechnet, um festzustellen, wie weit der Planet vom Rand von Epsilon Eridanis bewohnbarer Sphäre entfernt liegt. Sie liegt nun tatsächlich am inneren Rand dieser Zone, aber doch weit genug von Eppie entfernt, um ein völliges Durchgehen des Treibhauseffekts zu verhindern.«

»Wird sich das nicht irgendwann alles wieder normalisieren?«

»Was heißt schon ›normalisieren‹?« sagte Bao. »Aber natürlich wollte auch Odenwald genau das wissen. Pete sagte ihm, daß ein ausgleichender geologischer Prozeß die Situation wieder umkehren könnte.« Bao starrte mich grinsend an. »Irgendeine Vorstellung, was das sein könnte, *Dr. Gwiazda*?«

Die Frage überrumpelte mich. »Verwitterung?«

»Sie sind der Geologe. Ich frage Sie.«

»Verwitterung«, sagte ich etwas mutiger.

»Würden sie das freundlicherweise erklären?«

»Die Spektroskopie hat ja nachgewiesen, daß Neuheimats Erdmantel aus Kalzium- und Magnesiumsilikaten besteht, stimmt's?«

»Das nehm' ich mal an. Pete stimmt Ihnen jedenfalls zu.«

»Dann wird das atmosphärische CO_2 langsam mit diesen Silikaten reagieren und dabei Kalzium- und Magnesiumkarbonat erzeugen. Der Prozeß beschleunigt sich in heißer, feuchter Luft und bindet atmosphärisches Kohlendioxid im Kalkstein des Planeten. Die Temperaturen sinken. Mit dieser Abkühlung kondensiert der Wasserdampf. Der Treibhauseffekt nimmt zusammen mit den Temperaturen ab. Am Ende kehrt Neuheimat zum ›Normalzustand‹ zurück. Wie lang wird das dauern? Ich weiß es nicht. Meine Spezialität sind Böden. Und den Prozentsatz anorthitischen Gesteins in Neuheimats Verwitterungskruste kennen wir noch nicht.«

Bao lächelte. »Vielleicht hätten Sie auch bei der Besprechung mit Odenwald teilnehmen sollen.«

»Welche zeitliche Größenordnung hat Pete denn angeboten?«

»Er hat ewig rumgedruckst. Ich kann's ihm nicht verübeln. Uns fehlen sichere Daten über das anorthitische Gestein und die Stärke des Vulkanismus.«

»Kommen Sie schon, Bao!«

»Ein Jahrhundert oder so. Sicher weniger als zweihundert Jahre. Vielleicht sogar weniger als fünfzig.«

Als ich das hörte, dachte ich zuerst an Dean, der nun unter Lilys Obhut schlief. Solche Neuigkeiten würden ihn zerbrechen. Lily auch. Sie zerbrachen auch *mich* wie eine sechzehn Tonnen schwere Granitlast auf der Brust. Waren wir tatsächlich mehr als ein Jahrhundert unterwegs – nur, um eine Welt zu erreichen, die uns als Kolonisten erst akzeptieren würde, wenn wir noch einmal hundert Jahre in unseren Biogestellen geschmort hatten?

»Ja«, sagte Bao. »Neuheimat ist irgendwie eine Fehlbezeichnung.« Er drückte auf einen Knopf an der Armstütze seines Sessels. Die Lautsprecher neben dem HD-Schirm gingen an. Die Aufzeichnung einer Diskussion strömte im Schnellvorlauf verstümmelt heraus. Bao hielt es an. »Nachdem Pete gesprochen hatte, benahmen sich ein paar von meinen Kollegen sehr dumm. Hören Sie.«

Nita: »Sackgasse wär' ein besserer Name.«

Indira: »Oder Vulkanbeben.«

Pete: »Oder Strudeltopf. Oder Säurebad.«

Nita: »Leuchtendes Verderben!«

Inidira: »Bittere Pille! Oder vielleicht …«

Bao: »Das reicht jetzt!«

Odenwald: »Immer mit der Ruhe, Bao – ich war drauf und dran, selber einen herabsetzenden Namen vorzuschlagen.«

Bao: »Sir, der Zweck dieser Sitzung ist es, Sie zu unterrichten, nicht, uns abzulenken.«

Odenwald: »Apropos ›ablenken‹ – vielleicht sollten wir die *Annie* zu einem anderen Planeten in diesem System ablenken.«

Nita: »Zu welchem denn? Jelly Belly? Red Hot?«

Pete: »Die Schwerkraft von Plombenzieher würde uns zerquetschen. Das wäre so gut, wie auf Eppie selber zu landen.«

Nita: »… oder so krank.«

Bao: »Wir sollten die Fahrt nach Neuheimat fortsetzen. Studien der Umweltauswirkungen eines Asteroideneinschlags dieser Größenordnung so kurz nach dem Geschehen existieren praktisch nicht. Wir sollten diese Lücke schließen.«

Indira: »Aber zu welchem Zweck denn?«

Odenwald: »Sie haben alle Ihre Arbeit, ich die meine. Und meine erste Aufgabe wird es sein, die Neuigkeiten zu überbringen.«

Nita: »Damit werden Sie Herzen brechen.«

Pete: »Ein besserer Zeitpunkt dafür ist vielleicht …«

Odenwald: »Wenn man mit fast einer Million km/h unterwegs ist, gibt es keinen besseren Zeitpunkt als das schiere Jetzt.«

Bao hielt die Aufzeichnung an.

»Nita hatte recht«, sagte ich. »Diese Neuigkeiten haben mir das Herz gebrochen. Und bei anderen wird das genau so sein.«

Bao prostete mir mit einem imaginären Glas zu und schluckte dann den ebenso imaginären Inhalt hinunter.

Lily überbrachte Dean die schlechten Nachrichten. Sie beharrte dabei auf ihrem Vorrecht. In seiner angemaßten Rolle als guter Onkel hängte sich Kaz an.

Wir brachten Dean zu einer Lichtung im Atrium, einer Gruppe von Bonsaiplatanen, kunstvoll an einem Wasserfall angelegt, der in eine Art Panflöte aus durchsichtigem Plastik gehüllt war. An diesem abgeschiedenen Ort erzeugte das fallende Wasser, von der Pumpe immer wieder hochgetrieben, eine zittrige Melodie – Holzbläser und Bachgemurmel.

Kaz hob Dean auf eine Astgabel einer der Platanen und zog sich dann taktvoll zurück. Lily stellte sich dahinter neben Dean auf, um ihn aufzufangen, falls er herunterrutschte, während ich mich auf eine Bank setzte, die als Gesims auf der Vorderseite unserer Miniaturkaskade diente.

Finken zwitscherten, nicht weit entfernt unterhielt sich murmelnd eine andere Gruppe, ihr Gespräch zarter Kontrapunkt zum Geräusch des Wassers und dem nie endenden Rauschen im Hintergrund.

»DeBoy, ich muß dir jetzt etwas sehr Unerfreuliches sagen«, begann Lily. »Neuheimat wird überhaupt nicht unsere neue Heimat sein.« Sie erzählte ihm von der Entdeckung eines kürzlich erfolgten Meteoriteneinschlags und dessen Bedeutung für jeden an Bord der beiden übriggebliebenen Schiffe – nämlich entweder frustrierendes Warten, bis sich die Umweltbedingungen auf Eppies zweitem Planeten verbessert hatten, oder eine weitere lange interstellare Reise zu einem anderen Sonnensystem mit der Möglichkeit der Besiedlung; höchstwahrscheinlich das Tau Ceti-System.

Nichts davon schien Dean sonderlich zu beeindrucken. Er saß auf der Zwergplatane und spähte nach oben und nach allen Seiten, um einen Blick auf die Finken zu erhaschen.

»Hast du mich verstanden?« fragte Lily. »Jetzt sind

wir den ganzen Weg hierhergekommen, und Neuheimat weist uns ab!«

»Jaaa.« Dean bequemte sich zu einem von Groll und Augenverdrehen begleiteten Nicken.

»Es ist völlig in Ordnung, wenn man jetzt ganz traurig ist. Man darf sogar weinen.«

Unser undankbarer Sohn fuhr fort, sich den Hals nach Vögeln zu verrenken.

»Dean!«

Deans Blick schnellte so rasch auf Lily, daß er sich an einem Zweig festhalten mußte. »Mir gefääld hia«, sagte er. »Jeez, wo jeda is … is … mir gefääld hia sehr guud.«

Fast gegen meinen Willen brach ich in Gelächter aus.

Lily warf mir einen Ich-bring-dich-um!-Blick zu, lächelte dann, halb gegen *ihren* Willen, und gab sich geschlagen.

Nun schlenderten Hiller Nevels, ein Botaniker namens Gulnara Golovin und Milo Pask, ein Habitatingenieur, zu uns herüber. Sie stritten sich oder machten sich gegenseitige Vorhaltungen. Golovin hatte die Hand tröstend auf Pasks Arm gelegt, und keiner von den dreien schien unsere kleine Familie überhaupt wahrzunehmen, nicht einmal, als Kaz auf die Lichtung stapfte und verdutzt stehen blieb, als er ihrer ansichtig wurde.

»… *komm* aber nicht drüberweg!« sagte Pask grade. »Über hundert Jahre unterwegs, und dann erfährt man, daß ein blöder Felsklumpen vom Himmel den Planeten unserer Träume in eine Gaskammer verwandelt hat! Warum bin ich hergekommen? Ich hatte angenommen, ich werde da Habitatgeodesie betreiben, Wasser- und Abwasserkanäle bauen. Das kann ich jetzt nicht. Ich bin den ganzen Weg völlig ohne Grund hergekommen!«

Golovin sagte: »Du kannst deinen Job *jetzt* nicht machen, nur das bedeutet dieser Rückschlag, nichts anderes. Wart nur, bis Staub und Säureregen sich gelegt haben; dann wird Neuheimat auch irgendwie wieder normal werden. Was bedeutet schon ein Jahr – oder zwei – gegenüber all den Jahren der Überfahrt? Milo, wir wußten doch von allem Anfang an, daß wir unsere ehrgeizigen Pläne sehr lang verschieben müssen.«

»Übrigens«, sagte Hiller, »hatten wir keinerlei Garantie, daß irgendein Planet hier draußen ein nettes Plätzchen zum kampieren sein würde.«

Pask schob Golovins Hand von seinem Arm und drehte sich zu Hiller um. »Vielleicht nicht am Beginn der Reise. Aber je näher wir Eppie kamen und je mehr dieser großschädlige Schuft und seine sterngucken-den Busenfreunde in Erfahrung brachten, desto mehr ergingen sie sich doch in Lobgesängen, von wegen, Neuheimat sei direkt Shagri-La und wie toll uns der Planet willkommen heißen würde. Wir seien ja nicht den ganzen Weg hergekommen, um in den Biogestellen zu verrotten, hieß es. Diese inkompetenten Scheißkerle!«

»Wenn wir den Asteroideneinschlag mal beiseite lassen, haben sie, glaube ich, Neuheimat sehr zutreffend beschrieben«, sagte Golovin. »Ich verstehe nicht, wie du sie jetzt für höhere Gewalt verantwortlich machst.«

»Wir können nicht einmal *Gott* für höhere Gewalt verantwortlich machen!« brauste Pask auf. »Also mach' ich halt Thich und seine miese Bande zu Sündenböcken. Was dagegen?«

»Irrationalität paßt nicht zu dir!« schimpfte Golovin. »Hör auf damit!«

»Nein. Ich bin nämlich so. Oder etwa nicht?« Endlich fiel sein Blick auf Dean. Mit einem seltsamen Glitzern in den Augen schlenderte er zu uns herüber. »Wer hätte diese Wendung der Dinge wohl voraussagen können? Dieses Kind da? Yeah, das Kind! *Annies* höchsteigener … gnomischer Gnom!«

Lily sagte: »Laß uns in Ruhe, Milo.«

Pask lief rot an, als ob sie seine Fähigkeiten als Ingenieur oder seine Männlichkeit herabgesetzt und ihn nicht einfach gerügt hätte, weil er ein Kind blöd angemacht hatte.

»Wie stehen denn die Chancen?« fragte er. »Wie stehen denn die Chancen, daß Neuheimat während der letzten Flugphase der Expedition so einen lausigen Meteoriteneinschlag abkriegt?«

»Ich habe keine Ahnung«, sagte Lily.

»Nun, dann werd ich dir's sagen. Statistisch, Dr. Aliosi-Stark, stehen die Chancen dafür etwa bei einer Billion zu eins. *Eine Billion zu einer beschissenen Eins!*«

»Das glaub' ich nicht«, sagte Lily.

»Ach tatsächlich?«

»In Anbetracht des Ereignisses würd' ich sagen, die Chance ist – rein statistisch – einhundert Prozent.«

Nun sah Pask aus, als ob Lily ihn geschlagen hätte. Sein Gesicht verzog sich. Ohne jeden Versuch, die Tatsache zu beschönigen oder zu verbergen, begann er zu weinen. Dean tat dasselbe. Ich nahm Dean vom Baum und hielt ihn im Arm. Lily umarmte Pask.

»Ich möchte in dieselbe alles verschlingende Schwärze springen, in die auch jeder auf der *Chandrasekhar* gesprungen ist«, sagte Pask.

»Du solltest mit jemandem reden«, sagte Lily zu ihm.

»Ich hab' mit Hiller und Gulnara geredet«, sagte Pask. »Jetzt red' ich mit dir. Reden hilft nicht, es macht die Sache nur noch schlimmer!« Er gewann wieder eine gewisse Selbstkontrolle und entspannte die verzerrten Züge.

Als er sah, daß Pask sich beruhigte, wurde auch Dean still.

»Das mag ja sein«, sagte ich. »Trotzdem sollten Sie sich für eine Weile mit Etsuko Endo zusammensetzen. Bald.«

Pask wollte dazu nichts sagen, aber Golovin versprach, ihrerseits Etsuko zu kontaktieren. Dann führten sie und Hiller Pask von der Lichtung und aus dem Atrium hinaus – auf der Suche nach jemandem, der seine Furcht analysieren könnte.

Kaz nahm mir Dean ab, und Dean lehnte den Kopf an seine Schulter.

»Mir gefällt's hier«, sagte Dean.

Ob sich das auf diesen Winkel des Atriums oder auf das Leben an Bord der Arche bezog, wußte ich nicht.

Neuheimat – oder Säurebad, oder Sackgasse oder Bittere Pille als bissigere unter den Bezeichnungen, auf denen die überlebenden Expeditionsmitglieder als Benennung dieser Welt beharren – diese Welt also hat keinen Mond. Vor kurzem haben *Annie Jump* und *Fritz Zwicky* in einem Abstand von etwa zehntausend Kilometern Umlaufbahnen bezogen, die ihnen – nach Ansicht unserer Astronomiespezialisten und einiger weniger anonymer Träumer – exakt diesen Status von Monden verleihen.

Die beiden großen Schiffe, die sich unaufhörlich um ihre Achsen drehen, umkreisen Neuheimat als diamantbesetzte Satelliten, *Annie Jump* einen halben Klick weiter außen – höher – als *Fritz Zwicky,* aber sonst ungefähr parallel mit ihrem Zwilling. Wenn auf der Welt unter uns eine fühlende Spezies wohnt, und der treibende Staub den Nachthimmel nicht verschleiern würde, dann würde der Anblick unserer gestaffelten Räderschiffe, die sich am Himmel drehen, wohl sofortige Stille und dann Ehrfurcht vor dem Unfaßbaren hervorrufen.

An Bord der *Annie* stelle ich mir vor, wie ich mich in einer Riesenradgondel auf einem hochragenden Berg auf Neuheimat emporschwinge, in die Nacht auf diese von Menschenhand stammende Zweiergruppe hinaufstarre. Und dann gehe ich weiter und stelle mich tatsächlich als Passagier auf einem der glitzernden

Ringe vor. Verloren in solchen Fantasien ziehe ich aber das Bild meiner Person in Neuheimats verwandeltem Himmel vor: Orion will ich sein, der am Firmament große Reden schwingt, nicht irgendein stummer Sherpa im Himalaya.

Ich will strahlen, nicht rackern und kreuchen. Wenn ich die Wahl habe, dann will ich mich selbst zum Gott umschaffen – im Feuer, auch wenn der Versuch mich umbringt, auch wenn nur der gierige Homunculus in meiner Brust meinen prometheischen Schrei zu hören bekommt: den *cri de cœur.*

Morgen um 0800 – nach Greenwichzeit, die wir an Bord der *Annie* immer noch verwenden – morgen früh werden wir uns von Neuheimat fortbewegen und eine Parkbahn näher an der Sonne einnehmen, wo wir den Auftankprozeß beginnen werden. Vielleicht gelingt es uns, Tau Ceti zu erreichen.

Die Mehrheit wird diese Reise in tiefem Winterschlaf verbringen. Commander Stefan Odenwald wird die Brücke und seine hauptsächlichen Dienstpflichten an Hiller Nevels und ein frisches Team von Nothelfern übergeben, die sich dafür selber opfern, alles Freiwillige, denn Odenwald hofft beim Erwachen genug Kraft in den Beinen zu haben, um einen schönen, neuen Berg auf jener Welt zu ersteigen, die wir im Tau-Ceti-System entdecken und kolonisieren wollen.

Wer kann es ihm verdenken? Er ist mehr gealtert als sonst jemand von uns, mit Ausnahme von Commander Roosenno, der hier im Epsilon-Eridani-System bleiben wird, und Commander Joanna Diane Joplin, die in der unheilvollen Flut des Barrikadenstroms für immer aufgehört hat zu altern.

Wie erwähnt wird die Besatzung an Bord der *Zwicky* in der Umlaufbahn um Neuheimat bleiben, bis das durch den Asteroideneinschlag verursachte Inferno auf der Oberfläche ausgestanden ist. Bao hat den Asteroiden nach einer Figur der griechischen Mythologie Epimenides genannt. Als dieser ein verirrtes Schaf suchte, fiel er in einen siebenundfünfzig Jahre dauernden Schlaf und setzte nach dem Aufwachen seine Suche fort, ohne zu wissen, daß so viel Zeit vergangen war. Das Orakel von Delphi gab Epimenides dann den Auftrag, Athen von einer Seuche zu befreien. Bao sieht zwischen unserem Schlaf und dem des Epimenides gewisse Parallelen – und natürlich zwischen der Aufgabe der *Zwicky* nach dem Erwachen und der Aufgabe des antiken griechischen Schäfers.

Kurz, Roosenno plant wie Odenwald, die meisten seiner Kolonisten in den Winterschlaf zu schicken, bis die planetaren Bedingungen ihr Überleben ermöglichen werden. Dann werden sie sich der einschüchternden Aufgabe unterziehen, Neuheimat in eine dauernde Kolonie zu verwandeln. Glücklicherweise macht die wechselseitige Redundanz unserer Fähigkeiten auf den Archen das getrennte Agieren der Schiffe nicht nur möglich, sondern auch attraktiv. Das Überleben der Art, das fühlen wir, hängt nicht nur von unserer Mannigfaltigkeit ab; es hängt auch von unseren Plänen ab, wieviel von der bewohnbaren oder terraformbaren Galaxis wir erreichen können.

Wie haben wir diese Entscheidungen getroffen? Höchst demokratisch in einer außerordentlichen Sitzung, die ich nun beschreiben will.

Als uns Odenwald vor zwölf Tagen diesen Plan im Auditorium von *Annies* A-Turm vortrug, konnten die allerwenigsten von uns glauben, er wolle uns tatsächlich dazu bewegen, für eine derart hirnverbrannte ›Option‹ zu stimmen, nämlich, die ganze Expedition zu *wiederholen*. Wir hatten uns nun nach Dutzenden und Aberdutzenden von Fahrten auf der Felgenbahn versammelt, um die Sache von Angesicht zu Angesicht zu diskutieren (lieber so, als jeder getrennt in einer elektronischen Kommunikationsbucht), und die erste Frage, die sich im Auditorium nun erhob, überraschte niemanden, am wenigsten Stefan Odenwald selber.

»Wie können wir in ein anderes Sonnensystem kommen, wenn wir nach grundvernünftigen Berechnungen fast das ganze Antiwasserstoffeis verbraucht haben?« Thom Koon stellte diese Frage für alle anderen bis auf etwa dreißig Techniker und/oder Wissenschaftler, die die Antwort schon wußten.

Vorne im mit Transparenten vollgehängten Saal bat Odenwald Thich Ngoc Bao, zu antworten. Bao schritt zum Podium und begrüßte uns: »Guten Abend.«

Dean saß auf meinem Schoß, denn Odenwald hatte uns ausdrücklich gesagt, es solle niemand bei dieser Versammlung fehlen; auch die Kinder sollten mit dabei sein.

Als nun Bao »Guten Abend« sagte, antworteten wir im Chor – wie Kinder ihrem Lehrer antworten.

Dean winkte wie verrückt und schrie: *»Bao! Bao! Bao!«*, bis ich endlich seinen Arm runterbrachte und ihm so leise, wie es der Geräuschpegel erlaubte, zuflüsterte: »Psst, DeBoy! Psst!«

Dean verstummte.

»Wasserstoff ist kein Problem«, sagte Bao selbstsicher mit widerhallender schriller Stimme. »Wir haben diesen Treibstoff während der Abbremsphase aus dem Barrikadenstrom geerntet.«

»Und wie steht's mit Antiwasserstoff?« schrie Thom. »Wollt ihr Burschen vielleicht normale Wasserstoffatome umstülpen?«

Bao verlagerte das Gewicht. »Sie sollten wissen, daß jedes Schiff in unserer Armada, einschließlich der *Chandrasekhar*« – hier schloß er kurz die Augen – »von Anfang an die Möglichkeit hatte, Antiwasserstoff für eine Reise über Epsilon Eridani hinaus selber zu erzeugen.«

Diese Neuigkeit verschlug den meisten von uns im

Auditorium des A-Turms die Sprache. *Ich* hatte bestimmt nie angenommen, daß wir unsere Reise zu einem anderen System fortsetzen, vielleicht sogar zur Erde zurückkehren könnten. Auch keiner meiner Freunde – mit der offensichtlichen Ausnahme von Thich Ngoc Bao – hatte so etwas vermutet.

»Wie soll denn das gehen?« rief jemand.

»Jede Arche arbeitet auch als riesiges Zyklotron, als Teilchenbeschleuniger«, erklärte Bao. »Der Beschleuniger läuft direkt auf der Unterseite des Treibstoffrades über den ganzen Umfang. Wenn genug Zeit und Energie vorhanden ist, wird das Zyklotron, das die *Annie* umgürtet, die Antiprotonen liefern, die uns nach Tau Ceti bringen werden.«

Auf der anderen Seite des Zugangs, an dem Lily, Dean und ich saßen, stand Milo Pask auf und schrie: »Und ihr Eierköpfe habt das *geheim*gehalten? Warum? Sind wir Nichtphysiker denn bloße Nassauer? Idiotische Tagelöhner, die man gar nicht fragen muß?«

Odenwald gesellte sich zu Bao auf das Podium. »Erinnern Sie sich doch bitte an folgende Umstände: Als die UN ursprünglich mit der Planung der Mission nach Epsilon Eridani begann, haben wir nicht sicher gewußt, ob überhaupt ein Planet hier draußen für die Kolonisierung geeignet sein würde. Wir hielten es für sehr wahrscheinlich, das schon, aber eine hundertprozentige Sicherheit gab es nicht.«

»Sir, worauf wollen Sie *hinaus*?« rief Milo Pask.

»Ich will einfach daran erinnern, daß der ursprüngliche Auftrag einfach eine Art hoffnungsvoller Forschungsreise war. Am Anfang haben uns die UN-Planer also nur zwei Schiffe zugeteilt, beide mit einer Antimateriefabrik, so daß sie nach Erforschung des Zielsystems zur Erde zurückkehren könnten. Ich will Sie nur daran erinnern, daß in diesem Szenario die *Annie Jump Cannon* noch gar nicht existiert hat.«

Pask, rot vor Ärger, stand immer noch, und im Saal machte sich eine Unterströmung von Ungeduld bemerkbar – Ungeduld mit dem Commander, nicht mit Bao.

»Während dieser Anfangsphase der Planung«, setzte Odenwald fort, »erhärteten die Teleskope auf dem Erdmond und den Marsmonden die Wahrscheinlichkeit eines bewohnbaren Planeten hier im EE-System. Also wurde unsere Mission abgeändert – von Erforschung und Installierung einer dauernden Basis bei geeigneten Rahmenbedingungen in Richtung reiner Kolonisierung. Das brachte uns dazu, eine drittes Schiff und weiteres Personal hinzuzufügen, nicht nur, weil nun viel mehr Nationen ihre Teilnahme beanspruchten, sondern auch, weil die Gründung einer erfolgreichen Kolonie einen Genpool größerer Diversität erfordert und ein drittes Schiff eine gewisse Sicherheit gegen unvorhersehbare Schicksalsschläge geben würde. Daran können Sie übrigens ersehen, daß sich die Voraussicht der UN-Planer leider ganz und gar bestätigt hat.«

»Was ist mit den Antimateriefabriken?« rief Pask dazwischen.

»Als wir die *Annie* hinzufügten, explodierten die Kosten der Mission. Die effizienteste Methode, die Kosten zu drücken, bestand darin, die Idee eines Beschleunigers auf jedem Schiff über Bord zu werfen. Bao hier, auch Trachtenberg und Arbib, hielten das für reinen Selbstmord; die Erbauer der Räderschiffe für eine Art Sakrileg – für einen schlechten Entwurf nämlich – und arbeiteten wie die Teufel an einem billigen Neuentwurf, der die Antimateriefabriken retten würde. Das haben sie auch geschafft. Dann haben sie ihre Kosten auf andere Systeme abgeladen, wenigstens auf Disk, und die Beschleuniger tatsächlich eingebaut. Leider konnten sie die nicht testen, ohne ihr Vorhandensein zu verraten, und für die Tests hatten sie sowieso kein Geld mehr. Also hielten die Planer die Existenz dieser

Maschinen geheim – um Proteste und Arbeitsunterbrechungen, vielleicht sogar den Stop des ganzen Unternehmens zu vermeiden.«

Pask war damit gar nicht zufrieden. »Warum blieben die Beschleuniger dann noch geheim, als wir diese irdischen Rücksichten hinter uns gelassen hatten? Das riecht doch alles nach schäbigem Elitarismus!«

»Verdammt richtig!« schrie die Menge.

»Eso es verdad!«

»Gib's ihnen, Milo!«

»Claro que si!«

Wie ein Bieter auf einer lauten Auktion hob Odenwald den Arm. »Es ist wahr, als wir erst einmal auf dem Weg waren, war niemand auf unserem schmutzigen, anarchischen Heimatplaneten mehr in der Lage, uns aufzuhalten. Wir hatten alles, was wir brauchten und flogen so weit aus der Sphäre irdischer Jurisdiktion hinaus, daß wir quasi zu einer eigenen, von den daheim Gebliebenen getrennten Spezies wurden. Also hielten wir den Mund – was die Radioverbindung betraf und auch an Bord der Schiffe, schon aus Respekt.«

»Aus Respekt?« schrien mehrere Leute ungläubig auf.

Odenwald drehte die Lautstärke am Mikrophon weiter auf. »Wir wollten unsere Gönner nicht mit der Nase auf unsere frühere Trotzaktion stoßen – und auch nicht auf unsere gegenwärtige Freiheit. Bedeutsamer war allerdings, daß wir nicht wußten, ob die Zyklotrone funktionieren würden. Wir hatten keinen Grund, sie während der Reise auszuprobieren und natürlich auch kein Bedürfnis, falsche Hoffnungen bezüglich ihrer Einsatzfähigkeit zu wecken, solange die Reise gemütlich voranging, was bis zum Eintritt in den Barrikadenstrom ja auch der Fall war. Nicht einmal der schmerzliche Verlust der *Chandrasekhar* konnte Commander Roosenno oder mich dazu bringen, Ihnen etwas von der Existenz der Beschleuniger zu verraten. Warum auch? Epsilon Eridani Zwei – Neuheimat –

schien ja immer noch ein geeigneter Ort für eine Kolonie zu sein. Unser Schweigen hatte also den Sinn, daß sich jeder in der Wachphase auf unser primäres Ziel konzentrierte; es hatte *nicht* den Sinn, irgend jemanden von ihnen auf den Status bloßer Zwischendeckpassagiere herabzudrücken.«

»Aber genau das ist geschehen!« rief Pask. »Das Wissen, daß wir aus diesem System zu einem anderen fliehen könnten, vielleicht sogar noch von Tau Ceti aus zu einem weiteren ... das hätte uns doch sehr beruhigt! Es hätte *mir* eine Menge Angst erspart!«

Pask sah sich um. Odenwalds Erklärungen hatte die Masse im Saal beruhigt. Widerwillig setzte sich Pask hin. Bao betrat das Podium und fuhr fort:

»Kürzlich durchgeführte Tests der Beschleuniger der *Annie Jump* und *Fritz Zwicky* beweisen, daß sie funktionieren. Tau Ceti liegt näher an Eppie als Eppie an der Sonne. Wir können diese Reise ohne emotionalen Streß oder physische Entbehrungen hinter uns bringen – in etwa der Hälfte der bisherigen Reisezeit. Damit bin ich am Ende meiner Ausführungen, es sei denn, jemand hätte noch technische Fragen, die in meine Kompetenz fallen.«

»Wundervoll!« rief jemand nicht weit von unserem Platz entfernt – Thom Koon, glaube ich.

»Nur ein schlappes halbes Jahrhundert!«

»Der Winterschlaf wird dieses halbe Jahrhundert in Dämmer und Vergessen tauchen«, sagte Bao glatt.

Zu glatt, fürchte ich.

Die Medizintechniker, die für die Wartung der Biogestelle und deren Überwachungsgeräte verantwortlich waren, saßen an einem Laufsteg zur Linken Baos; ein Dutzend von ihnen standen nun auf und buhten. Mehrere andere Wartungsspezialisten – weiter unten an unserem Gang – schlossen sich den Medtechnikern an, Baos Vorschlag lautstark zu verhöhnen.

»Buuh! Buuh!« Das Auditorium hallte von häßli-

chem Gegröle wider. Ein paar Leute stampfen mit den Füßen.

»Es heißt Bao, nicht Buh«, sagte Bao. »Sie verwenden den falschen Diphtong.«

Nicht viele von Baos Zuhörern – wenn man sie überhaupt noch so nennen konnte – bekamen diese Witzelei mit. Tatsächlich wurde das Buhrufen und Füßestampfen immer lauter. Hier und überall im Saal standen Leute auf, um laut Widerspruch und Wut herauszuschreien.

Als die Frau direkt vor mir sich erhob, kämpfte sich Dean von meinem Schoß hoch und stand aufrecht auf meinen Oberschenkeln. Ich konnte das Podium nicht mehr sehen.

»Ruhe!« dröhnte Odenwalds Stimme aus dem Verstärker. *»Setzen Sie sich hin!«*

Angesichts dieser geachteten Autorität kam der Aufruhr allmählich zum Erliegen. Es kehrte Stille ein. Die Leute setzten sich. Die Spannung blieb jedoch wie ein unhörbares Summen in der Luft; und wenn Pask oder sonst ein erbitterter Abtrünniger sich dafür entschied, Odenwald offen herauszufordern, dann fürchtete ich, daß Chaos – der pure Aufstand – in lautem und unbesiegbarem Gebrüll losbrechen würde.

Inzwischen bemühte sich Dean weiter, aufrecht auf meinen Schenkeln stehen zu bleiben. Als ich versuchte, ihn wieder nach unten zu ziehen, packte er mit einer Hand die Rückenlehne des vorderen Sitzes und wehrte mit der anderen mein frustriertes Gezerre ab.

»Bao!« schrie Dean in die gespannte Stille. *»Bao! Bao! Bao!«* Er ließ den rechten Arm wie den Kolben einer emphatischen Maschine auf und nieder fahren. *»Bao! Bao! Bao!«*

Wieder am Mikrophon, sagte Bao: »Unter all den so gebildeten Menschen in der heutigen Versammlung scheint offenbar nur der junge Gwiazda zu wissen, wie man meinen Namen ausspricht. Danke, Dean!«

»Bao!« schrie Dean wieder. »Bao, heiliges Kanoonrohr, du bist wirklich willkommen!«

Dann sank er in meinen Schoß zurück.

Aufplätschernder Applaus, vereinzelte Bravorufe schwollen vereint zu einer Gezeitenwoge lauten Beifalls an. Dean hatte sozusagen mit einer Hand die Gefahr der Selbstzerstörung gebannt.

Lily rollte die Augen. Sie tätschelte Deans Bein und murmelte flüsternd: »Zeit zu gehen, Klein Tim. Und Gott schütze uns alle.«

Bao hatte die Sitzung wieder unter Kontrolle. Er führte aus, daß wir, sogar wenn wir die *Annie* zehnmal näher an Eppie heranbrächten, als das der Umlaufbahn Neuheimats entsprach – um die Energie der Solarzellen zu gewinnen, die die Wasserstofftanks an unserem Treibstoffrad bedeckten –, doch achtundfünfzig Tage bräuchten, um nur eine einzige Tonne Antiwasserstoff herzustellen. Mit *Annies* Gesamtmasse und der Geschwindigkeit, die wir erreichen mußten, um Tau Ceti in fünfzig Jahren zu erreichen, würde es von jetzt an ein halbes Jahrhundert dauern, um die nötigen 370 Tonnen Antimaterie zusammenzubrauen.

Wenn uns Bao das nur einen Augenblick früher gesagt hätte, wäre der allgemeine Aufstand losgebrochen. So aber hörten wir rundum nur wieder feindseliges – wenn nicht ausgesprochen blutrünstiges – Gemurmel.

Greta Agostos stand auf. »Das wirft uns auf den Punkt zurück, an dem wir beim Verlassen der Erde standen – ein Jahrhundert von unserem Ziel entfernt! Vielleicht noch mehr!«

»Wenn ich Zeit- und Energieerfordernisse vermindern könnte«, sagte Bao, »ich würde es tun, glauben Sie mir. Aber manche Dinge sind nun einmal so, wie sie sind. Sie können sich entweder damit abfinden oder sich in einen kindischen Wutanfall hineinsteigern. Ich würde ersteres entschieden befürworten!«

»Amen«, sagte Milo Pask. »Amen.« Und diese Zustimmung, nachdem er sich erst so maßlos aufgeregt hatte, schien nun einen rationalen Waffenstillstand in die Versammlung zu bringen.

Odenwald übernahm gutmütig von Bao, dem Geheimhalter par excellence, und ließ uns wissen, daß Commander Roosenno und er einen Plan befürworteten, wonach *Fritz Zwicky* in der Umlaufbahn um Neuheimat bleiben sollte, bis der Planet wieder bewohnbar sein würde, während *Annie Jump* sich auf den Weg zum Tau-Ceti-System machen sollte. Innerhalb genau definierter Grenzen würden sie allerdings einen Personalaustausch zwischen den Schiffen erlauben: Der dürfte aber kein massives Ungleichgewicht bezüglich der technischen Fähigkeiten sowohl der zukünftigen Kolonisten als auch der interstellaren Reisenden hervorrufen. In jedem Fall lagen ausgedehnte Winterschlafphasen vor uns, ebenso eine Reihe verzweifelter Reparaturen. Unsere Räderschiffe waren schließlich *alt*. Auf der Erde hätten wir sie als Museumsstücke angesehen.

»Aber der Plan, den Commander Roosenno und ich befürworten, ist kein *fait accompli*«, sagte Odenwald. »Ich habe Sie hierhergerufen, um darüber abzustimmen, nicht zu einer bloßen formalen Bestätigung, und ich vertraue darauf, daß Sie diese Frage wie intelligente Erwachsene diskutieren und behandeln werden.«

Ich drückte Deans Bein und flüsterte Lily zu: »Haben unsere weniger genialen Kinder auch eine Stimme?«

»Frag ihn«, sagte Lily *sotto voce*.

Aber bevor ich das tun konnte, war Kaz schon auf den Füßen. »Sir, warum kehren wir nicht zur Erde zurück – nicht nur die *Annie Jump*, sondern auch die *Fritz Zwicky?* Tau Ceti hat ja vielleicht gar keinen kolonisierbaren Planeten, und Neuheimat erholt sich vielleicht nie mehr von dem Asteroideneinschlag.«

»Machen Sie den Vorschlag, zur Erde zurückzukehren?«

»Nein, Sir. Ich möchte es einfach als Option einbringen, die wir besprechen sollten. Das Sonnensystem hat uns schließlich hervorgebracht. Das können weder Tau Ceti noch Epsilon Eridani von sich behaupten, und einige von uns haben inzwischen Kinder. Wer will sie schon zum Untergang in einem fremden Sternsystem verurteilen – ohne Aussicht auf die Erfüllung grundlegender menschlicher Bedürfnisse – Nahrung, Luft, Wasser – und ein Gefühl für Heimat?«

Kaz setzte sich. Wir debattierten die Frage. Nur wenige wollten zur Erde zurück. In einer kurzen Abstimmung lehnten sogar unsere Kinder den Vorschlag ab. Wir waren von der Erde geflohen, um zu forschen, um neue und verjüngte Gebiete für unsere Spezies zu beanspruchen, und nicht, um einen Rückzieher zu machen, sobald eben dieses Unternehmen mit Hindernissen konfrontiert war – was wir ja schon gewußt und worauf wir uns so gut wie möglich vorbereitet hatten. Außerdem schuldeten wir alle dem Universum einen Tod, und es war besser, diese Schuld dadurch zu begleichen, indem wir ein fruchtbares Morgen suchten und uns nicht in eine verschmutzte Wiege verkrochen.

Als Odenwald die Stimmen auszählte, hatten weniger als hundert Leute die Rückkehr-Option gewählt. Nicht einmal Kaz stimmte dafür. Er hatte bei seiner Frage die auf der Reise nach Neuheimat unschuldig Geborenen im Blick gehabt; ich respektierte seine Liebe und Gewissenhaftigkeit in diesem Punkt. Er hatte sein früheres Vorurteil gegen Dean völlig überwunden.

Danach war die endgültige Entscheidung leicht zu treffen. *Annie Jump Cannons* Besatzung stimmte mit überwältigender Mehrheit Commander Odenwalds Plan zu, uns mit Antiwasserstoffeis zu versorgen und dann nach Tau Ceti aufzubrechen. Eine ähnliche Versammlung auf der *Fritz Zwicky* nahm Roosennos Plan an, in der Umlaufbahn zu bleiben und den Staubsturm und massiven Treibhauseffekt auf Neuheimat auszusitzen. Wenn wir beide gleichermaßen Glück hatten, würde die *Annie* eben zu dem Zeitpunkt nach Tau Ceti aufbrechen, wenn die Leute auf der *Zwicky* sich das erste Mal auf die Oberfläche hinabwagten und die ersten Schritte zur Koloniegründung unternahmen.

»Hurrah!« schrie Dean und klatschte begeistert, als Odenwald das Resultat der Abstimmung vorlas. *»Bao! Bao! Bao!«*

Am Ende der Versammlung gratulierte uns Odenwald nicht nur zu unserer Entscheidung, sondern auch dafür, daß wir an dieser ersten Reise der Menschheit zu einem anderen Sonnensystem teilgenommen hatten. Was immer uns in den kommenden Wochen, Monaten und Jahren auch begegnen sollte, wir haben Geschichte gemacht, und das kann uns niemand mehr nehmen.

»Also sind Commander Roosenno und ich übereingekommen, unsere Ankunft hier richtig zu *feiern*«, sagte Odenwald. »Wir setzen daher ein dreitägiges Fest auf die Tagesordnung – offizieller Beginn übermorgen um 0800.«

Und so geschah es auch – nämlich ein feierlich-festliches Gedenken an das, was wir erreicht hatten, einschließlich Personalaustausch zwischen unseren Räderschiffen und ununterbrochener Fernsehübertragung von Schiff zu Schiff. Es gab Gesang, Parodien, Parties in der Messe, musikalische Wettbewerbe, Kunstausstellungen, Videos, Seminare und – für mich am wichtigsten – einen Dichterwettbewerb, sozusagen Kopf gegen Kopf.

Thich Ngoc Bao auf der *Annie Jump* und Bashemath Arbib auf der *Fritz Zwicky* organisierten Wettbewerbe im Dichten von Balladen, Oden, Sonetten, Sestinen und Haiku neben einigen anderen Formen und brauchten dazu Teilnehmer, wobei diese verschiedene astrophysikalische Phänomene als Gegenstand oder hauptsächliche Quelle der Metaphorik ihrer Gedichte verwenden sollten.

Es war unausweichlich, daß Ghulam Sharif und ich in drei Kategorien als Gegner aufeinandertrafen, der amüsanteste war der Haiku-Bewerb. Wir schrieben in unseren Kabäuschen an Bord unserer Schiffe, aber die fertigen Gedichte erstrahlten dann überall auf den Computereinheiten wie auf den riesigen Bildschirmen in den Auditorien der beiden A-Türme.

In der Einleitung zu ihrer Übertragung erklärte Arbib: »In seiner klassischen Form evoziert das japanische Haiku das Bild einer Jahreszeit. Also muß jeder Teilnehmer vier Haiku verfassen, wobei astrophysikalische Phänomene als Hauptmetaphern verwendet werden müssen …«

Ghulam und ich hatten für jedes Haiku zehn Minuten Zeit, danach schickten wir sie – unter der Drohung, andernfalls disqualifiziert zu werden – *simultan* – auf die Bildschirme (ungeachtet des hier gewählten gestaffelten Abdrucks). Die Reihenfolge war: Winter, Frühling, Sommer, Herbst:

Sharif	**Gwiazda**
Planet fern vom Stern eisglitzernd in Sternennacht, träumt er vom Frühling?	
	Riesengebilde schwerbewaffnete Flocke wunderschön, einzig.
Wasserstoffionen zwitschernde Mikrowellen – Bestbau: die Sterne.	

Plasmagetümmel
wirkmächtig in der Tiefe
der kalten Geburt.

Es schwillt der Stern an
galaxieüberstrahlend,
spritzt Eisen, Salz; uns.

Leuchtkäfer treiben
im Hagel der Mitternacht
hellodernd. Verglühn.

Wasserstoffreste
gegen das Dunkel der Nacht,
blättergleich: Rötung.

Irrlicht zischt zuckend
auf schwarzlehmigem
Himmel:
unheilvoll, rötlich.

Ich überlasse es dem Leser, die metaphorisch verwendeten astrophysikalischen Konzepte in jedem Haiku zu entdecken, weise aber darauf hin, daß beide Folgen in einer Verbindung von Zufall und Wettkampfentwurf mit einer Metapher für *rot* enden.

Dreihundert Personen – 150 von der *Zwicky*, dieselbe Anzahl von der *Annie* – wählten in geheimer elektronischer Abstimmung die Siegersequenz, wobei mich Sharif 167 zu 132 schlug. (Die eine fehlende Stimme war eine Enthaltung: Der Betreffende bemängelte bei beiden Folgen ›mangelnden Einfallsreichtum‹.) Ich ziehe allerdings einen gewissen Trost aus dem Umstand, daß mein Sommerhaiku in einer getrennten Abstimmung die höchste Stimmenzahl erreichte.

Und die Epsilon-Eridani-Tage, ein in nahezu jeder Weise voller Erfolg, gingen zu Ende.

Plötzlich war wieder jedes Mitglied unserer großen

Expedition mit der Realität unserer Lage und den Verpflichtungen konfrontiert, die sich aus der getroffenen Entscheidung ergaben.

Von meinen Freunden und Bekannten haben sich Milo Pask, Etsuko Endo, Indira Sescharchari, Masoud Nadeq und meine Geliebte Lily Aliosi-Stark entschlossen, auf Roosennos Arche überzusetzen und dort zu warten, bis sich die Staubwolke von Epimenides gelegt hat. Der Treuebruch, der mich am meisten schmerzte, war natürlich der letzte.

»Abel, ich bin hier auf der *Annie* zig- und zigmal in der Schlafphase gewesen«, sagte mir Lily vor ein paar Stunden. »Ich könnte auch noch mit ein, zwei W-Nickerchen fertig werden, aber wenn ich wieder aufwache, dann will ich wach *bleiben.* Ich will mein Leben weiterleben. Ist dieser Wunsch denn so selbstsüchtig?«

»Nicht selbstsüchtiger als mein eigener«, sagte ich. »Was ist mit Dean?«

»Wir haben ihn zusammen gemacht, Abel, aber er gehört dir. Du hast sein Leben in der Hand – insofern überhaupt *irgend jemand* hier draußen etwas in der Hand hat – und ich erwarte, daß du das Richtige für ihn tun wirst.«

»Er bleibt bei mir.«

»Natürlich. Anders hätte es ja keinen Sinn. Trotzdem erwarte ich, daß du das Richtige für ihn tust.«

»Ich werde dafür sorgen, daß er dich nicht vergißt.«

»Das ist schon einmal etwas Richtiges, was du versuchen kannst, aber früher oder später wird er mich doch vergessen. *Zwing* ihn nicht, sich zu erinnern. Mir wird es nichts ausmachen, wenn ich nur noch ein lästiges Sandkorn in seinem Gedächtnis bin. Wenn er auf dich zählen kann, ist das schließlich alles, was ich ihm sein sollte.«

»So ein Blödsinn«, sagte ich. »Du klingst wie Jeanne d'Arc, die aus den Flammen heraus betet.«

Für einen Augenblick verdunkelte sich ihr Blick. Dann begann sie zu lachen. »Das tu' ich tatsächlich, was? Prima! Ist doch gut für mich!«

Mit Hilfe von Haltetauen und Dingis, brachten alle jene, die die *Annie* verließen, ihre Körper auf die *Zwicky,* während ihre Herzen sich von unseren lösten. Aber zuvor nährten wir unsere Melancholie noch mit Abschiedsszenen. Dean, Kaz und ich trafen uns mit Lily in der Andockstation des G-Turms.

»Es ist, als ob ihr alle sterben würdet«, sagte Lily zu uns. »Ich werde euch nie mehr wiedersehen – keinen von euch.«

Ich küßte Lily. Fest. Ich küßte sie noch einmal, streichelte ihr Haar. Als ich sie losließ, klammerte sich Dean – DeBoy, wie Lily ihn immer genannt hatte – wie ein trauriger kleiner Orang-Utan an sie. Wenn ihn Kaz nicht weggezogen hätte, dann hätte sie vielleicht auf Notfallchirurgie zurückgreifen müssen, um sich von ihm zu trennen.

Später beobachtete ich vom G-Turm-Observatorium aus, wie Lily und die anderen in langsamer Bewegung auf die *Zwicky* zu- oder von ihr herüberglitten. Mir schien aber, daß jenes Dingi mit meiner Geliebten über das Dunkel hinweg in einem Glühwürmchengeschirr eine Ader meines klagenden Herzens mit sich zöge.

Natürlich eine Täuschung, ein Trick des Vakuums.

Dennoch erinnerte es mich an ein Haiku, daß Ghulam Sharif nach unserem Wettkampf geschrieben und mir als Abschiedsgeschenk geschickt hatte.

Sich weitende Nacht
Eisenschlacke der Sterne
für Reue zu spät.

»Leh woh!« schrie Dean, eine Hand an der Sichtscheibe. »Leh woh, Mama!«

Odenwald hatte nichts gegen Deans Anwesenheit hier oben eingewendet, und als liebevoller Patenonkel hatte Kaz ihn heraufgetragen – denn unter den gegenwärtigen Umständen hatten Kinder im Observatorium eine Menge zu tun. Eine Menge.

»Leh woh! Leh woh! Heiliges Kanoonrohr!«

Da er Lily nicht körperlich vor sich hatte, verstand DeBoy wahrhaftig nur, daß die *Annie Jump Cannon* wieder auf eine weite Reise ging und er mit ihr.

Nachbemerkung des Autors:

Cri de Cœur würde ohne den selbstlosen Rat und die Beiträge meines Freundes und Autorenkollegen Geoffrey A. Landis nicht in dieser Form existieren. Außerdem schrieb Geoff in *Cri de Cœur* die fünf Haikus von ›Ghulam Sharif‹. Das Copyright darauf liegt bei Geoffrey A. Landis, der ihrer Verwendung bei jeder autorisierten Veröffentlichung von *Cri de Cœur* zustimmt.

Wieder stehe ich tief in Geoffs Schuld, nicht nur, weil er die fünf Gedichte beigesteuert hat, sondern auch für seinen klugen Rat in textlichen und technischen Belangen. Dennoch muß ich schamvoll zugeben, daß alle im Manuskript noch vorhandenen Irrtümer, literarische wie wissenschaftliche, allein auf meine Kappe gehen.

Ayerdhal

MOZART REVIVIDUS

Für die Philippo-Genese meines bevorzugten Leyraud

1

Mein Gott, wie schön das Fest war! Wie schön die Leute waren! Vor allem die Frauen, wie immer die Frauen …

Nein wirklich, es würde ihm nie gelingen, Geschmack an der Homosexualität zu finden. Obwohl neun seiner zehn Geliebten transsexuell waren, obwohl er sein Entsetzen darüber, einen Mann in einem Frauenkörper zu umarmen, überwunden hatte, könnte er sich männlichen Umarmungen niemals hingeben, selbst wenn eine Frau sie sich ausgedacht hatte.

Fontaine, man darf nie sagen …, aber er hatte es gar nicht versucht und verspürte nicht die geringste Lust, es zu tun, nicht einmal im Traum, nicht einmal hier, wo alles von überwältigender Schönheit war, wo alles nur ums Feiern ging.

Ach ja, hier und jetzt verstand man es, sich zu amüsieren! Nicht nur eine Nacht, nicht nur einen Tag lang! Hier dauerten die Zechgelage eine Ewigkeit, die Kirmes hatte tatsächlich weder Anfang noch Ende, und kaum waren die einen Leute gegangen, schon trafen andere ein. Die Station hieß Walhalla, und ihre einzige Funktion bestand im Veranstalten von Festen. Es kam, wer eingeladen wurde oder es sich leisten konnte, doch jedem der Gäste ging es darum, die Grenzen sämtlicher Trinkgelage, sämtlicher Orgien, sämtlicher Freuden, welche die Menschheit sich seit grauer Vorzeit ausgedacht hatte, zu überschreiten. Und wer war besser zu Vergleichen geeignet als er? Wer konnte sich intensiver an diesen märchenhaften Ausschweifungen ergötzen als er?

Selbstverständlich war es das erste Mal, daß er an der Zecherei von Walhalla teilnahm, doch er war eingeladen worden, er war der Gast. Es war *sein* Fest, das zu *seinen* Ehren, zu *seinem* Ruhm abgehalten wurde, und deshalb konnte er sich, mehr als jeder andere, alles erlauben, ja, er durfte sogar inmitten der Tänzer hin und her taumeln und auf den Boden kotzen, was er übrigens schon zweimal getan hatte und nun erneut tun würde, vielleicht auf oder unter diesen Tisch da, ins Haar dieser Nymphe, die sich mit vollem Mund ihres Pfands entledigte, und das mit einer Hartnäckigkeit, die der versoffenen Trägheit seiner schwankenden Männlichkeit in nichts nachstand.

»Guten Tag, Madé«, sagte eine Stimme hinter ihm (gerade laut genug, um ihm den Brechreiz zu nehmen, gerade nah genug an seinem Ohr, damit er sich um den Preis ungeheuerer Anstrengung umdrehte, doch sein verschleierter Blick konnte nur undeutlich einige verkleidete Personen wahrnehmen, und sein Hals war zu steif, um diese Anstrengung durchzuhalten).

Madé!

Nur *sie* nannte ihn Madé, und nur sie wußte, daß sie ihn Madé nannte ..., und sie war tot!

Er versuchte, sich aufzurichten, wobei er die Nymphe um ein Haar erdrückt hätte, doch der Raum zerrte ihn so heftig nach unten, daß er sich schnell wieder hinsetzen mußte ..., es sei denn, fremde Hände lagen auf seinen Schultern und fremde Arme ließen seinen Kopf in einer ebenso unbequemen wie lähmenden Position verharren.

»Madé, Madé«, sagte die Stimme über ihm. »Du bemühst dich erneut, deine Musik zu verpfuschen.«

Es war nicht *ihre* Stimme! Er war sich dessen genauso sicher wie der Tatsache, daß das nichts zu bedeuten hatte. Falls sie lebte, hatte sie ihre Stimme verändern können. Falls sie lebte, war er soeben ihrem zweiten Phantom begegnet, und genau wie das erste trug auch dieses Schreckbild eine Sense.

»Laß mich in Ruhe!« schrie er, bevor er merkte, daß die Hände ihn losgelassen hatten.

So schnell er konnte, stieß er die Lippen der Nymphe von sich, brachte seine Hose wieder in Ordnung und richtete sich auf, wobei er den Stuhl, den Tisch, einige Gläser und einen Saufkumpanen umstieß, der von Kopf bis Fuß tätowiert war und dessen Nacktheit eher schlaff und keineswegs reizvoll wirkte. Einen Moment lang starrte er die unzähligen Gesichter um sich herum an, diese geschminkten, maskierten, fröhlichen, blassen, grünlichen, schwitzenden, kranken oder verzückten Gesichter, doch nichts erinnerte ihn auf eindeutige Weise an das Gesicht seiner ersten Erinnerung in diesem zweiten Leben. Falls sie sich inmitten dieser Menschen befand, so hatte sie andere als die ihm bekannten Gesichtszüge.

Übrigens war es unmöglich, daß sie noch ein Gesicht hatte, denn es war unmöglich, daß sie überlebt hatte. Säuferwahn hin oder her – hier und jetzt hatte das Wort ›unmöglich‹ einen unumgänglichen Sinn.

Er hatte gesehen, wie ihr Raumschiff bei ihrer Flucht vom Asteroiden explodiert war. Er hatte gesehen, wie das Raumschiff sich in der Leere einer gewaltigen, apokalyptischen Explosion in unzählige Einzelteile aufgelöst hatte. Nein, sie konnte diesem Holocaust nicht entronnen sein, genauso wenig wie sie ihr Ende bloß vorgetäuscht haben konnte: er hatte sie in ihrem Labor gesehen, und nichts hatte dessen Zerstörung überlebt.

Nichts.

Vorsichtig setzte er einen Fuß vor den andern, um der sich im Kreis drehenden Menschenmenge die Stirn zu bieten und das Fest zu verlassen. Wie viele Räume mußte er durchqueren, um zum Transportring zu gelangen? Sechs? Sieben? Dann die Gärten … Es war ratsamer, einen Medizinwürfel ausfindig zu machen, sich darin einsperren und sich vom Apparat wieder auf die Beine bringen zu lassen, was nicht länger als eine halbe Stunde dauern würde. Anschließend würde er in seine Suite zurückkehren oder beschließen, daß sein von den Alkoholhalluzinationen befreites Hirn der Stimme eines Phantoms keinerlei Aufmerksamkeit mehr schenken würde.

In seiner neuen Vernunftwelt war übermäßiger Alkoholkonsum eine vernünftige Erklärung. Außer wenn jemand sich an seinem vorherigen Tod inspiriert hatte und ihm nun diesen überaus geschmacklosen Streich spielte. Das war unwahrscheinlich, aber nicht unmöglich: Sie konnte einem Freund anvertraut haben, daß sie ihn Madé nannte …

Doch sie hatte keine Freunde.

Scheiße, sie war tot! Er wußte, daß sie tot war, und bräuchte bloß wieder nüchtern zu werden …

Doch auch er war tot, und sie hatte ihn zu neuem Leben erweckt.

»Wolf, he, Wolf!« fuhr sein Produzent ihn an.

Er ignorierte ihn, er war nicht sicher, ihn inmitten dieses wirren Durcheinanders aus wankenden Gestalten wiederzuerkennen, er war nicht einmal sicher, ob es sich um seinen Produzenten handelte.

»Wolf?« wiederholte eine Frau neben ihm. »Bist du etwa Mozart?«

Er schwieg, denn er hatte weder Lust noch die Kraft, ihr zu antworten; sein ganzer Verfall konzentrierte sich auf die Reihe aus Medizinwürfeln, die endlich aus seinem inneren Nebel auftauchte.

Mozart? Natürlich war er Mozart! Wolfgang Amadeus Mozart! Wolf Madé, das Wunderkind des 4. Jahrtausends, der größte Komponist aller Zeiten, den sie aus dem Nichts geholt hatten, um ihn eben die Zeit und das Nichts durchqueren zu lassen. Den man als Genie feierte, auf dessen Triumph man anstieß, der den Geschmack eines ersten Requiems für ein zweites Phantom auf den Lippen hatte.

Eine Hand stieß ihn in einen Medizinwürfel, ein eisiger Luftzug ließ seinen Nacken erstarren.

»Beeil dich, Madé, ich warte auf dich.«

Der Würfel hatte sich zu schnell wieder geschlossen, doch er hatte ein Gesicht gesehen. O nein! Nicht *ihr* Gesicht! Nicht das ihm vertraute Gesicht, sondern bloß das einer Frau, die zwar nicht wirklich schön war, aber einen außergewöhnlichen Charme besaß ..., einen anderen, doch den *ihr* eigenen Charme.

»Mein Gott, mein Gott!« jammerte er, während er die Gase des Medizinwürfels einatmete. »Mach, daß der Würfel mich von diesem Alptraum befreit!«

Allerdings glaubte er selbst nicht mehr daran, und so befreite sich sein Blut vom Alkohol, um sich gleichzeitig mit Angst zu vergiften. Sie war es, und es war ein böses Vorzeichen. Davon war er nun noch stärker überzeugt als damals, als Salieri ihm, als Leopold geschminkt, im Traum erschienen war und diese allerletzte Totenmesse bei ihm bestellt hatte.

Bei seiner Wiedergeburt war er sich Antonios Doppelzüngigkeit natürlich bewußt geworden! Und selbstverständlich hatte er sich über seine Naivität und seine damaligen Ängste lustig gemacht! Doch nun, da er in diesem Würfel eingeschlossen war, brachten ihn die gleichen Schrecken ins Schwitzen und verstärkten um ein Vielfaches seine Gewißheit, daß das Phantom Wirklichkeit war.

Weil sie gleichzeitig ein Phantom und Salieri war.

Lya Salieri.

Er stieß sein lautes, idiotisches Lachen aus, und im nächsten Augenblick verlor er das Bewußtsein.

2

Er träumte vom Erwachen, von seinem Erwachen zu dieser zweiten Chance, auch wenn es sich eher um das Erwachen seines Bewußtseins handelte, weil Lya ihn bereits mehrere Male geweckt hatte, da sie schrittweise vorgegangen war, um ihn vor dem Verrücktwerden zu bewahren. Er konnte sich sogar undeutlich an die vorangegangenen Etappen erinnern, so als handelte es sich um Traumfetzen.

Lya hatte ihm vieles erspart.

Eines Tages war er aufgetaucht, den Kopf voller Anregungen, die sie ihm eingeprägt hatte, und er war sich sofort bewußt gewesen, wer er war und was mit ihm passierte. Er wußte, daß es sich um ein Wunder handelte, das die Glaubenslehre bei weitem übertraf. Er lag in einem Bett, lehnte halb an einem zu großen und zu weichen Kopfkissen, und das Bett befand sich in einem riesigen Zimmer mit einem massiven Schreibtisch, einem gewaltigen Sessel, einem sehr hohen Hocker, der vor einem seltsam abweisenden Cembalo stand. Neben dem Bett stand ein zweiter Sessel, in dem eine sehr schöne Frau saß. Eine Frau, deren Schönheit mehr als nur mit Ästhetik zu tun hatte.

»Guten Morgen, Madé«, sagte sie mit fast zärtlich klingender Stimme.

»Madé?« fragte er erstaunt.

»A-Madé-Us«, entgegnete sie lachend (und ihr Lachen war wie ein Schwall frischer Luft). »Für mich kannst du doch einen Namen tragen, der nur mir gehört, Madé, nicht wahr?«

O ja! Für sie konnte er alles haben, sogar jene grenzenlose Dankbarkeit, die er ihr gegenüber bereits empfunden hatte, bevor er überhaupt begriff, was los war. Sie bedeutete ihm mehr als seine Mutter, mehr als sein Vater und mehr als Gott, ja, sie bedeutete ihm mehr als sein eigenes Schicksal, sie war …

»Lya … Lya Salieri … Ich bin nicht einmal mit Antonio verwandt, allerdings …« – sie lachte wieder – »allerdings ist es, als sei dieser Name mit Schuld beladen. Es sei denn, wir sind alle beide verrückt.«

Dieses Wort hatte in seinem nebelverhangenen Inneren keinen Sinn, doch es verwies auf ein Leben, das sich vor ihm gefürchtet hatte.

»Konstanze?« fragte er (beinahe verlegen).

»Frau Mozart ist schon lange tot, ebenso dein Sohn.«

Daran war nichts mehr zu ändern, wie sie ihm unmißverständlich zu verstehen gab.

»Deine ganze Welt ist tot. Entweder du akzeptierst meine Welt, so wie ich sie dir gebe, oder du läßt es sein. Weder ich noch sonst jemand kann dir eine bessere Alternative bieten.«

Später verriet sie ihm, daß er in diesem und in vielen anderen Momenten unter Aufputschmitteln gestanden hatte und dennoch wochenlang den Qualen einer maßlosen Verzweiflung ausgesetzt gewesen war, den Qualen verzweifelten Selbstmitleids. Auch das war, wie er ganz genau wußte, ihre Absicht gewesen. Seitdem sie beschlossen hatte, ihn zu neuem Leben zu erwecken – Jahre bevor sie es schließlich tat –, und bis zu jenem Augenblick, an dem er sie verlassen hatte, hatte sie ihn völlig unter ihrer Kontrolle gehabt. Möglicherweise hatte sie seine *Emanzipation* sogar absichtlich herbeigeführt.

In seinem Traum wandte er sich einer anderen Erinnerung zu, die zeitlich schwer festzulegen war (obwohl es sich um einen unvergeßlichen Augenblick handelte! So unvergeßlich, daß dieser Augenblick sich jeglicher zeitlichen Festlegung entzog). Es muß fünf oder sechs Wochen nach seinem Wiederaufleben gewesen sein. Lya bemühte sich, ihm die Besonderheiten ihres Universums beizubringen, und jedes Detail war außergewöhnlich, und sie gewährte ihm keinerlei Autonomie, keinen Atemzug, der ihm erlaubt hätte, Lust auf etwas zu bekommen. Doch wann immer er allein in seinem Zimmer war und vor lauter Erschöpfung nicht einschlafen konnte, stieg Musik in ihm auf, wurde er von Musik erfüllt und verspürte das Bedürfnis, dieser Musik Ausdruck zu verleihen.

Mehrmals setzte er sich auf den Hocker und ließ seine Finger über die Tasten dieses seltsamen … und stummen Instruments gleiten.

Stumm! Eines Abends – sofern in dieser abgeschlossenen Welt Nächte überhaupt existierten – hätte er vor Wut und Frustration am liebsten laut geschrien. Und am Ende hatte er das tatsächlich getan.

Als sie zu ihm kam, lag er mit verkrampften Händen und fiebrigem Mund vor dem Instrument und schluchzte. Sie drehte den Hocker herum, so daß er vor den Sessel zu stehen kam, in dem sie Platz nahm, und wartete ab, ohne etwas zu sagen. Schließlich blieb ihm nichts anderes übrig, als das Wort zu ergreifen.

»Ich will komponieren. Ich will spielen!«

Er hatte es mit um so größerer Entschlossenheit gesagt, als er überzeugt war, daß sie sich seinem Wunsch widersetzen würde.

»Was?« fragte sie. »Was, Madé? Was willst du komponieren?«

Es war das erste Mal, daß sie sich in einem unfreundlichen Ton an ihn richtete. In diesem Moment begriff er, daß er ihr gehörte.

»Ich …, ich möchte mein Requiem beenden.«

»Das hat bereits jemand anderes getan.«

Er war gleichermaßen überrascht und entrüstet.

»Was? Das hat bereits jemand ... anderes getan?« stammelte er wütend. »Niemand außer mir kann dieses Requiem beenden!« Er schrie. – »Dazu hat niemand das Recht!«

»Tote haben keine Rechte, Madé! Du hast eine Arbeit nicht abgeschlossen, und so hat ein anderer es an deiner Stelle getan.«

»Wer?«

Sie schüttelte den Kopf.

»Das spielt keine Rolle. Das *Requiem* von Mozart ist vollendet, und nur wenige wissen, wer es abgeschlossen hat. Du hast ein neues Leben gewonnen, du wirst neue Musik schreiben, sobald du fähig bist, dieses Leben zu leben, sobald du gelernt haben wirst, dich des Synthesizers zu bedienen.«

Sie war aufgestanden und wollte gehen.

»Bring es mir bei«, flehte er sie an.

Sie lehnte entschieden ab, schnitt eine Grimasse und ließ ihn mit seinem vertrauten Gefühl einer großen Ungerechtigkeit zurück.

Mit dem Gefühl desjenigen, der mit Tyrannen und Zensoren gekämpft, der die Engstirnigkeit zahlreicher kleinlicher und neidischer Geschöpfe ertragen hatte und der sich vor diesem zweiten Leben fürchtete.

Es dauerte eine Weile, bis er sich der Verrücktheit zu widersetzen begann ... Es kostete ihn Zeit – und erfüllte ihn mit einer Hoffnungslosigkeit, die vielleicht ungerechtfertigt war. Er wußte es nicht.

3

Als er den Medizinwürfel auf eine derart ungestüme Weise verließ, als hätte er nie das Bedürfnis gehabt, Zuflucht in ihm zu suchen, kam das Fest ihm widerlich, beinahe schändlich vor. Er nutzte diese Gelegenheit, um die Erfinder des Würfels dafür zu tadeln, daß sie nicht zwei verschiedene Geschwindigkeiten vorgesehen hatten: eine zur schlichten Ernüchterung und um den Nachtschwärmer anschließend nach Hause zurückzubringen, und eine zweite, die diesem bloß erlauben würde, die großen Schäden zu vergessen und erneut an der Orgie teilzunehmen, ohne vor lauter Abscheu kotzen zu müssen.

Hin und her gerissen zwischen seinem Ekel und dem Phantom, das vielleicht auf den Alkohol und die Drogen zurückzuführen war, fand er hervorragende Gründe, Walhalla einen Besuch abzustatten. Jedenfalls hatte er das Gesicht, das er für Lyas Gesicht gehalten hatte, nicht länger vor Augen, weder als er den Würfel verließ, noch als er durch die Menschenmenge schritt. Nicht einmal als er sich, was er häufig tat, umdrehte.

Hunderte von Leuten hielten sich mit ihm in den Gärten entlang des Transportringes auf, und mindestens fünfmal so viele Menschen benutzten den Ring selbst. Er zögerte lange, bevor er sich endlich dazu entschloß, nicht auf die Fließbänder zu achten; sie hätten ihn schneller vorwärtsgebracht, doch er hatte keine Eile, und sowieso waren die Entfernungen hier bloß Schein.

Der begehbare Teil der Station war keine zwanzig Quadratkilometer groß, und jeder konnte blitzschnell an jeden gewünschten Ort gelangen; mit Ausnahme vielleicht der Wohnviertel (nicht einmal die Techniker von Walhalla lebten dort), in denen eher mäßiger Verkehr herrschte, sah es ohnehin überall gleich aus.

Er hatte eine Bewegung im Kopf, die er in früheren Zeiten als sinfonisch bezeichnet hätte, und diese innerliche Musik führte ihn zum See. Jeder Garten besaß sein eigenes Schwimmbecken, obwohl der Ring einen See von außergewöhnlich plastischer Schönheit und mit einer Insel in der Mitte umgab. Eine Insel, die ausschließlich der Flora gewidmet war und die man nur schwimmend erreichen konnte … Vorausgesetzt, man kannte den Weg durch das Strömungslabyrinth, das ebenso wild wie undurchdringlich war und die Schwimmer immer wieder in ruhigeres Gewässer fern der Insel zurückdrängte. Dieser Theologische Irrgarten war eine Absurdität, die keinen einzigen erkennbaren Zweck erfüllte, außer daß er eine spielerische Herausforderung darstellte.

Das war Walhalla.

Mozart fühlte sich in keinerlei Hinsicht zum Wasser hingezogen, doch in dieser sternklaren Nacht (während eines Drittels der Zeit wurde das Halogenlicht gedämpft, um nächtliche Zeitabschnitte vorzutäuschen) eignete sich der See bestens für den ersten Entwurf einer Komposition. Madés Problem, das hier noch größer war als in Wien, bestand nicht darin, nicht komponieren zu können – tausend Ideen brodelten in seinem Kopf –, sondern dieses Brodeln so zu ordnen, daß sein Talent nicht vergeudet wurde. Kaum zu glauben, daß er mit fünfunddreißig Jahren gestorben war und noch so viel zu schreiben gehabt hatte!

Ein komisches Schicksal.

Nachdem er so dumm gewesen war!

»Denkst du an mich, Madé?«

Zuerst zuckte er zusammen, dann lachte er; jenes alberne Lachen, das sein Vater nie ertragen konnte und das ihn vor so vielen Wutausbrüchen bewahrt hatte.

Ob er an sie dachte?

»Natürlich«, erwiderte er und drehte den Kopf nach allen Seiten. »Natürlich denke ich an dich.«

Seine Worte klangen falsch; dennoch wußte er, daß er nicht log: Sie war sein Schicksal.

Und sie war unsichtbar.

Je weiter er in die Dunkelheit vordrang, um so einsamer fühlte er sich … Es sei denn, der Wahnsinn leistete ihm Gesellschaft, es sei denn, er hatte einen solchen Grad an Alkoholvergiftung erreicht, daß der Medizinwürfel ihn nicht mehr tilgen konnte. Es sei denn, seine Welt bestand nur noch aus Illusionen.

Aus psychiatrischer Sicht war es zweifellos schlimmer, eine Stimme zu hören, als einem Phantom zu begegnen. Er jedoch konnte mit einer Stimme leben. Er schenkte dem Nichts ein unterdrücktes Lachen und streckte sich auf dem Rasen aus, als hätte er einen klaren Kopf, als könnte er Lyas Schreckbild weismachen, daß es ihn nicht störte. Das wollte er ihr immer schon weismachen, auch als sie noch kein Phantom war.

Er, der seine Seelenruhe seiner Unschuld verdankte, und seine Unschuld dem Desinteresse, jener ausgefallenen Form von Gleichgültigkeit, mit der er anderen begegnete.

4

Eines Tages merkte er, daß nie jemand an den Ort kam, den Lya ›die Basis‹ nannte; an einem anderen Tag begriff er, daß diese Isolation nicht normal war.

»Hast du keine Freunde?« fragte er.

»Vermißt du die Menschen?« entgegnete sie ihm.

Sie gab selten Antwort auf seine Fragen; nicht daß sie Ausflüchte benutzte, sondern sie ging den Beweggründen seiner Fragen auf den Grund. Manchmal ärgerte er sich über diese Sinnesschärfe, die ihn systematisch bloßstellte. Meistens jedoch beruhigte ihn das Verständnis, das sie ihm entgegenbrachte.

»Ich glaube, ja«, gab er zu. »Ich würde gerne Hände schütteln, jemanden lachen hören … Warum hältst du mich versteckt?«

Sie waren in seinem Zimmer, wie immer, wenn sie über ernsthafte Dinge sprachen. Er saß im Sessel neben dem Bett, sie hatte auf dem Hocker Platz genommen. Das Schlafzimmer war der einzige Ort, an dem er sich zu Hause fühlte. Sie klopfte nie an, bevor sie den Raum betrat; dennoch betrachtete er sie stets als seinen Gast, wenn sie zu ihm kam.

»Die Thanatomaturgie« – so nannte sie die Wissenschaft, die ihr erlaubt hatte, Mozart vor dem Vergessen zu bewahren – »ist eine ausgesprochen tadelnswerte Kunst. Man braucht kein überzeugter Skeptiker zu sein, um an ihrem Nutzen zu zweifeln, Madé. Für jeden x-beliebigen Wissenschaftler grenzt sie an schwachsinnigste Esoterik.«

Ganz gleich, was sie sagte, er begriff nichts von Technik und Wissenschaften. Jedenfalls interessierte es ihn nicht; er wollte dieses zweite Leben nutzen, um zu leben, nicht um zu lernen. Als er den Mund aufmachte, um eine richtige Antwort auf seine Frage zu verlangen, kam sie ihm erneut zuvor.

»Du willst der große Wolfgang Amadeus Mozart sein, nicht wahr?«

Sie benötigte keine Bestätigung.

»Du willst komponieren und diese Welt der Zukunft beeindrucken, von Milliarden von Menschen bejubelt werden?« (Sie erwartete immer noch keine Antwort von ihm). »Das wird erst möglich sein, wenn wir dem gesamten Sonnensystem beweisen können, daß du tatsächlich Mozart bist, und ich meine geheime Technik bewahren und vor den Neidern und Raffgierigen schützen kann.«

»Aber ich bin Mozart! Warum muß ich das denn noch beweisen?«

Sie lachte.

»Es geht nicht nur um dich, Madé.« (Sie hatte sich auf dem Hocker gedreht.) »Was tust du, wenn du einen dunklen Raum betrittst?«

Hätte sie ihm nicht den Rücken zugekehrt, so hätte er versucht, die Antwort, die sie von ihm erwartete, von ihren Augen abzulesen. Einen Moment lang versuchte er, die Allegorie zu verstehen, dann entschied er sich für die leichteste Lösung.

»Ich betätige den Lichtschalter«, erwiderte er und war stolz auf seine Ironie.

»Nun, der Schalter des Synthesizers befindet sich hier.«

Als sie einen Finger auf besagte Taste legte, wurden die verschiedenen Klaviaturen des Instruments von mehreren kleinen, grünen Lämpchen erhellt. Dann wurde die Wand hinter ihm vollkommen schwarz, und in der Mitte tauchte ein bernsteinfarbenes Fragezeichen auf.

»Dieser Computer ist ein Synthesizer, der Klänge und Bilder erzeugt«, verkündete sie mit einer Ernsthaftigkeit, die er nicht von ihr gewohnt war. »Die hintere Wand ist die Leinwand, auf die du alles mögliche projizieren kannst … Eine Art Bühne, wenn du so willst. Die alphanumerische Klaviatur steuert den zentralen Prozessor …«

Er zitterte, obwohl er nie zuvor einen kühleren Kopf gehabt hatte.

»Was ist ein Prozessor? Was heißt alphanumerisch?«

Lya schüttelte den Kopf. Er war sicher, daß sie verächtlich den Mund verzog.

»Der Prozessor ist das Gehirn der Maschine, und die alphanumerische Klaviatur ist diejenige, deren Tasten mit Buchstaben und Ziffern gekennzeichnet sind. Auf der linken Seite siehst du die eine Reihe von schwarzen Tasten, die mit den Nummern 1 bis 100 versehen sind und verschiedene Funktionen erfüllen. Die Nummer 27 beispielsweise initialisiert das Musikprogramm.«

Als sie die Taste drückte, erschien auf dem Bildschirm das Wort ›Musikprogramm‹, anschließend ein weiteres Fragezeichen. Lya betätigte eine andere Taste auf der rechten Seite der alphanumerischen Klaviatur, und auf der Leinwand erschien: ›Klaviatur 1***?‹

»Nenn mir ein Instrument.«

»Geige … Bratsche.«

Als auf der Leinwand ›Bratsche‹ aufleuchtete, rückte Lya ein wenig zur Seite, um genau vor der Klaviatur ›1‹ zu sitzen.

»Eine Note?« fragte sie.

»Letzte Oktave, *la*.«

Aus sämtlichen Wänden des Raumes brach der entsprechende Ton hervor, ein Ton von tadelloser Reinheit, den sie viele Sekunden lang vibrieren ließ, ehe sie die Hand erneut von der Klaviatur zurückzog.

»Ich hatte keine genaue räumliche Zuordnung angegeben«, sagte sie, »doch du kannst den Ton an jeder beliebigen Stelle erzeugen: Die Wände, die Decke und der Fußboden sind polyphon. Du kannst tausend Instrumente gleichzeitig zum Einsatz bringen, jeden denkbaren Ton erzeugen und selbstverständlich auch neue Töne erschaffen. Alles ist möglich …, doch das Erlernen ist ein langwieriger Prozeß.« (Als sie sich umdrehte, umspielte ein schelmisches Lächeln ihren Mund.) »Doch du müßtest das schaffen … Heißt es nicht, du hättest dein erstes Concerto mit vier Jahren komponiert?«

»Und meine erste Sinfonie mit sieben.« (Auch er lächelte.) »Aber abgesehen von den Themen befürchte ich sehr, daß mein Vater ihr eigentlicher Komponist war.«

Es war das erste Mal, daß er das zugab, was ihn weder erleichterte noch ihm peinlich war. In dem Moment, da er sich anschickte, sich mit diesem märchenhaften Instrument vertraut zu machen, war die Vergangenheit bedeutungslos geworden.

»Ich habe mich nie von deiner Frühreife täuschen lassen«, sagte sie, »sondern ich bin lediglich davon überzeugt, daß du ein musikalisches Genie bist. Ich habe fast drei Monate gebraucht, um diesen Synthesizer als Instrument zu begreifen, und ein ganzes Jahr, um die Videosynthese zu beherrschen … Dabei habe ich eine Ausbildung genossen, deren Grad du wahrscheinlich nie erreichen wirst.«

»Ich habe mich anderen Herausforderungen gestellt!«

»*Die Hochzeit des Figaro,* ich weiß. Madé, der Synthesizer ist ein technisches Werkzeug, kein richtiges Instrument.« (Mit einer kurzen Handbewegung deutete sie ihm an, sie nicht zu unterbrechen.) »Ich habe die Thanatomaturgie nur deshalb erfunden, damit du beweisen kannst, daß ein richtiger Komponist mit einem Synthesizer bessere Resultate erzielen kann als ein Informatiker. Beweise mir, daß ich recht habe.«

Sie erhob sich.

»Die Funktionstaste mit der Nummer 13 stellt den Prozessor auf direktem Wege unter die Kontrolle deiner Stimme, während die Nummer 1 eine Hilfstaste ist, die du häufig in Anspruch nehmen wirst. Mach's gut, Madé.«

Seine Arbeitsfähigkeit übertraf ihre Vorstellungen bei weitem; und sie hatte recht: Der Synthesizer war für ihn erfunden worden.

5

Es war ein Geräusch im Wasser zu hören, und fast hätte er sich erhoben. Es folgte ein weiteres Geräusch, dann noch welche, und er zog es vor, die Augen zu schließen, denn seine Ohren genügten, um ihm verständlich zu machen, was er nicht wissen wollte. Irgend jemand stieg aus dem Wasser, bewegte sich, hielt über ihm inne (um ein Haar hätten einige herabfallende Tropfen ihm einen lauten Schrei entlockt), ging um ihn herum und ließ sich genau hinter seinem

Schädel nieder (er konnte die Feuchtigkeit eines Körpers spüren, der, wie er wußte, nackt, weiblich und nur wenige Zentimeter von ihm entfernt war).

»Wir haben eine schöne Strecke hinter uns, nicht wahr, Madé?«

Bloß nichts antworten. nichts sagen; schon das Zuhören war unerträglich.

»Ich würde gerne wissen, was dir so große Angst macht. Ich allein kann das doch nicht sein, nicht wahr, Madé? Und ebensowenig deine Schuld … Du warst stets irgendwo verschuldet.«

Aber nie so sehr, nie so hoffnungslos: Lya Salieri verdankte er jedes Atom seines Körpers, jedes seiner Neuronen und den Gebrauch, den er davon machte. Ihr verdankte er ein richtiges Leben, die Musik und die Freiheit. Das alles würde er mit nichts zurückzahlen können, er hatte keinen Grund, sich zu fürchten.

»Kann es sein … Tatsächlich! Du hast Angst, mich verraten zu haben, Madé. Du befürchtest, mich enttäuscht, mich verlassen und verraten zu haben. Du hast Angst, deine Schuld würde dadurch noch größer, oder besser: Das Begleichen deiner Schuld würde dadurch noch schwieriger werden.«

Die Schuld! Genau das war es. Sie war gekommen, um sich für eine Belohnung belohnen zu lassen. Er wagte nicht, das auszusprechen, was sich seinen Gedanken aufdrängte. Um sich für ein Leben zu belohnen, braucht man es bloß zurückzuerobern.

»Ich weiß noch nicht, was ich aus dir machen werde, Madé.« (Ihre Stimme klang weich und ihre Hände streichelten seine Stirn.) »Wir haben beide ein Problem, und ich habe keine Lust, dieses Problem alleine zu lösen.«

Er wollte etwas sagen.

»Psst, sag jetzt nichts … Du weißt nicht, wovon ich rede. Deine Überlegungen sind die des wiederauferstandenen Mozarts, die eines unersetzlichen Genies, das im Mittelpunkt der gesamten Menschheit steht, und solche Gedanken sind sehr engstirnig.« (Sie nahm ihre Hände von seinen Haaren.) »Ich möchte, daß du zu mir kommst.«

Was sagte sie da?

Daß er ein Nichts sei. Es lag etwas Biblisches in seinem Willen: »Staub ...« Sie wollte, daß er einverstanden wäre und von sich aus bis ans Ende seines Schicksals gehen würde ... Salieri! Salieri machte sich nach wie vor einen Spaß daraus, an Gottes Stelle zu treten!

6

Er begriff, Lya erwartete von ihm, daß er etwas unternahm, so wie sie von ihm stets Veränderungen erwartet hatte, zumindest solche, die seine Fähigkeit zur Unabhängigkeit betrafen. In dem Leben, das er unter ihrer Fuchtel führte, wurde ihm nichts vorgeschrieben, doch genauso wenig wurde ihm etwas vorgeschlagen. In dem Gefängnis der Station war er ebenso frei wie in seiner geistigen Internierung. Er konnte gehen, wohin er wollte, er konnte das tun, wozu er Lust hatte. Er genoß eine geradezu absurde Autonomie, die Freiheit, das zu sein, was seine Unwissenheit ihm zu entfalten verbot.

Nie sagte sie zu ihm: »Willst du der Erde einen Besuch abstatten, Madé? Nimm das Raumschiff.« Sie sagte das nie, weil er nie einen solchen Wunsch äußerte, und er äußerte nie einen solchen Wunsch, weil ihre Antworten einer derart absoluten Entscheidung stets im Wege standen: »Du mußt erst noch lernen.« Doch wie viele Jahrhunderte würde es dauern, bis er endlich fähig wäre, allein ein Raumschiff zu steuern, er, der früher nicht einmal in der Lage gewesen war, eine Pferdekutsche zu lenken?

Immerhin erlaubte Lya ihm, seine Autonomie mit

Hilfe seiner Neuronen zu erlangen, und lange Zeit hielt er sich für das einzige Opfer einer annehmbaren, wenngleich demagogischen Tyrannei. Dann tauchte plötzlich der Gedanke auf, sein Lernprozeß könnte sich nicht nur auf technische Dinge beschränken, und er spürte intuitiv, daß er auf das Universum, das seine Unabhängigkeit, oder aber seine Abhängigkeit, bestimmte, Einfluß ausüben müßte. In dem Moment gewann Lya ihre Aura einer mystische Helferin zurück. Denn sie hatte ganz genau gewußt, daß er diese Entwicklung mitmachen würde davon brauchte er sich nicht selbst zu überzeugen.

Wolf kannte sich lediglich mit einem Hebel aus, hatte ihn zu betätigen gelernt, und eines Abends lud er Lya ein, diesen Hebel vertrauensvoll niederzudrücken.

Bis zum Schluß zeigte sie keinerlei Regung, sondern wirkte fast wie erstarrt und richtete bloß einen bestürzten Blick auf ihn.

»Was soll das bedeuten?« fragte sie schroff.

Einen Moment lang wurde er von panischer Angst erfaßt. Nie zuvor war sie so abweisend gewesen. Es war schlimmer als die Verurteilung durch Kaiser Josef, schlimmer als dessen idiotische Kritik: »Zu viele Noten.« Und es kam von Lya!

»Es ist das Ende meines Requiems«, sagte er schließlich.

Als er diese Worte aussprach, fand er zu seinem Selbstwertgefühl, zu seinem Selbstvertrauen zurück. Er war stolz darauf, daß er sehr viel schneller als sie mit dem Computer umzugehen gelernt und sein Meisterwerk abgeschlossen hatte, womit die Verschandelung, die irgendein obskurer Dilettant ihm zugefügt hatte, ein für allemal aus der Welt geschafft war.

»Eine zweimonatige Arbeit mit deiner Maschine, Lya, und zwölf ausradierte Jahrhunderte. Das ist meine Rache an Antonio und gleichzeitig meine Vergebung. Das ist Mozart!«

Sie zog einen Mundwinkel zu einem Lächeln hoch und schüttelte den Kopf.

»Vergebung ist eine schöne und noble Geste, Madé. Doch sie ist wie jener Mozart von früher: überholt, altmodisch, absurd.«

»Es ..., es gefällt dir nicht?«

»Schon der Anfang hat mir nie gefallen, folglich gibt es keinen Grund, den Schluß zu mögen.« (Sie biß die Zähne zusammen und mußte sich beherrschen, um nicht allzu heftig auf den Synthesizer zu schlagen.) »Verflixt noch mal, Madé, es gibt nichts Blöderes als eine Totenmesse! Vor allem, wenn sie mit solcher Überzeugung geschrieben wurde ...« (Sie beruhigte sich wieder und sprach mit leiserer Stimme weiter.) »Der Tod ist keinen Pfifferling wert, glaube mir; du selbst bist der Beweis dafür, daß der Tod nicht definitiv ist. Ich selbst bin das Ergebnis von Hunderten von Generationen, die dafür gekämpft haben, diesem Schwachsinn ein Ende zu bereiten, und ich werde nicht zulassen, daß man ihm nun auch noch ein Denkmal setzt.«

Wolfgang konnte lediglich einen Einwand geltend machen:

»Es ist *mein* Requiem!«

»Als wärest du der einzige, der jemals ein Requiem schrieb! Als wärest du der einzige geniale Komponist gewesen! Du warst noch nicht einmal unter der Erde, als Beethoven dich mit Salieris Unterstützung an sämtlichen Höfen Europas in den Hintergrund drängte. Anschließend wurde Beethoven von Berlioz verdrängt, Berlioz von Tschaikowsky, Tschaikowsky von Mendelssohn, Mendelssohn von Dvořak ... Möglicherweise hättest du die beiden letztgenannten verspottet, so wie du Bach und Brahms verspottet hast, doch Berlioz und Beethoven hätten dich trotz deiner verbissenen Ichbezogenheit und deines Stolzes verblüfft.«

Auch auf diese Worte gab es nur eine einzige Antwort. Wolfgang sagte:

»Spiel mir ihre Werke vor!«

Erst jetzt fand Lya endlich zu ihrer vertrauten Liebenswürdigkeit zurück und lächelte verständnisvoll, ehe sie in schulmeisterlichem und zugleich mütterlichem Ton erwiderte:

»Später. Ich möchte, daß du zunächst noch etwas auf dem Synthesizer komponierst, etwas, das nur aus dir und aus dem wunderbarsten Musikinstrument kommt, das die Menschheit jemals erfunden hat. Anschließend kannst du dich mit dem gesamten klassischen Repertoire vollstopfen, mit dem, was nach dir kam, und auch mit den Werken meiner Zeitgenossen.«

Wolf entspannte sich, eine Sekunde lang, lange genug, um in seinen Augen und seiner Stimme eine kindliche Schalkhaftigkeit jubilieren zu lassen.

»Wie das hier?«

Er drückte auf die Taste F13 und sagte bloß:

»Zweite Chance.«

Ein Männerchor fegte von einer Wand des Zimmers zur anderen, es war eine stockende Welle, die wie ein Klagelaut von unten nach oben schoß, von oben nach unten, immer schneller, zunächst ein Hauch, dann ein Schrei, der bis unter die Decke gelangte und in einem Gewitterdröhnen explodierte. Einige Sekunden lang rollte der Donner von Echo zu Echo, brachte sich schließlich selbst zum Verstummen, um dann mit einem Orgelgetöse zu verschmelzen, das von einem Baß und einer großen, sehr dumpfen Trommel auf den Rhythmus eines wiederbelebten Herzens verlagert wurde. Anschließend setzte ein sinfonisches Orchester, das von vollkommen synthetischen Klangfarben begleitet wurde, ganz leise zu einer Bewegung von trügerischer Wehmut an, zu einer Melodie, die immer komplizierter wurde, während sie zu einem weitaus weniger ›klassischen‹ und eindeutig synkopischen Tempo überging. Sehr bald wurde dieses Zusammenspiel aus Kontrapunkten und Rhythmusfetzen zu einem Gelächter und begann zu kleinen, erstaunlichen, aufwühlenden Themen zu tanzen, die sich von nichts anderem als von Schwindelgefühlen inspirierten.

Das Stück dauerte vierzig Minuten. Als es zu Ende war, sagte Lya so lange kein Wort, bis Wolf schließlich beschloß, das Schweigen zu brechen. Er hatte nicht den geringsten Zweifel an der Qualität seiner Arbeit.

»Jeder noch so unbedeutende Musikwissenschaftler wird die Handschrift des Meisters in diesem Requiem erkennen, und auch deshalb habe ich es abgeschlossen, doch die *Zweite Chance* wird noch so manchem Kopfzerbrechen bereiten und eine Polemik entfachen, die ich ohne weiteres führen kann ..., auch wenn du die Art deiner Arbeiten schützen willst.«

Lya dachte eine Weile nach, bevor sie etwas sagte. Und als sie das tat, klang ihre Stimme fatalistisch:

»Ich kenne deine Absichten, Madé. Du hast mich überrumpelt, doch ich will mitmachen. In wenigen Tagen werde ich dich mit einigen sehr kompetenten Musikwissenschaftlern, Biologen und Genforschern bekannt machen ..., deinesgleichen und auch meinesgleichen, wenn ich so sagen darf. In der Zwischenzeit werde ich ihnen deine beiden Kompositionen schikken. Erwarte dir bloß kein Wunder, denn diese Leute sind alles andere als aufgeschlossen ... Es gibt nichts Begriffsstutzigeres als einen Spezialisten, vor allem wenn er sich für eine Koryphäe seines Fachs hält.«

»Ich bin Mozart. Selbst wenn sie sich weigern, das anzuerkennen, wird ihnen gefallen, was ich schreibe.«

Für ihn war das eine Tatsache. Was Lya betraf, so

war er jedenfalls überzeugt, daß er ihr das gegeben hatte, was sie sich von Mozart erhofft hatte. In gewisser Hinsicht mußte sie gefühlt haben, daß sie ihm das mitteilen mußte, denn bevor sie den Raum verließ, drehte sie sich noch einmal um und zögerte, weil sie nicht recht wußte, wie sie sich ausdrücken sollte, bevor sie schließlich ein hämisches Lächeln an ihn richtete.

»Natürlich, Madé, doch wieviel Zeit wird vergehen, bis sie das zugeben?«

Es verging sehr viel Zeit und es bedurfte des Drucks sämtlicher Medien.

7

Als er wieder die Augen öffnete, war sie nicht mehr da. Er war so sehr in seine Erinnerungen vertieft gewesen, daß er sie nicht aus dem Zimmer gehen gehört hatte.

Sofern sie überhaupt bei ihm gewesen war …

Doch die Frische ihrer Hand auf seiner Stirn und die Feuchtigkeit an der Stelle des Rasens, an der sie gestanden hatte, das alles war der Beweis dafür, daß sie in Walhalla und er nicht das Opfer eines Alptraums war.

Nein, nicht das Opfer eines Alptraums, sondern das Opfer von Lya Salieri.

Er erhob sich und näherte sich dem Transportring. Er war überzeugt davon, daß sie ihn auf die eine oder andere Weise beobachtete und daß er, wo immer er hingehen würde, in ihrer Reichweite wäre. Es würde ihm nichts helfen, sich unter die Gäste eines der Feste zu mischen: Obwohl sie vermutlich nicht wagen würde, in aller Öffentlichkeit gegen ihn vorzugehen, so würde er sich ihr letztendlich doch ausliefern. Er kannte sie zu gut und wußte, daß sie, sogar in den

Augen ihrer Zeitgenossen, zu wahren Wundern fähig und er ihr Spielzeug war.

Es war schließlich erst das zweite Mal, daß er dem Tod ins Auge blickte.

Unsinn! Sie hatte ihm fünf zusätzliche Jahre geschenkt, nicht mehr, und obwohl er keinen Grund hatte, sich darüber zu beklagen, fühlte er sich schrecklich enttäuscht.

Eine Weile ging er an den Laufbändern entlang, dann beschleunigte er seine Schritte und sprang auf den Außenring, den langsamsten Ring, der ihn in die Wohnviertel, zu ihren Wohnungen und gewiß auch zu ihr bringen würde.

Trotz der Leidenschaft, der sie sich gemeinsam hingegeben hatten, trotz der Liebe, die sie einander entgegengebracht hatten, hatten sie sich nie über ihre Orgasmen hinaus geliebt. Aus Bequemlichkeit waren sie zu einem Liebespaar geworden, und weil sie einer vom anderen abhängig waren, zumindest er von ihr – zumindest ließ sie ihn das glauben.

Konnte er an diesem Ort und in diesem Augenblick tatsächlich behaupten, er würde den Zweck seiner Wiederauferstehung kennen? Wußte er mit letzter Sicherheit, was er ihr gebracht hatte? Würde er es wagen, einmal, nur ein einziges Mal zuzugeben, daß er etwas getan hatte, was sie nicht gewollt hatte?

Ja, vielleicht, und dieses Vielleicht war schlimmer als ein Nein.

8

Kurz vor dem Öffnen der Tür hatte sie zu ihm gesagt:

»Du wirst sie schon nach kurzer Zeit für widerliche Gestalten halten, also laß dich nicht davon abhalten, gemein zu ihnen zu sein.«

Auf diesem Gebiet, wie auch auf anderen Gebieten, hatte er seine natürlichen Neigungen nie gezügelt, doch ohne diesen kurzen Satz aus ihrem Mund hätte er sich möglicherweise nicht getraut, ihretwegen.

Zwei Genforscher, zwei Biologen, zwei Kunsthistoriker, zwei Musikwissenschaftler und zusätzlich eine bedeutende Schauspielproduzentin ... Er ertrug sie nicht einmal fünf Minuten lang.

Keiner von ihnen war gekommen, um zu prüfen, ob er Mozart war, alle – außer Rachel, die Produzentin (sie wollte lediglich wissen, wieviel Geld für sie herausspringen würde) – waren bloß da, um einen Betrug zu entlarven und zwei Hochstapler in Verruf zu bringen. Ob es sich um einen üblen Streich handelte oder nicht, ob er Mozart war oder nicht, Rachel witterte ein großes Geschäft und war bereit, sich nach den Regeln zu richten, die ihr nützlich sein würden.

Zunächst ließ er eine äußerst gründliche biogenetische Untersuchung über sich ergehen; dann wurden ihm Tausende von Fragen gestellt, und Tausende von Antworten wurden von einem unfehlbaren Gefühlsdetektor ausgewertet. Man erklärte ihm weder, weshalb ihm all diese Fragen gestellt wurden, noch gab man einen Kommentar zu den Antworten ab. Man teilte ihm nicht einmal das Ergebnis der Untersuchungen mit.

Man interessierte sich gar nicht für ihn. Er war lediglich ihr Gegenstand, eventuell ihr Streitobjekt, doch nicht der Grund ihres Kommens und vor allem kein Mensch.

Anschließend kam Lya an die Reihe, und in diesem Augenblick begriff er, daß sie ihretwegen gekommen waren, einzig und allein ihretwegen, weil sie ihnen maßlos überlegen war und sie die Gelegenheit nicht verpassen wollten, sie lächerlich zu machen. Sie wurde, wie sie gesagt hatte, von ihresgleichen einem

Verhör unterworfen, das genauso hartnäckig wie zurückhaltend war, genauso zweifelnd wie ängstlich.

Wolfgang verstand nicht viel von den Sätzen, die sie untereinander austauschten, doch hinter ihrem Wunsch, Lya an den Pranger der Scham zu stellen, hinter der triumphierenden Freude dieser Durchschnittsmenschen spürte er Respekt und Zweifel.

»Um Gottes willen, Lya!« sagte einer der Genforscher. »Seien Sie doch nicht so starrköpfig! Ihr Standpunkt ist unhaltbar. Es steht außer Frage, daß wir uns mit willkürlichen Behauptungen und nicht nachprüfbaren Analysen begnügen ...«

»Ich habe Wolfgang mit Hilfe der Schädelzellen wiederhergestellt, die man 1989 in einem Wiener Sammelgrab gefunden hatte. Carl, Sie haben doch genügend Erfahrung mit dem Klonen, um das anerkennen zu können, oder?«

»Nein!« (Carl kochte vor Wut.) »Selbst der größte Faulpelz unter meinen Studenten würde niemals akzeptieren, daß man tote Zellen ohne die geringsten Spuren von DNA und RNA klont.«

»Ich habe diesen Schädel gesehen«, fügte einer der Biologen hinzu. »Er war zwecks Konservierung versteinert worden und befand sich im übrigen in einem jämmerlichen Zustand, es handelte sich bloß um ein einfaches Stück Kalk. Wir können nicht einmal darüber diskutieren, Lya, wie also wollen Sie von uns verlangen, daß wir davon ausgehend Mozarts Wiedererschaffung in Betracht ziehen?«

Lya ließ sich nicht erschüttern, sondern äußerte sich mit monotoner Stimme und ließ sich nicht die geringste Verärgerung anmerken.

»Ich habe die Schädelzellen mit Hilfe einer synthetischen RNA und der DNA von Mozarts Nachfahren reaktiviert, die auf die wesentlichsten Informationen reduziert waren und sich seit dreizehn Jahrhunderten in den Zellen befanden ...«

»Das ergibt einen anonymen, mit gewissen Genotypen ausgestatteten Klon, aber noch längst keinen Mozart!«

Jeder definitiven Antwort fügte Lya eine zusätzliche Information hinzu, was die Überheblichkeit ihrer Kritiker nur anstachelte und ihnen ihr idiotisches Aussehen, das sie nie hätten ablegen dürfen, wiedergab.

»Das hätte einen anonymen Klon ergeben, wenn ich die charakteristischen Chromosome nicht dazu gebracht hätte, die atomaren Informationen der toten Zellen des Objekts zu liefern.«

»Die atomaren Informationen?« fragten sie erstaunt.

»Das elektronische Gedächtnis, ja, eben jenes Gedächtnis, das mir erlaubte, Mozarts Persönlichkeit wiederzuerschaffen.«

»Was soll dieser Blödsinn?« empörte sich einer der Biologen vor seinen ungläubigen, aber in höchstem Staunen erstarrten Kollegen.

»Das Thema von Tausenden von Doktorarbeiten auf dem Gebiet der Atomphysik und von mindestens einem Nobelpreis.«

Daraufhin zuckten die anderen zusammen, doch Carl hatte sie gewissermaßen aus ihrer Verlegenheit gerettet.

»Von Ihrem Nobelpreis«, bestätigte er. »Ich erinnere mich, daß ich irgendwann darüber las … Warum haben Sie keinen Physiker zu dieser … Versammlung eingeladen, Lya?«

»Weil der Bereich, auf dem ich zu neuen Erkenntnissen gelangen will, und ganz gleich, was Sie davon halten, die Biologie und nicht die Physik ist.«

Dieses Gespräch dauerte Stunden, und weil er weniger unerschütterlich war als Lya, verbiß man sich in ihn. Und in die Musikwissenschaft ganz allgemein.

Es wurden Fragen gestellt, auf die er die erwarteten Antworten gab, und es gab Fragen, die eine Diskussion auslösten, weil die Geschichte die Wahrheit verdreht hatte.

»Nein, *Don Giovanni* wurde nicht in Prag uraufgeführt.«

»Aber das ist eine historische Tatsache!«

»Mag sein, aber es ist falsch. *Don Giovanni* wurde in Wien uraufgeführt und fiel durch. Da der Kaiser in den Niederlanden, in Ungarn und aufgrund seiner Sozialreformen auch in Österreich riesige Probleme hatte, fand er keine Zeit, sich um mich zu kümmern oder die Adeligen dazu zu ermutigen, in die Oper zu gehen. Erst nach dem Wiener Reinfall wurde die Oper in Prag aufgeführt.«

Auch sie hatten auf alles eine Antwort.

»Dafür gibt es keinerlei Beweise.«

»Na und? Was glauben Sie denn? Der Adel hatte nichts gegen eine Oper einzuwenden, die für das tschechische Volk geschrieben worden war, während der Kaiser den Menschen Reformen aufzwang, mit denen sie nicht einverstanden sein konnten. Das gleiche gilt für die *Hochzeit des Figaro.* Ich mußte mich vor dem Adel rechtfertigen, dabei hatte der Kaiser mir die Oper aufgedrängt ...«

»Ich dachte, Sie hätten sich nie für Politik interessiert?«

»Für Politik? Nein. Doch glauben Sie, es sei möglich gewesen, sich den Dingen, die in Frankreich passierten, gegenüber gleichgültig zu verhalten? Keines meiner Libretti hat je den Privilegierten geschmeichelt, und ich war stets darauf bedacht, für die Bürger zu schreiben ... Nach 1786 wurde meine Musik sogar immer populärer, das heißt, sie trat hinaus auf die Straße. Aber davon wollen Sie nichts wissen, nicht wahr? Sie interessieren sich für die Hohe Kunst, aber nicht für den Kontext, in dem sie entsteht. Ich verstehe nicht, wieso Sie behaupten können, Sie würden meine Musik begreifen, wenn

Sie keine Ahnung davon haben, warum ich sie geschrieben habe.«

In diesem Moment gingen sie endlich in die Falle, in die er sie die ganze Zeit schon gelockt hatte.

»Ihre Musik? Spielen Sie uns doch mal etwas vor von Ihrer Musik.«

Er hatte ihrer Skepsis hart zugesetzt.

Selbstverständlich könnte er alles spielen, was sie von ihm verlangten! Wer könnte die unverständlichsten Stücke eines Werkes besser interpretieren als ihr Komponist? Doch zusätzlich gab er ihnen bei jedem zweiten Mal Variationen zum besten, die sie sehr beeindruckten.

O ja! Sie waren in der Tat beeindruckt.

So sehr, daß sie es nicht verheimlichen konnten.

Doch das eigentliche Problem war etwas völlig anderes, und was unvermeidbar war, ging am Ende wie ein Urteilsspruch auf ihn nieder. Ein doppelter Urteilsspruch übrigens, denn schließlich konnte sich jeder zum Richter aufschwingen.

»Sie sind mit Sicherheit nicht Mozart«, schlußfolgerte einer der Musikwissenschaftler, »doch Sie sind ein ausgezeichneter Musiker.«

»Sie sind offensichtlich nicht sehr intelligent«, entgegnete Mozart, »doch Sie haben einen guten Geschmack.«

Diese Bemerkung trug nicht unbedingt dazu bei, ihn glaubwürdiger erscheinen zu lassen, doch das war ihm im Grunde auch völlig gleichgültig: Das Volk würde wieder einmal begrüßen, was die Elite verachtete, auch wenn seine Vorstellung vom Volk längst überholt war.

9

Man hatte ihn in einer Suite mit drei Zimmern untergebracht, die sich auf drei verschiedenen Ebenen befanden, plastisch gesehen jedoch auf gleicher Höhe lagen. Als er den Garten betrat, den er sich – wie auch das Schwimmbecken – mit fünf weiteren Wohnungen teilte, sah er, daß in allen drei Räumen Licht brannte.

Er rechnete damit, Lya in seiner Wohnung anzutreffen, doch dieses Licht, in dem kein menschlicher Schatten zu sehen war, raubte ihm seine letzten Kräfte.

Am Rand des Schwimmbeckens, gegenüber der Wohnung, ließ er sich nieder und tauchte erneut in seine Erinnerungen ein.

10

Weder er noch Lya mochten Rachel, doch Lya hatte gut daran getan, sie auszuwählen. Wenige Wochen bevor der Name Mozart an die Öffentlichkeit gelangte, produzierte Rachel die *Zweite Chance.* Anschließend investierte sie eine beachtliche Summe in die Promotion der Gesamtaufnahme des *Requiems* und vermied es sorgfältigst, sich über die Wiederauferstehung des Komponisten zu äußern.

Da die Medien das Projekt bis zum Vortag des Erscheinens ausnahmslos unterstützten, berief Rachel die größte Pressekonferenz des Jahrzehnts ein, bloß um anzukündigen:

»Morgen wird das *Requiem* auf dem Markt sein, und dann können sich die Menschen gleich beim ersten Hören von Wolfs Authentizität überzeugen. Falls dennoch weitere Zweifel bestehen sollten, wird die *42. Sinfonie,* die wir gleichzeitig herausgeben, diese Zweifel mühelos zerstreuen.«

Innerhalb einer Woche hatte jeder Tausendste die beiden Aufzeichnungen erworben und die Medien sprachen fast ausnahmslos vom Werk eines Genies. Er war wieder zu Mozart geworden, und kein Wissenschaftler traute sich mehr, Lyas Arbeiten weiterhin in

Zweifel zu ziehen. Im Gegenteil, die Gemeinschaft begann, auf Lya Druck auszuüben, damit sie genaue Einzelheiten über ihre Entdeckungen bekanntgeben sollte. In vielerlei Hinsichten bedeutete das den Anfang vom Ende, doch dessen war er sich zu diesem Zeitpunkt noch überhaupt nicht bewußt.

Sie wurden ein Liebespaar, und Lya nahm ihn auf eine lange Reise rund um die Sonne mit; allerdings machten sie immer wieder dort Station, wo es etwas Wunderbares zu sehen gab, das heißt: überall. Die Stützpunkte der Saturn- und der Jupitersatelliten, die Stationen auf den Umlaufbahnen um jeden einzelnen Planeten (wahrhaftige Städte, die über den unbewohnbaren Welten im Raum Schwebten), die unter einer Glasglocke liegenden Mondstädte, der terraformte Mars und natürlich auch die Erde mit ihren Metropolen und ihren von riesigen Luftblasen geschützten Parks, mit ihren außergewöhnlichen Reichtümern und ihrer ständigen Verrücktheit, mit ihrer unglaublichen Bevölkerungsdichte und ihrer Vielzahl an überschwenglichen Persönlichkeiten.

Die derart schöne Erde, die Lya für derart häßlich hielt.

»Die Erde liegt im Sterben, Madé. Ich mag nichts, was stirbt.«

Er fiel wie aus allen Wolken.

»Warum sagst du so was?«

»Überbevölkerung, Umweltverschmutzung, der ausgemergelte Boden und die verpestete Luft – seit tausend Jahren versuchen wir, die Erde zu retten …, aber ohne uns wirkliche Mühe zu geben. Die Technik und die Chemie bekämpfen die dringlichsten Probleme, doch man müßte sie völlig entvölkern, damit die Biosphäre sich von Grund auf erholen kann.«

Da einfache Probleme einfache Antworten verdienen, stellte Wolfgang folgende Frage:

»Warum tut ihr das nicht?«

»Weil auf dieser verdammten Kugel neun Milliarden Menschen leben und weil wir nicht wissen, wo wir sie während dieser Arbeiten unterbringen sollen.«

Er schaute sie von der Seite an, und es kam ihm vor, als hätte er soeben eines von Lya Salieris Geheimnissen gelüftet.

»Ist das der Grund, weshalb du dich weigerst, das Ergebnis deiner Nachforschungen bekanntzugeben?«

»Nicht ganz, Madé«, seufzte sie. »Hör zu: Eines Tages werden die Mächtigen begreifen, daß man nicht auf dem Mars leben kann, so lange man auf der Erde leben kann. Etliche von ihnen könnten auf die Idee kommen, daß die Menschheit erneut von ganz vorne beginnen muß. Falls ich ihnen Unsterblichkeit und damit Straffreiheit garantiere, öffne ich ihnen gleichzeitig Tür und Tor für den gewaltigsten Völkermord, den es in der Geschichte je gegeben hat.«

»Ich verstehe nicht, was du meinst.«

Ihr Gesichtsausdruck verriet ihm, daß das sie nicht wunderte, sondern daß es sie schlechtweg wütend machte. Sie mußte sich große Mühe geben, um es sich in ihrer Stimme nicht anmerken zu lassen.

»Es hat schon sehr lange keinen Krieg mehr gegeben, und zwar weil derjenige, der ihn auslösen würde, nicht die geringste Chance hätte, heil davonzukommen.«

Sie hielt inne, ärgerte sich ein weiteres Mal über sein Unverständnis und fuhr fort:

»Falls gewisse Leute sicher wären, daß sie wiedergeboren werden können, würden sie keine Sekunde zögern, um den Planeten von Milliarden von Bewohnern zu befreien. Und glaub mir, das ist eine Vorstellung, die bereits in etlichen Köpfen zu keimen begonnen hat! Ich möchte nicht für die Verwirklichung eines solchen Plans verantwortlich sein.«

Er dachte lange nach, bevor er das Gespräch fortsetzte (er hatte keine Lust mehr, als *Naivling* angesehen zu werden).

»Momentan bist du die einzige, das stimmt, aber das wird sich bald ändern. Du hast gezeigt, wie's geht, jemand wird dir nacheifern, indem er sich der Informationen bedient, die du geliefert hast.«

»Welcher Informationen?«

»Über das Klonen und das elektronische Gedächtnis.«

»Ach! Das? Nein. Es wird nur eine einzige Thanatomaturgie geben, und das für sehr lange Zeit! Mach dir darüber keine Sorgen.«

Gerne hätte er ihr gesagt, daß er unbesorgt war, doch statt dessen entschied er sich für eine andere Hinterlist.

»Hältst du dich für dermaßen genial, daß niemand dir das Wasser reichen kann?«

Daraufhin brach Lya in ein schallendes Lachen aus, das sie kaum im Zaum halten konnte.

»Zumindest in dieser Hinsicht haben wir also etwas gemeinsam, Madé.«

Im Verlauf ihrer Reise durch das Sonnensystem nahmen sie ebenfalls einmal an einer Veranstaltung teil, für die Wolfgang nicht das geringste Verständnis zeigte und die ihm Rachels äußerste Mißbilligung einbrachte (er gab dort ein Gratiskonzert).

Soweit er begriff, handelte es sich um ein mehr oder weniger illegales Entspannungswochenende, das von einem in Ungnade gefallenen Politiker vom Mars für verschiedene Zelebritäten organisiert worden war.

Daß ein Fest, das Künstler, Wissenschaftler, Industrielle und gewählte Politiker, unter anderem einen Minister, zusammenbrachte, durch eine ministerielle Verordnung verboten werden konnte, machte ihn stutzig. Daß unter den äußerst zahlreich anwesenden Gästen keine rechte Freude aufkam und er der einzige war, der sich in einen leichten Rauschzustand hineinsteigerte, machte ihn richtig wütend. Und am Ende, als nach dem öffentlichen Selbstmord des Gastgebers (der per Holovision für zwei Milliarden Zuschauer übertragen wurde) jeder sich erneut seinen Beschäftigungen widmete, ohne daß auch nur ein einziger Polizist eingriff, da verlor er völlig den Boden unter den Füßen.

»Ich habe nicht alles verstanden«, teilte er Lya mit.

»Ehrlich gesagt, ich auch nicht, Madé. Ich nehme an, daß es für ihn kein Zurück mehr gab.«

»Aber warum hat er es auf diese Art und Weise getan, und warum sind all diese Leute gekommen? Sie wußten doch, was geschehen würde, nicht wahr?«

Sie schüttelte den Kopf und machte große Augen.

»Die Art und Weise? Meinst du die Holos? Vielleicht dachte er, das Publikum würde sich für seine Ansichten interessieren, wenn er öffentlich Selbstmord beginge. Meiner Meinung nach ist das völlig idiotisch: Man bittet nicht um Hilfe, indem man sich selbst keine Chance gibt, sich helfen zu lassen. Wie dem auch sei, er war ein eigenartiger Kerl. Was die andern betrifft ..., nun, ich wette, daß wir hierhergekommen sind, um einen Grund für das Absurde zu finden.«

»Oder um uns von dieser Morbidität in gute Stimmung versetzen zu lassen!«

Sie sah ihn lange an, um ihn ihre Abscheu und ihre Kränkungsabsicht spüren zu lassen. Dann antwortete sie mit belustigtem Unterton:

»Ich finde, deine Menschlichkeit ist sehr beruhigend, Madé; möglicherweise ist es genau das, wonach ich am meisten suchte, als ich hierherkam. Nun, der ... der Verstorbene hatte mich gebeten, seinem Tod beizuwohnen, so wie er vermutlich jeden von uns gebeten hatte, das zu tun. Er dachte, die Anwesenheit der einzigen Thanatomaturgin bei dieser Verzweiflungstat könnte ihr noch größere Wirkung verleihen. Zudem war er davon überzeugt, daß es dem, was er meine Fortschrittsfeindlichkeit nannte, ein Ende setzen würde. Insgeheim hoffte er vielleicht, daß ich ihn … reaktiviere.«

Gespannt achtete sie auf seinen Gesichtsausdruck, doch Wolfgangs Gesicht war erstarrt: Er wollte nicht zeigen, daß nichts von dem, was sie sagte, für ihn einen Sinn ergab.

»Er führte einen Kampf, und zwar allein«, fuhr sie fort. »Er hatte beschlossen, diesen Kampf zu beenden, ebenfalls allein. Ganz gleich, ob es sich um ein Mittel oder einen Zweck handelt, ich fühle mich lediglich von dieser verbissenen Einsamkeit und allenfalls noch von den Auswirkungen betroffen, die meine provokatorische Anwesenheit in den Medien findet.«

»Damit es zu irgendwelchen Auswirkungen kommt, müßtest du ihn wiederbeleben!«

»Nein, Madé. So wie er glaubte, daß sein Tod für seine Ideen notwendig sei, so ist meine Weigerung Ausdruck meiner Ideen.«

Vielleicht hätte er sie fragen müssen, welches ihre Ideen waren, doch er dachte nicht daran. Es hatte nichts mit Desinteresse zu tun, sondern es war der Beweis dafür, daß dieses Universum ihm fremd war. Was ganz und gar normal war.

Warum hatte er dann das Gefühl, Lya zu enttäuschen?

11

Als die Fenstertür des Wohnzimmers sich öffnete, hob er den Kopf, um sich die schreckliche Angst nicht anmerken zu lassen, deren Wirkung er nicht mehr wirklich spüren konnte. Sie stand da, aufrecht, in einen sehr dunklen Stoff gehüllt. Ihr Gesicht wurde von der Halogenspiegelung im Türglas kaum erhellt. Hätte sie einen einzigen Schritt nach draußen in den Garten getan, er wäre geflohen. Statt dessen nahm sie Platz

»*Von gestern bis heute* hat mir sehr gut gefallen«, sagte sie.

Mit dieser beinahe unschicklichen Einleitung hatte er nicht gerechnet, doch er wußte, daß sie ihm auf diese Weise ihre Ehre erweisen wollte und daß diese Ehrerweisung wichtiger war als die Ehre, die ihm nach seinem Auftritt erwiesen worden war und die ihm stets zuteil wurde, sogar auf Walhalla. Für *Von gestern bis heute* hatte der Staatsrat ihm den Titel des besten Komponisten aller Zeiten verliehen, und er war schrecklich stolz darauf gewesen – bis Lya ihn dafür bestrafte.

»Danke«, sagte er. »Ich habe alles gegeben, was ich konnte.«

»Alles?«

»Ach! Ich könnte noch einmal etwas genauso Gutes schreiben, aber nichts Besseres. Niemand wird jemals etwas Besseres komponieren können.«

Sie zog ein Bein an.

»Nicht einmal Beethoven?«

Es war nicht wirklich eine Beleidigung, sondern bloß eine Ermahnung, die Aufforderung, sich an die Verwirrung zu erinnern, unter der er gelitten hatte, als sie ihm Beethovens Werk vorspielte. Vor diesem Komponisten hätte er sich verneigt. Für ihn würde er sich selbst verdammen.

»Mach ihn wieder lebendig«, sagte er. »Gib ihm dieselbe Chance wie mir.«

»Dieselbe Chance?«

Das war tatsächlich eine Beleidigung, und eine traurige Rückkehr in die Wirklichkeit.

»Was ist mit Berlioz?« fragte sie.

»Mach *sie alle* wieder lebendig.«

Ja, selbst Berlioz, auch wenn er sich vor dessen Persönlichkeit fürchtete, die genauso schwierig war wie seine eigene.

Lya lachte, doch ihr Lachen brach abrupt wieder ab.

»Nein«, erwiderte sie schroff. »Was dich betrifft, bedauere ich nichts, ich habe das getan, was ich mir auf dieser Welt am meisten wünschte, doch du genügst.«

Er spürte, daß Wut in ihm aufstieg.

»Ich bin dir nicht gelungen, nicht wahr?«

Sie sagte nichts.

»Ich bin ein Fehlschlag, nicht wahr? Eine Enttäuschung – ist es das, Lya?«

Sie stieß einen Seufzer aus, der sich eher verärgert als verachtend anhörte.

»Nein, Madé, du bist so, wie ich dich mir vorgestellt habe« – ihr Ton war sanfter, als er sich erwartet hatte –, »manchmal ist es sogar ganz schön verwirrend. Aber weißt du eigentlich, wer ich bin? Ich meine, kannst du dich jetzt aufraffen und versuchen, mich zu verstehen?«

»Aber ...« – er war völlig verblüfft – »aber ... wie? Wie denn, Lya? Du hast dich die ganze Zeit versteckt, du ...«

Er war vollkommen blockiert, drohte mit offenem Mund zu ersticken und war außerstande, auch nur ein einziges zusätzliches Wort hervorzubringen. Lya erhob sich und kehrte ihm den Rücken zu, um nach Hause zu gehen. Einen Moment lang sah sie ihn über die Schulter an.

»Das ist eine ausgezeichnete Antwort, Madé, doch es ist nicht die richtige Antwort. Streng dich ein bißchen an, und du wirst sehen, daß ich nicht so unerreichbar bin, wie du zu glauben meinst.« Sie trat erneut in die Wohnung und fuhr fort: »Ich werde ein wenig schlafen, weck mich, sobald du in der Lage bist, dieses interessante Gespräch fortzusetzen.«

Fast lachte sie, innerlich jedenfalls.

Er ertappte sich dabei, wie er daran dachte, daß sie zumindest ein Instrument perfekt beherrschte: Mozart. Das Problem bestand darin, daß die Partitur für ihn nur Lärm war und er diesmal keine andere Wahl hatte: Er mußte diese irrsinnige Partitur entschlüsseln. Das war offensichtlich die letzte Bewährungsprobe, die sie ihm gestattete.

Er konnte dieses Ultimatum akzeptieren und es wie eine Herausforderung annehmen; doch womit sollte er beginnen?

Mit den Details. Es gab zwischen ihnen so viele Details, die ihm nicht aufgefallen waren, die er übersehen hatte oder von denen er bloß die Oberflächlichkeit wahrgenommen hatte.

Genau wie die Erinnerungen, die ihn bedrängten, seitdem sie auf jenem Fest aufgetaucht war, wie ein ganzes Leben, das wiederkehrt und an den Augen eines Sterbenden vorbeizieht, als dessen allerletzte Gnadenfrist.

12

Als sie ihn das erste Mal zu einem auf der Station Lagrange 4 stattfindenden Festival audiovisueller Synthese mitnahm, hatte er eine Welt entdeckt, die noch märchenhafter war als all die wissenschaftlichen Wundertaten, die sie ihm gezeigt hatte. Auch wenn trotz der zeitgenössischen Eigentümlichkeiten eindeutig feststand, daß er das Komponieren perfekt beherrschte, so war er sich doch eines visuellen Universums bewußt geworden, das um einiges vielschichtiger war als das seiner beschränkten Fantasie und seiner Wissenslücken in technischen Dingen. Was die Künstler des 30. Jahrhunderts in Sachen Synthese zustande brachten, stellte den infantilen Mikrokosmos der Opern bei weitem in den Schatten.

Es war eine ebenso kalte wie belebende Dusche.

»Das ist außergewöhnlich!« rief er nach jeder Vorstellung aus. »Diese Schönheit raubt einem den Atem.«

Und Lya erwiderte immer wieder:

»Es ist vor allem für denjenigen beeindruckend, der vor der Geburt dieser künstlerischen Ausdrucksform starb.«

Eines Abends, als diese Leier ihm auf die Nerven zu gehen begann, bat er Lya, sich genauer auszudrücken.

»Du vergleichst die Videophonie mit dem, was du kennst, Madé, mit dem Theater und mit der Oper, doch es gibt weder einen plastischen noch einen historischen Zusammenhang zwischen beidem. Was dich an dieser Kunst so begeistert, ist nicht auf die technische Weiterentwicklung der Bühnenkunst deines Jahrhunderts zurückzuführen. Die Videophonie ist eine Kunstgattung, die im 20. Jahrhundert entstand: das Kino, eine völlig unabhängige Kunst.«

»Ich verstehe nicht, worin dein *Kino* sich so kategorisch unterscheidet von …«

»Du bedienst dich meiner Welt zu deinen Zwecken, Madé, doch du versuchst nicht, sie zu begreifen.«

Es dauerte eine Weile, bis er eine treffende Antwort fand.

»Das tun doch eigentlich fast alle, oder?«

»Nicht jeder betrachtet sich selbst als einen Endzweck. Du komponierst, weil du nichts anderes kannst, weil du, notfalls, Freude daran findest oder weil es dich in rein ästhetischer Hinsicht befriedigt, doch du interessierst dich bloß für Ruhm und Bewunderung. Hast du dich schon einmal gefragt, was die von deiner Musik ausgelösten Emotionen den Zuhörern bedeuten? Jedem künstlerischen Ausdruck kommt eine soziale Rolle zu, und jeder Künstler müßte darauf achten, daß diese Funktion nicht von seinem angestrebten Ziel getrennt wird.«

Er wußte seit langem, daß er keinerlei Bedeutung hatte, doch es war nicht Lya, die ihn am Schlafen hindern würde.

13

Sie hatte sämtliche Lichter gelöscht und war, dessen war er sich sicher, friedlich eingeschlafen. Soweit er zurückdenken konnte, hatte er sie nie angespannt erlebt. Ihr Leben schien von einer permanenten Ausgeglichenheit erfüllt, die alles von ihr abhielt. Nichts konnte ihr etwas anhaben: Sie war die Beobachterin, die Urheberin einer wissenschaftlichen Manipulation, die weit über Wolfgang Amadeus Mozart hinausging.

Würde er ihr sagen, daß er das verstanden hatte, so würde sie sich über ihn lustig machen.

Warum hatte sie ihn gebeten, sich wenige Stunden vor dem Ende seines zweiten Lebens für sie zu interessieren? Um ihm eine weitere Chance zu geben … Nein! Lya gab sich nicht mit solchen Kleinigkeiten ab; es war höchstens Teil des Experiments. Wenn er doch nur wüßte, um welches Experiment es sich dabei handelte!

Er brach in sein dümmliches Lachen aus. Selbst wenn sie es ihm erklären würde, könnte er es nicht begreifen. Er hatte nie etwas von menschlichen Absichten und Beweggründen begriffen, er hatte nicht einmal herausgefunden, wie er selbst funktionierte. Alle diese Fragen waren für ihn von einer seltenen Belanglosigkeit. Dennoch bekam er allmählich den erbitterten Eindruck oder den erbitterten Wunsch, sie überraschen zu müssen.

Wie überrascht man jemanden, der einen bis ins kleinste Detail kennt?

Könnte er schwimmen, so könnte er beispielsweise ins Wasser springen.

14

Für seine erste Videophonie hatte er lediglich die Musik komponiert und die Bildsynthese einem Regisseur von Lagrange 2 überlassen, der seine Kenntnisse über den Synthesizer vertieft und anschließend auch die Komposition der zweiten Videophonie überwacht hatte. Obwohl Lya ihm bei den folgenden Videophonien als technische Beraterin zur Seite stand, beherrschte er die Bilder bald genauso meisterhaft wie die Töne, worauf hin Lya zuließ, daß er sich nach und nach von ihr löste.

Er ging ohne sie aus, lernte auf eigene Initiative Leute kennen, entfernte sich für mehrere Tage von ihrem Wohnort und begann, allein zu verreisen. Ferner betrog er sie, mit Zufallsbekanntschaften, aber vor allem mit Rachel, und Rachel erzählte es Lya, doch Lya regte sich nicht darüber auf. Dabei war er, trotz der Normalität dieser Ausschweifungen, fest davon überzeugt gewesen, daß Lya sich schrecklich darüber empören würde; es war eine Intuition, die stärker war als seine Gewißheiten und die ihn begreifen ließ, daß er ihr gehörte, wogegen er sich auflehnte. Doch da nichts mehr richtig funktionierte, ging auch diese Auflehnung ohne den geringsten Konflikt vonstatten.

Trotzdem gelang es ihm nicht, Schuldgefühle zu vermeiden, und diese Schuldgefühle gingen auf jenen noch nicht lange zurückliegenden Tag zurück, an dem er begriffen hatte, daß Lya mit viel größeren Problemen als mit Mozarts Untreue konfrontiert war. Doch auch diese Einsicht ging nicht über ihr intuitives Stadium hinaus.

Dann kam es zu dieser Pressekampagne, bei der es um seine mangelnde Kommunikationsbereitschaft ging und in deren Verlauf die Politiker zum Eingreifen aufgefordert wurden. Es gab diese Vereinigungen für *die öffentliche Gesundheit,* die überall an Einfluß gewannen und nach freier und kostenloser Thanatomaturgie verlangten. Es gab diese Drohungen, die aus dem Visiphon, dem Telematiknetz, dem Briefkasten dröhnten, sowie allerlei Forderungen, die sich in Beschimpfungen, Spucke und Steinwürfe verwandelten. Es gab die einen, die sich spontan dazu entschlossen, sein Schweigen zu unterstützen, und es gab die andern, die das Schweigen kategorisch forderten. Es kam zu Konfrontationen und Ausschreitungen zwischen den Befürwortern, den Gegnern und denen, die das Gegenteil verlangten.

Es gab ein unlösbares Problem, das sich von Stunde zu Stunde verschlimmerte und das von Wolfgang als peinlich empfunden wurde, zumindest als beunruhigend. Gleichzeitig versuchte er verzweifelt, aus jenem Gefängnis auszubrechen, dessen einziger Schlüssel in seinem Besitz war. In besonders lichten Momenten ging er sogar davon aus, daß es sich um nichts weiter als um eine Entwöhnung handelte.

Als er endlich den erforderlichen Mut aufbrachte, um die Trennung vorzunehmen, verlor er völlig die Kontrolle über die Situation.

Seit geraumer Zeit lebten sie auf einer kleinen griechischen Insel in der Nähe von Kreta, auf einem Grundstück, das sowohl vom Meer als auch von Land aus nur schwer zu erreichen war. An dem Abend, an dem er beschlossen hatte, seine *Emanzipation* bekanntzugeben, zog Lya ihn auf die Terrasse gegenüber vom Strand und deutete auf zwei Umrisse auf dem Wasser, die von der Dunkelheit nicht ausreichend verhüllt wurden, um unkenntlich zu sein: ein Unterseeboot und ein Flugzeugträger.

»Die ganze Insel steht unter militärischer Aufsicht«, sagte sie, »und man hat keine Mühen gescheut.«

Er kam sich dumm und völlig ahnungslos vor.

»Wer ist *man*?« fragte er (mit einem Gefühl großer Frustration im Bauch).

»Der Staatsrat ..., die oberste Befehlsgewalt des Systems hat mir diesen Aufenthaltsort aufgezwungen.«

Die Frustration wurde größer, während sein Wille, mit ihr zu brechen, immer kleiner wurde. Doch er brauchte sein Staunen nicht vorzutäuschen, auch er selbst entstammte einem Grauen.

»Diese Insel? Aber ... aber warum denn?«

»Weil ich Komponisten aus dem 18. Jahrhundert wieder lebendig mache und mein Rezept nicht bekanntgeben will.« (Obwohl ihre Stimme heiter klang, tauchten auf ihrer Stirn zwei Falten auf, die er noch nie gesehen hatte.) »Der Präsident höchstpersönlich hat sich per Videophon mit mir in Verbindung gesetzt, um mir die guten Nachrichten zu überbringen.«

»Die was?«

»Die Thanatomaturgie ist von nun an von öffentlichem Nutzen, vergleichbar mit der Sicherheit des Rates und der Menschheit. Mein gesamter Besitz wird beschlagnahmt werden, sie haben mich für vogelfrei erklärt, und ich habe fünf Tage Zeit, um einer wissenschaftlichen Kommission die Ergebnisse meiner Recherchen vorzulegen. Nach dieser Frist habe ich Anrecht auf eine Gehirnwäsche, die ihnen, wie sie glauben, die Resultate liefern wird, nach denen sie suchen. Und anschließend werden sie mich definitiv erledigen.«

Er hatte nicht die geringste Ahnung, was er darauf erwidern sollte. Er dachte vor allem an sein eigenes Schicksal und fühlte das geringste Mitleid für sie. Zum Glück brauchte er nicht sofort etwas zu sagen, da sie in demselben heiteren Ton fortfuhr.

»Ich habe mein Labor auf einen anderen Asteroiden des Rings verlegt und mir ein Implantat eingesetzt, das jegliche, sogar eine chemische Manipulation meines Gehirns unmöglich macht. Der geringste Versuch, dort einzudringen, wird eine Explosion von mehreren Megatonnen auslösen und zur völligen Zerstörung des Asteroiden führen.«

»Wissen sie das?«

»Nein, Madé, und das ist nur ein winzig kleiner Teil ihrer Ignoranz.« (Diesmal lachte sie aus vollem Halse.) »Weißt du, ich bin seit langem dazu bereit, lange vor deiner Wiedergeburt. Mein Tod, so bedauerlich er auch sein mag, wird den Rat in einen politischen Skandal von bislang unbekannter Infamie verwickeln.«

In diesem Moment sagte er sich, daß die politischen Schwierigkeiten von Lya ein großer Glücksfall für ihn seien. Dann begriff er, daß sein Schicksal in mehrfacher Hinsicht mit ihrem Schicksal verbunden war, und bekam Angst. Trotzdem formulierte er seine Frage auf eine Art und Weise, die andere erlogene Sorgen ankündigte.

»Was kann ich tun?« fragte er.

»Du mußt dir einen anderen Produzenten suchen.«

»Wie bitte?« stammelte er.

»Rachel ist in einen Finanzskandal verwickelt, der demnächst ans Tageslicht kommen wird. Kündige ihr und suche dir einen zuverlässigen Partner, einen angehenden Verleger beispielsweise.«

»Aber …«

»Nächstes Jahr wird in Los Angeles das größte Videophonie-Festival des gesamtes Systems veranstaltet werden, das erste seiner Art. Stelle dort eine Komposition vor und sieh zu, daß du damit den ersten Preis gewinnst.«

»Moment mal! Das war nicht meine Frage. Ich …«

»Glaubst du etwa, ich wüßte das nicht?« (Jeder ihrer Sätze war von Ironie geprägt.) »Der Rat interessiert sich nicht für dich, du wirst nicht behelligt werden, sei unbesorgt.«

Er errötete so heftig, wie er noch nie zuvor errötet

war dennoch ließ er nicht von seinem dümmlichen Lachen ab.

»Aber was ist mit dir, Lya? Wie … nun, was wirst du tun?«

In seiner Stimme lag nicht der leiseste heuchlerische Unterton, weil er soeben begriffen hatte, daß Lya Salieri keine Hoffnung mehr hatte, daß der öffentliche Selbstmord, zu dem sie ihn auf den Planeten Mars mitgenommen hatte, sich wiederholen würde, und daß sie keine Angst vor dem Schicksal hatte.

»Ich spiele in einem bereits abgeschlossenen Stück mit, Madé, in einem Stück, das ich nicht begonnen habe und das ohne mich enden wird.«

Er war nicht sicher, ob diese Anspielung rein philosophisch gemeint war.

»Das du nicht begonnen hast?« wiederholte er.

»Das Genie ist ein Glied in der historischen Kette und das Individuum bloß ein Partikel.« (Sie lachte erneut – möglicherweise hatte sie die ganze Zeit gelacht.) »Das widerspricht deiner Vorstellung von dir selbst, nicht wahr? Doch du hast recht: Bescheidenheit würde so schlecht zu dir passen, daß du jede Glaubwürdigkeit verlieren würdest. Nun gut, ich will meine Zeit nicht damit vergeuden, dir Moralpredigten zu halten, Madé …«

»In der Tat.«

Belustigt zwinkerte sie ihm zu.

»Es wäre besser, du würdest jetzt gehen, Mozart.«

Schweigend ging er aus dem Wohnzimmer; ohne sich von ihr zu verabschieden, verließ er das Grundstück. Obwohl er sie nach wie vor bewunderte, sah er sie bereits als eine von ihrer Krankheit gezeichnete Leidende an, als eine Geistesgestörte in ihrer schlimmsten Phase: der Endphase.

Er wollte nichts mit einer Sterbenden zu tun haben.

15

Ziemlich schnell ging er um das Schwimmbecken herum, wie eine Katze, die sich in einem abgeschlossenem Zimmer ständig im Kreis herum bewegt. Jenseits seines Trommelfells, diesseits seines Bewußtseins, im Klang von tausend Instrumenten erzitterte eine langsame, grandiose Bewegung. Es war wie ein Schnarchen, das sich weigerte, in ein Gebrüll überzugehen, wie ein Intrigenspiel, dessen morbide und erschütternde Spannung sich zurückhielt, sich bis zu unerträglicher Schönheit zurückhielt, und hinter diesem gescheiterten Crescendo war nichts als kreative Leere. Er dachte nicht mehr an Lya, er bewegte sich mit seiner Komponisten-Frustration im Kreis herum, er berauschte sich an seiner Bewegung und an der sinfonischen Freiheit, die er ganz in seiner Nähe spürte, die am Ende aber nicht zu ihm gelangte.

Nach der fünfundzwanzigsten Umkreisung sprang er ins Wasser, so weit wie möglich vom Beckenrand entfernt, dort, wo das Wasser drei Meter tief war.

16

»Mozart?«

»Hm … ja.«

Er hatte ja gesagt, bevor ihm bewußt geworden war, was vor sich ging. Die Hotelterrasse war von etwa dreißig Männern umstellt, die in ihren allzu gut geschnittenen, allzu ›harmlos‹ wirkenden, allzu lässig getragenen grauen Uniformen allzu breitschultrig wirkten, und diese allzu gut erzogenen Männer jagten diejenigen, die auf der Terrasse saßen, auf allzu freundliche Weise davon.

Nur ihn nicht.

»Ich bin der Präsident des Rates«, sagte der Mann.

Mozarts Herz schlug wie wild, das Blut schoß ihm in die Gliedmaßen. Sein Lachen klang noch falscher als gewöhnlich. Mit einer Unbekümmertheit, die nichts Gutes verhieß, nahm der Mann ihm gegenüber Platz. Der Kerl erinnerte ihn an Kaiser Josef, eine Aura von ebenso unumgänglicher wie ungerechter Macht umgab ihn, und er hatte ein dümmliches Gesicht.

»Sie ist entkommen«, sagte der Präsident.

In gewisser Hinsicht fühlte Mozart sich erleichtert, sie waren nicht seinetwegen gekommen, nun, nicht aus dem Grund, den er befürchtet hatte.

»Wie?« fragte er, um eine nicht existierende Gelassenheit vorzutäuschen.

»Wahrscheinlich unter Wasser, schwimmend, sie war eine außergewöhnlich gute Taucherin.«

»Sie … Sie kannten sie?«

Der mächtige Mann warf ihm einen vernichtenden Blick zu.

»Nein«, entgegnete er schroff. »Es steht in der Akte, die mir zugestellt wurde.« (Sein Blick hatte eine andere, weniger verachtende Härte angenommen.) »Mozart, wissen Sie, wo wir sie finden können?«

Er verneinte, woraufhin der Präsident ihm weitere Fragen stellte und er alles das wiederholte, was sie ihm bei ihrer letzten Begegnung erzählt hatte.

»Das ist unmöglich«, lautete die Schlußfolgerung des mächtigen Mannes.

»Aber …« (Mozart war ratlos wie ein Kind, das man bei einem Fehler ertappt hat.) »Aber … es ist genau das, was sie mir erzählt hat.«

»Sie hat Sie belogen! Seit zwei Jahren suchen wir nach ihrem Labor, der gesamte Asteroidenring befindet sich unter ständiger Kontrolle: Ein Umzug ist undenkbar.«

Das Gespräch kam Wolfgang vor wie eine alptraumartige Unterhaltung zwischen Taubstummen, er verstand kein Wort von dem, was der Präsident ihm sagte, und spürte ganz deutlich, daß der Präsident genauso wenig von seinen Erklärungen begriff.

»Sie … Sie suchen nach ihrem Labor?« stammelte er.

Der mächtige Mann schien denselben Alptraum zu durchleben und sogar noch stärker darunter zu leiden als Mozart.

»Genau das will ich Ihnen ja die ganze Zeit schon erklären!« brüllte er. »Sind Sie sich eigentlich darüber im klaren, was die Thanatomaturgie für die Menschheit bedeutet, Mozart? Glauben Sie, daß ein verantwortungsbewußter Staatsmann die Launen einer Idealistin dulden kann, wenn das Leben seiner sämtlichen Mitbürger auf dem Spiel steht? Wir suchen nach Salieris Labor, seit wir uns Ihrer Authentiät sicher sind.«

»Aber … schließlich … ich dachte, Sie wüßten, wo es sich … sie sagte … Ach so, sie … ich dachte nur, daß …«

Der Präsident unterbrach ihn, ungläubig und gleichzeitig empört.

»Wissen Sie, wo es sich aufhält?«

»Hm … ja, Monsieur …, das heißt, ich wußte, wo das Labor sich befand, bevor sie damit umzog.«

Angesichts solcher Dummheit zögerte der mächtige Mann, ob er sogleich das Erschießungskommando bestellen oder in völlige Sprachlosigkeit versinken sollte.

»Verdammt noch mal, ich habe Ihnen soeben erklärt, daß sie ihr Labor unmöglich verlegen konnte!« schimpfte er. »Sie werden es uns auf einer Karte zeigen.«

Wolf errötete.

»Nein …«

»Wie bitte?«

»Nun, ich habe nicht die geringste Ahnung von Astrographie, verstehen Sie? Ich habe keine Anhaltspunkte … hm … jedenfalls keine sehr zuverlässigen Anhaltspunkte …, ich war es lediglich gewohnt, dorthin zu gehen …, eine … eine rein visuelle Lokalisation, ja genau.«

Der mächtige Mann seufzte geräuschvoll.

»Würden Sie es wiederfinden, wenn wir Sie auf den Ring brächten?«

»Selbstverständlich! Das heißt, ich glaube schon.«

»Sehr gut. Folgen Sie mir.«

Mozart gehorchte.

Zweifellos handelte es sich um einen Verrat.

17

Es war eine großartige Erinnerung, um zu ertrinken, doch die Musik in seinem Kopf war zu laut und zu eindringlich, damit er ertrank. Er wehrte sich und schluckte Wasser, dann sträubte er sich nicht mehr, und sein schlaffer, fetter Körper trieb auf der Oberfläche.

Dieses Treiben war eine erste Explosion, eine Öffnung auf das Ende dieser und auf den Beginn der folgenden Bewegung, doch das vollendete das Crescendo, ohne es abzuschließen.

Einen Moment lang hatte er das Gefühl, Lya würde hinter dem Fenster stehen und ihn beobachten, aber das war absurd: Er konnte nichts von dem Haus sehen.

Nur die Sterne.

18

»Sie weigert sich aufzugeben, und sie droht, alles in die Luft zu sprengen, uns inklusive«, hatte der Präsident verkündet. »Ich habe erreicht, daß sie bereit ist, Sie zu empfangen …«

»Ich habe es geschafft!« hatte Wolfgang zu sich selbst gesagt. »Armer, trauriger Hampelmann!«

Sie hatten ihn in ein ferngesteuertes Raumschiff gebracht, und Lya hatte ihn auf den Asteroiden geleitet.

Und nun war er wieder bei ihr.

»Überreden Sie sie dazu, sich zu stellen«, hatte der Präsident gesagt.

Er begnügte sich damit, diese Worte Lya gegenüber zu wiederholen. Sie lachte laut auf.

»Nett von dir, daß du mich besuchst, Madé«, sagte sie, ohne daß er herausfinden konnte, was sie wirklich dachte. (Es war ihre einzige Anspielung auf die Gegebenheiten.) »Hast du wenigstens meinen Rat befolgt?«

Nun begriff er, wie er mit ihr umgehen mußte – vielleicht, weil sie ihm nichts mehr oder aber etwas anderes bedeutete –, und er wußte stets, wovon sie sprach.

»Ja, ich habe mit einer neuen Produktionsfirma vom Mars einen Vertrag abgeschlossen. Anscheinend bin ich sogar ihre einzige Überlebenschance.«

»Ist es nicht der Zweck einer solchen Zusammenarbeit, daß beide Parteien auf ihre Kosten kommen?«

»Ich habe nie das Gegenteil behauptet.«

Sie plauderten über dieses und jenes und erwähnten so selten wie möglich sich selbst, so als hätten sie einander nichts zu sagen, was ja auch tatsächlich der Fall war. Dann hatte er plötzlich genug.

»Gut, was soll ich ihnen denn nun sagen?«

Sie blähte ihre Wangen auf und stieß die Luft mit einem Mal wieder heraus.

»Was du willst, Madé, das spielt überhaupt keine Rolle. Du bist nicht freiwillig hierhergekommen, nicht wahr? Also laß uns so gut wie möglich mit dieser verworrenen Situation zurechtkommen.«

Er schüttelte den Kopf, weil er nicht länger mit ihr einverstanden sein konnte.

»Sie werden nicht bekommen, wonach sie suchen, habe ich recht?«

»Nein.«

»Du wirst sterben.«

Da diese Bemerkung keine Frage war, gab sie auch keine Antwort.

»Ich halte das für idiotisch, Lya.«

Seine völlig gleichgültig klingende Stimme überraschte sie.

»Nein, es ist bedauerlich, aber nicht idiotisch«, erwiderte sie. »Ich wünschte mir, du würdest das verstehen, doch offensichtlich ist es Lichtjahre von deiner Logik entfernt.«

»Wenn es das ist, was du willst …«

»Was für eine Ironie, nicht wahr? Nach all den Reden, die ich dir über die Absurdität des Todes gehalten habe!«

Sie hatten sich nicht mehr viel zu sagen, ja möglicherweise hatten sie sich nie etwas zu sagen gehabt. Sie stieß ihn ins Raumschiff zurück, und er ließ sie gewähren und war erleichtert.

Als er allein in der kleinen Maschine war, versuchte er, seine Gefühle im Hinblick auf das zu prüfen, was er nicht für unvermeidbar halten konnte. Diese allerletzte Begegnung stellte eine unumgängliche Schlußfolgerung dar, auf die er gerne verzichtet hätte, ein Wirklichkeit gewordenes Mißgeschick. Daß Lya ihn ins Nichts mitnahm, machte ihn in gewisser Hinsicht zu einem Heiligen.

Doch er glaubte nicht an das Nichts.

Zehn Minuten nach seiner Rückkehr in das Raumschiff des Rates, als er gerade dabei war, dem Präsidenten ihr Gespräch darzulegen, versuchte Lyas Raumschiff mit voller Kraft, sich aus dem Staub zu machen. Einen kurzen Augenblick lang fragte er sich, warum sie ihn derart zum Narren gehalten hatte und was sie zu gewinnen glaubte. Im nächsten Moment explodierte der kleine Asteroid, während die Flammen Lyas Maschine in rote Glut tauchten.

»Scheiße!« fluchte der mächtige Mann.

Er hatte zweifellos recht.

19

Mühelos ließ er sich auf dem Rücken treiben, das Wasser reichte ihm bis an die Lippen, die Bewegung schwächte sich nach und nach ab.

Als er an der Oberfläche mit den Füßen schlug, bewegte sein Körper sich von der Stelle (er konnte diese Mobilität sogar steuern) und das Crescendo setzte erneut zum Angriff an, ließ weitere Instrumente und immer heftigere Akkorde anschwellen.

Als er sich untergehen ließ, flohen die Chöre in die Intervalle der siebten Stufe, ohne jedoch die vorstoßende Bewegung zu verlangsamen, und jedesmal, wenn er auftauchte und das Wasser wie eine Kröte von sich drängte, um unter die Oberfläche zu gleiten, erhoben die Akkorde sich in die Intervalle der neunten Stufe.

Wellenartig bewegte sich die Musik unter den Wellen, die er im Schwimmbecken verursachte, und diese faszinierende Dualität ließ ihn nicht mehr los. Nie zuvor hatte er sich seiner Schöpfung gegenüber so verantwortungslos gefühlt, nie zuvor hatte sie ihn derart in ihrer Macht. Er war davon überzeugt, daß seine Bewegungen im Wasser an seiner Stelle komponierten. Anschließend kam er auch noch zu der Überzeugung, daß die Musik ihm das Schwimmen beibrachte.

»Ich bin verrückt, Lya«, dachte er.

Er begriff, daß er dabei war, seine Schuld zu begleichen.

Diese Sinfonie, die ihn nicht mehr losließ, war der Preis, den Lya von ihm verlangte: die Verrücktheit.

Auf dem Höhepunkt dieser Erkenntnis, zwischen zwei Kontrapunkten, erinnerte er sich daran, daß Lya auf eine Antwort wartete und daß der Zeitpunkt nahte, an dem er ihr keine geben könnte. Doch welche Bedeutung sollte das jetzt noch haben?

Sie waren beide verrückt.

Sie waren beide tot.

Nichts von dem, was er nicht über sie wußte, konnte schlimmer sein als alles, was sie über ihn wußte. Sie kannten einander mit absolutem Unverständnis.

Sie bewegte sich in einer Welt aus Milliarden von Sternen, er war der einzige Stern, dessen Licht er wahrnahm.

Wenigstens war ihm warm.

20

Lya hatte sich nicht getäuscht: Ihr Tod löste Proteste aus, gegen die der Rat sich nicht wehren konnte. Der Präsident wurde gestürzt, und mit ihm eine Handvoll weiterer Anführer sowie einige unbedeutende Politiker, welche die aufgebrachte Öffentlichkeit und die Medien zu beruhigen versucht hatten. Die internationale Verfassung wurde (leicht) abgeändert, der Rat wurde umgestaltet, und man ernannte einen neuen Präsidenten mit besserem Ruf.

Die Staaten hingegen schätzten es nicht, daß sie von ihren eigenen Abgeordneten hintergangen worden waren. Vor allem Mars. Mars sträubte sich nach allen Kräften und trieb die Polemik so weit, daß der Verwaltungsrat der Marsianischen Erdformation ausgeschlossen und gezwungen wurde, eine Regelung über die künftigen Entdeckungen in Sachen Thanatomaturgie einzuführen.

Welch ein Hohn!

Lya hatte sich nicht geirrt. Na und?

Mozart hatte es satt, daß er immer wieder nach seiner Meinung über sie gefragt wurde, er hatte es satt, von seinen Erinnerungen zu erzählen, von ihrem geheimnisvollen Genie zu sprechen, ihren intelligenten Humanismus oder ihre humanistische Intelligenz zu erwähnen. Man interessierte sich kaum für ihn, und nicht viel fehlte und die Zeitungen hätten ihn als ›ihr Ding‹ bezeichnet.

Was eines Tages mit Sicherheit der Fall sein würde …

»Glauben Sie, daß die neue Genetikerschule die Arbeiten von Lya Salieri in nächster Zukunft verstehen wird?« fragte ihn einer der unzähligen Journalisten.

»Ich glaube, ich werde zur sinfonischen Form zurückkehren.«

»Wie bitte?« fragte der Zeitungsmensch.

»Ich mache auch ein wenig Musik, wissen Sie?«

»Nun … hm …«, stotterte der sabbernde Schwätzer. (Er suchte nach einer Antwort, die auf keinem Teleschirm vorbeizog.) »Ich … Sie waren Lyas Freund …«

»Nein.«

Der Scheißkerl brachte kein Wort mehr heraus, sondern patschte in seinem eigenen Dreck herum.

»Ich komponierte und bin tot. Jemand hat mich geweckt, und nun komponiere ich wieder. Denken Sie darüber nach, mein Lieber, dann werden Sie begreifen, daß Journalismus mit Aktualität zu tun hat, während die Geschichte sich um die Toten kümmert.«

Der Schwachkopf versuchte, seinen Worten auszuweichen.

»Aber Sie haben ihr doch alles zu verdanken!«

»Nein, doch falls ich Ihnen damit eine kleine Freude bereiten kann, so gebe ich gerne zu, daß ich höchst undankbar bin.«

Allein diese Worte mußte sie gehört haben.

21

Er schwamm erneut auf dem Rücken, mit den Ohren unter Wasser, um diese nicht zu vollendende Sinfonie besser hören zu können, und beobachtete, wie die künstliche Morgendämmerung die Sterne löschte.

Lya hieß bestimmt nicht einmal mehr Lya. Dabei hatte es nicht die geringste Bedeutung zu wissen, wer sie jetzt war, genauso wenig wie es wichtig gewesen war zu wissen, wer die andern waren.

Er faßte sich wieder.

Sie hatte die Thanatomaturgie erfunden: Das waren die Physik und die Biologie.

Sie hatte ihn wieder lebendig gemacht: Das war die Musik.

Sie war tot: Das war die Politik.

Er war bloß Musik, und das mußte unerträglich für sie sein. Er schlug mit den Füßen, um an den Beckenrand zu gelangen. Es wurde allmählich Zeit, sie zu wecken und diesem Schicksal die Stirn zu bieten. Es wurde Zeit, seinem Besuch ein Ende zu setzen, jetzt, kurz nach seinem schönsten Werk, kurz nach *Von gestern bis heute.*

22

Das Festival war fantastisch gewesen. Gut zehn Videophonien waren aufeinander gefolgt und hatten ein Können zum Ausdruck gebracht, das aufgrund der Unterschiedlichkeit ihrer Gestalter immer wieder von neuem verblüffte. Es handelte sich um Werke, die von den Medien in voller Länge und im ganzen System übertragen wurden, zeitgleich oder mit dem von der Wellengeschwindigkeit auferlegten Zeitunterschied. Sämtliche Zuschauer waren aufgefordert, ihre Preisträger im Verlauf einer gewaltigen telematischen Abstimmung zu bestimmen. Soviel zum Publikumspreis. Gleichzeitig gab es eine Jury aus Spezialisten und Profis, die ihren eigenen Preis verlieh: den Festivalpreis.

Der Name und die Nationalität der Teilnehmer wurden geheimgehalten, doch zwei Stunden nach der Aufführung von *Von gestern bis heute* erklärten sämtliche Medien ihn zum Sieger. Das ganze System hatte die Handschrift des Meisters wiedererkannt.

Von gestern bis heute war ein Mosaik aus sämtlichen Musikstilen von der Antike bis ins 4. Jahrtausend, ein Mosaik von tadelloser Einheitlichkeit, das sich perfekt mit Klängen, Rhythmen und Melodien vereinigte, die zu neu waren, um bloß futuristisch zu sein. Es war der nötige Antrieb (das Vorbild?), damit die Videophonie auf eine neue Stufe in der Entwicklung der Kunst gelangen konnte. Und der visuelle Aspekt verband sich mit dem musikalischen, um letzterem zu größerem Ausdruck zu verhelfen. Es war die blitzartig, mit Hilfe von Überblendungen erzählte Geschichte der Menschheit, deren Zukunft weder enthüllt noch angedeutet wurde.

Natürlich gewann Wolfgang die beiden Hauptpreise; daß es auch anders hätte ausgehen können, daran hatte er eigentlich nie gedacht: Sein Werk war in keine Kategorie einzuordnen, es hätte außerhalb des Wettbewerbs vorgestellt werden müssen. Er war sogar so klug gewesen, das nicht vor eingeschalteten Mikrophonen zu sagen, was ein ganz und gar ungewohntes Bemühen um Kontrolle von ihm verlangt hätte.

Ja, er hatte triumphiert! Dieser Sieg war mehr als nur eine Anerkennung, mehr als eine Revanche, mehr als eine heftige Ohrfeige des Schicksals, und in diesem Augenblick dachte er erneut an Lya, so als wollte er sich bei ihr bedanken. Doch ein Noch-Journalist tat seine Arbeit, das heißt: Er machte eine Dummheit.

»In dieser glorreichen Stunde, Wolf, denken Sie bestimmt oft an diejenige, die es Ihnen überhaupt erst ermöglicht hat, uns von neuem mit Ihren Werken zu verblüffen …«

»Ungefähr so oft, wie Sie an den Geburtshelfer denken, der Sie ohne die geringste Zurechnungsfähigkeit auf die Welt gebracht hat.«

Eine typische Mozart-Antwort, die viele zum Lachen brachte.

Doch auch das hatte sie gehört.

23

Selbstverständlich schlief sie nicht, sie war nicht einmal im Zimmer. Sie saß auf dem großen Sofa, hatte einen Arm auf die Lehne gelegt und ein Bein angezogen. Sie wartete auf ihn, so als hätte sie die ganze Nacht auf ihn gewartet.

Sie schenkte seinen durchnäßten Kleidern nicht die geringste Aufmerksamkeit und achtete genauso wenig auf sein dümmliches, fast verzücktes Lächeln.

»Setz dich«, sagte sie und wartete, bis er ihr gegenüber, auf dem anderen Sofa Platz genommen hatte. »Weißt du, daß wir heute einen Geburtstag feiern, Madé?«

Jetzt, da sie ihn daran erinnerte, wurde er sich dessen bewußt: Seit fünf Jahren war er wieder lebendig. Es war die Art von Geburtstag, die einen prägt, die man mit einem Kreuz kennzeichnet, wie auf einem Grab. Er hatte keine Angst mehr, oder noch keine Angst.

»Fünf Jahre«, sagte er. »Ein Bonus, wie.«

»Ein Bonus? Ich glaube nicht. Vielmehr handelt es sich um eine Erfahrung und mit Sicherheit um etwas Eigenartiges.«

»Etwas Eigenartiges?«

Wie schon so oft drohte er, den Boden unter den Füßen zu verlieren. Was sie sagte, war für sein Verständnis der Welt unbegreiflich.

»Mozart im 31. Jahrhundert – findest du das nicht komisch? Der Bonus, Madé, das ist dein Beitrag zum künstlerischen Erbe der Menschheit. Ansonsten würde ich behaupten, daß dein vorübergehendes Leben an sich nicht unvergänglich ist, und was deine Zufriedenheit angeht, so bezweifle ich, daß man sich damit vertrösten kann.«

Sie hatte »dein vorübergehendes Leben« gesagt. Allmählich spürte er, wie sein Schicksal sich seinem Ende näherte, er sah, wie heuchlerisch dieses Schicksal war, und erkannte die Hoffnung, die dahinter versteckt gewesen war, eine niederträchtige Hoffnung, die von seinem ›vorübergehenden Leben‹ zermalmt wurde.

»Ich war stets von den Schwächen eines Genies fasziniert«, fuhr sie mit leerem Blick fort. »Ich kenne meine eigenen Schwächen und empfinde sie eher als sympathisch. Von deinen Schwächen kann man eventuell sogar behaupten, daß sie wohltuend sind. Doch glaube nicht, daß ich dich verachte oder dich hasse oder mich für etwas Besseres halte. Alles ist eine Frage der Umstände, nicht wahr?«

Auch jetzt, am Ende von allem, konnte er sie immer noch nicht verstehen, und das machte ihn noch trauriger als die Angst, die immer stärker in ihm aufkam. Jedenfalls versuchte er, seinen Kopf anzustrengen, um wenigstens einige Bruchteile des Mannas zu erhaschen, das sie ihm zuwarf. Sie hatte sich verändert, das war nicht zu übersehen.

»Der Mensch ist ein Tier, mit Ausnahme von dir vielleicht. Das ist doch erstaunlich, oder? Du bist nicht einmal ein Tier, das spüre ich vor allem, wenn du dich bemühst, mir zuzuhören, und mich trotzdem nicht hören kannst. Es ist ein Schuldgefühl, das mir sehr zu schaffen machte. Jeder ist für sein Tun verantwortlich, und ich weiß, wovon ich rede, doch man muß sich dieser Verantwortung auch bis zum Schluß stellen. Bis heute bin ich nicht dazu in der Lage. Allerdings hält gerade dieser Widerspruch mich am Leben.«

»Du …, du wirst mich töten?«

»Was? Nein.« (Sie schaute seiner Angst direkt in die

Augen.) »Oder vielleicht doch …, nun …, das spielt eigentlich keine Rolle.«

Doch, für ihn spielte das sehr wohl eine Rolle! Es gab nichts Wichtigeres für ihn.

Welches Spiel spielte sie mit ihm?

Oh! Diesmal wußte er, daß sie ein Spiel spielte, ja, es war sogar das einzige, was er wußte. Es kam ihm vor, als würde sie sich für das rächen, was er ihr angetan hatte.

Er hätte es gerne bereut.

»Ich dachte an nichts Böses«, sagte er (und die Verwunderung, die ihn überkam, ließ ihn fortfahren). »Ich habe nie gewußt, was du von mir erwartet hast, ich …«

Sein Gesicht leuchtete auf.

»Ach!« seufzte sie. »Du versuchst erneut zu mogeln! Ich frage mich, wovon du redest.«

»Nein, ich mogele nicht! Ich …, ich habe lediglich ein wenig Angst. Ich beklage mich nicht, verstehst du?« beklagte er sich. »Ich …, ich habe meinen Aufschub bekommen und bin dir sehr dankbar dafür. Trotzdem ist es nicht einfach, zuzugeben …«

»Gib dir keine Mühe, Madé. Zum ersten Mal habe ich das Recht, oder besser gesagt: Zum ersten Mal gestehe ich mir das Recht zu, mich einen Dreck um deine kleine, schäbige Person zu kümmern. Und dieses Recht werde ich mir nicht versagen.«

Das war es: Sie rächte sich!

Er hatte ihr das Leben schwer gemacht, also würde sie ihn nun, am Ende von allem, in aller Ruhe in Stücke zerlegen und ihn auf kleiner Flamme schmoren lassen. Mein Gott, niemand verdiente das mehr als er, doch es war grausam, ekelhaft … ja: ekelhaft. Er kam ins Schwitzen, und ihm war zum Kotzen schlecht.

»Ich hatte einst einen Freund, der behauptete, daß jede Erfahrung es wert sei, gemacht zu werden«, fuhr sie fort. »Er irrte sich: Jede Erfahrung ist eine Bereicherung des Lebens, doch viele davon sind unerträglich.« (Sie verzog ein wenig den Mund.) »Und du bist eine solche Erfahrung.«

Jetzt war sie ungerecht.

»Du ... ich ... War es so peinlich?«

»Peinlich?« Sie lachte laut auf, es klang leicht verbittert und sehr spöttisch. »Madé! Wenn du wüßtest ... Und selbst dann würdest du es nicht begreifen, weil du viel zu egoistisch bist. Ich werde dir jetzt ein Geständnis machen: Nach dir sollte ich Marie Sklodowska wieder lebendig machen ...«

»Wer ist das denn?« fragte er überstürzt. (In seiner Stimme schwang leise Eifersucht mit.)

»Marie Curie, ein Genie, das sehr unter der Dummheit ihrer Zeitgenossen zu leiden hatte.«

»Ich weiß, wer das ist. Nach deinem ...« (Er war sich einer Frage bewußt geworden, der er sich schon längst hätte stellen müssen.) »Nach deinem Tod haben die Medien dich häufig mit ihr verglichen.«

Sie fuhr unverzüglich fort, und er vergaß seine Frage.

»Unsere einzige Gemeinsamkeit sind zwei Nobelpreise, mehr nicht. Wie auch immer, sie wird in der Vergangenheit bleiben.«

»Ist sie genauso ein Scheusal wie ich?«

»Wie bitte?«

Er fragte sich, warum sie seine so offenkundige Anspielung nicht sofort begriff, doch er hatte keine Zeit, länger darüber nachzudenken, denn sie hatte bereits wieder das Wort ergriffen:

»Nein, Madé, es geht nicht um euren Charakter. Es geht nur darum, daß das, was ich deinetwegen durchstehen mußte, nicht noch einmal durchgestanden werden muß.«

Er erkannte keinen Unterschied zwischen den beiden Formulierungen. Doch plötzlich fiel ihm eine Möglichkeit oder zumindest ein Grund zum Weiterleben ein. Was nicht bedeutete, daß er sich bereits mit seinem Schicksal abgefunden hatte, nein, aber mit einem Mal erkannte er, daß er möglicherweise etwas anderes von seinem Leben anzubieten hatte.

»Ich habe etwas für dich komponiert«, sagte er sehr schnell (als bliebe ihm nicht mehr viel Zeit).

Eine Sekunde lang war sie überrascht, dann lächelte sie wie jemand, der die Absichten seines Gesprächspartners deutlich erkannt hat.

»Ach ja? Wann denn?«

»Heute … vergangene Nacht, im Schwimmbecken … eine Sinfonie.«

Es schien zu wirken, Lya zeigte ein gewisses Interesse, und dieses Interesse war ehrlich gemeint. Er erhob sich, um ihr einige zusätzliche Erklärungen zu geben, doch sie war diejenige, die zuerst das Wort ergriff.

»Du hast es natürlich nicht niederschreiben können?« fragte sie, ohne ihre Hintergedanken zu verbergen.

»Nein, nein, ich habe es da drin.«

Er tippte sich mit dem Finger an den Kopf. Sie wußte genau Bescheid – zumindest glaubte er das, so lange sie nichts erwiderte.

»In Ordnung, es wird mir keinerlei Probleme bereiten, es aus deinem Gehirn zu befreien.«

Es aus deinem Gehirn zu befreien! Um ein Haar wäre er ohnmächtig geworden. Rücklings fiel er auf das Sofa zurück und war so blaß im Gesicht, daß man ihn bereits für tot hätte halten können. Sie verschwieg ihm nichts mehr, sie beschönigte nichts mehr. Es genügte nicht zu wissen, daß er bald sterben würde, nein, er lag bereits im Sterben.

»Danke, Madé«, sagte sie. »Es ist eine Geste, die ich nicht mehr von dir erwartet hatte, und ich bin sehr gerührt.«

Sie machte sich nicht über ihn lustig, und das war

noch schlimmer für ihn. Er hatte überhaupt keine Kraft mehr, er konnte nicht einmal mehr sehen, daß sie eine Waffe aus ihrer Tasche zog. Erst als sie mit ihrer Erklärung begann, begriff er, daß sie eine Waffe in der Hand hielt:

»Auch ich werde dir eine Art Geschenk machen, Madé ..., indem ich dir deinen Todeskampf ein wenig erleichtere.« Sie fuchtelte mit dem lederumhüllten Injektor vor seinen Augen. »Dies ist ein etwas spezielles neurolytisches Mittel mit absolut tödlicher, aber so langsamer Wirkung, daß ich zuvor dein Gehirn entleeren kann. Selbstverständlich wirst du bei vollem Bewußtsein sein, doch du wirst nicht die geringsten Schmerzen verspüren.«

Beinahe wäre er auf der Stelle gestorben, vor lauter Angst und Abscheu, doch sein Gehirn fand einen anderen Ausweg, während sie ihre Waffe auf ihn richtete.

»Nein!« wehrte er sich plötzlich. »Das ist unmöglich, Lya! Das ist unmöglich ... Ich habe deine Sinfonie noch nicht vollendet.«

Sie lachte nervös, woraufhin er ebenfalls zu lachen begann.

»Wie das Requiem, Madé«, sagte sie jäh.

»Nein!« schrie er aus Leibeskräften (und dachte, daß er das, was man mit seiner Arbeit machen würde, diesmal nicht mehr ändern könnte). »Nein, Lya, nicht deine Sinfonie, ich bin der einzige, der sie vollenden kann! Sie muß perfekt sein, sie muß ... das Bedeutendste sein, was Mozart je ...!«

Sie seufzte ein letztes Mal und drückte ab, sah, wie er auf dem Sofa zusammensank, und näherte sich ihm, um mit sehr leiser Stimme mit ihm zu sprechen. In ihrer Stimme lag ein Ausdruck von unglaublicher Vertraulichkeit – und ein noch intensiverer Ausdruck von Triumph.

»Du bist nicht Mozart, Madé.«

Er war völlig gelähmt und spürte, wie er sich von seinem Inneren entfernte, doch Lya hatte nicht gelogen (warum hätte sie das auch tun sollen?): Er war bei vollem Bewußtsein. Er war blind, weil seine Lider geschlossen waren, als er erstarrte, und er konnte fast nichts fühlen, höchstens genug, um zu merken, daß man ihn aufhob, ihn irgendwohin transportierte, ihn entkleidete und ihn auf etwas legte, das kalt und hart war. Er konnte so gut wie nichts mehr riechen und hatte ebenfalls den Geschmack verloren. Allerdings konnte er noch sehr gut hören, was zu Beginn durchaus erträglich war.

Lya schwieg ziemlich lange, als an ihm herummanipuliert wurde, doch dann sprach sie ihn plötzlich an, und nicht die geringste Spur von Verbitterung lag in ihrer Stimme.

Falls überhaupt jemals Verbitterung in ihrer Stimme gelegen hatte.

»Du bist nicht Mozart«, wiederholte sie, »und die Thanatomaturgie ist ein gewaltiger Bluff.«

Das einzige, was er aus ihrem Tonfall heraushörte, war ein Ausdruck von Glück, der ihm an ihr bislang fremd gewesen war, eine Freude, die ihm vorkam, als setzte sie sich zusammen aus Erleichterung, Erlösung und endlich befriedigter Ungeduld oder endlich belohnter Geduld oder möglicherweise auch aus beidem.

»Es ist erstaunlich, daß du es gestern abend nicht begriffen hast. Es ist gleichzeitig erstaunlich und normal, doch es kam mir so selbstverständlich vor!« Sie behandelte ich nicht wie einen Dummkopf, sondern sie erzählte: »Anstatt daß du zu verstehen versucht hast, wieso ich nach wie vor am Leben bin, hast du in mir zunächst ein Phantom erkannt. Erst später hast du eingesehen, daß ich, wie durch ein Wunder, tatsächlich lebte, doch du hast nicht versucht, dieses Wunder zu erklären. Dabei wußtest du zweifellos, daß ich tot war …, und, unter uns gesagt, ich bin wirklich tot. Was heißt das also, Madé? Daß jemand mich wieder lebendig gemacht hat? Nein, nein, es gibt nur eine Lya Salieri.«

Er war sich dessen so sicher wie sie, doch es half ihm nicht weiter.

Wenn sie sich nur selbst wiederauferstehen lassen konnte, so mußte sie das bereits vor ihrem Tod getan haben. Das ergab jedoch keinen Sinn, und zudem hatte sie behauptet, die Thanatomaturgie existiere gar nicht.

»Ich hoffe, doch ich glaube nicht, daß du jetzt alles besser verstehst, Madé. Nun, ich werde dir eine banale und völlig belanglose Erklärung liefern.«

Ihr Lachen hatte noch nie so heiter geklungen. Wolfgang selbst hatte nun keine Angst mehr. Dennoch konnte seine Neugier jenes abgrundtiefe Gefühl von Ungerechtigkeit nicht verdrängen. Sie reagierte sich ab!

»Ich habe etwas viel Besseres erfunden als die Thanatomaturgie, Madé, etwas viel Besseres. Gut, es ist weitaus weniger traumhaft … oder weniger märchenhaft, wenn du so willst, aber es ist von unschätzbarem Wert. Ich habe zwei kleine, sehr amüsante Dinge erfunden … Du wirst lachen.«

Und dann lachte sie über ihre eigene Bemerkung.

Er hingegen hätte über das Elend dieser Marionette, die er stets gewesen war und immer noch war, am liebsten geweint.

»Zuerst habe ich mir eine beschleunigte Klonmethode zur … – wie soll ich sagen? zur raschen Züchtung menschlicher Körper ausgedacht. Es dauert ungefähr fünf Jahre, um einen Erwachsenen zu bilden, aber ich hoffe nach wie vor, daß ich es ein oder zwei Jahre schneller schaffen kann. Das Klonen an sich, ob beschleunigt oder nicht, ist völlig nutzlos. Das ist mein biologischer Standpunkt. Die Physikerin in mir aber hat eine Technik zum Aufzeichnen der im Gehirn gespeicherten Informationen entwickelt. Die Vollständigkeit, Madé, befindet sich direkt an der Quelle! Was umgekehrt natürlich auch der Fall ist, sonst wäre es völlig uninteressant.«

Plötzlich merkte er, daß er sie weniger deutlich hörte, so als wäre die Starre, die seinen Körper lähmte, auf seine Trommelfelle übergegangen und als würde sie nach und nach sein ganzes Gehirn lahmlegen.

»Ich hatte reichlich Gelegenheit, mich zu ärgern, glaub mir! Meine Theorie war gut, doch es gelang mir nicht, sie in die Praxis umzusetzen. In Wirklichkeit fehlte mir das Können und das Werkzeug zur Erfassung und anschließenden Wiedergabe der Hirndaten. Und dann begegnete ich dir … nun, nicht dir, da es dich ja nicht mehr gibt, sondern demjenigen, der sich tief in dir verbirgt.«

Er konnte sie immer noch hören, doch trotz seines zunehmenden Interesses verspürte er den immer heftiger werdenden Wunsch, als Idiot zu sterben. In der Folter, die sie ihm auferlegte, erkannte er seine Schuld wieder, doch deswegen wurde diese Schuld keineswegs erträglicher.

Kann jemand, den es nicht gibt, verschuldet sein?

Was hatte sie gesagt?

Daß jemand sich in ihm verbirgt?

Wie langsam dieser Tod war!

»Ein überdurchschnittlich begabter Informatiker, der zudem ein völlig übergeschnappter Komponist ist. Weißt du, daß auch er mich hören kann, mit der gleichen Ohnmacht wie du, Madé? Außer dem Leben gibt es einen bedeutenden Unterschied zwischen euch beiden: Er leidet nicht. Kurz gesagt, er gab mir, was mir fehlte: die technischen Mittel. Gemeinsam haben wir dem Sterben ein Ende gesetzt« – sie änderte ihren Ton – »und eine Entschuldigung für Kriege und Diktaturen gefunden. Es war ein unzulässiges Risiko.« (Sie klang erneut heiter.) »Du weißt, wie idealistisch ich bin, Madé? Möglicherweise ist er ein noch größerer Idealist als ich.«

Sie liebte ihn! Er war sicher, daß dieser … dieser heimliche Bewohner seiner selbst ihr Liebhaber war, im Herzen und im Geiste. Und er fühlte sich beraubt, so als hätte man ihm noch mehr weggenommen als seine bloße Existenz.

»Sei unbesorgt, wir haben nicht vor, diese Wohltat nur zu unseren eigenen Zwecken einzusetzen, doch wir haben noch eine Menge zu tun, bevor sie in öffentlichen Besitz übergehen kann. Allgemein heißt diese Arbeit Mars. Es handelt sich um ein hauptsächlich politisches Werk, und es wird einige Zeit in Anspruch nehmen, aber an Zeit fehlt es uns am allerwenigsten.«

Trotz seiner Lethargie kam ihm der Gedanke, daß sie ebenso verrückt wie genial war (genau wie ihr komplizierter Humanismus) und daß eine gewisse Form von Zukunft in ziemlich seltsamen Händen lag, deren Sauberkeit noch seltsamer war.

»Du hältst uns für größenwahnsinnig, nicht wahr? Du hast zweifellos recht. Wenn ich nichts anderes zu tun habe, frage auch ich mich, aus welchem Grund wir uns eine derartige Macht anmaßen können und mit welchem Recht wir mit der Menschheit herumspielen. Doch ich gestehe mir keineswegs ein göttliches Vorrecht zu, Madé, sondern ich fühle mich lediglich von einer gewaltigen Verantwortung getrieben. So ist es: Ich weigere mich, mit meinem Gewissen für das geradezustehen, was die Politiker gewöhnlich mit der Wissenschaft anstellen. Man kann also durchaus behaupten, daß es mir im wahrsten Sinne des Wortes um Schadensbegrenzung geht.«

Einmal abgesehen von dem kleinen, egozentrischen und niederträchtigen Mozart! Was hatte der hier überhaupt verloren?

»Dennoch ist es bereits zu vereinzelten Schadensfällen gekommen. O nein, nichts Schlimmes! Wir brauchten lediglich ein wenig Geld, um unantastbar zu werden. Er war derjenige, der sich darum kümmerte. Er nahm einige Datenmanipulationen vor, um auf diese Weise ein paar Milliarden unterschlagen und verstecken zu können. Allerdings ist es der Finanzverwaltung trotz seiner Genialität gelungen, seinen Fälschungen auf die Spur zu kommen, woraufhin er zum öffentlichen Feind Nummer eins erklärt wurde. Da wir das besaßen, was wir, auch langfristig, brauchten, er jedoch erledigt war, beschlossen wir, ihn so lange verschwinden zu lassen, bis es zur Verjährung käme.«

Als er sie auf Walhalla gesehen hatte, hatte er intuitiv gespürt, daß sie allmächtig war, doch die Straffreiheit, die sie nun genossen, war weitaus wirksamer.

Doch letztendlich waren auch sie nicht unsterblich!

»Ich bin von Grund auf Wissenschaftlerin, und er ist durch und durch Künstler, wir suchten nach einer Erfahrung, welche die Persönlichkeit von jedem von uns beiden befriedigen sollte. Meine Leidenschaft galt einem gewissen Mozart, und er kannte ihn in- und auswendig. Wir haben dich, Madé, mit Hilfe von Daten neu erschaffen, wir haben einen jungfräulichen Klon modifiziert, um ihm dein Aussehen zu geben. Er bat mich um fünf Jahre deines Lebens, die er in dir, in deinem Unterbewußtsein verbrachte. Heute läuft diese Frist ab.«

Er hörte sie immer weniger gut, er hörte sie sogar so schlecht, daß er nicht mehr sicher war, alles verstehen zu können. Fünf Jahre seines Lebens! Mein Gott, wie sehr er sie haßte!

»Das Wesentliche seines Bewußtseins ist in dir, passiv, in einer Beobachterrolle. Dein musikalisches Talent ist auch sein Talent, es dopt sich mit Mozarts Werk und ist durch und durch von deiner Genialität überzeugt. Dein Körper ist sein Körper, ein schrecklich deformierter Körper. Dein Gedächtnis, dein Charakter, dein Bewußtsein sind von uns erfunden worden. Du bist nicht Mozart, es gibt dich nicht.«

Ihre Stimme war inzwischen so weit weg und so schwach, daß er sie nur noch mit großer Willensanstrengung wahrnehmen konnte.

»So wie ich es in meinem Fall tat, bevor ich auf dem Asteroiden *verschwand,* so werde ich auch ihn aus dir befreien und ihn einem reifen Klon einspritzen. Die fünf Jahre, die wir dir geschenkt haben, werde ich in einem verborgenen Winkel seines Gedächtnisses aufbewahren, so als handele es sich um die Erinnerung an einen bestimmten Lebensabschnitt oder um einen Roman.«

Er vernahm einen letzten Satz.

»In gewisser Hinsicht hattest du recht, als du glaubtest, du hättest dich verschuldet. Ich bedauere sehr, daß deine Sinfonie diese Schuld nicht begleichen kann, doch ich möchte mich noch einmal bei dir bedanken, sie ist besser geworden, als ich es von dir erwartet hatte. Adieu, Madé.«

Das war alles.

Noch stundenlang spürte er, wie das Leben sich endgültig aus ihm zurückzog, noch stundenlang dachte er daran, was sie gesagt und was er durchlebt hatte, noch stundenlang suchte er in seinem Bewußtsein nach diesem Informatiker, der ihn erschaffen und die ganze Zeit über ausspioniert hatte, noch stundenlang verfluchte er diejenigen, die Gott erfunden hatten, und diejenigen, die an seine Stelle traten, noch stundenlang fragte er sich, ob er überhaupt jemals existiert hatte und inwiefern er nicht existierte. Dann quälte er sich selbst mit der Gewißheit, daß er, der Andere, sein letztes Werk beenden würde. Dennoch fand er in seinem Schweigen, und lange bevor er starb, den Seelenfrieden mit einem bitteren und lächerlichen Gedanken.

»Ich bedauere lediglich, daß ich nicht da sein werde, wenn du herausfindest, daß diese Sinfonie nicht für dich geschrieben wurde, Lya.«

Robert Sheckley

IM LABYRINTH DES MINOTAURUS

1. Wie Theseus an diesen Minotaurus-Job kam ...

Wie es hieß, war Theseus auf der Durchreise in Delphi, einem kleinen Kaff westlich der korinthischen Pueblos, und ging mal eben in einen Saloon, um sich ein Glas Bier und einen Hamburger reinzuziehen. Dabei fiel ihm eine Zeitung ins Auge, die jemand auf dem Mahagoni-Tresen vergessen hatte. Und weil er gerade nichts zu tun hatte, begann er in dem Fetzen rumzuschmökern.

Er war pleite wie so oft, ein arbeitsloser Heros, der absolut nichts drauf hatte, außer Monster zu töten und Probleme mit Weibern zu kriegen. Deshalb tingelte er auf dem alten dorischen Wanderweg durch das Hochland, bei schmaler Kost und unbequemen Betten. Er war ein ziemliches Ende von seiner Heimat entfernt und hatte auch nicht die Absicht, dorthin zurückzukehren. Helden lieferten ihre Taten so gut wie immer irgendwo unterwegs ab, das lag in der Natur ihres Berufsbilds. Aber bislang hatte sich nichts ergeben, und so wandte sich Theseus ohne große Hoffnung den Kleinanzeigen zu. Und da las er doch glatt:

»Heros für gefährlichen Job im mythischen Bereich gesucht. Topkräften mit hoher Risikobereitschaft bieten wir die Chance zu unsterblichem Ruhm.«

»Paßt schon«, brummelte Theseus und fuhr mit

einem Finger sanft die unrasierte linke Kinnseite entlang.

Theseus begab sich an die genannte Adresse, einen großen, düsteren Backsteinbau in der Vorstadt. Man verwies ihn an ein Büro im zweiten Stock. Dort sah Theseus Aktenschränke, eine schwenkbare Tischlampe, eine Kaffeemaschine, einen glatzköpfigen Mann und eine rothaarige Frau, alles wie üblich arrangiert.

»Nehmen Sie Platz«, sagte der Mann. »Sie kommen wegen der Annonce? Sehr schön. Wir suchen geschultes Verkaufspersonal für Rigna II und Fortis Minor. Unsere hydrostatisch stabilisierten, komfortkontrollierten Outdoor-Wollprodukte gehen zwar praktisch von selbst, aber jemand muß schließlich die Waren begleiten und das Geld einkassieren. Haben Sie je im Verkauf gearbeitet, Mister … äh …?«

»Mein Name ist Theseus«, erklärte Theseus. »Und ich fürchte, es handelt sich hier um ein Mißverständnis. In der Annonce, die ich meine, wurde ein Held gesucht, kein Verkäufer.«

»Ach ja, richtig, das Heros-Angebot«, sagte der Mann. »Haben Sie irgendwelche Zeugnisse oder Referenzen, Mister Theseus?«

Theseus zeigte ihm sein Abschlußzeugnis von der Helden-Akademie in Maplewood, New Jersey, sein Empfehlungsschreiben von Achilles, bei dem er ein halbjähriges Praktikum abgeleistet hatte, und all die anderen Belobigungen, Tätigkeitsnachweise, Zeitungskritiken, Dankschreiben und so fort.

»Wir haben in der Tat eine vakante Stelle auf dem Heldensektor«, erklärte der Mann nach einer flüchtigen Prüfung der Unterlagen. »Die Anfrage kam von einem unserer Kunden. Mister Rhadamanthys, ein sehr bedeutender Mann in dieser Gegend. Bekleidet eine hohe Position im Gerichtswesen der Unterwelt und ist nebenbei auch noch der Bruder von König Minos.

Rhada, wie wir ihn nennen, hatte eine ansehnliche Ranch ganz in der Nähe, wo er Filets Mignons züchtete. Natürlich waren die Dinger von einem lebenden Tier umhüllt, und es machte beträchtliche Arbeit, sie da rauszuholen. Aber Rhada hatte dafür das *Schlachten* erfunden, einen trickreichen Prozeß, mit dem sich das Problem locker bewältigen ließ. Jedenfalls lief der Laden nicht schlecht, bis eines Tages dieser Minotaurus in der Nachbarschaft auftauchte und ein Mordstheater mit den Filets anfing – in ihrem Primärstadium, versteht sich, wenn sie noch in Gestalt von *Kühen* über die Weide laufen.«

»Ich verstehe«, sagte Theseus. »Und was ist ein Minotaurus?«

Der Mann erklärte ihm, daß der Minotaurus zu diesen Tiermenschen oder Menschtieren gehörte, die früher mal auf der Erde gelebt hatten, bis Solon sein Gesetz zur Beschränkung der Freiheit und Gleichheit durchbrachte, das es den Menschen gestattete, Minotaurusse um die Ecke zu bringen.

Theseus erfuhr später, daß alles in der Epoche der Hybridmonster begonnen hatte, eine Zeit der Toleranz, in der man sich ohne weiteres mit einem Typen in der Öffentlichkeit zeigen konnte, der halb Ziege und halb Bär war und obendrein vielleicht noch ein Paar Adlerschwingen hatte. Das war in jenem Goldenen Zeitalter, als die Menschen noch keine gesellschaftlichen Normen eingeführt hatten und alles wunderbar war, weil sie es nicht besser wußten. Eine angenehme Periode, die keine sozialen Unterschiede machte, bis der Geist der Ästhetik aus dem Kessel undifferenzierten Wohlseins hochblubberte und die Leute sich zu genieren begannen, daß sie Umgang mit Geschöpfen pflegten, denen Pelze wuchsen. Also gingen sie dazu über, diese Geschöpfe zu verspeisen und sich ihre Pelze umzuhängen.

Und damit begann das Letzte Große Roundup, bei

dem alle Tiermenschen zusammengetrieben und in Tiermenschen-Umerziehungslager gesteckt wurden, wo man sie in ihre Atome und Moleküle zerlegte und ihnen den Rat gab, es noch einmal mit einer ganz neuen Zusammensetzung zu probieren. Aber der Minotaurus entkam mit ein paar anderen Monstern und schlug sich in die Wälder und Berge und sonstige einsame Gegenden durch. Dort lebte er fortan und sann auf Rache wider die Menschen, eine Art Vorwegnahme des Caliban-Ungeheuers, finster, animalisch, listenreich, wild, heimtückisch und treulos – das genaue Gegenteil jedes aufrechten Pfadfinders. Und seit kurzem nun wagte er sich wieder in den Dunstkreis der Menschheit. Er machte die Filets Mignons verrückt und setzte ihnen Flausen in den Kopf, die mit ihrem Stand völlig unvereinbar waren. Schlimmer noch – er zettelte Überfälle auf die Fabriken an, wo die Filets Mignons in handliche Kartons abgepackt wurden.

»So sieht die Sache aus«, meinte der Mann. »Denken Sie, daß Sie mit dieser Kreatur fertigwerden?«

Theseus wußte, daß er an dieser Stelle eigentlich seiner Empörung über den Minotaurus freien Lauf lassen sollte, seinen Abscheu über das regelwidrige Verhalten von Monstern im allgemeinen und des Minotaurus im besonderen. Vielleicht wären auch ein paar Worte untertänigsten Dankes angebracht gewesen, daß ausgerechnet er, ein tumber Held, den ehrenvollen Auftrag erhielt, die Erde von der Verkörperung eines hassenswerten Prinzips zu befreien, welches das Menschenleben unvollkommen machte, schal, fad und abgeschmackt – vom Albanier im Holzstoß, wie die Hellenen zu sagen pflegten, vom bösen Prinzip, das uns daran hindert, unser ideales Sein zu erlangen.

Tatsache war jedoch, daß Theseus tief in seinen Herzen eine Schwäche für Monster hatte. Das besondere Verständnis zwischen Helden und Monstern ergab sich zwangsläufig daraus, daß sie in der gleichen Branche tätig waren. Außerdem hatten Helden und Monster noch eines gemeinsam: Sie waren von Natur aus unfähig, von ihrem Einkommen zu leben.

»Klar doch«, sagte Theseus. »Üble Kunden, diese Minotaurusse, das ist allgemein bekannt, auch wenn ich bisher nie persönlich mit den Biestern zu tun hatte. Meine Spezialität sind mehr die Chimären, aber was soll's? Monster bleibt Monster, und ich schätze, das muß hinzukriegen sein. Ich erinnere mich noch an diese schreckliche Chimäre, die ich im Apachenland verfolgte, ganz in der Nähe des Päonischen Golfs ...«

»Wir hören uns die Story gern ein anderes Mal an«, unterbrach ihn die Frau. »Aber momentan warten wir auf Ihre Entscheidung.«

»Sicher, ich mach' das«, sagte Theseus.

»Wann könnten Sie anfangen?«

»Na, jetzt.« Theseus lehnte sich zurück und stemmte einen seiner hochhackigen, handgenähten Josiah-Starke-Cowboystiefel aus Córdoba-Leder gegen das Bargitter. »Ich schätze, wir heben noch einen auf gute Zusammenarbeit und dann ziehe ich los und beginne mit dem Fährtenlesen.«

»Fährtenlesen?« wiederholte der Mann. Er sah die rothaarige Frau an. »Weißt du, wovon er spricht, meine Liebe?«

»Himmel, das hat doch nix Besonderes, das Fährtenlesen«, sagte Theseus. »Bloß bei Indianern, und insbesondere bei diesen Minotoor-Indianern, da ist der volle Durchblick angesagt, und wenn du den nicht mitbringst, mußt du ihn schleunigst importieren.«

»Theseus«, warf die Frau ein, »kann es sein, daß Sie irgendwie in den falschen Kontext geraten sind?«

»Diese Minotoor-Indianer«, fuhr Theseus fort und blies den Schaum von seinem Bier, »können über blanken Fels laufen, ohne auch nur mit ihren Mokassins zu schlurfen. Und wenn sie auf dem Kriegspfad sind, bestücken sie die Dinger mit Extra-Dämpfern.«

»He, nun kriegen Sie sich endlich wieder!« sagte der Mann.

Theseus schaute verwirrt auf. Heroen träumen häufig davon, daß sie ein paar Grundregeln des Helden-Monster-Spiels ändern könnten, einen neuen Kontext erfinden, die Zuschauer wegschicken, eine Allianz bilden und das Schloß der Liebe stürmen, Helden und Monster Seite an Seite, gemeinsam sind wir unschlagbar. Aber so etwas ließ der Schaltplan des Universums einfach nicht zu. Ein Monster lieben, das kam nicht in Frage. Also blieb nur die Möglichkeit, es um die Ecke zu bringen.

»Tut mir leid«, murmelte Theseus, »ich war kurz weggetreten.«

»Sie sind nicht zufällig mental instabil?« erkundigte sich die rothaarige Frau.

»Für einen Helden bin ich völlig normal«, versicherte Theseus. »Jeder, der diesen Job macht, hat eine kleine Macke.«

Theseus unterzeichnete einen einstweiligen Vertrag, den sein Agent durchlesen, genehmigen und endgültig abschließen würde, und erhielt einen Scheck mit dem üblichen Monsterjagd-Vorschuß. Nach diesen Formalitäten knurrte allen der Magen, und sie gingen gemeinsam essen. Das Essen mit dem Impresario nach der Vertragsunterzeichnung ist in der Regel der beste Teil einer Monsterjagd.

2. T., Mensch, männl., auf Minotaurus-Kurs

Nach dem Essen begaben sie sich schnurstracks zum Kommandoposten. Die rothaarige Frau begleitete sie nicht dorthin. Sie erhielt zwischen den Kapiteln ein Telegramm mit der Botschaft, daß sie die Wahl zur Miss Abilene gewonnen habe und daß auf dem Grundstück ihrer Familie in Sulk City, Florida, eine Ölquelle entdeckt worden sei. Soviel zum Abgang einer schnippischen, wenig kooperativen Besetzung. Möge er anderen als Warnung dienen.

Im Kommandoposten war jene knisternde Spannung zu spüren, jener Hauch einer Katastrophe, der so viele Bestseller umgibt. Updates über Aufenthalt und Vorlieben des Minotaurus flimmerten auf den Bildschirmen. Techniker hetzten mit zahlenbeladenen Schreibtabletts hin und her und gaben sich alle Mühe, Science Fiction in die Tat umzusetzen. Man hörte das leise Summen von Elektrizität und das merkwürdige Stottern des Phase-Zwei-Synthesizers, der seine Stimmungsvorhersagen abgab. Nichtsdesoweniger bemerkte Theseus das dunkelhaarige Mädchen mit dem dünnen Stapel von Computer-Ausdrucken, deren einziger Zweck darin bestand, ihren Händen etwas zu tun zu geben. Sie war einfach niedlich, der kurze Rock, die hohen Absätze, die selbstsichere Art, und ein Blick wanderte zwischen ihnen hin und her, ein flüchtiger Blick, die vage Andeutung eines Blicks – und doch spielten die Magennerven verrückt bei diesem verwirrenden, sexuellen Aufruhr verheißenden Blick, der dir verrät, daß sie dich bemerkt hat und in Erwägung zieht, sich näher mit dir zu befassen.

Theseus kehrte in die Gegenwart zurück. Er hatte soeben bemerkt, daß die grünen und die roten Linien des Monster-Suchsystems ein Fadenkreuz bildeten und stillstanden. Der Minotaurus war aufgespürt!

Der Hohepriester der Technik-Schreiber in seiner orangegrünen Uniform mit den Stulpen-Handschuhen und dem plissierten Umhang schrieb die Zahlen auf ein Stück Papier, das er ihm überreichte.

»Koordinaten, diese da«, erklärte er. Der eigenartige Satzbau sowie seine zischelnde Aussprache wiesen ihn als Anlaute-Verweigerer von Gnagi Prime aus.

Theseus studierte die Zahlen und prägte sie sich ein. Er hatte nicht wirklich ein gutes Gedächtnis. Zumindest konnte er sich Fakten nie sehr lange merken. Theseus schulterte seinen Rucksack mit der Minotaurus-Such- und Killerausrüstung und begab sich direkt an den Stadtrand, wo die Spur des Minotaurus begann. Nur einmal hielt er unterwegs in einem Gemischtwarenladen an, um seinen Monsterjagd-Vorschuß-Scheck einzulösen. Es war ein griechischer Laden, wie man sich denken kann.

3. Ich schiebe Dädalus nur ungern die Schuld in die Schuhe

…, aber es läßt sich nicht leugnen, daß er wesentlich zur gegenwärtigen Komplikation beigetragen hat. Ehe er die Unbestimmtheit einführte und sein Labyrinth unbedingt auf Raum und Zeit ausdehnen mußte, da ging es uns Hellenen noch ganz gut. Unsere Geschichte war ein wenig verworren, aber nicht direkt kompliziert, auch wenn die Leute später viel darüber schrieben. Erst nachdem Dädalus unsere Horizonte geweitet hatte, entwickelte sich aus dem ganz normalen Chaos das totale Chaos.

Heute bin ich jeder, der zufällig dem Theseus-Archetyp entspricht. Man hat mich universalisiert, ob es mir paßt oder nicht. Und es paßt mir eher nicht. In der guten alten Zeit, ehe Dädalus entschied, daß Hume recht hatte, stand die Folge von Ereignissen nicht unbedingt in einem Kausalzusammenhang.

Hier die Geschichte von Theseus, die auch meine ist: Mein Vater hieß Ägeus und war ein Sohn des Pandion, dessen Vater wiederum Erechtheus, der König von Athen, war. Erechtheus wurde von Poseidon getötet, und seine Söhne entzweiten sich wegen der Nachfolge. Kekrops wurde erwählt, mußte aber nach Megara und anschließend nach Euböa fliehen, wo er bei Pandarus, einem seiner Brüder, lebte. Großvater Pandion bestieg den Thron, konnte ihn aber nicht gegen seinen Bruder Metion und, nach Metions Tod, gegen dessen Söhne behaupten.

Großvater mußte Athen verlassen. Er begab sich nach Megara, heiratete dort Pyla, die Tochter des Königs Pylus, und übernahm den Thron, als Pylus für ein paar Jahre weg mußte.

Nach Großvater Pandions Tod zogen seine vier Söhne nach Athen und vertrieben die Söhne seines Bruders Metion. Danach losten sie, wer welches Stück Land kriegen sollte, und mein Vater erwischte den Haupttreffer, Athen selbst, während sich die anderen mit den weiter abgelegenen Gegenden begnügen mußten.

Natürlich hatte ich als Kind keine Ahnung von diesem Sachverhalt, weil mir kein Mensch sagte, wer mein Vater war.

Dramatiker befassen sich meist mit meiner Kindheit und der berühmten Geschichte mit dem Felsblock und dem Schwert. Um die Sache abzukürzen, werde ich den anderen Teil der Legende erzählen, den Teil, den die wenigsten kennen – wie und warum mein Vater Ägeus in die blöde Situation geriet, daß er mich nicht als sein Fleisch und Blut anerkennen konnte.

Mein Alter hatte es zweimal mit Heiraten versucht, aber beide Male war es ihm nicht gelungen, einen Sohn zu zeugen. Seine erste Frau Melite war klug, aber unfruchtbar, und Chalkiope, die zweite, erwies sich trotz ihrer kräftigen Stimme und ihrer gewinnenden Art ebenfalls als Flop.

Das bedrückte den alten Herrn, und er suchte das Orakel zu Delphi auf. Dort erfuhr er, daß er seinen Weinschlauch nicht eher öffnen dürfe, bis er den höchsten Punkt in Athen erreicht habe, da er andernfalls eines Tages vor Kummer sterben würde. Ägeus verstand beim besten Willen nicht, was der Spruch zu bedeuten hatte.

Auf dem Rückweg von Delphi legte er deshalb in Korinth einen Zwischenstop ein, und es folgten die berühmten Szenen mit Medea.

Aber immer der Reihe nach. Zuerst kehrte er in Trözen ein, wo sein alter Freund Pittheus König war. Dessen Bruder befand sich auch da. Die beiden waren Söhne des Pelops und vor kurzem von Pisa rübergekommen, um sich mit König Ätius ein Reich zu teilen.

Dieser Pittheus nun hatte ein Problem, und das war seine Tochter Äthra. Meine Mutter. Hätte sie, wie ursprünglich geplant, Bellerophon geheiratet, wäre meine Geschichte völlig anders verlaufen. Aber Bellerophon geriet irgendwie in Schwierigkeiten und mußte abtauchen, weshalb meine Mutter ganz schön in der Klemme saß. Die Vorsehung verlangte, daß sie ein Kind kriegte, eine göttliche Vorsehung übrigens, aber weit und breit war kein passender Gemahl zur Hand. Aus diesem Grund betrachteten die beiden meinen Vater als ein Geschenk des Himmels. Natürlich konnte niemand von Dad verlangen, daß er die Sache genauso sah.

Pittheus schaffte es, meinen Alten unter den Tisch zu picheln und in Äthras Bett zu verfrachten. Gleich darauf hatte dann, wenn man der Legende glauben darf, der Gott Poseidon was mit meiner Mutter. Was die interessante Frage aufwirft, wer von den beiden nun eigentlich mein richtiger Vater ist. Als Sohn des Poseidon wäre ich nämlich ein Halbgott, und die Typen hatten im alten Hellas allerhand Vorteile gegenüber den Normalsterblichen.

Wie dem auch sei, Poseidon verzichtete dankend auf mich und meine Mutter. Ich erwähne den Vorfall auch nur, weil er irgendwie zur Legende gehört.

Dad schärfte meiner Mutter ein, daß sie – sollte sie wirklich einen Sohn gebären – ja keinem Menschen erzählen dürfte, wer der Vater des Kindes sei. Das tat er, um sie vor den fünfzig Kindern des Pallas zu schützen. Pallas selbst war ein Bruder von Dads altem Feind Metion, und er hätte garantiert versucht, Mutter umzubringen, wenn ihm zu Ohren gekommen wäre, daß sie ein Kind von Ägeus und damit einen Nachfolger für den Königsthron von Athen erwartete.

Und so kam es, daß ich in Trözen aufwuchs und überhaupt nichts über meine Herkunft wußte, obwohl ich bereits damals ahnte, daß mir eine große Zukunft bevorstand. Das war noch vor der Zeit, als Dädalus sein Labyrinth baute und die Unbestimmtheit einführte und mir damit die Möglichkeit gab, mein Leben auf diese oder jene oder eine ganz andere Weise zu gestalten.

4. Dädalus

Die Komplikationen setzten ein, als Dädalus sein großes Labyrinth für König Minos von Kreta baute, damals, als Atlantis noch nicht im Meer versackt war.

Die Klassik existierte schon eine ganze Weile. Das Goldene Zeitalter von Athen. Götter, Homer, Plato – all der Krempel.

Aber nur ein Mann in dieser Ära der Antike wußte, daß seine Lebensweise dem Untergang geweiht war. Und dagegen unternahm er etwas. Dädalus kann daher mit Fug und Recht behaupten, daß er der erste Mensch der Moderne war.

Dädalus hatte durch Computerstudien erfahren, daß Knossos, Kreta und die gesamte Atlantis-Kultur aufgrund einer unausweichlichen Naturkatastrophe den Bach runtergehen würden. Die Sache sickerte irgendwie durch und sorgte für beträchtliche Unruhe im Königreich. Die Leute fanden, daß man diese Entwicklung nicht einfach hinnehmen könnte.

Minos pflichtete ihnen bei und versammelte die Sieben Weisen von Hellas zu einem Brainstorming.

Sie knobelten das Ding mit dem Labyrinth aus und schlugen Dädalus für den Job vor.

5. Theseus. Über das Labyrinth

Und in genau in diesem Labyrinth, das Dädalus in der Blütezeit der Atlantis-Zivilisation für König Minos errichtete, sucht Theseus nun nach dem Minotaurus.

Es ist ein Tag, ein nichtssagender Tag, ein Tag wie so viele im Labyrinth.

Das Labyrinth ist eine Ausgeburt der Magie, ein Testgelände für Heroen, ein Ort simultaner Realitäten und sich wiederholender Abläufe. Das Labyrinth ist eine Höchstleistung atlantisch-wissenschaftlicher Alchemie, das überragende Denkmal einer bereits vom Untergang bedrohten und in Kürze den Gewalten der Natur zum Opfer fallenden Zivilisation, der Dädalus durch seine Kunst zur Unsterblichkeit verholfen hat.

Die Situation ist immer wieder durchgespielt worden, mit diversen Leuten in den Hauptrollen und äußerst unterschiedlichen Resultaten. Ich bin nicht der einzige Theseus, den es je gab oder geben wird. Ich bin schlicht und ergreifend der derzeitige Theseus, der Typ in der Erzählerrolle, wenn auch nicht eigentlich der Erzähler der ganzen Story. Ich werde später noch etwas genauer darauf eingehen. Im Moment jedenfalls bin ich Theseus, ein professioneller Minotaurus-Killer, oder besser gesagt, einer in einer langen Reihe von Theseusen, die mit nahezu widerwärtiger Periodizität auftreten, seit Dädalus das Element der Wiederholung in seinen Plan für diesen Irrgarten aufnahm, der mittlerweile komplizierter ist als die Welt, die ihm Modell stand.

6. Das Labyrinth als besondere Leistung des Dädalus

Theseus war ganz und gar nicht sicher, ob er diesen Minotaurizid überhaupt fertigbrachte. Die alten Legenden stellten die Sache zwar als relativ harmlos und unkompliziert hin, aber diese populären Machwerke dienten mehr oder weniger der Volksverblödung. Die Realität sah anders aus. Selbst wenn man für den Augenblick den Charakter und die Eigenschaften des Minotaurus sowie seine beachtliche Liste von Siegen ignorierte und nur die Weitläufigkeit des Labyrinths mit seinen zahllosen Verbindungen und Verzweigungen in Betracht zog, dann konnte man leicht zu dem Schluß gelangen, daß Theseus hoffnungslos überfordert war. Wie sollte ein einzelner Mensch in diesem Gewirr den Minotaurus aufspüren?

Die besondere Leistung von Dädalus bestand darin, daß sein Labyrinth komplexer war als die Welt, die ihm als Modell gedient hatte. Vergangenheit und Gegenwart existierten in seinem Irrgarten simultan, so daß man in seinen Winkeln Krümmungen auf sämtliche Zeiten und Orte stoßen konnte. Man kann auf alles stoßen, aber man sollte nichts Spezielles erwarten; es läßt sich nie im voraus sagen, wer oder was auftaucht, weil es in diesem Labyrinth einfach zu viele Menschen und Dinge gibt. Tatsächlich begegnet man im Labyrinth einer weit größeren Vielfalt an Geschöpfen als in der Natur selbst – Chimären und Harpyen, Titanen, Lapithen und Kentauren, nemeischen Löwen, stymphalischen Vögeln und so fort. Aber während theoretisch hinter jeder Ecke ein Fabelwesen lauern kann, ist die Chance, das zu finden, was man eigentlich sucht, äußerst gering. Ein Mensch könnte ewig durch die verschachtelten Komplikationen des Dädalus-Labyrinths wandern, ohne jemanden zu treffen, der je einen Minotaurus gesehen hat, geschweige denn das Monster selbst zu sehen.

Im Moment wurde Theseus von Hunger geplagt. In seinem Rucksack stapelten sich all die Dinge, die er für seine Minotaurus-Jagd als nützlich erachtete, aber nichts davon war eßbar, zumindest nicht sofort. Und nirgends war Nahrung in Sicht. Es war überhaupt nichts in Sicht. Theseus stand mitten in einem grauen, formlosen Zwischenreich. Genau genommen handelte es sich um einem unfertigen Teil des Labyrinths. Dädalus hatte fest vor, ihn zu vollenden, sobald er die Zeit dazu fand.

Als Theseus in seinem Rucksack herumkramte, fiel ihm eine Straßenkarte in die Hände, eine Wunder-Straßenkarte mit der Eigenschaft, all das zu erschaffen, was sie darstellte. Die Karte zeigt einen Sektor von Knossos, der Residenzstadt des Minos, die selbst ein Teil des Labyrinths ist.

Da ist er, der magische Moment, die Transformation, und keiner kann dir sagen, was geschah. Er faltete die Straßenkarte auf, und als er wieder den Kopf hob, entdeckte er, daß das graue Zwischenreich verschwunden war, vielleicht verschmolzen mit einem anderen Nichts. Er stand in einer engen Kopfsteinpflaster-Gasse, die zu beiden Seiten von hohen, schmalen Häusern mit steilen Dächern und Erkerfenstern gesäumt war. Vor ihm befand sich ein Hotel mit einem Restaurant im Erdgeschoß, auf der Karte rot vermerkt und mit zwei Sternen versehen. Der Besitzer stand hemdsärmelig in der milden Frühlingssonne und lächelte gutgelaunt, ein Mann, der ganz offensichtlich prädestiniert war, für das leibliche Wohl von hungrigen Helden zu sorgen.

So läuft das eben. So bringt uns das Leben oder Dädalus oder was immer sonst es sein mag, ins Spiel, uns, die Theseuse und Minotaurusse. Es gibt keine Möglichkeit, genau das zu finden, was wir suchen, denn nichts kann geplant werden, aber manchmal laufen die Dinge einfach nach Wunsch, und so war Theseus nicht weiter überrascht, sich an diesem Ort wiederzufinden. Im Labyrinth kann die Beschreibung zum Beschriebenen und die Karte zum Territorium werden. Theseus betrat das Restaurant.

Der Besitzer wies ihm einen sonnigen Tisch neben einem Fenster zu. Theseus faltete die Karte zusammen und schob sie wieder in seinen Rucksack, lehnte den Rucksack an die Wand, knöpfte seine Jeansjacke auf, zündete eine Zigarette an und machte es sich bequem.

Die Speisekarte war in einem unverständlichen Dialekt geschrieben, aber Theseus hatte ein Gespür für Speisekarten, wie alle Helden, die in ferne Gegenden reisen, und so traf er in aller Ruhe seine Wahl und bestellte schon mal vorweg ein Bier, das ihm eine hübsche Blondine brachte. Das Mädchen trug eine bestickte weiße Bluse und einen schwarzen Rock, und Theseus sah ihr bewundernd nach, während er das Bier an die Lippen hob. Bald danach brachte sie ihm das Essen. Er schlug sich voll, lockerte den Gürtel und lehnte sich anschließend bei einer Tasse Kaffee und einer Zigarette zurück.

Das Labyrinth gewährte auch solche Augenblicke – wenn die Gefahr weit weg schien, wenn der Minotaurus vergessen war, wenn die vergangenen Probleme mit Ariane vergessen waren, wenn die künftigen Probleme mit Phädra vergessen waren, wenn er sogar vergessen konnte, daß er aus beruflichen Gründen im Labyrinth weilte, auf einem zweifelhaften Abenteuertrip, den er zum Vergnügen anderer machte, zum Vergnügen der feinen Herrschaften am Hofe von König Minos etwa, die seine Bewegungen und die Bewegungen anderer Heroen in ihren kugelförmigen Fernsehgeräten mitverfolgten und deren Interesse die wahre Motivation für seine Bemühungen war.

Nicht zum ersten Mal überlegte er, ob er den Job aufgeben und die Suche nach dem Minotaurus einstellen sollte, die ihn so weit weg von Athen geführt hatte, so weit weg von den bequemen Wiederholungen des Labyrinths, so weit weg von Ariadne und den Kindern. Er hätte nichts dagegen, ein Zimmer in diesem angenehmen Hotel zu nehmen, die blonde Bedienung näher kennenzulernen, die lokalen Museen und Kunstgalerien zu besichtigen, die Discos und sonstigen Freizeiteinrichtungen in der näheren Umgebung aufzusuchen.

Zugegeben, die Landessprache war ihm fremd, aber darin sah er kein ernsthaftes Hindernis. Theseus hatte auf seinen Reisen die Erfahrung gemacht, daß er mit ein paar ausländischen Brocken und seiner Fähigkeit, fremde Speisekarten zu entziffern, überall gut zurechtkam. Er fand es sogar vorteilhaft, die Sprache seines Gastlands nicht zu beherrschen: Es enthob ihn der Notwendigkeit, mit den Einheimischen über Politik oder, was noch schlimmer war, über Kultur zu diskutieren. Und mangelnde Sprachkenntnisse hatten ihn noch nie daran gehindert, die Bekanntschaft von reizenden ausländischen Mädchen zu machen, die ihr Vergnügen durch ein Lächeln und Gesten anstatt durch endloses Gelaber zum Ausdruck brachten.

Theseus liebte ausländische Frauen, ihr Aussehen, ihren Geruch, ihre exotische Kleidung und ihr fremdartiges Verhalten. Aber er liebte auch die selbstbewußten, lebhaften Frauen seiner Heimat Hellas. Um ehrlich zu sein: Er hatte in puncto Frauen den Appetit eines Helden und die Romantik eines Poeten. Aber seine Beziehungen waren nie von Dauer, etwas ging immer schief, und was blieb, waren unangenehme Schuldgefühle und unerträgliche Komplikationen. Er wußte das, er wußte, daß es am vernünftigsten wäre, diesen Problemen aus dem Weg zu gehen, seinen Job zu erledigen, seinen Kontrakt zu erfüllen, den Minotaurus zu suchen und zu töten. Aber Vernunft war noch nie eine Helden-Tugend gewesen, und dieses blonde Serviermädchen hatte etwas an sich …

Er beobachtete sie. Wie sittsam sie mit ihren Speisen und Getränken zwischen den Tischen hin und her ging, in ihrem knappen Röckchen und den schwarzen Strümpfen, die Augen niedergeschlagen, eine Vision süßer Unschuld und kindlicher Sexualität! Und sie war sich bewußt, daß er kein gewöhnlicher Gast war, sondern eher Teil des »In-der-Welt-Seins«, um die unsterblichen Worte Heideggers zu verwenden, Worte, die er eigentlich nicht kennen sollte, die ihm aber dank Dädalus und dessen Erfindungsreichtum durchaus vertraut waren, zusammen mit einer Menge anderen Wissens, das eher einem Zeitreisenden genützt hätte als einem Helden, der auszog, um eine große Tat zu vollbringen. Jedenfalls schien die Kleine an ihm interessiert. So etwas spürte ein Heros, da täuschte er sich praktisch nie.

Sie kam an seinen Tisch und sprach ihn in gebrochenem Hellenisch an. Er vernahm mit Entzücken, wie ihre helle, klare Stimme seine Muttersprache verstümmelte. Sie erkundigte sich nur, ob sie ihm Kaffee nachschenken sollte, aber er war bereits halb in sie verliebt.

Wie angenehm es sein mußte, einen Hausstand mit dieser reizenden Person zu gründen, die sich durch Lächeln und Nicken verständlich machte. Wie angenehm, in einer kleinen Wohnung unter dem Dach leben, mit hohen Fenstern, die den Blick auf eine kopfsteingepflasterte Gasse freigaben. Wie angenehm, an der Seite dieser warmen, duftenden, entzückenden Person aufzuwachen. Schon jetzt wußte er, daß sie als erste aufstehen würde, getreu ihrem Berufsethos, um ihm den Kaffee zu bringen. Und sie würde lächeln, selbst wenn es noch so früh am Morgen war …

Ja, natürlich trank er noch eine Tasse Kaffee! Sie ging, um die Kanne zu holen, und er lehnte sich in seinem Stuhl zurück, der gerissene Theseus, vage mit dem Gedanken spielend, ob er nicht am Beginn eines Abenteuers stand, das vergnüglicher verlaufen könnte als diese alte Geschichte mit dem Minotaurus.

7. Ein Anruf von Ariadne

Theseus stammte ursprünglich aus Trözen, ganz in der Nähe des Skythenreiches. Klar, daß Ariadne ihn erst mal dort zu erreichen versuchte, als sie entdeckte, daß der Held sie auf Naxos hatte sitzen lassen.

Nicht daß diese Entwicklung total unerwartet gekommen wäre, dazu kannte Ariadne die alten Sagen zu gut. Aber sie hatte einfach nie glauben wollen, daß Theseus ausgerechnet auf Naxos die Flatter machen würde. Und nun war genau das eingetreten.

Als Theseus ewig nicht ans Telefon ranging, versuchte sie es bei Max, seinem Agenten.

»Er ist unterwegs zu einer Heldentat«, sagte ihr Max. »Der neue Minotaurus-Gig hat endlich geklappt.«

Arme Ariadne. Tränen liefen ihr über die Wangen. »Könntest du ihm was ausrichten?« fragte sie. »Sag ihm, daß es hier auf Naxos unentwegt regnet. Sag ihm, daß er nicht das Recht hat, mich einfach zu verlassen, aber sag es ihm bitte so, daß er nicht gleich sauer wird. Sag ihm, daß ich seinen blauen Heldenumhang abgeschickt habe. Er wird ihn brauchen, wenn er dem Minotaurus in die nördlichen Regionen des Labyrinths folgt. Sag ihm, daß es eine Version der alten Legende gibt, der zufolge Theseus und Ariadne nach Naxos gingen und dort bis an ihr Lebensende blieben. Frag ihn, ob ihm entfallen ist, daß wir uns für diese Variante entschieden hatten.

Und noch etwas. Letzte Woche kam Dyonysos mit seiner Yacht an und erklärte mir unmißverständlich, daß er keinerlei Verantwortung für mich übernimmt, obwohl wir uns der Sage nach lieben, vermählen und glücklich und zufrieden auf Naxos leben werden. Dionysos meint zwar, es könnte durchaus so kommen, weil er mich echt super findet, aber er hat zunächst noch ein paar andere Dinge zu erledigen.

Er ist auf der Suche nach seinem Motorrad, das ihm irgend jemand geklaut hat, und außerdem muß er ein paar Titanen rausschmeißen, die in seiner Bude auf Naxos rumlümmeln, ihm den Keller trockensaufen und seine Alte begrapschen. Und solange diese Dinge nicht geklärt sind, bin ich auf mich selbst angewiesen.

Sag Theseus, daß ich seine orangefarbene Rüstung, den Nadelstreifen-Schild, die Schwertersammlung und noch ein paar Kleinigkeiten verkaufen mußte, um hier nicht völlig blank rumzuhängen.

Sag ihm, ich weiß beim besten Willen nicht, womit ich diese Behandlung verdient habe. Zugegeben, die letzten Wochen vor unserer Abreise aus Kreta waren ein wenig hektisch, als wir die ganze Insel nach jemandem abklapperten, der es wagte, das Haupt der Medusa zu säubern und einen Schaukasten aus Olivenholz mit Innenverspiegelung zu bauen, um zu verhindern, daß man bei ihrem Anblick versteinert. Aber ich kann doch nichts dafür, daß es dauernd regnete, oder mache ich vielleicht das Wetter? Ach ja, noch etwas. Dionysos läßt Theseus grüßen und ihm ausrichten, er hätte das versprochene Soma besorgt. Er will es ihm bei Gelegenheit zukommen lassen.

Sag ihm, daß Dionysos in meiner Nähe allmählich auftaut, auch wenn er nach außen ziemlich ruppig tut. Ich weiß nicht, wie ich mich verhalten soll. Welche Version der alten Legende gilt denn nun? Es wird höchste Zeit, daß Theseus sich mal bei mir rührt. Es gibt ein paar Dinge, die wir klären müssen. Und sag ihm, daß ich ihn liebe.«

»Keine Sorge, Ariadne«, sagte Max. »Ich werd' ihm alles ausrichten.«

8. Der Minotaurus

Trotz seiner mächtigen Statur, seiner messerscharfen Hufe, seines peitschenden schwarzen Ochsenschweifs, trotz der dolchförmigen Raubtierzähne, die einem Alptraum entsprungen schienen, trotz seiner nadelspitzen Hörner und seiner atemberaubenden Schnelligkeit, trotz seiner unanfechtbaren Siege über den nemeischen Löwen und den geflügelten Oryx der Sabatäer – trotz all dieser Dinge, aber im Einklang mit dem Rindvieh, das er im Grunde seines Herzens blieb, war der Minotaurus ein eher furchtsames Geschöpf, geplagt von Gewissensbissen und gebeutelt von Zweifeln.

Der Minotaurus verbrachte nur wenig Zeit in seiner Höhle, weil er dort am ehesten mit einem Überraschungsangriff rechnen mußte. Er wußte, daß eine flexible Verteidigung die beste Verteidigung war, und so streifte er ständig umher, auf und ab und kreuz und quer durch das Labyrinth mit seinen zahllosen Windungen.

Er bedauerte, daß es das alte Labyrinth nicht mehr gab, das sie damals unter dem Palast von Knossos für ihn gebaut hatten, um ihm einmal im Jahr diese leckeren kleinen Stierspringerinnen zu servieren. Damals hatte er die Nüstern gerümpft, ein Festschmaus im Jahr, wozu sollte das gut sein? Jetzt würde er alles darum geben, wenn er sein einstiges Quartier wiederbekäme – die tröstlichen Mauern, die ihn damals so ätzend an einen Stall erinnert hatten, die tausend Knicke und Kurven und Komplikationen, die er besser kannte als seine Hirnwindungen. Und die ihn gelangweilt hatten, jawohl, schlichtes Monster, das er damals war!

Jetzt war alles anders. Das alte Labyrinth war verschwunden oder, besser gesagt, das Labyrinth war überall, die alte Welt ging aus den Fugen, und nur

Dädalus hielt sie noch zusammen, mit schierer Willenskraft und allen möglichen Zaubertricks. Eine lobenswerte Einstellung, sicher, aber was hat das alles dem Minotaurus gebracht? Er strolcht durch die Wildnis, und wenn er im Wald schläft, wird er von Scharen kleiner Vögel beschützt, die von den Parasiten in seinen haarigen Ohren leben und zum Dank dafür abwechselnd Wache schieben, um ihn vor Unheil zu bewahren. »Sieh doch, da drüben hat sich ein Blatt bewegt! Da knackt ein Zweig! Da ist ein Schatten, der den Mond verdunkelt!«

Fehlalarme, das meiste davon. Der Minotaurus hat die Vögel schon mehrmals gebeten, ach was, angefleht hat er sie, erweist mir den persönlichen Gefallen und differenziert eure Gefahrenmeldungen ein wenig, damit ich nicht zwanzigmal pro Nacht aus dem Schlaf schrecke, aufgescheucht von euren voreiligen Berichten über verdächtige Schatten und Geräusche, die sich dann als Eulen oder Mäuse erweisen! Die kleinen Vögel fangen in ihrer Zwitschersprache zu zetern an und flattern indigniert mit den schillernden Flügeln: »Ist es nicht genug, daß wir uns deinetwegen die Nächte zum Tag machen und alle Gefahren von dir fernhalten? Wir sind dein Frühwarnsystem, o Minotaurus, mit unseren scharfen, wenngleich wenig differenzierten Sinnen, aber das reicht dir natürlich nicht! Du verlangst, daß wir armen, verstandlosen, gefiederten Dinger dein Risiko logisch berechnen und analysieren, die Gefahr nicht nur entdecken, sondern auch interpretieren, daß wir entscheiden, welches Geräusch dich beunruhigen sollte und welches nicht, bei welchem Anblick du auf der Hut sein solltest und bei welchem nicht! Deine Forderung ist unbillig, o Minotaurus, und mehr als ungerecht, und vielleicht wäre es dir lieber, wenn wir unseren Verwandten, den Kolibris, einen Besuch abstatten und dich hier allein im Dunkel zurücklassen, damit du selbst herausfinden kannst, was jedes

Rascheln in der Nacht bedeutet, schlau wie du nun mal bist!«

Der Minotaurus entschuldigt sich, selbst ein schlechtes Frühwarnsystem ist besser als gar keines, tut mir leid, ich habe wohl zuviel verlangt, der Minotaurus hat schon genug um die Ohren, ohne sich neue Feinde zu schaffen oder alte Freunde zu verlieren. »Bitte, bleibt, es war nicht so gemeint!« obwohl er weiß, daß die kleinen Vögel ihn ohnehin nicht verlassen würden – wer sind diese Kolibris, von denen sie dauernd reden, wer hat sie je zu Gesicht bekommen? Aber er hält sich an die Spielregeln und bittet sie noch einmal, daß sie bleiben, daß sie weitermachen sollen wie bisher, und am Ende geben sie nach, widerwillig erst, doch dann versöhnlich, und umschwirren seinen Kopf wie ein Schwarm dunkler Punkte.

Da er sein altes Stein-Labyrinth nicht wiederbekommen kann, fühlt sich der Minotaurus in den Wäldern noch am sichersten, in der Tiefe der Wälder, wo die Bäume dicht an dicht stehen und von zähem Gestrüpp mit raschelnden Blättern umgeben sind, die Art von labyrinthähnlichem Gelände, in dem sich ein Monster problemlos zurechtfindet, das aber ein Mensch, ja selbst ein Heros wie Theseus, nur mit größten Schwierigkeiten und viel Lärm überwinden kann.

Und im Wald ist die Tafel reich gedeckt. Die Sinne von Menschen und Minos können sich in Details unterscheiden. Wo ein Mensch vielleicht Eicheln, morsches Holz und halb verweste Bisamratten wahrnimmt, melden die Geschmacksnerven eines Minotaurus Oliven, Pizza oder Hasenpfeffer. Ein gutes Versteck, der Wald, mit seinem Gesprenkel aus Grün und Grau, den Urfarben der Tarnung.

Der Minotaurus würde mit Freuden den Rest seines Lebens hier zubringen. Aber das klappt nicht. So ein Wald wirkt zwar endlos, wenn du dich darin befindest, aber nur allzu bald stößt du auf gerodetes Land, siehst menschliche Behausungen und dünne Rauchfahnen von Kochstellen aufsteigen, hörst das Geschrei von spielenden Kindern – und weißt, daß sie dich wiederhat, die Zivilisation. Du denkst sogar an Umkehr, an eine Flucht zurück in deine geliebten Wälder, aber nein, von fern erklingt das Horn des Jägers und das Geifern und Kläffen der Hunde, und du kannst nichts tun als weiter und immer weiter zu ziehen.

Der Minotaurus wußte sich durchaus zu helfen, wenn er in ein Territorium kam, das bereits von Menschen okkupiert war. Man möchte meinen, daß ein gut zwei Meter großer Typ mit Stierkopf, rabenschwarzem Fell und Schaumflocken ums Maul überall Aufsehen erregen würde. Aber das ist nicht der Fall. Die Menschen laufen so blind durchs Leben. Und der Minotaurus besitzt mehrere Masken, die sich in der Vergangenheit als äußerst wirksam erwiesen haben. Einer seiner Tricks besteht darin, sich als Renault zu verkleiden, am besten als Gefangenentransporter, dunkelblau mit aufgemalten Bullen an den Fenstern. Tief im Kehlkopf produziert er die Motorgeräusche, während der vergitterte Wagen durch die Straßen schleicht und seine Reifen von Greueltaten und sinnloser Vergeltung wispern. Die meisten Menschen meiden ihn, wenn er seine Polizeiwagen-Nummer abzieht, und selbst diejenigen, die seine Verkleidung durchschauen, wenden sich ab und kümmern sich um ihre eigenen Angelegenheiten, weil schließlich allgemein bekannt ist, daß die Raffinesse der Gesetzeshüter keine Grenzen kennt und die Polizei ihre Wagen schon mal als Minotaurusse tarnt, die sich als Renaults verkleidet haben. Ein kluger Mann steckt seine Nase nicht in solche Dinge.

Verdammt schwer zu fassen, dieser Minotaurus! Bei seinem ausweichenden Verhalten und seinem Talent zur Verstellung fragt man sich echt, wie überhaupt jemand, sei es ein Heros oder gar ein Gott, auf die Idee kommen könnte, ihn zu überwältigen, wie jemand davon träumen könnte, ihn zu finden, wenn er beispielsweise friedlich in einem indischen Spezialitätenlokal sitzt und zu Abend ißt. Aber es passiert, und dann heißt es: »Das is' er, den schnappen wir uns, hahaha, nehmt dies und das, he, paßt mal auf, Jungs, wir haben einen Minotaurus, oder wie die Biester heißen! Otis, du und Charlie, ihr packt ihn an den Eiern, während Blue ihm mit der Kettensäge den Kopf abschneidet, und dann nix wie ab zu Ma Tatum's und einen draufgemacht, das haben wir uns echt verdient!« Sowas kommt vor, wenn auch nicht oft.

Nicht diesmal, zum Glück. Dieser Ort scheint okay zu sein, verspricht Sicherheit, und der Minotaurus, ein vielgeplagtes Monster, hat ein Gespür für solche Dinge entwickelt. Weiter vorne, etwa in der Mitte einer kopfsteingepflasterten Straße, befindet sich ein nettes Restaurant. Es wäre nicht schlecht, zur Abwechslung mal kultiviert essen zu gehen, mit einem schönen Glas Wein dazu, ach ja. Das Monster hat Geld oder besser gesagt, Travellerschecks, die überall im Universum ihre Gültigkeit besitzen. Monster mit Travellerschecks sind immer gern gesehen. Tatsächlich hat der Minotaurus erkannt, daß Geld die allerbeste Verkleidung ist. Wenn du genug davon hast, ahnt keiner, daß du ein Monster bist; sie halten dich eher für einen exzentrischen Ausländer.

Ja, ein schönes Essen würde sein Gemüt beträchtlich aufheitern. Der Minotaurus steuert das Restaurant an. Seine Hufe klappern über das Kopfsteinpflaster.

9. Ein Labyrinth, größer als die Welt

Lange Zeit konnte man sich auf gar nichts verlassen. Das kam von der Unbestimmtheit, die in der Welt des Labyrinths herrschte, und von der niemand außer Dädalus besonders viel hielt. Die Bewohner des Labyrinths verfluchten sie. Dädalus, sagten sie, du bist zu weit gegangen. Das bringt doch nichts, du läßt dich von einer bloßen These verführen. Komm, sei vernünftig, führe ein paar harte Fakten ein, stell ein paar Bedienungsvorschriften auf, gib uns zumindest ein paar Standards. Wir brauchen hier ein wenig Ordnung. Mehr verlangen wir nicht, nur ein wenig Ordnung; sie macht die Dinge angenehm überschaubar. Bitte, Dädalus, tu es für uns, okay?

Aber Dädalus stellte sich taub. Er betrachtet seine Kritiker als ewig gestrige Sentimentalisten, auf deren längst überholte Ideen man keine Rücksicht nehmen darf. Die alte Ordnung, von der sie träumen, hat es nie gegeben und wird es nie geben.

Die Leute im Labyrinth haben trotz Dädalus und trotz der Unbestimmtheit einige Regeln für sich selbst aufgestellt, einfach um das totale Chaos zu vermeiden und ein Minimum an Planung zu ermöglichen.

Diese Geschichte mit dem Minotaurus beispielsweise. Viele Theseuse sind hier durchgekommen, alle auf der Suche nach dem Fabeltier. Es entstand eine regelrechte Industrie, um diese Helden auszurüsten. Du kannst heute an jedem Zeitungskiosk einen Minotauronik-Ratgeber kaufen, mit Daumenindex und praktischer Faltkarte. Du kannst das Negative Schlußsystem des Pythagoras in der erweiterten Hermes-Fassung ausprobieren. Es gab noch eine Reihe anderer Methoden, und alle funktionierten einigermaßen, nicht aufgrund ihrer eigentlichen Vorzüge, sondern weil das Labyrinth aus bisher noch nicht ganz geklärten Gründen seine grenzenlose Topologie nach den Absichten der Mitspieler formt. Das bedeutet einerseits, daß du nicht damit rechnen kannst, das zu finden, was zu suchst, und andererseits, daß du nicht darauf hoffen kannst, ihm zu entgehen.

10. Das Fadenknäuel

Es kommt nicht oft vor, daß ein Fadenknäuel eine Hauptrolle in einem Drama erhält. Aber diesmal ist es so. Die wesentlichen Elemente unserer Geschichte sind Theseus, das Labyrinth, der Minotaurus, Dädalus, Ariadne und der Faden, dieses äußerst wichtige Bindeglied zur Außenwelt, das Dädalus Ariadne und Ariadne wiederum Theseus aushändigte.

Mit Hilfe dieses Zauberfadens gelang es Theseus, den Minotaurus in den Windungen des Labyrinths aufzustöbern, ihn im Schlaf umzubringen und wieder zum Ausgang des Irrgartens zu gelangen, ohne sich zu verlaufen. So zumindest behauptet das die authentische Version der Legende.

In Wahrheit handelte es sich bei dieser Sage um eine stark vereinfachte Erklärung, die man den dorischen Barbaren der post-atlantischen Zivilisation vorsetzte, nachdem die hochentwickelte Technik des Dädalus im großen Holocaust, der die Antike verschlang, verlorengegangen war.

Das Fadenknäuel war genaugenommen ein Peilgerät, ein mechanischer Spürhund, darauf programmiert, den Minotaurus mit audiovisuellen und olfaktorischen Sensoren zu verfolgen.

Als quasilebendiges Wesen war das Knäuel anfällig für Transformationen, wie so ziemlich alles im Labyrinth des Dädalus. In seiner Fadengestalt war es eine Art Fessel-Drohne, deren Geschwindigkeit der Operator mittels Denkimpulsen zu variieren vermochte. Aber es neigte auch dazu, seine Form spontan und ohne jede Warnung zu verändern, wenn es die strengen, aber schwerverständlichen Gesetze der Magie-Technik erforderten.

So kam es, daß Theseus, während er entspannt im Restaurant saß und einen lässigen kleinen Flirt mit dem Serviermädchen anknüpfte, plötzlich ein leises

Quieken aus seinem Rucksack vernahm. Theseus öffnete eine Klappe, und zum Vorschein kam eine Maus, eine echt niedliche Maus, eher klein und zart gebaut, aber prächtig gelbgrün gefärbt.

»Hallo, du süßes Mäuschen«, sagte Theseus, »sitzt du schon lange in meinen Rucksack?«

»Verschone mich mit dieser Babysprache«, fiepte die Maus. »Ich war bis vor kurzem dein Fadenknäuel.«

»Und warum hast du dich in eine Maus verwandelt?« wollte Theseus wissen.

»Weil es die Situation erforderte«, entgegnete die Maus.

»Ich verstehe«, sagte Theseus und verkniff sich weitere Fragen, denn die Antwort der Maus verriet ihm, daß sie, wie so viele Schöpfungen der Magie ein Meister oder eine Meisterin in der Dialektik der Ausflüchte war. Aber Theseus dachte bei sich, daß die Maus vielleicht eine symbolische Verkörperung jener Maus war, die ewig suchend über die Computerschirme huscht.

»Es wird höchste Zeit, daß wir aufbrechen«, sagte die Maus.

»Was, jetzt schon?« motzte Theseus. »Es ist echt gemütlich hier, und die Suche eilt doch nicht so, oder? Ich meine, wir haben ewig oder zumindest sehr lange Zeit, um einander aufzuspüren, der Minotaurus und ich. Was hältst du davon, wenn ich dir eine Schale Milch und ein paar feine Käsebrocken besorge? Dann könnten wir in aller Ruhe planen, wo wir nächste Woche mit unserem Einsatz beginnen.«

»Das würde überhaupt nichts bringen«, sagte die Maus. »Denk ja nicht, daß ich dich aus persönlicher Ungeduld dränge. Wenn ich mit diesem Auftrag fertig bin, wartet schon der nächste. Mir macht es nichts aus, ob ich hinter einem Minotaurus oder einer Hypotenuse herrenne. So ist nun mal das Leben eines Peilgeräts. Aber entweder rührt sich hier in der Gegend überhaupt nichts, oder die Dinge überstürzen sich. Der Minotaurus ist auf Achse, und wenn wir nicht ebenfalls losziehen, verliere ich seine Spur. Dann hast du wirklich ewig Zeit, ihn aufzuspüren – und vielleicht noch etwas länger.«

»Na schön«, seufzte Theseus und erhob sich. »Wirt, die Rechnung, bitte! Sie akzeptieren doch Visa-Cards, oder?«

»Aber ja«, versicherte der Wirt. »Bei uns im Labyrinth sind alle soliden Kreditkarten willkommen.«

Theseus unterschrieb und hielt nach der Kellnerin Ausschau, um sich von ihr zu verabschieden. Aber die Maus meinte: »Laß das jetzt, du wirst sie wiedersehen.«

»Woher willst du das wissen?« fragte Theseus neugierig.

»Weil du der geborene Pechvogel bist«, kicherte die Maus. »Und jetzt, mein großer Held, beeil dich!«

Die Maus kletterte in seinen Rucksack und schob noch einmal den Kopf über den Rand. »Mein Name ist übrigens Miss Mouse – aber du darfst Missy zu mir sagen!« Sie kroch in den Rucksack und machte es sich in einem Paar seiner Wandersocken bequem.

Theseus verließ das Restaurant und ging die Hauptstraße entlang. Die Sonne – nicht die richtige Sonne, sondern ein Ersatz, der sich nach Ansicht von Dädalus nur durch die schöneren Farben vom Original unterschied – erklomm allmählich den Zenit. Bereits Mittag! Theseus spürte ein unbestimmtes, aber heftiges Ziehen in der Magengegend, das er ohne Schwierigkeiten einordnen konnte. Ja, Theseus bekam schon wieder Hunger! Das ist das Blöde an den Menüs in imaginären Restaurants: Sie halten nie sehr lange vor.

11. Theobombus, leitender Kybernetiker

... am Rechenzentrum des Parnaß, schaute von seinem Computer auf, und über seine nicht mehr jungen, aber sehr gut aussehenden Adlerzüge huschte ein Anflug von Besorgnis, wie die Schwingen einer Fledermaus, die dicht über einem neuentdeckten Manet-Gemälde zittern, oder wie die Art und Weise, in der bestimmte Laute in den Gehörgängen nachzuhallen scheinen, schleichend und doch von einer so überwältigenden Anziehungskraft, daß sie sich kaum ertragen ließen, wenn Musik mit einem moralischen Imperativ gekoppelt wäre. Ja, es konnte nicht den geringsten Zweifel geben. Er besaß das größte und aufwendigste Rechenzentrum, das die Welt je gesehen hatte. Eines mußte man Dädalus lassen: Er sorgte dafür, daß seine Leute genau die Ausrüstung bekamen, die sie brauchten. Was die Anlage um so übersichtlicher machte, war die Art und Weise, in der Dädalus die Technik übergangen und dafür der Intuition den Freiraum eingeräumt hatte, der so oft zum Genialen führt, trotz der kryptischen Ausflüchte unserer sogenannten Logik und Vernunft. Die Computer von Dädalus waren verdammt gut, seine Programme waren brillant – und alles, was dabei herauskam, die Quintessenz von soviel intellektueller Schwerstarbeit, der krönende Abschluß wissenschaftlicher Akribie, war die Erkenntnis, daß der Welt noch etwa zehneinhalb Jahre Normalzeit blieben, ehe sie endgültig vernichtet wurde.

Die Arschloch-Karte gezogen, oder? Wer hört schon gern, daß in etwa zehn Jahren alles alle ist? Noch viereinhalb Jahre übrig, noch vier. Dädalus mußte mit einem entfesselten Fanclub rechnen, wenn er nicht bald etwas unternahm.

Dädalus kam in Schwung. Er schuf das sich selbst umschließende Minotaurus-Labyrinth, das Labyrinth, das größer ist als alles, was es umschließt, das Labyrinth, in dem das übrige – und seinerseits das Labyrinth beobachtende – Universum enthalten ist.

Es war eine saubere Lösung. Wie jeder Kenner der höheren Mathematik sehen konnte, war die Atlantis-Kultur nicht in der Echtzeit zu retten, wohl aber in der *mazetime* – einer ureigenen Erfindung von Dädalus. Minos, sein Hofadel und seine Zivilisation konnten ewig weiterleben.

Das Labyrinth, das Dädalus vorgeschlagen hatte, war komplizierter als die Zivilisation, auf der es basierte. Es war ein Universum mit seiner eigenen Raumzeit, mit eigenen Zuschauern und einem hohen Grad an Eigenlogik. Es war nicht billig gewesen, aber der Aufwand hatte sich gelohnt.

Im Labyrinth des Dädalus konnte man sämtliche Mythen und Legenden der Hellenen durchspielen. Da gab es die Schöpfungsmythen, die Geschichten der Olympier, die *Odyssee* und die Ilias, Agamemnon und Klytämnestra, Orest und Elektra, Iphigenie – praktisch alles, was Rang und Namen hatte.

Die Bewohner von Atlantis konnten einfach dasitzen und die spannende Action in ihren kleinen kugelförmigen Fernsehgeräten mitverfolgen.

Für wichtige Leute, etwa die engeren Kumpels von König Minos, gab es sehr große kugelförmige Fernsehgeräte, in denen sie sitzen und die Action gleichsam als Insider mitverfolgen konnten.

Wer als Zuschauer im Inneren der sehr großen kugelförmigen Fernsehgeräte saß, konnte sogar selbst an den Dramen mitwirken. Das war ganz nützlich, wenn einer der Hauptdarsteller mal Urlaub brauchte.

Es mangelte nicht an dramatischem Stoff. Die Geschichten der Griechen überschneiden und verketten sich. Zwischen sämtlichen Mythenzyklen bestanden Verbindungen. Jeder Mythos war eine Welt der Möglichkeiten, die an vielen Punkten mit anderen mythischen Welten in Kontakt kam. Die großen Legenden konnten immer wieder und jedesmal mit einem anderen Handlungsverlauf aufgeführt werden.

Man begann Wetten auf den Ausgang abzuschließen. Diese wurden besteuert und entwickelten sich zu einer wichtigen Einnahmequelle für den Unterhalt des Labyrinths.

Die Hauptstadt Knossos, in ganz Hellas als The Big Olive bekannt, war in den Irrgarten einbezogen. Aufgrund der besonderen Labyrinth-Eigenschaften existierte Knossos gleichzeitig in jeder Raum- und Zeitdimension, und Minos konnte mit Fug und Recht behaupten, daß er die größte Stadt im Universum regierte.

Ein weiteres gewaltiges Plus für Minos und seine Freunde war die Unsterblichkeit, die ihnen Dädalus mit seiner Erfindung bescherte.

Da das Labyrinth ein Plenum war, ein ausgefüllter Raum sozusagen, gab es für Neues keinen Platz.

Alles, was man im Labyrinth antreffen konnte, waren Variationen zu den bereits enthaltenen formalen Möglichkeiten.

Diese Bedingung stellte keine allzu große Einschränkung dar, denn das Labyrinth war so weitläufig, so komplex, so verschlungen und verflochten, daß man den Mangel an Originalität leicht verschmerzen konnte. Er wurde durch das scheinbar Zufällige mehr als wettgemacht.

Das einzige, was Dädalus an dem Labyrinth ärgerte, war die Tatsache, daß er nie neue Bekanntschaften schließen konnte. Aber alte Freunde sind bekanntlich die besten Freunde, und der Preis, den er bezahlen mußte, war gering, wenn man bedachte, was er dafür bekam.

12. König Minos

König Minos lebte in dem neuen Palast, den Dädalus für ihn im Labyrinth errichtet hatte. So prachtvoll war das Ergebnis, daß es im Umfeld von Millionen Kilometern und Jahrtausende vor und zurück sämtliche Superlative der Beschreibung für sich in Anspruch nahm.

Leider konnte Minos über die Anlage nicht so verfügen, wie er es ursprünglich geplant hatte. Als Zeus ihn einmal besuchte, beschloß er spontan, sich in Zukunft immer bei Minos einzuquartieren, wenn er den Olymp verließ. Er fragte Minos, ob der ihm ein paar Räume überlassen würde, selbstverständlich gegen Miete, und der König konnte schlecht Nein sagen.

»Es stört dich doch nicht, wenn ich ab und zu ein paar Freunde mitbringe?« setzte Zeus noch hinzu.

»Aber nein«, entgegnete Minos. »Fühl dich wie daheim.«

»Das werde ich«, versprach Zeus.

Zeus suchte sich eine Zimmerflucht direkt über den Wohnräumen von Minos aus, mit Blick auf die Fontaine des Innocents, das Forum, das Centre Beaubourg und die Sexshops der Rue St. Denis. Um die Innenausstattung kümmerte sich Zeus persönlich. Er ließ eine Cocktail-Bar und eine Bowlingbahn einbauen. Nymphen im Oben-ohne-Look servierten Coors-Bier und Slim-Jim-Würstchen zu den Klängen von Country-Rock. Minos fand, daß die Suite des Göttervaters weder Stil noch Niveau besaß.

An einer der Wände hing sogar ein moderiger Hirschkopf – mit Blick auf den Billardtisch. Er war ein Geschenk von Hades, der sämtliche Souvenirläden der Hölle abgeklappert hatte, bis er dieses originelle Teil entdeckte.

Hades war der Bruder von Zeus. Minos konnte ihn ebenfalls nicht leiden. Hades war ein Finsterling, ständig am moralisieren und grausam, sehr grausam, was bei einem Höllenfürsten zwar angebracht sein mag, brüderliche Gefühle aber eher abkühlt.

Minos saß in seinem Thronsaal. Von oben kam ein schwaches Rumpeln. Zeus hatte soeben einen Spare geschafft. Der Erfolg wurde mit olympischem Gebrüll gefeiert. Minos seufzte, knirschte mit den Zähnen und trat ans Fenster. Weit unten schoben sich Menschenknäuel über die breiten, gepflasterten Plätze. Feuerschlucker, Mimen, Clowns, Zauberer, Redner und Musikanten zeigten ihre Künste. Minos hatte geglaubt, sie würden sein Gemüt ergötzen. Nun wünschte er sie alle weit weg.

Das ging natürlich nicht. Sie lebten in der Nachbarschaft, die Entertainer wie die Zuschauer. Minos hatte sie für immer am Hals. Und daran war er selber schuld.

13. Wie Knossos bevölkert wurde

Bald nach dem Bau des Palastes hatte Minos bei Dädalus Untertanen beantragt. Sein eigenes Volk hatte das Absaufen von Atlantis nicht überlebt, und Minos fand es wichtig, sich mit Menschen zu umgeben, da sie dem Ganzen einen Hauch von Farbe und Lebendigkeit verliehen. Dädalus, wie immer in Eile und eine Menge anderer Probleme im Kopf, schleppte die erstbeste Bevölkerung, die ihm unter die Finger kam, heran: Paris, 20. Jahrhundert. Minos hatten eigentlich Anden-Indianer vorgeschwebt, oder Balinesen, notfalls auch Eskimos. Aber er war nicht dazu gekommen, seine Wünsche zu äußern, und nun wollte er die Sache nicht mehr rückgängig machen, weil es Dädalus einige Mühe gekostet hatte, die Leute herzuholen.

Der plötzliche Bevölkerungsschwund in Paris blieb auf der Erde des 20. Jahrhunderts nicht unbemerkt, und vor allem in Frankreich brodelte die Gerüchteküche.

Die neue französische Regierung mußte deshalb schnell handeln. In einer Presseerklärung hieß es, die Pariser seien einer Anomalie zum Opfer gefallen, und man könne sicher sein, daß sich dieses Ereignis auf keinen Fall wiederholen werde, weil Anomalien von Natur aus einmalig seien. Das befriedigte alle bis auf ein paar Randgruppen von Spinnern, die an absurden Verschwörungstheorien festhielten. Paris wurde rasch wiederbevölkert. Man importierte Leute aus anderen Teilen Frankreichs, aus Afrika, der Karibik und Südostasien. Bald lief alles wieder seinen gewohnten Gang.

Und was die gekidnappten Pariser in Knossos anging, so fiel es ihnen nicht allzu schwer, sich mit ihrer neuen Situation anzufreunden. Zum einen sah Knossos fast wie Paris aus, bis auf die assyrischen Touristen, die von den meisten ohnehin für Amerikaner gehalten wurden. Zum anderen gewährte Minos allen Einwohnern Gratisferien in den Luxushotels der Hängenden Gärten von Babylon und bewies damit die Überlegenheit der aufgeklärten Monarchie gegenüber jeglicher Form von Sozialismus.

14. Im Testgelände des Labyrinths

Es ist schon ein verrücktes Leben im Labyrinth des Dädalus. Theseus fand sich auf einer staubigen weißen Landstraße wieder, im Schatten eines einsamen Olivenbaums. Zu seiner Linken erstreckte sich eine Kette flacher Berge. Er beobachtete sie eine Weile, weil er spürte, daß mit der Gegend irgendwas nicht stimmte.

Dann erkannte er, was es war: Die Berge bewegten sich langsam auf ihn zu. Oder er bewegte sich langsam auf sie zu. Oder die Berge und er bewegten sich aufeinander zu.

Der Olivenbaum wich vor ihm und den heranwogenden Bergen zurück.

Dann schickte sich einer der Hügel an, Theseus unter sich zu begraben. Theseus beobachtete ihn und überlegte, ob er ein Ausweichmanöver in die Wege leiten sollte. Aber wohin kann man schon fliehen, wenn man von einem Berg verfolgt wird? Das ist wie eine Elefantenlawine. Man entkommt ihr nicht. Also behauptete Theseus seine Stellung. Heldenmut ist billig, wenn man dem Tod ohnehin ins Auge blickt. Aber was soll man machen?

Er war nicht wenig verblüfft, als der Hügel sich wie eine riesige Meereswelle staute und dann unter ihm durchfloß, anstatt über ihn hereinzubrechen und ihm die Knochen zu zermalmen. Es gelang ihm, mit seinen Turnschuhen über die Woge hinwegzusurfen, auch wenn die Sohlen derselben durch den Abrieb von Felsbrocken, Kies, Sand, Muscheln, Fossilien, alten Zigarettenkippen und all den anderen Dingen, aus denen so ein Berg besteht, bis auf drei Millimeter heruntergeschmirgelt wurden. Er dankte den Göttern, daß er überhaupt noch beschuht war, als sich der Hügel ausgetobt hatte und er wieder mit beiden Füßen auf dem Boden stand.

Theseus erkannte sofort, daß er sich auf einem Testgelände befand. Es gab mehrere solche Zonen im Raumzeitgefüge des Labyrinths, die sich am ehesten mit einer Serie von Gleitbändern – ähnlich den rollenden Gehwegen auf einem Flughafen – vergleichen ließen. Berge, Bäume, Seen und Theseus selbst waren auf beweglichen Flächen angeordnet, die zusammenrückten, auseinanderdrifteten und sich umkreisten, ineinanderflossen und sich trennten, alles im Einklang mit Gesetzen, die Dädalus erfunden, aber nie näher erläutert hatte – gemäß der antiken Weisheit, daß das Geheimnisvolle den Dingen einen wunderbaren Hauch von Tiefe verleiht, während Erklärungen stets den Beigeschmack von Banalität haben.

Nichts in dieser Collage bewegter Flächen stieß je

zusammen. Es gab keine Interaktion, nur ein flüchtiges Nebeneinander. Sie war Magie und Wunder, diese Labyrinthzone der Juxtapositionen. Theseus hatte seine helle Freude daran, wenn die Dinge plötzlich auftauchten, eine Zeitlang näherkamen und dann wieder verschwanden. Eine ganze Burg zog auf diese Weise an ihm vorbei, und die Menschen auf den Zinnen winkten, wie alle Touristen. Dann befand er sich ohne jede Vorwarnung in einem Moor.

In dem Moor herrschte Dämmerung, eine Art Zwielicht, und zwischen den langen diagonalen Linien der Baumstämme wanden sich Schatten. Die Stille wurde nur durch das Schwirren ferner Flügel unterbrochen. Die Wasser schienen aufzusteigen und die Farbe aus dem Himmel zu waschen, und eine Weile war die Welt weiß, mit ein paar verwischten dunklen Linien da und dort, wie eine dieser kunstvollen japanischen Skizzen, die manche als überkultiviert empfinden. Und dann der langgezogene, klagende Ruf eines Seevogels – ferne Schwingen gegen den Himmel, und das Sirren von Moskitos.

Das Moor war alt, sehr alt. In seinen Tiefen, in schlammverschlossenen Seehöhlen tief unter dem Wasser, saßen dichtgedrängt blinde Skelette in langen Kirchenbänken, und die zarten Wedel, die einst Hände gewesen waren, applaudierten lautlos der Szene, die sich ihnen bot. Vor allem aber war das Moor ein Ansporn für gehobene Sprache, Moorgeplauder, eine erhabene Form des Dialogs, die zum nächsten Ereignis überleitete und schon im voraus die rechte Stimmung schuf.

Mit einem wilden Ruck riß sich Theseus aus dem schmatzenden Sog eines Sumpflochs los, schüttelte die klebrigen Schlammfinger ab und rettete sich auf sicheren Grund. Er stieß einen Seufzer der Erleichterung aus. Im gleichen Moment begann das Gefüge aufgrund von Konstruktionsmängeln zu kollabieren. Und Theseus fand sich auf einer Straße wieder, zu Fuß, anstatt zu Pferde oder in einem Gefährt. Die Berge standen still.

Die Straße endete. Theseus zwängte sich durch ein Dornengestrüpp, ohne allzu sehr auf seine Umgebung zu achten. Aber er war hinlänglich auf der Hut, um mit einem Satz zurückzuspringen, als etwas Langes, Dünnes, Bläulichgraues ihn zu packen versuchte.

15. Die Sorgen des Minotaurus

Wie so viele von uns genießt der Minotaurus in Sachen Monstrosität einen Ruf, den er gar nicht verdient.

Der Minotaurus findet sich nicht sonderlich monströs. Es ist nicht seine Schuld, daß sein Äußeres etwas aus dem Rahmen fällt. Er ist kein Killer, es sei denn aus Notwehr, wie im Falle dieses bescheuerten Theseus, der ihn ständig mit dem Vorsatz einer schwerwiegenden Körperverletzung verfolgt.

Der Minotaurus wäre durchaus gewillt, dem Mann die Hand zu geben und sich mit ihm zu vertragen, wenn sich das irgendwie arrangieren ließe.

Er hat den ersten Schritt getan und seinen guten Willen bekundet, aber sein Friedensangebot wurde glatt ignoriert. Offensichtlich bleibt ihm keine andere Wahl, als weiterhin durch dieses läppische Labyrinth zu rennen, bis es ihm gelingt, Theseus auf dem linken Fuß zu erwischen und in einen Hinterhalt zu locken, um ihn anschließend platt zu machen oder zur Vernunft zu bringen.

Leider sieht keine der zahlreichen Legenden, die sich um seine Person ranken, diesen Ausgang vor.

Der Minotaurus findet das entmutigend. Aber da er einen ausgeprägten Hang zum Buddhismus hat, weiß er, daß keine Situation aussichtslos ist.

Der Minotaurus findet es um so lächerlicher, daß er diese Monster-Nummer abziehen und den wilden

Typen markieren muß, da er sich im Grunde seines Herzens gar nicht als Minotaurus fühlt. Der Minotaurus hegt vielmehr die Überzeugung, daß er, auch wenn sein Äußeres dagegen spricht, in Wahrheit ein Einhorn ist.

Daß er diese Überzeugung hegt, hat damit zu tun, daß der Minotaurus, so weit er zurückdenken kann, von der Sehnsucht gequält wurde, seinen Kopf in den Schoß einer Jungfrau zu legen.

Der Minotaurus hat den Körper eines Stiermenschen und die Seele eines Einhorns.

Bis jetzt ist es ihm gelungen, seine wahre Natur zu verbergen. Angesichts der besonderen Umstände hat er nicht einmal seinem engsten Freund Theseus Bescheid gesagt. Er hat mit niemandem darüber gesprochen, obwohl ihn die wenigsten Leute verurteilen würden, wenn ihnen sein Geheimnis zu Ohren käme. Die Typen, die hier im Labyrinth arbeiten, kommen schließlich alle aus dem Showgeschäft. Sie sind modern und tolerant, bekannt für ihre liberalen Ansichten. Altmodisch ist eigentlich nur der Minotaurus selbst. Nun, vielleicht nicht altmodisch, aber sehr darauf bedacht, seine Intimsphäre zu wahren. Er will nicht, daß sich auf den Parties – der Minotaurus weiß von diesen Parties, zu denen er nie eingeladen wird – das Gespräch um seine sexuellen Präferenzen dreht.

In diesen Dingen ist er prüde – ein typischer Wesenszug von Einhörnern, den scheuen, stolzen Geschöpfen, und überhaupt nicht zu vergleichen mit der Art von Stiermenschen, denen es Spaß macht, das primitive Monster mit der behaarten Brust zu geben, die ganz unbekümmert ihrem Sex und ihrer Brutalität frönen und denen es scheißegal ist, ob andere Leute davon erfahren oder nicht!

Seinen Kopf in den Schoß einer Jungfrau zu legen – das wäre das Paradies! Aber der Minotaurus scheint nie lebenden Jungfrauen zu begegnen, höchstens toten, obwohl das nicht seine Schuld ist, und selbst wenn er einer lebenden Jungfrau begegnete, würde er sie links liegenlassen, denn er liebt Ariadne; sie ist die einzige, die er begehrt, Einhörner sind monogam, und auch das deutet darauf hin, daß er ein Einhorn ist.

Zugegeben, Ariadne ist vermutlich keine Jungfrau. Davon geht der Minotaurus aus, auch wenn er keine näheren Erkundigungen eingezogen hat. Aber immerhin hat sie Theseus geheiratet, ein Schritt, der in der Regel starke sexuelle Konsequenzen zeitigt.

Aber trotz ihrer Vermählung mit Theseus und trotz ihres gegenwärtigen Verhältnisses mit Dionysos hat Ariadne etwas definitiv Jungräuliches an sich. Für solche Dinge besitzen Einhörner ein untrügliches Gespür, das sagt ihnen ihr auf Jungfrauen geeichtes Herz.

Es ist durchaus möglich, daß Theseus und Ariadne ihre Ehe nie vollzogen haben. Aus welchem Grund auch immer. Und das könnte die wahre Ursache sein, weshalb Theseus sie auf Naxos sitzen ließ. Weil Theseus, dieser hellenische Schürzenjäger, dieser griechische Macho, es nie ertragen könnte, wenn ihm die Dame seines Herzens nicht zu Willen wäre. Heroen haben einen Ruf zu verteidigen. Ariadnes Weigerung, sein Lager zu teilen, wäre für Theseus Grund genug, sie zu verlassen. Und Theseus würde sich nicht groß darüber auslassen, aus Angst, die Wahrheit könnte seinem Image als Sexprotz schaden.

Der Minotaurus weiß, wie unwahrscheinlich das alles ist. Na, wenn schon! Vielleicht ist sie in den Augen der anderen keine Jungfrau mehr, aber ihm wäre sie jungfräulich genug. Sein allergrößter Wunsch wäre, sie einmal ganz allein anzutreffen und ihr seinen Kopf in den Schoß zu legen.

Er hat sich das immer wieder ausgemalt. Er will sich sogar ein Horn entfernen lassen, sobald es sein Zeitplan zuläßt. Das würde die praktische Durchführung erleichtern und verhindern, daß er Ariadnes weiche Hüfte ritzt. Er ist noch ein wenig unschlüssig, welches Horn er opfern soll, aber die endgültige Entscheidung kann er aufschieben, bis er einen guten Chirurgen gefunden hat – Asklepios am besten, den König der Knochensäger, der mit seiner kleinen schwarzen Tasche irgendwo durch das Labyrinth strolcht und der ebenso berühmt ist wie seine Honorare.

Der Minotaurus wird Asklepios ausfindig machen und ihn für die Operation gewinnen, eine Monohornektomie, keine große Sache, eine der einfachsten Geschlechtsumwandlungen überhaupt.

Danach will der Minotaurus daran gehen, sich seinen Lebenstraum zu erfüllen. Er wird Ariadne entführen, sie unter einen seiner Vorderhufe klemmen und schnaubend davongaloppieren. Es ist die einzige Möglichkeit, die Sache in Gang zu bringen, nicht lange überreden, sondern handeln, und alles andere auf später verschieben. Wenn er sie an einen sicheren Ort gebracht hat, wird er sie freilassen, mehr oder weniger zumindest, denn weglaufen soll sie natürlich nicht, ehe er ihr sein Anliegen unterbreitet hat. Er hat beschlossen, sie nicht gegen ihren Willen festzuhalten, egal, wie sie entscheidet. Aber zumindest anhören soll sie ihn. Er wird ihr vorschlagen, daß er für sie sorgen und jeden ihrer Wünsche erfüllen will, wenn er dafür nachts zum Einschlafen den Kopf in ihren Schoß legen darf. Man kann nie wissen vielleicht geht sie drauf ein.

16. Obwohl Minos auf dem Königsthron sitzt

…, ist Dädalus der mächtigste Mann im Kreta der Atlantis-Ära, der reichste Mann in der Antike nach Midas, der meistbewunderte Mann – der Mensch, dem sogar die Götter Respekt zollen.

Obwohl das alles sehr erfreulich klingt, ist Dädalus mit seiner Situation nicht uneingeschränkt zufrieden.

Zugegeben, sein Labyrinth ist das größte Werk, das je ein Mensch oder Gott erblickt hat. Aber es ist schon eine Ewigkeit her, seit er es erbaute. Und was hat er in jüngster Zeit Großes geleistet? Die Frage quält ihn.

Außerdem muß Dädalus eine Menge Zeit für die Wartung des Labyrinths und allgemeine Reparaturen aufwenden, ganz zu schweigen von den Arealen, die noch nicht endgültig gestaltet sind. Irgend etwas geht immer kaputt. Das nervt ihn, weil die Anlage eigentlich perfekt funktionieren müßte. Es ist offensichtlich, daß dem Labyrinth der allerletzte Schliff fehlt. Aber Dädalus weiß, wie man Abhilfe schaffen könnte.

Man könnte eine Vereinheitlichte Feldtheorie einführen.

Anfangs war Dädalus so mit anderen Dingen beschäftigt, daß er gar nicht daran dachte, eine zu formulieren. Jetzt funktioniert das Labyrinth im großen und ganzen so, wie es soll, aber in einzelnen Sektoren kommt es immer wieder ohne erkennbaren Grund zu Betriebsstörungen, und die Gefahr einer echt tödlichen Anomalie läßt sich nicht von der Hand weisen. Mit einer Vereinheitlichten Feldtheorie wäre das etwas ganz anderes.

Dädalus hat Minos gegenüber noch nichts von seinem Plan erwähnt. Der König würde ihn doch nicht verstehen, weil er wie die meisten Laien keine Ahnung von diesen Dingen hat. Minos würde nur nervös werden und fragen, ob das nicht ein Risiko für das ganze Labyrinth sei. Und Dädalus könnte diese scheinbar einfache Frage ohne diese blöde Vereinheitlichte Feldtheorie nicht einmal wahrheitsgemäß beantworten.

Er arbeitet an dem Problem, wann immer er zwischen Wartung und Reparaturen ein paar freie Minuten findet. Er hat außerdem ein Wissenschaftler-Team mit der Aufgabe betraut, die besten Leute aus Zeit und Raum. Einige von ihnen bezweifeln, daß er je finden wird, was er sucht. Sie zitieren Gödel und grinsen wissend.

Dädalus hat sein Leben der These verschrieben, daß sich alles quantifizieren läßt. Es ist ihm gelungen, ein Labyrinth zu erbauen, das komplexer ist als die Welt, auf der es beruht – eine Leistung, die in die Annalen der Universalgeschichte eingehen wird. Sein Werk hält jeglichem Maßstab stand, aber so richtig glücklich ist er nicht.

Es stört Dädalus, daß in seinem Labyrinth der Reiz des Neuen fehlt. Zwar kommt es durchaus zu unerwarteten Ereignissen, aber sie sind nur deshalb unerwartet, weil er keine Vereinheitlichte Feldtheorie zur Hand hat, mit der er sie vorhersagen könnte.

Manchmal würde Dädalus den Kram am liebsten hinschmeißen, von hier verschwinden und irgend etwas anderes tun.

Das Blöde ist, daß er nicht weiß, wohin er gehen und was er machen soll.

Das ist die Bredouille, in die man gerät, wenn man Architekt eines Labyrinths ist, das alles enthält bis auf eine Vereinheitlichte Feldtheorie, mittels der es sich selbst erklären kann.

Dädalus arbeitet an dem Problem.

17. Die Hornektomie

Der Minotaurus hat beschlossen, den großen Schritt zu wagen und die Hornektomie in Angriff zu nehmen, die ihn von einem Stiermenschen in ein Einhorn verwandeln soll. Er wird Asklepios aufsuchen, den Meister-Chirurgen des Labyrinths, und sich ein Horn entfernen lassen. Das verbleibende Horn wird zwar nicht in der Mitte sitzen, aber er kann sich ja als Asymmetrisches oder Einseitiges Einhorn ausgeben.

Allerdings gibt es noch eine Hürde. Der Minotaurus muß erst einmal das beachtliche Honorar aufbringen, das Asklepios für Schönheitsoperationen fordert. Wer könnte ihm die Summe vorstrecken? Keiner seiner Freunde hat Geld. Und es gibt keine Jobs im Labyrinth, nur Rollen, die entweder eine Wertanlage in Form von ewigem Ruhm oder einen flüchtigen Lustgewinn in Form eines schlechten Rufs einbringen – beides Währungen, für die man sich nichts kaufen kann.

18. Midas mit dem goldenen Daumen

Der Großteil des Kapitals, das im Labyrinth existiert, scheint sich um einige wenige Persönlichkeiten zu konzentrieren, die es aus archetypischen Gründen benötigen. König Midas beispielsweise ist mehr als wohlhabend, da er sein Gold selbst produziert. Aber man kann Midas keineswegs nachsagen, daß er seinen Reichtum leichtfertig verpraßt oder unter die Leute bringt; er ist sich seiner Bedeutung als Symbol ewig unbefriedigter Gier sehr wohl bewußt und nimmt seine Arbeit ernst.

Bekanntlich konnte Midas alles, was er anfaßte, in Gold verwandeln. Aber das war kein Ruckzuck-Verfahren, wie uns die alten Legenden einzureden versuchen. Es begann damit, daß Midas kleine Zweige, Kiesel oder Eicheln in der Hand hielt oder in die Achselhöhle klemmte, wo das Zeug über Nacht zu Gold wurde. Das verschaffte ihm eine Menge Kleingeld und allen möglichen Schnickschnack für Geburtstagsgeschenke und Bar-Mizwas. Bei größeren Gegenständen dagegen mußte Midas seine einmalige Kontaktfähigkeit, seinen krysomatischen Touch, beharrlich über Monate, manchmal sogar Jahre hinweg einsetzen. Es war ein großes Talent, aber Midas verbrachte seine Zeit fast ausschließlich damit, irgendwelche Dinge, die er vergolden wollte, festzuhalten oder an sich zu drücken, und das langweilte ihn natürlich, obwohl er nebenher lesen oder fernsehen konnte.

Nun blieb Midas mitunter gar nichts anderes übrig, als Geld zu verleihen. Obwohl es ihm Qualen bereitete, seine Schätze auch nur vorübergehend anzutasten, konnte er aufgrund seines archetypischen Drangs keine Möglichkeit auslassen, sein Vermögen zu mehren. So kam es, daß er überall als der Kredithai der Götter verschrien war und bereits zu seinen Lebzeiten als Verkörperung der Profitgier galt.

Einen winzigen Bonus hat Midas ja von seinem besonderen Talent: Er kann sich sämtliche Zahnfüllungen aus Wachs anfertigen lassen, weil sie sich in etwa einem Tag von selbst in Gold verwandeln. Das ist keine gewaltige Ersparnis, aber auch Kleinvieh macht Mist, wenn man es als seine Lebensaufgabe ansieht, Reichtümer anzuhäufen.

Manche Leute fragen, weshalb man im Labyrinth überhaupt Geld braucht, da doch sämtliche Notwendigkeiten zum Leben und zum Abenteuer gratis gestellt werden. Das ist eine naive Betrachtungsweise. Ebensogut könnte man fragen, was die Liebe im Labyrinth zu suchen hat, oder der Ruhm. Geld, Liebe und Ruhm haben eines gemeinsam: Sie sorgen, primitiv gesehen, für Vergnügen und bilden, von einer höheren Warte aus betrachtet, die Motivation für Heldentaten.

Midas war ein Sohn der Großen Mutter vom Berg Ida, gezeugt von einem dieser namenlosen Satyrn, die überall durch die Antike stolpern. Um seine Person sind eine Menge Legenden entstanden, aber wirklich verbürgt ist nur die Sache mit dem Gold, und die kriegte er echt gut hin.

19. Das Profit-Motiv

Dädalus hatte nie an Nutzen und Gewinn gedacht, als er mit dem Labyrinth quasi den ersten Wohlfahrtsstaat der Welt errichtete. Das hielt er für eher unwichtig. Er versorgte jedermann mit Speis und Trank, einem Dach über dem Kopf, Kleidung, Waffen – eben allem, was man zum Leben und Töten seiner Feinde braucht. Er dachte, das wäre genug. Sogar mehr als genug. Er sah keinen Grund, den Handel einzuführen. Einkaufen langweilte ihn. Für die Freuden des Konsums hatte er wenig Verständnis. Das Labyrinth war in der guten alten Zeit entstanden, lange bevor der Kommerz respektabel, dann gewohnt und schließlich unentbehrlich wurde.

Damals, als Dädalus noch ein Kind war, ging man in den Wald hinaus und schoß sich einen Bären, wenn man einen Pelz brauchte. Die humanere Methode, solche Sachen in einem Laden zu kaufen, war in seiner Jungend gänzlich unbekannt.

Aber die Zeiten ändern sich, und da das Labyrinth in jeder Ära und jedem Raum zugleich existiert, ist es auch neuen Ideen zugänglich. *Kaufen* begann als eine Art Mode-Gag, ersetzte aber schon bald das *Selbermachen* als die übliche Methode, sich Dinge zu verschaffen.

Und eine Idee, deren Zeit reif ist, läßt sich durch nichts und niemand aufhalten.

Dädalus erließ ein Gesetz, das die meisten Kategorien des Kaufens und Verkaufens untersagte, aber es erwies sich als ungefähr so wirksam wie ein Erlaß gegen Masern.

Die Leute kamen zu Geld, indem sie Midas und anderen Mittelsmännern, die vom Gesetz her zum Handel berechtigt oder aufgrund ihres Archetyps sogar verpflichtet waren, all den Kram, mit dem das Labyrinth so reichlich ausgestattet war, verhökerten: Statuen, Goldbecher, Elfenbeinkämme, Bernsteinamulette, bestickte Gobelins und so fort. Midas zahlte in Gold- und Silbermünzen und verscherbelte die Waren mit großem Profit an Museen und Privatsammler im 20. Jahrhundert.

Das System war nicht perfekt, aber zumindest schuf es für alle eine Einkommensquelle.

Bald hatte jeder Geld. Aber lange Zeit konnte man nichts dafür kaufen. Es gab keine Buchläden, keine Kinos, keine Boutiquen und Supermärkte. Schlimmer noch, es gab keine Unterhaltung.

Dädalus hatte versucht, zumindest diese Lücke zu schließen. Er schuf Freilicht-Theater, in denen klassische Dramen aufgeführt wurden. Die Vorstellungen waren kostenlos und in etwa so mitreißend, wie regierungsgesponserte Kunst nun mal zu sein pflegt.

Die Bewohner des Labyrinths hatten keinen Bock auf das zählederne klassische Zeug, das Dädalus ihnen vorsetzte. Daran war er selbst schuld. Er hatte an alle Bürger diese kugelförmigen Fernsehgeräte verteilt, die es ihnen gestatteten, jederzeit, unverzüglich und gratis elektronischen Kontakt miteinander aufzunehmen, weil es, wie Dädalus verkündete, die Pflicht des Staates war, die Freiheit der Kommunikation zu fördern. Schön, sagten die Labyrinthbewohner, wann kriegen wir endlich Kabelfernsehen? Und wann können wir uns in die Vergangenheit und die Zukunft einblenden, die uns nach deinen Worten von allen Seiten umgeben?

Vergeblich predigte Dädalus die Vergnügungen von einst, als man sich am Freitagabend um die Lyra versammelte und die alten Heldenlieder sang. Im Nu entstanden überall im Labyrinth Piraten-Kabelstationen, die Segmente der Zukunft aufzeichneten und sendeten. Genau das hatte Dädalus zu unterbinden versucht, mit dem Argument, daß solches Wissen Anomalie war und eine Katastrophe heraufbeschwören würde. Und er drohte harte Strafen für den Fall an, daß es jemand wagen sollte, die philosophische Reinheit des Labyrinths durch Kommerzialismus zu beschmutzen.

Natürlich nützte das überhaupt nichts. Dädalus ließ das Labyrinth zwar eifrig kontrollieren, aber er konnte nicht überall zugleich sein. In aller Heimlichkeit wurden überall Geschäfte gemacht, in der Regel abgewickelt von unruhig umherspähenden Männern mit schwarzen Schnurrbärten im Fond von großen Kombis, die eigentlich im antiken Griechenland nichts zu suchen hatten, aber von Gott weiß welchen fixen Mitwissern von Regierungsgeheimnissen ins Land geschmuggelt worden waren – Typen wie diesem Prometheus, der das Himmelsfeuer gestohlen und auf die Erde gebracht hatte. Diese illegalen Unternehmen, die ohne Lizenz arbeiteten, konnten im Nu den Firmensitz wechseln, wenn ihnen zugetragen wurde, daß Dädalus in der Gegend war.

Die Vorhersage, wo Dädalus als nächstes aufkreuzen würde, entwickelte sich zu einer eigenen lukrativen Industrie, einer Meta-Industrie, da Gedeih und Verderb aller anderen kommerziellen Betätigungen von ihr abhingen. Nach und nach entstand daraus eine eigene Wissenschaft, die sogenannte Dädalologie, die es sich zur Aufgabe machte, genau zu ermitteln, zu welchem Zeitpunkt Dädalus an welchem Ort sein würde. Es gab mehrere Prognose-Systeme, die sich in der Regel auf Datenbanken über frühere Reiserouten von Dädalus stützten und diese mit dem psychologischen Profil des Meisterarchitekten kombinierten. Aber es ließ sich keine Heuristik einführen, die Resultate waren zufällig, unwissenschaftlich, unzuverlässig, und die Angst, die sich daraus ergab, hatte potentiell schwerwiegende soziale Folgen: Aufgrund der unsicheren Grund- und Besitzverhältnisse, die Dädalus mit seiner Politik der brutalen Industrie-Bekämpfung heraufbeschwor, sah sich die Menschheit nämlich außerstande, den nächsten großen Schritt nach vorn zu tun und Einkaufszentren zu errichten.

Der große Durchbruch kam, als Pythagoras seinen Lokativen Lehrsatz veröffentlichte. Dieser besagte, daß es zwar angesichts der allgemeinen kommerziellen Unbestimmtheit unmöglich war, das Auftauchen von Dädalus exakt vorherzusagen, daß man jedoch mit an Sicherheit grenzender Wahrscheinlichkeit ermitteln konnte, wo und wie lange er am allerwenigsten zu erwarten war.

Die Gleichungen, die Pythagoras zu seiner Methode der Negativen Schlußfolgerung aufstellte, sind ungemein elegant, können jedoch an dieser Stelle nicht im Detail erörtert werden. Nur soviel sei gesagt: Mittels dieses mächtigen Werkzeugs der Logik gelang es der Menschheit endlich, einen gewaltigen Schritt in ihrer zivilisatorischen Evolution zu tun, nämlich Einkaufszentren zu errichten und die unselige Epoche des Kommerz-Verbotes zu beenden.

20. Die Attacke der Selbstmitleid-Pflanze

»He, untersteh dich!« schrie Theseus, denn er hatte gerade noch rechtzeitig das typische Kleeblatt-Laub mit den dunklen spatelförmigen Flecken erkannt, das den Blühenden Trübsinn verriet – einen kleinen, gedrungenen Wanderbusch, der im Volksmund auch Selbstmitleid-Pflanze genannt wurde und ein besonderes Talent dafür besaß, sich nahezu unsichtbar zu machen.

Die Selbstmitleid-Pflanze krallt sich mit den Haken ihrer Blattränder an Passanten fest und implantiert den ahnungslosen Opfern Keime abschätziger Selbstironie. Im Vorstadium verläuft die Krankheit meist ohne Beschwerden. Das Gift geht sofort in den Blutstrom über, wo es die Arterienwände entlangschleicht, mit hochgeschlagenem Mantelkragen sozusagen, um nicht als

Fremdling entlarvt zu werden. Auf diese Weise täuscht es die Antikörper, die weiter auf ihren Wachstationen Karten spielen, als sei nichts geschehen.

Sobald es das Zentralnervensystem erreicht, beginnt das Gift Dolonen auszuschütten, winzige, heringartige Geschöpfe, die das Enzym des metaphysischen Zweifels produzieren. Sobald die Ansteckung dieses Stadium erreicht hat, leidest du unter hämmernden Kopfschmerzen und kannst den Rest des Tages vergessen.

Obwohl das Gift des Selbstmitleid-Strauchs in der Regel nicht tödlich wirkt, sind einige Fälle bekannt, in denen Infizierte die Überzeugung entwickelten, sie seien Søren Kierkegaard.

Theseus war es zwar gelungen, den ersten wütenden Ansturm des Strauchs abzuwehren, aber damit befand er sich noch längst nicht außer Gefahr. Die Pflanze hatte ihn nämlich gegen eine schroffe Granitklippe gedrängt, die scheinbar endlos in das Azurblau des gleichgültigen Himmels aufragte. In den Granit waren flache Stufen gehauen, die Theseus hastig erklomm, verfolgt von dem Wanderbusch.

Er schaffte es, ein paar Stufen Vorsprung gegenüber der Pflanze herauszuholen, aber plötzlich versperrte ihm eine Dreifachgarage den Fluchtweg. Der Blühende Trübsinn stürmte mit einem nervtötenden Schrei auf ihn los, der so ähnlich klang wie: »Was kann ich für diese beschissene Situation?« Es war ein Schrei, bei dem selbst starken Männern der Mut zu sinken pflegte, da er das feinfühlige Organ in Schwingungen versetzte, mit dessen Hilfe Menschen Jammern und Wehklagen wahrnehmen.

Alles deutete darauf hin, als könnte sich Theseus seine gute Laune endgültig abschminken. Aber dann erschien unvermutet zu seiner Rechten eine kleine Kabine, die zu einer Einschienenbahn gehörte. Die Schiene bildete eine steile Kettenlinie der Angst in ein geheimnisvolles Tal, das unter einer undurchdringlichen Wolkenschicht verborgen lag. Theseus überlegte, ob es richtig war, diesen Weg zu nehmen. Aber es war zu spät zum Nachdenken, selbst wenn er eine andere Alternative gesehen hätte.

Theseus stieg in die Kabine und löste die Bremse, ein altmodisches Ding mit Backen, die gegen einen Bremskranz drückten. Als die Kabine in die zuvor beschriebene Landschaft tauchte, fragte sich Theseus erneut, ob er die richtige Entscheidung getroffen hatte.

Der Blühende Trübsinn war einen Moment lang echt baff. Aber dann sprang er mit einer für ein so skizzenhaft angelegtes Geschöpf untypischen Entschlossenheit auf den Rücken eines vorbeirollenden Skateboarders, legte ihm die kurzen biegsamen Zweige um den Hals, hypnotisierte ihn und zwang ihn, Theseus zu verfolgen.

Als Theseus sich umdrehte, sah er, daß sich die Wege des Skateboarders und der Einschienenbahn an einem Punkt kurz vor der Unendlichkeit schneiden würden. Die Begegnung war unvermeidlich. Er mußte rasch etwas unternehmen, denn der gereizten Pflanze war jetzt ohne weiteres zuzutrauen, daß sie ihn mit einer besonders bösartigen und ansteckenden Form der kritischen Selbstanalyse infizierte.

Theseus durchwühlte seinen Rucksack in der Hoffnung, auf etwas Nützliches zu stoßen. Der Schuhlöffel schied als ungeeignet aus, und den Traumland-Paß für zwei Personen wollte er sich für später aufheben. Blieb nur noch das Peilgerät.

»Bitte, unternimm etwas!« flehte Theseus.

Das Peilgerät warf ihm einen wütenden Blick zu. Es hatte seine eigenen Sorgen. Es war in den Rucksack gekrochen, weil es das für einen cleveren Schachzug gehalten hatte. Schließlich war es keine Arbeitsmaschine, sondern auch zu Studienzwecken unterwegs. Aber es merkte bald, daß Theseus versäumt hatte, Mäusefutter oder sonst etwas Eßbares zu besorgen. Helden sind dafür bekannt, daß sie sich um solche Banalitäten nicht kümmern; sie selbst lassen sich zwar nichts abgehen, aber an andere denken sie grundsätzlich nicht.

Also befand sich die Maus in einer prekären Lage. Entweder sie bekam auf der Stelle etwas zwischen die Zähne, oder sie mußte sich in ein Piano verwandeln. Das klang blödsinnig, aber so lauteten nun mal die Spielregeln.

Eine letzte Verzweiflungsmaßnahme blieb. Die Maus nahm die einzelne Speedo-Kapsel, die sie stets unter einem Heftpflaster in der linken Achselhöhle trug, und schluckte sie in der vorgeschriebenen Weise. Die Droge, ein echter Hammer und deshalb verboten, wirkte sofort. Energiewogen brachen über die Maus herein. Auf dem Höhepunkt der psychischen Schockwelle verwandelte sie sich in eine Katze.

Aufgeputscht durch das Speedo, gelang es der Katze, die Maus, die sie selbst gewesen war, zu erwischen und – ratzfatz – zu verschlingen. Auf diese Weise verhinderte sie die Pianoisierung, bevor jemand die Zeit fand, eine neue Vorschrift einzuführen, die das untersagte.

»Ich begreife dein Problem«, sagte die Katze. »Aber es hat nichts mit mir zu tun. Meine Aufgabe besteht darin, dir bei der Suche nach dem Minotaurus zu helfen. Von Strategien gegen Selbstmitleid-Pflanzen war nie die Rede. Theseus, ich schlage vor, daß du dich beim Spielleiter beschwerst – oder wer immer hier die Show unter sich hat!«

»Keine Zeit mehr!« widersprach Theseus, während die Achterbahn-Kabine sich dem Ende der Schiene näherte, wo die Selbstmitleid-Pflanze lauerte, nachdem sie den armen Skateboarder mit einer seltenen Form von Manichäismus infiziert und ihn dann hilflos seiner Weltverneinung überlassen hatte.

Es ließ sich nicht leugnen, daß er in einer häßlichen Klemme steckte. Doch Theseus blieb cool wie immer.

Selbst in dieser Extremsituation bemerkte er die kleine Öffnung, die sich wie eine Abzweigung neben der Monoschiene auftat. Ohne Zögern warf er sich seitlich aus der Kabine und tauchte in die Schwärze.

Es folgte ein unbeschreiblicher Augenblick des Übergangs. Dann fand Theseus sich im Zentrum eines großen klebrigen Netzes wieder, das aus einer schwarzen, teerähnlichen Substanz bestand. Es war ein Spinnennetz, aber eines von der ausladenden Sorte, wie sie manchmal in alten Kinofilmen verwendet wurden, und Theseus saß endgültig fest. Jetzt erst bemerkte er die Selbstmitleid-Pflanze. Sie trug ihren Spinnenhut und hangelte sich rasch über die Querstreben des Netzes auf den glücklosen Helden zu.

»Wie kommt es, daß sie lässig über das Netz läuft, während ich keinen Finger rühren kann?« fragte Theseus die Peilkatze.

»Ich glaube, das hat etwas mit dem Ohmschen Gesetz zu tun«, meinte das Peilgerät. »Sieh zu, daß du mich nicht mit diesem klebrigen Zeug verschmierst!« Katzengewandt war es auf seine Brust geklettert.

Die Selbstmitleid-Pflanze kam immer näher. Sie hatte den Spinnenhut verwegen über ein Auge gezogen, und ihr Lächeln wirkte ausgesprochen unangenehm.

»Was mache ich jetzt?« wollte Theseus wissen – eine theoretische Frage, für die Dädalus in seiner Weisheit eine Antwort oder zumindest das Potential einer Antwort geliefert hatte. Denn plötzlich erschien in der Luft über dem Helden die Gestalt einer schönen jungen Frau, eingehüllt in den rosigen Schimmer magischer Morgenröte und angetan mit superlativ zu schildernden Gewändern.

»Ariadne!« rief Theseus.

»Du warst sehr leichtsinnig«, sagte Ariadne, »und ich hätte gute Lust, dich deinem Geschick zu überlassen, besonders nachdem du mich auf Naxos so schäbig verlassen wirst, ohne eine einzige gültige Kreditkarte!«

Theseus war einen Moment lang verwirrt, bis ihm wieder einfiel, daß die Chronologie im Labyrinth kein Gebot, sondern lediglich ein Vorschlag war, etwa so wie ein Stopschild für den römischen Autofahrer, und daß es durchaus vorkam, daß du für die Folgen deiner künftigen Missetaten büßen mußtest, ehe du das Vergnügen hattest, sie zu begehen.

»Aber wenn ich dich nicht rette«, fuhr Ariadne fort, »entgeht mir mit Sicherheit später eine heiße Liebesszene mit Dionysos. Deshalb habe ich beschlossen, dir aus der Patsche zu helfen.«

Sie drückte ihm ein Fläschchen aus einer Art Glasmasse in die Hand, die eindeutig aus der olympischen Manufaktur stammte, das echte Soma, grün eingefärbt und mit Runen beschriftet.

»Das ist ja Soma!« rief Theseus nach einem kurzen Blick auf das Runen-Etikett. »Das gesegnete Soma der Götter, ohne das ein Mann, ja selbst ein Heros, nicht viel tun kann, außer einer Selbstmitleid-Pflanze zum Opfer zu fallen, während ihm sein Peilgerät schwer auf der Brust lastet und mit allen Mitteln versucht, sich die Pfoten nicht schmutzig zu machen!«

Nachdem er mit einem kleinen Werkzeug, das er stets bei sich trug und das in der Antike das Schweizer Offiziersmesser ersetzte, den Wachsstöpsel herausgepuhlt hatte, kippte Theseus den Inhalt des Fläschchens bis zur Neige, kaute anschließend den Bodensatz und schluckte ihn ebenfalls.

Und da war sie, die Kraft! Ein heiseres Triumphlachen stieg in seine Kehle, aber er drängte es zurück, als die Peilkatze in gereiztem Tonfall zu ihm sagte: »Mann, nun mach endlich!«

Mittels der Kraft, die ihm das Soma der Götter verlieh, unternahm Theseus eine Willensanstrengung, die ungeheurer war als alles, was das Universum seit dem Urknall erlebt hatte. Durch die schiere, die wahnsinnige Sturheit, die der Menschenrasse angeboren ist, gelang es ihm, ein chinesisches Restaurant ins Leben zu rufen.

Es wackelte einen Moment lang unsicher, als seine orangerote Pagodenform das Spinnennetz und die vorrückende Selbstmitleid-Pflanze mit ihrem schwarzen Spinnenhut überlagerte. Dann ereignete sich die Katastrophe, das absolut Neue, und die Selbstmitleid-Pflanze, das Spinnennetz, der zum Manichäer gewordene Skateboarder und der Spinnenhut verschwanden im Nebelreich des Nichtrealisierten, des Nichtrationalisierten, des Nichtaktualisierten.

Theseus ging vorsichtig auf das Restaurant zu, weil sich Schöpfungen dieser Art mitunter plötzlich in Luft auflösen und dich allein zurücklassen, mit einem schlechten Geschmack im Mund und dem Gefühl, im falschen Bett aufgewacht zu sein.

Das chinesische Restaurant bestand jedoch den Banalitätstest. Es blieb an Ort und Stelle, als Theseus über die Schwelle trat und von einem chinesischer Kellner mit unbewegter Miene an einen Tisch geleitet wurde.

Theseus bestellte eine Auswahl Dimsum. »Ach, und eine Schale Suppe für mein Peilgerät!« fügte er hinzu, als er spürte, wie sich ein paar scharfe kleine Krallen in seine Schulter gruben.

21. Minotaurus und Minos

Der Minotaurus suchte Midas auf, in der Hoffnung, ein Darlehen für seine Hornektomie zu erhalten. Midas residierte in einer prunkvollen Schloßanlage. Der Minotaurus kam an Landschaftsgärten und künstlichen Seen vorbei, an Heldenstatuen, Aussichtsterrassen und romantischen Klosterruinen, ehe er endlich das Hauptgebäude erreichte. Ein Majordomus in Livree empfing ihn und führte ihn durch endlose düstere Korridore, an deren Wänden lieblos gepinselte Ölschinken mit klassischen Themen hingen, über Innenhöfe, die fast in Grün erstickten, bis zu einem Audienzsaal tief im Inneren des Palastes.

Midas, der reichste Mensch des Altertums, war ein kleiner dicklicher Monarch mit einem grauen Ziegenbart. Er saß an einem langgestreckten Tisch, auf dem sich Pergamentrollen und Wachstäfelchen stapelten. Er hatte eine Sonderschreibmaschine, deren Typenhebel Keilschrift-Zeichen in feuchte Tontafeln drückten. In einer Ecke ratterte ein Fernschreiber. Daneben befand sich ein Computer-Terminal. Trotz seiner nostalgischen Ader kam Midas nicht ganz ohne Bürotechnik aus.

König Midas war ein guter Gastgeber. Er bewirtete den Minotaurus mit Stroh-Eis und ließ ihm anschließend als besondere Aufmerksamkeit eine Schale leicht pochierter Jungfrauenherzen in Brottunke auftragen.

Er hört sich das Anliegen des Minotaurus an und schüttelt von Anfang an den Kopf. Der Minotaurus hat einen denkbar ungünstigen Zeitpunkt erwischt, der Geldmarkt ist im Keller, die Zinsen steigen, oder vielleicht auch umgekehrt, jedenfalls sind die Mittel knapp und Privatkredite momentan einfach nicht drin. Midas bedauert das selbst, er würde dem Minotaurus gern unter die Arme greifen. Der König hat große Achtung vor der Mythologie und weiß um die bedeutenden Beiträge des Minotaurus zur hellenischen Folklore, um seinen festen Platz im Reich der Legende. Seine tiefe Bewunderung für den Minotaurus und das, was er symbolisiert, macht es ihm doppelt schwer, sein Ansinnen abzulehnen, und wenn es nur nach ihm ginge, würde er den kleinen Kredit sofort gewähren – schließlich ist er für sein weiches Herz bekannt, aber leider muß er vor seinem Aufsichtsrat Rechenschaft ablegen, und die Herren Direktoren halten ihn kurz; er hat in diesen Dingen so gut wie keinen Ermessensspielraum, ein Jammer ist das.

Midas schimpfte so ausgiebig über die ärgerlichen

Beschränkungen, die ihm die Hände banden und ihn daran hinderten, Darlehen zu erteilen, wie er es für richtig befand, daß der Minotaurus ihn zu bedauern begann, den armen, unglücklichen König, der trotz seines sagenhaften Reichtums und trotz all seiner Platin-Kreditkarten nicht die Macht hatte, die Ziele zu unterstützen, die seinem Herzen am nächsten lagen.

Der Minotaurus bekundete sein Verständnis für die schwierige Lage, in der sich Midas befand, und begann sich höflich zu verabschieden. An der Tür hielt ihn Midas jedoch noch einmal auf und erkundigte sich beiläufig, wozu er den Kredit eigentlich benötigte.

Der Minotaurus erklärte ihm die Sache mit der Hornektomie, die ihn in ein Einhorn verwandeln sollte. Midas überlegte einen Moment und führte dann ein Telefongespräch, im Flüsterton und in einem phrygischen Dialekt, den der Minotaurus nicht kannte, selbst wenn er ihn rein akustisch verstanden hätte. Midas legte den Hörer auf und forderte den Minotaurus mit einer Geste auf, noch einmal Platz zu nehmen.

»Mein lieber Freund, warum haben Sie das mit der Operation nicht gleich gesagt? Ich hatte ja keine Ahnung! Ich dachte, Sie würden das Geld für eine leichtsinnige Anschaffung verwenden, wie das bei Helden und Monstern so häufig der Fall ist. Aber diese Hornektonie, das ist ein Vorhaben mythischer Natur – genau das, wozu wir die Leute immer ermutigen. Ich meine, schließlich steht die Mythologie im Vordergrund dieses Labyrinths, oder? Nebenbei gefragt – was gedenken Sie mit dem entfernten Horn anzufangen?«

»Darüber hatte ich mir, ehrlich gestanden, noch keine Gedanken gemacht«, sagte der Minotaurus. »Wahrscheinlich stelle ich es zu meinen Souvenirs auf den Kaminsims.«

»Würde es Ihnen etwas ausmachen, sich von diesem Horn zu trennen, nachdem es sozusagen von Ihnen getrennt ist?«

»Vermutlich nicht«, meinte der Minotaurus. »Aber ich verstehe nicht …«

»Ich regle das mit dem Kredit«, sagte Midas.

»Aber der Geldmarkt? Und die schlechte Zinslage? Und Ihr Aufsichtsrat?«

»Lassen Sie mich nur machen!« beruhigte ihn Midas. »Alles, was ich brauche, ist Ihre Unterschrift, daß Sie mir Ihr Horn als Bankbürgschaft überlassen.«

»Mein Horn?« fragte der Minotaurus und hob schützend einen Huf an die Stirn.

»Nicht daß es viel wert wäre«, sagte Midas, »aber immerhin kann ich damit das Direktoren-Triumvirat beschwichtigen.«

Der Minotaurus hatte keinerlei konkrete Pläne wegen des Horns. Schließlich war es noch nicht abgeschnitten. Dennoch kam es ihm ein wenig seltsam vor, einem Fremden einen Körperteil zu übereignen.

»Keine Einwände also?« hakte Midas nach. Der Minotaurus schüttelte zögernd den Kopf. »Gut, ich habe zufällig ein Kreditformular hier. Wenn Sie wollen, füllen wir es gleich aus.«

Midas nimmt ein Pergament, wählt einen Stift, kritzelt.

»Ich nehme an, Sie wissen noch nicht, welches Horn Sie sich entfernen lassen? Egal, schreiben wir einfach ›ein Minotaurus-Horn, rechts oder links, abzugeben spätestens …‹« – er wirft einen Blick auf den Kalender seiner Armbanduhr – »sagen wir, spätestens drei Tage nach der Operation.«

»Meinetwegen«, stimmt der Minotaurus zu. »Aber Sie wissen ja, wie das im Labyrinth so geht. Man kann unmöglich vorhersagen, wie lange es dauert, von einem Punkt zum anderen zu gelangen.«

Das war in der Tat eine der Beschwerden, die von den Bewohnern des Labyrinths am häufigsten vorgetragen wurden. Selbst eine einfache Fahrt in die Stadt konnte ewig dauern. Und wenn man eine Kurzreise antrat, war es ratsam, den Paß, viel Geld, ein Taschenbuch sowie ein Paar Socken und Unterwäsche zum Wechseln mitzunehmen.

»Ich weiß nicht einmal, wo sich Asklepios derzeit aufhält«, fügte der Minotaurus hinzu.

»Das habe ich bereits überprüft«, sagte Midas. »Asklepios weilt gegenwärtig im Jackson Memorial Hospital in Miami, um Hera zu liften und ihr eine neue Nase zu verpassen.«

»Miami? Wo ist das denn? Irgendwo in der Nähe von Mallorca?«

»Nur vom geistigen Niveau her.« Midas gestattete sich ein boshaftes Kichern. »Aber kümmern Sie sich nicht weiter darum. Ich sorge dafür, daß Sie heil an Ihr Ziel kommen. Die Rückkehr ist ein wenig komplizierter, aber das schaffen wir schon.«

Er durchwühlte eine seiner Schreibtisch-Schubladen, fand eine Karte und überreichte sie dem Minotaurus.

»Das hier ist eine Sofort-Transfer-Karte, nicht ganz billig übrigens, die Sie nach Ihrer Operation auf schnellstem Wege hierher zurückbringt. Und hier haben Sie eine Bestätigung für Asklepios, daß ich die Operationskosten übernehme.«

Er schob dem Minotaurus die Bestätigung zu. Der Minotaurus nahm sie und unterzeichnete das Pergament mit dem Kreditvertrag.

»Das hätten wir«, sagte Midas. »Ich wünsche Ihnen viel Erfolg, mein lieber Freund. Ach, eine Kleinigkeit hätte ich fast vergessen – eine letzte Formalität.«

Er wühlte erneut in seiner Schreibtisch-Schublade, fand einen schlichten Goldring, und ehe der Minotaurus wußte, wie ihm geschah, hatte ihm Midas das Ding in der Nase befestigt.

»Was soll das?« fragte der Minotaurus erschrocken.

»Nichts, das Sie beunruhigen müßte«, entgegnete Midas. »Lediglich die Standard-Versicherungsmarke, zu deren Tragen jeder Kreditnehmer verpflichtet ist.

Wir entfernen sie, sobald Sie das Horn abgeliefert haben. Versuchen Sie übrigens nicht, sie selbst abzumachen – sie ist mit einer Sprengladung gegen unbefugte Eingriffe gesichert. Und im übrigen steht sie ihnen hervorragend. Tschüs, mein Lieber, und alles Gute. Wir sehen uns sicher bald wieder!«

»Aber wann soll die Operation stattfinden?«

»Ach, darüber kann Ihnen der Alien Observer vermutlich besser Auskunft geben als ein Zeitreisen-Neuling wie ich.«

»Welcher Alien Observer? Wovon reden Sie?«

Aber Midas wollte sich dazu nicht mehr äußern. Er hatte genug Zeit mit dem Minotaurus verschwendet; nun gab es Wichtigeres zu tun, Profit zu machen, Gegenstände in Gold zu verwandeln. Midas haßte es, wenn er längere Zeit von seiner Arbeit abgehalten wurde, seiner wahren Arbeit, der Goldproduktion. Schon spürte er in den Achselhöhlen das typische Jucken, das sich stets einstellte, wenn er längere Zeit nichts darunterklemmte, ein kleines Tintenfaß zum Beispiel oder einen Briefbeschwerer, all die Nippes, die er durch Berührung vergoldete.

Sie nahmen mit einem Händedruck Abschied, und der Minotaurus ging. Er war verärgert; er fand, daß Midas sich ziemlich anmaßend benommen hatte. Aber Schwamm drüber, das Wesentliche war doch, daß er seine Operation bezahlt bekam. Außerdem freute er sich darauf, dieses Miami kennenzulernen. Es war ein Teil des Labyrinths, den er bislang noch nie besucht hatte.

22. Dädalus hebt die Kausalität auf

Die Kunde, daß Dädalus den Entschluß gefaßt hatte, in seinem Labyrinth die Kausalität aufzuheben, löste allgemeine Bestürzung aus. In der Regel ließ man den großen Baumeister in solchen Dingen gewähren, aber in diesem Fall schien doch Erklärungsbedarf zu bestehen. Also beraumte der Bürgermeister eine Sondersitzung des Labyrinth-Gremiums an, und Dädalus wurde gebeten, diesen beispiellosen Schritt näher zu erläutern.

»Meine Damen und Herren, sehen wir den Tatsachen ins Auge«, sagte Dädalus. »Wie Sie alle wissen, beruht das Konzept unseres Labyrinths auf dem reinen Lustprinzip, ungehemmt von jeglicher Moral und absolut frei von sozialen Aspekten.«

»Und das mit Recht«, murmelten die Gremiumsmitglieder, unbeugsame, doktrinäre Ästheten wie die meisten vom Bürgermeister ernannten Berater.

»Nun ist uns jedoch zur Kenntnis gelangt, daß trotz aller Bemühungen ein Anflug von Bedeutung gewisse Bereiche unseres Labyrinths infiziert hat, der sich ausbreitet wie ein Pilz der Aufklärung und die kristalline Zweckfreiheit unseres Bauwerks zu trüben droht. Deshalb, meine Damen und Herren, habe ich die Kausalität im Labyrinth aufgehoben.«

»Wo liegt da der Zusammenhang?« fragte ein Gremiumsmitglied.

»Ich dachte, das sei offensichtlich. Einen moralischen Zweck erhält eine Sache nur mittels der Kausalität. Wenn ich also das Kausalitätsprinzip ausschalte, schiebe ich der sittlichen Ethik einen Riegel vor, deren Ziel es ist, Normen aufzustellen und die Menschen zu zwingen, nach bestimmten Richtlinien zu handeln – oder sich bittere Vorwürfe zu machen, wenn ihnen dies mißlingt. Genau das aber wollen wir unter allen Umständen vermeiden. Unser Projekt, meine Damen und Herren, dient keiner geringeren Aufgabe als dem Sieg über das Schuldgefühl selbst.«

Diese kühne Definition wurde vom Gremium mit lautem Beifall bedacht. Lediglich ein alter Herr mit einem gezwirbelten weißen Schnurrbart wagte einen

Einwand: »Aber ist das nicht eine Menge Lärm um nichts? Die Aufhebung der Kausalität erscheint mir eine reichlich überzogene Maßnahme zur Eindämmung von ein paar Schuldgefühlen. Warum konsumieren die Leute ihr Gewissen nicht einfach, so wie ich es tue?«

»Darf ich Sie daran erinnern«, entgegnete Dädalus, »daß nur Geschöpfe der Fiktion mit den dazu nötigen Drüsen ausgestattet sind und Normalsterbliche Ihrem Rat deshalb nicht folgen können?«

»Wohl, wohl«, murmelte der alte Herr.

»Vergessen Sie nicht, daß wir versuchen, der Menschheit Glück und Zufriedenheit zu schenken, etwas, das sie während ihrer kurzen und leidvollen Geschichte nie im ausreichenden Maße genießen konnte.«

»Wenn ich mich nicht irre«, warf ein anderes Gremiumsmitglied ein, »vertreten Sie den Standpunkt, Dädalus, daß die Menschheit nicht durch ständiges Kriegsleid, Hungersnöte, soziale Ungerechtigkeit und die diversen Formen von seelischer Grausamkeit, darunter die verheerenden Folgen von Selbstzerfleischung und Selbstzweifeln, zur Evolution angestachelt werden muß. Das ist eine sehr gewagte Denkweise. Hegen Sie denn nicht die Befürchtung, daß die naturgegebene Faulheit der Menschen obsiegen wird, daß ihnen wieder Schwänze wachsen und sie auf ihre Bäume zurückkehren könnten?«

»Na und?« sagte Dädalus. »Wer sind wir, daß wir uns ein Urteil über das Ziel oder auch nur die Richtung der Evolution erlauben können? Aus unserer Sicht gibt es keinen Unterschied zwischen dem Mampfen von Bananen und Gödels Beweis der Quantenlogik.«

»Das ist irgendwie bedauerlich«, fand Gödels Vertreter, der als Beobachter anwesend war.

Dädalus hob die Schultern. »So läuft das nun mal im

Kosmos. Wir können nicht länger tatenlos zusehen, wie eine in Mißkredit geratene Ethik alle selbstbestimmten Abweichungen des Moral-Labyrinths mit dem *Karma* bestraft, den verinnerlichten Folgen des Handelns, der automatischen Abrechnung der Kausalität.«

»Hmm, ja, fahren Sie fort!« sagte ein hochgewachsener, gutaussehender Mann, der Vertreter des Autors, der sich eifrig Notizen machte.

»Durch einen Verzicht auf das Ursache-Wirkung-Prinzip«, fuhr Dädalus fort, »können wir Entschlüsse fassen, ohne den Abrechnungs-Faktor zu berücksichtigen, und auf diese Weise das Karma zu einer Bankrotterklärung zwingen. Die Labyrinthbewohner der Zukunft werden wieder frei entscheiden können, unbelastet von jedem inneren moralischen Zwang!«

»Das hieße Mörder frei herumlaufen zu lassen!« empörte sich der Sitzungsteilnehmer mit dem gezwirbelten Schnurrbart.

»Damals wie heute«, bestätigte Dädalus. »Mord, um bei Ihrem Beispiel zu bleiben, wird nicht mehr automatisch das Karma auf den Plan rufen. Mit der Abschaffung des Karmas rücken wir die Dinge einfach wieder zurecht. Ein Mord kann in Wahrheit etwas ganz anderes bewirken, als wir uns vorstellen – das Blühen eines Veilchenbeets vielleicht. Es wird keine festen Verknüpfungen in unserem Labyrinth mehr geben, keine logischen Folgen, nur Juxtapositionen, das Nebeneinander von Möglichkeiten, zufällig oder geplant, das spielt keine Rolle. Sie alle werden eine reine Situationsbedeutung besitzen und durch keinerlei zusätzliche Konsequenzen belastet sein. In unserem Labyrinth, meine Damen und Herren, kann alles und jedes sich jederzeit ganz nach Wunsch in alles oder jedes verwandeln, und das ist, mit Verlaub gesagt, die einzige Freiheit, die diesen Namen verdient.«

Donnernder Applaus folgte seinen Worten, und vereinzelt erklangen Rufe wie: »Nieder mit dem Karma!

Vorwärts in ein freies Universum!« Die Gremiumsmitglieder scharten sich um Dädalus, und eine der Damen bot ihm offen ihre Liebesdienste an, in welcher Form und welchem Wertesystem auch immer. Aber der Meisterarchitekt wehrte alle Offerten bescheiden ab. »Ich tue nur meine Pflicht, Madam.«

23. Der chinesische Kellner – Theseus & Minotaurus

»Ich suche den Minotaurus«, erklärte Theseus.

»Ah«, entgegnete der lächelnde Kellner und stellte die Ingwer-Krabben an Frühlingszwiebeln und Schwarzer Bohnensauce vor ihm ab, ein Gericht, das man normalerweise nur im Schickeria-Viertel von Knossos bekam – zum Beispiel beim Chinesen des Parthenon Palace-Restaurants in der Straße der Grünen Göttin. »Sie suchen Nimotolus?«

»Minotaurus«, wiederholte Theseus mit besonders deutlicher Aussprache.

»Aussplache«, sagte der chinesische Kellner.

»Du sollst meine Lippen lesen und nicht meine Gedanken!« seufzte Theseus. *»Minotaurus.* Kurze Hörner, rindsfarben, einen leicht verblödeten Zug ums Maul, typischer Minotaurus-Ausdruck.«

Das Gesicht des chinesischen Kellners nahm jene angespannt nichtssagende Miene an, die so häufig die innere Verwirrung verrät. »Vielleicht Sie kommen mit und splechen mit weise Mann, okay?«

Theseus folgte dem Kellner durch die Glasperlen-Vorhänge, die den Speisesaal von den hinteren Räumen trennten, einen gelben Wellblech-Korridor entlang, wo ein zahnloser Orientale Shrimps zu Wasserspeiern schnitzte, die das Hummerschloß irgendeines lokalen Würdenträgers schmücken sollten. Sie passierten die Küche mit den flinken, ausgelassenen Jungköchen, die brutzelnde Scheiben in bauchige Terrinen tauchten, den Vorratsraum, wo drei chinesische Oberköche aus Saumägen die Zukunft lasen, und erreichten endlich einen kleinen, mit rotem Samt und Tiffanylampen ausgestatteten Wohnraum.

»Ich halte Shlimps walm«, sagte der chinesische Kellner leise und verschwand.

Theseus war nicht entgangen, daß sich eine zweite Person im Raum befand, ein junger Mann, der ihm merkwürdig bekannt vorkam.

»Hi, Dad!« sagte der junge Mann.

»Jason!« rief Theseus. Und vor ihm stand in der Tat kein anderer als Jason, der Held des Goldenen Vlieses, dessen verwandtschaftliche Beziehung zu Theseus in keiner der griechischen Legenden erwähnt wird und hier zum erstenmal ans Licht kommt.

»Was suchst du in diesem Teil des Labyrinths?« fragte Theseus. »Ich dachte, du solltest das Goldene Vlies nach Hellas holen.«

»Da kommt mir ständig was dazwischen«, sagte Jason. »Und außerdem gibt es hier auch ganz schön was zu holen.«

»Du wohnst hier?«

»Mister Subtlety, der Besitzer, stellte mir eine Suite zur Verfügung, als er mich unter Vertrag nahm.«

»Hoffentlich nicht als Koch.«

Jason wirkte geschmerzt. Die väterliche Kritik an seinen Kochkünsten und insbesondere an seinen süßsauren Saucen, war ein Kindheitstrauma, das er immer noch nicht verarbeitet hatte.

»Wenn du es genau wissen willst – Mister Subtlety hat mich als Lokal-Heros engagiert.«

»Wozu braucht der einen Heros?«

»Zu seinem persönlichen Schutz. Er hat ohne Genehmigung Hoisin-Sauce serviert. Nun fürchtet er, daß Zeus Wind davon kriegt und Ares beauftragt, ihm den Laden dicht zu machen.«

»Das würde Ares wirklich tun?«

»Natürlich nicht. Ares ist der Gott des Krieges und nicht der Wächter über Konzessionen. Aber versuch das mal Mister Subtlety beizubringen! Egal, solange ich davon profitiere. Ich habe einen einträglichen Job und nebenher noch locker Zeit, um Spezialrollen zu übernehmen – so wie jetzt. Da sie momentan keinen Weisen zur Hand haben, der dir Ratschläge erteilen kann, mußte ich kurzfristig einspringen.«

»Du?« fragte Theseus. »Ein Weiser?«

»So lautet mein Auftrag.«

»Na, dann los, verkünde mir deine weisen Sprüche! Ich bin ganz Ohr.«

Jasons weise Sprüche gingen in dem Erdbeben unter, das die große Bibliothek von Atlantis zerstörte; dort waren sie in einer Bronze-Aktenmappe zur Erbauung der Nachwelt und sonstiger Banausen gelagert gewesen.

Genau in diesem Moment tauchte der Minotaurus am Fenster auf. Ein Fetzen Frau hing ihm aus dem Maul, was ihm irgendwie ein blödes Aussehen verlieh.

»Entschuldigung«, sagte der Minotaurus, »gibt es hier irgendwo eine Apotheke? Ich mußte gestern so viele Opfer-Jungfrauen fressen und brauche dringend ein paar Alka-Seltzer oder etwas Antikes gegen Völlegefühl.«

»Ich habe genau das Richtige für dich!« rief Theseus und zog sein Schwert.

Der Minotaurus sprang in panischem Entsetzen zurück, drehte sich um und wollte die Flucht ergreifen, stolperte jedoch über die eigenen Hufe und krachte der Länge nach hin. Theseus setzte ihm durch das Fenster nach, schwang das Schwert und schrie: »Ho-ho!«

Da er keinen anderen Ausweg sah, mußte der Minotaurus die Wuuuschsch-Karte ziehen, die er für Notfälle wie diesen im Ärmel versteckt hatte. Er spielte sie aus. Sofort umhüllte ihn eine graue, halbflüssige Kapsel, wabbelte einen Moment lang und schoß dann mit irrer Geschwindigkeit davon. Theseus rannte ihr nach und packte sie an der Hecktür, aber die Wuuuschsch-Kapsel riß sich los und beschleunigte so stark, daß sie bald das infrarote Ende des Spektrums erreicht hatte und erst wieder sichtbar wurde, als sie an der nächsten Haltestelle abbremste.

»Verdammt und zugenäht!« schrie Theseus. »Wann geht die nächste Wuuuschsch?«

Jason studierte seinen Fahrplan. »Das war die letzte für heute. Morgen früh könntest du die Molkerei-Wuuuschsch nehmen.«

Theseus dankte Jason für seine Gastfreundschaft und seine weisen Sprüche und marschierte zu Fuß los, während sein Peilgerät mit einem leisen Murmeln die Abgasfahne der Wuuuschsch-Kapsel registrierte.

24. Minotaurus' Meeting mit Minerva

Zumindest bin ich sympathisch und liebenswert, im Gegensatz zu diesem griechischen Hurensohn mit dem Schwert.

Zumindest *glaube* ich, daß ich sympathisch bin. Sogar attraktiv, auf meine Art.

Obwohl so ein Stierschädel vielleicht nicht jedermanns Geschmack ist.

Immerhin, manche Leute macht er an.

Der Minotaurus warf einen Blick auf seine Armbanduhr. Er kam eine halbe Stunde zu früh zu seiner Verabredung. Dabei hatte er eine halbe Stunde zu spät kommen wollen. Er fand, so etwas hatte Niveau, und der Minotaurus legte großen Wert darauf, Niveau zu beweisen, denn er war überzeugt, daß er Niveau besaß, auch wenn das nicht auf den ersten Blick zu erkennen war. Das hatte natürlich wieder mit dem Stierschädel zu tun, der bei den Leuten einen eher bukolischen Eindruck hinterließ, sanft und lieb, aber völlig niveaulos.

Tatsächlich war der Minotaurus viel zu nervös. Er kam nie zu spät, selbst wenn er es sich ganz fest vornahm. Er träumte davon, eine Dreiviertelstunde zu spät zu einem Termin aufzukreuzen, atemlos genau in dem Moment die Bildfläche zu betreten, da die Person, mit der verabredet war, verärgert abrauschen wollte, total eingeschnappt, die Kehle trocken vom langen Warten. Genau in dem Moment also käme er an, der Minotaurus, atemlos, scheinbar untröstlich, würde einen Huf um die Schultern der Person legen, mit der er verabredet ist, und sagen: »Tut mir echt leid, aber der Verkehr heute morgen war das Letzte. Kommen Sie, ich lade Sie auf einen Drink ein …«

Der Minotaurus träumte davon, einen Spruch dieser Art loszulassen, einen Spruch mit Niveau eben. Aber am Tag des geplanten Treffens stand er in aller Frühe auf, um sich gründlich zu rasieren und feinzumachen, und wenn er damit fertig war, blieben ihm meist noch ein paar Stunden, die er irgendwie totschlagen mußte. Er setzte sich hin und las eine Zeitschrift, aber das half nichts, weil er sich nicht konzentrieren konnte und immer wieder auf die Uhr schaute; schließlich marschierte er mit klickenden Hufen auf den gebohnerten Holzdielen seiner Wohnung hin und her, rückte den Schlips zurecht, zerrte sein Jackett gerade und polierte seine Schuhe, bis er das Warten einfach nicht mehr aushielt – und schwupp, war er unterwegs.

Da er jedoch immer noch den eisernen Willen hatte, nicht zu früh an Treffpunkt zu erscheinen, nahm er den längeren Weg, die Route über die Alpen. Selbst wenn er es nicht mehr schaffen sollte, eine halbe Stunde herauszuschinden – die obligate Viertelstunde mußte er einhalten, unbedingt. Aber natürlich kam er eine halbe Stunde zu früh, und natürlich war der oder die andere noch nicht da.

Nun wäre das in der realen Welt nicht weiter tragisch. Aber wer im Labyrinth des Dädalus zu früh an einem Treffpunkt eintrudelt, verpaßt seine Verabredung möglicherweise ganz.

Wenn du im Labyrinth zu früh dran bist, kannst du in einer besonderen Zeitnische landen, die für andere Menschen nicht zugänglich ist. Du bewegst dich in einer Art Kapsel des Zufrühkommens, so daß du nie mit den Leuten zusammentriffst, die rechtzeitig oder zu spät dran sind. In diesen Fall bleibt dir keine andere Wahl, als einen Teil der überschüssigen Zeit, die dich gefangenhält, wieder loszuwerden. Manchmal kannst du sie an einen zeitabsorbierenden Felsen reiben, manchmal kannst du sie verkaufen, aber manchmal gelingt es nicht einmal, sie zu verschenken. Die Leute werden mißtrauisch, wenn du ihnen deine überschüssige Zeit anbietest, sie denken, da muß was faul dran sein, weshalb solltest du sonst versuchen, sie loszuwerden? Und in größeren Orten einen zeitabsorbierenden Felsen zu finden, ist auch nicht gerade leicht.

Der Minotaurus hatte die Person, mit der er verabredet war, am Vortag kennengelernt. Er war in seiner gewohnt verstohlenen Art durch die Stadt geschlichen, als er hinter sich eine Frauenstimme hörte: »Hallo, Minotaurus – könnte ich Sie einen Moment sprechen?«

Der Minotaurus war dafür bekannt, daß er zu Überreaktionen neigte. Er wirbelte so schnell herum, daß er sein Gleichgewicht verlor und voll auf den Hintern fiel, die Sorte von Ungeschick, die der Minotaurus mehr als alles andere fürchtete, mehr noch als den Tod durch diesen griechischen Metzger Theseus.

»Kommen Sie, ich helfe Ihnen auf«, sagte die Frau. Trotz der Tränen des Zorns, die seine Sicht behinderten, erkannte der Minotaurus, daß es sich um eine junge Frau handelte. Sie trug ein strenges Kostüm, das ihre eckige Figur betonte, hatte das Haar zu einem straffen, intellektuell wirkenden Knoten frisiert und jonglierte eine schwere Hornbrille auf der spitzen Nase. Sie war eindeutig eine Jungfrau. Dafür hatte der Minotaurus ein Gespür. Er spürte eine erste schwache Liebesregung und ließ es zu, aß sie ihm auf die Beine half und den Staub vom Anzug klopfte.

Die junge Frau erklärte, sie habe ihn bei einem Stadtbummel bemerkt und erkannt, daß er ein Minotaurus sei – was er bitte nicht falsch verstehen und als moralisches Werturteil, sondern als ganz neutrale Feststellung auffassen solle. Sie habe beschlossen, ihn anzusprechen, weil er zu einer verfolgten Minderheit gehöre und sie mit einigen Gleichgesinnten eine Liga zur Reform diverser sexistischer, rassistischer und sonstiger diskriminierender Labyrinth-Gesetze gegründet habe.

Der Minotaurus nickte höflich, obwohl er keine Ahnung hatte, wovon sie sprach.

»Minotaurusse«, fuhr sie fort, »gehören zur Paria-Kaste der Monster, die von Geburt an zu Opfern bestimmt sind und keinerlei Chance haben, einen ihren Talenten und Neigungen entsprechenden Beruf auszuüben. Da sich ihre Ausbildung auf elementare Kenntnisse in Flucht- und Ausweichmanövern beschränkt, sind sie im Wettbewerb auf dem freien Arbeitsmarkt extrem benachteiligt. Ihre Grundrechte als denkende und fühlende Geschöpfe werden dadurch verletzt, daß sie aufgrund von veralteten Lehensgesetzen an eine bestimmte Tätigkeit gebunden sind, die ihre eigenen Wünsche und damit ihren freien Willen unberücksichtigt läßt.«

»Immerhin haben wir sichere Arbeitsplätze«, entgegnete der Minotaurus mit einer gewissen Schärfe. Er hatte seine mißliche Lage stets für einmalig und außergewöhnlich gehalten und es kränkte ihn nicht wenig, aus dem Mund dieser Dame zu erfahren, daß sie sein Schicksal als typisch für die allgemeine Situation aller Monster betrachtete. Aber natürlich haben Monster keine besondere Begabung für die Politik, und der Minotaurus sah ein, daß sie recht hatte. Keiner gewährte ihm je eine Verschnaufpause. Zwar hieß es immer Monster hier und Monster da, und Monster, wie geht's, was macht deine Seele, aber wenn mal wieder die Trommel rief, wer mußte voll ran an die Front, natürlich die Monster! Das dachte der Minotaurus, aber er sagte es nicht, weil er in der Schule in Metaphorik durchgefallen war und seitdem in der Öffentlichkeit Zurückhaltung mit Vergleichen übte, aus lauter Angst, sich zu blamieren.

»Ich finde es nett, daß Sie mit uns fühlen«, sagte er vorsichtig. »Und was gedenken Sie zu tun? Wir könnten uns darüber unterhalten …«

Sie schüttelte energisch den Kopf. »Ich gehöre zu den Aktivisten der Resistance. Minerva übrigens, falls ich vergessen habe, mich vorzustellen. Unser Team redet nicht, es handelt. Gehe ich recht in der Annahme, daß Sie von einem Helden verfolgt werden?«

»Allerdings.« Der Minotaurus nickte heftig.

»Dann brauchen Sie zunächst ein Zufluchtshaus«, sagte Minerva. »Einen Ort der Ruhe und Selbstfindung, an dem Sie neue Kräfte sammeln können, während wir überlegen, was wir mit Ihnen anfangen … äh … für Sie tun können.«

»Minerva«, sagte der Minotaurus. »Hübscher Name. Sie sind nicht zufällig auch als Athene bekannt?« Denn er war sicher, daß er ihr Bild schon mal auf der politischen Seite der *Labyrinth Times* gesehen hatte.

Sie nickte. »Athene hieß ich, als ich noch bei den Hellenen als Göttin diente. Dann kam ich mit dem Futurismus der Exakten Wissenschaften in Kontakt. Schekowski und andere Denker des 20. Jahrhunderts öffneten mir die Augen für die Entwicklungsmöglichkeiten der Menschheit. Ich nahm den lateinischen Namen Minerva an – als Symbol meines Glaubens an jene Zivilisation, der es bestimmt war, die Vorherrschaft der Hellenen zu brechen. Beantwortet das Ihre Frage?«

»Vollauf«, sagte der Minotaurus.

Also hatten sie vereinbart, sich am nächsten Tag um zwölf Uhr mittags an dieser Straßenecke zu treffen. Und da stand er nun, bedauerlicherweise zu früh. Aber wo blieb sie?

»Da bin ich«, sagte Minerva. »Können wir gehen?«

25. Der Fremdwelten-Beobachter

Der Minotaurus folgte Minerva zum Straßenrand, wo eine geräumige schwarze Limousine parkte. Der Wagen hatte getönte Scheiben, so daß der Minotaurus keinen Blick ins Innere werfen konnte. Allerdings fielen ihm die Diplomaten-Nummernschilder auf, mit der Aufschrift Alien Observer für Fremdwelten-Beobachter, etwas, das man in jüngster Zeit immer häufiger sah, da das Labyrinth des Dädalus in fast allen Zivilisationen der Galaxis für beträchtliches Aufsehen sorgte.

Eigentlich eine perfekte Falle, dachte der Minotaurus, als er einstieg. Er traute es diesem Theseus durchaus zu, daß er ein paar zwielichtige Typen samt weiblichem Lockvogel anheuerte, um den Minotaurus in die Limousine zu kriegen, und dann – *zackbum* – hatte wieder mal ein Monster das Nachsehen, und überall in Groß-Hellas war Jubel und Frohlocken angesagt.

Es *war* genau die Art von Trick, die dem hinterfotzigem Charakter von Theseus entsprach, aber der Minotaurus war Fatalist, und so stieg er ein, was soll's, verdammt noch mal. Der Wagen brauste davon.

Neben ihm saß der Fremdwelten-Beobachter, auf den ersten Blick als solcher kenntlich, weil er keine Haare, dafür aber einen blauen Lippenstift hatte.

»Nur keine Sorge, mein Alter«, sagte der Fremdwelten-Beobachter, »wir holen Sie aus der Bredouille.« Er drückte sich etwas gestelzt aus, wie die meisten Aliens, und hatte Schwierigkeiten mit den Reibelauten.

»Das ist zu gütig von Ihnen«, sagte der Minotaurus, erleichtert, daß er offenbar doch nicht in eine Falle gestolpert war. »Ich bedaure außerordentlich, daß ich Ihnen diese Umstände bereite.«

»Ach, martern Sie sich nicht darob, mein Alter«, sagte der Fremdwelten-Beobachter. »Es unterliegt unserer Pflicht, in Not geratenen intelligenten Mitkreaturen beizustehen.«

»Ich gehöre allerdings zu den Monstern«, gab der Minotaurus zu bedenken, in der Annahme, daß ein Alien mit seinen unergründlichen Wahrnehmungs-Modalitäten die feinen Unterschiede vielleicht nicht sofort erkannte.

»Ich bin mir dessen sehr wohl bewußt«, erklärte der Fremdwelten-Beobachter, »auch wenn es auf meinem Planeten keine Klassengesellschaft gibt. Deshalb erhielten wir auch dreimal in Folge von der Galaktischen Planeten-Vereinigung den Gute-Geschöpfe-Award. Ist in Folge richtig?«

»Gewiß«, bestätigte der Minotaurus. »Sie drücken sich absolut korrekt aus.«

»Auf meinem Planeten kennt man keine mathematischen Metaphern. Auch die Kategorie ›Monster‹ ist bei uns nicht geläufig. Auf meinem Planeten, ou-'Fang oder kurz 'Fang genannt, lassen wir nur die Kategorie ›vernunftbegabtes Wesen‹ gelten.«

»Das finde ich sehr gut«, sagte der Minotaurus.

»Ja, nicht wahr? Wir bezeichnen dieses Faktum als zwingende Voraussetzung.«

»Andere Sitten, andere Redewendungen ...«, sagte der Minotaurus.

»Genau. Außerdem gehören wir alle der gleichen Berufsgruppe an.«

»Ich verstehe«, sagte der Minotaurus.

Sie fuhren eine Weile schweigend dahin. Dann faßte sich der Minotaurus ein Herz und fragte: »Welcher?«

»Wie bitte?«

»Welcher Berufsgruppe gehören die Bewohner von 'Fang an?«

»Wir sind alle Eisenbahner«, erklärte der Fremdwelten-Beobachter.

»Und das funktioniert?«

»Wir erhalten alle den gleichen Lohn und die gleichen Rahmenbedingungen – drei Wochen Urlaub im Jahr und Mutterschutz für diejenigen, die sich entschließen, Kinder auszutragen. Wir sind alle Beschäftigte und Aktionäre der planetenweit eingesetzten Staatsbahn von 'Fang. Und wir bekleiden abwechselnd den Posten des Aufsichtsratvorsitzenden und andere hohe Ämter.«

»Das ist Demokratie in ihrer reinsten Form«, meinte der Minotaurus.

»Ich frage mich, warum sich dieses System nicht auch bei anderen Planeten durchsetzt«, fuhr der Fremdwelten-Beobachter fort. »Die Leute müßten natürlich nicht unbedingt den Beruf eines Eisenbahners ausüben. Es ist reiner Zufall, daß wir alle so begeistert von Zügen sind. Ebensogut könnten sie Gemüsegärtner oder Automobilhersteller oder sonst etwas werden. Der springende Punkt ist nur, daß alle das gleiche tun. Auf diese Weise gibt es keine Differenzen.«

Der Minotaurus wägte seine Worte sorgfältig ab, ehe er die nächste Frage stellte. »Ich hoffe, Sie halten mich nicht für aufdringlich«, begann er mit der gebotenen Vorsicht, »aber ich überlege allen Ernstes, was geschieht, wenn ihr genug Eisenbahnstrecken auf eurem Planeten angelegt habt.«

Der Fremdwelten-Beobachter lachte gutmütig. »Diese Frage wird uns ständig gestellt. Es ist genau genommen eine Frage der Definition. Wer vermag schon eindeutig festzulegen, wie viele Eisenbahnstrecken genug sind? Was manchen Rassen ohne Verkehrs-Ästhetik vollauf reichen würde, kann uns natürlich nicht zufriedenstellen. Wir finden, daß es niemals zu viele Eisenbahnen gibt.«

»Dann habt ihr sicher jede Menge Schienen«, meinte der Minotaurus nachdenklich.

»Über weite Teile des Planeten verlaufen die Stränge in drei Ebenen«, erklärte der Fremdwelten-Beobachter mit dem wegwerfenden Tonfall von jemandem, der nicht mit den Errungenschaften seines Landes protzen will. »Und ich kann Ihnen eines versichern ...« Er machte eine bedeutsam Pause.

»Ja?« Der Minotaurus sah ihn fragend an.

»Bei uns kommt nie jemand zu spät zum Dienst!«

»Das erscheint mir einleuchtend.«

»Das sollte ein Scherz sein.«

»Ach so, ich verstehe.« Der Minotaurus stieß ein gekünsteltes Lachen aus.

»Ich muß allerdings zugeben«, fuhr der Fremdwelten-Beobachter fort, »daß wir allmählich einen Punkt virtueller Kapazität erreichen. Wird er überschritten, könnte es geschehen, daß die Schienenstränge zu einer einzigen Metallmasse kollabieren.«

»Hm«, sagte der Minotaurus. »Und was gedenken Sie dagegen zu tun?«

»Eine Zivilisation«, stellte der Fremdwelten-Beobachter fest, »muß sich entweder weiterentwickeln oder untergehen.«

»Das stimmt«, pflichtete ihm der Minotaurus bei.

»Meine Mission hier«, sagte der Fremdwelten-Beobachter, »soll unter anderem die Frage klären, ob es in diesem Labyrinth Verwendung für Schienen gibt. Wir könnten Dädalus einen Teil unseres wirklich erstklassigen Materials zu unschlagbaren Preisen anbieten. Unterdessen bereitet sich o'Fang auf die nächste Phase seiner Evolution vor.«

»Und die wäre?« fragte der Minotaurus.

»Mode-Design«, erläuterte der Fremdwelten-Beobachter.

»Echt?«

»Wir haben abgestimmt und den Beschluß gefaßt, jeweils zum Jahresende unsere gesamte Garderobe wegzuwerfen und neue zu kaufen, um unserer Industrie einen permanenten Absatzmarkt zu sichern. Es mag eine Grenze für den Bau von Eisenbahnlinien geben, aber der heimische Absatzmarkt für Mode läßt sich beliebig ausweiten. Die soziale Notwendigkeit für diesen Schritt spornt unsere Kräfte an, und die damit verbundene frivole Leichtigkeit stimmt uns glücklich. Es ist in der Tat ein gutes System. Aber natürlich muß das, was einem blaulippigen Alien recht ist, einem Erdenbewohner nicht billig sein.«

»Es könnte hier im Labyrinth durchaus einen Absatzmarkt für Ihre Mode geben«, sagte der Minotaurus. »Beispielsweise in meiner Bevölkerungsgruppe.«

»Ihrer Bevölkerungsgruppe?«

»Den Monstern. Die meisten von uns laufen immer noch nackt herum. Aber vielleicht ist die Zeit reif für etwas Neues. Ich könnte mit meinen Freunden darüber sprechen.«

»Das wäre zu liebenswürdig von Ihnen«, sagte der Fremdwelten-Beobachter. »Ich habe Musterkoffer mit unserer neuen Kollektion im Hotel.«

»Wunderbar«, meinte der Minotaurus. »Die Sache hat nur einen Haken. Ich bin momentan ein verfolgtes Monster.«

»Ach ja, richtig.« Der Fremdwelten-Beobachter nickte. »Das war mir völlig entfallen.«

»Ich kann Ihnen versichern, daß es Theseus nicht entfallen ist.«

»Hmm«, machte der Fremdwelten-Beobachter.

»Wie bitte?«

»›Hmm‹ bedeutet auf 'Fang soviel wie: ›Mir ist

eben ein interessanter Gedanke gekommen.‹ Ich habe einen Plan, mein gutes Monster, der Ihre und meine Position in dieser komplex verschachtelten Welt, die Dädalus geschaffen hat, entscheidend verbessern könnte.«

Die Limousine hielt an.

26. Die Telefonzelle

Theseus betrat die Telefonzelle.

An eine der Wände war mit schwarzer Kreide eine Nummer gekritzelt, und darunter standen die Initialen M. R. Theseus erkannte mit steigender Erregung, daß dies die Initialen seines Gegners waren – Minotaurus Rex.

Aber wie war dieser glückliche Umstand zu erklären? Einer Intuition folgend, streckte Theseus kurz den Kopf aus der Telefonzelle und warf einen Blick zum Himmel. Natürlich, er hatte es geahnt. Ein schwach purpurner Schimmer nahe dem Horizont verkündete, daß soeben eine synchronizitätreiche Sonne in einer Nova explodiert war.

Theseus kramte in seinen Taschen und fand eine Universal-Telefonmünze, steckte sie in den dafür vorgesehenen Schlitz und wählte.

In einem anderen Teil des Labyrinths saß der Minotaurus auf einem Riesen-Giftpilz, eine blaue Blume in der Hand, verkatert und immer noch überfressen von den Jungfrauen, die er am Vorabend verdrückt hatte, keine lebenden Jungfrauen übrigens, sondern Konzentrate in Form von großen blonden Riegeln mit Nüssen – die Standard-Notrationen für Minotaurusse auf der Flucht. Der Minotaurus bemühte sich, keine lebenden Jungfrauen zu verspeisen. Er war schließlich kein Barbar. Etwas anderes waren Fertig-Jungfrauen in Dosen, als

Tiefkühlkost, gefriergetrocknet oder eben konzentriert; so verarbeitet sahen sie nicht einmal mehr wie Jungfrauen aus. Und wenn ihn dennoch ein leises Unbehagen befiel, tröstete er sich mit dem Gedanken, daß die Konservenfabrikanten auf Cannibal Island ihre Produktion nicht einstellen würden, wenn er in Zukunft auf Jungfrauen verzichtete.

Neben dem Minotaurus steht ein Telefon auf einem eigenen kleinen Giftpilz. Das Telefon klingelt. Der Minotaurus hebt ab.

»Ja, bitte?«

»Hallo, Minotaurus, hier spricht ein alter Freund. Dreimal darfst du raten, wer!«

»Theseus?«

»Super, du kriegst den Hauptpreis, mein Freund – einmal Opfertod, garniert mit harten Worten! Ich bin dir auf den Fersen, Minotaurus, ich erwische dich schon noch!«

Ein Schauder überlief den Minotaurus – diese schreckliche Proletenstimme! Er riß sich mühsam zusammen. »Hör zu«, sagte der Minotaurus, »könnten wir nicht einen Deal machen, einen Kompromiß schließen, eine gemeinsame Lösung suchen? Das ist doch alles Wahnsinn. Warum rennst du hinter anderen Leuten her und bedrohst sie mit dem Tod? Was habe ich dir denn getan?«

»Ich halte mich nur an die Legende«, entgegnete Theseus. »Gegen dich persönlich habe ich nichts.«

»Gib mir noch eine Frist«, sagte der Minotaurus. »Ich will aus diesem Minotaurus-Geschäft aussteigen. Heutzutage gibt es gute Schönheitschirurgen. Ich gehe ins Ausland und mache in Immobilien.«

»Du kannst nicht aussteigen«, erklärte Theseus. »Vorher bringe ich dich um.«

Der Minotaurus überlegte, ob Theseus seinen Aufenthalt über den Telefonanschluß herausfinden konnte. Theseus war ein Typ, der es verstand, sich an die Weiber ranzuwanzen. Der Minotaurus traute ihm ohne weiteres zu, daß er sich ein naives Telefonfräulein gefügig machte, mit seinem Charme, mit Schmeicheleien, mit Versprechungen. Und wenn er sie dann soweit hatte, verlangte er von ihr, daß sie den Anruf zum Empfänger zurückverfolgte, spät abends, nachdem alle Vorgesetzten heimgegangen waren, in ihre Zelte und zu ihren Swimmingpools, und die Welt dem Dunkel und dem Bösen überlassen hatten. Er weiß, daß er eigentlich auflegen und die Flucht ergreifen müßte, aber er läßt den Hörer nicht los.

»Wie sieht es denn so aus bei dir?« fragte Theseus den Minotaurus. »Hast du Sonne oder Regen? Nacht oder Tag? Reicht die Atmosphäre zum Tiefluftholen? Oder bist du gar auf einer Wasserwelt? Was erblickst du morgens als erstes, wenn du die Augen aufschlägst? Mit wem hängst du so rum? Und gibt es in der Gegend ein paar anständige Lokale?«

Der Minotaurus wußte, daß Theseus sich nicht heimlich anschleichen konnte, solange er telefonierte.

»Ach, es läßt sich aushalten«, meinte der Minotaurus. Er ließ seine Blicke umherschweifen. Der Riesen-Giftpilz, auf dem er saß, befand sich am Rand eines Moors. Ganz in der Nähe ragten ein paar dunkle Eichen auf. Der Himmel war bedeckt, und auf dem Hügelkamm hinter ihm schlenderte ein Typ vorbei, der eine Tonpfeife rauchte, vor sich hinpfiff und mit den Fingern schnappte.

»Doch, ich bin in einem netten kleinen Dorf«, sagte der Minotaurus. »Es erhebt sich auf der Kuppe des einzigen Hügels weit und breit. Du kannst es gar nicht verfehlen.«

»Eher spärlich, deine Hinweise«, beschwerte sich Theseus.

»Also gut, einen Tip kann ich dir noch geben«, sagte der Minotaurus. »Der Himmel hier hat einen sonderbaren Stich ins Grüne.«

Es entstand eine Pause. Dann meinte Theseus: »Ich glaube, du verkohlst mich!«

»Dafür fehlt mir die nötige Cleverneß«, widersprach der Minotaurus. »Aber jetzt erzähl mir etwas über deine Umgebung!«

»Ich sitze im Salon eines Kreuzfahrtschiffs«, sagte Theseus, »und eben bekomme ich meinem Drink.«

»Wie sieht sie aus?« erkundigte sich der Minotaurus.

»Blond und sexy«, berichtete Theseus. »Ich glaube, sie will was von mir. Neidisch, Monster?«

Den Minotaurus überkam eine plötzliche Verzweiflung. Nicht nur, daß sein Leben in Gefahr war – dieser blöde Dialog machte ihn fertig! Er begann ernsthaft zu überlegen, ob der Tod nicht beträchtlich angenehmer wäre als seine gegenwärtige Lage.

Theseus las seine Gedanken. »Ich weiß aus zuverlässiger Quelle, daß der Tod nur halb so schlimm ist, wie die meisten Leute behaupten. Warum läßt du dich nicht von mir töten, damit wir endlich was Neues anfangen können?«

»Ich werde über deinen Vorschlag nachdenken«, sagte der Minotaurus.

»Tu das«, erklärte Theseus. »Das ist ein guter Rat unter Freunden. Wann gedenkst du deine endgültige Entscheidung zu treffen?«

»Ich rufe dich in ein paar Tagen an«, sagte der Minotaurus, »und lasse dich wissen, zu welchem Ergebnis ich gelangt bin.«

»Kann ich mich darauf verlassen, daß du es auch nicht vergißt?«

»Minotaurusse vergessen nie«, sagte der Minotaurus und legte auf.

Theseus beschloß, sofort nach Hause zu gehen und dort auf den Anruf des Minotaurus zu warten. Aber dann fiel ihm ein, daß er im Moment kein Zuhause hatte – das kam später und früher. Dumm. Er mußte sich schnell ein Zuhause besorgen, eines mit Telefon.

27. Ein Mädchen namens Phädra

Theseus teilt ein Apartment mit einem Mädchen namens Phädra.

Mehrere Monate sind vergangen. Er wartet immer noch auf den Anruf des Minotaurus.

Er hält es für höchst unwahrscheinlich, daß der Minotaurus einfach aufgibt. Aber es ist schon vorgekommen. Manchmal geraten Minotaurusse in diese Stimmung, es gibt Beispiele. Man weiß, daß andere Monster in der Vergangenheit und Zukunft irgendwann alles hingeschmissen haben oder hinschmeißen werden. »Töte mich, Baby«, sagen sie, oder so ähnlich, beugen ihren Nacken unter das Schwert, bieten ihre Schultern der Axt, strecken ihre Beine dem Lasso entgegen, lassen ihre Lungen von Kugeln durchsieben. Und dann ist alles vorbei, bis auf die Tantiemen und die Filmrechte.

Theseus würde die Sache wirklich gern hinter sich bringen. Dann kann er Phädra heiraten, das Mädchen, mit dem er zusammenlebt.

Theseus weiß, daß sein Plan, Phädra zu heiraten, vielleicht gar nicht so gut ist. Wenn die alten Mythen stimmen, wird er reichlich Zoff mit ihr haben.

Die Phädra-Legende ist ja allgemein bekannt. Nach ihrer Heirat mit Theseus verliebt sich Phädra, eine Tochter von König Alkäus auf Kreta, in Hippolytos, einen Sohn des Theseus aus einer früheren Ehe. Sie versucht ihn anzumachen, aber Hippolytos ist irgendwie falsch gepolt, ein ziemlich selbstgerechter Typ, der nur Sport im Kopf hat. Er erteilt ihr Belehrungen und läßt sie abfahren, und das macht sie so sauer, daß sie erst behauptet, er hätte sie verführt, und sich dann an einem Türpfosten aufhängt.

Schweres, hysterisches Zeug, eher für bombastische Opern geeignet als für das Labyrinth von Dädalus.

Theseus vermutet, daß die Mythographen bei dem Phädra-Stoff stark übertrieben haben.

Solche Reaktionen sind einfach nicht normal, besonders nicht bei Phädra, die in Grunde ganz vernünftig wirkt, ein hübsches Ding, nicht zu groß, mit schönen grauen Augen und einem Mund, der was von Küssen versteht.

Theseus vermutet, daß die Phädra-Legende wieder so ein Trick von Dädalus ist. Er präsentiert eine Alternative, die du ausschlägst, weil sie ins Unheil zu führen scheint, während sie in Wahrheit durchaus funktionieren könnte. Sowas baut Dädalus gern ein, um sein Labyrinth noch verwirrender zu gestalten.

Natürlich könnte Dädalus auch eine fiese Alternative bieten, weil er sich ausrechnet, daß du sie dennoch wählst, um ihn auszutricksen, und dann erweist sie sich als echte Katastrophe.

Labyrinth-Erbauer sind linke Typen.

Vielleicht ist Phädra ja eine Spur instabil. Vielleicht ist es zu extrem, um nicht zu sagen, zu heroisch, ihr sofort die Hand anzubieten. Er macht Spaß, ohne Trauschein mit ihr zusammenzuleben, warum also heiraten? Weil Phädra heiraten will; sie ist konservativ erzogen; sie macht sich verrückt damit, was die Leute sagen könnten. Außerdem heiratet Theseus die Mädchen immer – Ariadne, Phädra, Antiope, vielleicht noch ein paar andere, die er vergessen hat.

Nun, das ist eine Sache, die sich aufschieben läßt. Er wartet immer noch auf den Anruf des Minotaurus. Vorher kann ohnehin nichts geschehen.

Und das Telefon klingelt; manchmal ist es ein Anruf für Phädra, manchmal einer für Theseus, aber nie der, auf den Theseus so sehnlich wartet.

Es ist ein Mann mit einem starken ausländischen Akzent, der dauernd Phädra anruft. Er hinterläßt er nicht mal seinen Namen, wenn Theseus abhebt und fragt, ob er was ausrichten kann.

Theseus hegt den Verdacht, es könnte sein Sohn Hyppolytos sein, der sich aus einem zukünftigen Teil des Labyrinths meldet und versucht, seinen Vater auszustechen, noch bevor dieser richtig zum Zug gekommen ist.

Tatsache ist, daß Theseus bis jetzt noch nicht mit Phädra geschlafen hat.

Er hat versucht, Phädra rumzukriegen, weil Theseus in diesen Dingen auf Tradition hält und weil er findet, daß ein bißchen Spaß in der Gegenwart ein gerechter Ausgleich für das miese Theater in der Zukunft wäre. Außerdem ist Phädra attraktiv, ein leckeres kleines Ding, und jung. Theseus mag die Mädchen jung, aber sie macht auf spröd: Es ist ja nicht so, daß ich dich nicht liebe, aber es wäre einfach nicht recht. Ich würde mich schämen, meinen Eltern in die Augen zu schauen. Ach, wenn wir endlich heiraten könnten! Aber Theseus ist noch mit Ariadne verheiratet, die Scheidung von Delphi kommt erst. Also ist Warten für alle angesagt.

Theseus nimmt Phädras Anrufe nicht mehr entgegen. Theseus hat sein eigenes Signal; er weiß, daß der Anruf für ihn ist, wenn zwischen den Läutzeichen ein schwach gehauchtes S ertönt. Er hat all seine Freunde gebeten, dieses S zu produzieren, wenn sie ihn anrufen, damit er gleich weiß, welches Gespräch für ihn und welches für Phädra bestimmt ist. Das erschwert dem Minotaurus natürlich die Kontaktaufnahme, aber Theseus ist überzeugt davon, daß das raffinierte Monster eine Möglichkeit finden wird, ihn zu verständigen. Theseus hat versucht, Phädra zu erklären, worum es geht, aber es ist zwecklos, sie sprechen nicht die gleiche Sprache. Das hatte seinen Reiz, als Phädra noch ein blondes Serviermädchen mit dem fragenden ›Kommstdu-mit?‹-Blick war. Jetzt trägt sie eine Hornbrille und hat von ihren fragmentarischen Hellenisch-Kenntnissen lediglich den Satz: »Willst du einen Drink?« zurückbehalten. Sie telefoniert ständig mit einem Typen. Könnte das der Minotaurus sein?

Was, um Hades, geht hier vor?

Draußen regnet es, und so raucht Theseus zwei Zigarillos, um seine Nerven zu beruhigen. Er macht einen Spaziergang. Als er zurückkommt, klingelt das Telefon, und das gehauchte S ist deutlich zu hören, ja, es ist für ihn, sein Anruf, und er rennt nach oben, fünf Treppen, kriegt das Schloß nicht gleich auf, stürmt nach drinnen und fragt mit klopfendem Herz: »Hallo, wer spricht?«

»Ich«, sagt der Minotaurus.

»Keuch.«

»Wie bitte?«

»Ich bin nur etwas außer Puste«, sagt Theseus, während seine Lungen um Luft ringen, eine schöne Metapher.

»Du bist doch nicht etwa die fünf steilen Treppen raufgerannt?« fragt der Minotaurus.

»He, woher weißt du das?«

»Und wie geht es Phädra?«

»Die kennst du auch?«

»Wir haben unsere Mittel und Wege«, sagt der Minotaurus.

»Sieht ganz so aus«, meint Theseus. »Welche Entscheidung hast du getroffen?«

»Ich nehme das blaue Organdy-Ensemble«, entgegnet der Minotaurus. »Die Wahl ist mir nicht leichtgefallen, wie du dir denken kannst. Ich sehe nämlich auch in Jeans gut aus, und ein Muschelessen in der Tarzan-Schaukel ist nichts Hochoffizielles, aber ich glaube, blaues Organdy paßt immer.«

»Und diese andere Sache? Wolltest du nicht aufgeben und dich von mir töten lassen?«

»Hatte ich mich dahingehend geäußert? – Ach ja, ich erinnere mich. Aber das war mitten in meiner depressiven Phase. Und heute findet eine Party statt. Du kannst nicht verlangen, daß ich vor der Party aufgebe.«

»Das wohl nicht«, sagte Theseus. »Wird es eine gute Party?«

»Eine sehr gute Party, wenn mich nicht alles täuscht«, versichert der Minotaurus.

»Könnte ich vielleicht mitkommen?« fragt Theseus.

»Was für eine Frage!«

»Wir könnten für den Abend einen Waffenstillstand vereinbaren. Ich war schon so lange nicht mehr auf einer Party.«

»Theseus, du bist ein hinterfotziger hellenischer Bastard, aber du tust mir beinahe leid. Beinahe – nicht ganz. Das Konfliktgesetz verbietet mir, dich zu einer Party einzuladen.«

»Hab Erbarmen, Montressor!« ruft Theseus.

»Ja«, sagt der Minotaurus ruhig. »Das Faß Amontillado.« Er legt auf.

Phädra kommt heim, telefoniert und geht wieder.

28. Modalitäten der Reklination

Theseus schläft jetzt oder liegt, wenn er nicht richtig schläft, zumindest auf seinem Bett, raucht einen Zigarillo, liest ein Buch oder hört seine Kassetten.

Es ist schon eigenartig, wie kurz Autoren meist die Lebensspanne eines Menschen abhandeln, die dieser im *Liegen* oder *Zurücklehnen* verbringt. Und doch verbirgt sich ein großes thematisches Potential in den Modalitäten der Reklination!

Etwa ein Drittel unseres Lebens verbringen wir im Schlaf, einer Tätigkeit von essentieller Bedeutung für das Entstehen von Träumen und Erblühen von Fantasien. Einen weiteren beachtlichen Prozentsatz unserer Zeit widmen wir Aktivitäten wie Lesen, Telefonieren oder Sonnenbaden. Dann gibt es die Stunden, die wir mit Sex ausfüllen – Liebhaber-Aufführungen, die sich nicht unbedingt auf die Reklination beschränken, da den Akteuren ein verwirrendes Repertoire an Positionsmöglichkeiten für vereinte Körper zur Verfügung steht, die letztlich jedoch stets zu der fundamentalen Schlaffstellung zurückführen, von der hier die Rede sein soll.

Selbst das Essen, eine Tätigkeit, die unsere Liste der Liegendbeschäftigungen knapp verfehlt, da für ihre Ausübung im allgemeinen eine aufrechte oder gemäßigt lasche Haltung als wünschenswert erachtet wird, ist eigentlich eine Erziehungsmethode der Natur, die uns mit dem starken Argument eines vollen Magens in die Waagrechte zwingt.

Die alten Griechen und Römer brauchten solche Argumente nicht. Sie nahmen alle Mahlzeiten im Liegen ein oder, um es genau zu sagen, in einer Reklinations-Pose, die sich vom Liegen nur dadurch unterschied, daß der Kopf höher gelagert war als der Bauch, um der aufgenommenen Nahrung die Möglichkeit zu geben, mittels der Schwerkraft vom Mund in den Schlund und von dort in den Magen zu wandern. Sie waren scharfsichtig und rege, diese glattrasierten Männer in Toga und Chlamys. Der Orient zeigte sich verblüfft davon, was sie alles zuwege brachten, meist in Phalanx und mit Speeren bewaffnet. Sie waren praktizierende Hedonisten: Sobald sie aufrecht stehend die lästigen Pflichten des Alltags erledigt hatten, gaben sie sich mit großer Lust den Künsten der Reklination zu.

Hier tritt Petronius auf den Plan, der Verfasser des ersten Romans, der sich einigermaßen ausführlich mit dem Genuß im Liegen befaßt. Das Fragment seines *Satyricon*, das der Nachwelt erhalten blieb, handelt im wesentlichen vom Gastmahl eines Typen namens Trimalchio. Bei dieser Fresserei, die selbstredend in der Horizontalen stattfand, wurde den Gästen alles serviert, ohne daß sie einen Finger krumm machen mußten – Speisen, Mädchen, Getränke, Musik und Tanz. Anstatt sich jedoch lobend über den Service zu äußern, stellt Petronius solche Feten als primitiv und lächerlich hin und rät, sie unbedingt zu meiden. Aus heutiger Sicht ist das einfach unverständlich. Nur wenige unter uns würden sich eine Party entgehen lassen, bei der Delikatessen und Wein in Hülle und Fülle aufgefahren werden, mit Mädchen, die auf den Tischen tanzen, und einer Bombenstimmung. Was, bitteschön, soll daran vulgär sein? Es ist genau die Sause, für die wir liebend gern eine Einladung hätten.

Vergleichen Sie so ein Edelbankett mal mit Platons *Symposion,* wo ein Haufen geistreicher Schwuler im Kreis sitzt und über die Liebe diskutiert, ein reichlich mühsames Unternehmen, weil Sokrates den Sex ausklammert. Tatsächlich besteht der Höhepunkt des Abends in der Bemerkung eines Gastes, wie Sokrates es nur schafft, seine Finger von dem begehrenswerten Jüngling Alkibiades zu lassen.

Platons Talkrunde erscheint da um einiges fader als das Gastmahl des Trimalchio, aber was soll's? Andere Menschen, andere Tischsitten. Worauf ich hinaus wollte, ist folgendes: Beide Gelage waren wichtige Begebenheiten in der Kulturgeschichte der Welt, und beide fanden von Anfang bis Ende im Reklinationsmodus, also *im Liegen* statt.

Der Leser der Zukunft wird unsere oberflächlichen, auf Action ausgerichteten Romane der Gegenwart lesen und sich fragen: »Warum schildert der Autor nie die Gedanken seiner Protagonisten *in der Ruhestellung*? Warum beschreibt er nie, wie sich eine kratzige Decke auf einer durchgelesenen Matratze anfühlt? Warum verliert er kein Wort über die schmale Holzbank im Haus eines Freundes, auf der man bei einer guten Flasche Wein und Radiomusik herumfläzt, während das Baby hinter der Katze herkrabbelt?« Unsere in die Vertikale orientierten Bücher werden ihm keine Antwort geben, es sei denn, ihm fällt durch einen großen Zufall gerade dieses Werk in die Hand.

Theseus liegt also auf dem Bett, döst vor sich hin und horcht auf die gedämpften und kaum verständlichen Stimmen von Phädra und Hera, die sich im Nebenzimmer unterhalten. Das Apartment, in dem sie wohnten, gehörte Heras Mutter, aber die alte Dame lag mit einem Oberschenkelhalsbruch im Krankenhaus, und Hera hatte kurz vorbeigeschaut, um ein paar Sachen für sie zu holen. Es war ein verregneter Sonntagnachmittag. Hera und Phädra blätterten in Heras altem Familienalbum. Die Kleine da ist Aphrodite bei ihrer Erstkommunion; hier haben wir Poseidon auf seinem Fisch; und das da ist der einjährige Zeus; er kaut auf seinem rosa Babyblitz herum, weil er gerade zahnt. Die Frauen redeten leise mit ihren sanften ausländischen Stimmen; Autoreifen quietschten über nassen Asphalt, die Lichter des Olymps schimmerten in der Ferne.

Plötzlich zerriß ein lautes Schnarren die Stille. Es kam aus dem Rucksack, den Theseus in eine Ecke geworfen hatte. Es war der Faden, natürlich, kein anderes Ausrüstungsteil gab ein so lästiges Geräusch von sich.

»Wie spät ist es?« fragte Theseus.

»Zeit zur Minotaurus-Jagd«, verkündete der Faden.

Theseus seufzte schwer, drückte seinen Zigarillo aus und erhob sich. Er schnallte Schwert und Brustpanzer um, schlang den Rucksack über die Schulter, schrieb ein paar Zeilen für Phädra und machte leise die Tür hinter sich zu.

So köstlich das *Liegen und die Ruhe* sind, irgendwann werden sie stets von den vertikalen und bewegten Notwendigkeiten des Daseins unterbrochen. All unsere aufrechten Aktionen gleichen einem Posenreigen, mit dem wir vom Unvorstellbaren zum Undurchschaubaren taumeln.

29. Anruf nach Naxos

Theseus schaute sich nach allen Richtungen um, aber meilenweit war nichts zu sehen. Nur eine rote Telefonzelle stand in der Landschaft, ausgestattet mit einen Universal-Labyrinth-Telefonverzeichnis, das jeden mit jedem verbindet und sich automatisch auf den neuesten Stand bringt, wenn jemand umzieht.

Diese Gegend gehörte zu den weniger ausgebauten Teilen des Labyrinths, und obwohl die Grundausstattung vorhanden war, fehlte es an Annehmlichkeiten. Theseus zog sein Adreßbuch heraus und suchte darin herum. Es war eines der neuesten Modelle. Die Namen der Menschen, die einem wohlgesinnt waren, leuchteten im Dunkel. Dagegen fiel es schwer, die Namen der Feinde zu lesen; sie verblaßten im gleichen Maße wie die Erinnerung an ihre guten Seiten.

Nachdem Theseus ein paar Anrufe erledigt hatte, begab er sich zu seiner Exfrau Ariadne und deren neuem Freund Dionysos.

Sie freuten sich, ihn wiederzusehen. Auf Naxos, einer Insel, die noch nie zu übermäßigem Frohsinn geneigt hatte, war es in letzter Zeit ziemlich ruhig gewesen. Dionysos hatte einen großen Bauernhof in der Nordwestecke der Insel. Zu seinem Land gehörte ein hübscher Felsvorsprung, von dem man weit über das Meer schauen konnte. Am Fuß der Klippe befanden sich ein schmaler Sandstrand und eine kleine, geschützte Bucht, in der ein paar flache Boote lagen.

Dionysos liebte Boote. Und Schmuggelboote belieferten ihn mit Soma, dem Aufputschmittel der Götter, das er dann mit einem bescheidenen Aufschlag an Heroen verhökerte.

Dionysos schrieb außerdem an einem Roman, und Ariadne machte eine Zweitausbildung zur Grundstücksmaklerin.

Die Spannungen von einst sind vergessen. Heute ist

die Erinnerung an die alten Zeiten ein Band, das sie eng zusammenhält.

Abends, wenn die archaische rote Sonne im Meer versinkt, sitzen sie am Küchentisch und spielen Bridge. Das Fadenknäuel springt als vierter Mann ein. Es besitzt das besondere, wenn auch selten erforderliche Talent, sich in sieben verschiedene Persönlichkeiten aufzuspalten.

Ariadne scheint eine ganze Menge Kinder zu haben.

Manche davon gehören wohl den Nachbarn, aber die meisten sind zweifellos von ihr. Von ihr und Theseus. Theseus glaubt zu wissen, daß er und Ariadne mindestens ein gemeinsames Kind hatten, vielleicht auch zwei oder drei. Aber er kann sich nicht genau erinnern. Sein Gedächtnis ist nicht mehr das, was es einmal war, kein Wunder bei all den vergangenen und künftigen Ehefrauen und all den vergangenen und künftigen Sprößlingen. Ein ständiges Hin und Her ist das.

Theseus mag nicht fragen, welche der Kinder von ihm sind – falls überhaupt welche von ihm sind. Irgendwie geniert er sich da. Es macht keinen guten Eindruck, wenn man vergessen hat, mit welcher Frau man welche Kinder zeugte – falls man überhaupt welche zeugte. Außerdem kann er sich die Fragerei sparen, denn er ist sicher, daß er alles irgendwo notiert hat. Theseus ist ein eifriger Tagebuch-Schreiber; er vermerkt, wen er getroffen hat, was er gegessen hat, was in seinem Innern vorgeht. Er ist schließlich Theseus; seine Memoiren werden später mal reißenden Absatz finden, die wahre Geschichte, die knallharten Facts. Es ist alles vorhanden; er hat alles aufgeschrieben, aber er kann nicht ganze Ballen von Papier mit sich rumschleppen; er hat sein Tagebuch teils hier, teils da deponiert; irgendwo ist alles festgehalten. Wenn er nur die Zeit fände, die Unterlagen zu sammeln und zu ordnen, die Memoiren von Theseus, dann wüßte er sofort, welches seine Kinder sind.

Inzwischen geht das angenehme Leben auf Naxos weiter. Die Bauern pflügen ihre Felder, versorgen ihre Herden, veranstalten ihre berühmten Schreiwettbewerbe und ihre uralten Brotfrucht-Tänze. Sie sind ein kleiner, gedrungener Volksschlag mit breiten Gesichtern, immer schwarz gekleidet, außer zu ganz besonderen Festtagen, an denen sie Weiß tragen.

Die Brotfrucht-Tänze werden von den Klängen einheimischer Instrumente begleitet, Tamberlan und Schnapptrommel, Horniss und Zikordion. Theseus liebt die schwermütigen Melodien, obwohl sein Ohr mehr mit den hellenischen Lauten der elektrischen Maultrommel und der Pedal-Panflöte vertraut ist.

Es ist ein einfaches Leben. Nachts tauchen die Jelodier aus dem Meer auf und begeben sich an Land. Dunkel und geschmeidig schlängeln sie über den Sandstrand und erklimmen die nahen Stupa-Bäume auf der Suche nach Austern. In den höheren Lagen gedeihen die breitblättrigen Schnapperbäume, die es nur auf dieser Insel gibt. Sie sind keine richtigen Bäume, sondern gehören einer älteren Vorstufe an, den Arboleen, grauen Pflanzen mit der typischen Kreuzschraffur unter den Achseln. Manchmal wird ein Unglücks-Gelbkehlchen gesichtet, das mit schwerem Flügelschlag durch die Arboleen flattert. Das Unglücks-Gelbkehlchen ist kein richtiger Vogel, sondern gehört zu den Flappern, einer Ur-Spezies, die den Himmel von Naxos bevölkerte, als die Erde noch jung und dumm war.

Theseus hat ein herrliches Leben auf Naxos, aber irgendwann geht alles zu Ende. Nichts währt ewig, besonders nicht, wenn es Spaß macht. Das brutale Gesetz der Natur lautet, daß sich die Dinge stets vom Schönen zum Unerträglichen hin entwickeln und daß alle Tage eines Menschenlebens dereinst dürre Blätter am Baum der Metaphorik sein werden.

Das Ende seines Inselaufenthalts nahte auf beinahe

unlogische Weise, wie das so oft geschieht. Eines Tages kam Theseus ins Haus zurück und fragte, ob ein Anruf für ihn gekommen sei. Ariadne verneinte und fügte hinzu, es sei höchst unwahrscheinlich, daß je ein Anruf für ihn kommen werde. »Warum?« fragte Theseus.

»Weil das Telefon nicht angeschlossen ist«, entgegnete Ariadne. »Ich dachte, du wüßtest das.«

Am nächsten Tag brach Theseus auf.

30. Der Sturz durch das Gerüst der Story

In einem kleinen Hafen an der Felsenküste von Attika ging Theseus an Land. Ganz in der Nähe befand sich ein Fischerstädtchen mit niedrigen, weißgekalkten Kuppelbauten, die sich wie Bienenkörbe unter der Mittagssonne duckten. Als er den Ort betrat, sah er, daß alles festlich geschmückt war, aber er hatte keine Ahnung, was die Bewohner feierten.

Dann bemerkte er ein breites Spruchband, das zwischen zwei Häusern ausgespannt war. RETTET UNSEREN MINOTAURUS! stand darauf.

Durch einen seltsamen Zufall war er ausgerechnet am Minotaurus-Aktionstag hier gelandet.

Andere Spruchbänder verkündeten, daß der Minotaurus zu den bedrohten Arten gehörte. Ganz offensichtlich waren die Bewohner des Städtchens fest entschlossen, das sinnlose Dahingemetzel der Fabeltiere zu stoppen und der kleinen Gruppe von Helden Einhalt zu gebieten, die im Begriff stand, in ihrem grenzenlosen Egoismus eine der ältesten Spezies der Antike auszurotten.

Ein Mann stand auf einem kleinen Podest und hielt eine Rede. »Ihr habt den Untergang von anderen Fabelwesen miterlebt! Wo sind heute die stymphalischen Vögel? Wo ist das Walroß mit dem goldenen Haupt, wo der ringelschwänzige Narwal? Wo sind die verdrehten Harpyen? Verschwunden. Dahin. Und was tut Dädalus dagegen? Nichts, das ist es! Dädalus kümmert sich keinen Deut um den Artenschutz. Er will immer nur Neues erschaffen!«

Theseus schlenderte durch den Ort und genoß die Rummelplatz-Atmosphäre. Aus den Verkaufsständen duftete es nach Souflaki und gefüllten Weinblättern. Ein paar Troglodyten aus Libyen, selbst vom Aussterben bedroht, verteilten fein beschriftete Keramikscherben, das klassische Äquivalent von Reklamezetteln.

Theseus folgerte haarscharf, daß sich das Blatt zu seinen Gunsten wendete. Den Gesprächen ringsum entnahm er, daß der Minotaurus höchstpersönlich hier erscheinen würde.

Theseus überdenkt die Lage. Wenn er einen strategisch günstigen Punkt wählt, an dem er eine freie Schußbahn hat, kann er vermutlich einen Volltreffer landen. Er besaß einen der Blitze, die Hermes sich von Zeus ausgeborgt hatte, ohne dessen Wissen übrigens. So ein Blitz war die Lenkwaffe der Antike schlechthin, ausgestattet mit einem automatischen Minotaurus-Suchsystem, das garantiert sein Ziel erreichte.

Er sah sich um und entwarf seine Strategie. Der Demonstrationszug mit dem Minotaurus in einem der Wagen führte mitten durch die Hauptstraße. Rasch fand er eine günstige Stelle, das alte Schriftrollen-Archiv an der Ecke Klassikos-Straße und Kornukopeia-Allee.

Er betrat das Gebäude. Es war leer. Im zweiten Stock entdeckte er eine Stelle, wo er den Blitzlauf aufstützen, die Stativbeine in den Lehmboden rammen und in aller Ruhe zielen konnte. Wer käme schon auf die Idee, einen Attentäter in einem Schriftrollen-Archiv zu vermuten? Der Minotaurus war so gut wie tot.

Er hatte immer noch eine halbe Zeit bis zum Beginn des Demonstrationszuges. Also verbarg er den Blitz in einer Ecke unter einem Haufen Schutt und trat wieder ins Freie. Ganz in der Nähe war eine Imbißstube, wo er ein Souflaki-Sandwich mit Weinblätter-Sauce erstand. Er schoß immer am besten, wenn er satt war.

Als er zum Archiv zurückkehrte, sah er, daß ein Mann im Eingang stand. Das paßte ihm gar nicht, aber er beschloß, die Sache nach dem Motto ›Frechheit siegt‹ anzugehen. Pfeifend nickte er dem Mann zu und schlenderte an ihm vorbei zur Treppe.

»Was suchen Sie da oben im Archiv?« fragte der Mann.

»Ich schätze, daß ich da oben die beste Aussicht auf den Umzug habe.«

»Was stört Sie an den Tribünen, die man eigens für das Volk aufgestellt hat?«

»Ich gerate leicht in Panik, wenn ich im Gedränge stehen muß. Ist das Betreten des Archivs verboten?«

»Nein, das nicht«, erklärte der Mann. »Aber passen Sie gut auf sich auf! Der Boden ist alles andere als stabil. Wurde nie mit Realitätszement verstärkt und so permanent gebunden. Man könnte sagen, die ganze Struktur wird von Spucke und Gebeten zusammengehalten.«

»Keine Sorge, ich trete vorsichtig auf.«

Theseus ging nach oben. Er wartete ein paar Sekunden, aber niemand folgte ihm. Er stützte den Blitz auf den Fenstersims und stellte das Fadenkreuz sorgfältig ein. Jetzt war er bereit! Sein Puls ging schneller. Endlich hatte er den Minotaurus in der Falle!

Innerhalb kürzester Zeit hatte sich draußen eine große Menschenmenge eingefunden. Die meisten Leute nahmen auf den hastig errichteten Tribünen Platz, die beide Seiten der Hauptstraße säumten. Aus der Ferne ertönten die Klänge einer Blaskapelle. Der Minotaurus war im Anrollen! Kleine Kinder mit Trillerpfeifen liefen die Straße auf und ab. Theseus beugte sich angespannt über seinen Blitzwerfer. Nur jetzt keinen Mist bauen! Die Demonstration kam in Sicht. Auf dem ersten Wagen befanden sich antike Geheimdienstler, allesamt bewaffnet mit Pfeil und Bogen in Taschenausführung.

Der Zug kam näher. Theseus ließ den ersten Wagen mit den Geheimdienstlern und den zweiten mit den Presseleuten passieren. Auf dem dritten Wagen kreischten Cheerleader von der Classical High School. Auch dieses Gefährt ließ er unbehelligt durch. Aber im nächsten Wagen, da saß der Minotaurus – riesig, blauschwarz mit einem Purpurschimmer, Schaumflocken vor dem Maul wie immer, breit grinsend, als gehörte ihm die Welt. Er winkte der Menge zu. Wie glücklich er aussah! Theseus beobachtete ihn und bekam fast ein schlechtes Gewissen. Fast. Er visierte das Fadenkreuz an, korrigierte die Einstellung, während der Wagen immer näher heranrollte, und merkte, daß seine Position doch nicht so perfekt war, wie er geglaubt hatte.

Jetzt erst erkannte er, daß das weiter entfernte Fenster einen besseren Schußwinkel zuließ. Er nahm seinen Blitz und überquerte den bröckligen Lehmboden.

Er war beinahe am Ziel, als plötzlich das ganze Gefüge mit einem lauten Knirschen nach unten wegsackte. Zu spät kam Theseus zu Bewußtsein, daß er über eine ungerechtfertigte Stelle gestolpert war. Er versuchte sie zurückzunehmen, aber der Schaden ließ sich nicht mehr beheben. Theseus fiel in die Tiefe.

Er fiel durch das hauchfeine Dichtergewebe, aus dem das Labyrinth errichtet war. Er sank immer schneller durch eine Schicht von Kolossalen, zylindrisch in der Form und grau in der Farbe, die mitsamt ihren verwandten Begriffen gegen einen düsteren Hintergrund von Horriblen anfragten. Dann passierte er eine Zone von Nanosekunden und Kunstpausen und schließlich durch ein ganzes Lager von Grandiosen und Ätiosen.

Keiner diese Baustoffe wirkte aus der Nähe betrachtet sonderlich stabil. Aber es war erstaunlich, was Dädalus aus diesem schundigen Material gemacht hatte.

Dann schaltete sich die Labyrinth-Mechanik ein, und Theseus fand sich in einer klassischen Stadt auf der Straße wieder. Der Boden unter seinen Füßen wankte, es gab Nachbeben rhetorischer Natur, und in der Ferne erblickte er eine schemenhafte Gestalt von unsäglicher Schönheit und Intelligenz – den Autor, der sich trotz seiner vielen persönlichen Probleme bemühte, die Dinge wieder zusammenzufügen.

Originaltitel: ›MINOTAUR MAZE‹ · Copyright © 1990 by Robert Sheckley · Erstausgabe in der Axolotl Press series, # 16, Pulphouse Publishing, Eugene, Oregon · Mit freundlicher Genehmigung des Autors und Thomas Schlück, Literarische Agentur, Garbsen (# 32 652) · Copyright © 1999 der deutschen Übersetzung by Wilhelm Heyne Verlag, München · Aus dem Amerikanischen übersetzt von Birgit Reß-Bohusch

---